Kälter als die Lüge

Nora Roberts
schreibt als J.D. Robb

Kälter als die Lüge

Roman

Aus dem Amerikanischen von
Uta Hege

Weltbild

Die amerikanische Originalausgabe erschien 2017 unter dem Titel
Secrets in Death bei St. Martins Press.

MIX
Papier | Fördert gute Waldnutzung
FSC® C083411

Besuchen Sie uns im Internet:
www.weltbild.de

Genehmigte Lizenzausgabe für Weltbild GmbH & Co. KG,
Ohmstraße 8a, 86199 Augsburg

Übersetzung: Uta Hege
Umschlaggestaltung: Johannes Frick, Neusäß
Umschlagmotiv: © Johannes Frick unter Verwendung von Motiven von
Trevillion Images (© Ilina Simeonova) und iStock (© franckreporter)
Satz: Datagroup int. SRL, Timisoara
Druck und Bindung: CPI Moravia Books s.r.o., Pohorelice
Printed in the EU
ISBN 978-3-98507-527-0

Drei können ein Geheimnis wahren,
wenn zwei von ihnen nicht mehr am Leben sind.

Benjamin Franklin

Es kann auch böse sein, wenn man nichts
Falsches über einen Menschen sagt.
Es gibt auch viele Wahrheiten,
die man für sich behalten sollte.

Frank A. Clark

1

Es brächte sie bestimmt nicht um.

Wahrscheinlich nicht.

Mit grimmigem Gesicht und ihrer warmen Glitzerflocken-Mütze auf dem Kopf bahnte Lieutenant Eve Dallas sich einen Weg durch das Gedränge auf dem Bürgersteig, und die Gedanken, die ihr durch den Kopf gingen, waren fast so schneidend wie der kalte Februarwind.

Zwar gab es auf den Straßen wieder einmal die gewohnten kilometerlangen Staus, doch wenn sie sich entscheiden könnte, hätte sie sich jetzt trotzdem lieber in ihrem Wagen bis nach Hause durchgekämpft. Oder sich irgendwo in einer dunklen Gasse in der Innenstadt in einen wilden Kampf mit einem aufgeputschten Zeus-Junkie gestürzt.

Stattdessen war sie auf dem Weg in eine schicke Bar.

Aber ein Deal war nun einmal ein Deal, und da sie heute Abend keinen guten Grund gefunden hatte, um DeWinter nochmals abzusagen, brächte sie es am besten schnell hinter sich.

Warum konnte nicht in diesem Augenblick ein Mord geschehen?

Dann hätte sie als Mordermittlerin zu arbeiten und keine Zeit für Small Talk und exklusive Drinks.

Da sie schon wieder die verdammten Handschuhe vergessen hatte, stopfte sie die Hände in die Taschen ihres langen Ledermantels und sah sich nach allen Seiten um. Vielleicht entdeckte sie ja einen Taschendieb, schließlich luden die Touristen diese Kerle mit ihren schlecht verstauten Brieftaschen und Geldbörsen regelrecht zu Diebestouren ein.

Wenn sie ihn dann verhaften und das Treffen abermals verschieben müsste, wäre das nicht ihre Schuld.

Anscheinend aber machten heute Abend selbst die Taschendiebe und die Trickbetrüger blau.

Sie sagte sich, dass ein, zwei Drinks mit dieser zwar brillanten, aber nervtötenden Modepuppe sicherlich nicht tödlich wären.

Vor allem hatte man im Jahr 2061 gegen Tod durch Langeweile doch wahrscheinlich schon ein Heilmittel entdeckt.

Nur eine halbe Stunde, dachte sie. Dann könnte sie verschwinden und die Sache wäre endlich abgehakt.

Vor dem Eingang des Lokals blieb sie kurz stehen, eine hochgewachsene, schlanke Frau in flachen, knöchelhohen, robusten Stiefeln, einem langen schwarzen Mantel sowie einer lächerlichen Skimütze mit einer Glitzerschneeflocke auf dem kurz geschnittenen braunen Haar.

Du Vin.

Was für ein blöder Name!

Sie verzog verächtlich das Gesicht. Snobistisches Französisch, als wäre dies nicht eine ganz normale Bar.

Sie überlegte kurz, ob das *Du Vin* vielleicht eins der Lokale ihres Ehemannes war, manchmal kam es ihr so vor, als würde Roarke der Großteil von New York gehören.

Wie gern säße sie jetzt mit ihm daheim bei einem Gläschen Wein!

Aber sie war nun einmal hier.

Sie öffnete die Tür, riss sich die Wollmütze vom Kopf und stopfte sie in eine Tasche ihres Mantels, um zumindest einen Rest an Würde zu bewahren.

Dann trat sie aus der Hektik und dem Lärm der Großstadt in die angesagte, teure Beize, wo zwar keine Hektik herrschte, es aber genauso laut wie draußen war.

Der elegante silberfarbene Tresen bildete ein langgezogenes S entlang der hinteren Wand. Die verspiegelten Regale waren mit Flaschen teurer Alkoholika gefüllt, und auf dem obersten Regalbrett standen schwarz-weiß karierte Blumentöpfe voll rot blühender exotischer Hängepflanzen aufgereiht.

Die ebenfalls schwarz-weiß karierten Hocker vor der Theke waren ausnahmslos besetzt, und da sich auch noch andere Gäste vor dem Tresen drängten, hatten die drei Barkeeper alle Hände voll zu tun.

Der großzügig geschnittene, von eleganten Silberleuchtern angenehm erhellte Raum bot Platz für niedrige und hohe Tische und diverse, abgeschiedene Nischen, das elegant in strenges Schwarz gehüllte Personal bewegte sich geschmeidig hin und her und nahm lächelnd die Bestellungen der Gäste auf.

Außer dem Geräusch der Stimmen, dem Klirren der Gläser und dem Klicken hoher Absätze auf dem Parkett hörte Eve französischen Gesang, der aus den Lautsprechern der Stereoanlage drang.

Das alles wirkte einfach ... übertrieben schick.

Sie sah sich instinktiv nach allen Seiten um, bevor ihr Blick an einer blonden Frau mit feingemeißeltem Gesicht, einer Woge seidenweichen Haars und einem wohlgeformten Körper, der in einem pinkfarbenen Catsuit und in hochhackigen Stiefeln steckte, die dasselbe Grün wie ihre Augen hatten, hängen blieb.

Larinda Mars, die Klatschreporterin – oder, wie sie sich selber nannte, die Gesellschaftskolumnistin – wollte sie hier bestimmt nicht treffen, denn abgesehen von einem bunten Cocktail, dessen Namen sie sich niemals merken könnte, war das Letzte, was sie wollte, dass im Fernsehen berichtet würde, sie sei hier gewesen.

Zum Glück war Mars im Augenblick zu sehr in das Gespräch mit ihrem Tischnachbarn vertieft, um sie zu registrieren. Der Mann war Mitte dreißig, hatte eine Haut wie Milchkaffee, gewelltes braunes Haar und blaue Augen, die genauso übellaunig blitzten, wie Eve selbst es augenblicklich war.

Er trug eine teure Markenuhr am Handgelenk und einen Anzug, der bestimmt nicht von der Stange kam. Auch wenn Eve sein Gesicht nichts sagte, war sie ihm dafür etwas schuldig, dass Larinda Mars sie erst einmal nicht sah.

Dann trat die Empfangsdame mit kompliziert geflochtenem feuerrotem Haar und einem geübten Lächeln auf den Lippen auf sie zu.

»Guten Abend. Haben Sie reserviert?«

»Keine Ahnung. Ich bin hier mit jemandem verabredet. Vielleicht hat sie ja noch zu tun und schafft es heute Abend nicht.«

Ja bitte, lieber Gott.

»Hat sie womöglich reserviert?«

»Das weiß ich nicht. Sie heißt Garnet DeWinter.«

»Ja, natürlich. Sie ist bereits da und macht sich gerade unten frisch, ich bringe Sie gerne an ihren Tisch.«

»Okay.«

Zumindest wurde sie an einen Platz geführt, an dem sie für Larinda Mars nicht sofort zu sehen war.

»Darf ich Ihnen Ihren Mantel abnehmen?«

»Nein.« Sie nahm auf einem der karierten Stühle in der hinter einer Wand mit weiteren Blumentöpfen von den anderen Tischen abgetrennten Nische Platz.

Als Polizistin hätte sie zwar lieber so gesessen, dass sie alles überblicken könnte, aber eine halbe Stunde käme sie bestimmt auch so zurecht.

Ein Glas mit einer pinkfarbenen Flüssigkeit stand bereits auf dem Tisch.

»Cesca wird sich heute Abend um Sie kümmern und wird gleich bei Ihnen sein.«

»Ja, danke.«

Sie machte sie sich selber Mut, dann wickelte sie sich aus dem von ihrer Partnerin gestrickten, meterlangen Schal und legte resigniert den Mantel ab, als die Bedienung, deren violett gefärbte kinnlange Haare fröhlich wippten, auf der Bildfläche erschien.

»Guten Abend. Ich heiße Cesca und bin heute Abend für Ihren Tisch zuständig. Was darf es für Sie sein?«

Am liebsten hätte Eve aus reinem Trotz ein schlichtes Bier bestellt. »Rotwein.«

»Glas, Karaffe oder Flasche?«

»Nur ein Glas.«

Cesca drückte auf den Knopf der kleinen Fernbedienung, die an ihrem Gürtel hing, und auf dem Bildschirm an der Wand erschien eine ellenlange Liste der verschiedenen Rotweinsorten, die es im *Du Vin* im Ausschank gab.

»Hätten Sie gern ein wenig Zeit zum Auswählen?«

»Nein ...« Inzwischen kannte Eve sich halbwegs aus, denn wenn ein Mensch mit Roarke zusammenlebte, bekam er, selbst wenn er es nicht wollte, automatisch ein paar Dinge über Weine mit. Sie wies auf einen Cabernet, der von einem Weingut ihres Mannes stammte und den es bei ihnen zu Hause gelegentlich gab.

»Das ist ein wunderbarer Wein. Ich bringe Ihnen gleich ein Glas. Möchten Sie dazu ein paar Hors d'œuvres oder eine andere Kleinigkeit zu essen?«

»Nein, danke.«

Die Bedienung behielt ihr Lächeln bei. »Falls Sie es sich anders überlegen, können Sie Ihre Wünsche einfach in die Karte eingeben. Wir haben eine wunderbare Auswahl kleiner Appetithäppchen im Angebot. Jetzt hole ich erst mal Ihren Wein.«

Als sie den Tisch verließ, kam Eves Verabredung durch eine Tür hinter der Bar.

DeWinter trug ein enges Kleid im selben Ton wie Cescas Haar und weiche, hohe silbergraue Stiefel, deren mörderische Absätze so dünn wie feine Silberdrähte waren.

Als sie Eve entdeckte, verzog sie den violett geschminkten Mund zu einem Lächeln und die klaren blauen Augen, die in leuchtendem Kontrast zu ihrer karamellfarbenen Haut und ihren glatten schwarzen Haaren standen, blitzten amüsiert.

Mit selbstbewussten Schritten kam sie an den Tisch und nahm Eve gegenüber Platz.

»Sie haben es tatsächlich geschafft.«

»Haha.«

»Ich war mir sicher, dass gleich eine Nachricht käme, dass Sie wieder einmal verhindert sind.«

»Ich habe heute Abend keinen Mordfall reingekriegt.«

»Wie schön.«

»Das hält bestimmt nicht lange an.«

»Wahrscheinlich nicht. Aber wenn urplötzlich nur noch Friede, Freude, Eierkuchen herrschen würde, wären wir beide schließlich arbeitslos. Sie brauchen einen Drink.«

»Ich habe schon etwas bestellt.«

DeWinter griff nach ihrem eigenen Glas, lehnte sich auf dem Stuhl zurück und gönnte sich den ersten Schluck. »Die Cocktails hier sind wirklich der Hit. Am liebsten mag ich diesen hier, den *Nuage Rose*. Was trinken Sie?«

»Ich bin zum ersten Mal hier im *Du Vin* und dachte, dass ein Rotwein gut zum Namen des Ladens passt.«

»Ich habe angenommen, Sie wären schon mal hier gewesen, weil er schließlich Roarke gehört.«

Das hätte Eve sich denken können. »Wenn ich in alle seine Läden gehen würde, hätte ich nicht mehr genügend Zeit, um auch noch irgendetwas anderes zu tun.«

»Da haben Sie natürlich recht. Aber dies ist eine meiner Lieblingsbars.« DeWinter hob das Glas an ihren Mund, während sie entspannt den Blick über die anderen Tische schweifen ließ. »Von meiner Arbeit ist es nur ein Katzensprung, es kommen interessante Leute her, die Einrichtung ist wunderschön und der Service ausgezeichnet.«

Wie aufs Stichwort tauchte Cesca in dem Augenblick mit Eves Bestellung auf.

»Sie haben zwar nichts bestellt, aber …«, Cesca stellte einen Teller voller dünner goldener Stäbchen auf den Tisch.

»Olivengebäck. Woher wussten Sie, dass ich da ganz unmöglich widerstehen kann, Cesca?«

Lächelnd stellte die Bedienung ihnen zwei kleine Tellerchen dazu und legte ein paar hübsch gemusterte Papierservietten daneben. »Lassen Sie mich einfach wissen, wenn Sie sonst noch etwas brauchen.«

»Die Olivenstangen sind großartig«, wandte DeWinter sich an Eve und griff begeistert zu.

Um nicht unhöflich zu sein – und weil die Stängchen wirklich gut aussahen –, kostete auch Eve das salzige Gebäck.

»Warum kommen wir nicht gleich zum Punkt?« DeWinter knabberte vergnügt an einem Gebäckstück. »Ich habe ganz bestimmt nicht das Verlangen, dass mich jeder mag, und will auch gar nicht wissen, warum ich den Leuten, die mich nicht ausstehen können, nicht sympathisch bin. Wir beide wissen aus Erfahrung, dass einen, sobald man etwas zu sagen hat, nicht mehr jeder leiden kann. Obwohl wir inzwischen längst im einundzwanzigsten Jahrhundert leben, spielt dabei auch eine Rolle, dass wir Frauen sind.«

Sie gönnte sich den nächsten Schluck aus ihrem Glas.

»Auch wenn sich unsere Wege bei der Arbeit nicht routinemäßig kreuzen, ist das bereits vorgekommen und wird auch in Zukunft immer wieder mal passieren.«

Achselzuckend prostete sie Eve mit ihrem Cocktail zu. »Damit kommen wir beide klar, denn wir sind Profis und verstehen etwas von unserem Beruf. Aber wir haben auch persönliche Verbindungen.«

Eve kostete von dem wirklich guten Wein und studierte das betörende Gesicht der anderen Frau. »Haben Sie diese Rede einstudiert?«

Obwohl sie eine ihrer makellosen Brauen hochzog, fuhr DeWinter mit ruhiger Stimme fort: »Nein, aber ich hatte jede Menge Zeit, darüber nachzudenken. Also … ich bin mit ein paar von Ihren Freundinnen und Freunden ebenfalls befreundet. Beispielsweise mit Nadine und Mavis, weshalb Mavis mich auch zur Geburtstagsfeier der kleinen Bella eingeladen hat. Ein wirklich tolles Fest, nicht wahr?«

»Für Mavis ist auch ein ganz normaler Wochentag ein Fest.«

»Das ist ein Teil ihres besonderen Charmes. Ich mag sie wirklich sehr, obwohl ich weiß, dass Mavis eine der Ihren ist …«

»Mavis gehört mir nicht.«

»Aber sie ist Ihnen wirklich wichtig und gehört zu Ihrem engsten Freundeskreis. Sie achten sorgfältig darauf, wen Sie in diesen Kreis mit einbeziehen, und das respektiere ich. Wir beide werden sicher niemals BFFs, aber …«

»Wir werden niemals *was*?«

»Entschuldigung, das ist der Einfluss meiner Tochter«, erklärte DeWinter ehrlich amüsiert. »*Best friends forever.* Beste Freundinnen für alle Zeiten. Natürlich können wir es auch in Zukunft bei der rein beruflichen Beziehung lassen, doch ich wüsste wirklich gern, was Sie dermaßen an mir stört.«

»Darüber denke ich nicht nach.«

Lächelnd gönnte sich DeWinter einen weiteren Schluck von ihrem pinkfarbenen Drink. »Vielleicht könnten Sie das ja kurz tun.«

Eve wusste wirklich nicht, warum das für DeWinter wichtig war, und achselzuckend meinte sie: »Im Grunde weiß ich gar nicht, wer Sie sind. Sie machen einen super Job, das ist alles, was mich interessiert.«

»Ich kann mitunter ziemlich herrisch sein, aber das sind Sie auch.«

»Okay.«

»Wir gehen einen Fall vielleicht nicht immer aus derselben Perspektive an, aber wir haben dasselbe Ziel.«

»Das stimmt.«

»Sie sind nicht unbedingt die Art von Mensch, die ich zur Freundin haben wollte, weil Sie oft erschreckend unhöflich, stur und fürchterlich verkniffen sind.«

Obwohl sich Eve an dem Wort verkniffen störte, schenkte sie sich einen Kommentar und fragte nur: »Was machen wir beide dann hier?«

DeWinter beugte sich ein wenig zu ihr vor. »Trotz aller dieser Eigenschaften sind nicht nur die Mitarbeiter Ihres Dezernats, sondern auch die Menschen in Ihrem privaten Umfeld Ihnen gegenüber durch und durch loyal, dazu werden Sie von einem Mann, den ich bewundere und respektiere, abgöttisch geliebt.«

Eve griff nach einer weiteren Olivenstange. »Vielleicht steht er ja auf unhöfliche, sture und verkniffene Frauen.«

»So sieht's auf alle Fälle aus. Aber ich weiß, dass er ein guter Menschenkenner ist und immer das Gesamtbild sieht. Ich sehe Ihren kleinen, aber äußerst bunten Freundeskreis. Ich interessiere mich zwar auch für das Gesamtbild, aber nebenher auch fürs Detail, deshalb haben Sie mich neugierig gemacht.«

Lässig griff auch sie nach einer Olivenstange. »Vielleicht auch wegen Morris, weil auch Morris einer Ihrer Leute ist.«

Eve runzelte die Stirn. »Genau wie Mavis gehört mir auch Morris nicht.«

»Natürlich nicht, doch er gehört nun mal zu Ihrem Kreis, und mir ist klar, dass Sie die Loyalität, die er Ihnen entgegenbringt, erwidern. Aber auch wir sind gute Freunde, obwohl nichts zwischen uns läuft.«

»Ich wüsste nicht, was mich das …«

»… angeht? Das ist ja wohl blödsinnig, und dass Sie nicht drüber reden wollen, ist ein weiterer Beweis für Ihre furchtbare Verkniffenheit«, stellte DeWinter fest und lachte, als sie das erboste Blitzen in Eves Augen sah. »Ich glaube nicht, dass Sie so etwas allzu oft zu hören bekommen.«

»Nur wenn mein Gegenüber sich eine einfangen will.«

»Ich weiß Ihre Zurückhaltung zu schätzen, trotzdem werde ich Ihnen sagen, wie es zwischen mir und Morris steht. Ich schätze ihn als Freund, doch obwohl er innerlich wie äußerlich perfekt ist und ich selber auch nicht unattraktiv bin, fühlen wir uns nicht erotisch zueinander hingezogen.«

Leise seufzend wandte sie sich ab, dann aber fügte sie hinzu: »Ich gebe zu, ich habe mir des Öfteren gewünscht, es wäre anders, doch so ist es einfach nicht. Weder Morris noch ich haben Schmetterlinge im Bauch. Ich kannte Amaryllis nicht, aber ich weiß, er hat sie sehr geliebt. Sie kennen sich mit dieser Form von Liebe aus und wissen, dass ihr Tod ein fürchterlicher Schlag für ihn war. Denn Sie waren damals und Sie sind noch immer für ihn da.«

Eve wusste, wenn ihr jemand Quatsch erzählte und wenn jemand ehrlich war. Ganz eindeutig machte ihr die andere Frau im Moment nichts vor.

Etwas besänftigt meinte sie: »Er trauert immer noch um sie. Zwar nicht mehr wie am Anfang, aber sie fehlt ihm doch sehr.«

»Das stimmt, vielleicht hört das auch nie völlig auf. Wir sind uns in einer Zeit begegnet, als wir beide Freundschaft und Gesellschaft brauchten, wenn wir was miteinander angefangen hätten, hätte das die Sache unnötig verkompliziert. Wir haben zahlreiche gemeinsame Interessen, und außerdem ist er auch ein guter Freund für meine Tochter, die die Liebe meines Lebens ist. Ich brauche Morris nicht, damit er eine Leerstelle in meinem Innern füllt. Dafür brauche ich niemanden, weil es so eine Leerstelle in meinem Innern gar nicht gibt, vor allem aber möchte ich das Leben meines Babys nicht dadurch verkomplizieren, dass ich ihr einen Typ vor die Nase setze, der im Grunde nichts mit ihr zu tun hat, weil er nicht ihr Vater ist.«

Mit einem neuerlichen Seufzer fuhr sie fort: »Obwohl der Sex mir durchaus fehlt. Trotzdem ist und bleibt Miranda nun einmal mein Ein und Alles, und es macht mich glücklich, dass sich Li so gut mit ihr versteht und andersherum sie sein Leben etwas heller macht.« Nach einer kurzen Pause offenbarte sie: »Sie war es auch, die wollte, dass ich mich mit Ihnen treffe.«

»Ach. Warum das denn?«

»Sie hat Ihren Namen schon des Öfteren gehört und Sie im Fernsehen und im Internet gesehen. Es ist ein bisschen schwierig, sie von diesen Dingen fernzuhalten, weil sie sich nun einmal dafür interessiert und wirklich clever ist. Außerdem haben Sie und Roarke Bella zum Geburtstag dieses Puppenhaus geschenkt. Das war ein echter Volltreffer. Aber bevor ich Ihnen meine Tochter vorstellen konnte, waren Sie schon nicht mehr da.«

»Es gab einen Vorfall, wir mussten plötzlich weg.«

»Ich weiß. Das habe ich gehört. Wie geht es dem Beamten, der dabei verwundet worden ist?«

»Er ist zwar noch krankgeschrieben, aber auf dem Weg der Besserung.«

»Das freut mich zu hören.«

»Wir sind danach noch einmal zurückgekommen. Zu der Feier.«

»Ja, das hat Li mir erzählt, aber da waren wir schon nicht mehr da. Meine Tochter musste einem Schulprojekt den letzten Schliff verpassen. So hat sie es ausgedrückt. Ich wiederhole noch einmal – Morris und ich sind einfach nur gute Freunde, weiter nichts. Wenn Sie also Probleme mit mir haben, hoffe ich doch sehr, es geht Ihnen dabei nicht um ihn.«

»Okay.« Eve trank ein Schlückchen Wein und dachte nach. »Ich kenne Sie im Grunde nicht, und das bisschen, was ich bisher mitbekommen habe, ist mir völlig fremd. Sie wirken auf mich wie ein fürchterlicher Snob, der superstolz auf all die Buchstaben vor seinem Namen ist.«

Zum ersten Mal regte sich DeWinter auf. »Ich bin kein Snob!«

»Und was ist das für ein Zeug, das Sie da trinken? Warum hatten Sie so einen affigen, französischen Akzent, als Sie erzählt haben, wie der Cocktail heißt?«

»Ich trinke diesen Cocktail einfach gerne, und dass ich Französisch kann, macht mich noch lange nicht zu einem Snob.«

Eve hätte nicht gedacht, dass sie es schaffen würde, die Anthropologin aus dem Gleichgewicht zu bringen, und fuhr zufrieden lächelnd fort: »Außerdem stolzieren Sie permanent in diesen schicken, sorgsam aufeinander abgestimmten Klamotten herum.«

»Dafür haben Sie Sechstausend-Dollar-Stiefel an.«

»Habe ich nicht.« Entgeistert schob Eve einen ihrer Füße vor und starrte ihren Stiefel an. »Oh Gott.« Wahrscheinlich hatte Roarke für diese Dinger wirklich so viel Kohle auf den Tisch gelegt. »Aber der Unterschied ist der, dass ich nicht weiß, wie teuer Ihre Stiefel sind, und dass niemand mit nur einem Funken Grips etwas anziehen würde, worin man nicht richtig laufen kann.«

DeWinter wirkte ehrlich überrascht. »Sie haben ein Problem damit, wie ich mich anziehe?«

»Das zeigt, was für ein Mensch sie sind«, beschloss die Mordermittlerin spontan.

»Das zeigt, was für ein Mensch ich bin?« DeWinter fuchtelte mit einem Olivenstängel vor Eves Gesicht herum. »Sie haben sich nur aufgrund von meinem Aussehen eine Meinung über mich gebildet? Von einer derart guten Polizistin hätte ich eindeutig mehr erwartet.«

»Sie genießen es unglaublich, vor der Kamera zu stehen.«

»Ach ja? Und wie sieht es mit Ihnen aus? Eine Ihrer engsten Freundinnen ist eine Journalistin, die Sie andauernd ins Fernsehen holt.«

»Ich gehe nur in ihre Sendung, wenn es den Ermittlungen dient.«

»Und was ist mit dem Buch, das sie über den Icove-Fall geschrieben hat? Und mit dem für den Oscar nominierten Film?«

»Genau, sie hat das Buch über den Icove-Fall geschrieben und nicht über mich. Und Sie haben einen Hund gestohlen.«

»Um Himmels willen!«

»Sie haben einen misshandelten, vernachlässigten Hund gestohlen, weil niemand anderes ihm helfen wollte. Sie haben diesen Hund behalten. Ich glaube daran, dass man jede arme Kreatur beschützen und ihr helfen muss, selbst wenn jemand keinen Menschen, sondern einen Hund misshandelt, ist es wichtig, einzugreifen, und das haben Sie getan. Ein Punkt für Sie.«

»Ich kriege einen Punkt für meinen Hund?«

»Genau, und vielleicht auch noch einen für Morris, denn ich habe ein Gespür dafür, wenn jemand mir was vormacht, und das haben Sie eben nicht getan. Vor allem tun Sie ihm wirklich gut. Es geht ihm langsam besser, vielleicht haben Sie ja was damit zu tun.«

»Ich habe Morris wirklich gern.«

»Das habe ich kapiert. Deshalb sind Sie zwar immer noch ein Snob und mediengeil, aber das ist mir klar.«

DeWinter lehnte sich auf ihrem Stuhl zurück und stellte schnaubend fest: »Bei Gott, ich weiß beim besten Willen nicht, weswegen Sie mir auch nur annähernd sympathisch sind.«

»Genauso geht's mir andersherum auch. Und da ich finde, dass es völlig reicht, wenn wir uns nicht vollkommen unsympathisch sind, werde ich jetzt nach Hause fahren.«

»Aber Sie haben Ihren Wein noch gar nicht ausgetrunken …«, fing DeWinter an, dann klirrte plötzlich Glas, und beide Frauen sahen sich kurz um. Dann aber griff sie abermals nach ihrem

Cocktailglas und stellte achselzuckend fest: »Ich selbst trinke auf jeden Fall noch aus.«

Statt ebenfalls nach ihrem Glas zu greifen, sprang Eve auf.

Der Tisch, an dem Larinda Mars und der ihr unbekannte Mann gesessen hatten, war nicht mehr besetzt. Stattdessen torkelte die Klatschreporterin durch das Lokal, und unter ihren Schuhen knirschte es, weil einer der Kellner ein Tablett voll Gläser hatte fallen lassen, als er mit der Frau zusammengestoßen war.

Larindas Augen waren glasig, und sie starrte reglos auf das Blut, das aus dem rechten Ärmel ihres pinkfarbenen Catsuits auf den Boden troff.

Eve stürzte auf sie zu, und jemand anderes fing an zu schreien.

Bevor sie Mars erreichte, fiel diese einfach um und riss Eve mit, als sie zu Boden ging.

»DeWinter!«, brüllte Eve und zerrte an Larindas engem Ärmel, um zu sehen, was der Grund für die verdammte Blutung war.

»Ich bin schon da. Drücken Sie ihren Arm ab.«

»Aber wo?«

DeWinter ließ sich auf die Knie fallen und drückte beidhändig Mars' rechten Bizeps ab. »Wir müssen den Ärmel aufschneiden. Ich brauche etwas, womit ich sie verbinden kann, denn sie hat schon jede Menge Blut verloren.«

Eve sprang wieder auf und grub in ihrer Tasche nach dem kleinen Messer, das sie immer bei sich trug. »Hier, nehmen Sie. Sie da!« Sie hielt eine der Serviererinnen fest. »Niemand verlässt den Raum.«

»Aber ich kann nicht …«

»Sperren Sie die verdammte Tür ab«, fauchte sie und zog sich eilig den Gürtel aus. »Und Sie da!«, wandte sie sich, als die Leute panisch durcheinanderliefen, einem der drei Barkeeper zu. »Rufen Sie einen Krankenwagen. Jetzt, sofort. Wir brauchen einen Arzt.«

»Ich bin Mediziner«, rief ein Mann und kämpfte sich durch das Gedränge bis zu ihnen durch.

»Ich auch«, erklärte ihm DeWinter und schnitt eilig den verfluchten Ärmel auf. »Ich fühle keinen Puls.«

»Es ist die Oberarmarterie.« Er schwang sich rittlings auf Mars' Beine und presste in einem gleichmäßigen, festen Rhythmus beide Hände auf ihr Herz. »Machen Sie ihr einen Druckverband. Wenn wir sie am Leben halten können … sagen Sie den Sanitätern, dass wir Blut brauchen. 0 negativ. Sie braucht so schnell wie möglich eine Transfusion.«

Eve überließ die Frau der Ärztin und dem Arzt und wandte sich den Umstehenden zu.

»Alle bleiben, wo sie sind!« Sie zückte ihre Dienstmarke und hielt sie in die Luft. »Ich bin Polizistin. Setzen Sie sich hin und machen Sie den Ärzten Platz.« Als ein Mann in einem Kaschmirmantel die Bedienung von der Tür wegschieben wollte, baute sie sich drohend vor ihm auf. »Hinsetzen, habe ich gesagt.«

»Sie haben nicht das Recht …«

Sie schob den Mantel weit genug zurück, damit er ihre Waffe sah. »Wetten, dass?«

Obwohl er sie mit einem bitterbösen Blick bedachte, stapfte er zur Bar und blieb dort stehen.

»Niemand verlässt den Raum. Und niemand außer Polizei und Sanitätern kommt hier rein.«

»Die Sanitäter brauchen wir nicht mehr.« Mit blutverschmierten Händen richtete DeWinter sich auf ihren Fersen auf. »Sie ist tot.«

Das war's dann wohl mit dem freien Abend, dachte Eve und rief bei der Zentrale an.

Dies war eine Kneipe voller Leute, unter denen sich unter Umständen ein Mörder befand. Obwohl sie davon ausging, dass der Mensch, der Mars verwundet hatte, längst verschwunden war. Also müsste sie zunächst mit denen vorliebnehmen, die geblieben waren.

»Ruhe!«, brüllte sie, und als es endlich etwas leiser wurde, fügte sie hinzu: »Ich will, dass alle bleiben, wo sie sind.«

»Ich will nach Hause«, schluchzte eine junge Frau, und Eve nickte ihr zu.

»Das kann ich gut verstehen, ich werde alles tun, damit Sie alle möglichst schnell von hier verschwinden können, aber zuerst müssen diese beiden Tische hier in den hinteren Bereich des Raums verschoben werden.«

»Da vorn ist alles voller Blut.«

»Das stimmt, deshalb setzen Sie sich bitte auch woanders hin. Nehmen Sie Ihre Sachen mit und gehen Sie an das Ende des Raums.«

»Warum haben Sie hier das Kommando?«, wollte jemand wissen. »Sie haben nicht das Recht, uns festzuhalten.«

Wieder hob sie einfach ihre Marke hoch. »Das hier ist eine Polizeimarke. Ich bin Lieutenant Eve Dallas und ich führe polizeiliche Ermittlungen durch.«

»Uh, Ma'am?« Die Bedienung an der Tür hob brav die Hand.

»Lieutenant.«

»Nun, die Sanitäter sind jetzt da, sie fahren gerade vor.«

»Lassen Sie sie rein, und dann gehen bitte endlich alle auf die andere Seite des Raums.«

Eine Frau stand auf, streckte zitternd die Hand nach ihrer Tasche aus und fiel dann einfach um. Sofort brachen auch alle anderen erneut in Panik aus, doch Eve wandte sich erst einmal den Sanitätern zu, die in ihre Richtung kamen.

»Kümmern Sie sich zuerst um die ohnmächtige Frau da vorn. Für die, die hier in ihrem Blut liegt, können Sie nichts mehr tun.« Dann wandte sie sich abermals den Gästen zu und bat: »Hören Sie zu! Ich kann Ihre Namen und Aussagen hier im Lokal aufnehmen und Sie dann gehen lassen, oder ich kann einen Wagen rufen, der Sie alle auf die Wache bringt. Die Entscheidung liegt bei Ihnen. Wenn Sie schnell hier raus wollen, geben Sie jetzt Ruhe, und die Leute an dem Tisch da vorne setzen sich woanders hin.«

»Ich lasse meine Freundin nicht allein.«

Eve betrachtete den Mann, der die Frau aufgefangen hatte, als sie ohnmächtig geworden war. »Okay, aber machen Sie Platz, damit die Sanitäter nach ihr sehen können, Mann. Wenn sie wieder zu sich kommt, schirmen Sie ihre Augen vor dem Blut auf dem Boden ab und führen sie dorthin, wo bereits die anderen Leute sitzen oder stehen, und dort tritt bitte jemand seinen Sitzplatz an sie ab. Wie heißt sie überhaupt?«

»Marlee.«

»Also, Marlee braucht gleich einen Stuhl.« Sie wandte sich einem der Barkeeper zu. »Wie sieht's mit einem Glas Wasser für sie aus?«

»Uh. Die Polizei ist da.«

Eve atmete erleichtert auf. »Lassen Sie sie rein und gehen Sie dorthin, wo alle anderen stehen. Danke.«

Die beiden Streifenpolizisten waren besser, als wenn sie auch weiter ganz allein gewesen wäre, dachte Eve. »Ich muss den Teil des Raums hier sichern, und die Leute an dem Tisch da vorn müssen woandershin. Holen Sie ihnen ein paar Stühle.«

»Zu Befehl, Ma'am.«

»Wir brauchen etwas, um die Tote zuzudecken.«

»Nein«, widersprachen Eve und Garnet wie aus einem Mund, und Eve schaute die Ärztin unter hochgezogenen Brauen hervor an.

»Es tut mir leid«, wandte sich DeWinter an den Arzt. »Ich habe Ihren Namen nicht verstanden.«

»Sterling«, stellte er sich vor. »Bryce Sterling«

»Dr. Sterling. Vielen Dank für das, was Sie getan haben. Wir können sie nicht zudecken, weil dann vielleicht forensisches Beweismaterial verloren geht.«

»Ich habe ein paar Stellwände bestellt«, erklärte Eve. Und einen Untersuchungsbeutel, weil ihr eigenes Set im Kofferraum ihres zwei Blocks entfernt geparkten Wagens lag. »Wer hat hier das Sagen?«

»Ich.« Eine der Personen, die die Theke machten, hob die Hand.

»Name?«

»Emily Francis.«

»Miss Francis, haben Sie hier drinnen Überwachungskameras?«

»Nein, wir haben nur welche draußen an der Tür.«

»Gibt es noch einen anderen Ausgang?«

»Durch die Küche.« Sie wies hinter sich.

»Ist dort hinten jemand?«

»Ich … das heißt, ich war bis eben dort«, meldete sich ein junger Mann. »Ich war hinten im Lager, dann hörte ich die Schreie und kam vorgerannt.«

»Und wir waren in der Küche«, sagten die drei Leute mit den weißen Schürzen, die neben der Schwingtür standen, aus.

»Ist jetzt noch jemand dort?«

»Nein. Aber ich müsste nachschauen, ob in der Küche alles ausgeschaltet ist, falls das in Ordnung ist.«

»Sie heißen?«

»Curtis Liebowitz, doch alle nennen mich nur Curt.«

»In Ordnung, Curt, ist in der letzten halben Stunde jemand durch die Küche rausgegangen?«

»Uh-uh. Ich meine, nein. Das hätten wir gesehen.«

»Dann gehen Sie kurz nach hinten, Curt, und kommen, so schnell es geht, zurück. Okay.« Sie wandte sich erneut den Gästen zu. »Ich werde Ihnen sagen, wie es weitergeht. Diese Beamten hier nehmen Ihre Namen, Kontaktdaten und Aussagen auf. Wenn sie und die Beamten, die jetzt gerade auf dem Weg sind, damit durch sind, können Sie gehen.«

Sie sah die beiden Polizisten an. »Wir müssen wissen, welche Gäste in der Nähe unseres Opfers saßen, falls sie noch hier sind, halten Sie sie bitte fest.«

»Verstanden, Ma'am.«

»Dann los, an die Arbeit. Emily, nicht wahr?«

»Ja.«

Eve beugte sich ein wenig zu ihr vor und fragte sie mit leiser Stimme: »Wissen Sie, wem das Lokal gehört?«

»Ja, das weiß ich.«

»Wissen Sie auch, wer ich bin?«

»Ja. Das wurde mir klar, als ich Ihren Namen hörte, aber …«

»Gut. Sie müssen dafür sorgen, dass die Angestellten ruhig bleiben und Wasser oder Limonade an die Gäste, die noch hier sind, austeilen. Bekommen Sie das hin?«

»Ja. Lieutenant? Ich … kenne sie. Das Opfer, meine ich. Miss Mars. Larinda Mars.«

»Persönlich?«

»Nein. Das heißt, nicht wirklich, aber sie ist Stammgast hier bei uns und sie kommt oft im Fernsehen. Sie berichtet von Berühmtheiten und so.«

Das Mädchen wirkte grundsolide, dachte Eve. Das aber hätte sie sich denken können, nachdem ihr von Roarke die Leitung eines seiner Läden übertragen worden war. »Ich sehe den Mann nirgendwo, mit dem sie vorhin noch an einem Tisch gesessen hat.«

»Ich glaube, der ist vorher weggegangen … als sie auf der Toilette war. Ich meine, sie ist durch die Tür da vorn gegangen, die zu den Toiletten führt, deswegen dachte ich, sie hätte sich kurz frisch gemacht.«

»Kannten Sie den Mann, mit dem sie hier war?«

»Nein, aber er hat die Drinks mit seiner Smartphone-App bezahlt, ich kann gerne nachsehen, wie er heißt.«

»Das wäre nett, danach lassen Sie die anderen die Getränke austeilen. Aber keinen Alkohol, okay?«

»Okay.«

»Wer hat an ihrem Tisch bedient?«

»Der Tisch gehört zu Kyles Bereich.« Sie sah sich um und nickte mit dem Kinn dorthin, wo er mit zwei Servierinnen stand. »Er steht da vorn bei Cesca und bei Malory.«

»Okay, dann gucken Sie jetzt für mich nach, wie Mars' Begleiter heißt.«

Eve selbst ging wieder zu der Toten und wandte sich DeWinter zu. »Ich kann sie zwar noch nicht genauer untersuchen, aber ich und die Geschäftsführerin wissen, wer sie ist. Sie heißt Larinda Mars.«

»Wusste ich es doch, dass ich sie schon mal irgendwo gesehen hatte«, stimmte DeWinter ihr zu. »Und zwar im Fernsehen.«

»Und mein Rekorder hat dazu noch aufgenommen, wie Sie und Dr. Sterling festgestellt haben, dass sie nicht mehr am Leben ist.«

»Sie haben uns aufgenommen?«

»Meine Güte, regen Sie sich ab. Ich habe den Rekorder eingeschaltet, als sie auf mich zugetaumelt ist. Dr. Sterling, was meinen Sie als Mediziner, wie lange es dauert, bis jemand von ihrer Größe und ihrem Gewicht nach einem Schnitt in seine – Was genau? Die Oberarmarterie? – verblutet ist?«

»Kommt ganz drauf an. Vielleicht nur zwei Minuten, vielleicht hält er auch ein paar Minuten länger durch. Im Grunde aber war sie bereits tot, bevor wir sie gesehen haben, denn sie hatte schon so viel Blut verloren, dass sie nicht mehr zu retten war.«

»In Ordnung. Dann hat also jemand ihre Oberarmarterie verletzt. Was war ihre unmittelbare Reaktion darauf?«

»Kommt ebenfalls drauf an. Obwohl das Blut mit jedem Herzschlag aus der Öffnung schießt, würde es bei einem kleinen Kratzer oder einem kleinen Schnitt trotz allem ziemlich langsam gehen. Wenn man die Wunde nicht gleich abdrückt, ist man erst einmal verwirrt, orientierungslos, steht unter Schock, bis man am Schluss bewusstlos wird und stirbt.«

»In Ordnung. Vielen Dank. Ich schreibe mir noch schnell Ihre Adresse auf, dann können Sie nach hinten in die Küche und sich sauber machen, wenn Sie wollen. Danach dürfen Sie gehen.«

»Meine Frau ist auch hier. Sie …«

»Ich werde dafür sorgen, dass sie umgehend vernommen wird, damit sie Sie begleiten kann.«

In diesem Augenblick erschienen ihre Partnerin und deren Schatz.

Detective Peabody trug eine bunte Pudelmütze auf dem momentan kinnlangen, dunklen Haar, und Elektronikass McNab erhellte den gesamten Raum mit seinen karierten Airboots und der leuchtend roten Jacke, die er trug.

Eve lief eilig auf die beiden zu und wehrte ihre Fragen mit erhobenem Zeigefinger ab. »Peabody, Sie nehmen erst mal die Kontaktdaten und Aussage des Mannes auf, der bei der Toten steht. Er ist Arzt, und seine Frau ist irgendwo da drüben in der Menge. Also sprechen Sie danach mit ihr und lassen dann die beiden gehen. Als Nächste nehmen Sie sich die Angestellten vor. Wenn jemand etwas gesehen hat, dann wahrscheinlich sie. McNab, die junge Frau hinter der Theke heißt Emily Francis und wird Ihnen sagen, wo die Aufnahmen der Kameras zu finden sind. Leider gibt es hier nur Kameras über dem Eingang draußen.«

Sie schnappte sich den Untersuchungsbeutel, den er in den Händen hielt. »Ich habe Stellwände geordert, um unsere Tote abzuschirmen. Stellen Sie sie auf, sobald sie kommen, ja? Ich selber gehe jetzt in den Keller, weil sie dort wahrscheinlich angegriffen worden ist.«

»Nur eine Frage«, meinte Peabody und reckte einen Finger in die Luft. »Was in aller Welt ist hier passiert?«

»Sieht aus, als hätte jemand keine Lust mehr auf die Klatschgeschichten aus der High Society gehabt. Und jetzt halten Sie die Leute hier in Schach«, fügte sie noch hinzu und folgte dann der Blutspur bis zur Tür hinter der Bar.

2

Von dort aus ging es weiter einen kurzen Flur hinab zu einer Treppe und dann zu den Toiletten – einer Tür mit einer stilisierten Frauensilhouette und der Aufschrift *Femmes* und einer Tür mit einer maskulinen Silhouette und der Aufschrift *Hommes.*

Die Blutspur führte bis zum Frauenklo, dort blieb Eve kurz stehen, um ihre Hände und die Stiefel einzusprühen.

Sie schob die Tür behutsam auf und sah sofort die Blutspritzer entlang der goldfarben gestrichenen Wand und an dem breit gerahmten Spiegel oberhalb des lang gezogenen, silberfarbenen Beckens mit den elegant geschwungen Armaturen.

Auch auf dem Boden fand sich eine Lache, die bereits ein wenig eingetrocknet war.

Eve bahnte sich den Weg daran vorbei und öffnete die große, pinkfarbene Tasche, die unweit des Waschbeckens an einem Haken hing.

»Dem Ausweis in der Tasche nach gehörte sie dem Opfer. Außer den Papieren enthält sie einen Panikknopf und Pfefferspray und – sieh mal einer an – einen illegalen Stunner. Entweder litt die Frau unter Verfolgungswahn oder sie wusste, dass ihr irgendwer aus welchem Grund auch immer auf den Fersen war.«

Eve sah sich um. »Dieser Lippenstift auf dem Regal unter dem Spiegel ist wahrscheinlich auch von ihr.«

Die Fingerabdrücke, die auf der Hülle prangten, stammten tatsächlich von Mars. Sie tütete sie ein, versiegelte den Beutel und beschriftete ihn fürs Labor.

»Sie war also auf der Toilette, dann hat sie sich die Lippen nachgezogen und sich vielleicht noch die Haare aufgebauscht. Wahrscheinlich ist der Angreifer ihr bis hierher gefolgt. Ich glaube nicht, dass er bereits auf der Lauer lag, als sie hereingekommen ist. Er brauchte eine Waffe, auch wenn dieser Angriff vielleicht nicht von langer Hand geplant war. Dann ist er auf sie losgegangen und hat ihr kurzerhand die Schlagader durchtrennt. Der ersten Untersuchung nach hat sie nur diese eine Schnittwunde am Arm, das heißt, er wusste, wo er sie erwischen musste, oder hatte Riesenglück. Wobei ich eher denke, dass er wusste, was er tat.«

»Hat sie geschrien?« Eve stellte sich Larinda Mars beim Händewaschen vor.

Die Tür wurde geöffnet, und das Opfer konnte den Angreifer im Spiegel sehen.

Dem Spritzmuster des Bluts nach hatte sie sich ihrem Mörder zugewandt.

»Falls sie geschrien hat, war es auf jeden Fall nicht laut genug, dass dieser Schrei für uns zu hören war. Wie es aussieht, hat der Angreifer genau gewusst, wie er sich stellen musste, damit er das Blut, das aus der Wunde schießt, nicht abbekommt. Oder er hat die Blutspritzer an seinen Kleidern unter einem Mantel oder so versteckt und entweder Handschuhe getragen und dann ausgezogen oder sich das Blut an einem von den Becken hier von seinen Händen abgewaschen, ehe er verschwunden ist.«

Sie schloss kurz die Augen und stellte sich das Treiben oben vor. Sie selber hatte dort vor einem gottverdammten Drink gesessen, während hier jemand ermordet worden war.

Kopfschüttelnd schlug sie ihre Augen wieder auf und sah sich abermals auf der Toilette um.

»Vier Kabinen. Alle makellos. Kein Zeichen einer Auseinandersetzung oder eines Kampfs. Abgesehen von dem Blut ist alles sauber, ordentlich und aufgeräumt.«

Vielleicht hatte Mars ja Streit mit jemandem. Mit ihrem Begleiter, einem anderen Gast oder jemandem, der sie verfolgt hatte und nach ihr ins Lokal gekommen war.

Eve konnte noch nicht sagen, wie es abgelaufen war.

Sie nahm eine Probe von dem Blut, das auf dem Boden klebte, und überließ den Rest der Spurensicherung.

Dann tat sie, was sie bisher vor sich hergeschoben hatte, was jetzt aber nicht mehr zu vermeiden war.

Nach dreimaligem Läuten tauchte das Gesicht mit den unglaublich blauen Augen und den wundervoll geschwungenen Lippen auf dem Bildschirm ihres Handys auf.

»Lieutenant«, grüßte Roarke und lächelte sie an. »Wie läuft's mit dir und Garnet?«

»Wir sind zusammen im *Du Vin.*«

»Ein Hauch von Frankreich. Also hat wahrscheinlich sie den Treffpunkt ausgesucht«, stellte er mit einer Spur von Irland in der Stimme fest. »Wie gefällt's dir dort?«

»Es war okay, bevor ein neuer Fall dazwischenkam.«

»Oje. Das tut mir für das Opfer und mich selber leid, weil es jetzt sicher dauern wird, bis du nach Hause kommst.«

»Das stimmt. Wobei ich die Ermittlungen erst einmal hier in deiner schicken Bar durchführen kann. Ich habe nämlich selbst das Opfer aufgefangen, als es zusammengebrochen ist.«

Sein Lächeln schwand, und die blauen Augen wurden kalt. »In einem meiner Läden wurde jemand umgebracht?«

»Ich bin gerade auf dem Frauenklo und fürchte, dass du hier neu streichen lassen musst.«

»Ich komme.«

»Der Form halber muss ich dir sagen, dass du nicht zu kommen brauchst. Aber natürlich ist mir klar, dass du jetzt nicht zu Hause bleiben willst. Das heißt, wir sehen uns hier. Es tut mir leid.«

»Mir auch.«

Er legte auf, und während sie ihr Handy wieder in die Tasche schob, öffnete Peabody die Tür und schaute sich mit braunen Augen um.

»Tja nun, auf alle Fälle wissen wir, wo man sie angegriffen hat.«

»Das stimmt.«

»Die Stellwände sind da und wurden auch schon aufgestellt. Es hilft den Leuten, dass sie jetzt die Tote nicht mehr sehen, trotzdem sind sie noch entsetzlich aufgeregt. Soll ich mich um die Leiche kümmern oder um die Gäste und das Personal?«

»Am besten nehmen Sie erst einmal die Aussagen der Gäste auf. Die beiden Streifenpolizisten haben die Leute rausgesucht, die in Mars' Nähe saßen, am besten fangen Sie mit denen an. Sie selber saß mit einem Mann am Tisch. Mitte dreißig, farbig, blaue Augen und gewelltes, braunes Haar. Er schien nicht gerade arm zu sein, denn er trug einen teuren dunkelgrauen Maßanzug, ein blaues Hemd und einen blau-grau gestreiften Schlips mit einem Hauch von Rot. Auch seine Uhr sah teuer aus. Das Armband war aus Silber oder Weißgold, was von beidem, weiß ich nicht genau.«

»Wie nahe waren Sie den beiden?«

»Eindeutig nicht nah genug, obwohl sie beide gut zu sehen waren. Er sah während ihrer Unterhaltung alles andere als glücklich aus.«

»Sie wissen, wer die Tote ist, nicht wahr?«

»Larinda Mars, die Königin des Klatschs und Tratschs. Auch wenn das noch nicht offiziell bestätigt ist. Inzwischen hat die Frau, die hier den Laden schmeißt, bestimmt den Namen ihres Begleiters für mich herausgesucht. Nehmen Sie also die Aussagen der Leute auf, dann überprüfe ich den Kerl.«

»Was ist mit der Spurensicherung?«

»Bestellen Sie die Techniker und auch die Leute aus dem Leichenschauhaus ein.«

Eve schaute sich ein letztes Mal auf der Toilette um und griff dann nach der Handtasche der toten Frau. »So große Beutel, um sie einzutüten, haben wir nicht.« Das hieß, dass ihr nichts anderes übrig blieb, als sie zu leeren und den Inhalt und die Tasche auf zwei Beutel zu verteilen.

Dann trug sie die Sachen hinauf und wandte sich direkt an Emily. »Haben Sie einen Karton mit einem Deckel?«

»In meinem Büro. Ich werde Ihnen einen holen«, bot die Geschäftsführerin an. »Der Mann, der mit Miss Mars an einem Tisch saß, heißt Fabio Bellami. Ich habe Ihnen die Kontaktdaten notiert.«

Eve nahm den Zettel an. »Vielen Dank, das hilft mir sehr.«

»Dann hole ich jetzt den Karton.«

Eve schob den Zettel in die Tasche, um sich endlich Mars genauer anzusehen.

DeWinter glitt geschmeidig von dem Barhocker, auf dem sie Platz genommen hatte, während Eve im Souterrain gewesen war.

»Kann ich etwas tun?«

Eve blickte auf die Stellwand, hinter der ihr Opfer lag. »Ich glaube nicht, dass dies ein Job für eine forensische Anthropologin ist.«

»Ich war dabei, als sie ermordet worden ist, und habe gerade erst ihr Blut von meinen Händen abgewaschen. Deshalb hoffe ich doch sehr, dass ich Ihnen auf irgendeine Weise helfen kann.«

Eve blickte auf die Gäste, die noch immer auf der anderen Seite des Lokals zusammengedrängt verfolgten, was geschah. »Sterling ist noch hier.«

»Er und seine Frau haben die Erlaubnis, heimzufahren, aber als dann jemand völlig panisch wurde und eine der anderen Frauen umgefallen ist, hat er gesagt, dass er noch bleibt und nach den beiden sieht. Er scheint ein wirklich guter Arzt zu sein. Vielleicht hätte er sogar das Opfer retten können, wenn es fünf Minuten eher wieder heraufgekommen wäre. Wobei das natürlich reine Mutmaßungen sind.«

»Die können manchmal durchaus nützlich sein.« Eve hielt ihr eine Dose hin. »Sprühen Sie sich die Hände und die Stiefel ein.«

»Verzeihung, was?«

»Wenn Sie mir helfen wollen, sprühen Sie sich die Hände und die Stiefel ein. Auch wenn bereits ein bisschen Blut an Ihren schicken Tretern klebt.«

DeWinter sah an sich herab. »Verdammt.« Dann aber sprühte sie gehorsam ihre Hände und die Stiefel ein und trat hinter die Stellwand, wo Eve ihren Identifizierungspad gegen den Daumen des Opfers hielt. »Das Opfer ist Larinda Mars, siebenunddreißig Jahre alt …«

»Ich glaube nicht«, fiel Garnet ihr ins Wort und handelte sich einen bösen Blick des Lieutenants ein. »Ich kann sie gerne untersuchen, doch ich schätze, dass sie eher so um die Mitte vierzig war.«

»Okay. Nur steht in ihrem offiziellen Ausweis eben, dass sie siebenunddreißig war. Wohnhaft in der Park Avenue 265, Penthouse 3. Ledig, ohne eingetragene Partnerschaft und kinderlos. Jetzt geben Sie mir das Messgerät, mit dem ich ihren offiziellen Todeszeitpunkt feststellen kann.«

Während Garnet danach suchte, schaute Eve sich Mars noch einmal genauer an. »Sie hat nur diese eine Schnittwunde am Arm. Wobei der Pathologe sie sich noch genauer ansehen wird.« Sie nahm das Messgerät und las den Todeszeitpunkt ab. »Todeszeitpunkt achtzehn dreiundvierzig, was zu meiner Live-Aufnahme des Geschehens passt. Das Aussehen der Wunde deutet auf ein scharfes Instrument hin, das den Ärmel ihres Catsuits und das Fleisch durchdrungen hat.«

Sie richtete sich auf den Fersen auf. »Sie ist von hier aufs Klo gegangen, wo sie dann angegriffen wurde. Sie ist durch einen Gang zur Treppe in den Keller gegangen, dort aufs Klo, kam wieder rauf, lief wieder durch den Gang und ein paar Schritte durchs Lokal, bevor sie umgefallen ist.«

»Wollen Sie meine Meinung wissen?«

»Deshalb sind Sie schließlich hier.«

»Sie war nicht gleich orientierungslos. Je nach Schwere der Verletzung hat sie es wahrscheinlich noch problemlos aus dem Waschraum bis zur Treppe und vielleicht sogar noch rauf geschafft, bevor ihr schwindlig wurde und sie orientierungslos herumgetorkelt ist.«

»Die Blutspur ist am Fuß der Treppe dicker, und die Wände links und rechts der Stufen sind mit Blut verschmiert.«

»Wahrscheinlich hat sie sich dort mit den Händen abgestützt. Vielleicht war ihr nicht klar, in welche Richtung sie am besten gehen sollte, bevor sie instinktiv in das Lokal zurückgekommen ist. Schließlich hat in dem Moment die Blutzufuhr zu ihrem Hirn und ihrem Herzen nicht mehr richtig funktioniert.«

»Wie viele Leute kämen Ihrer Meinung nach auf die Idee, die Oberarmarterie eines Menschen zu durchtrennen? Ich meine außer Ihnen selber, anderen Medizinern, Leuten von der Army oder Cops? Mit einem scharfen Gegenstand zielt man normalerweise doch eher auf den Hals oder das Herz, wenn man jemanden töten will. Dann fällt der andere auf der Stelle um, und einem selbst bleibt noch genügend Zeit, um abzuhauen.«

»Ist das eine Frage oder denken Sie nur laut?«

»Sowohl als auch.«

»Jemandem die Kehle durchzuschneiden, ist natürlich äußerst effektiv, aber zugleich auch eine Riesensauerei, die man an einem öffentlichen Ort vielleicht vermeiden will. Und ein Stich ins Herz erfordert große Präzision. Die Oberarmarterie ist lang, das heißt, die Chance ist größer, dass man sie mit einem Stich erwischt. Selbst wenn der Täter ein, zwei Zentimeter weiter oben oder unten zugestochen hätte, hätte er sie sicher umgebracht. Das sieht beim Herzen anders aus.«

»Verstanden. Gut. Wahrscheinlich haben Sie recht.«

»Zu der Frage, wer das alles wissen könnte: Es gibt da ein wirklich interessantes Werkzeug namens Internet …«

»Ja, ja, da findet jeder alles heraus. Aber man müsste extra danach suchen oder nicht?«

»Das hat der Killer ja vielleicht gemacht. Denn schließlich gehen Sie davon aus, dass er sie vorsätzlich ermordet hat«, stellte DeWinter fest und sah noch einmal zu der Toten.

»Bisher sieht es auf jeden Fall so aus. Ihr Handy, ihre Brieftasche und die Kreditkarten waren noch in ihrer Handtasche, und sie hat eine sicher ziemlich teure Kette um den Hals hängen. Das hat den Täter offenbar nicht interessiert, das heißt, dass es ihm um etwas anderes gegangen ist.«

Mit einem leisen Seufzer stand Eve wieder auf. »Wir werden sehen, was sie Morris zu erzählen hat. Jetzt gehen Sie zu Peabody und machen Ihre Aussage.«

»Ich?«

»Sie sind schließlich eine Zeugin, also ja. Wir sollten möglichst gründlich sein. Danach fahren Sie heim. Wahrscheinlich fragt sich Ihre Tochter langsam, wo Sie sind.«

»Ich habe ihr geschrieben, dass es später wird. Und nein, ich habe nicht gesagt, warum.«

»Gut. Dann sprechen Sie jetzt noch mit Peabody und fahren danach nach Hause, denn Sie haben für die Frau getan, was möglich war. Ich bin der Blutspur aus dem Keller bis hierher gefolgt und Sterlings Meinung, dass sie schon so gut wie tot war, als sie umgefallen ist. Nur hatte diese Nachricht ihr Gehirn noch nicht erreicht.«

»Das ist das erste Mal, dass ich dabei war, als jemand gestorben ist«, räumte DeWinter ein. »Es ist was völlig anderes, als sich draußen auf dem Feld oder auf dem Tisch in meinem Labor die Überreste eines Menschen anzusehen. Ich werde jetzt auf jeden Fall nach Hause fahren und meine Tochter in den Arm nehmen. Halten Sie mich auf dem Laufenden, wie's bei Ihren Ermittlungen weitergeht?«

»Das kann ich tun.«

Nachdem DeWinter sie allein gelassen hatte, sah sich Eve die Tote noch einmal an.

Sie hatte schon seit Jahren nicht mehr an Larinda Mars gedacht, auch schon damals hatte sie kaum etwas anderes als Verachtung für die Tätigkeit und einen leichten Widerwillen gegenüber der Person verspürt.

Doch offensichtlich hatte Mars in jemand anderem viel stärkere Gefühle wachgerufen, die dann zu ihrem Tod geführt hatten.

»Wem hast du so ans Bein gepisst, dass er dich umbringen wollte, Mars?«

Sie zerrte ihren Handcomputer aus der Tasche, überprüfte Fabio Bellami, drehte sich um und stieß beinah mit Roarke zusammen, der direkt in ihre Richtung gelaufen kam.

»Na, du warst aber schnell. Moment noch, ja?«

Sie trug die vollen Asservatentüten zu dem Pappkarton, der auf dem Tresen stand.

»Larinda Mars«, bemerkte Roarke.

Sie sah sich um und stellte fest, dass höchstens noch die Hälfte ihrer ursprünglichen Zeugen auf der anderen Raumseite versammelt war und ihre Partnerin jetzt Garnet gegenübersaß. »Ich werde dir sofort erzählen, was passiert ist, aber vorher muss ich noch mit ein paar Zeugen sprechen, damit ich sie gehen lassen kann. Danach fürchte ich, dass das Lokal vorübergehend geschlossen bleiben muss.«

»Das ist mir klar.«

»Inzwischen hat McNab bestimmt die Aufnahmen der Kamera am Eingang, die ich mir noch ansehen muss. Es hätte mir wahrscheinlich sehr geholfen, hättet ihr auch Kameras hier drinnen installiert.«

»Die Gäste mögen keine Kameras in einem so teuren Lokal, für gewöhnlich werden hier auch nicht irgendwelche Leute umgebracht«, erklärte er ihr kalt.

»Ich weiß. Ich muss jetzt noch die letzten Aussagen der Zeugen aufnehmen. Du wirst dich also etwas gedulden müssen, doch die SpuSi und der Leichenwagen sind inzwischen unterwegs.«

Sie ließ die Leute selber rein, erklärte ihnen, was sie machen sollten, und bis sie sich an die Arbeit machten, war nur noch die Handvoll Angestellter, die sie noch vernehmen musste, da.

Sie setzte sich mit Cesca hin.

»Es tut mir leid. Ich habe Sie nicht gleich erkannt …«

»Weswegen hätten Sie mich auch erkennen sollen? Kannten Sie Miss Mars, auch wenn Sie heute Abend nicht für ihren Tisch zuständig waren?«

»Ja, natürlich, schließlich war sie praktisch jeden zweiten Abend hier. Sie mag den Tisch, an dem sie heute Abend saß – und sie mag Kyle, der für gewöhnlich dort bedient.«

»Haben Sie sie vorhin in den Keller gehen sehen?«

»Nein. Ich habe nur gesehen, wie Kyle die leeren Gläser an die Bar getragen hat. Wir hatten ziemlich viel zu tun. So ist es immer zwischen fünf und sieben, wenn die Leute nach der Arbeit etwas trinken wollen. Dr. DeWinter und Sie selbst haben zwar nicht viel bestellt, aber die meisten anderen Leute hatten jede Menge Wünsche, deshalb war ich ständig unterwegs.«

»Das ist mir aufgefallen. Haben Sie vielleicht trotzdem zufällig gesehen, wie Miss Mars von unten kam? Bevor sie umgefallen ist?«

»Ich habe nur den Lärm gehört. Sie wissen schon, als sie im Fallen das Tablett mit all den Gläsern mitgerissen hat. Da habe ich mich umgedreht, genau wie Sie, und habe sie gesehen. Dann hat irgendwer geschrien, und Sie sind losgerannt. Im Grunde konnte ich nicht wirklich sehen, was … ich nehme an, ich habe nicht verstanden, was da vor sich ging. Das Blut und dass sie umgefallen und von Ihnen aufgefangen worden ist … Mir wurde etwas übel, denn ich habe nie zuvor in meinem Leben so viel Blut gesehen. Dann schrien alle durcheinander und in meinem Kopf …« Sie kreiste mit den Fingern links und rechts von ihren Haaren durch die Luft. »Mir wurde schwindlig, und ich habe meinen Kopf zwischen die Knie gelegt. Dann haben Sie gesagt, dass ich die Tür bewachen soll. Das hat mir geholfen. Es hat mir geholfen, etwas zu tun zu haben.«

»Sie haben Ihre Sache wirklich gut gemacht. Haben Sie Miss Mars auch vorher schon mal mit dem Mann gesehen, mit dem sie heute Abend hier gesessen hat?«

»Ich glaube, nicht. Er kam mir nicht bekannt vor, und ich könnte mich bestimmt an ihn erinnern, wenn er vorher schon mal hier gewesen wäre, weil er wirklich gut aussah. Aber wenn man viel zu tun hat und es nicht der eigene Tisch ist …«

»Alles klar. Ihre Kontaktdaten stehen hier in Ihren Unterlagen, oder?«

»Sicher. Schließlich brauchen sie die, um mir mein Gehalt zu zahlen und falls ich mal eine Schicht von jemand anderem übernehmen soll.«

»Dann können Sie jetzt gehen. Sobald der Laden wieder aufmacht, kriegen Sie Bescheid.«

»Kann ich noch auf Sherry warten? Sie ist eine von den Köchinnen und meine Mitbewohnerin. Ich will jetzt nicht allein nach Hause gehen. Die ganze Sache hat mir nämlich ziemlich zugesetzt.«

»Sicher. Soll ich Sie nach Hause fahren lassen?«

»Bis zu unserer Wohnung sind es nur vier Blocks. Aber ich werde trotzdem noch auf Sherry warten, wenn das möglich ist.«

»Na klar. Möchten Sie ein Wasser oder etwas anderes?«

Cesca blickte sie aus tränenfeuchten Augen an. »Ich sollte Sie bedienen und nicht andersrum.«

»Sie haben sich gut gehalten, Cesca. Sie haben Ihre Sache wirklich gut gemacht.«

Sie wischte sich die Tränen fort und stieß mit leiser Stimme aus: »Ich hätte gerne eine Cola, wenn das möglich ist.«

»Natürlich ist es das.«

Entschlossen stand Eve auf und wandte sich an Roarke. »Siehst du das Mädchen mit den violetten Haaren? Sie heißt Cesca und bedient hier im *Du Vin.* Sie ist grundsolide und sie könnte eine Cola brauchen.«

»Alles klar. Ich kümmere mich darum.«

Eve selber setzte sich zu Kyle, der heute Abend für den Tisch, an dem Larinda Mars gesessen hatte, zuständig gewesen war.

»Ich bin Lieutenant Dallas.«

»Ja, das haben Sie schon gesagt. Und ich bin Kyle. Kyle Spinder.«

Als die Bahre mit dem schwarzen Leichensack an ihm vorüberrollte, wandte er sich stöhnend ab.

»Oh Mann, oh Gott, oh Mann.«

»Atmen Sie langsam ein und aus.«

»Das ist das erste Mal in meinem Leben, dass ich eine Tote sehe, und es ist ganz anders als im Fernsehen, Kino oder irgendwelchen Videospielen. Es tut mir leid.«

»Schon gut. Sie haben Miss Mars und Mr. Bellami vorhin bedient.«

»Sie hat wie immer einen Kir Royal bestellt. Er wollte nur ein Mineralwasser mit Eis und mit Zitrone. Dazu hat Miss Mars noch Toastspitzen mit Kaviar bestellt, aber er meinte, dass er keinen Hunger hat.«

»Haben Sie die beiden vorher schon einmal zusammen hier gesehen?«

»Ihn habe ich vorhin zum ersten Mal bedient und vorher auch noch nie gesehen. Aber Miss Mars kommt regelmäßig ins *Du Vin.* Sie trifft sich jedes Mal mit irgendwelchen Leuten, ist immer nett zu mir und steckt mir regelmäßig etwas Bargeld zu. Obwohl sie nie die Rechnung zahlt. Sie lässt die Leute zahlen, mit denen sie sich hier trifft, aber mir steckt sie trotzdem manchmal etwas zu.«

»Worüber haben die zwei geredet?«

Jetzt verzog er schmerzlich das Gesicht. »Über die Gespräche unserer Gäste soll ich eigentlich nicht reden.«

»Diesmal ist es anders, weil es schließlich um Ermittlungen zu einem Mordfall geht.«

Er riss entsetzt die Augen auf. »Sind Sie sicher, dass es nicht ein Unfall war? Vielleicht hatte sie ja einen Unfall. Könnte schließlich sein.«

»Es ist mein Job, dass ich mir sicher bin. Wo waren wir stehen geblieben?«

»Bei der Unterhaltung zwischen diesem Typ und Miss Mars. Ich glaube, es ging um sein Stück. Normalerweise schalte ich bei diesen Dingen einfach ab, denn die Gespräche unserer Gäste gehen uns nichts an. Aber sie haben von diesem Stück gesprochen, das er produziert. Und von irgendwelchen Mädchen, irgendwelchen illegalen Sachen und vielleicht von seiner Frau. Im Grunde habe ich nicht wirklich etwas mitbekommen, denn als ich zu ihnen an den Tisch kam, hat sie aufgehört zu reden, so wie sie es immer macht. Manchmal hat die andere Person dann einfach weiter auf sie eingeredet, aber der Mann heute Abend nicht.«

»Wie haben die zwei auf Sie gewirkt? Wie gute Freunde?«

»Nein.« Kyle schüttelte den Kopf. »Sie hat die ganze Zeit gelächelt, aber er hat alles andere als glücklich ausgesehen. Er wirkte total angepisst – Entschuldigung – verärgert, und ich hatte das Gefühl, als ob sie sich gestritten hätten, auch wenn keiner von den beiden laut geworden ist.«

»Wer von beiden hat den Tisch zuerst verlassen?«

»Sie. Ich hatte ihren Tisch die ganze Zeit im Auge, weil ich dachte, dass sie vielleicht noch etwas bestellen will. Wir hatten viel zu tun, aber ich habe sie beobachtet, deshalb habe ich gesehen, als sie aufgestanden und aufs Klo gegangen ist. Das macht sie jedes Mal, bevor sie geht. Dann hatte ich zu tun, und als ich wieder zu dem Tisch sah, war er nicht mehr da. Ich habe nachgesehen, ob er bezahlt hat, und da das der Fall war, habe ich die leeren Gläser weggeräumt.«

»Wie lange war Miss Mars verschwunden, nachdem der Mann gegangen war?«

»Das weiß ich nicht genau. Aber besonders lange kann es nicht gewesen sein. Ich schätze, fünf bis zehn Minuten, eher fünf. Dann wurde an einem anderen Tisch von mir bezahlt, also habe ich auch dort die Gläser weggeräumt, als ich damit an die Bar kam und dort kurz mit Bent – mit Bentley – reden wollte, stieß Miss Mars mit mir zusammen, ich verlor das Gleichgewicht, und dabei fiel mir das Tablett mit all den Gläsern aus der Hand. Dann sah ich das Blut und wäre beinah selber umgefallen.«

»Ist Ihnen vorher jemand aufgefallen, der in den Keller runtergegangen oder von dort wieder raufgekommen ist?«

»Ich glaube, nicht. Ich lasse meine Tische niemals länger aus den Augen und ich weiß, dass keiner meiner anderen Kunden in der Zeit aufs Klo gegangen ist. Miss Mars war in der Zeit die Einzige, die unten war. Als sie wieder heraufkam und mich angerempelt hat, habe ich was von ihrem Blut aufs Hemd bekommen. Hier, sehen Sie? Mein Hemd ist voll mit ihrem Blut.«

»Das sehe ich. Wir geben Ihnen gleich ein frisches Hemd und nehmen das, das Sie anhaben, mit ins Labor.«

»Aber ich habe sie nicht umgebracht!« Er wurde kreidebleich mit hektisch roten Flecken im Gesicht. »Das schwöre ich!«

»Ich glaube auch nicht, dass Sie auf sie losgegangen sind. Sie haben einfach Ihren Job gemacht. Ich hole Ihnen jetzt noch schnell ein neues Hemd, dann können Sie gehen.«

»Ich mochte sie, denn sie war immer nett zu mir.«

»Bleiben Sie hier sitzen, ja?«

Auch dieses Mal wandte sie sich an Roarke. »Der Junge braucht ein sauberes Hemd und einen Raum, wo er sich umziehen kann. Das Hemd, das er jetzt anhat, nehme ich mit ins Labor. Das Opfer ist mit ihm zusammengeprallt, deshalb hat er das Blut an seinem Hemd, und das setzt ihm ein bisschen zu.«

»Ich kümmere mich um ihn.«

»Und könntest du auch noch deine Geschäftsführerin bitten, nachzusehen, welche Gäste ihre Rechnungen zwischen halb und Viertel vor sieben bezahlt haben?«

»Alles klar.«

Sie räumten das Lokal, bis nur noch Cops und Leute von der SpuSi übrig waren, leise seufzend nahm Eve ihrem Mann die riesengroße weiße Tasse dampfend heißen Kaffees aus der Hand. »Danke.«

Sie setzte sich an einen Tisch, um ihre Gedanken zu sortieren, als Roarke ihr gegenüber Platz nahm, meinte sie: »Du bist doch sicher mit dem Wagen da.«

»Wie sonst?«

»Würdest du den Peabody und McNab vorübergehend anvertrauen?«

»Auf jeden Fall.«

»Peabody!«

»Ma'am!« Die Partnerin trank eilig ihre schicke Latte aus.

»Sie und McNab bringen den Karton hier aufs Revier und loggen ihn dort in der Asservatenkammer ein. Während sich McNab Mars' Handy sowie alle anderen elektronischen Geräte, die sie vielleicht bei sich hatte, ansieht, gehen Sie die Namen in ihrem Adressbuch oder wo auch immer sie ihre Kontakte abgespeichert hat, durch und schicken mir eine Kopie. Sie können Roarkes Wagen nehmen. Wo steht er überhaupt?«, wandte sich Eve an ihren Mann.

»Direkt hinter dem Haus.« Er nannte ihr die Codes, die für das Öffnen des Gefährts und für das Anlassen des Motors nötig waren.

»Stellen Sie ihn auf meinen Parkplatz in der Tiefgarage des Reviers, damit Roarke ihn dort abholen lassen kann. McNab, was haben die Aufnahmen der Kameras gezeigt?«

»Dass niemand das Lokal durch die Hintertür betreten oder verlassen hat.« Er rieb sich nachdenklich das Ohrläppchen, das unter einem Wald von Ringen kaum zu sehen war. »Aber vorne sind zu der Zeit eine ganze Reihe Leute rausgegangen. Ich bin mir ziemlich sicher, dass der Typ dabei war, mit dem sie an einem Tisch gesessen hat. Ich konnte ihn zwar nur von hinten sehen, aber anscheinend ist er um 18.40 Uhr abgehauen. Zwei Minuten vorher sieht man – ebenfalls von hinten – eine Gruppe von drei Männern und zwei Frauen, die offenbar gemeinsam aufgebrochen sind. Und um 18.41 Uhr verlassen zwei Frauen das Lokal.«

»Schicken Sie mir Kopien der Bilder und die Aussagen der Zeugen zu.«

»Kommen Sie auch noch aufs Revier?«, erkundigte sich ihre Partnerin.

»Nein, ich werde erst den Typ besuchen, der mit ihr zusammen hier gewesen ist, und arbeite danach zu Hause weiter, wenn es keinen Durchbruch gibt. Morgen früh kommen Sie ins Leichenschauhaus, Peabody.«

»Das war's dann mit dem Frühstück. Dabei kriege ich jetzt nicht mal mehr die neuesten Klatschgeschichten aus der High Society serviert.«

»Was?«

»Ich meine ihre Sendung, die im Frühstücksfernsehen läuft. *Wer macht was? Der neueste Klatsch, serviert auf einem silbernen Tablett.* Nicht, dass ich so was gucken würde«, fügte sie ein wenig schuldbewusst hinzu. »Aber ich weiß nun mal vom Hörensagen, dass es diese Sendung gibt.«

»Okay. Jetzt fahren Sie los. Das heißt, Moment noch, wie sind Sie vorhin so schnell hierhergekommen? Sie hatten schließlich schon seit einer Stunde Feierabend, als Sie von mir angerufen worden sind.«

»Ich habe noch einen Bericht auf dem Revier geschrieben, weil ich warten wollte, bis McNab mit seiner Arbeit fertig ist. Wir wollten gerade gehen, als Ihr Anruf kam.«

»Wie praktisch. McNab, es ist echt nett, dass Sie gleich mitgekommen sind.«

»Ich gehe eben überall dorthin, wohin mein Schätzchen geht. Ich fahre.«

»Nein.« Sein Schätzchen sprang von seinem Stuhl auf und lief ihm eilig hinterher.

»Ich muss die Türen sichern und versiegeln«, sagte Eve zu Roarke. »Einen echt netten Laden hast du hier. Für meinen Geschmack etwas zu schick, aber nett und obendrein mit wirklich gutem Personal. Und wenn du wieder aufmachst, wird es so auch weiter sein.«

Er blickte auf die Blutspur von der Treppe bis dorthin, wo Mars zusammengebrochen war.

»Wenn ich überhaupt mal einen Gedanken auf Larinda Mars verschwendet habe, dann den, dass sie ein elendiges Miststück ist. Aber jemand hat ihr Blut in meinem Lokal vergossen. Um meines Ladens und der Menschen, die hier ihren Lebensunterhalt verdienen, willen, vertraue ich darauf, dass sie durch dich Gerechtigkeit erfahren wird.«

Er griff nach ihrem Mantel und sah sich noch einmal um.

Sie legte eine Hand auf seinen Arm, und da sie beide ganz alleine waren, legte sie die andere an sein Gesicht. »Ich weiß, wie wütend dich diese Geschichte macht.«

»Verdammt, das tut sie.«

»Jemand hat sie in deinem Laden umgebracht, und dazu noch während ich selber hier bei einem Glas Rotwein saß. Das heißt, dass ich genauso wütend bin wie du. Also, ja, natürlich geht es um Gerechtigkeit für Mars, aber es geht dabei auch um mich selbst. Verdammt, die Frau wurde direkt vor meinen Augen umgebracht.«

Jetzt legte er ihr seinerseits die Hände ans Gesicht und lächelte sie traurig an. »Weil wir beide derart wütend sind, tun wir jetzt mehr für diese tote Frau, als sie verdient hätte, solange sie am Leben war.«

»Das wird dadurch ausgeglichen, dass sie auf brutale Art ermordet worden ist.«

»Das stimmt.« Er gab ihr einen Kuss und lehnte seine Stirn an ihre Brauen. »Da hast du recht. Das heißt, wir beide werden tun, was nötig ist, bis diese Sache abgeschlossen ist.«

3

Inzwischen war der Wind nicht mehr nur bitter, sondern regelrecht brutal. Als Eve vor das Lokal trat, bliesen ihr die kalten Böen zu allem Elend auch noch den Geruch von Soja-Hotdogs, gerösteten Kastanien und frierenden Passanten ins Gesicht.

Sie lief mit Roarke die beiden Blocks bis zu ihrem Wagen und fasste kurz für ihn zusammen, was geschehen war.

»Es wundert mich, dass sie es noch zurück bis ins Lokal geschafft hat«, meinte er. »Sie muss bis dahin doch schon über einen halben Liter Blut verloren haben.«

Er war noch immer wütend, dachte Eve, was ihrer Meinung nach durchaus verständlich war.

»DeWinter und der Arzt, der uns geholfen hat, sind sich einig, dass sie schon halb tot war, als sie in die Bar gestolpert kam. Schließlich war die ganze Treppe voll mit ihrem Blut. Die beiden haben gesagt, sie hätte diesen Angriff höchstens zwölf Minuten überleben können, aber schließlich haben sie die Blutspur nicht gesehen. Ich wette, sie hat höchstens sechs Minuten Zeit gehabt. Und diese Wunde …«

Als sie in den Wagen stiegen, überließ sie Roarke das Steuer und gab Bellamis Adresse ein.

»Sie ist nicht wirklich groß. Ein schmaler Schnitt, der kaum zu sehen ist.« Sie fuhr mit einem Finger über ihren Oberarm. »Und auch nicht wirklich tief. Eine effiziente Art zu töten, weil man sich dabei kaum Mühe machen muss. Ein schneller Schnitt, den Rest hat ihr Herz erledigt, weil es bei jedem seiner Schläge eine neue Blutfontäne hat spritzen lassen.«

Sie griff nach ihrem Handcomputer und warf einen kurzen Blick auf ihren Mann. »Sagt dir der Name Fabio Bellami etwas? Falls ja, was weißt du über ihn?«

»Nicht wirklich viel. Ich bin ihm ab und zu begegnet und ich weiß, dass er die dritte oder vierte Generation einer reichen Familie ist. Sie machen internationale Bankgeschäfte und sie haben ihre Fühler auch ins Fernsehen und die Unterhaltungsbranche ausgestreckt. Ich glaube, dass sich Fabio beim Entertainment und vor allem beim Theater engagiert. Obwohl er während seiner Jugend einen Ruf als fauler Nichtsnutz hatte, hat er irgendwann geheiratet und scheint jetzt seinen Weg zu gehen.«

»Fauler Nichtsnutz?«

Achselzuckend meinte Roarke: »Das passt durchaus. Er hat das Geld seiner Familie verprasst, ist durch die Welt gejettet, hat sich überall in teuren Clubs und an anderen Orten herumgetrieben, wo man reiche Burschen trifft, und hat genügend Scherereien gemacht, dass immer wieder einmal Schmerzensgeld oder Schadenersatz zu leisten waren. Es hieß, er hätte öfter mal verschiedene Frauen gleichzeitig am Start und ein Problem mit Drogen und mit Alkohol gehabt.«

»Er hätte Mars also genügend Stoff für eine ihrer Sendungen geliefert.«

»Früher ja, doch wie gesagt, liegt dieser Lebenswandel hinter ihm. Inzwischen hat er ein paar Stücke produziert, die sehr gut angekommen sind, engagiert sich für diverse wohltätige Zwecke und hat sich als liebender und treusorgender Ehemann herausgestellt.«

»Das heißt, dass er geläutert ist?«

Roarke lächelte sie an. »Das ist auch schon anderen passiert.«

Da konnte sie ihm schwerlich widersprechen, weil er selber schließlich in der Gosse aufgewachsen und vor ihrer Hochzeit alles andere als rechtschaffen gewesen war. Doch viele andere Menschen legten alte, liebgewonnene Gewohnheiten im Gegensatz zu Roarke, wenn überhaupt, nur mühsam ab.

»Vielleicht hat sie ja Wind davon bekommen, dass er rückfällig geworden ist. Oder vielleicht hat sie ihn einfach unter Druck gesetzt, damit er ihr irgendetwas über andere erzählt. So oder so hat es ihm nicht gefallen. Der Kellner war sich sicher, und die paarmal, als ich zu dem Tisch hinübergesehen habe, kam es auch mir selbst so vor, als wäre Bellami nicht gerade froh, dass er mit ihr zusammensaß.«

Sie lehnte sich in ihrem Sitz zurück. »Trotzdem hat er sich mit ihr getroffen. Warum trifft ein reicher, erfolgreicher Mann, der früher mal ein fauler Nichtsnutz war, so jemanden wie Mars in einer angesagten Bar? Und warum ist besagte Klatschreporterin anscheinend Stammgast dort, obwohl die Beize nicht mal ansatzweise in der Nähe ihrer Wohnung liegt?«

»Wir haben die besten Weine, die man in New York bekommen kann.«

»Aber sie hat immer Kir Royal bestellt. Und ich wette, dass es in der Nähe der Park Avenue, wo ihre Wohnung liegt, oder in der Nähe ihres Senders jede Menge anderer schicker Kneipen gibt, die dir wahrscheinlich ebenfalls gehören.«

»Vielleicht eine oder zwei, und vielleicht hat sie die ja ebenfalls besucht. Vielleicht hat sie einfach die Abwechslung geliebt.«

»Vielleicht.« Während Roarke nach einem Parkplatz suchte, dachte sie darüber nach. Kaum hatte er den Wagen abgestellt, stieg sie schon aus und sah sich um. »Nette Gegend.«

»Und nicht weit von uns entfernt. Du weißt, dass du im Handschuhfach Ersatzhandschuhe hast?«, erkundigte sich Roarke und nahm entschlossen ihre kalte Hand.

»Das habe ich vergessen. Und vor allem, kannst du mir vielleicht mal sagen, warum ich in Stiefeln für sechstausend Dollar durch die Gegend laufe?«

Roarke zog überrascht die Brauen hoch und sah sich ihre Stiefel an. »Weil sie modisch und zugleich ein guter Schutz für deine Füße sind.«

»Dafür hätten doch bestimmt auch Stiefel für zweihundert Dollar ausgereicht.«

»Da bin ich mir nicht sicher. Woher weißt du überhaupt, wie teuer deine Stiefel waren?«

»Das hat DeWinter mir erzählt.« Im Gehen pikste sie ihm mit dem Finger in den Arm. »Sie hat mich deswegen gedisst, und ich wusste nicht, wie ich mich wehren soll. Um Gottes willen, du hast drei Riesen nur für einen Stiefel hingelegt.«

»Ich glaube, der Preis ist richtig. Aber dafür sind sie doch bestimmt auch sehr bequem.«

»Das sind sie, aber ...«

»Und robust, wie du es magst. Ich nehme an, im Notfall kämst du in den Dingern ohne Mühe ein paar hundert Meter hinter irgendwelchen zwielichtigen Typen her.« Er küsste ihre Hand. »Mein Cop bringt einen großen Teil des Tages mit der Jagd auf irgendwelche Schurken zu. Da ich seine Füße liebe, finde ich, dass anständige Stiefel für die Arbeit, die du machst, genauso unerlässlich wie dein Stunner und wie deine Marke sind.«

»Für sechs Riesen sollten sie mit Gold beschichtet sein.«

»Das wäre viel zu schwer«, erklärte er ihr nonchalant. »Vor allem will ich nicht, dass du Blasen kriegst. Da wären wir.«

Da ihr – zumindest für den Augenblick – die Gegenargumente fehlten, ließ sie kurzerhand das Thema fallen und schaute sich das steinerne Gebäude mit den elegant geschwungenen Betonverzierungen an. Es hatte drei Etagen, tiefe, schmale Fenster sowie eine reich verzierte Flügeltür aus dunklem, altem Holz.

»Wie alt wird dieses Haus wohl sein?«

»Spätes neunzehntes Jahrhundert«, meinte Roarke. »Erst war's ein Wohnhaus und dann eine Bank. Es hat die innerstädtischen Revolten unbeschadet überstanden, und die Eigentümer haben eine Boutique darin eröffnet, aber irgendwann hat ihnen das Geld für den Erhalt gefehlt.«

»Heißt das, dass es jetzt dir gehört?«

»Es hat mir mal gehört, vor ein paar Jahren habe ich es dann weiterverkauft.«

»An Bellami?«

»Der Verkauf ging über unsere Anwälte, ich selber hatte nichts damit zu tun. Er hat gesagt, er wollte selbst dort wohnen, und ich bin wirklich froh, dass er es gut instand zu halten scheint.«

»Ich nehme an, du hast bei dem Verkauf recht gut verdient.«

Mit einem verruchten Lächeln meinte er: »Wie sollte ich es mir sonst leisten können, meine Frau mit Stiefeln für sechstausend Dollar zu versorgen?«

»Hahaha.«

»Ich bin nur auf der Welt, um dich zu unterhalten, Schatz.«

Noch immer Hand in Hand erklommen sie die drei Stufen bis zur Eingangstür.

Sie war hervorragend gesichert, merkte Eve, mit einer Reihe Kameras, denen wahrscheinlich nichts verborgen blieb.

Als sie die Klingel drückte, meinte eine automatisierte Stimme: *»Guten Abend. Kann ich Ihnen behilflich sein?«*

»Lieutenant Dallas, NYPD.« Sie wies sich kurz mit ihrer Marke aus. »Und der Zivilberater Roarke. Ich muss zu Fabio Bellami.«

»Einen Augenblick bitte … ich habe Ihre Marke überprüft. Bitte zeigen Sie auch einen Ausweis für Ihren Zivilberater Roarke.«

»Das Ding ist wirklich gründlich«, meinte Eve und feixte, während Roarke ein Ausweisdokument aus seiner Tasche zog.

»Vielen Dank. Ich werde Mr. Bellami darüber informieren, dass Sie mit ihm sprechen wollen.«

»Wann hast du selbst zum letzten Mal mit Bellami gesprochen?«, fragte Eve.

»Vor über einem Jahr. Im Grunde kenne ich den Mann nicht wirklich gut.«

Die rechte Türhälfte schwang auf, und eine Frau in einer schmal geschnittenen schwarzen Hose, einem Pulli und mit ordentlich zu einem Pferdeschwanz gebundenem weizenblonden Haar bat sie herein.

»Mr. und Mrs. Bellami sind im Salon«, erklärte sie mit einem leichten skandinavischen Akzent. »Darf ich Ihnen die Mäntel abnehmen?«

»Nein, danke«, meinte Eve und sah sich in der Eingangshalle um. Die Balken an den hohen Decken waren freigelegt und fingen das warme Licht des dreiteiligen Kronleuchters aus rostfarbenem Eisen auf. Die Einrichtung bestand aus mehreren verträumten Landschaftsbildern, zwei in einem kühnen Rot gestrichenen, alten Stühlen und einem cremefarbenen Tisch, auf dem in drei verschieden hohen Vasen bunte Blumen angeordnet waren.

Der ganze Raum verströmte eine Atmosphäre teurer Eleganz und Sicherheit.

Sie gingen über goldfarbenes Parkett durch eine breite Bogentür in den Salon, wo Bellami auf einem hochlehnigen blauen Zweiersofa saß. Er trug denselben Anzug wie bei seinem Treffen mit Larinda Mars und sprang eilig auf, als sie den Raum betraten.

»Roarke. Was für eine nette Überraschung.«

Er war wirklich überrascht, erkannte Eve, als er Roarkes Hand ergriff. Doch seine Augen drückten keine Freude, sondern Sorge aus. »Und Lieutenant Dallas. Freut mich sehr. Dies ist meine Frau DeAnna«, stellte er die Frau, die auf der Couch saß, vor.

Sie wollte sich erheben, doch in ihrem Zustand hätte sie dafür wahrscheinlich einen Flaschenzug gebraucht, und eilig pikste Bellami sie mit dem Zeigefinger an.

»Du bleibst schön sitzen, Schatz.«

DeAnna lachte, und in ihre dunkelbraunen Augen trat ein amüsiertes Blitzen, obwohl wegen ihrer Schwangerschaft neben dem Bauch auch ihr Gesicht erheblich aufgequollen war.

»Das werde ich, denn ohne Hilfe würde ich wahrscheinlich zehn Minuten brauchen, um von diesem Sofa aufzustehen. Bitte nehmen Sie doch Platz, und Fabio, du bietest unseren Gästen bitte etwas zu trinken an.«

»Schon gut«, wehrte Eve ab, als sie das Flehen in seinen Augen sah. »Das heißt, ein Kaffee wäre schön.«

»Ich kümmere mich darum.«

DeAnna strahlte die Blondine an. »Danke, Lanie. Dann kann ich hier weiter sitzen, meinen Tee schlürfen und neidisch auf die anderen sein.«

»Wann ist es denn so weit?«, erkundigte sich Roarke im Plauderton.

»Am einundzwanzigsten März.«

Als Eve schockiert die Augen aufriss, stieß sie abermals ein volles, aber gleichzeitig auch melodiöses Lachen aus. »Aber sie haben uns gesagt, dass es vielleicht auch schon in vierzehn Tagen so weit ist. Wir kriegen Drillinge, und die kommen meistens früher als geplant. Zum Glück.«

»Sie kriegen *Drillinge*?«, erkundigte sich Eve entsetzt. »Es tut mir leid.«

»Das muss es nicht. Genauso haben auch wir selbst auf diese Nachricht reagiert. Vor allem, weil es lauter Mädchen sind. Der arme Fabio.«

»Ich kann es nicht erwarten, bis sie endlich da sind«, sagte er und sah so aus, als meinte er das wirklich ernst.

»Wir haben eine gemeinsame Bekannte«, wandte DeAnna sich erneut an Eve. »Das heißt, für Sie ist sie viel mehr als das. Mavis Freestone.«

»Sie kennen Mavis?«

»Allerdings. Vor meiner Schwangerschaft sind wir zusammen bei einer Wohltätigkeitsgala aufgetreten, ich fand sie einfach wunderbar. Wunderbar und einzigartig.«

»Das ist sie.«

Mit einem Mal bewegte sich etwas in ihrem Bauch, und unbehaglich blickte Eve ihr ins Gesicht. Sie hatte dunkle Ringe unter den Augen und wirkte unter der olivfarbenen Haut erschreckend blass.

Die Blondine kam zurück, und Bellami stand auf, nahm das Tablett entgegen, murmelte ihr etwas zu, und sie nickte knapp.

»Was hat der Arzt zu dir gesagt?«, wandte er sich an seine Frau und stellte das Tablett behutsam auf dem Couchtisch ab.

»Aber ich sitze hier doch nur.«

»Na los, Mama«, mischte sich Lanie ein, legte den Arm um sie und zog sie hoch. »Bettruhe heißt nun mal Bettruhe. Die Babys brauchen ihren Schlaf.«

»Aber so fühlt es sich nicht an.« Sie legte ihre Hand auf den kugelrunden Bauch und wandte sich an Roarke und Eve. »Es tut mir leid. In dieser Phase kann ich nur noch essen, schlafen und ein bisschen durch die Gegend watscheln, auch wenn aus dem Watscheln kaum noch etwas wird. Ich hoffe, Sie kommen noch einmal wieder, wenn ich nicht ans Bett gefesselt bin.«

»Es war mir eine Freude, Sie zu treffen.« Roarke stand auf, nahm ihre Hand und wünschte: »Bleiben Sie gesund.«

»Ich tue, was in meiner Macht steht. Gute Nacht.«

Sie watschelte tatsächlich, merkte Eve. Aber wer täte das mit einer derartigen Wampe nicht?

»Es tut mir leid, dass sie uns so abrupt verlassen hat. Aber ihre Schwangerschaft verläuft nicht ganz problemlos, weshalb ihr der Doktor Bettruhe verordnet hat. Vor allem hat er klargemacht, dass man ihr jeden Stress und jede Aufregung ersparen muss.«

Er sah DeAnna hinterher, als sie den Raum verließ, und schenkte dann den Kaffee ein. »Ich weiß, was Sie beruflich machen, Lieutenant, deshalb gehe ich aufgrund Ihres Erscheinens davon aus, dass irgendetwas Furchtbares geschehen ist. Ist was mit jemandem aus meiner oder der Familie meiner Frau?«

»Nein. Ich trinke meinen Kaffee schwarz.« Sie nahm die Tasse in die Hand und wartete, bis er auch Roarke serviert hatte und wieder saß. »Sie haben sich heute Abend mit Larinda Mars getroffen.«

»Ich … das stimmt.«

»Können Sie mir sagen, wann genau Sie das *Du Vin* verlassen haben?«

»Halb oder Viertel vor sieben, denke ich. Auf alle Fälle war ich gegen sieben hier. Warum?«

»Was haben Sie für eine Beziehung zu Miss Mars?«

Bei dieser Frage spannte er sich sichtlich an. »Keine.«

»Aber trotzdem haben Sie fast eine halbe Stunde mit ihr dort verbracht.«

Er hob das Brandyglas, das er bei ihrer Ankunft auf den Tisch gestellt hatte, an seinen Mund. »Vielleicht könnte man sagen, dass es eine Art Geschäftsbesprechung war.«

»Um was für ein Geschäft ging es dabei?«

»Das ist privat. Falls Mars mir Ärger machen will, bekommt sie es mit meinen Anwälten zu tun. Dass meine Frau sich ihretwegen aufregt, lasse ich nicht zu. Falls die Frau sich wegen irgendetwas über mich beschwert hat, werde ich …«

»Larinda Mars ist tot«, erklärte Eve und wartete auf seine Reaktion.

»Mir ist egal, was sie … was haben Sie gesagt?« Jetzt wurden seine Züge schlaff, als hätte irgendwer ihm in den Bauch geboxt. »Was haben Sie gesagt?«

»Larinda Mars ist tot.«

Er starrte sie verwundert an. »Aber wir haben eben erst … Oh Gott. Mein Gott. Sie war noch im Lokal, als ich gegangen bin. Jemand muss gesehen haben, wie ich aufgebrochen bin. Es gibt dort doch ganz sicher irgendwelche Kameras. Gegen sieben, kurz nach sieben war ich hier. Das können Sie auf den Bildern, die die Kameras hier von mir aufgenommen haben, sehen. Lanie kann es ebenfalls bestätigen. Aber bitte, fragen Sie nicht meine Frau nach meinem Alibi. In ihrem Zustand darf sie sich nicht aufregen.«

Jetzt sprang er wieder auf, massierte sich die Schläfen und marschierte durch den Raum. »Sie hat den Tisch verlassen – wir waren fertig und, sie hat den Tisch verlassen –, aber nicht die Bar. Sie ist nach unten in den Keller gegangen, weil sie vielleicht mal auf die Toilette wollte oder so. Ich saß noch kurz allein am Tisch, dann habe ich bezahlt und bin gegangen. Ich habe bezahlt, meinen Mantel vorn an der Garderobe abgeholt und bin gegangen, bevor sie wiederkam. Dann bin ich mit einem Taxi heimgefahren. Das können Sie doch sicher überprüfen«, meinte er und sah sie fragend an.

»Wann wurde sie denn umgebracht?«

»Sie nehmen an, dass sie ermordet worden ist?«

»Sie haben gesagt, sie wäre tot, und Sie sind Mordermittlerin. Also ja, ich nehme an, dass sie ermordet worden ist«, fuhr er Eve ungehalten an, sah eilig Richtung Tür und atmete tief durch. »Aber als ich die Bar verlassen habe, hat sie noch gelebt.«

»Sie wurde in der Kneipe attackiert. Im Souterrain.«

»Sie wurde attackiert?« Er ließ sich wieder auf das Zweiersofa fallen. »Das überrascht mich nicht. Sie war ein Aasgeier, eine Vampirin, und ich bin ganz sicher nicht der Einzige.«

»Der Einzige?«

»Der sie verabscheut hat. Im Grunde kannte ich sie kaum, aber trotzdem gibt es niemand anderen, der mir so zuwider war wie diese Frau. Aber wenn sie angegriffen wurde, hat das doch bestimmt jemand gehört oder gesehen. Ich habe selbst höchstens noch drei Minuten an dem Tisch gesessen, nachdem sie gegangen war. Ich war höchstens noch fünf Minuten in der Bar, nachdem sie mich dort hat sitzen lassen. Wie hätte ich ihr innerhalb von fünf Minuten in den Keller folgen und sie dort erschlagen oder ihr den Hals umdrehen und während dieser Zeit auch noch die Rechnung zahlen und verschwinden sollen?«

Eve bedachte ihn mit einem kühlen Blick. »Hätten Sie das gewollt? Wollten Sie Larinda Mars erschlagen oder ihr den Hals umdrehen?«

»Der Gedanke ging mir durchaus durch den Kopf«, murmelte er und schloss unglücklich die Augen: »Ich sollte meinen Anwalt kontaktieren. Ich weiß, das wäre das Beste, aber …« Er schlug seine Augen wieder auf und sah erneut in Richtung Bogentür. »Ich werde Ihnen alles sagen – freiwillig –, nur bitte ich Sie, lassen Sie DeAnna aus dem Spiel. Zwei Wochen, haben sie gesagt. Je länger es noch dauert, umso besser, wenn die Kinder in zwei Wochen kommen, ist die Chance groß, dass alles gut gehen wird. Bitte, wir brauchen diese Zeit.«

»Ich habe keinen Grund, sie in die Angelegenheit einzubeziehen. Außer Sie wären der Mörder von Larinda Mars.«

»Ich habe niemanden ermordet. Ich habe zwar in meinem Leben jede Menge Dummheiten gemacht, aber ich habe ganz bestimmt niemanden umgebracht. Larinda Mars hat mich erpresst.«

»Womit?«

»Bevor ich DeAnna kennenlernte, habe ich routinemäßig jede

Menge Dummheiten gemacht. Andere, vor allem meine Familie, zu schockieren, hat mir einfach Spaß gemacht. Wahrscheinlich kann man sagen, dass ich ein verwöhntes Rotzblag war.« Er schüttelte den Kopf. »Ich habe Alkohol getrunken, um mich zu betrinken, und ich habe Drogen konsumiert, um high zu sein. Ich war kein Alkoholiker und auch kein Junkie, ich habe diese Dinge und die Menschen einzig deswegen benutzt, weil es mir möglich war. Ich ließ mich völlig treiben, und genauso wollte ich es haben, bis ich dann DeAnna traf. Es gibt Menschen, die einen total verändern und auf diese Weise vor sich selber retten. So ein Mensch ist sie für mich.«

»Sie war damals ein angehender Broadwaystar«, erinnerte sich Roarke. »Talentiert und vielversprechend.«

»Allerdings. Sie war unglaublich talentiert und wunderbar, genau deshalb hatte ich es auf sie abgesehen.«

Seine zusammengepressten Lippen zeigten, dass er von sich selber angewidert war. »Ich wollte mich mit ihr nur schmücken, aber davon wollte sie nichts wissen, denn sie hat mich gleich durchschaut. Sie hat mir einen Korb gegeben, weil sie sofort erkannt hat, was für ein oberflächlicher und rücksichtsloser Kerl ich damals war. Das hat meinen Ehrgeiz wachgerufen, denn so etwas war mir noch nie passiert. Aber ich habe weiter bei ihr auf Granit gebissen«, räumte er mit einem schmalen Lächeln ein. »Irgendwann begann ich, sie nicht mehr einfach als Trophäe anzusehen. Erst war sie nur ein Rätsel, das ich lösen musste, aber schließlich sah ich sie als Mensch, dem ich etwas beweisen wollte, ihr und mir selbst. Dann bin ich auf ein Stück gestoßen, das ein alter Freund von mir geschrieben hat. Er fand niemanden, der es lesen wollte, also habe ich es mir am Ende angesehen. Danach habe ich DeAnna aufgefordert, es sich anzusehen. Sie hat es tatsächlich gelesen, mit meinem Freund gesprochen und sich mit dem Freund und mit mir selbst zusammengesetzt. Wir haben zusammengearbeitet. Ich habe tatsächlich gearbeitet, zum ersten Mal im Leben. Zu meiner Überraschung war ich wirklich gut, und dass ich etwas konnte, hat mir Riesenspaß gemacht. Also fing ich an, mich bei den Leuten, die ich vorher vor den Kopf gestoßen hatte, zu entschuldigen und mir ein neues Leben aufzubauen. Ich produzierte dieses Stück, und es kam recht gut an. Es hat zwar die Theaterwelt nicht unbedingt erschüttert, aber trotzdem lief es ziemlich gut. Also produzierte ich das nächste Stück, das ebenfalls gut lief. Dann schrieb mein Freund ein neues, wirklich gutes Stück, fragte DeAnna, was sie davon hielt, und dabei haben wir uns dann gefunden. Ich war auch vorher schon in sie verliebt, aber endlich hat sie sich auch andersherum in mich verliebt. Wir haben uns ein Leben aufgebaut und freuen uns, wenn wir mit den Kindern eine richtige Familie gründen. Sie hat mir geholfen, wieder das Vertrauen und die Achtung meiner Eltern, meiner Großeltern und meiner Schwester zu verdienen, mit ihrer Unterstützung habe ich es irgendwann sogar geschafft, mich selbst zu respektieren.«

»Aber alle diese negativen Dinge haben sich in der Vergangenheit abgespielt«, bemerkte Eve. »Ihre unrühmliche Jugend ist Ihrer Familie, Ihrer Frau und jedem, der sich dafür interessiert, doch längst bekannt. Womit also hätte Larinda Mars Sie erpressen sollen?«

»Vor zwei Monaten – Anfang Dezember – war DeAnna übers Wochenende mit zwei Freundinnen vom College unterwegs. Sie war so müde, so erschöpft, deshalb war dieser Kurzurlaub in einem Wellnesshotel außerhalb der Stadt genau das Richtige für sie. Auch ihr Arzt meinte, die kurze Auszeit täte ihr bestimmt sehr gut. An dem Abend, als sie fortfuhr, war ich in der Stadt, um eine Sängerin zu hören, die für eine Rolle in dem neuen Stück infrage kam. Mein Freund und ich wollten sehen, wie sie sich auf der Bühne macht. Also haben wir uns in dem Club getroffen, aber mitten während ihres Auftritts bekam er dann eine Nachricht aus dem Krankenhaus. Eine Schwester meinte, seine Mutter wäre eingeliefert und medizinisch versorgt worden. Das Krankenhaus kontaktierte ihn, damit er sie dort abholte und nach Hause fuhr. Seine Mutter hat mitunter furchtbare Migräne, dann geht's ihr wirklich schlecht. Deshalb musste er gehen, doch ich beschloss zu bleiben und mir noch den Rest des Auftritts anzusehen. Wobei ich ihn gebeten habe, sich bei mir zu melden, falls es schlimmer wäre, als die Frau am Telefon behauptet hat.« Er seufzte.

»Ich habe also weiter zugehört und mir die Frau in ihrer Rolle vorgestellt. Dann fühlte ich mich plötzlich etwas … seltsam. Selbst im Sitzen war mit plötzlich schwindlig und schlecht. Ich habe ein paar Scheine auf den Tisch gelegt und bin so schnell wie möglich aufgestanden, denn ich musste dringend an die frische Luft.« Er schüttelte den Kopf.

»Das Nächste, was ich weiß, ist, dass ich hier in meinem eigenen Bett lag, als ich wieder zu mir kam. Ich hatte fürchterliches Kopfweh, einen ekligen Geschmack im Mund und stank total nach Alkohol. So war's mir morgens früher häufiger gegangen, aber an dem Abend hatte ich nur einen Brandy in dem Club getrunken, sonst nichts.« Er starrte seine Hände an. »Ich wollte einen klaren Kopf behalten, um den Auftritt nüchtern zu bewerten, außerdem trinke ich inzwischen sowieso nicht mehr viel. Ich weiß nicht, wie ich den Club verlassen habe oder heim und hier ins Bett gekommen bin. Ich hatte vorher niemals irgendwelche Blackouts, nicht mal in den Zeiten, als ich noch alles in mich reingekippt und reingepfiffen habe, was zu kriegen war. Ich redete mir ein, dass mir entweder von dem einen Brandy oder von der schnellen Mahlzeit, die ich verschlungen hatte, schlecht geworden war. Aber weswegen roch ich dann nach diesem billigen Parfüm? Ich habe den Geruch verdrängt und ausgiebig geduscht …«

»Sie gehen davon aus, dass Ihnen jemand etwas ins Glas gekippt hat.«

»Ich weiß ganz genau, dass es so war.« Er riss den Kopf zurück und funkelte Eve an. »Ich weiß es ganz genau. Damals habe ich mit meinem Freund gesprochen, der ins Krankenhaus gefahren war. Er war stinkwütend, denn es stellte sich heraus, dass seine Mutter nie dort eingeliefert und er nicht von einer Schwester angerufen worden war. Also fuhr er zur Wohnung seiner Mutter, der es bestens ging. Sie … ich weiß nicht, wer, doch irgendjemand wollte, dass ich allein dort blieb. Wir dachten damals beide, jemand hätte sich auf unsere Kosten einen kranken Scherz erlaubt. Ich dachte sogar, dass es vielleicht einer von den Kerlen aus meiner alten Clique war. Für derart blöde Witze waren wir früher schließlich immer zu haben.«

»Und jetzt?«

»Ich habe mich mit Mars getroffen, weil die Frau mir einfach keine Ruhe ließ. Sie meinte, dass ich sicher wissen wollte, was sie weiß, bevor es alle anderen erfahren. In meiner Branche ist es Teil des Spiels, dass man sich auch einmal mit solchen Leuten trifft. Also habe ich sie im *Du Vin* getroffen. Sie meinte gleich zu Anfang, dass ich darauf achten sollte, wie ich reagiere oder was ich sage, weil dort schließlich jede Menge Leute wären. Dann hat sie mir einen Film gezeigt. Sie hatte einen Film von mir und von zwei Frauen in meinem und DeAnnas Ehebett. Wir waren in … unserem Ehebett.«

Inzwischen war er kreidebleich und schloss abermals die Augen.

»Ich würde nie – ich liebe meine Frau. Ich hätte ihr so etwas niemals angetan. Ich bin nicht mehr der Mensch, der ich in meiner Jugend war. Ich habe ihr – ich habe Mars – gesagt, das wäre nie passiert. Der Film wäre ein Fake. Sie hat gesagt, das wäre durchaus möglich, doch sie hätte Zeugen, die gesehen hätten, wie ich in Begleitung dieser beiden Frauen aus dem Club gekommen wäre. Angetrunken und damit befasst, die beiden zu begrabschen, bevor wir zusammen mit einem Taxi weggefahren wären.«

»Was ist mit den Kameras vor Ihrer Haustür?«

»Die habe ich gleich überprüft, nachdem ich an dem Morgen wach geworden bin. Ich wollte sehen, wann und in welchem Zustand ich am letzten Abend heimgekommen war. Aber irgendwer hatte die Kameras per Fernbedienung abgestellt. Mit meinem Code. Knapp eine Stunde nachdem dieser Anruf für J.C. gekommen war. Heute Abend meinte Mars, sie wüsste, dass

DeAnna augenblicklich sehr zerbrechlich wäre und wie schlimm es sicher für sie wäre, sich dem grauenhaften Klatsch und dem schrecklichen Beweis für meine Untreue zu stellen. Auch mein eigener, gerade mühsam wiederhergestellter Ruf wäre auf jeden Fall dahin, wenn alle Welt und meine Frau erführen, dass ich immer noch der Alte bin.« Erneut seufzte er.

»Dann hat sie sich abgewandt und den Ober angelächelt. Keine Ahnung, was die zwei gesprochen haben, denn das Dröhnen meines Schädels hat die Stimmen übertönt. Am liebsten hätte ich die Hände ausgestreckt und diesem Weib die Gurgel umgedreht. Dann hat sie sich wieder lächelnd zu mir vorgebeugt und mir erklärt, dass niemand etwas davon erfahren müsste und sie ein Geheimnis wahren könne. Für einen Freund.«

Er presste sich die Finger vor die Augen. »Tut mir leid. Ich brauche einen Schluck Wasser.«

»Das kann ich doch für Sie holen«, erbot sich Roarke und stand beflissen auf. »Die Küche?« Er wies auf den rückwärtigen Teil des Hauses, und als Fabio nickte, lief er los.

»Wie viel hat sie verlangt?«

Er lehnte sich zurück und schloss seine Augen. »Sie meinte, dass sich Freunde schließlich öfter gegenseitig mal einen Gefallen täten und dass ich mich sicher dafür revanchieren würde, wenn sie mir zuliebe Stillschweigen über die Angelegenheit bewahre. Ich habe innerlich geschrien, aber meine Stimme blieb vollkommen ruhig. Ich habe ihr gesagt, ich hätte nichts getan. Sie hätte diese ganze Sache inszeniert. Sie saß einfach lächelnd da und hat an ihrem Drink genippt. Sie meinte, dass der Film beweisen würde, dass ich meine Frau betrogen hätte, und dass mir nach meinem Vorleben ganz sicher niemand glauben würde, wenn ich sagen würde, dass das alles nur gestellt sei. Deshalb wäre mir ihr Schweigen doch bestimmt acht Riesen wert. Ich war verwundert, weil ich mit viel mehr gerechnet hatte, aber dann hat sie erklärt, dass das die erste Monatsrate wäre und sie nächsten Monat sechs, dann sieben und in jedem weiteren Monat einen anderen Betrag verlangen würde. Sie fragte, ob ich mir diese Summen nicht notieren wolle. Doch ich saß einfach da und sie ...«

Als Roarke zurückkam, brach er ab. »Danke. Danke. Gott.« Er trank den ersten Schluck aus dem von Roarke gebrachten Glas und atmete tief durch. »Sie hat gesagt, wenn ich ihr andere Geheimnisse verraten würde, würde das die jeweilige Monatsrate reduzieren. Ich könnte mich entscheiden, ob ich sie mit Bargeld oder Infos über andere Leute bezahlen will. Niemand würde dann je den Film zu sehen bekommen, und meine Frau würde niemals erfahren, dass sie von mir betrogen worden sei. Dann könnten wir mit unseren Babys glücklich sein. Solange sie ihr Geld bekäme.«

Er fuhr fort: »Natürlich war das noch nicht alles. Ich habe ihr mit leiser Stimme widersprochen, was genau ich dieser Hexe an den Kopf geworfen habe, weiß ich schon nicht mehr. Es war, als wenn man während einer Aufführung den Text vergisst. Ich habe ihr gesagt, ich würde ihr die gottverdammte Kohle geben, aber niemand anderen in dieselbe Lage bringen wie sie mich. Darauf hat sie gesagt, ich wäre sicher überrascht, wenn ich erkennen würde, wie schnell man sich eines Besseren besinnt. Fürs Erste sollte ich sie in zwei Tagen wiedertreffen, mit der ersten Rate, um dieselbe Zeit, am selben Ort. Dann meinte sie, sie würde sich noch frisch machen und dass ich in der Zeit schon mal bezahlen solle. Das war's.« Er stöhnte.

»Ich habe sie nicht umgebracht. Ich hätte ihr mit Freuden wehgetan, aber dann wäre alles herausgekommen und der Skandal hätte DeAnna sicher furchtbar zugesetzt. Aber sie muss um der Babys willen ruhig und glücklich sein. Wir kriegen Drillinge, deren Wohlergehen hätte ich niemals aufs Spiel gesetzt. Nicht mal für die Befriedigung, der Hexe richtig wehzutun.«

»Wo ist Ihre Oberarmarterie?«, fragte Eve, und er zog überrascht die Brauen hoch.

»Ich weiß nicht, was das ist.«

»Wie gut kennen Sie sich mit Anatomie aus?«

»Ich weiß ungefähr, wo alle Körperteile sind, und in der Zwischenzeit habe ich mehr über weibliche Fortpflanzungsorgane mitbekommen, als ich jemals hätte wissen wollen. Arterie? Liegt die nicht gleich neben dem Herz?«

»Nicht ganz. Ich werde erst mal nicht mit Ihrer Frau sprechen und alles tun, damit die Medien nichts von dieser Angelegenheit erfahren.«

In seinen Augen stiegen Tränen auf. »Danke. Im Gegenzug werde ich alles tun, was Ihnen weiterhelfen kann.«

»Ich bräuchte noch den Namen und die Kontaktdaten von Ihrem Freund, der an dem Abend mit im Club war. Und ich brauche alle Nachrichten von Mars an Sie und umgekehrt. Dazu muss ich wahrscheinlich noch einmal mit Ihnen sprechen und erwarte, dass Sie umfänglich kooperieren.«

»Auf jeden Fall.«

»Falls Sie mich belogen haben, finde ich das heraus.«

»Ich habe Sie nicht angelogen, denn ich würde die Gesundheit meiner Frau und meiner Töchter niemals riskieren.«

»Das glaube ich.«

Sie traten wieder vor das Haus, und auf dem Weg zurück zum Wagen legte Roarke den Arm um Eve. »Er hat dir leidgetan. Mir auch.«

»Ich glaube, dass er seine Frau tatsächlich liebt und dass er sehr viel zu verlieren hat. Offenbar hat Mars versucht, seinen früheren Ruf als Frauenheld zu nutzen, und jemanden dazu gebracht, ihm etwas in den Drink zu kippen, als er an dem Abend in dem Club war. Das heißt, sie hatte ihn schon vorher im Visier und hat den Zeitpunkt sorgfältig gewählt. Die Ehefrau war übers Wochenende weg, und sicher gäbe es nichts Schlimmeres für sie, als zu erfahren, dass ihr Mann sie angeblich in dieser Zeit gleich mit zwei anderen Frauen in ihrem eigenen Ehebett betrogen hat.«

»Aber du glaubst trotzdem nicht, dass er das Weib ermordet hat.«

»Ich denke, dass sie ihn mit der Erpressung völlig überrumpelt hat. Vor allem nach dem Blackout während jener Nacht glaubt er nicht, dass er etwas wert ist, und das hat sie ausgenutzt. Er ist bestimmt nicht in der Absicht, sie zu töten, in die Bar gekommen, aber ich gehe ziemlich sicher davon aus, dass diese Tat von wem auch immer ganz genau geplant war. Aber wenn sie Bellami tatsächlich längerfristig hätte bluten lassen und er hätte fürchten müssen, dass sie seine Frau und die Familie zerstört, hätte er ihr wahrscheinlich früher oder später etwas angetan.«

»Aber heute Abend nicht.«

»Dann hat sie also ein anderer umgebracht, den sie vielleicht schon länger hat bluten lassen. Sie hat nämlich ganz sicher auch noch andere Menschen auf diese Art erpresst.«

Eve nickte zustimmend. »Nach dem Motto, erst hast du mich bluten lassen, jetzt mache ich das andersherum, könnte der Täter gehandelt haben. Warum in aller Welt gehen die Leute, wenn man sie erpressen will, nicht zu den Cops?«

»Dafür gibt es jede Menge Gründe«, meinte Roarke und hielt sie, als sie einen Schritt zur Seite machen wollte, lächelnd fest. »Natürlich kann ich deine Sicht der Dinge nachvollziehen, aber für manche ist es nun einmal nicht leicht, zur Polizei zu gehen und offen zuzugeben, dass sie ihren Partner oder ihre Partnerin betrogen, Geld veruntreut oder irgendwelche Straftaten vertuscht haben. Du weißt genauso gut wie ich, dass Erpresser genau darauf bauen. Sie lassen sich dafür bezahlen, dass niemand von den Fehltritten der anderen erfährt.«

»Und dann verlangen sie immer mehr. Sie lassen ihre Opfer immer weiter bluten.«

»Absolut, wahrscheinlich hoffen ihre Opfer einfach, dass es irgendwann auf wundersame Weise aufhört. Für die, die es sich leisten können, zu bezahlen, ist der Verlust des Geldes nicht so schlimm wie der Verlust von ihrem Ruf, ihrem privaten Glück oder ihrem beruflichen Erfolg.«

»Laut Bellami ging es nicht nur um Geld. Ich wette, dass sie sich genauso oft mit Infos über andere Personen hat bezahlen lassen. Wenn man nicht mehr so viel blechen muss, fällt's einem leichter, ihr was über andere Leute zu erzählen, vor allem, wenn es dabei nur um irgendwelche dummen Klatschgeschichten geht.«

Im Wagen lehnte sie den Kopf zurück. »Vielleicht hat sie ja auch den einen oder anderen Gefallen eingefordert. Zum Beispiel, dass jemand Bellami in diesem Club etwas ins Glas kippt, denn das hat sie nie im Leben selbst gemacht. Vielleicht hat sie die beiden Nutten angeheuert, aber das ist schließlich kein Problem. Ich glaube nicht, dass es der Freund war, der dann angeblich ins Krankenhaus gerufen worden ist. Wir werden ihn natürlich überprüfen, aber ich kann mir nicht vorstellen, dass er zwei Menschen ruiniert hätte, denen er seine eigene Karriere zu verdanken hat.«

»Vielleicht hat sie ja auch den Freund mit irgendetwas erpresst.«

»Das könnte sein, nur müsste dieser Freund dann selbst ein echter Drecksack sein. Die Bellamis bekommen schließlich gerade Drillinge. Mein Gott!«

Erschaudernd wandte sie sich einem anderen Thema zu. »Ich muss mir ihre Wohnung ansehen. In der Park Avenue.«

»Erst mal brauchst du etwas zu essen. Und ich auch.«

»Ja, wahrscheinlich.«

»Also gehen wir – Gott steh mir bei – erst Pizza essen, und danach schauen wir uns in dieser Wohnung um.«

»Okay.«

4

Eve genoss die Pizza und die Pepsi, zu der Roarke sie eingeladen hatte, und nutzte die Zeit im Restaurant, um ihren neuen Fall noch mal gedanklich durchzugehen.

»Du bist auf dem Frauenklo«, stellte sie auf der Weiterfahrt zur Wohnung ihres Opfers fest.

»Dann hoffe ich, dass all die Frauen dort gut gebaut und spärlich bekleidet sind.«

»Du bist einfach pervers.« Sie fuchtelte mit ihrem Zeigefinger durch die Luft. »Also noch mal. Ich selbst bin auf dem Frauenklo, als ich mir die Hände wasche, betritt eine andere Frau den Raum. Ich nehme sie kaum wahr und fahre einfach mit dem Händewaschen fort.«

»Wir Männer denken immer, dass es dabei weniger ums Händewaschen als ums Richten der Frisuren, ums Nachziehen des Lippenstifts und die Begutachtung der anderen Frauen geht. Wobei ihr selbstverständlich alle gut gebaut und spärlich angezogen seid. Die Kloversion der Kissenschlacht.«

»Ich kann nur wiederholen: Du bist einfach pervers.«

»Mag sein, aber wenn du dort auf dem Klo gewesen wärst und eine andere Frau hereingekommen wäre, hättest du sie nicht nur wahrgenommen, sondern nach nur einem Blick aus deinen wachen Cop-Augen genau beschreiben können, wie sie ausgesehen hat.«

»Okay, dann war eben nicht ich dort auf dem Klo, sondern eine Zivilistin, und wenn eine andere Frau hereingekommen wäre, hätte sie sich sicher nichts dabei gedacht. Aber wenn ein Mann hereingekommen wäre, hätte sie auf alle Fälle reagiert. Vielleicht hätte sie einen Witz gemacht, wenn sie dort nicht allein gewesen wäre oder wenn besagter Mann sofort den Rückzug angetreten hätte, weil er ganz eindeutig aus Versehen auf dem falschen Klo gelandet war. Oder vielleicht wäre sie empört gewesen oder hätte, falls er irgendwie bedrohlich ausgesehen hätte, Angst gehabt. Auf alle Fälle hätte sie dann reagiert und wäre auf der Hut gewesen.«

»Also denkst du, dass es eine andere Frau war, die sie angegriffen hat.«

»Nicht unbedingt. Das war nur eine allgemeine Überlegung, denn wir wissen bisher nur, dass jemand reinkam, als sie selbst dort unten war. Auf eine Frau hätte sie höchstens reagiert, wenn sie bekannt gewesen wäre. Auf einen Mann hingegen hätte sie auf alle Fälle reagiert. Falls sie ihn kannte, hätte sie vielleicht amüsiert gelacht. Falls er eins von ihren Opfern war – und davon gehe ich, da sie dort Stammgast war und ich nicht glaube, dass dort zufällig jemand vorbeigekommen ist, um irgendeiner Frau das Messer in den Arm zu rammen, erst mal aus –, war sie vielleicht verärgert oder neugierig zu hören, was er von ihr will. Gefürchtet hat sie sich auf alle Fälle nicht.«

»Woraus schließt du das?«

»Ihr Lippenstift lag auf der Ablage über dem Waschbecken. Sie hatte ihre Tasche an den Haken an der Wand gehängt, und ihre Lippen waren frisch geschminkt, als sie zurück nach oben kam. Er ist also aufs Klo gekommen, und sie hat ihre Lippen weiter nachgezogen und den Lippenstift dann aufs Regal gelegt. Sie hatte einen Panikknopf, Pfefferspray und einen illegalen Stunner in der Tasche, wenn sie versucht hätte, danach zu greifen, hätte in der Tasche keine solche Ordnung mehr geherrscht. Vor allem hätte sie den Lippenstift dann einfach fallen lassen und nicht auf die Ablage gelegt.«

Eve konnte alles deutlich vor sich sehen. Das aufgebauschte blonde Haar, den pinkfarbenen Catsuit und den Lippenstift im selben Rosaton.

»Natürlich muss Morris sie noch untersuchen, trotzdem gehe ich davon aus, dass sie dem Killer gegenüberstand. Das heißt, sie hat den Lippenstift auf das Regal gelegt und sich dann nach ihm umgedreht. Aber hallo, Opfer, hast du dich verlaufen? Wenn er schlau ist, ist er einfach auf sie zugetreten, hat den Schnitt gesetzt und eilig einen Schritt zurückgemacht. Vielleicht ist er dann noch kurz stehen geblieben, um zu sehen, wie sie entsetzt die Hand auf die Wunde legt. Dann hat er sich aus dem Staub gemacht. Er musste sich beeilen, denn das *Du Vin* war gut besucht, und er musste verschwinden, bevor jemand anderes ihn dort unten sah.«

Sie runzelte die Stirn. »Wobei er – oder sie – nicht wirklich clever war. Es wäre deutlich cleverer gewesen, etwas mitzubringen, um die Tür von außen abzusperren, damit sie auf dem Klo verblutet, ohne dass es jemand mitbekommt. Auf jeden Fall hat er sich eilig aus dem Staub gemacht, wobei er in normalem Tempo lief, als er wieder nach oben kam. Falls er Blut an den Kleidern hatte, hat er vielleicht seinen Mantel zugeknöpft. Ich denke, es war unvermeidbar, dass er ein paar Spritzer abbekommen hat, aber Bellamis Klamotten eben waren makellos, und ich weiß ganz genau, dass es dieselben Sachen waren wie vorher in der Bar.«

»Du hast doch sowieso gesagt, dass du nicht denkst, dass er der Mörder ist.«

»Das stimmt, und darin werde ich durch seinen sauberen Anzug noch bestärkt. Ein, zwei Minuten, länger hat der Killer nicht gebraucht. Ein schneller Schnitt, ein Schritt zurück, dann raus, wieder nach oben und verschwinden, ehe sie kurz hinter ihm wieder nach oben getorkelt kommt. Erst ein bisschen panisch, dann verwirrt und schließlich hoffnungslos geschwächt. Zwei, drei Minuten, bis sie in die Bar gestolpert kommt, wenig später ist sie tot.«

Nach einer Pause fuhr sie fort: »Falls eine Frau sie umgebracht hat, hat sie sie womöglich nicht erkannt. Falls es ein Mann war, wusste sie auf alle Fälle, wer er war. Natürlich muss ich die Wahrscheinlichkeit, dass es so war, erst noch berechnen lassen, aber meiner Meinung nach ist das ein realistisches Szenario.«

Roarke hielt vor einem hohen Haus, dessen Fassade goldfarben im Licht der Straßenlampen glänzte und vor dessen elegant geschwungener Glastür ein Portier in jagdgrüner Livree mit goldenen Tressen stand.

Das hieß, der Mensch dort an der Tür war eine Frau, die eilig auf sie zugelaufen kam. Sie warf einen abschätzigen Blick auf Eves Gefährt, das seinem Aussehen nach direkt vom Schrottplatz kam, und meinte: »Guten Abend. Wollen Sie zu jemandem im Haus?«

Eve zückte ihre Marke, und die Frau bedachte sie mit einem ausdruckslosen Blick aus veilchenblauen Augen. »Kann ich etwas für Sie tun, Lieutenant?«

»Ich muss in die Wohnung von Larinda Mars.«

»Ich glaube nicht, dass sie zu Hause ist.«

»Da haben Sie recht, weil sie nämlich ins Leichenschauhaus umgezogen ist.«

Ihr Gegenüber starrte sie entgeistert an. »Verzeihung. Wollen Sie damit sagen, dass sie nicht mehr lebt?«

»Da sie dort niemanden besucht und dort auch keinen Job hat, können Sie davon ausgehen, dass sie nicht mehr lebt. Ich muss in ihre Wohnung.«

»Ich …« Die andere blies ein weißes Atemwölkchen aus und rang nach Luft. »Kommen Sie mit.« Mit einem letzten schmerzerfüllten Blick auf Eves Gefährt ging sie voran ins Haus.

In der Eingangshalle war es mollig warm, aber der Überfluss an Gold tat in den Augen weh. Die goldenen Urnen voller stacheliger, tödlich aussehender Gewächse mit blutroten Blüten und die goldenen Tische schimmerten im Licht des goldenen Kronleuchters, der über dem mit einer goldenen Steinplatte abgedeckten blutroten Empfangstisch hing.

Die Frau, die dort den Dienst versah, sah höflich lächelnd auf, doch als sie Roarke erblickte, klappte ihr die Kinnlade herunter, und sie schaute fragend die Kollegin an.

»Moment«, bat die und trat mit ein paar schnellen Schritten zu ihr an den Tisch.

Der jungen Dame vom Empfang entfuhr ein leiser Schrei, doch als sie leise zischend ein paar Fragen stellte, schüttelte die andere den Kopf und winkte Eve zu sich heran.

»Wir müssen bitte Ihre Marke scannen, Lieutenant.« Eve hielt sie ihr hin.

»Okay. Tja nun.«

»Wie wäre es, wenn Sie uns in die Wohnung lassen würden?«, fragte Eve.

»Oh, ja sicher. Aber … ist Miss Mars tatsächlich tot und so?«

»Sie ist tatsächlich tot und so.«

»Mein Gott!«

»Hatte sie oft Besuch?«

»Im Grunde sollen wir nicht über die Bewohner oder deren Gäste reden.«

»Ich ermittele hier in einem Mordfall«, meinte Eve und fuchtelte mit ihrer Dienstmarke vor ihr herum.

»Ich schätze, schon. Ich meine, es kamen immer wieder einmal irgendwelche Leute und sie hat hier auch Partys geschmissen und sich jede Menge Sachen liefern lassen. Stimmt's, Becca?«

»Auf jeden Fall.«

»Kamen irgendwelche Leute regelmäßig zu ihr zu Besuch?«

»Tja nun … ich glaube, Mitch L. Day war öfter da. Er ist ebenfalls beim Channel 75, moderiert *Die zweite Tasse* und sieht wirklich super aus. Aber vor allem hat sie Partys hier geschmissen oder irgendwelches Zeug bestellt.«

»Hatte sie hier jemals Ärger? Streit mit anderen Bewohnern oder so?«

Jetzt biss die junge Frau sich auf die Lippe. »Nun … ich glaube, mit den Wilburs kam sie nicht so gut zurecht. Sie haben das Penthouse gegenüber. Sie und Mrs. Wilbur haben sich nie gegrüßt und auch nie denselben Lift genommen, wenn sie zur selben Zeit nach unten kamen. Miss Mars hat zwei Beschwerden bei der Hausverwaltung eingereicht, weil die Kinder von den Wilburs laut und ungezogen wären. Aber das sind sie wirklich nicht, außerdem sind die Wohnungen vollkommen schallgeschützt.«

»Es sind wirklich nette Kinder«, mischte sich die Türsteherin ein. »Wogegen sie ein wirklich blödes Weibsbild ist.«

»Becca!«

Achselzuckend meinte sie: »Du weißt, dass sie das ist – oder eher war, Roxie.«

»Ach ja?«, erkundigte sich Eve.

»Ich weiß, dass man nichts Schlechtes über Tote sagen soll, aber schließlich geht es hier um polizeiliche Ermittlungen, nicht wahr?«

»Das stimmt.«

Becca rückte ihre Mütze auf dem kurz geschnittenen Haar zurecht. »Sie hatte immer ein mörderisches Lächeln im Gesicht und so getan, als wäre sie das reinste Unschuldslamm. Aber zugleich hat sie versucht, mich über andere Bewohner oder deren Gäste auszuquetschen, und als ich nichts sagen wollte, meinte sie sogar, sie würde mich dafür bezahlen.«

»Und was hätten Sie kriegen sollen?«

Die junge Frau verzog verächtlich das Gesicht. »Einen Hunderter für alles, was sie für die Sendung nutzen kann. Das Doppelte, wenn es das Zeug zu einem Special hat. Aber davon wollte ich nichts wissen, denn ich würde niemals die Privatsphäre der Leute hier kompromittieren. Auch ihre nicht, nur dass das hier nun einmal …«

»… polizeiliche Ermittlungen sind.«

»Genau. Miss Mars war ziemlich angefressen, als ich selbst, Luke und Gio, die die Tagschicht haben, sie zurückgewiesen haben, und uns danach wie Luft behandelt, aber das war uns egal. Du hast sie ebenfalls zurückgewiesen, oder, Roxie?«

»Ja.« Sie biss sich wieder auf die Lippe und stieß mit gepresster Stimme aus: »Wir sollen den Bewohnern zwar entgegenkommen, aber, Himmel, so was ist ganz sicher nicht erlaubt. Ich hätte meinen Job verlieren können, und vor allem gehört sich so was einfach nicht.«

»Hat sie Ihnen je gedroht?«

»Sie hat sich einmal über mich beschwert, aber damit ist sie nicht durchgekommen, weil ein Dutzend anderer Bewohner sich für mich verwendet haben, als die Hausverwaltung wissen wollte, ob es Grund zur Klage über mein Verhalten gibt. Gio, Luke und Roxie haben bestätigt, dass sie uns bestechen wollte, deshalb ist mir nichts passiert.«

Jetzt setzte Becca ebenfalls ein mörderisches Lächeln auf. »Ich glaube, dass der Hausverwalter sie für ihr Verhalten ins Gebet genommen hat, denn danach gab es keinen Ärger mehr mit ihr. Es tut mir leid, dass sie ermordet worden ist. Das hatte sie ganz sicher nicht verdient, auch wenn sie eine blöde Hexe war. Aber es tut mir ganz bestimmt nicht leid, dass sie hier nicht mehr wohnen wird.«

»Okay. Ich danke Ihnen für Ihre Kooperation. Wenn Sie uns jetzt vielleicht zu ihrer Wohnung hinauffahren lassen würden …«

»Klar. Ich muss nur schnell die Schlüsselkarte holen.«

»Ich habe einen Generalschlüssel«, erklärte Eve. Und für den Notfall hatte sie noch einen meisterhaften Einbrecher dabei.

»Oh, okay. Lift drei führt direkt in die zweiundfünfzigste Etage hinauf. Genau gegenüber liegt die Wohnungstür.«

»Verstanden.«

Sie lief los und stieg mit Roarke in einen selbstverständlich ebenfalls in Gold gehaltenen Lift.

»Interessant«, bemerkte er.

»Aber kein bisschen überraschend«, meinte sie und fügte noch hinzu: »Das Haus gehört dir nicht.«

»Woher weißt du das?«

»Weil Becca keine Ahnung hatte, wer du bist. Und Roxie hat dich nur erkannt, weil du als reicher, cooler Typ andauernd in der Zeitung stehst. Dazu ist diese Eingangshalle wirklich hässlich, ich glaube nicht, dass irgendetwas, was du besitzt, so scheußlich eingerichtet ist.«

»Dein Vertrauen ehrt mich, auch wenn diese Eingangshalle meiner Meinung nach nicht hässlich, sondern einfach übertrieben schwülstig ist.«

»Was auch immer. Ich muss diesen Mitchell überprüfen, der anscheinend öfter bei Mars zu Besuch war.«

»Er heißt Mitch L., nicht Mitchell«, korrigierte Roarke.

»Im Ernst?«

Er nickte. »Mitch L. Day. Er ist der Moderator einer Talkshow, die im Frühstücksfernsehen kommt.«

Die Fahrstuhltür ging auf, und kopfschüttelnd stieg Eve vor ihrem Gatten aus. »Warum gucken Leute Sendungen, in denen andere Leute herumsitzen und reden?«

»Auch wenn dich das vielleicht schockiert, haben manche Menschen einfach Spaß an Unterhaltungen.«

»Aber wenn man sie im Fernsehen sieht, redet man doch gar nicht mit. Dann ist es eher, als würde man die Löffel spitzen, um den anderen heimlich zuzuhören.« Sie zog ihren Generalschlüssel hervor und runzelte die Stirn. »Hu! Okay, verstehe.«

»Natürlich tust du das.«

»Ich wüsste nicht, wozu man Löffel spitzen sollte, und vor allem, was haben spitze Löffel überhaupt mit dem Gehör zu tun?«

»Das ist eine gute Frage«, meinte Roarke und war mal wieder völlig fasziniert von seiner Frau.

»Sprache – aus der Unterhaltungen bestehen – ergibt für mich des Öfteren nicht den geringsten Sinn.«

Sie öffnete die Tür und machte Licht.

Der riesengroße Wohnraum war mit einem rosafarbenen Teppichboden ausgelegt. Die Einrichtung bestand aus scharfem, angesagtem Chrom und Glas, zwei lang gestreckten Gelbänken sowie moderner Kunst.

Die eine Wand wurde von einem riesengroßen Fernseher beherrscht, und auf den schwebenden Regalen gegenüber waren Dutzende von Fotos der Bewohnerin verteilt. Auf den meisten Aufnahmen posierte Mars mit jemand anderem, dass Eve tatsächlich einige der Leute kannte, zeigte, dass sie entweder Berühmtheiten aus Film und Fernsehen oder irgendwelche hohen Würdenträger waren.

Die Fenster Richtung Straße waren mit schweren Vorhängen im Ton des Teppichs, aber obendrein mit Rüschen, deren Ton ein wenig dunkler war, verhängt.

»In einem solchen Haus müssten die Fenster doch mit Sichtblenden versehen sein, trotzdem hat sie zusätzlich noch diese dicken Vorhänge hier aufgehängt. Für jemanden, der seinen Lebensunterhalt damit verdient hat, in den Leben anderer zu wühlen, war sie, was ihr eigenes Leben betraf, offenkundig sehr auf Diskretion bedacht.«

»Sie wusste eben aus Erfahrung, wie problemlos man in die Privatsphäre von anderen Menschen eindringen kann«, bemerkte Roarke. »Der Raum hier ist für den Empfang von Gästen, aber ganz bestimmt nicht zum Entspannen«, fügte er hinzu. »So geschmackvoll eingerichtet wie in einem hochmodernen Möbelhaus, doch ohne jede Wärme und Persönlichkeit. Auf jeden Fall hat sie ihr rechtschaffen oder auch nicht rechtschaffen verdientes Geld gut angelegt.«

Eve sah sich suchend um. »Ach ja?«

»Nimm zum Beispiel dieses Bild hier. Meiner Meinung nach ist das ein echter Scarboro. Der ist bestimmt zweihundert Riesen wert.«

»Sprichst du von Dollar?«

»Wovon sonst?«

»Für dieses Ding?« Verwundert sah sich Eve die roten und orangefarbenen Kleckse auf den wild gezackten blauen und violetten Linien an. »Nimmst du mich auf dem Arm? Das bekäme selbst die kleine Bella besser hin.«

»Kunst ist nun einmal, was man aus ihr macht«, erklärte er in leichtem Ton. »Auch wenn mir selber dieser Stil nicht unbedingt gefällt. Zu meiner Zeit habe ich eher …« Belustigt, weil er kurzfristig vergessen hatte, dass sie den Rekorder eingeschaltet hatte, brach er ab. »Tja nun, das ist inzwischen ewig her.«

Sie sah ihn böse an, denn ihr war klar, dass er in seiner Zeit als Meisterdieb auf Kunst spezialisiert gewesen war.

»Am besten nimmst du dir die elektronischen Geräte vor. Ich selber gehe erst einmal ins Schlafzimmer.«

Im Grunde gab es zwei weitere Zimmer, das eine hatte Mars mit einem großen weißen Schreibtisch und dem pinkfarbenen Ledersessel offensichtlich als Büro gedient. Auch hier waren jede

Menge Fotos, glänzende Trophäen und unzählige andere Staubfänger wie Schalen, Flaschen, einer Sammlung bunter Eier aus Glas in kleinen Ständern sowie jede Menge hübscher, kleiner Holz- und Pappschachteln in den Regalen aufgereiht.

Das Arbeitszimmer überließ sie fürs Erste Roarke, weil ihrer Meinung nach das Schlafzimmer als ganz privater, sicherer Rückzugsort viel mehr als alle anderen Räume über jemanden verriet.

Ihr Bett hatte sich Mars etwas kosten lassen, dachte sie. Ein beinah deckenhohes, an den Rändern elegant geschwungenes Kopfteil, dessen schlichte weiße Polsterung in deutlichem Kontrast zum Pink der Tagesdecke und dem Berg an Rüschenkissen stand, genauso grelle Bilder wie im Wohnbereich hingen an den Wänden, eine verspiegelte Kommode, auf der weitere bunte Flaschen standen, zierte die Wand, und am Fußende des Bettes stand eine Polsterbank. Die Wanne in dem angrenzenden Bad war groß genug für drei Personen, die Dusche war mit unzähligen Düsen in den Wänden und mit einem riesengroßen Brausekopf versehen, die beiden Waschbecken in Form von Rosenblüten wiesen elegant geschwungene Armaturen auf, und das Bidet und die Toilette waren diskret hinter zwei Schiebetüren versteckt.

Der Spiegel, der sich oberhalb des Waschtischs über die gesamte Wand erstreckte, wurde entweder per Fernbedienung oder Stimmbefehl zu einem Bildschirm, um beim Zähneputzen Nachrichten zu sehen, auf dem Rand der Wanne waren Kerzen in verschiedenen gläsernen Behältern und drei schlanke, reich verzierte Wasserkrüge aufgereiht, der Schrank unter dem Waschtisch war mit Schminkzeug und Produkten für die Körperpflege angefüllt.

Am besten sähe sie sich auch das Bad noch einmal genauer an, jetzt aber trat sie an das Bett und zog die Schublade des Nachttischs auf, in dem ein großes neben einem kleinen Tablet lag. Sie beide waren gesichert, deshalb legte sie sie für Roarke aufs Bett und nahm sich erst einmal den Nachtschrank auf der anderen Seite vor.

»Partytime«, bemerkte sie, als sie das Sexspielzeug und die verschiedenen Öle und Lotionen in der Lade sah. Sie nahm den selbstbefeuchtenden Vibrator mit dem heißen und dem kalten Ende und dem Namen *Ekstase* in die Hand, stellte ihn an und zog die Brauen hoch, als er sich in verschiedenen Geschwindigkeiten in verschiedene Richtungen bewegte und sie plötzlich lauter kleine Gumminoppen auf der Oberfläche sah.

In dem Moment erschien ihr Mann, lehnte sich an den Türrahmen und stellte grinsend fest: »Das ist ein Bild, das man nicht alle Tage sieht.«

Den summenden und kreisenden Vibrator in der Hand fuhr sie zu ihm herum. »Der USB-Port an dem Ding ist sicher für ein Virtual-Reality-Programm, das man sich anschauen kann, während man es sich besorgt.«

Sie schaltete ihn wieder aus und legte ihn neben die Tablets auf das Bett. »Dazu gibt es noch verschiedene Kondome, Nippelklemmen, Gelvibratoren, Penisringe, Öle, Handschellen, Knebel, Kordeln, Ständerpillen, Anschnallschwänze und diverse illegale Drogen wie zum Beispiel Rabbit.«

»Dann war sie sexuell anscheinend recht aktiv.«

»Und zwar allein und in Gesellschaft. Was von beidem war ihr offenbar egal. Die beiden Tablets, die da liegen, sind mit Passwörtern gesichert.«

»Kein Problem. Sie hat zwei kleine Roboter und einen Droiden, der seit Mittag ausgeschaltet ist. Er ist nicht nur auf Hausarbeiten, sondern wenig überraschend auch auf sexuelle Handlungen programmiert. Er heißt Henri, und obwohl er auch noch andere Kleider hat, trägt er im Augenblick nur einen Lendenschurz.«

»Was? Wie dieser Dschungeltyp?«

»Genau, wie dieser Dschungeltyp.«

»Was es nicht alles gibt!« Sie legte ihren Kopf ein wenig schräg und sah Roarke forschend von der Seite an.

»Ich komme mir ein bisschen billig vor, wenn du versuchst, dir mich in einem solchen Outfit vorzustellen.«

»An dir ist niemals irgendetwas billig, Schatz«, gab sie zurück und wandte sich entschlossen einem anderen Thema zu. »Warum siehst du dir nicht erst mal die elektronischen Geräte an, die im Arbeitszimmer gegenüber stehen?«

»Das mache ich sofort. Sie hat auch ein Tablet in der Küche, auf dem sie anscheinend ihren Terminkalender führt. Partys und Premieren, Vernissagen und Verabredungen zum Mittag- oder Abendessen. Henri sagt, er wäre auf das Führen des Kalenders programmiert. Auch das Telefon in ihrer Küche hat vor allem er genutzt. Er hat mit Lieferanten und mit Caterern gesprochen, Tische in verschiedenen Restaurants oder Lokalen für Mars reserviert und lauter solches Zeug.«

»Okay. Wir nehmen die Dinger trotzdem für die elektronischen Ermittler mit.«

»Dann sehe ich mich jetzt erst mal in ihrem Arbeitszimmer um.«

Eve selbst nahm sich den Schrank der Toten vor. Es war ein ganzer, riesengroßer, vollgepackter Raum mit einem eigenen Bereich für Schuhe und mit einer kleinen Nische, in der ein Frisiertisch stand. Wahrscheinlich hatte Henri sich auch um die Ordnung in diesem Schrank gekümmert, denn tatsächlich lag und hing hier jedes Stück an dem ihm zugedachten Platz.

Die eingebauten Schubladen waren voll verführerischer Unterwäsche, und für Gürtel gab es einen eigenen, abgetrennten Platz.

Allein für Gürtel, dachte Eve verblüfft, dazu noch einen für Handschuhe und Wintermützen sowie einen weiteren für Tücher und für Schals.

Abendkleider, Kleider, die sie vor der Kamera getragen hatte, Cocktailkleider, schicke Alltagskleidung, alles im Computer katalogisiert und mit Vermerken, wann und wo sie die Sachen getragen hatte, versehen.

Eve arbeitete sich gründlich durch den Schrank und stieß am Schluss auf einen Safe.

»Was haben wir denn hier?«

Sie hockte sich vor den Tresor und überlegte, ob sie ihn wohl aufbekäme, ohne dass ihr Mann ihr dabei half. Er hatte ihr gezeigt, wie man Tresore knackte, und inzwischen hatte sie den Bogen halbwegs heraus. Natürlich war sie längst noch nicht so schnell wie er, aber …

Ehe sie sich an die Arbeit machen konnte, klingelte ihr Handy.

»Dallas.«

»Peabody. McNab hat sich die elektronischen Geräte aus der Handtasche des Opfers angesehen. Wir haben noch kurz etwas gegessen, dann hat er sofort angefangen, aber die verdammten Dinger waren so gut gesichert, dass es alles andere als einfach war.«

»Was haben Sie gefunden?«

»Das Handy ist so eingestellt, dass keine Anrufe gespeichert worden sind, das heißt, dass er es sich noch einmal vornehmen muss. Ihre Sachen auf dem Handcomputer sind verschlüsselt, aber dabei kommen wir ziemlich gut voran. Den Code bekommen wir auf alle Fälle bald geknackt. Wir gehen davon aus, dass sie Leute erpresst hat, Dallas.«

»Ach.«

»Genau, es ist …« Die Partnerin verzog beleidigt das Gesicht. »Das wissen Sie bereits?«

»Oh ja, das weiß ich bereits. Bellami hat es mir gebeichtet, trotzdem steht er erst mal nicht unter Verdacht. Er war ganz sicher nicht der Erste, den das Weibsbild ins Visier genommen hat, deswegen hoffe ich, Sie und McNab bekommen noch die Namen ihrer anderen Opfer heraus.«

»Wir sind dabei, auch wenn sie lauter Code- und Spitznamen verwendet hat. Obwohl sie das nicht präzise benannt hat, denken wir, dass einige der Zahlen in ihrem Handcomputer Daten und Beträge sind.«

»Versuchen Sie, so viel wie möglich herauszuholen, und schicken Sie mir dann alles zu. Wenn Sie denken, dass Sie heute Abend nichts mehr herausbekommen, fahren Sie heim und hauen sich aufs Ohr.«

»Wir haben durchaus noch etwas Energie.«

»Wir auch, deshalb sehen wir uns gerade ihre Wohnung an. Es gibt hier einen Safe, ich will sehen, was er enthält.«

»Bricht Roarke ihn für Sie auf?«

»Der hat zu tun«, erklärte Eve erbost. »Außerdem kriege ich das schließlich auch alleine hin.«

»Aber … okay.«

Noch immer angefressen steckte Eve ihr Handy wieder ein und starrte stirnrunzelnd auf den Tresor.

»Ohne Werkzeug kriegst du den nicht auf«, bemerkte Roarke, und sie bedachte ihn mit einem bitterbösen Blick.

»Wenn du dich so von hinten anschleichst, könnte es passieren, dass jemand auf dich schießt.«

Mit einem Lächeln auf den Lippen hockte er sich zu ihr, gab ihr einen Kuss und stellte fest: »Du weißt, dass ich es unglaublich erregend finde, wenn du mir mit deiner Waffe drohst.«

Sie ignorierte diesen Kommentar und blickte wieder auf den Safe. »Ich wüsste nicht, was ich mit Werkzeug soll. Ich habe schließlich diese App auf meinem Handy.«

»Die dir bei dem komplizierten Mechanismus hier nicht weiterhilft.«

»Weil man zum Öffnen ihren Daumenabdruck braucht?«

»Auch das. Ich kann das Ding so einstellen, dass die Tür aufgeht, ohne dass der Öffnungsmechanismus kriegt, was er verlangt. Es ist ein Drei-Stufen-Modell. Erst braucht man einen Code, der entweder aus Zahlen oder einem Wort besteht. Vielleicht hat sie auch Buchstaben und Zahlen kombiniert, wie es der Hersteller empfiehlt. Dann kommen der Daumenabdruck und danach ein zweiter Code. Im Grunde ist ein solcher Safe etwas für Banken oder Unternehmen und nichts für den Privatgebrauch.«

Sie starrte wieder auf den Safe. »Verkaufst du dieses Ding?«

»Das tue ich, und deshalb weiß ich auch, wie ich es knacken kann. Auch wenn das ohne Werkzeug nicht so einfach ist. Jetzt muss ich improvisieren, was ein bisschen dauern kann.«

Da die Ermittlungen von größerer Bedeutung waren als ihr

angeknackster Stolz, überließ sie Roarke den Safe und kümmerte sich selber weiter um den Schrank.

»Sie hat Milliarden von Klamotten, und laut ihrem Computer hat sie die meisten Sachen höchstens einmal angehabt. Normale Alltagssachen hat sie vielleicht zwei-, dreimal getragen, aber ihre Abendkleider immer nur einmal. Warum hat sie die Sachen dann zum Teil drei Jahre lang hier aufbewahrt?«

Roarke war derart auf seine Arbeit konzentriert, dass er ihr keine Antwort gab.

»Jede Menge ungetragener Schuhe oder Schuhe, die sie höchstens ein- oder zweimal getragen hat. Ihre Unterwäsche ist bestimmt zwei Monatslöhne wert. Wer außer ihr hat sechzig unterschiedliche Dessous? So viele Unterhosen hast nicht einmal du.«

»Hallo, Schätzchen.«

»Was?«

»Damit warst ausnahmsweise mal nicht du gemeint.« Er saß im Schneidersitz vor dem Tresor und bot ihr lächelnd an: »Du kannst das Ding jetzt aufmachen.«

»Du hast gesagt, das ginge nicht so schnell.«

»Das ging es ja auch nicht.«

Eilig setzte sie sich neben ihn und öffnete die Tür des Safes.

»Wow!«

Sie griff nach einem der dicken Bündel Geldscheine. »Alleine dieser Stapel hier sind hunderttausend Dollar …«

Während sie versuchte, den Gesamtbetrag des Geldes zu errechnen, maß ihr Mann die Stapel einfach mit den Händen nach. »Wenn diese Bündel alle gleich dick sind, hat sie das Zehnfache dieses Betrags hier aufbewahrt.«

»Sie hat eine Million Dollar in diesem Schrank verwahrt?«

»Zumindest liegen sie in einem wirklich guten Safe.«

»Sagt der Mann, der ihn in weniger als zehn Sekunden aufbekommen hat.« Sie griff nach einer Schmuckkassette, die in einer anderen Ecke stand, klappte sie auf und fragte: »Ist die echt?«, als sie die Diamantkette auf einem schwarzen Samtbett funkeln sah.

Er nahm sie in die Hand und hielt sie gegen das Licht. »Obwohl ich keine Lupe habe, denke ich, dass sie echt ist. Die Farbe und der Schliff sind von allerhöchster Qualität. Um die … fünfzehn Karat. Ich würde sagen, je nachdem, woher sie stammt, ist sie um die Fünfzigtausend wert.«

In einer anderen Schatulle lagen diamantbesetzte Ohrringe in Tropfenform.

»Sehr schön«, bemerkte Roarke. »Sie würden dir gut stehen. Ich kann den Wert nur schätzen, Eve, aber ich gehe davon aus, dass sie von einem wirklich guten Juwelier gefertigt worden sind.«

Neugierig zog er eine weitere Schachtel aus dem Safe. »Auch die Manschettenknöpfe mit den Diamanten und Smaragden hier sind eine wunderbare Handarbeit. Wenn all die Stücke im Tresor von dieser Qualität sind, ist der Schmuck noch mehr wert als das Bargeld, das hier liegt. Sie wusste offenbar, worin man investieren muss.«

Als Eve die Hand ausstreckte, klappte er die Schachtel wieder zu und grinste, als sie sie entgegennahm und vorsichtshalber nachsah, ob der teure Schmuck auch wirklich noch darin lag.

»Am besten verschließen wir die Sachen alle wieder im Safe. Ich werde dieses Zeug ganz sicher nicht in meinem Wagen transportieren. Schließ den Tresor sicherheitshalber wieder ab.«

Sie legte auch die anderen Schatullen wieder in den Safe und hätte fast gelacht, als Roarke ihr auf die Schulter tippte, seine Hand aufklappte und sie dort die Diamantohrringe funkeln sah.

Stattdessen rollte sie nur mit den Augen, als er sie ihr grinsend übergab und gut gelaunt erklärte: »Wie es aussieht, habe ich es nicht verlernt.«

»Wenn du so weitermachst, werde ich dir eine ganz andere Lektion erteilen«, gab sie zurück und legte das Geschmeide wieder in die dafür vorgesehene Box.

»Oh ja, auch wenn ich vorher den Tresor neu starten muss.«

»Neu starten?«

»Darauf programmieren, dass er sich nur mit deinen Codes

und deinem Daumenabdruck öffnen lässt. Das wird ein bisschen dauern, aber dafür kriegst du ihn dann später auf der Wache ohne Mühe wieder auf.«

Während er sich an die Arbeit machte, sah sie sich ein letztes Mal im Schrank des Opfers um.

»Der erste Code?«

Sie nahm die Nummer ihrer Dienstmarke und presste dann wie angewiesen ihren Daumen auf den Identifizierungspad.

»Der zweite Code?«

»Wie wäre es mit Langfinger?«

Lachend tippte er den Vorschlag ein und drückte die Tür des Safes wieder zu.

»Geschafft.«

»Was ist mit ihrem Arbeitszimmer?«, fragte Eve.

»Sah alles nach normaler Arbeit aus. Der offiziellen Arbeit, der sie nachgegangen ist. In ihren E-Mails und Dateien und bei den Telefongesprächen ging's um lauter Storys, die sie schon gebracht hatte oder bringen wollte. Vielleicht ist ja etwas dabei, was dir bei deiner Arbeit weiterhilft. Auch die private Buchführung hat sie auf dem Computer, der dort steht, gespeichert, aber die Million in bar und all den Schmuck in ihrem Safe hat sie mit keinem Wort erwähnt. Sie hat zwar durchaus gut verdient, aber für alle diese Sachen, all die teuren Bilder und die teure Wohnung hätte das niemals gereicht.«

Eve nickte, weil sie bereits zu demselben Schluss gekommen war. »Das heißt, das eigentliche Geld hat sie mit ihrer Nebentätigkeit gemacht.«

»So sieht's auf jeden Fall aus.«

»Okay, dann sehen wir uns noch schnell den Rest der Wohnung an. Vielleicht hat sie ja sonst noch irgendwo etwas versteckt. Danach lasse ich den Safe und ihre elektronischen Geräte abholen.«

Als sie das Schlafzimmer verließen, meinte Roarke: »Wir besitzen übrigens zusammen nicht einmal ein Viertel von der Unterwäsche, die du hier gefunden hast.«

»Das höre ich natürlich gern.«

»Ich glaube, dass es ihr bei ihren Outfits einzig um die Wirkung in der Öffentlichkeit ging. Zu jedem Anlass hatte sie ein ganz besonderes Kleid, in dem man sie nicht zweimal sehen sollte.«

»Du hast mir ja tatsächlich vorhin zugehört.«

»Das tue ich doch immer. Vielleicht hat sie ja all die Sachen über die Jahre aufgehoben, weil sie gern gehortet hat.«

»Aber normale Horter heben alles auf, wogegen Mars nur Kleider, Schmuck und Geld gehortet hat.«

»Vielleicht war sie ja eine selektive Horterin.«

»Kann sein«, stimmte Eve ihm mit einem gleichmütigen Achselzucken zu.

Wobei sie keine Ahnung hatte, ob sie sich als Cop an dieser Form der Raffgier störte oder einfach, weil sie selbst vollkommen anders war.

5

Auf der Heimfahrt arbeitete Eve an ihrem Handcomputer, sprach mehrmals mit ihrer Partnerin und sah erst auf, als Roarke mit dem Wagen in die Einfahrt ihres Grundstücks bog. Wie jedes Mal riefen die winterliche Parklandschaft mit ihren kahlen Bäumen und das elegante, steinerne Gebäude mit den Türmchen und Terrassen, das inzwischen ihr Zuhause war, Erstaunen sowie ein Gefühl von Ehrfurcht in ihr wach.

Wie ein Schwarz-Weiß-Foto von einer alten Burg, ging es ihr durch den Kopf.

»Ist das irisch?«

»Was?«

»Die Art, wie du das Haus gestaltet hast. Es sieht so aus wie einer dieser Orte, wo Touristen sehen können, wie die Menschen früher mal gelebt haben.«

Er parkte ihren Wagen vor dem Haus und schaute es sich selbst genauer an. »Summerset hat mir sehr viel über Geschichte beigebracht. Er ist der Meinung, dass die Herkunft eines Menschen wichtig ist. Selbst wenn sie in deutlichem Kontrast zu dem steht, was man selber aus sich macht.«

Er schaltete den Motor aus, stieg aber nicht gleich aus. »Ich habe auch schon gern gelesen, bevor er mich bei sich aufgenommen hat. Zum Beispiel meinen Yeats. Den hatte ich gefunden und so gut versteckt, dass ihn mein Alter nicht gefunden hat. Sonst hätte er ihn nämlich nur, um mir eins auszuwischen, entweder verbrannt oder zu Geld gemacht. Ich war total begeistert von den Worten und von ihrem Klang, wenn man sie laut oder im Kopf gelesen hat. Also hat Summerset, gewieft, wie er nun einmal ist, Bücher für meine Ausbildung benutzt.«

»Wie hat er das angestellt?«, erkundigte sich Eve, bevor sie aus dem Wagen stieg.

»Er hatte eine eigene Büchersammlung, die ich nutzen durfte, und dann haben wir uns über alles, was ich dort gelesen habe, ausgetauscht. Ich hatte das Gefühl, als würden wir uns einfach unterhalten, aber er hat mir bei den Gesprächen immer etwas beigebracht.«

Er umrundete den Wagen, und der Winterwind zerzauste ihm das rabenschwarze Haar. »Es war das erste Mal, dass ein Erwachsener mich wirklich ernst genommen hat. Dazu hat er mich auch mit dem Konzept der Büchereien bekannt gemacht und mir gezeigt, wie man sich Bücher ausleihen kann. Da er mir verboten hatte, Bücher mitgehen zu lassen, hat er mir zum Lohn dafür, dass ich sie nicht gestohlen habe, sogar ab und zu ein Buch gekauft.«

Mit diesen Worten trat er durch die Tür, wo Summerset wie immer in der Eingangshalle stand. Ein dürrer Mann in Schwarz, mit einem pummeligen Kater neben sich.

»Das heißt, es war für ihn in Ordnung, wenn du Autos, Geld und anderes Zeug gestohlen hast, doch Bücher waren tabu?«

»Ein Mensch braucht seine Standards«, klärte der Butler ihres Mannes sie mit erhabener Stimme auf und sah sie fragend an. »Ich nehme an, Sie haben schon irgendwas gegessen.«

»Danke, ja.« Roarke übergab ihm seinen Mantel, während Eve den ihren einfach auf den Treppenpfosten fallen ließ.

Während Galahad ihr schnurrend um die Beine strich, hakte sie skeptisch nach: »Was soll das für ein Standard sein? Den meisten Menschen ist der Inhalt ihrer Brieftasche doch sicher wichtiger als irgend so ein Schinken, den man kauft, um sich ihn ins Regal zu stellen.«

Der Butler reckte seine schmale, spitze Nase in die Luft. »Bücher sind Nahrung für die Seele und den Geist. Und …«

»… einen Hungernden bestiehlt man nicht«, beendete sein einstiger Eleve seinen Satz.

»Genau. Das hast du gut gelernt. Aber schließlich hatten deine Seele und dein Geist auch großen Appetit. Und falls der Körper jetzt noch Hunger hat, gibt's einen Apfelkuchen, denn ich hatte heute etwas Zeit und einen Korb voll Äpfel aus Neuseeland in der Küche stehen.«

Eve unterdrückte die sarkastische Bemerkung, die sie hätte machen wollen, weil sie Apfelkuchen liebte und weil es vor allem nur noch zwei Tage wären, bis Summerset in seinen wohlverdienten Winterurlaub fuhr.

»Für Kuchen haben wir immer Platz«, erklärte Roarke, bevor er neben Eve die Treppe in die obere Etage nahm. »Gute Nacht.«

»Warum Neuseeland?«, fragte Eve. »Wir haben doch auch Äpfel hier. Wir leben schließlich in New York, das doch ganz sicher nicht umsonst den Spitznamen Big Apple hat.«

»Weil Februar ist und man bei uns im Februar keine einheimischen Bioäpfel kriegt.«

»Aber in Neuseeland ist doch auch Februar.«

»Das stimmt, aber nachdem Neuseeland auf der Südhalbkugel liegt, ist dort jetzt Sommer.«

»Wie kann das sein?«, erkundigte sich Eve frustriert, und lächelnd legte Roarke den Arm um sie und öffnete die Tür ihres Büros. »Genau wie bei den Zeitzonen, die dich immer wieder ärgern, geht's auch dabei um die Rotation und um die Umlaufbahn der Erde, Schatz. Auf der Nordhalbkugel ist im Februar Winter, während auf der Südhalbkugel Sommer ist. Das ist eins der Naturgesetze, die sich nun einmal nicht ändern lassen, auch wenn deine Logik etwas anderes sagt.«

»Das ist einfach dämlich, und es ist kein Wunder, dass die Menschen so meschugge sind, wenn sie sich nicht mal mehr darauf verlassen können, dass im Februar Winter ist. Wobei der Februar sowieso ein kranker Monat ist, weil er nur achtundzwanzig Tage hat, und jedes vierte Jahr noch ein Tag drangehängt werden muss, obwohl wir alle wollen, dass endlich März und Frühling wird.«

Man musste ihre schräge Logik einfach lieben, dachte Roarke und meinte lächelnd: »Stimmt.«

»Außerdem ...« Sie verstummte, als sie in ihr renoviertes Arbeitszimmer kam. Es war viel schöner als ihr alter Raum, trotzdem hatte sie sich immer noch nicht ganz daran gewöhnt.

»Egal. Im Grunde ging es um was völlig anderes, und ich verstehe nicht, warum es statt ums Haus plötzlich um Bücher ging.«

»Das kann ich dir erklären, aber vorher wirst du sicher deine Tafel aufstellen wollen, und ich selber hätte gern ein Gläschen Wein.«

Er wählte eine Flasche aus dem Weinschrank hinter einer Wandpaneele aus, während sie selber ihre Tafel aus der dafür vorgesehenen Nische zog.

»In den von Summerset für mich gewählten Büchern ging es oft um die Geschichte Irlands, und dort habe ich mir all die Bilder und Beschreibungen der großen Herrenhäuser, Festungen, Burgen und Ruinen angesehen und mir geschworen, selber irgendwann ein solches Haus zu bauen. Ein großes Haus in einer großen Stadt mit Zinnen, Türmen und Schatzkammern und jedem nur erdenklichen Komfort.«

Er schenkte ihnen beiden lächelnd ein. »Manchmal habe ich mir sogar einen Burggraben und Zugbrücken zum Schutz des Hauses vorgestellt.«

Er drückte ihr ein Weinglas in die Hand und prostete ihr zu. »Aber du wolltest wissen, ob das Haus typisch für Irland ist. Tja nun, als ich anfing zu bauen, dachte ich, die alte Heimat läge ein für alle Mal hinter mir. Der Großteil meines Lebens dort war durch Gewalt geprägt, deswegen dachte ich, ich hätte sämtliche Verbindungen dorthin gekappt. Trotzdem habe ich am Schluss ein Haus gebaut, das denen aus den Büchern damals und aus meinen Träumen nachempfunden ist. Es ist ein irisches Gebäude, weil ich schließlich selber Ire bin. Es stimmt, was Summerset gesagt hat. Niemand schüttelt seine Herkunft jemals völlig ab.«

Als sie erstarrte, legte er die Hand unter ihr Kinn und zwang sie sanft, ihn anzusehen.

»Es ist wichtig, Eve, dass deine Eltern Monster waren. Ihretwegen bist du zu der Frau geworden, die jetzt nicht aus Rachsucht, sondern aus Gerechtigkeitsempfinden Jagd auf solche

Monster macht. Ich habe mir im Grunde nur ein Haus gebaut, in dem ich sicher bin, wogegen du den Kampf gegen das Böse aufgenommen hast.«

»Ich bin einfach eine Polizistin«, korrigierte sie, doch ihre Anspannung ließ nach. »Wobei ich Hilfe hatte, so wie du, als du das Trauma deiner Jugend überwunden hast. Obwohl du Gerechtigkeit mitunter anders definierst als ich, geht es dir nicht um Rache, sondern um die Wahrheit, wenn du mich bei meiner Arbeit unterstützt. Und die ist für uns beide gleich.«

Er glitt mit einem Finger über die Vertiefung in der Mitte ihres Kinns und lächelte sie an. »Ich wäre von alleine nicht auf die Idee gekommen, so etwas zu tun, dann aber bin ich dir begegnet, habe mich in dich verliebt, und plötzlich brach für mich bereits im Februar der Frühling an.«

Das stimmte, wusste sie, trotz ihrer Rührung aber pikste sie ihm mit dem Finger in den Bauch und stellte fest: »Das klingt zwar sehr poetisch, aber trotzdem ist es völlig irre und vor allem alles andere als logisch, dass wir zwei zusammen sind.«

»Trotzdem sind wir glücklich miteinander«, meinte er und gab ihr einen Kuss. »Dieses Glück wird dadurch abgerundet, dass es jetzt noch ein Stück Apfelkuchen gibt.«

»Der tatsächlich eine nette Zugabe ist. Aber vorher richte ich noch meine Tafel ein.«

»Ich muss mich selber auch noch um ein paar Sachen kümmern, die ich machen wollte, als du vorhin angerufen hast. Danach freue ich mich auf den Apfelkuchen und darauf, mir die Finanzen deines Opfers näher anzusehen.«

»Das darfst du gerne tun.«

»Dann komme ich zurück und arbeite an deinem Zweitcomputer, wenn ich drüben fertig bin.«

Auf seinem Weg hinüber in sein eigenes Arbeitszimmer machte er noch kurz ein Feuer im Kamin, und händereibend setzte Eve sich hinter ihren Schreibtisch und fuhr den brandneuen Computer hoch.

Obwohl sie mit der neuen Technik noch Probleme hatte,

schaffte sie es, die Datei mit ihren Aufnahmen vom Tatort und den offiziellen Daten anzulegen, hängte ein paar Fotos an der Tafel auf und schickte ihren auf der Fahrt begonnenen Bericht dem Commander, ihrer Partnerin und – da es sicherlich nicht schaden würde, eine Psychologin mit im Boot zu haben – Dr. Charlotte Mira zu.

Als Roarke zurückkam, hatte sie die Füße auf der Schreibtischplatte abgelegt, trank einen Schluck von ihrem Wein und sah sich auf dem Wandbildschirm die letzten Augenblicke von Mars' Leben an. Der Kater hatte sich gemütlich auf dem Schreibtisch ausgestreckt, und Roarke schob seine Hände in die Taschen und genoss den Anblick dieses ganz besonderen Idylls.

»Ich versuche herauszufinden, ob der Killer zu dem Zeitpunkt, als Mars starb, noch vor Ort war oder nicht«, wandte sich Eve an Roarke. »Es wäre doch wahrscheinlich sehr befriedigend gewesen, dabei zuzusehen, wie sie zusammenbricht. Ich habe nirgends eine Mordwaffe gefunden, aber vielleicht habe ich sie ja auch einfach übersehen, und die Kollegen von der SpuSi haben sie irgendwo entdeckt.«

»Ich glaube nicht, dass du sie einfach übersehen hast.«

»Es ist zwar unwahrscheinlich, aber nicht unmöglich«, meinte sie und wandte sich der Kiste zu. »Computer, noch einmal von vorn, nur dieses Mal in Zeitlupe.«

Roarke sah die Gläser auf den Boden fallen, als der Ober, mit dem Eve gesprochen hatte, die Balance verlor.

Dann wackelte das Bild, denn Eve sprang eilig auf.

Er hörte Lachen und dann erste Schreie. Einer von den Gästen sprang so schnell von seinem Stuhl auf, dass der hintüberfiel, und eine Frau, die an der Theke stand, sah sich kurz um, ließ dann ein Weinglas fallen und machte eilig einen Satz zurück.

Mit Augen groß wie Untertassen und den rechten Ärmel voller Blut taumelte Larinda Mars in Richtung Bar. Dann machte Eve entschlossen einen Satz nach vorn, und abermals verwackelte das Bild.

Sie packte Mars, als die zusammenbrach, und der Rekorder

zeichnete das leuchtend rote Blut, das aus dem pinkfarbenen Ärmel quoll, den frisch geschminkten, schlaffen Mund und die weit aufgerissenen Augen, die schon nichts mehr sahen, auf.

Die allgemeine Panik, Angst, Verwirrung nahmen noch zu, als Eve mit Mars zu Boden ging.

»Mir fällt niemand besonders auf«, bemerkte sie.

»Mir schon. Und zwar du selbst. Du hattest den Rekorder bereits eingeschaltet, bevor dieser Kellner das Tablett mit all den Gläsern hat fallen lassen«, bemerkte Roarke. »Und innerhalb von weniger als fünf Sekunden warst du schon bei Mars. Das ist selbst für eine Polizistin eine ungewöhnlich schnelle Reaktion, und sicher hat der Mörder nicht damit gerechnet, dass dort eine Polizistin sitzen und dazu auch noch die Geistesgegenwart besitzen würde, aufzunehmen, wie die Frau zusammenbricht.«

Er schaute sich die Aufnahme noch einmal von vorne an und konzentrierte sich wie vorher Eve vor allem auf das Personal und die Besucher des Lokals.

»Es fällt tatsächlich niemand auf, der in der Nähe deines Opfers stand. Aber vielleicht ist der Killer ja auch an die Bar geschlendert und hat sich noch einen Drink bestellt, um mitzukriegen, wenn jemand die Tote unten findet oder sie es vielleicht noch zurück nach oben schafft. Falls es so war, hat er zumindest äußerlich genau wie alle anderen reagiert. Oder steht irgendwo, wo ihn die Kamera nicht aufgenommen hat.«

»Genau. Computer, zeig die Aufnahmen der Kamera über dem Eingang des *Du Vin.*«

Einen Moment …

»Ich denke, dass es einer dieser Leute war«, erklärte Eve, als man fünf Gäste aus der Kneipe kommen sah. »Die Bilder wurden zwei Minuten vor Mars' Rückkehr aufgenommen. Weniger als drei, bevor sie endgültig zusammenbrach. Natürlich wird mir Morris sagen, wann genau der Täter auf sie eingestochen hat, aber laut DeWinter und dem Arzt, der uns geholfen hat, hat sie diesen Angriff zwischen vier und zwölf Minuten überlebt. Nach all dem Blut, das sie auf ihrem Weg zurück in das Lokal verloren hat, tippe ich eher auf vier. Weniger als drei Minuten, bevor sie gestorben ist, hat der Täter sich aus dem Staub gemacht. Länger dürfte es auch nicht gedauert haben, auf sie einzustechen, wieder heraufzukommen und zu gehen.«

»Ich nehme an, du hast es nachgespielt.«

»Sogar mehrmals und mit verschiedenen Geschwindigkeiten«, gab sie zu. »Die paar Minuten hätten ganz problemlos ausgereicht. Diese Gruppe ist mir deshalb aufgefallen, weil sie asymmetrisch ist. Drei Männer und zwei Frauen. Die beste Art, sich aus dem Staub zu machen, ohne weiter aufzufallen, wäre die, sich einer Gruppe anzuschließen, oder nicht?«

»Kann sein, doch es kommt durchaus öfter vor, dass Gruppen nicht symmetrisch sind, und woher sollte unser Täter wissen, dass diese Leute das Lokal in dem Moment verlassen, in dem er selbst von dort verschwinden will?«

»Das finden wir noch heraus. Außerdem sehe ich mir auch den Typ hier noch einmal genauer an. Er ist alleine aufgebrochen, nur ein paar Sekunden ehe ich die Aufnahme gestartet habe. Genau wie die beiden Frauen hier. Ich muss natürlich noch mit Morris reden, und sobald ich den Rechnungen aus dem *Du Vin* entnommen habe, wer die Leute sind, klappere ich die auch noch alle ab, obwohl ich mir fast sicher bin, dass unser Täter einer der drei Männer dieser Fünfergruppe ist.«

Roarke lehnte sich an ihren Schreibtisch, und Eve rief abermals das Bild der Gruppe auf.

»Die Frau ganz rechts«, bemerkte sie. »Sie unterhält sich mit dem Mann an ihrer Seite. Die andere Frau hält Händchen mit dem Mann ganz links und dreht den Kopf nach rechts, als würde sie sich für die Unterhaltung von den beiden anderen interessieren.«

»In Ordnung, ja, jetzt sehe ich es auch. Die vier gehören auf jeden Fall zusammen, während unser dritter Mann ein bisschen abseits steht und nicht in das Gespräch mit einbezogen wird.«

»Natürlich könnte es auch sein, dass er sich einfach etwas überflüssig fühlt oder in dem Moment an etwas anderes denkt, aber er hat dazu noch anders als die beiden anderen Männer, eine Mütze auf dem Kopf und Handschuhe an. Natürlich ist es kalt, aber von allen anderen sind die Haare und ein Teil der Haut zu sehen. Obendrein läuft er ein paar Schritte hinter ihnen, und sie drehen sich nicht einmal nach ihm um.«

Sie rief ein Standbild auf. »Es muss nicht unbedingt ein Mann sein. Statur und Mantel sehen männlich aus, es könnte aber trotzdem eine Frau sein.«

»Mantel, Mütze, Anzughose, Schuhe – alles dunkel und geschnitten wie für einen Mann.«

»Das muss nichts heißen«, wiederholte Eve. »Vielleicht hat uns ja eine Frau absichtlich hinters Licht geführt. Auf alle Fälle darfst du dich jetzt erst einmal mit den Finanzen unseres Opfers amüsieren, und ich selber gehe alle Rechnungen des Lokals von heute Abend durch.«

»Oh ja. Das Ganze runden wir noch mit einem Stückchen Apfelkuchen ab, okay? Du bist im Weg«, wandte sich Roarke an Galahad, und als der Kater ihn mit einem bösen Blick aus seinem zweifarbigen Augenpaar bedachte, schleppte er ihn kurzerhand zum Schlafsessel und legte ihn dort ab.

Während das Tier sich dort zusammenrollte und zufrieden weiterschlief, entledigte sich Roarke der Anzugjacke und Krawatte und bekam von Eve ein Stück noch warmen Kuchens mit Vanilleeis serviert.

»Ich liebe dieses Ding.« Sie nahm zwei Becher schwarzen Kaffees aus dem AutoChef, der auf dem Schreibtisch stand. »Jetzt muss ich nicht einmal mehr aufstehen, wenn ich einen Kaffee haben will. Computer, liste alle Rechnungen des *Du Vin* zwischen 18.00 und 18.43 Uhr auf. Der Täter hat die Rechnung sicher nicht schon Stunden vor dem Angriff auf dem Klo beglichen, aber mit dem Zahlen bestimmt auch nicht gewartet, bis sie blutend heraufgekommen ist.«

Sie stöhnte. »Oh Gott!«

Erschrocken blickte Roarke sich nach ihr um und sah, wie sie nach einem ersten Stück Gebäck verzückt die Augen schloss.

»Nach diesem Kuchen kann man süchtig werden«, stellte sie begeistert fest. »Bring Summerset auf jeden Fall dazu, dass er vor seinem Urlaub noch mal einen für uns backt. Wir brauchen einen Vorrat, bis er wiederkommt, er hat ja noch drei Tage Zeit. Okay, nur zwei, denn heute ist schon fast vorbei.«

Genüsslich schob sie sich den nächsten Bissen Kuchen in den Mund. »Zwei Tage, richtig?«

»Ja, sie brechen in drei Tagen auf, das heißt, dass er noch Zeit fürs Kuchenbacken hat.«

»Sie? Fährt er denn nicht allein?«

»Er fährt zusammen mit Ivanna.«

»Was? Heißt das, dass sie mit ihm *zusammen* Urlaub machen wird?«

»Ja, in Australien.« Er kostete von seinem Kuchenstück und beschloss ebenfalls, dass sie noch einen Kuchenvorrat bräuchten, um die Zeit zu überbrücken, bis sein Majordomus wiederkam.

»Aber … womöglich teilen sie sich dort sogar das Bett.« Sie konnte spüren, wie alles Blut aus ihrem Kopf in die Füße floss. »Das heißt, sie werden miteinander schlafen. Sie und Summerset. Warum musstest du mir das erzählen? Wie soll mir der feine Kuchen noch schmecken, wenn ich mir die beiden zusammen in der Kiste vorstellen muss?«

»Ich habe lediglich bestätigt, dass er in zwei Tagen in den Urlaub fährt. Davon, was die beiden während ihres Urlaubs treiben, habe ich kein Wort gesagt.«

»Du wusstest, dass der Mann mit einer Frau, mit der er schon einmal was hatte, in Urlaub fährt, und hast nicht einen Augenblick daran gedacht, was das wahrscheinlich zu bedeuten hat?«

Sie rieb an ihrem wild zuckenden Augenlid herum, und seufzend meinte Roarke: »Wahrscheinlich habe ich die Möglichkeit in einem entlegenen Winkel meines Hirns undeutlich in Betracht gezogen, aber jetzt hast du dafür gesorgt, dass ich es bildlich vor mir sehe. Vielen Dank, dass du dafür gesorgt hast, dass auch mir der Appetit auf dieses köstliche Gebäck vergeht.«

»Den Appetit auf diesen wunderbaren Kuchen kann mir nicht

einmal das Liebesleben dieses Kerls verderben, aber meine Güte …«

»Ruhig. Ich möchte nichts mehr davon hören.« Mit diesen Worten zerrte er ein Lederband aus seiner Tasche und band sich das Haar zu einem Pferdeschwanz.

Statt auf bizarre Bilder in ihrem Kopf konzentrierte Eve sich wieder auf den Kuchen und den Kaffee und ging dann die Rechnungen für den Zeitraum zwischen sechs und kurz vor sieben durch.

Nur ein Gast hatte bar bezahlt. Zwei Mineralwasser, das erste vier Minuten nachdem Mars' Bestellung aufgegeben worden war.

Einfaches Wasser, dachte Eve. Womöglich hätte Alkohol die Reaktionszeiten verlangsamt oder Kaffee ihren Täter übertrieben aufgeputscht. Zwei Wasser und dazu ein Schälchen Mandeln. Gerade so viel, um an einem Tisch zu sitzen und nicht weiter aufzufallen.

Sie ging die Rechnungen weiter durch, bis sie auf die der Vierergruppe stieß. Acht Drinks und zwei verschiedene Snacks für jeweils vier, bezahlt von einem Jonah R. Ongar.

Sie gab den Namen in den Computer ein und trommelte mit ihren Fingern auf dem Schreibtisch, bis das Passfoto des jungen Mannes neben seinen Daten auf dem Monitor erschien. Sie druckte es zusammen mit einem Foto seiner Freundin aus und hängte es an ihrer Tafel auf.

»Hast du was gefunden?«, fragte Roarke.

»Die Vierergruppe«, meinte sie. »Sie haben zweimal nacheinander vier verschiedene Drinks bestellt. Dieser junge Mann hat für den ganzen Tisch bezahlt. Jonah R. Ongar, zweiunddreißig, ledig, doch zusammen mit Cheyenne Case, die sicher ebenfalls mit an dem Tisch gesessen hat. Sie ist Angestellte bei der Stadt – beim Amt für Materialbeschaffung –, und er ist als Rechtsberater bei der *New York Times*. Keine größeren Vorstrafen. Sie wurde ab und zu bei irgendwelchen Demos festgenommen, und er ist einmal unter Alkoholeinfluss gefahren, aber das ist jetzt zehn Jahre her und hatte sicher was damit zu tun, dass an dem Tag sein einundzwanzigster Geburtstag war. Sie leben in der City, ungefähr sechs Häuserblöcke vom *Du Vin* entfernt.«

Sie schaute sich die neuen Bilder an der Tafel an. »Ich werde morgen mit den beiden reden. Ich habe auch noch diesen Typ hier.« Sie druckte ein Foto des Mannes aus. »Der Typ, der seiner Rechnung nach alleine das Lokal verlassen hat. Ich habe auch die Aussage des Mannes, mit dem er dort etwas getrunken hat. Die beiden arbeiten zusammen, und bei dem Treffen ging's um ein gemeinsames Projekt. Der Zeuge bekam einen Anruf, als sie gehen wollten, aber nachdem sich sein Kollege später noch mit jemand anderem treffen wollte, ging der schon mal vor. Angeblich kam der Anruf von der Schwester dieses Zeugen, was sich ganz problemlos überprüfen lassen wird. Ich werde noch einmal mit beiden Männern sprechen, auch wenn ich nicht glaube, dass sie in den Fall verwickelt sind.«

Trotzdem hängte sie auch ihre Fotos an der Tafel auf.

»Was ist mit den beiden Frauen, die zusammen aufgebrochen sind?«

»Die hatten beide einen Drink und diese Strohdinger, die auch DeWinter gerne isst. Bezahlt hat Mallie Baxter, sechsundzwanzig, eine eingetragene Partnerschaft, die allerdings vorüber ist. Stellvertretende Geschäftsführerin einer Boutique irgendwo in der Innenstadt. Keine Vorstrafen und, wie es aussieht, unverdächtig, aber vielleicht war der Täter ja nicht allein. Vielleicht ist eine von den beiden Frauen oben in der Bar geblieben, und die andere ist Mars aufs Klo gefolgt und hat sie dort erwischt.«

»Was ist mit dem Mann, der sich der Vierergruppe angeschlossen hat?«

»Der hat zwei Mineralwasser getrunken und bar bezahlt. Zwei Wasser und ein Schälchen Nüsse oder so. Das erste Wasser hat er fast zur selben Zeit wie Mars ihren schicken Drink bestellt. Er hat, sechs Minuten und zwölf Sekunden bevor ich mit meinen Aufnahmen begonnen habe, bar bezahlt. Ich muss wissen, wer den Kerl bedient hat, und kann nur hoffen, dass derjenige ihn mir gut beschreiben kann.«

»Zeig mir mal die Rechnung.«

Eve rief sie per Knopfdruck auf dem Bildschirm auf.

»Er hat über die Getränkekarten-App bestellt und auch bezahlt. Das ist echt clever, denn so hatte er zum Personal im Grunde kaum Kontakt.«

»Woher weißt du das?«

»Für diese App gibt's einen Code, der auf der Rechnung steht. Und auch für den Bereich, in dem sein Tisch gestanden hat. Moment.«

Er gab etwas in den Computer ein und wartete kurz ab. »Er hat an diesem Tisch gesessen, für den heute Abend Cesca zuständig war.«

»Sie hat auch uns bedient. Das heißt, dass er an einem Tisch in unserer Nähe saß.«

Roarke rief den Grundriss des *Du Vin* auf dem Computerbildschirm auf. »Wo habt ihr gesessen?«

»Hier. Ich saß mit dem Rücken Richtung Tür. Ich hätte gern den anderen Platz gehabt, weil ich es hasse, nichts zu sehen, aber als ich dort ankam, stand DeWinters Drink schon auf dem Tisch, und im Grunde wollte ich ja sowieso nicht lange bleiben. Ah, Mars saß hier und hatte mir den Rücken oder eher die Seite zugewandt. Wo saß der dritte Mann?«

»Hier. An diesem hohen Tisch für zwei. Der lag anscheinend leider hinter dir.«

Eve kniff die Augen zu. Sie war hereingekommen und hatte sich erst einmal instinktiv nach allen Seiten umgesehen. »Ihr habt dort jede Menge Blumen und Farne oder so. Und schicke Flaschen. Auf der halbhohen Trennwand zu den Nischen habt ihr Blumentöpfe aufgestellt. Sie sind so hoch, dass nicht der ganze Raum zu sehen ist. Jemand … es kommt mir so vor, als ob dort jemand saß, der wegen der verdammten Blumen nicht zu sehen war.«

Sie raufte sich frustriert das Haar.

Sie war vor Ort gewesen, aber trotzdem hatte sie den Täter nicht gesehen.

»Er war dort nicht zum ersten Mal. Er muss dort schon vorher irgendwann gewesen sein, um den perfekten Platz zu wählen, wo er nicht auffällt, aber alles mitbekommt. Sie saß an ihrem Lieblingstisch. Sie saß dort immer an demselben Tisch. Das muss ihm klar gewesen sein. Er selbst hat einen von den weniger beliebten Tischen ausgewählt, nicht wahr?«

»Dort ist es ruhiger, und man ist relativ ungestört«, erklärte Roarke.

»Die meisten Leute wollen Lärm und Treiben, wenn sie einen trinken gehen, nicht wahr? Nur wenn sie ihre Ruhe haben wollen, nehmen sie einen etwas abgelegenen Tisch für zwei. Aber allein? Ich weiß nicht. Um die Tageszeit erwischt man sicher noch am ehesten einen etwas abgelegenen Tisch, denn direkt nach der Arbeit wollen die meisten Leute Dampf ablassen und sich amüsieren. Doch er entscheidet sich für einen ruhigen, abgeschiedenen Zweiertisch. Der hoch ist, weil er so von seinem Platz aus einen besseren Überblick hat.«

Sie stand von ihrem Schreibtischsessel auf und stapfte durch den Raum. »Aber das ist gut, denn das grenzt meine Suche ein. Wahrscheinlich habe ich nicht mitbekommen, wie der Hurensohn zur Treppe und von dort in Richtung Klo gegangen ist, aber ich bin mir sicher, dass er unser Täter ist, und hoffe einfach, dass Cesca ihn mir beschreiben kann.«

Sie griff nach ihrem Link, doch seufzend meinte Roarke: »Du kannst das arme Mädchen jetzt nicht anrufen. Es ist bereits nach Mitternacht.«

»Sie ist noch jung und sicher sowieso noch nicht im Bett.«

Als Roarke sie weiter reglos ansah, zog sie fluchend ihre Hand zurück. »Okay, dann rufe ich sie eben morgen an.«

»Als Lohn für deine Rücksicht werde ich dir sagen, was ich über die Finanzen deines Opfers herausgefunden habe«, sagte er lächelnd zu ihr.

»Ich hoffe nur, dass mir das weiterhelfen wird.«

»Ich bin mir sicher, dass es dir gefallen wird. Sie hatte wenig überraschend unter ihrem eigenen Namen ein paar konservative Aktien und Anleihen bei einer sehr soliden Firma angelegt. Sie hat darauf geachtet, dass sie immer flüssig genug war, um alles zu bezahlen, was sie sich von ihrem Einkommen leisten konnte, auch wenn sie ein bisschen mehr als andere für Frisörbesuche, Kleidung und Kosmetik ausgegeben hat. Wobei sie Channel 75 für den größten Teil der Sachen und für ihre Reisen hat zahlen lassen und die Spesen sorgsam fürs Finanzamt aufgelistet hat.«

»Jetzt erzähl mir etwas, was mich weiterbringt.«

»Obwohl ich gerade erst mit meiner Suche angefangen habe, habe ich bereits zwei weitere Konten ausfindig gemacht. Sie hat sie ziemlich gut versteckt, und im Zuge einer Standardüberprüfung hätte ich sie vielleicht nicht entdeckt. Das erste Konto läuft unter dem Namen Lorilie Saturn.«

»Das ist zu blöd, um schlau zu sein.«

»Mag sein, aber es hat anscheinend funktioniert. Es ist bei einer Bank in Argentinien, wo die Steuerfahnder aus den Staaten nicht willkommen sind. Auf diesem Konto liegen augenblicklich etwas über drei Millionen, und die gut zehn Millionen, die dort in den letzten Jahren ein- und ausgegangen sind, hat sie in Schmuck und in Gemälde investiert.«

»Das ist nicht gerade wenig Geld.«

»Tja nun, alles ist relativ, nicht wahr? Das zweite Konto läuft auf eine Linda Venus.«

»Hat sie ein eigenes Konten-Sonnensystem errichtet oder was?«

»Sieht ganz so aus. Auch dieses Konto hat sie außerhalb der USA in einer anderen Steueroase aufgemacht. Die Bank hat mehrere Filialen in New York und anderswo, was ihr die Bareinzahlungen und Abhebungen sehr erleichtert hat. Vor allem, da die Bank dem hiesigen Finanzamt nur Beträge ab zehntausend Dollar melden muss.«

»Die Beträge, die sie Bellami genannt hat, lagen ausnahmslos darunter«, meinte Eve.

»Genau. Wenn sie achttausend Dollar eingezahlt hat, konnte sie die ganz problemlos entweder dort liegen lassen oder auf das andere versteckte Konto leiten oder ein paar Tausend später wieder abheben und davon in den Urlaub fahren oder so. Wobei auf diesem Konto deutlich mehr los war als auf dem anderen. Sie hat mitunter täglich etwas abgehoben, überwiesen oder einbezahlt, wobei die Summe, die sie dort gespart hat, momentan bei etwas über sechs Millionen liegt.«

»Von ihrem legitimen Konto hat sie ihre Miete, die Nebenkosten, die Steuern und das Zeug bezahlt, was jemand sich von dem Einkommen einer Journalistin leisten kann. Wobei sie nebenher von ihrem Venus-Konto auch noch jeden Monat 5200 Dollar abgehoben hat.«

»Das war bestimmt die Miete oder Hypothek für eine andere Wohnung oder etwas Ähnliches.«

»Sieht ganz so aus. Aber da sie diese Summe immer bar von diesem Konto abgehoben hat und ich bisher nicht herausgefunden habe, was mit diesem Geld passiert ist, können wir nicht sicher sein.«

»Aber warum wollte sie noch eine andere Bleibe haben?«, murmelte Eve. »Du hast gesagt, sie wäre eine Horterin gewesen. Vielleicht hat sie ja diesen anderen Ort für all das Zeug gebraucht, das sie gesammelt hat. Für all das Zeug, das sie nicht in der Wohnung aufbewahren wollte, wo sie auch Besuch empfangen hat.«

Die Hände in den Hüften blieb sie stehen und schaute sich Mars' Passbild an.

»So könnte es gewesen sein. Es ist eine Sache, seinen Schrank mit Sachen und den Safe mit Schmuck und Bargeld vollzustopfen. Das kann niemand sehen, falls sich doch mal irgendwer in ihren Schrank verirrt hat, hat er sicher nur gedacht, dass sie mehr Kleider als die meisten anderen Leute hat. Aber ihre Wohnung dazu noch mit jeder Menge teurer Möbel, Kunst und anderem Krempel vollzustopfen, wäre dumm gewesen, denn das wäre ihren Gästen sicher irgendwann mal aufgefallen.«

»Dann hätten sie wahrscheinlich angefangen zu reden und zu überlegen, wie sie sich all diese Sachen leisten kann.«

»Auch ihre Erpressungsopfer hat sie ganz bestimmt nicht an dem Ort getroffen, wo sie alle diese Sachen aufgehoben hat. Die Treffen mit den Opfern fanden immer an neutralen Orten statt. Und da sie bereits eine mehr als schicke Bleibe hatte, hätte sie keine weitere gebraucht. Sie brauchte einen Ort, an dem sie heimlich alle diese Dinge horten kann. Sie hat Geheimnisse geliebt und brauchte einen Ort, um ihre finsteren Geheimnisse zu wahren, ohne dass es jemand mitbekommt.«

»Aber wir finden diesen Ort«, erklärte Eve und baute sich noch einmal vor der Tafel und dem Hochglanzfoto von Larinda auf. »Wir finden ihn und all das Zeug, das du gehortet hast.«

»Ich halte es für unwahrscheinlich, dass ihr Mörder etwas davon wusste«, meinte Roarke und schenkte sich zum Lohn für seine abendliche Arbeit einen Brandy ein. »Sonst hätte er doch sicher einen Weg gefunden, sie dort umzubringen, wo die Leiche ewig hätte liegen können, bis irgendwer sie entdeckt.«

»Vielleicht hätte er dann einen Weg gefunden, sich dort Zugang zu verschaffen und etwas zu suchen, was sich gegen sie verwenden lässt. Aber wir finden diesen Ort und dort vielleicht auch irgendetwas, was uns auf die Spur von ihrem Killer führen wird.« Sie rieb sich ihre müden Augen. »Auch wenn wir noch gar nicht sicher wissen, ob sie wirklich irgendwo so einen Lagerraum gekauft oder gemietet hat.«

»Ich gehe ziemlich sicher davon aus, die Suche nach dem Ort wird jetzt erst mal automatisch weiterlaufen. Du selbst brauchst dringend etwas Schlaf, und mit ein bisschen Glück hat der Computer etwas herausgefunden, wenn du morgen weitermachst.«

Roarke hatte recht, erkannte Eve und wandte sich zum Gehen.

6

Auf ihrem Weg zum Schlafzimmer ging sie den Fall noch einmal gedanklich durch.

»Für sie waren Klatsch und Tratsch nicht nur zum Geldverdienen da, nicht wahr? Sie haben ihr auch Zugang zu Berühmtheiten verschafft und sie gewissermaßen selbst berühmt gemacht. Aber nach den wirklich flüchtigen Kontakten, die ich zu ihr hatte, kommt es mir so vor, als ob es ihr darum gegangen wäre, neben den Berichten aus der Welt des Glamours hauptsächlich im Dreck zu wühlen. Und zwar nicht nur beruflich, sondern auch privat. Anscheinend hat sie hobbymäßig die Geheimnisse von anderen Leuten aufgedeckt.«

»Das hat sich durchaus für sie gelohnt«, bemerkte Roarke. »Sie wurde offiziell und auch unter der Hand dafür bezahlt.«

»Genau.«

Auch der Anblick ihres renovierten Schlafzimmers rief Staunen und so etwas wie Ehrfurcht in ihr wach.

Sie wusste nicht, warum sie von dem breiten Bett mit den massiven Pfosten und dem Kopf- und Fußteil mit den Schnitzereien von keltischen Symbolen derart begeistert war, aber so war es nun einmal.

Sie zog die Jacke aus und warf sie über einen Stuhl.

»Vor allem war sie wirklich gut darin, im Dreck zu wühlen, und zwar beruflich und privat. Was nur mit den entsprechenden Kontakten, mit dem passenden sozialen Netzwerk möglich war.«

»Das stimmt.« Roarke setzte sich aufs Bett, um seine Schuhe auszuziehen, als sie ihr Waffenholster fallen ließ. »Die Art Kontakte, die man mit Gefälligkeiten oder bar bezahlt. Vielleicht hat sie deshalb so viel Bargeld in der Wohnung.«

»Vor allem, weil die Kontakte gleichzeitig auch ihre Opfer waren. Sie haben für sie im Dreck gewühlt, damit ihr eigener Dreck weiter unter der Matratze bleibt.«

»Unter dem Teppich«, korrigierte Roarke mit einem Lächeln. »Auch wenn das Konzept dasselbe ist.«

»Bei all den Feinden, die sie hatte, war sie dumm genug, nicht mal die grundlegendsten Sicherheitsvorkehrungen zu treffen?«, überlegte Eve und legte die Ersatzwaffe, die sie am Knöchel trug, zu ihrer anderen Waffe in den Schrank. »Die altbewährte Drohung, falls mir etwas zustößt, wird die gut versteckte Akte über dich veröffentlicht, klappt nur so lange, bis irgendwer die Kosten nicht mehr stemmen kann oder den Druck nicht mehr erträgt. Vielleicht hat deshalb ja eins von ihren Opfern sie umgebracht, weil es den Stress nicht länger ausgehalten hat«, sinnierte sie, und Roarke entfachte auch im Schlafzimmer ein heimeliges Feuer im Kamin.

»Oder es war jemand, den sie bloßgestellt und dessen Ruf, Karriere oder Ehe darunter gelitten hat.«

»Könnte sein. Am besten spreche ich mal mit Nadine. Sie weiß vielleicht, was Mars getrieben hat, oder findet es für mich heraus. Ich wage zu bezweifeln, dass die beiden sich sonderlich sympathisch waren.«

»Unsere Nadine ist schließlich eine Journalistin mit sehr hohen Standards und mit einer ausgeprägten Ethik«, stimmte Roarke ihr zu. »Die meiner Meinung nach für den Beruf genauso wichtig sind wie Neugier, Ehrgeiz und Beharrlichkeit. Und Mars war meiner Meinung nach genau das Gegenteil.«

»Vielleicht hilft es mir ja, dass sie beim selben Sender waren. Nadine wird wissen, wer mir weiterhelfen kann. Am besten rufe ich sie morgen sofort nach dem Aufstehen an. Aber vielleicht hat ja der Mörder gar nichts mit dem Sender und mit ihrem Job zu tun. Vielleicht hat sie ihn ins Visier genommen, aber er hat sich gegen die ihm zugedachte Opferrolle aufgelehnt. Sie hatte doch bestimmt nicht immer Glück. Sicherlich haben sich ein paar der Leute nicht von ihr erpressen lassen, und als sie versucht hat, weiterhin im Dreck zu wühlen, haben sie gesagt, jetzt reicht es mir endgültig, Schwester, oder so etwas in die Richtung.«

»Tja dann.« Es tat ihm leid, mit anzusehen, wie ihr hochgewachsener, schlanker Körper in dem schlabberigen Shirt, das sie zum Schlafen trug, verschwand. »Sie hat ihr Glück im Übrigen auch mal bei mir versucht.«

Sie zog das T-Shirt über ihren Kopf und tauchte wieder auf.

»Was sagst du da? Das Weib wollte dich erpressen? Meine Güte! Wann?«

»Vor ungefähr drei Jahren, kurz vor unserer Hochzeit.«

»Und das erzählst du mir erst jetzt?«

»Meine geliebte Eve, wir hätten kaum ein anderes Thema, wenn ich jedes Mal erzählen würde, wenn mich irgendwer bedroht oder erpressen will.« Mit einem gut gelaunten Lächeln fragte er: »Erzählst du mir denn jedes Mal, wenn jemand dich auf irgendeine Art bedroht, nur weil du deine Arbeit machst?«

Sie wollte ihm erklären, dass das etwas anderes wäre, doch das war es nicht.

Trotzdem.

»Jemand hat die Frau ermordet, und ich leite die Ermittlungen in dem Fall. Wobei du mich von Anfang an beraten hast. Und jetzt erzählst du mir, dass sie dich einmal ins Visier genommen hat?«

»Tja nun, sie hat ihr Ziel verfehlt, und das ist jetzt drei Jahre her. Ich habe wirklich erst daran gedacht, als du davon gesprochen hast, dass jemand sich vielleicht nicht von ihr hat erpressen lassen.«

»Ich brauche alle Einzelheiten«, meinte Eve und ließ sich neben ihm auf die Matratze fallen. »Ich muss mir sicher sein, dass das meine Ermittlungen nicht infrage stellt.«

»Ich wüsste nicht, wie es das sollte, aber … nun, am Anfang ging es um ein Interview, doch Caro hat sie immer wieder abgewimmelt, wenn sie deshalb angerufen hat. Ich selber hatte keine Ahnung, dass sie mit mir sprechen wollte, weil ich solche Dinge immer Caro überlasse, die problemlos damit fertig wird.«

Eve dachte an die wirklich kluge und patente Sekretärin, die bereits seit Jahren ihren Dienst in seinem Vorzimmer versah.

»Das glaube ich. Ich muss sie vielleicht trotzdem kurz deswegen sprechen, damit dir deswegen niemand an den Karren fahren kann.«

»Ich nehme an, sie hat sich diese Anrufe notiert. Auf alle Fälle hat es Mars am Schluss geschafft und mich an Caro vorbei direkt irgendwo auf einer Gala oder so erwischt. Ich weiß beim besten Willen nicht mehr, wo, aber du warst damals nicht dabei. Ach ja, genau, die Bibliothek«, erinnerte er sich. »Es ging um eine Spendensammlung für die öffentliche Bibliothek.«

»Okay, dann haben wir also das Wann und Wo. Jetzt sag mir noch, worüber ihr gesprochen habt.«

»Das weiß ich nicht mehr so genau, weil diese Angelegenheit für mich sofort erledigt war. Wenn ich mich recht entsinne, kam sie auf mich zu und bat mich sehr charmant um ein Gespräch. Sie hat gesagt, sie hätte gern die Exklusivrechte an unserer Hochzeit, weil das schließlich das Event des Jahres wäre und die Zuschauer von ihrer Sendung darauf zählen würden, dass sie ihnen einen Einblick in die Trauung und das anschließende Fest verschafft. Sie hat davon geredet, dass sie uns als Paar und einzeln sprechen und dein Hochzeitskleid vorstellen wollte. Ehrlich, Eve, ich kann mich nicht genau erinnern, weil ich schließlich nicht die Absicht hatte, ihr zu geben, was sie wollte, genau das habe ich ihr auch gesagt.«

»Okay, verstehe. Aber ich muss trotzdem wissen, woran du dich noch erinnern kannst.«

»Als ich ihr die Bitte abgeschlagen habe, war sie plötzlich gar nicht mehr charmant. Das weiß ich noch genau. Sie meinte, dass sie unsere Feier als Event des Jahres präsentieren oder dafür sorgen könnte, dass es ungemütlich für uns wird.«

Er nahm Eves Hand und glitt mit seinem Daumen über ihren Ehering. »Sie hat mir keine Angst gemacht, aber ich habe trotzdem weiter zugehört. Sie meinte, dass ein Mann in meiner Position doch sicher jede Menge Dinge zu verbergen hätte und ein falsches Wort ins rechte Ohr genügen würde, um das Ansehen und den Ruf meiner zukünftigen Gattin bei der Polizei nachhaltig zu zerstören. Vor allem wüsste ich doch sicher, wie problemlos sie die öffentliche Meinung nach Belieben in die eine oder andere Richtung lenken könne.«

»Aber etwas Konkretes hat sie nicht gesagt?«

»Was hätte sie da sagen sollen? Sie hatte nichts gegen mich selbst oder uns beide in der Hand, ich erkenne, wenn jemand blufft. Ganz abgesehen davon, dass ich niemals irgendwelche Spuren hinterlasse, die so eine Klatschtante wie sie verfolgen kann. Sie hat mir keine Angst gemacht, auch wenn sie mir gehörig auf den Keks gegangen ist. Obwohl ich ihr verübelt habe, dass sie mir damit gedroht hat, dir das Leben schwerzumachen, hat auch das mir keine Angst gemacht. Ich weiß, du kommst problemlos damit klar, wenn jemand dich mit Dreck bewerfen will.«

Eve atmete erleichtert auf. »Also hast du ihr Angst gemacht.«

Er tippte ihr gegen die Stirn. »Ich war im Gegenteil sehr nett zu ihr.«

»Das heißt, du *hast* ihr Angst gemacht.«

»Ich habe sie gefragt, ob ihre Arbeit ihr gefällt, worauf sie mir in selbstzufriedenem Ton versichert hat, dass sie das tut. Sie hat noch hinzugefügt, sie wäre schließlich wirklich gut in ihrem Job. Also habe ich sie beiläufig gefragt, was ihrer Meinung nach aus ihrer eigenen Karriere würde, falls ich plötzlich Lust hätte, den Sender, bei dem sie arbeitet, zu übernehmen.«

Eve lachte leise auf. »Perfekt.«

»Ich habe ihr erklärt, ein Sender würde noch in meinem Portfolio fehlen und dass es dann ein Leichtes für mich wäre, den Vertrag mit ihr zu lösen und es so zu drehen, dass nicht mal mehr ein drittklassiger Sender irgendwo im Nirgendwo sie haben will.«

»Irgendwo im Nirgendwo?«

»Genau. Ich habe ihr erklärt, dass mein Interesse an der Übernahme ihres Senders sicher steigen würde, falls mir irgendwann zu Ohren kommen sollte, dass sie meiner zukünftigen Frau oder mir selber irgendwelche Scherereien machen will.«

Sie kannte seine aufgesetzte Freundlichkeit, die manchmal tödlicher als eine Waffe war, beinah hätte ihr die Journalistin leidgetan.

»Und hat sie sich vor Angst ins Abendkleid gemacht?«

»Ich weiß nur, dass sie mich urplötzlich hat stehen lassen. Danach habe ich meine Ohren eine Zeit lang weit aufgehalten, aber nicht noch mal etwas von ihr gehört. Womit der Fall für mich erledigt war. Außer dieser einen, ziemlich kurzen Unterhaltung vor drei Jahren hatten wir keinerlei Kontakt.«

»Okay, sehr gut. Natürlich muss ich Whitney etwas davon sagen, aber meiner Meinung nach steht diese Sache den Ermittlungen nicht im Weg. Sie hat dich nicht direkt bedroht und auch kein Geld von dir verlangt?«

»Nein.«

»Dann wäre es ein bisschen weit hergeholt, dich als möglichen Verdächtigen zu sehen.« Trotzdem boxte sie ihm kurz gegen die Brust. »Du hättest es mir sagen sollen. Wenn nicht schon vor drei Jahren, dann zumindest jetzt.«

»Das habe ich getan. Mir ist diese Unterhaltung jetzt erst wieder eingefallen, weil von Erpressung damals nie die Rede war. Vielleicht hat sie versucht, mich einzuschüchtern, aber das fand ich nur unhöflich und lächerlich.«

»Dich schüchtert schließlich niemand einfach ein«, erklärte Eve und setzte sich auf seinen Schoß.

Er glitt mit seinen Händen über ihre Beine und zog die Konturen ihres Rückens unter dem Schlafshirt nach. »Willst du es mal versuchen?«

»Warum nicht? Ich spiele gern den bösen Bullen, wenn du willst.«

»Wir sind nun einmal jeder, wer wir sind«, erklärte er, umfasste ihren Hinterkopf, zog ihr Gesicht zu sich heran und küsste sie.

»Du machst mir keine Angst«, erklärte sie und knabberte an seinem Mund.

»Du hast mich noch nicht über meine Rechte aufgeklärt.«

Sie schob die Hand in seine Boxershorts, befreite ihn und nahm ihn in sich auf.

»Was für Rechte?« Sie ließ langsam ihre Hüften kreisen und erklärte ihm: »Für jemanden wie dich ist Schwerstarbeit genau das Richtige.«

»Bist du dir auch ganz sicher, dass du mir gewachsen bist?«

»Auf jeden Fall.«

Er glitt mit seinen Fingern zwischen sie, und hilflos bäumte sie sich auf, bevor sie ihren Kopf an seine Schulter fallen ließ.

»Auch wenn es alles andere als einfach ist.«

»Ich weiß, wie ich mit meinem Cop umgehen muss.«

»Und ich weiß andersrum, wie ich mit meinem Verbrecher umgehen muss.«

»Der nie verurteilt worden ist.«

Lachend glitt sie mit den Lippen über seinen Hals und seine Wange bis zu dem wundervollen, perfekt geformten Mund und ließ die Hüften quälend langsam weiterkreisen, während er mit seinen Händen über ihren schlanken, straffen Bauch in Richtung ihrer festen Brüste fuhr, um ihrem Herzschlag und der Härte ihrer Nippel nachzuspüren.

Dann legte er den Mund an ihre Brust, sog ihren Herzschlag in sich auf, und wieder bäumte sie sich auf.

Ihr Herz fing an zu rasen, und für ihn gab es nur noch die Weichheit ihrer Haut, die Hitze ihres Leibs und ihren köstlichen Geschmack.

Sie richtete sich eilig wieder auf, umfasste sein Gesicht, presste ihm hart die Lippen auf den Mund, zog ihren Kopf zurück und sah ihn reglos an.

»Komm mit.«

Jetzt ließ sie ihre Hüften schneller kreisen, während er in ihrem bernsteinfarbenen Augenpaar versank.

»Wohin du willst, *a ghrá.*«

»Du musst erst richtig loslassen«, stieß sie mit rauer Stimme aus. »Lass erst mal richtig los.«

Er ließ sich fallen, bevor sie selbst mit einem leisen Aufschrei kam, und als sie schlaff in sich zusammensank, fing er sie auf, und sie stieß einen leisen Seufzer aus.

»Gewonnen«, raunte sie, als er sich auf den Rücken fallen ließ. »Der böse Bulle hat gesiegt.«

»Die Runde ging an dich, aber ich fordere Revanche.«

»Okay.«

Er schloss die Augen und zog lächelnd die Konturen ihres Rückens nach. Sie schlief schon fast, und als er sich mit ihr zusammen auf die Seite rollte, schmiegte sie sich selig an ihn an.

»Schlaf gut, mein Schatz. Licht aus.«

Im Dunkeln sprang auch Galahad aufs Bett, drehte sich zweimal um sich selbst und presste seinen dicken Bauch gegen Eves Hinterteil.

Was konnte man vom Leben mehr verlangen, als dass man es sicher und gemütlich hatte, dachte Roarke. Er streichelte den Kater, schlang den Arm um seine Liebste und schlief auf der Stelle ein.

Als Eve die Augen wieder aufschlug, lag der Kater statt an ihrer Seite auf Roarkes Schoß. Roarke selber saß bereits in einem seiner teuren Maßanzüge auf dem neuen Sofa, trank Kaffee und gab etwas in seinen Handcomputer ein.

Im Fernsehen liefen die Berichte von der Börse, sie richtete sich immer noch benommen auf und krabbelte zum Fußende des Bettes, wo ihr Schlafshirt lag.

»Tja nun, von diesem hübschen Anblick würde ich von nun an gerne jeden Tag begrüßt«, bemerkte Roarke, doch knurrend zog sie sich das Shirt über den Kopf.

»Selbst wenn du dieses Schlabberding anziehst.«

Sie stolperte zum AutoChef, denn ohne Kaffee käme sie ganz sicher nicht in Schwung.

»Wie viele Telefongespräche hast du heute schon geführt?«

»Nur zwei, das heißt, im Grunde eher eins mit zwei verschiedenen Leuten, weil es beide Male um dieselbe Sache ging.«

Mit einem neuerlichen Knurren schleppte sie sich in das angrenzende Bad, und während sie sich dort vom heißen Wasser aus der Dusche wecken ließ, legte sie sich gedanklich ihre Arbeit für den Tag zurecht.

Sie müsste sehen, ob die Suche nach der Lagerhalle etwas ergeben hatte, müsste Morris sprechen, schauen, ob Cesca ihr den Mann beschreiben könnte, der alleine im *Du Vin* gewesen und zusammen mit der Scheinergruppe aufgebrochen war, müsste ihre Partnerin und deren Liebsten briefen, ihrem Chef Bericht erstatten und Nadine beim Channel 75 kontaktieren.

Vor allem müsste sie sich für den Umgang mit den Medien wappnen, weil der Mord an einer Journalistin sicher hohe Wellen schlug.

Dankbar für den schokoladenbraunen Kaschmirmorgenmantel, der im Bad gehangen hatte, kehrte sie ins Schlafzimmer zurück und blickte argwöhnisch die beiden abgedeckten Teller auf dem Couchtisch an.

Wahrscheinlich hatte Roarke mal wieder Haferbrei für sie bestellt. Verdammt!

Zumindest aber stand auch eine Kanne Kaffee auf dem Tisch, eine zweite Tasse käme ihr jetzt gerade recht.

Sie setzte sich und füllte ihren Becher wieder auf. »Ich muss noch gucken, ob die Suche irgendwas ergeben hat.«

»Das habe ich bereits getan. Anscheinend gibt es keine weiteren Konten und auch keine andere Immobilie als die Wohnung, in der wir gestern waren. Deswegen habe ich die Suche noch ein bisschen ausgedehnt.«

»Okay.«

Er hob die Glocken von den Tellern, und statt Hafergrütze sah sie …

»Waffeln! Womit habe ich ein solches Glück verdient?«

»Damit, dass du gewonnen hast.«

»Das habe ich!« Begeistert goss sie literweise Ahornsirup auf das knusprige Gebäck, und Galahad, der während ihres Frühstücks nicht aufs Sofa durfte, robbte bäuchlings Richtung Tisch.

»Vergiss es. Schließlich hast du nicht gewonnen«, wehrte sie ihn ab.

Er ließ sich auf den Rücken rollen und wedelte gemächlich mit dem Schwanz, als hätte er sich nur die Zimmerdecke ansehen wollen.

»Wir haben wirklich Glück.« So fühlte sie sich auch, als sie den ersten Bissen von der Waffel aß.

»Ach ja?«

»Ach ja. Und zwar, weil Mars es noch nach oben in die Bar geschafft hat, bevor jemand anderes seine Blase leeren musste und sie dann gefunden hätte. Und weil zu allem Überfluss noch eine Polizistin dort gesessen hat, als sie ermordet worden ist. Das sind zwei Pluspunkte für die Ermittlungen und zwei Minuspunkte für den Killer, jetzt muss ich nur noch schauen, wie ich das nutzen kann.«

Sie schob sich einen weiteren Waffelbissen in den Mund. »Dazu gehört dir das Lokal, und du hast eine effiziente, schlaue, kooperationsbereite Managerin eingestellt. Auch die anderen Angestellten sind echt nett und hilfsbereit. Ich hoffe also, dass mir die Bedienung den Verdächtigen beschreiben kann, denn wenn wir ein Phantombild von ihm hätten, wäre das echt gut.«

Sie schaute sich die Reste ihrer Waffel an. »Warum nennen sie die Waffeleisen Waffeleisen?«

»Weil der Teig damit geglättet wird?«, mutmaßte Roarke und schnitt ein Stück von seiner Waffel ab.

»Aber wird er das tatsächlich? Schließlich sind die Waffeln weder glatt noch flach, sondern eher dick und weisen jede Menge Dellen auf. Pfannkuchen heißen Pfannkuchen, weil man sie in der Pfanne macht. Aber was bedeutet Waffel? Oder hat der Name eigentlich gar keinen echten Sinn?«

»Die Frage geht mir jetzt wahrscheinlich erst mal nicht mehr aus dem Kopf.«

»Haha!« Sie aß den nächsten Bissen und kam zu dem Schluss, dass Waffeln, ganz egal, was dieser Name auch bedeuten oder nicht bedeuten mochte, einfach lecker waren. »Wenn ich nachher zum Sender fahre, um Nadine zu sprechen, hoffe ich, dass Trina dort nicht mit dem ganzen Zeug, das sie mir immer ins Gesicht klatscht, auf der Lauer liegt.«

Roarke tätschelte ihr aufmunternd das Knie. »Nur Mut, Lieutenant.«

Stirnrunzelnd aß sie auf. »Ich wette fünfzig Dollar, dass sie mir die Haare machen will, falls sie mich dort erwischt, und dass es dann nicht dabei bleiben wird. Sie hat mich schließlich schon so komisch angesehen, als wir bei Bella zum Geburtstag waren. Das heißt, am besten klatsche ich mir noch ein bisschen Creme ins Gesicht, denn wenn ich das vergesse, merkt sie es auf jeden Fall. Sie sieht den Leuten an, ob sie sich eingecremt haben oder nicht. Das ist echt unheimlich.«

Mit diesen Worten stand sie auf und lief zum Schrank.

Der einfach riesengroß und mit den ganzen Sachen, die dort hingen und lagen, richtiggehend Furcht einflößend war.

Sie starrte den Computer in der Ecke böse an, denn schließlich käme sie bei ihrer Kleiderauswahl auch problemlos ohne ihn zurecht.

Wie wäre es mit Braun? Der braune Morgenmantel hatte ihr gefallen, also wären auch andere braune Sachen gut.

Sie schnappte eine Jacke, wandte sich den Hosen zu und wägte sorgsam ab. Sie liebte Leder, also zöge sie vielleicht die dunkelbraune Hose mit den beinah schwarzen Lederstreifen an den Außenseiten an.

Um nicht darüber nachzugrübeln, welche andere Farbe dazu passte, zerrte sie entschlossen einen weißen Wollpullover aus dem für die Oberteile vorgesehenen Fach. Das hieß, im Grunde hatte er die Farbe von der Hafergrütze, die ihr heute früh erspart geblieben war.

Diese Farbe passte sicher gut zu Braun.

Jetzt fehlten nur noch Stiefel und ein Gürtel, und sie hätte es geschafft.

Sie ging ins Schlafzimmer zurück und legte dort ihr Waffenholster an. Dann steckte sie noch ihre Handschellen und die anderen Sachen, die sie bräuchte, ein, doch als sie sich nach ihrem Knöchelholster bückte, merkte sie, dass Roarke den Blick an ihr herunterwandern ließ.

»Was ist? Das heißt, egal, was es auch ist, ich ziehe mich ganz sicher nicht noch einmal um.«

»Im Gegenteil. Ich dachte gerade, dass du sehr professionell und taff aussiehst.«

Sie blickte in den Spiegel und kam zu dem Schluss, dass sie total normal aussah. »Und das ist gut?«

»Das passt hervorragend zu dir.«

»Dann ist es gut. Ich fahre am besten langsam los.«

»Du hast vergessen, dir die Creme ins Gesicht zu klatschen.«

»Mir die … ach, verdammt.«

Sie lief noch mal ins Bad, cremte sich eilig ein und starrte reglos auf ihr Spiegelbild. Obwohl sie sich fast jeden Tag im Spiegel sah und eine bessere Beobachterin als die meisten Menschen war, bemerkte sie nicht den geringsten Unterschied.

Doch Trina sähe ihn. Und das war wirklich unheimlich.

Mit einem leisen Seufzer lief sie wieder los.

»Ich gehe noch kurz rüber in mein Arbeitszimmer, dann mache ich mich auf den Weg.«

»Ich habe selbst noch hier zu tun. Halt mich bitte auf dem Laufenden, okay? Denn schließlich ist der Mord in meinem Lokal geschehen.«

»Das mache ich.«

Sie gab ihm einen Kuss. »Sobald ich etwas erfahre, was dich interessieren könnte, rufe ich dich an.«

Er küsste sie zurück. »Pass gut auf meine Polizistin auf.«

»Du meinst, auf deinen bösen Bullen.«

»Der bist du für mich nur, wenn es für mich von Vorteil ist.«

»Das ist es für mich selber ziemlich oft.«

7

Am ausgewaschenen Winterhimmel priesen Werbeflieger dröhnend irgendwelche Sonderangebote an. Als hätte niemand Besseres zu tun, als einkaufen zu gehen, dachte Eve und kämpfte sich durch den Verkehr.

Und warum nahmen die Geschäfte, wenn im Februar plötzlich Wintermäntel *Absoluter Wahnsinn! Nicht mal mehr die Hälfte* kosten konnten, nicht schon im Oktober nur den halben Preis und brachten so die Sachen schon viel eher an die Frau oder den Mann?

Nur weil gewisse Leute es sich leisten konnten, vierstellige Summen für ein Paar Stiefel auszugeben? Was ihrer Meinung nach, um einen altmodischen Ausdruck zu verwenden, wirklich abgefahren war.

Sie blickte auf die Stiefel, die sie gerade trug, und sagte sich, bevor die Schrankfee sie verschwinden ließe, würde sie darin zumindest Hunderte von Meilen gerannt oder gelaufen sein.

Vor allem müsste sie jetzt erst mal einen Killer fangen und sich deshalb statt auf teures Schuhwerk auf die Arbeit konzentrieren.

Da sie multitaskingfähig war, kontaktierte sie auf ihrem Weg in Richtung Innenstadt schon einmal Nadine.

Es überraschte sie nicht im Geringsten, als sie das Gesicht der auf Verbrechen spezialisierten Journalistin, Bestsellerautorin und auch sonst ausnehmend pfiffigen Person schon nach dem ersten Läuten auf dem Bildschirm sah.

Zur Abwechslung war Nadine Furst einmal nicht für die Kamera zurechtgemacht. Ihr blond gesträhntes Haar hing nass und glatt über ihren Schultern, deshalb fragte Eve: »Gehen Sie sogar unter der Dusche dran, wenn jemand anruft?«

»Fast. Falls Sie gerade auf die Wache fahren, bin ich in einer halben Stunde da.«

»Ich muss vorher noch woandershin.«

»Dann sind Sie also auf dem Weg ins Leichenschauhaus, um sich dort Larinda anzusehen.«

»Ich habe mir bereits gedacht, dass Sie davon gehört haben.«

»Was denn sonst?« Sie lief beim Sprechen durch das schicke, neue Schlafzimmer der schicken, neuen Wohnung, in die sie vor ein paar Wochen eingezogen war. »Genauso habe ich gehört, dass Sie vor Ort waren, als man sie ermordet hat. Und zwar in einem Lokal von Roarke. Ich brauche schnellstmöglich ein Interview mit Ihnen.«

»Und ich muss Sie, so schnell es geht, vernehmen.«

Nadine blieb stehen. »Mich? Warum denn das?«

Inzwischen stand Nadine in ihrem Schrank, der auch nicht kleiner und noch deutlich aufgeräumter war als der von Eve.

»Das hören Sie, wenn wir uns sehen. Ich muss sowieso zum Sender kommen, also unterhalten wir uns dort. In ungefähr zwei Stunden bin ich da.«

»Ich brauche dieses Interview, Dallas. Weil Mars eine Kollegin von mir war. Natürlich will der Sender eine Sondersendung bringen, die ich als Polizeireporterin, die sich mit solchen Dingen auskennt, moderieren soll.«

»Wir werden in zwei Stunden miteinander reden«, wiederholte Eve und legte auf.

Nadine war ärgerlich gewesen, dachte Eve, sie würde keine Ruhe geben, bis sie dieses Interview mit ihr bekam. Natürlich wusste sie, dass Eve es ihr am Ende geben würde, aber die Ermittlungen gingen nun einmal vor.

Auch auf dem Weg den weißen Gang des Leichenschauhauses hinab fuhr Eve mit ihrem Multitasking fort.

Als sie bei Cesca anrief, tauchte auf dem Bildschirm ein Gesicht mit müden Augen und mit wild zerzausten violetten Haaren auf.

»Es tut mir leid, dass ich Sie so früh störe«, meinte Eve. »Aber ich muss noch mal mit Ihnen reden. Bitte kommen Sie zu mir aufs Revier.«

»Zu Ihnen aufs ...« Sie riss die Augen auf. »Bin ich in Schwierigkeiten? Denken Sie, ich hätte etwas mit dem Mord zu tun?«

»Weder noch. Aber Sie können uns vielleicht bei den Ermittlungen behilflich sein. Ich kann Sie abholen lassen, wenn Sie wollen.«

»Nein. Nein, ich kann ... jetzt gleich?«

»Wie wäre es in einer Stunde? Bitte nehmen Sie den Haupteingang und melden sich dort am Empfang. Ich gebe Bescheid, dass man Sie in meine Abteilung schicken soll.«

»Okay, okay. Aber ... kann ich jemanden mitbringen? Ich möchte nicht alleine kommen. Wäre das in Ordnung? Wow!« Sie raufte sich die Haare. »Ich bin total nervös.«

»Sie können mitbringen, wen Sie wollen, und es gibt keinen Grund, nervös zu sein. Ich könnte auch zu Ihnen kommen, aber so spare ich Zeit. Es wäre wirklich nett, wenn Sie in einer Stunde auf die Wache kämen«, wiederholte sie.

»Okay, okay.« Noch einmal raufte Cesca sich die Haare und wirkte immer noch nicht wirklich überzeugt. »Dann haben Sie den Kerl, der sie ermordet hat, also noch nicht erwischt?«

»Wir gehen allen Spuren nach. In einer Stunde auf der Wache«, meinte Eve noch einmal und legte auf, bevor sie durch die Tür der Autopsie trat.

Morris stand in einem durchsichtigen Umhang über einem marineblauen Maßanzug mit schmalen, metallisch roten Streifen an dem Tisch, auf dem Larinda lag, und hörte leise, aber harte Rockmusik.

Er trug sein Haar in einem geflochtenen Zopf, den er mit einem ebenfalls metallisch roten Band zusammenhielt. Das Rot, das auch in seinem Schlips zu sehen war, verriet, dass seine Trauer langsam etwas abzunehmen schien.

Was sicher auch DeWinter zu verdanken war.

Eve sah sich den nackten Leichnam auf dem Stahltisch an.

Um für die Toten einzustehen, musste ihr egal sein, ob ein Mensch nach seinem Ableben vielleicht auch weiterhin etwas wie Scham empfand.

»Ich konnte sie mir gestern Abend nicht mehr ansehen«, räumte Morris ein und sah sich einen Computerausdruck an. »Ich hatte gestern auch noch einen Selbstmordpakt – die beiden waren nicht mal alt genug, um irgendwo ein Bier zu kriegen«, fügte er hinzu. »Baxter und Trueheart haben den Fall hereingekriegt, sämtliche Beweise deuten darauf hin, dass sich die beiden unter Drogeneinfluss offenbar als Romeo und Julia angesehen und beschlossen haben, freiwillig gemeinsam in den Tod zu gehen. Es ist wirklich traurig, dass die beiden nicht verstanden haben, dass diese Entscheidung nicht in einem Liebesfilm, sondern in einer Tragödie begründet war.«

»Ich habe das noch nie verstanden«, meinte Eve. »Zwei Kinder sehen sich an und kommen zu dem Schluss, dass sie sich furchtbar lieben, obwohl ihre Eltern wie bei den McHats und Coys total verfeindet sind.«

»Sie meinen die Hatfields und McCoys«, verbesserte der Pathologe, und die Trauer in den dunklen, schräg stehenden Augen machte einem amüsierten Blitzen Platz. »Oder in diesem Fall die Montagues und Capulets.«

»Was auch immer. Das ist einfach dämlich. Am Ende sind sie beide tot. Nach dem Motto: Lieber sterbe ich, als ohne dich zu sein.«

Sie stopfte ihre Hände in die Taschen und sah zu dem Stahlschrank für die Toten. »Es kommt mir vor, als würden manche Leute einfach nicht kapieren, dass der Tod nichts anderes als ein endgültiger Schlussstrich unter unser Leben und die unzähligen Möglichkeiten, die es bietet, ist. Und dass das Leben, selbst wenn es total beschissen ist, besser werden kann. Aber wie dem auch sei, hat diese Frau sich ganz bestimmt nicht selber umgebracht.«

»Oh nein. Sie hätte sich ganz sicher nicht mit einer scharfen, glatten Klinge selbst die Oberarmarterie aufgeritzt«, stimmte Morris ihr zu. »Und das ist die einzige Verletzung, die sie hat. Angriffs- oder Abwehrwunden gibt es nicht.«

»Was ist mit dem Einstichwinkel? Standen sich die beiden gegenüber?«

»So sieht's aus. Aber es ging schließlich auch furchtbar schnell.« Er nahm eins der Skalpelle vom Tablett und wedelte kurz mit der Hand. »Ein kurzer Schnitt, das war's.«

»DeWinter und der Arzt, der ihr geholfen hat, haben spekuliert, wie lange es gedauert hat, bis sie verblutet war. Was meinen Sie?«

»Ich habe gestern Abend noch mit Garnet über diese Sache diskutiert.«

»Sie haben … okay.«

»Sie hat mich angerufen, denn wie Sie wahrscheinlich nachvollziehen können, war sie unglaublich frustriert und hatte Schuldgefühle, weil sie diese Frau nicht retten konnte, obwohl sie sofort zur Stelle war.«

»Mars war bereits so gut wie tot, als sie zusammengebrochen ist«, erklärte Eve und konnte die Gefühle von DeWinter trotzdem nachvollziehen.

»Das heißt, sie konnten nichts mehr für sie tun. Auch wenn Garnet und der Arzt, der ihr geholfen hat, die Hoffnung hatten, dass ihr noch geholfen werden kann.«

»Sie haben all das Blut im Keller nicht gesehen. Sie hatte schon auf der Toilette jede Menge Blut verloren.«

»Ich kann mir vorstellen, wie es aus der Arterie herausgeschossen ist.« Der Pathologe nickte zustimmend. »Im Grunde grenzt es an ein Wunder, dass sie nicht direkt dort unten umgefallen und gestorben ist. Anders, als wenn Sie bei einem Angriff oder einem Unfall einen Arm verlieren.«

»Ich hoffe nicht, dass das passieren wird.«

»Was ich gut nachvollziehen kann. Aber wie dem auch sei, bei der Amputation verlieren Sie ebenfalls viel Blut. Mit jedem Herzschlag spritzt es aus der Wunde, aber trotzdem haben Sie eine Überlebenschance. Viele oder gar die meisten überleben den Verlust von einer Gliedmaße, und oft wird sie danach sogar erfolgreich wieder angenäht. Warum?«

»Egal, warum, ich behalte am liebsten einfach meine Arme und die Beine dran.«

»Das hoffen wir doch sehr. Aber wenn man eine Gliedmaße verliert, ziehen die Blutgefäße sich aufgrund des Schocks zusammen und verlangsamen den Blutverlust. So ähnlich war es auch bei ihr. Die Blutgefäße haben sich so weit verengt, dass sie zumindest noch nach oben in die Bar gekommen ist.«

»Was meinen Sie, wie lange ihr geblieben ist?«

»Ich würde sagen, vier bis fünf Minuten. Auch wenn sie bereits viel eher nicht mehr zu retten war. Den Aufnahmen vom Tatort nach hatte sie zu viel Blut verloren. Das heißt, dass sie im Grunde als wandelnder Leichnam wieder raufgekommen ist.« Mit einem Lächeln fügte er hinzu: »Wie in *The Walking Dead.*«

Eve starrte ihn mit großen Augen an.

»Das ist eine wirklich tolle Serie. Kennen Sie die etwa nicht?«

»Nein.«

»Es geht dabei um Zombies und den Untergang der Welt. Echt faszinierend. Das würde Ihnen bestimmt gefallen. Aber jetzt zurück zu unserer toten Frau. Sie hätte eine abgetrennte Hand wahrscheinlich eher überlebt als diesen einen, kleinen Schnitt.«

»Statt die Klotür noch für einen Augenblick von außen zuzuhalten, hat der Täter – meiner Meinung nach war es ein Er – sich sofort aus dem Staub gemacht. Aber die Mühe konnte er sich schließlich sparen, denn selbst wenn sie in weniger als zwei Minuten wieder raufgekommen wäre, hätte ihr niemand mehr helfen können. Oder?«

»Man hätte den Blutfluss unterbinden müssen, der mit jedem Herzschlag aus der Wunde strömt. Genau wie Sie, der Arzt und Garnet es versucht haben. Oder man hätte ihre Wunde verätzen und ihr frisches Blut zuführen können.«

»Was innerhalb so kurzer Zeit völlig unmöglich war.«

Sie sah auf ihre Uhr und tat, als schnitte sie sich in den Arm.

»Was mache ich? Urplötzlich schießt das Blut aus meinem Arm. Ich bin geschockt und wütend. Wie sieht jetzt mein toller Catsuit aus? Verdammt! Ich stolpere zurück und presse meine

Hand auf den Arm. Verdammter Hurensohn. Aber er tritt schon wieder in den Flur und zieht die Tür hinter sich zu.«

»Sie sind schon leicht benommen, und Ihre Reaktionen sind bereits verlangsamt«, fügte Morris noch hinzu.

»Okay. Ich stolpere also schwindlig Richtung Tür, aber statt panisch bin ich immer noch eher wütend auf den blöden Kerl. Ich taumele knapp zwei Meter bis zur Treppe, bis dahin sind bereits sechzig Sekunden um. Vielleicht versuche ich zu rufen, aber oben ist es laut, und ich bin schwach. Also ziehe ich mich mit der Linken am Geländer hoch und stütze mich mit meiner Rechten an die Wand. Vielleicht presse ich die Hand auch noch mal auf die Wunde, ohne dass die Blutung sich auf diese Weise stillen lässt. Bis ich endlich oben ankomme, sind zwei Minuten herum, und ich bin immer noch nicht wieder im Lokal.«

»Das Blut fließt jetzt nicht mehr bis ins Hirn.«

»Das heißt, ich denke nicht mehr nach«, murmelte Eve. »Jetzt ist es nur noch blinder, animalischer Instinkt, der mich noch in Bewegung hält. Im Grunde bin ich schon im Flur gestorben, ab jetzt ist Zombie-Time«, erklärte sie, und Morris nickte lächelnd.

»So sieht's aus.«

»Bis sie nach oben ins Lokal kam, waren schon gut drei Minuten herum«, bemerkte sie nach einem neuerlichen Blick auf ihre Uhr. »Mein bisheriger Hauptverdächtiger hat das Lokal, knapp zwei Minuten bevor sie gestorben ist, verlassen, also höchstens fünf Minuten nach dem Angriff auf dem Klo. Er ist einfach die Treppe rauf, durch das Lokal zur Tür gegangen. Sieht aus, als hätte er die Sache zeitlich ganz genau geplant. Gerade als er gehen wollte, sind zwei Paare aufgebrochen, aber das war reines Glück.«

Am besten führe sie noch einmal zum *Du Vin* und nähme sich dort die Zeit, die in normalem, das hieß, schnellem New Yorker Tempo von der Frauentoilette bis zur Tür des Ladens nötig war.

Doch jetzt blickte sie auf Mars. »Hat sie Ihnen sonst noch etwas verraten, was mir weiterhelfen kann?«

»Sie hatte durchaus viel zu sagen, auch wenn ich nicht weiß, ob Ihnen das etwas nützt. Zum Beispiel, dass sie gut zehn Jahre älter als in ihren offiziellen Dokumenten ist.«

Eve runzelte die Stirn. »Das hat DeWinter auch gesagt. Viele Leute schummeln, wenn es um ihr Alter geht. Sie war in der Unterhaltungsbranche, also …«

»Trotzdem«, meinte Morris und brach ab, als Peabody den Raum betrat.

»Es ist erst acht!«

»Wir haben etwas früher angefangen«, erklärte Eve, und ihr fiel auf, dass ihre Partnerin absichtlich an der offenen Brust der toten Frau vorbeizuschauen schien. »Morris denkt, dass sie gut vier Minuten nach dem Schnitt gestorben ist.«

»Das ging aber echt schnell.«

»Außerdem hat er gesagt, sie wäre gut zehn Jahre älter als in ihrem Pass behauptet wird.«

Jetzt blickte Peabody in Mars' Gesicht. »Dann war sie also Mitte vierzig, sieht aber wie Mitte dreißig aus.«

»Was sicher daran liegt, dass sie sehr viel an ihrem Gesicht und Körper hat machen lassen«, bestätigte der Pathologe ihr. »Und ja, das machen viele Leute«, kam er einem Kommentar von Eve zuvor. »Aber ein ganz neues Gesicht legt sich dabei kaum jemand zu.«

»Dann sah sie früher also anders aus?«, erkundigte sich Eve und war mit einem Mal ganz Ohr. »Wie können Sie sich da so sicher sein?«

»Selbst bei der besten Arbeit bleiben immer irgendwelche kleinen Spuren zurück. Was der Computer mir bestätigt hat. Ihr Kinn, die Nase, ihre Brauen, sogar die Augenhöhlen und die Wangenknochen – alles neu.«

»Peabody, überprüfen Sie, ob Mars mal einen schlimmen Unfall hatte oder so.«

»Zusätzlich hat sie sich ihre Brust vergrößern sowie regelmäßig Bauch und Hintern straffen, ihre Arme formen und sich Implantate in die Waden setzen lassen«, fuhr der Pathologe fort.

»Sie hatte Implantate in den Waden?«

»Dadurch hat sie eine gute Muskelspannung suggeriert. Auch ihre Schambehaarung wurde dauerhaft entfernt.«

»Autsch«, murmelte Peabody und klappte ihren Handcomputer auf.

»Genau wie die Beinbehaarung und die Haare in den Achseln. Die Gesichtshaut wurde erst vor Kurzem aufgepolstert und die Lippen aufgespritzt. Das hat sie wahrscheinlich regelmäßig machen lassen, so wie einige andere Sachen. Dazu ist sie sterilisiert und hat niemals ein Kind geboren. Ah, und ihr Haar? Sie war nicht von Natur aus blond, sondern sie hat es zweimal jährlich an den Wurzeln färben lassen, damit nirgends eine Spur ihrer normalen Haarfarbe zu sehen war.«

»Davon habe ich schon gehört«, bemerkte Peabody. »Es kostet mindestens zehn Riesen, und wenn man sich keine Vollnarkose geben lässt, tut es anscheinend höllisch weh.« Sie klappte ihren Handcomputer wieder zu. »Von einem schlimmen Unfall steht hier nichts.«

»Dann wollte sie also aus einem anderen Grund ein neues Äußeres.« Eve drehte eine Runde um den Tisch, auf dem Larinda lag, und blickte Morris fragend an. »Können Sie mir sagen, wann sie das Gesicht bekommen hat?«

»Dazu wären weiterführende Tests erforderlich.«

»Könnten Sie mir dann auch zeigen, wie sie vorher ausgesehen hat?«

Jetzt runzelte er seinerseits die Stirn. »Ich kann versuchen, es zu simulieren. Auch wenn das …«

»Moment. Ich habe eine bessere Idee.« Sie zerrte ihren Handcomputer aus der Tasche. »Haben Sie DeWinter von dem neuen Gesicht und von dem Altersunterschied erzählt?«

»Was denken Sie von mir? Sie leiten die Ermittlungen, das heißt, die Infos, die ich habe, gehen zuerst an Sie.«

»Ich wollte Ihnen mit der Frage nicht zu nahe treten. Ich … aber Sie können mit ihr zusammenarbeiten, nicht wahr?«

»Natürlich kann ich das.« Er blickte auf die tote Frau und

wirkte plötzlich nicht mehr angefressen, sondern ehrlich interessiert. »Natürlich. Darauf hätte ich schon von alleine kommen sollen.«

»Warum rufen Sie nicht bei ihr an und sagen ihr, worum es geht?«

»Das mache ich, obwohl ich selber gerne wüsste, was für eine Rolle das für die Ermittlungen spielt.«

»Wenn sie ihr Äußeres derart umfassend verändert hat, hat sie sich ja vielleicht auch einen anderen Namen und eine andere Vita zugelegt. Aber das tut ein Mensch nicht ohne Grund. Vielleicht hat der Grund ja was mit diesem Mord zu tun.«

»Genau deshalb bin ich der Pathologe und Sie sind die Mordermittlerin. Ich werde Garnet bitten, mir zu helfen«, meinte er und lenkte seinen Blick zurück auf Mars. »Ich nehme an, dass sie sie völlig auseinandernehmen muss.«

»Igitt«, entfuhr es Peabody.

»Ich hole die entsprechende Genehmigung dafür bei Whitney ein. Direkte Angehörige gibt es anscheinend nicht. Das heißt, dass ich auf dieser Seite niemanden um Erlaubnis fragen muss. Lassen Sie uns herausfinden, wer sie in Wahrheit war. Ich danke Ihnen, Morris. Schöner Schlips«, bemerkte sie und wandte sich zum Gehen.

Er lachte leicht verlegen. »Nett, dass Sie das sagen, Eve.«

»Wenn ich gleich auf die Wache komme, werde ich wahrscheinlich blind, wenn Jenkinson mit einer seiner grässlichen Krawatten auf der Bildfläche erscheint. Deswegen dachte ich, ich sollte Ihnen sagen, dass Ihr Schlips mir, anders als die grauenhaften Dinger, die er immer trägt, gefällt.«

Peabody musste joggen, um sie einzuholen. »McNab ist bei den elektronischen Geräten gut vorangekommen und nimmt sie sich heute Morgen wieder vor. Ich musste ihn fast zwingen, mit der Arbeit aufzuhören, aber er hat seit vier Tagen praktisch ohne Pause durchgeschuftet und war kurz vor einem Zusammenbruch. Das hieß, er brauchte dringend seinen Schlaf.«

»Okay.«

»Er hat gesagt, sie hätte jede Menge Kohle in die Sicherheit von ihren Computern und dem anderen Kram gesteckt. Aber es macht ihm Spaß, wenn's knifflig wird, ein paar Schutzvorrichtungen hat er bereits geknackt.«

»Kann ich mir einen Kaffee nehmen?«, fragte sie, als sie zu Eve in deren Wagen stieg.

Eve hielt zwei Finger in die Luft, und Peabody bestellte neben ihrem süßen Milchkaffee noch einen ohne alles und hielt ihrer Partnerin den Becher mit dem schwarzen Kaffee hin.

»Er wirkt ein bisschen ausgebrannt.«

Eve sah sie von der Seite an. »Der Kaffee?«

»Nein, McNab. Er ist seit einem Monat praktisch pausenlos im Dienst. Er hat Callendar und uns bei den Ermittlungen geholfen, dann hat Santiago ihn gebeten, irgendwelchen Elektronik-Kram für ihn zu machen, und weil er so etwas gern macht, hätte er nie Nein gesagt. Nur dass er sicher bald zusammenklappen wird, wenn es so weitergeht.«

Sie legte ihre Stirn in Falten, und die Sorge um den Liebsten war ihr deutlich anzusehen. »Ich hätte gern, dass er drei Tage frei macht, damit ich ihn dann mit einem kurzen Urlaub überraschen kann. Ist es okay, wenn ich nach Abschluss dieses Falls drei Tage Urlaub nehme?«

»Klar.«

»Perfekt.« Sie nickte und genehmigte sich einen ersten Schluck Kaffee. »Dann reiche ich den Urlaubsantrag schon mal ein und rede auch mit Feeney, denn für einen Kurztrip irgendwo ins Warme haben wir auf jeden Fall genug gespart.«

Da Peabody bisher noch nie davon gesprochen hatte, dass ihr Partner müde oder fertig wäre, war sie offenbar in ernster Sorge um sein Wohlergehen.

»Machen Sie fünf Tage Urlaub, denn wenn nichts Besonderes anliegt, haben Sie schließlich sonntags frei und auch nur jeden zweiten Samstag Dienst. Am besten fahren Sie gleich nach Ihrer Schicht am Freitag los. Fünf Tage reichen sicher aus, damit er sich erholen kann, dabei gehen für Sie beide jeweils nur drei Tage Urlaub drauf.«

»So könnten wir es machen«, stimmte Peabody ihr zu. »Oder wir könnten auch am Wochenende noch zu Hause bleiben, ausschlafen und dann drei Tage fahren. Wenn wir fünf Tage fahren, haben wir nichts mehr auf dem Konto, aber wenn …«

»In Mexiko ist es sogar im Februar warm.«

Peabody lachte. »Ja, das ist es, und es scheint die Sonne und die Strände sind echt schön. Aber ein derart weiter Flug kostet auch jede Menge Geld. Wenn man weiß, wo man nach diesen Sachen suchen muss, gibt's günstige und tolle Trips auf die Bahamas. Die sind auch nicht schlecht.«

Eve trommelte mit ihren Fingern auf dem Lenkrad ihres DSL. »Am besten nehmen Sie die Villa an der Westküste von Mexiko. Roarke wird Ihnen seinen Shuttle zur Verfügung stellen.«

»Was?« Vor lauter Überraschung ließ die Partnerin fast ihren Kaffeebecher fallen. »Ist das Ihr Ernst? Aber das kann ich ganz unmöglich an …«

»Natürlich können Sie das. Vor allem, weil es keine wirklich große Sache ist.«

»Machen Sie Witze? Das ist ganz im Gegenteil sogar ein Riesending. Ein Obermegariesending. Für das ich Ihnen ewig dankbar bin. Aber ich hatte es ganz sicher nicht auf einen Gratisurlaub abgesehen, denn schließlich haben wir ein bisschen was gespart.«

»Das ist mir klar. Wenn Sie etwas wollen, machen Sie ein anderes Gesicht.«

»Mache ich nicht.«

»Machen Sie doch.« Eve ahmte ihre unschuldige Miene mit den aufgerissenen Augen und dem scheuen, etwas wehmütigen Lächeln nach.

»So gucke ich ganz sicher nicht.«

»Oh doch, und zwar, wenn Sie etwas wollen. Eben haben Sie nicht so geguckt, das heißt, Sie wollten nichts von mir. Sie haben eben nur besorgt und traurig ausgesehen. Falls McNab erledigt ist, dann auch, weil er mir viel bei den Ermittlungen hilft. Also nehmen Sie die Villa und den Shuttle und machen fünf Tage frei.«

Als Eve den Wagen in die Tiefgarage ihrer Wache lenkte und in ihre Lücke stellte, saß die Partnerin noch immer reglos da.

»Es würde Ihnen nicht gefallen, wenn ich Sie umarmen würde.«

»Lassen Sie bloß Ihre Hände, wo sie sind.«

»Ich bin zu dankbar, um Sie jetzt zu ärgern, aber in Gedanken nehme ich Sie trotzdem in den Arm. Auch wenn McNab das nie eingestehen würde, braucht er wirklich dringend eine Pause, Dallas. Also nochmals vielen, vielen Dank.«

»Es ist nicht meine Villa, sondern die von Roarke«, erklärte Eve, doch als sie aus dem Wagen steigen wollte, legte Peabody die Hand auf ihren Arm.

»Danke.«

»Gern geschehen.«

Sie stiegen endlich aus und liefen Richtung Lift. »Wenn ich die Scham und Dankbarkeit, weil Sie uns diesen Urlaub schenken, überwunden habe, lege ich ein Freudentänzchen aufs Parkett. Fünf Tage Mexiko und dazu noch in einer schicken Villa gleich am Strand.«

»Tanzen Sie innerlich.«

»Das werde ich wohl müssen, wenn ich Sie nicht ärgern will.« Sie stiegen in den Fahrstuhl, und mit einem breiten Grinsen meinte Peabody: »Okay, jetzt geht er los. Mein innerlicher Freudentanz. In Gedanken nehme ich Sie noch einmal in den Arm.«

»Haben Sie etwas gespürt?«

»Ein heißes Glücksgefühl. Warum?«

»Weil ich Ihnen gerade in Gedanken in den Allerwertesten getreten habe.«

»Kein Problem. Selbst das fühlt sich jetzt gerade herrlich an«, erklärte Peabody und rief zu allem Überfluss noch laut »Juhu!«.

Bei jedem Halt des Fahrstuhls stiegen mehr Kollegen zu, und schließlich bahnte Eve sich mit den Ellenbogen einen Weg hinaus und stieg auf eins der Gleitbänder, die ebenfalls nach oben führten.

»Wenn wir mit innerlichen Tänzen oder Tritten fertig sind, haben wir ja vielleicht ein bisschen Zeit, um über die Ermittlungen zu sprechen«, schlug sie zynisch vor.

»Sie sind der Boss«, stimmte die Partnerin ihr grinsend zu. »Und zwar der tollste Boss, den man sich wünschen kann.«

»Genau. Dieser tolle Boss hat eine der Bedienungen einbestellt. Rufen Sie Yancy an, damit er sich von ihr den Kerl beschreiben lässt, der an dem Stehtisch war. Das Timing passt einfach zu gut, als dass er nicht der Killer war. Er befand sich direkt hinter mir. Dieser verdammte Hurensohn, alleine dafür würde ich ihm gerne an den Karren fahren. Wenn wir mit Cesca fertig sind, fahren wir zum Sender, reden mit verschiedenen Leuten und beschlagnahmen Mars' Computer und den anderen Elektronik-Kram. Außerdem spreche ich noch mit Nadine. Falls sie von den Geschäften unseres Opfers nicht schon vorher etwas mitbekommen hat, wird sie auf jeden Fall herausfinden, was Mars getrieben hat. Ich nehme an, die Medien werden sich auf die Geschichte stürzen, deshalb muss ich noch mit Whitney reden und vielleicht mit Kyung.«

Kyung war der Pressesprecher und kein Arschloch, deshalb wüsste er am besten, wie in dieser Sache vorzugehen war.

»Irgendwann müssen wir auch noch ins Labor und DeWinter bitten, das Gesicht der Toten, wie es einmal ausgesehen hat, zu rekonstruieren.«

Sie öffnete die Tür zu ihrem Dezernat.

Wie sie schon vorhergesehen hatte, hatte Jenkinson auch heute einen grauenhaften Schlips gewählt. Urinfarbene Spermien wabbelten auf einem leuchtend violetten Untergrund, eilig wandte sie sich ab, enthielt sich aber eines Kommentars.

Sie ging an seinem Arbeitsplatz vorbei zu Baxter, der in einem eleganten grauen Maßanzug und dazu passendem, dezent gestreiftem Schlips an seinem Schreibtisch saß.

»Wie ich hörte, haben Sie einen Fall hereinbekommen und gleich abgeschlossen.«

»Stimmt. Zwei Kinder, Boss, zwei Kinder, die jetzt nie erleben werden, wie das Leben als Erwachsener ist.«

»Sie sind sicher, dass es Selbstmord war?«

»Auf jeden Fall.« Er atmete geräuschvoll aus. »Sie hat ihn heimlich mit ins Haus geschmuggelt, in ihrem Zimmer haben sie dann Beruhigungspillen eingeworfen und sich gegenseitig Plastiktüten übergestülpt. Dann haben sie sich zusammen aufs Bett gelegt und ein für alle Mal die Augen zugemacht.«

»Sie hatten einen Abschiedsbrief geschrieben«, mischte sich der frischgebackene Detective Trueheart ein. »Sie haben geschrieben, dass sie nicht mehr leben wollen. Wenn niemand will, dass sie zusammenleben, sind sie wenigstens im Tod für alle Zeit vereint.«

»Ihre Mutter hat die beiden gefunden«, führte Baxter weiter aus. »Die Tochter hatte angefangen, sich abends heimlich aus dem Haus zu schleichen oder ihren Freund hereinzuschmuggeln, deshalb hat sie jeden Abend noch einmal nach ihr gesehen. Die beiden Kinder kamen aus guten Elternhäusern, aber dann sind sie falsch abgebogen und haben das Schlimmste aus dem jeweils anderen herausgeholt.«

»Schließen Sie die Akte und sehen Sie nach vorn.«

»Wir arbeiten daran.«

Mehr konnte man nicht machen, wusste Eve und ging weiter in ihr eigenes Büro.

Sie hatte kaum begonnen, ihre Tafel aufzustellen, als Peabody erschien.

»Diese Serviererin ist da und hat noch einen Freund dabei.«

»Ich habe ihr gesagt, dass sie jemanden mitbringen darf.«

»Es ist der junge Mann, der Mars bedient hat.«

»Spinder, richtig? Kyle. Das trifft sich gut. Setzen Sie die zwei in einen Vernehmungsraum.«

Sie wandte sich erneut der Tafel zu und hängte auch die Aufnahmen von Cesca und dem jungen Kellner auf. Sie sehnte sich nach einem Kaffee, aber da die beiden schon in einem Verhörraum saßen, machte sie sich auf den Weg.

Als sie den Raum betrat, saßen die beiden mit verschränkten Händen am Tisch.

»Dies ist ein Vernehmungsraum, nicht wahr? Aber Sie haben doch gesagt, ich wäre nicht in Schwierigkeiten«, stellte Cesca ängstlich fest.

»Weil Sie das auch nicht sind«, beruhigte Eve die junge Frau. »Wir sitzen hier, weil es hier ruhig ist und uns niemand stört. Aus keinem anderen Grund.«

»Vielleicht sollten wir uns einen Anwalt nehmen«, bemerkte Kyle.

»Das können Sie natürlich tun. Wir können auch woanders reden, wenn Sie sich in diesem Raum nicht wohlfühlen. Ich habe keinen Grund, einen von Ihnen beiden zu verdächtigen, wenn ich das täte, wollte ich Sie sicher nicht zusammen sprechen. Wir glauben, dass an einem Tisch von Cesca jemand saß, den wir verdächtigen.«

Bei diesen Worten griff sich Cesca an den Hals und stieß ein leises Quietschen aus. »Der Killer saß an einem meiner Tische?«

»Könnte sein. Deswegen hoffen wir, dass Sie uns helfen und uns sagen können, wie er ausgesehen hat.«

»Wie wäre es mit etwas zu trinken?«, bot die Partnerin den beiden freundlich an.

»Kann ich eine Limo haben? Die Geschmacksrichtung spielt keine Rolle, denn ich trinke alle gern.« Jetzt sah sich Cesca um. »Saßen schon irgendwelche Mörder hier an diesem Tisch?«

Eve nickte knapp. »Aber jetzt nicht. Was wollen Sie trinken, Kyle?«

»Eine Limo wäre gut. Am liebsten Kirsch.«

»Bin sofort wieder da.«

Als Peabody den Raum verließ, nahm Eve den beiden gegenüber Platz. Sie legte ihr Tablet auf den Tisch und öffnete den Grundriss des Lokals. »Dieser Stehtisch mit den beiden Hockern hier, Tisch fünfzehn.«

»Fünfzehn. Himmel, um die Zeit war wirklich jede Menge los. Darf ich kurz überlegen?«

»Lassen Sie sich Zeit.«

Cesca schloss die Augen und fuhr mit dem Finger durch die Luft. »Da saßen Sie und Dr. DeWinter, da vorne die drei Frauen aus East Washington. Sie waren auf Mädel-Tour und wirklich nett, sie haben sich prächtig amüsiert. Sie haben die ganze Zeit gequatscht. An dem Tisch da saßen Mr. Franks und Mr. Hardy, sie sind Stammgäste und arbeiten ganz in der Nähe des *Du Vin.* Und da … okay.«

Sie schlug die Augen wieder auf. »An diesem Tisch saß nur ein Mann, aber den habe ich im Grunde kaum gesehen.«

»Es war Ihr Tisch«, rief Eve ihr in Erinnerung.

»Das stimmt, aber er hatte über unsere App bestellt und bar bezahlt. Er hatte eine … Mütze auf, eine Art Rollmütze … und hat die ganze Zeit auf seinem Handcomputer herumgetippt. Mineralwasser … er hat zwei Mineralwasser bestellt. Und ein paar Nüsse, die er nicht gegessen hat.«

»Wie alt war er?«

Das Mädchen schüttelte den Kopf. »Das weiß ich nicht genau. Wir hatten viel zu tun, als ich wissen wollte, ob er noch etwas haben möchte, hat er abgewinkt.«

»Hautfarbe?«

»Ich …« Sie kniff erneut die Augen zu. »Ich schätze, weiß, vielleicht auch braun. Es tut mir leid. Ich konnte es nicht wirklich sehen, denn er saß so am Tisch.«

Sie senkte ihren Kopf und beugte sich nach vorn. »Ich glaube, dass er nicht mal seine Jacke ausgezogen hat. Und wissen Sie, wir sollen den Gästen ihre Ruhe lassen, wenn sie ihre Ruhe haben wollen. Manche kommen ins *Du Vin* und arbeiten bei einem Drink, so hat auch dieser Typ auf mich gewirkt.«

Peabody kam zurück und stellte die zwei Limos und dazu noch eine Dose Pepsi auf den Tisch.

»Was hatte er für eine Stimme?«

»Oh, ich glaube nicht, dass er etwas gesagt hat. Genau, er hat tatsächlich keinen Ton gesagt. Ich konnte deutlich sehen, dass er seine Ruhe haben wollte, deshalb habe auch ich selber nichts gesagt. Mit Gästen wie dem netten Mr. Franks und Mr. Hardy oder auch Dr. DeWinter macht man hin und wieder kleine Scherze oder unterhält sich auch mal kurz, aber so jemand war er nicht. Zu solchen Leuten geht man nur, wenn sie etwas von einem wollen, aber er wollte nichts von mir.«

Eve machte ihre Dose Pepsi auf und forderte die Partnerin mit einem Nicken auf zu übernehmen.

»Haben Sie gesehen, wie er den Tisch verlassen hat?«, erkundigte sich Peabody bei der Servierererin.

»Nein. Ich schätze, er war vielleicht eine halbe Stunde oder etwas länger da. Dann habe ich gesehen, dass er verschwunden war, bin an den Tisch gegangen, und dort lag das Geld. Im Grunde hätte er sich eine Rechnung von mir geben lassen sollen, aber das Geld, das er dort hat liegen lassen, hat auf jeden Fall gereicht. Also habe ich die Rechnung erst gedruckt, nachdem er schon gegangen war.«

Sie knetete die Hände und sah Eve mit großen Augen an. »Das hilft Ihnen bestimmt nicht weiter. Tut mir leid, aber ich … Oh! Er hatte einen Schal. Jetzt fällt's mir wieder ein. Er hatte einen grauen Schal, und ich fand es echt seltsam, dass er ihn nicht abgelegt hat, denn wir haben schließlich gut geheizt.«

»Ich wünschte mir, ich hätte ihn gesehen«, mischte ihr Freund sich in die Unterhaltung ein. »Das heißt, es könnte durchaus sein, dass ich ihn kurz gesehen habe und es nur nicht weiß, weil Cesca ihn uns nicht beschreiben kann. Es waren auch noch andere Gäste mit Schals und Mützen da, denn schließlich war es gestern wirklich kalt.«

Er starrte die Limodose, die er in der Hand hielt, an. »Sie war echt nett zu mir. Miss Mars.«

Eve versuchte es aus einer anderen Perspektive und mit anderen Fragen, doch es nützte nichts. Das Mädchen konnte ihren Killer derart schlecht beschreiben, dass es sinnlos wäre, einen Polizeizeichner hinzuzuziehen.

Sie ließ die beiden gehen und blickte auf die Uhr. »Ich bringe noch schnell den Commander auf den neuesten Stand und danach will ich zu Nadine. Auf dem Weg zum Sender sprechen wir noch mit dem Typ aus der Vierergruppe, der die Rechnung im *Du Vin* beglichen hat.«

»Vielleicht haben sie ja mehr von dem Kerl gesehen als Cesca.«

Eve ging die Aufnahmen der Kamera noch einmal in Gedanken durch. Er hatte sich etwas im Hintergrund gehalten, vor allem hatten sich die anderen miteinander unterhalten, als sie aufgebrochen waren.

»Verlassen würde ich mich darauf nicht.«

8

Die Sekretärin des Commanders winkte sie gleich durch, und wieder einmal kam ihr Whitneys stattliche Erscheinung hinter dem großen Schreibtisch vor dem Fenster mit dem Ausblick auf die Stadt, der er seit vielen Jahren diente, wie ein Sinnbild für die Stärke und die Zuverlässigkeit des Mannes vor.

»Sir.«

»Lieutenant. Haben Sie Ihrem bisherigen Bericht noch etwas hinzuzufügen?«

»Wir hatten gerade noch einmal ein Gespräch mit der Serviererin, die für den Tisch zuständig war, an dem der bisherige Hauptverdächtige gesessen hat, doch das hat leider nichts gebracht. Zwar wollte sie uns durchaus helfen, aber sie hat ihn kaum gesehen. Er hat jeglichen Kontakt vermieden, sein Getränk über die App an seinem Tisch bestellt und sich auch keine Rechnung geben lassen, sondern einfach ein paar Scheine auf den Tisch gelegt, als er gegangen ist. Ich gehe heute auch noch ein paar anderen Spuren nach und hoffe, dass sich dabei irgendetwas ergeben wird. Auf jeden Fall war er genau zur selben Zeit wie Mars in dem Lokal und ist genau in dem Moment verschwunden, als sie aus dem Keller kam.«

Sie könnte und sie würde das alles in einem offiziellen Bericht vermerken, aber vorher ginge sie die ganze Angelegenheit unter vier Augen mit dem Vorgesetzten durch.

»Sir. Ich hatte vor drei Jahren einmal mit Larinda Mars zu tun. Sie bot mir damals Infos zu den laufenden Ermittlungen zu den von C. J. Morse begangenen Morden an, dafür lud ich sie im Gegenzug auf eine von Roarkes Partys ein – unter der Voraussetzung, dass sie dort ohne Mikrofon und Kamera erscheint.«

Whitney stützte seine Ellenbogen auf den Schreibtisch, bildete ein Dreieck mit den Händen und klopfte mit seinen Fingern aneinander, so wie er es immer machte, wenn aus seiner Sicht etwas im Argen lag. »Ging es bei dem Gespräch mit ihr um irgendetwas, was für die aktuellen Ermittlungen von Bedeutung ist?«

»Nein, Sir. Sie konnte Morse nicht leiden, deshalb hat sie einiges, was sie wusste, freiwillig erzählt. Danach wollte sie mich interviewen, mich und Roarke. Wir beide haben diese Bitte ignoriert, doch Roarke hat mir erzählt, dass sie ihn ein paar Monate nach unserem Gespräch auf einer Spendengala angesprochen hat.«

Whitney ließ die Hände wieder sinken und bedachte sie mit einem ausdruckslosen Blick. »Hat *das* etwas mit Ihren laufenden Ermittlungen zu tun?«

»Nur insofern, als dass sie ihn offensichtlich erpressen wollte. Sie hat gesagt, wenn er sich weiter gegen ein Interview sperren würde, wäre sie gezwungen, Infos auszugraben, die entweder mir oder ihm selber schaden könnten, genauso hat sie es anscheinend auch mit anderen gemacht. Das ist aus meiner Sicht ein starkes Mordmotiv.«

Whitney lehnte sich zurück und legte dieses Mal sein Kinn auf den zusammengelegten Händen ab. »Wie hat Roarke auf den Versuch, ihn zu erpressen, reagiert?«

»Er hat gesagt, er hätte sich schon überlegt, ob er sich nicht noch einen Sender kaufen will, Channel 75 käme ihm da vielleicht gerade recht. Dann hätte er natürlich keinerlei Verwendung mehr für sie, und sicher würde es danach nicht einfach, eine bessere Anstellung zu finden als bei irgendeinem drittklassigen Sender irgendwo im Nirgendwo.«

Whitneys Lippen zuckten, doch sein Blick blieb weiter ausdruckslos. »Danach gab es keinerlei Kontakt mehr zwischen Mars und Ihnen oder Roarke?«

»Die gab es nicht, doch wenn wir davon ausgehen, dass sie Unterlagen über ihre Opfer sowie ihre potenziellen Opfer hatte, tauchen unsere Namen darin vielleicht auf.«

»Genau wie meiner oder der des Polizeichefs oder unseres Bürgermeisters oder anderer Personen.«

Sie atmete erleichtert auf. »Ich habe Nadine Furst vom Channel 75 kontaktiert, weil ich mit ihr und anderen dort sprechen muss. Vielleicht hat irgendwer dort mitbekommen, wo sie diese Infos aufbewahrt oder gespeichert hat. Detective McNab geht schon die elektronischen Geräte, die sie gestern Abend bei sich hatte, durch, und die Geräte, die in ihrer Wohnung standen, werden abgeholt. Genauso werde ich mit den Geräten vorgehen, die in ihrem Büro beim Sender stehen, obwohl sie dort wahrscheinlich auf die Pressefreiheit pochen werden und es deshalb nicht so einfach wird.«

Er nickte knapp. »Ich werde dafür sorgen, dass Sie die Genehmigung bekommen, die Sachen aufs Revier zu holen. Wie Sie sich wahrscheinlich denken können, drängen die Medien auf eine offizielle Stellungnahme zu dem Fall, denn Mars war schließlich nicht nur selber Journalistin, sondern relativ berühmt, außerdem waren Sie vor Ort, als sie ermordet worden ist. Das ist nun mal der Stoff, der garantiert für jede Menge Klicks und hohe Einschaltquoten sorgt, das heißt, Sie müssen sich den Journalisten stellen. Ich habe deshalb Kyung gebeten, heraufzukommen und mit Ihnen zu besprechen, wie dabei am besten vorzugehen ist.«

»Natürlich muss ich mich den Journalisten stellen, obwohl es bisher keine Interviewanfragen an mich gab. Außer von Nadine Furst, als ich sie vorhin angerufen habe, weil ich sie in dieser Sache sprechen muss.«

»Weil Kyung die Anrufe der Journalisten gleich zu sich hat umleiten lassen.«

Er war nicht nur kein Arschloch, sondern wirklich nett und nützlich, dachte Eve.

»Ich würde gern so schnell wie möglich weiter allen Spuren nachgehen und erst mit den Journalisten sprechen, wenn es wirklich etwas zu sagen gibt. Falls also …«

Sie brach ab, als Kyung den Raum betrat.

»Lieutenant. Commander.«

»Kyung. Der Lieutenant zieht es vor zu stehen, aber bitte nehmen Sie doch Platz.«

»Ich hoffe, dass ich Ihre und die Zeit des Lieutenants nicht lange beanspruchen muss.«

In seinem schiefergrauen Anzug und mit der eleganten, hochgewachsenen Gestalt sah er wie der geborene Pressesprecher aus, aber er hatte bewiesen, dass er wusste, dass die eigentliche Polizeiarbeit von größerem Interesse als das Füttern der verdammten Journalistenmeute war.

»Larinda Mars«, fuhr er mit ruhiger Stimme fort, »war als Gesellschaftskolumnistin relativ bekannt.« Er legte eine kurze Pause ein, als Eve verächtlich das Gesicht verzog. »Sie selbst, ihre Kollegen und sogar die Zuschauer bezeichnen sie wahrscheinlich eher als Klatschtante, doch es gehört nun einmal zu meinem Aufgabenbereich, die Dinge politisch korrekt zu formulieren. Und da sie exzellente Einschaltquoten hatte, werden ihr Sender und auch andere Sender jetzt ausführlich über Mars' Werdegang und ihren Tod berichten wollen. Vor allem, da auch Ihr Gesicht und Name allgemein bekannt sind, Sie vor Ort waren, als die Frau getötet wurde, und jetzt die Ermittlungsleiterin in diesem Mordfall sind. Das heißt, wir brauchen Ihr Gesicht und Ihren Namen, um die Infos herauszugeben, die die Medien bekommen sollen.«

Er hatte recht, doch dieses Wissen half ihr nicht.

»Die Zeit, die ich für diesen Unsinn brauche, fehlt mir bei der Suche nach dem Kerl, der sie ermordet hat. Das heißt, dass dieser ganze Irrsinn dann noch länger dauern wird.«

»Glauben Sie mir, sobald Sie den Killer finden, wenden sich die Journalisten wieder anderen Themen zu.« Kyung breitete die Hände aus. »Dann kehrt automatisch wieder Ruhe ein. Ich kann und werde schon einmal ein Statement formulieren und herausgeben, wenn das für Sie in Ordnung ist. Trotzdem werden auch Sie selber mit den Journalisten reden müssen. Und zwar heute noch.«

»Vorher muss ich noch zum Channel 75, um mit Mars' Kollegen, Vorgesetzten, Untergebenen zu sprechen. Sie hat das Zeug, mit dem sie andere Menschen erpresst hat, irgendwo versteckt, vielleicht hat sie es ja an ihrem Arbeitsplatz verwahrt.«

»Fürs Erste wäre es das Beste, wenn Sie diese möglichen Erpressungen für sich behalten würden«, meinte Kyung, und Whitney nickte zustimmend.

»Um Himmels willen, ich habe ganz bestimmt nicht vor, den Journalisten irgendetwas zu erzählen, was die Ermittlungen gefährden kann.«

Kyung nickte einfach. »Gut.«

»Ich habe Nadine Furst gesagt, dass ich sie sprechen muss. Sie ist Polizeireporterin und wirklich gut. Sie wird zurückhalten, was sie nicht bringen soll.«

Der Pressesprecher zog die Brauen noch. »Sie geben ihr ein Interview?«

»Ich bringe sie dazu, für mich herauszufinden, was es über Mars herauszufinden gibt, dafür kriegt sie dann ein Interview mit mir.«

»Schon heute Morgen?«

Ehe sie etwas erwidern konnte, reckte er den Zeigefinger in die Luft. »Das wäre gut. Sie geben Nadine Furst ein exklusives Interview, weil sie beim selben Sender wie das Opfer arbeitet, wenn sie im Gegenzug bestimmte Teile dieses Interviews mit anderen Medien teilt.«

»Ich weiß nicht, ob sie damit einverstanden ist.«

»Sie werden sie schon davon überzeugen«, meinte Kyung. »Sie weiß, wie diese Dinge laufen und dass sie, wenn sie vor allen anderen mit Ihnen spricht, selbst kontrollieren kann, was sie mit anderen teilen will. Fürs Erste werden Sie das Biest also gefüttert haben, wenn Sie dann heute Nachmittag noch mit den anderen Journalisten sprechen, reicht das sicher erst einmal aus.«

Er lächelte. »Eine typische Win-win-Situation.«

Das war gewieft, erkannte Eve, und irgendwie bewundernswert.

Es verschaffte ihr vor allem zusätzliche Zeit für die Ermittlungen.

»Ich werde dafür sorgen, dass sie damit einverstanden ist.«

»Das werden Sie auf jeden Fall, Lieutenant. Wenn herauskommt, dass Mars ihre hohen Einschaltquoten und die eigene Berühmtheit nur durch die Erpressung anderer erreicht hat, wird der Wind sich drehen, und sie wird in der Branche nicht mehr als das Opfer, sondern selbst als Täterin gesehen.«

»Aber egal, aus welchem Grund, sie wurde umgebracht. Deshalb gehört derjenige, der sie ermordet hat, trotz allem in den Knast. Er hat nicht das Recht, sie zu ermorden, ganz egal, was man in ihrer Branche von ihr halten wird und ob sie mir sympathisch oder unsympathisch war.«

Kyung lächelte sie an. »Das Wissen, dass Sie das genau in diesem Ton in einem Raum voll Kameras und Mikrofone sagen werden, macht den Reiz von meiner Arbeit aus.«

»Es freut mich, wenn ich Ihnen eine Freude machen kann.«

Er lachte auf. »Dann formuliere ich Ihr Statement vor und schicke Ihnen den Entwurf. Bitte sagen Sie Nadine, dass sie mich kontaktieren soll, wenn Sie sich einig sind.«

»Okay.« Sie blickte Whitney an. »Sir?«

»Sie sind entlassen, Lieutenant. Ich besorge Ihnen die Erlaubnis, die Gerätschaften aus Mars' Büro beim Sender mitzunehmen, und spreche mich mit Kyung wegen der Medien ab. Halten Sie mich auf dem Laufenden.«

Es hätte deutlich schlechter laufen können, dachte Eve. Auf ihrem Weg nach draußen zerrte sie ihr Handy aus der Tasche, um der Partnerin zu sagen, dass sie sie in der Garage treffen sollte, bog dann aber zuerst zu den elektronischen Ermittlern ab.

In der Abteilung herrschte ein so buntes Treiben wie in einem von Teenagern im Koffeinrausch produzierten Broadway-Musical.

Alle hüpften, sprangen, wackelten mit ihren Hüften oder drehten Pirouetten und verglichen mit der Kleidung, die sie trugen, nahmen sich Jenkinsons Krawatten richtiggehend bieder aus.

Um den neongelben Streifen, grellen Tupfen, T-Shirts mit bewegten Bildern und der Unzahl Airboots mit verrückten Mustern zu entgehen, lief sie schnellen Schritts in das Büro von Feeney, der der Leiter dieser Irrenanstalt war. Ihr alter Ausbilder saß auf der Kante seines Schreibtischs, starrte stirnrunzelnd auf einen Bildschirm an der Wand und, falls er mit den Zehen wackelte, war es in seinen ausgelatschten, braunen Schuhen nicht zu sehen.

Die Schuhe passten gut zu seinem abgetragenen, braunen Anzug und dem langweiligen, braunen Schlips. Das einzig Bunte war sein zwischenzeitlich grau meliertes, rotes, wild zerzaustes Haar, das in Kontrast zu seinem faltigen Gesicht und zu den dicken Tränensäcken unter seinen Bassetaugen stand.

Er wandte sich ihr zu und blickte sie aus ebendiesen Bassetaugen an. »Es heißt, dass du im wahrsten Sinn über dein jüngstes Mordopfer gestolpert bist.«

»Sie ist mir direkt in den Arm gefallen, ja.«

»Das ist ein herber Schlag für meine Frau, denn sie hat ihre Sendungen geliebt. Was ich ihr nicht verdenken kann, denn schließlich gehen wir selbst bei unseren Ermittlungen oft irgendwelchen Spuren nach, die erst mal nur in irgendwelchem Klatsch und Tratsch begründet sind.«

So hatte Eve es bisher nicht gesehen, aber es stimmte, und genau das war der Grund, warum sie immer gern mit Feeney sprach.

»Nur hat sie diesen Klatsch und Tratsch benutzt und andere damit erpresst. Sie hat ihnen gedroht, ihre Geheimnisse zu lüften und sie bloßzustellen, wenn sie ihr keine neuen Klatschgeschichten liefern oder sie bezahlen.«

»Das hat McNab mir schon erzählt. Er gräbt gerade nach irgendwelchen Schmutzgeschichten, die sie vielleicht irgendwo auf ihrem Computer abgespeichert hat.«

»Im Grunde bin ich seinetwegen hier.«

»Ich werde ihm ein bisschen helfen, wenn ich mit dem Zeug, das ich hier gerade mache, fertig bin. Die elektronischen Geräte, die in ihrer Wohnung standen, sind inzwischen auf dem Weg hierher. Du schickst uns doch sicher auch den Kram aus ihrem Studio?«

»Ich fahre gleich zum Sender, dann kriegt ihr ihn. Doch erst mal geht's mir um McNab.«

Feeney nahm sich ein paar Mandeln aus der wackeligen Schale, die von seiner Frau getöpfert worden war.

»Du kannst ihn haben«, meinte er. »Er hat gerade nichts Wichtiges für uns zu tun.«

Da Cops genau wie Feeneys Frau ganz wild auf Klatschgeschichten waren, schloss Eve die Tür. »Peabody hat gesagt, er wäre ausgebrannt, sie klang echt besorgt.«

Stirnrunzelnd massierte Feeney sich das Kinn. »Da hat sie recht. Er saß an einer großen, komplizierten Sache, nebenher hat er noch ein paar von meinen anderen Kids bei ihrer Arbeit unterstützt.« Für Feeney waren alle seine Leute ungeachtet ihres Alters *Kids*. »Ich habe vor, ihn für das, was er geleistet hat, zu belobigen.«

Eve lächelte, denn ihr war klar, dass Feeney mit Belobigungen nicht so freigiebig wie mit den Mandeln war. »Das ist natürlich schön für ihn.«

Der Captain reckte einen Zeigefinger in die Luft. »Ich habe ihm gesagt, dass er nach Hause fahren und sich erst mal aufs Ohr hauen soll.«

»Aber das hat er meinetwegen nicht getan. Die beiden wollten gerade gehen, als Peabody von mir wegen der Sache gestern Abend angerufen worden ist.«

»Und da er seine Liebste nicht alleine lassen wollte, hat er sie begleitet, statt schon einmal heimzufahren und sich hinzuhauen«, stellte Feeney richtig fest und schüttelte den Kopf. »Ich kann ihn zwingen, zwei Tage frei zu machen.«

»Würde er dann heimfahren und schlafen?«

»Er würde mit mir streiten, bis er den Befehl von mir bekäme, danach würde er schmollen.«

Sie nickte, denn das hatte sie sich schon gedacht. »Ich habe Peabody ein Angebot gemacht, aber ich hätte vorher fragen sollen, ob du damit einverstanden bist.«

Er schob sich eine weitere Mandel in den Mund. »Was für ein Angebot?«

»Da sie genauso stur ist wie McNab und mich nicht hängen lassen wollte, habe ich ihr gesagt, dass sie beide nach Abschluss unseres aktuellen Falls fünf Tage Urlaub machen sollen. Ich habe ihr gesagt, dass sie zusammen mit McNab freitags nach Ende ihrer Schicht verschwinden und dann Mittwochabend wiederkommen sollen. Dann hätten sie fünf Tage, aber es gingen nur drei Tage Urlaub für sie drauf. Das Haus in Mexiko ist gerade frei, und wenn sie mit Roarkes Shuttle fliegen würden, wären sie im Handumdrehen dort. Nur ist McNab nicht einer meiner, sondern einer deiner Leute, und ich weiß nicht, ob du ihn entbehren kannst.«

Jetzt kratzte Feeney sich am Schlüsselbein. »Es ist mir lieber, wenn er die drei Tage frei macht, als wenn er am Ende wirklich ausbrennt und ich wochenlang auf ihn verzichten muss. Oder wenn er es vermasselt, weil er nicht mehr richtig denken kann. Ein kurzer Urlaub wäre sicherlich genau das Richtige für ihn. Ich habe kein Problem, ihm die drei Tage frei zu geben, wenn's ihm danach wieder besser geht.«

»Gut, das freut mich. Peabody ist schon vollkommen aus dem Häuschen, bei dem Gedanken, dass sie beide Urlaub machen und er endlich mal zur Ruhe kommt, haben ihre Augen richtiggehend geglänzt.«

»Diese beiden Turteltauben.« Wieder schob sich Feeney ein paar Mandeln in den Mund. »Halt mich auf dem Laufenden, wie ihr vorankommt, damit ich schon einmal seinen Urlaub planen kann. Er ist ein wirklich anständiger Kerl, und abgesehen von der permanenten Turtelei ist er aus meiner Sicht ein noch besserer Cop, seit er mit ihr zusammen ist.«

»Wirklich?«

»Allerdings. Er ist viel ruhiger und viel ausgeglichener, weil sie ihn geerdet hat.«

Mit seinen schrillen Outfits, einem Dutzend Ringen in den Ohren und wie er immer durch die Gegend hüpfte, kam McNab ihr zwar nicht unbedingt *geerdet* vor, doch hinter der Fassade steckte tatsächlich ein grundsolider Cop.

»Okay. Ich muss wieder los.«

»Ich helfe McNab, wenn ich mit diesem Drecksding fertig bin«, versicherte Feeney ihr und wandte sich erneut dem Bildschirm zu.

Auf ihrem Weg zum Sender ging Eve all die Dinge, die erledigt werden mussten, durch. »Ich bin noch nicht dazu gekommen, diesen Mitch L. Day zu überprüfen. Machen Sie das, Peabody.«

»Na klar.«

So eifrig klang die Partnerin sonst nicht, und Eve bedachte sie mit einem argwöhnischen Seitenblick. »Was ist mit Ihnen los?«

»Es geht mir einfach rundum gut. Da meine Hose schlabbert und Sie uns die tolle Villa angeboten haben, werde ich nach Feierabend shoppen gehen, denn letzte Woche habe ich ein wirklich tolles Kleid im Schaufenster gesehen. Es hat ein hübsches Blumenmuster, es schwingt locker um die Beine und es ist für Mexiko einfach perfekt.«

»Wow! Das ist die beste Nachricht, die ich je bekommen habe!«, ätzte Eve, doch Peabody ließ sich die gute Laune nicht verderben und fuhr strahlend fort: »Statt Trägern hat es diese süßen Bänder, McNab braucht bloß daran zu ziehen und – *wusch* – stehe ich vor ihm, wie Gott mich geschaffen hat.«

Eves Augen bildeten zwei schmale Schlitze, und sie stellte grimmig fest: »Ist das die Art, in der Sie mir für Ihren Urlaub danken?«

»Nun, ich habe Sie zumindest nicht umarmt. Doch jetzt zu diesem Mitch L. Day. Mit vollem Namen heißt er Mitchell Edwin Dayton. Er ist achtunddreißig Jahre alt und wohnt in Murray Hill. Einmal geschieden, kinderlos. Die aktuelle Ehefrau ist zweiunddreißig und heißt Sashay DuPris.«

»Das heißt, er hatte eine Ehefrau, als er etwas mit dem Opfer hatte«, meinte Eve.

»DuPris, ein Model – oh, die habe ich schon mal gesehen –,

hat ihren Wohnsitz in der Upper East Side, offiziell sind Sie und Mitchell nicht getrennt. Sie ist eine wirklich große Nummer in der Modebranche, Dallas, aber erst einmal zurück zu ihm. Auch seine Ehe mit DuPris ist kinderlos, seit 2055 ist er beim Channel 75. Keine Vorstrafen, obwohl er immer wieder wegen irgendwelcher dämlicher Verkehrsverstöße dran gewesen ist. Er stammt ursprünglich aus Minnesota. Hu, ein Bauernsohn. Seine Eltern sind seit fünfundvierzig Jahren verheiratet und haben zusammen einen Bauernhof. Er hat noch zwei Geschwister«, meinte Peabody und fragte: »Wollen Sie noch mehr? Über Leute aus dem Fernsehen findet man problemlos jede Menge Sachen raus.«

»Fürs Erste reicht's«, erklärte Eve und stellte ihren Wagen auf dem sendereigenen Parkplatz ab.

Sie wies sich erst bei der Security des Platzes und danach bei der des Senders aus und nahm die schwarzen Armbinden, die hier offenkundig jeder trug, zur Kenntnis. Auf den Monitoren in der Eingangshalle war Larinda Mars in schicken Abendkleidern bei verschiedenen exklusiven Bällen und anderen Events zu sehen.

Eve ging zur Rezeption und wies sich abermals mit ihrer Marke aus.

»Nadine Furst. Sie wartet schon auf uns.«

»Ja, Lieutenant, sie hat gesagt, dass ich Sie gleich raufschicken soll. Brauchen Sie jemanden, der Sie begleitet, oder können Sie sich noch daran erinnern, wo ihre Garderobe ist?«

»Das weiß ich noch.«

Statt direkt zu Nadine ging sie jedoch als Erstes in den Raum, in dem sie Mars zum ersten Mal begegnet war.

Auf den verschiedenen Bildschirmen liefen Beiträge aus aller Welt, wobei auch hier ein Monitor ausschließlich Mars gewidmet war.

Der Schreibtisch, an dem Mars damals gesessen hatte, war allerdings von jemand anderem besetzt.

Der Mann hatte die Ärmel seines Hemdes hochgerollt und seine Anzugjacke über den Stuhl gehängt. Die Wangenknochen schnitten fast durch seine straffe, dunkle Haut, und die perfekte Form des Kopfes wurde durch das kurz geschnittene rabenschwarze Haar noch vorteilhaft betont.

»New Yorker Polizei.« Eve hielt ihm ihre Marke hin. »Ich suche nach dem Schreibtisch von Larinda Mars.«

»Der steht in ihrem Büro.« Lächelnd stand er auf und reichte ihr die Hand. »Barry Hewitt, Politikressort. Freut mich trotz der Umstände, Sie kennenzulernen, Lieutenant. Miss Mars hatte ihr eigenes Büro. Ich würde Sie zwar gerne hinführen, doch ich weiß, dass Bebe vorher noch mit Ihnen sprechen will.«

»Und wer soll Bebe sein?«

Er blinzelte verwundert, weil ihr dieser Name nichts zu sagen schien. »Bebe Hewitt? Intendantin, Mehrheitseignerin und obendrein noch meine Tante«, räumte er mit einem etwas schiefen Lächeln ein. »Ich weiß, dass sie im Augenblick viel um die Ohren hat, Sie aber sicher trotzdem sprechen will. Ich kann Sie zu ihr führen, wenn Sie wollen.«

»Dann los.« Eve ignorierte die durchdringenden Blicke und das Murmeln von den anderen, als sie den Raum mit Hewitt und mit Peabody verließ.

»Für ein Interview mit Ihnen würde hier wahrscheinlich jeder einen Mord begehen.«

»Dann kämen sie, statt ein Interview zu kriegen, in den Knast.«

»Der war echt gut.«

»Seit wann hatte Larinda Mars ihr eigenes Büro?«

»Seit ungefähr zwei Jahren. Ich war gerade erst hierhergekommen, bevor ich mich hier in der Politik bewähren durfte, hat mich meine Tante erst mal aushilfsweise auf verschiedenen anderen Positionen eingesetzt. Sie dachte, dass ich Erfahrungen sammeln sollte, und noch heute bin ich überwiegend für den Stadtrat, kleine Demos oder sonst was zuständig, auch wenn es langsam für mich aufwärts geht.«

»Kannten Sie Mars näher?«

»Eher nicht. Das heißt, privat hatten wir keinen und beruflich kaum Kontakt. Ich bin hier schließlich nur ein kleines Licht und dazu noch in einem völlig anderen Ressort. Wir waren zwar beim selben Sender, aber trotzdem haben wir uns auf verschiedenen Stufen der Karriereleiter und auch sonst in ganz verschiedenen Welten hier bewegt.«

Er führte sie zu einem Fahrstuhl, wo er eine Schlüsselkarte aus der Tasche zog. »Ein Vorteil ist, dass Bebe als die Schwester meines Vaters jederzeit für mich zu sprechen ist. Ich glaube nicht, dass Sie für mich ein Treffen mit Chief Tibble arrangieren können?«

»Leider nicht.«

»Einen Versuch war's wert.« Er führte sie in einen Empfangsbereich mit eleganten Sesseln und bequemen Gelsofas, weiteren Monitoren und einem geschwungenen, mit drei wunderschönen, jungen Frau besetzten Tisch.

»Hi, Vi, das hier sind Lieutenant Dallas und Detective Peabody. Ich schätze, dass Miss Hewitt sie gern sprechen will. Der Film über den Icove-Fall war übrigens echt toll«, wandte er sich an Peabody.

»Das fand ich auch.«

»Ich hoffe, Sie erwischen auch Larindas Mörder, weil sie schließlich eine feste Größe unseres Senders war.«

Die wunderschöne, makellose Vi stand auf. »Ich werde Sie zu Miss Hewitt führen.«

»Viel Glück«, wünschte der junge Hewitt noch und machte sich dann wieder auf den Weg.

Statt durch verschiedene kleinere Büros in einen großen, eindrucksvollen Raum führte die schöne Vi die beiden anderen Frauen in einen Konferenzraum, der noch größer und beeindruckender war.

Die Frau, die dort am Kopfende des langen rot glänzenden Tisches thronte, wies dieselben scharfen Wangenknochen wie ihr Neffe auf. Sie war von Kopf bis Fuß in Schwarz gekleidet, sie hatte sich das schwarze Haar hinter dem langen, schlanken Hals zu einem glatten Knoten aufgesteckt.

Es saßen noch fünf andere Leute mit am Tisch und gaben,

während sie Befehle bellte, eifrig irgendetwas in ihre Tablets ein. Das Obst, die Muffins und die Kaffeekannen auf dem Tisch rührte vor lauter Arbeit niemand an.

»Dann macht euch an die Arbeit. Sprecht mit Kit, falls ihr noch irgendwelche Fragen habt. Michael, ich erwarte, dass die Rückschau spätestens bis heute Mittag fertig ist. Und jetzt lasst uns allein.«

Noch immer tippend standen alle auf und liefen eilig los.

Die gertenschlanke, hochgewachsene Frau stand auf und blickte Eve und Peabody aus einem Paar eisblauer Augen an. »Bebe Hewitt«, stellte sie sich vor. »Wenn Sie nicht hergekommen wären, hätte ich Sie heute noch auf dem Revier besucht. Bitte nehmen Sie doch Platz. Kaffee?«

»Bevor wir anfangen, bräuchte meine Partnerin Zugang zu Mars' Büro. Wir brauchen ihre elektronischen Gerätschaften auf dem Revier.«

»Das geht nur mit richterlicher Anordnung.«

»Die ist schon auf dem Weg.«

»Sehr gut. Sobald sie hier ist, werde ich sie überprüfen lassen, wenn unsere Juristen keinen Einwand haben, kriegen Sie das Zeug. Glauben Sie mir, ich will Ihre Ermittlungen ganz sicher nicht behindern, aber ich muss auch Larindas Rechte und die Pressefreiheit wahren. Und jetzt brauche ich selbst einen Kaffee.«

Sie schenkte sich aus einer von den Kannen ein. »Im Grunde unterscheiden meine Tätigkeit und Ihre sich nicht wesentlich.«

»Ach nein?«

Erneut sah Bebe Eve aus ihren kühlen blauen Augen an. »Wir beide stehen im Dienst der Öffentlichkeit, oder nicht? Ich glaube an die Dinge, die wir hier beim Sender machen, und ich respektiere, was Sie tun. Ich bin ganz bestimmt nicht dumm genug, um nicht zu würdigen, dass Sie – genau wie Sie, Detective – immer gut für einen Beitrag sind.«

Sie schloss die Augen und hob ihre Tasse an den Mund. »Am besten wenden Sie sich an Ross Burkoff. Der war in den letzten Jahren Larindas Assistent, ich bin sicher, dass er Ihnen weiterhelfen kann. Ich denke nämlich, dass er ihr nicht nur beruflich, sondern auch privat sehr viele Dinge abgenommen hat.«

»Wir werden mit ihm sprechen. Außerdem auch noch mit Mitch L. Day.«

Bebe lachte leise auf. »Das ging ja schnell. Sein Büro liegt ihrem direkt gegenüber.«

Eve war die Bedeutung ihres leisen Lachens klar. »Sie wissen, dass zwischen den beiden etwas lief.«

Jetzt feixte Bebe, aber dieses Feixen drückte einen Hauch von Ärger aus. »Es wimmelt hier von Journalisten, und ich selbst war jahrelang Reporterin. Das zwischen den beiden war ein schlecht gehütetes Geheimnis, bis ihn seine Frau vor ein paar Wochen schließlich herausgeworfen hat.«

»Wie sauer war sie?«

»Sashay würde niemals sauer, denn sie wollte es um jeden Preis vermeiden, dass sie Falten kriegt. Sie hat ihn einfach abserviert und dann wieder nach vorn geblickt. Larinda war ihr so egal, wie wenn sich eine Wolke für ein paar Sekunden vor die Sonne schiebt. Man wartet einfach, bis sie weiterzieht. Und Mitch war für sie wie ein Glas mit einem Sprung. Ein Glas mit einem Sprung behält man nicht. Man wirft es einfach weg und geht sich dann ein anderes holen.«

»Wem stand Mars sonst noch nahe?«

»Ich kann mir nicht vorstellen, dass sie irgendwem besonders nahe war.«

»Sie haben Sie nicht gemocht.«

Abermals trank Bebe einen Schluck Kaffee und legte sich die nächsten Worte sorgfältig zurecht. »Sie war sehr gut in ihrem Job, sie hatte sich ein unglaubliches Netzwerk an Kontakten aufgebaut, sie hatte jede Menge Fans und wusste, wie sie diese Leute bei der Stange halten kann. Sie hatte auf dem Bildschirm eine starke, anziehende Persönlichkeit, und ihre Einschaltquoten waren der Hit. Sie wird dem Sender fehlen und nicht so einfach zu ersetzen sein. Aber ich kann und werde nicht behaupten, dass sie mit sympathisch war.«

»Aber das musste sie auch nicht«, fuhr sie mit einem gleichmütigen Achselzucken fort. »Sie arbeiten doch sicher ebenfalls mit Leuten, deren Arbeit Sie zwar respektieren, die Ihnen aber trotzdem nicht sympathisch sind.«

»Warum haben Sie sie nicht gemocht?«

»Weil sie im wahren Leben eine Piranha war und rücksichtslos mit anderen Menschen und mit deren Gefühlen umgegangen ist. Sie war entsetzlich eingebildet und hatte ständig irgendwelche Forderungen – denen ich zum Großteil nachgegeben habe, weil es gut für das Geschäft und für den Sender war. Sie hat sich ihre eigene Sendung, ihre Specials, ihre vielen Reisen und die teuren Unterkünfte mit der Arbeit, die sie hier geleistet hat, durchaus verdient. Sie hat den Zuschauern gegeben, was sie sehen wollten, was die Einschaltquoten durch die Decke Decke hat gehen lassen.«

Bebe seufzte. »Sie war eine Diva und ist mir oft entsetzlich auf den Keks gegangen, aber trotzdem hinterlässt sie eine Lücke hier in meinem Haus, die nicht so leicht zu füllen sein wird.«

»Warum erzählen Sie mir nicht, wo Sie gestern Abend zwischen sechs und sieben waren?«

»Ist das Ihr Ernst?« Sie blinzelte so wie ihr Neffe, aber dann lachte sie auf. »Ich wäre sicher nicht so dumm, die Gans zu schlachten, die mir goldene Eier legt, aber lassen Sie mich überlegen … Wie viel Uhr, haben Sie gesagt?«

»Gestern Abend zwischen sechs und sieben.«

»Das ist leicht. Da hatten ich, mein Mann, mein Bruder, dessen Frau und meine Eltern einen Tisch bei *Andre's* reserviert, und zwar um sechs, weil wir danach noch im Theater waren, wo die Vorführung um acht begann. Im Theater kam dann eine Textnachricht, dass Mars ermordet worden ist. Brauchen Sie die Namen und Kontaktdaten von meinen Alibis?«

»Nein. Wer hat Ihnen die Textnachricht geschickt?«

Sie öffnete den Mund, klappte ihn wieder zu und überlegte kurz. »Einer unserer Reporter hatte einen Tipp von jemandem bekommen, der in der Bar war, als sie dort zusammengebrochen ist. Er wird Ihnen den Namen seines Informanten garantiert nicht nennen, außerdem war er ganz sicher nicht der Einzige, den man von dort aus angerufen hat. Ich war gerade im Theater angekommen, als dann die Nachrichten von anderen Reportern kamen, bin ich im Foyer geblieben und habe mein Handy wieder laut gestellt, denn wenn sie mich nicht hätten sprechen können, wären sie zur Konkurrenz gerannt.«

»Okay.« Eve blickte auf ihr eigenes Handy, auf dem die Genehmigung des Richters zur Beschlagnahmung von Mars' Geräten eingegangen war. »Hier ist die richterliche Erlaubnis. Bitte drucken Sie sie zweimal für Miss Hewitt und die Rechtsabteilung ihres Senders aus, Peabody.«

»Ich sehe mir das Dokument gleich an.«

»Sehr gut. Danach erwarte ich, dass meine Partnerin Zugang zu Mars' Büro und allem, was für uns von Belang sein könnte, kriegt.«

»Ich habe ihr Büro persönlich bereits gestern Abend abgeschlossen, damit niemand dort hineingelangen und irgendetwas verändern kann. Reporter ...«, stellte Bebe noch einmal fest. »Wenn ich noch jung und eifrig wäre, hätte ich mich vielleicht selbst hineingeschlichen und mich gründlich umgesehen. Aber so war niemand drin. Larinda selbst hat immer abgeschlossen, wenn sie ging, den Bildern unserer Überwachungskameras zufolge war seit gestern Nachmittag um drei kein Mensch mehr in dem Raum.«

»Vielen Dank, dass Sie uns Ihre Zeit geopfert haben.« Eve stand auf. »Es könnte sein, dass wir Sie noch einmal sprechen müssen, aber zuerst rede ich mit Nadine Furst, und meine Partnerin durchsucht in der Zeit Mars' Büro.«

»Ich hatte schon gehofft, dass Sie sie sprechen wollten. Ich respektiere die Beziehung zwischen Ihnen und Nadine und respektiere Nadine selbst. Ich wäre sehr enttäuscht von ihr, wenn es ihr nicht gelänge, Sie dazu zu bringen, dass sie das erste Interview zu diesem Fall bekommt.«

Achselzuckend stapfte Eve in Richtung Tür, blieb dort aber noch einmal stehen.

»Es kommt mir vor, als wären Sie nicht allzu überrascht, dass Mars ermordet worden ist.«

»Sie hat sich schließlich ihren Lebensunterhalt mit Glitzer und mit Glamour, aber auf der anderen Seite auch durch Wühlen im Dreck verdient.«

»Durch Wühlen im Dreck?«

»Sie liebte es, wenn sie etwas über die Affären irgendwelcher Stars, deren Drogen- oder Alkoholprobleme oder deren Vorliebe für minderjährige Gespielinnen herausgefunden hat. Sie konnte deren makelloses öffentliches Bild zerstören, und das hat sie mit Begeisterung getan. Auch deshalb haben die Leute ihre Sendung so gebannt verfolgt. Weil es dort um den Glamour, aber gleichzeitig auch um die dunklen Seiten von den Schönen und den Reichen ging. Sie war vollkommen furchtlos, wenn's um die Zerstörung von Idolen ging. Deshalb überrascht es mich nicht, wenn ihr das irgendwer verübelt hat. Idole haben schließlich Fans, und wenn ich mich nicht irre, ist ein Fan ein Fanatiker, nicht wahr?«

Interessant, sagte sich Eve im Gehen. Eine potenzielle neue Spur. Sie dachte immer noch, dass jemand sich nicht länger von Larinda Mars hatte erpressen lassen wollen, aber ein durchgeknallter Fan wäre genauso eine Möglichkeit.

9

»Sprechen Sie mit dem Reporter, der die Meldung von dem Mord als Erster reinbekommen hat, und gucken Sie, dass die verdammte Rechtsabteilung die Durchsuchung des Büros und die Beschlagnahmung von ihrem Zeug erlaubt. Dann sehen Sie zu, dass das Büro verschlossen wird, bringen Sie noch zusätzlich ein offizielles Siegel an«, bat Eve die Partnerin.

»Okay.«

Sie trennten sich, und Eve machte sich auf den Weg zu Nadine Furst, der als Topreporterin mit einer eigenen wöchentlichen Sendung mit den höchsten Einschaltquoten und Autorin eines Bestsellers, dessen Verfilmung für den Oscar nominiert war, neben einem eigenen Büro auch eins für ihre Assistentin und verschiedene Arbeitsplätze für ihr Produktions- und ihr Rechercheteam zugewiesen worden waren.

Eve kam nur bis zu ihrer Sekretärin, einem hippen, kleinen Rotschopf, der telefonierte und zugleich mit flinken Fingern irgendetwas in ein modernes Miniatur-Tablet einzugeben schien.

»He. Warten Sie.« Das Mädchen reckte einen Zeigefinger in die Luft. »Nadine sitzt in der Maske, weil sie gleich auf Sendung gehen muss. Ich lasse Sie dort hinbringen, wenn Sie wollen.«

»Ich weiß noch, wo das ist.«

Eve lief an weiteren Büros und einem offenen Bereich mit Schreibtischen und jeder Menge Bildschirmen vorbei. Auch wenn die Leute weniger bizarr gekleidet waren, kamen ihr das wilde Durcheinander, das dort herrschte, und die vielen Leute, die hektisch durch die Gegend rannten, während sie am Handy, in einen Rekorder oder miteinander sprachen, wie die Medienversion des Dezernats der elektronischen Ermittler auf der Wache vor.

Danach kam ein Bereich voll Kleiderständer und Regale voller Schuhe, in dem jemand gerade eine schwarze Anzugjacke bügelte, gleich dahinter befand sich die Maske, wo Nadine vor einer Spiegelwand und einer lang gezogenen Ablage auf einem hochlehnigen Drehstuhl saß. Sie war in einen blauen Umhang eingehüllt, hatte die Augen zu und murmelte etwas, was Eve beim besten Willen nicht verstand.

Eves Unbehagen aber hatte einen anderen Grund. Sie hatte *gewusst,* dass Nadine sich von Trina schminken lassen würde, die im Augenblick mit einem weichen Pinsel über eine ihrer Wangen fuhr.

»Hallo«, grüßte Trina, und zu Eves Entsetzen hob sie kurz den Kopf und blickte sie im Spiegel mit zusammengekniffenen Augen an.

Jetzt schlug auch Nadine die Augen wieder auf. »Sie sind zu spät«, fuhr sie sie an.

»Verdammt, ich habe völlig die Zeit vergessen, während ich beim Einkaufsbummel war.«

»Sie sind nicht die Einzige, die auch noch andere Termine hat«, raunzte Nadine sie alles andere als belustigt an.

»Aber ich bin die Einzige, die einen Mordfall aufklären muss.«

»In einer Viertelstunde muss ich über ebendiesen Mordfall sprechen. Also brauche ich auf alle Fälle vorher noch das Interview.«

»Und ich brauche alle Infos, die ich kriegen kann. Wollen Sie unnötige Zeit damit verlieren, sich mit mir zu streiten, oder fangen wir vielleicht lieber langsam an?«

»Ersparen Sie sich das Gezeter«, herrschte Trina beide Frauen an. »Und Sie, Nadine, halten den Mund, damit ich Ihre Lippen machen kann.«

Nadine bedachte Eve mit einem bösen Blick im Spiegel, aber während Trina die Konturen ihrer Lippen sorgfältig mit einem Stift nachzog, verkniff sie sich einen weiteren bösen Kommentar.

Warum zum Teufel musste Trina etwas malen, was schon da war?, überlegte Eve. Wer hatte diese schwachsinnige Regel aufgestellt?

»Der Kaffee im AutoChef ist annähernd genießbar«, wandte Trina sich an Eve und fügte an Nadine gewandt hinzu: »Ich nehme einen matten, dunklen Rosaton. Sie wollen schließlich ernsthaft und vor allem seriös aussehen, nicht wahr?«

Während die Stylistin Farben aus verschiedenen Tuben mischte und die Mischung dann mit einem Pinsel auftrug, holte Eve sich einen Kaffee. Dann machte Trina einen Schritt zurück und legte ihren Kopf so schräg, dass Eve sich fragte, warum der auf ihrem Schädel aufgebauschte, rot gesträhnte, schwarze Haarturm nicht herunterfiel.

Sie quetschte eine durchsichtige Flüssigkeit auf eine andere Palette und trug sie mit einem anderen Pinsel auf die rosafarbenen Lippen auf.

Für Eve sahen Nadines Lippen danach auch nicht anders aus als sonst.

Dann tauchte Trina einen weiteren Pinsel in den praktisch unsichtbaren Puder, fuhr damit über Nadines Gesicht und bespritzte alles noch mit einem feinen Nebel aus der Sprühflasche, die sie in ihrer Linken hielt.

»Das war's«, erklärte sie und zog Nadine den Umhang fort.

Nadine betrachtete ihr Spiegelbild und sah in ihrem seriösen, aber schicken schwarzen Hosenanzug und perfekt geschminkt mal wieder rundherum fantastisch aus. »Ach, Trina, Sie sind einfach ein Genie.«

»Auf jeden Fall.«

»Am besten gehen wir für das Interview in mein Büro«, wandte sie sich an Eve, die aber schüttelte den Kopf.

»Erst kommen die Ermittlungen dran. Wie war die Beziehung zwischen Ihnen und Larinda Mars?«

»Um Himmels willen!«

»Ich muss erst ein paar Dinge klären, Nadine. Sie werden von mir kriegen, was Sie wollen, aber vorher muss ich Ihnen selber ein paar Fragen stellen.« Sie sah zu Trina. »Sie brauchen nicht dabei zu sein.«

»Oh doch.« Sie griff nach einem anderen Umhang und wies

Eve mit rüder Stimme an: »Setzen Sie sich hin, damit ich Ihnen die Haare machen kann.«

»Ganz sicher nicht.«

Abermals ließ Trina ihren Haarturm auf die Seite fallen, ohne dass er herunterfiel. »Dann komme ich zu Ihnen nach Hause, und Sie kriegen das Rundum-Paket, das wieder einmal dringend nötig ist, wie jeder, der nicht blind ist, sehen kann.«

Genau das hatte Eve befürchtet, als sie hergekommen war. »Ich bin am Arbeiten.«

»Sie können ja wohl auch im Sitzen reden, oder nicht?«

»Um Himmels willen, setzen Sie sich einfach hin.« Nadine warf ihre Hände in die Luft. »Ein neuer Schnitt ist schließlich keine Folter. Wir wollen beide keine Zeit verlieren.«

»Behaupten Sie«, murmelte Eve. »Aber okay, ich werde Ihnen ein paar Fragen stellen, vielleicht wollen Sie ja nicht, dass die Person, die Ihnen die Haare macht, Ihre Antworten auf diese Fragen hört.«

»Fragen zu Larinda?« Nadines Schnauben passte ganz und gar nicht zu dem Bild der seriösen Journalistin, das sie bot. »Also bitte. Da gibt's nichts, was irgendwer nicht hören darf. Vor allem müssen wir hier alle unsere Arbeit machen, das gilt für Trina ebenso wie für Sie selbst und mich. Also lassen Sie sie machen, was sie machen muss, damit es endlich weitergehen kann, okay?«

Eve hatte keine Lust, nahm aber trotzdem Platz, weil ihr die Vorstellung, dass Trina sie in ihrem Haus heimsuchen würde, unerträglich war.

Kaum legte Trina ihr jedoch den Umhang um, kam sie sich vollkommen idiotisch vor. Trotzdem wandte sie sich wieder an Nadine. »Also, wie sah Ihre Beziehung zu Larinda aus?«

Sie fuhr zusammen, als Trina eine Flasche nahm, um ihr das Haar mit irgendeinem widerlichen Nebel einzusprühen. »Was ist das? Warum tun Sie das? Hören Sie auf!«

»Wem wollen Sie jetzt Fragen stellen, mir oder Nadine? Das ist nur Wasser«, klärte Trina sie mit einem übertriebenen Rollen ihrer von mit roten Spitzen aufgepeppten, dichten schwarzen Wimpern eingerahmten, violett geschminkten Augen auf.

»Wir hatten keinerlei Beziehung«, fing die Journalistin an. »Wir haben hier in vollkommen verschiedenen Bereichen unseren Job gemacht. Ich habe nie mit ihr zusammengearbeitet und nie in ihrem Teich gefischt.«

»Das stimmt nicht ganz«, bemerkte Eve und bemühte sich zu ignorieren, was mit ihrem Haar geschah. »Sie hatte viel mit Unterhaltung und Berühmtheiten zu tun. Dank des Buchs und Films und dieser Nominierung für den was auch immer …«

»Für den Oscar.«

»Warum Oscar? Warum haben sie das Ding nicht Harold oder Tod genannt?«

»Das kann ich Ihnen sagen, aber darum geht es gerade nicht, und Sie haben völlig recht. Ich habe ihr zwei Interviews zu meinem Buch und zu dem Film gegeben, weil das meinem Sender wichtig und auch für mich selbst durchaus von Vorteil war. Aber eine Beziehung hatten wir deswegen trotzdem nicht.«

»Sie waren doch bestimmt auf ein paar Partys oder bei verschiedenen Events, auf denen sie ebenfalls gewesen ist.«

»Das stimmt, aber wir hatten trotzdem keinerlei privaten Umgang, und zwar aus dem einfachen Grund, weil sie mir zuwider war. Es tut mir leid, dass sie ermordet worden ist, aber ich konnte sie nicht leiden, als sie noch am Leben war.«

»Warum nicht?«, fragte Eve, obwohl das offensichtlich war.

»Weil sie verschlagen und durchtrieben war. Das ist in unserer Branche zwar nicht unbedingt ein Fehler, aber obendrein war sie auch frei von jeder Ethik, illoyal und einfach nur gemein. Allein im letzten Jahr hat sie zwei Praktikantinnen derart zur Sau gemacht, dass sie in Tränen ausgebrochen sind. Ihre letzte Assistentin hat sie rausgeschmissen und dann derart schlecht gemacht, dass sie nie wieder einen Job gefunden hat.«

»Ich brauche die drei Namen.«

»Sie glauben doch wohl nicht im Ernst …«

»Ich brauche sie nun mal. Was können Sie mir sonst noch sagen, gab es sonst noch jemanden, der aus guten Gründen schlecht auf sie zu sprechen war?«

Die Journalistin atmete tief durch. »Sie hatte meine Leute – meine Rechercheure und auch meine Assistentin – auf dem Kieker, weil sie sich geweigert haben, ihr etwas zu erzählen, was sie gegen mich verwenden kann. Außerdem hat sie noch versucht, mich dazu zu zwingen, Kontakt zu Ihnen herzustellen.«

Eve wirbelte in ihrem Stuhl zu ihr herum. »Wann und wie?«

Nadine sah sie aus ihren grünen Katzenaugen an. »Zum ersten Mal, nachdem Sie Morse, den Arsch, daran gehindert hatten, mich zu töten. Damals tauchte sie mit einem Obstkorb bei mir auf und hat die mitfühlende Kollegin rausgekehrt. Aber sie hat dabei derart übertrieben, dass es schon fast lachhaft war.«

»Mit solchen Sachen kennen Sie sich aus«, bemerkte Trina, und die Journalistin lächelte sie an.

»Auf jeden Fall. Es ging ihr dabei nur um eine gute Klatschgeschichte, und im Grunde konnte ich das sogar irgendwie verstehen. In dem Moment war ich eben für eine Story gut. Aber dazu wollte sie noch Einzelheiten über Sie und Roarke, Zugang in Ihrem Haus, zu Ihnen und Ihrem privaten Leben, doch ich habe ihr erklärt, dass sie dabei nicht auf mich bauen kann. Und dann …«

Nadine fuhr mit den Fingern durch die Luft. »Sie hat gesagt, dass sie die Story dieses Mordversuchs an mir auch anders bringen könnte, um uns alle in den Dreck zu ziehen. Denn vielleicht hätten wir ja Morse in einen Hinterhalt gelockt, und vielleicht hätten Sie ja einen Grund gehabt, warum er nicht mehr weiterleben sollte. Ich habe ihr gesagt, dass sie verduften und das ruhig versuchen soll. Was ihr sichtlich nicht gefallen hat.«

»Sie sind nie auf die Idee gekommen, mir etwas davon zu sagen?«

Nadine funkelte sie an. »Ich kann mich selber wehren, wenn es nötig ist.«

»Okay. Und hat sie Ihre Drohung wahrgemacht?«

»Nein, deswegen habe ich die Sache abgetan. Bis zu dem Buch und zu dem Film. Da hat sie abermals ihr Glück bei mir versucht. Sie meinte, dass sie mühelos ein paar Geschichten über mein Privatleben lancieren und die Frage stellen könnte, ob vielleicht etwas dran ist, wenn im Internet behauptet wird, Sie hätten außer mit dem tollen Roarke auch was mit mir …«

Eve riss den Kopf so vehement zurück, dass Trina fluchte, als sie ihr fast in den Nacken schnitt. »Ich hätte was mit Ihnen?«

»Die Geschichte war ein paar Wochen im Netz«, meinte Nadine und statt verärgert wirkte sie bei diesen Worten amüsiert. »Verfolgen Sie denn nicht, was in den Medien über Sie berichtet wird?«

»Zumindest nicht so einen Quatsch.« Eve wusste nicht, ob sie sich schämen sollte oder ob die Sache vielleicht wirklich einfach lustig war.

»Manchmal haben Sie sich auch zu dritt im Bett vergnügt«, warf die Stylistin grinsend ein. »Was bei zwei tollen Frauen wie Ihnen und einem Mann wie Roarke durchaus vorstellbar ist.«

Nadine warf ihren perfekt frisierten Kopf zurück und brach in schallendes Gelächter aus. »Das hätte wirklich Potenzial. Mit solchem Schmuddelkram erzeugt man jede Menge Klicks, bevor die Sache dann im Sand verläuft. Und das ist es, worum es geht. Mars hat angedeutet, dass sie solche Schmuddelsachen bringen könnte, bis ich endlich mache, was sie will.«

Auch wenn sie nicht in den sozialen Medien unterwegs war, verstand Eve das System. »Aber Sie haben ihr gesagt, dass sie verschwinden soll.«

»Oh nein. Ich habe ihr die Aufnahme von unserer Unterhaltung vorgespielt. Wenn die publik geworden wäre, hätte man sie straf- und auch zivilrechtlich dafür belangen können, dass sie mich erpressen wollte, mir gedroht und die Verhaltensvorschriften des Senders vorsätzlich missachtet hat.«

Sie sprang abrupt von ihrem Stuhl. »Was dachte diese blöde Kuh, mit wem sie es zu tun hat?«, fragte sie erbost und breitete die Arme aus. »Ich habe ihr gesagt – und dabei den Rekorder weiterlaufen lassen –, dass ich diese Aufnahme bis ganz nach oben tragen würde, falls mir irgendwann zu Ohren kommen sollte, dass sie weiterhin versuchen würde, meinen, Ihren oder

Roarkes Namen in den Dreck zu ziehen oder einen meiner Untergebenen oder sonst wen unter Druck zu setzen oder zu beleidigen. Wenn man sie dann nicht umgehend feuern würde, würde ich den Sender vor die Wahl stellen, ob er sie oder mich selbst behalten will. Ich habe sie gefragt, was sie denken würde, wer dann wohl das Rennen macht.«

»Warum haben Sie Miss Hewitt diese Aufnahme nicht sofort vorgespielt?«

»Vielleicht hätte ich das machen sollen«, gab Nadine unumwunden zu. »Ich konnte Mars nicht leiden und ich habe sie nicht im Geringsten respektiert. Aber sie hatte einen Platz hier, Dallas. Sie war Teil von Channel 75, und ich wollte nicht, dass unser Sender sich für eine von uns zweien entscheiden muss oder sie selbst deshalb vielleicht auf einen Rachefeldzug geht. Vor allem musste ich nichts unternehmen, weil sie danach von selbst auf Distanz zu mir gegangen ist.«

»Aber Sie haben diese Aufnahme trotz allem aufgehoben?«

»Ja, natürlich.«

»Rücken Sie die bitte raus. Wen wollte sie außer Ihnen noch bedrängen, bedrohen oder ausnutzen?«

Die Journalistin ließ sich wieder auf den Drehstuhl fallen, hob eine Hand und hätte sich beinah die frisch frisierten Haare gerauft.

»Bekomme ich das Interview? Und zwar noch heute früh?«

»Ich habe Ihnen doch gesagt, Sie würden von mir kriegen, was Sie brauchen.«

»Gut. Moment.« Nadine stand wieder auf, zog ihr Handy aus der Tasche und verließ den Raum.

»Sie muss jetzt gleich auf Sendung und was Nettes über diese Hexe sagen«, stellte Trina fest und schnippelte dabei auch weiter an Eves Haar herum. »Obwohl, im Grunde gibt es jede Menge Arschlöcher und Hexen auf der Welt, von denen viele irgendetwas an sich haben, was man loben kann. Zum Beispiel hatte Mars sehr gute Haut und hat sie wirklich gut gepflegt. Das ist zumindest etwas Positives, oder nicht?«

Eve versuchte, sich in ihrem Stuhl nach Trina umzudrehen, doch die Stylistin hielt ihn fest. »Halten Sie still, bis ich mit Ihnen fertig bin.«

»Sie kannten sie?«

»Ich habe sie gelegentlich zurechtgemacht, irgendwann hat sie versucht, mich Nadine wegzuschnappen. Aber ohne mich«, stieß Trina schnaubend aus. »Ich habe meinen eigenen Salon und arbeite hier nur zum Spaß. Meist mache ich Nadine für *Now* oder für irgendwelche Specials so wie heute früh zurecht. Aber für Leute wie Larinda Mars komme ich ganz bestimmt nicht extra her. Die kommen schön brav zu mir in den Salon, wenn sie was von mir wollen.«

Eve konnte deutlich hören, dass das noch nicht alles war. »Was wissen Sie, Trina?«

Sie ließ den Drehstuhl los und drehte Eve darin herum, damit die sich im Spiegel sah. »Zum einen, dass Sie gesunde Haare haben und mir auf Knien dafür danken können, dass ich mich um sie kümmere.«

Eve sah tatsächlich keinen großen Unterschied, was eindeutig für Trina sprach. »Worüber oder über wen hat sie geredet, als sie bei Ihnen im Salon gesessen hat?«

Als Trina ihre leuchtend roten Lippen aufeinanderpresste, konnte Eve in ihrem linken Mundwinkel drei winzig kleine Sterne sehen. Dann bildete sie mit den Händen eine Pyramide über ihrem Kopf, und Eve sah sie verwundert an.

»Was ist denn das?«

»Der Hut des Schweigens, den ich immer trage, wenn mir eine Kundin irgendwas erzählt. Deshalb wird über alles, worüber wir miteinander reden, dauerhaftes Stillschweigen bewahrt.«

»Es geht hier immerhin um Mord.«

»Mag sein.« Jetzt spitzte sie den Mund, während sie stumm nach einer Bürste griff.

»Bleiben Sie mir mit dem Ding vom Leib.«

»Sie werden gleich im Fernsehen zu sehen sein. Nadine hat diesen seriösen Journalistinnen-Look, Sie müssen so aussehen, als wären Sie ein taffer Cop.«

»Ich bin ein taffer Cop.«

»Das wissen Sie und ich«, stimmte Trina ihr zu und pikste sie kurz mit dem Bürstenende an. »Deshalb weiß ich auch, wie ich es machen muss, damit auch alle anderen das sehen. Wenn's Ihnen nicht gefällt, kommt nach der Sendung alles wieder runter, doch ich brauche einen Anreiz, wenn ich irgendwelche Infos für Sie aus dem Hut des Schweigens zaubern soll. Weil der mir schließlich heilig ist.«

Sie legte ihre Bürste fort, zog eine Lade auf und nahm ein kleines Werkzeug in die Hand. »Das ist für Ihre Brauen. Sie hat versucht, mich auszuquetschen, genauso wie Sie jetzt. Dabei war sie zuckersüß, nicht barsch wie Sie. Sie hat die ganze Zeit gelächelt und getan, als wäre es nur eine Unterhaltung unter Freundinnen. Ich habe ihr gesagt, dass ich ihr über irgendwelche anderen Leute nichts erzählen kann, genauso wenig, wie ich anderen irgendetwas erzählen könnte, was sie selbst betrifft.«

Als Eves und Trinas Blicke sich im Spiegel trafen, waren Trina die Gefühle deutlich anzusehen. »Sie wollte Sachen über Mavis wissen, Dallas, doch ich würde keinem Menschen jemals irgendetwas über sie erzählen. Egal, worum es geht, und egal, aus welchem Grund.«

Jetzt blitzten ihre Augen zornig auf, und dass sie eine derart gute, treue Freundin war, sprach ebenfalls für sie.

»Das ist mir klar. Daran besteht nicht der geringste Zweifel«, meinte Eve.

»Genau. In Ordnung. Also.« Trina atmete vernehmlich aus. »Sie hat gesagt, sie würde mich für Aufnahmen von Mavis, Leonardo und der kleinen Bella gut bezahlen, und als sie sah, wie angefressen ich deswegen war, hat sie hinzugefügt, natürlich müssten sie auch damit einverstanden sein. Aber das hat sie garantiert nicht so gemeint.«

Eve hörte zu und nahm das Ziepen ihrer Augenbrauen hin.

»Hat Sie sie je bedroht, Trina? Das muss ich wissen.«

»Nein.« Sie unterbrach für einen Augenblick die Arbeit und griff sich ans Herz. »Großes Pfadfinderinnenehrenwort. Im

Grunde hat sie eher die gute Freundin rausgekehrt, falls Sie verstehen, was ich damit sagen will. Sie hat ein paar Bemerkungen gemacht, dass Nadine mich angeblich nicht genügend schätzt und sie mir deutlich mehr bezahlen würde, wenn ich sie frisieren und herrichten würde statt Nadine. Auch Sie hat sie erwähnt. Sie meinte, jemand hätte ihr erzählt, ich hätte Ihnen das Haar für irgendein Event gemacht und dass sie gerne wüsste, wie das war.«

Jetzt legte sie ihr Werkzeug fort. »Aber ich hatte meinen Hut des Schweigens auf. Total.«

Das hatte sie ganz sicher, wusste Eve, egal, wie lästig sie ihr auch mitunter war. »Das ist sehr nett.«

»Das ist bei mir normal. So halte ich es gegenüber allen meinen Kundinnen. Irgendwann hatte sie das offenbar kapiert. Vielleicht, weil niemand je von mir erfahren hat, dass sie mir Geld dafür bezahlen wollte, ihr Informationen über meine andere Kundschaft zu geben.«

»Und danach hat sie Sie nicht noch einmal bedrängt«, schloss Eve.

»Genau. Auch wenn sie weiter zu mir kam, wenn ich beim Sender war, damit ich ihr die Haare mache oder so. Aber dann hat sie nur auf ihrem Tablet herumgetippt, denn ihr war klar geworden, dass aus mir nichts herauszuholen ist. Auch das kommt öfter vor, dass Leute uns Stylisten nicht als Menschen, sondern als Droiden behandeln.«

Trina schaute in den Spiegel. »Jetzt machen Sie Ihre Augen zu. Es sind vor allem die Augen, die den Leuten vor der Glotze zeigen, dass mit Ihnen nicht zu spaßen ist. Ich habe ab und zu gehört, wie sie mit jemandem am Link gesprochen hat. Wenn es dabei um Termine ging, hat sie die Leute angeherrscht, sie sollten zusehen, dass sie pünktlich wären, sonst würden sie bezahlen.«

»Ich brauche Namen.«

Die arme Trina seufzte abgrundtief. »Ich glaube, eine von den Frauen war Annie Knight.«

»Arbeitet die auch hier?«

»Gott bewahre, nein. Sie leben offenbar total hinter dem Mond. Mein Gott! Sie ist die Königin der Talk-Shows, und sie hat das *Talk TV* praktisch alleine aufgebaut. Die Late-Night-Talk-Show, die sie moderiert, läuft jetzt schon seit zwölf Jahren, wird aber niemals langweilig. Wie dem auch sei, kam es mir vor, als ob sie eine von den Frauen gewesen wäre, die von Mars so rüde angefahren worden sind. Im Grunde habe ich dem Telefongespräch nicht zugehört, bis dann mit einem Mal ihr Name fiel. Ich liebe *Knight at Night.* In Ordnung, machen Sie die Augen wieder auf und halten weiter still.«

Jetzt hielt sie ein Bürstchen vor Eves Gesicht.

»Ersparen Sie mir bloß den bunten Kram. Ich will ganz sicher keine roten Wimpern haben so wie Sie.«

»Wenn ich Ihre Wimpern färben würde, dann in einem schönen Grün, das zu der Whiskeyfarbe Ihrer Augen passt. Aber Sie sollen nicht sexy aussehen, sondern taff. Ich weiß, dass sie auch mal bei Wylee Stamford angerufen hat.«

Eve drehte ihren Kopf, und fluchend zerrte die Stylistin ihr Bürstchen zurück.

»Beim dritten Mal-Spieler der Mets? Der in der letzten Runde einen Drei-Fünf-Sieben hinbekommen hat? Bei diesem Wylee Stamford?«

Trina feixte. »Wie es aussieht, kennen Sie sich wenigstens mit Baseball aus. Genau bei diesem Wylee, der so einen wundervollen Knackarsch hat. Sie hat ihn mit leiser Stimme angezischt. Doch andere Namen weiß ich nicht, weil sie die Leute sonst meistens als Schätzchen, Süßer oder Arschloch angesprochen hat. Kam ganz auf ihre Stimmung an. Hi, Peabody.«

»Sie lassen sich von Trina schminken!«, rief Eves Partnerin und riss die Augen auf.

»Aber ganz bestimmt nicht freiwillig.«

»Sie haben eine andere Frisur.«

»Habe ich nicht. Sie hat einfach …« Eve ahmte mit zwei Fingern Scherenschnippeln nach.

»Das will ich auch!«, rief Peabody mit weinerlicher Stimme aus.

»Ich habe Zeit und bin mit ihr fast durch«, erklärte Trina ihr und wies auf einen freien Stuhl. »Am besten setzen Sie sich schon mal hin.«

»Wir sind hier nicht bei der Wellness«, schimpfte Eve. »Erstatten Sie mir erst einmal Bericht.«

»Mars' Büro ist umfänglich gesichert, unsere Unterlagen liegen bei der Rechtsabteilung, und es hieß, in einer Viertelstunde wären sie damit durch. Auch den Reporter – einen Mickey Bullion – habe ich gefunden, er hat bestätigt, dass ihn jemand aus der Kneipe angerufen hat, dessen Namen er jedoch nicht nennen will.«

Als Peabody versuchte, sich die Partnerin genauer anzusehen, schob die sie fort.

»Also habe ich mir noch einmal die Gästeliste vorgenommen und herausgefunden, dass ein Randy Bullion gestern Abend im *Du Vin* war. Er ist der Bruder des Reporters, als ich ihn angerufen habe, hat er zugegeben, dass er Mickey kontaktiert hat, nachdem er von uns entlassen worden ist. Wobei der gute Mickey ziemlich sauer auf ihn war, weil er nicht früher bei ihm angerufen hat, weil so die Nachricht schon im Netz stand, bevor sie beim Channel 75 kam. Ich glaube nicht, dass uns das weiterbringt, Dallas.«

Trina legte eine Hand unter Eves Kinn und hielt es wie in einem Schraubstock fest.

»Ich möchte keinen Lippenstift.«

»Den brauchen Sie zum Ausgleich für die Augen«, klärte die Stylistin sie mit gleichmütiger Stimme auf. »Vor allem habe ich versprochen, dass ich ihn sofort nach der Sendung wieder entferne, wenn er Ihnen nicht gefällt. Also halten Sie still.«

Peabody zog die Schultern hoch, als wollte sie sich selbst umarmen. »Ich liiiiebe diesen Rosaton auf der Palette!«

»Den hat Nadine bekommen, aber wenn Sie wollen, kriegen Sie den auch. Wogegen Dallas etwas braucht, was ganz natürlich wirkt, damit sie aussieht wie ein taffer, aber trotzdem zugänglicher Cop.«

Sie hielt Eves Kinn auch weiterhin umklammert, während sie mit ihrer anderen Hand nach einem Pinsel griff. Dann trug sie irgendwelches Zeug auf ihre Wangen auf, bis Eve den überwältigenden Wunsch verspürte, mit den Fäusten auf sie loszugehen.

»Hier.« Sie drehte Eve herum, damit sie ihr Gesicht im Spiegel sah. »Jetzt sehen Sie wie eine taffe Polizistin aus, die keine Zeit für irgendwelche dummen Spielchen hat.«

Eve runzelte die Stirn, aber … vielleicht waren ihre Lippen etwas dunkler, sahen aber immer noch wie ihre Lippen aus. Vielleicht war die Farbe ihrer Augen etwas intensiver, aber trotzdem kamen sie ihr immer noch wie ihre eigenen Augen vor. Das hieß, im Grunde sah sie kaum verändert aus.

»Okay. Dann nehmen Sie mir jetzt das Ding hier ab und erzählen mir alles, was ich sonst noch über unser Opfer wissen muss.«

»Ich hatte eigentlich nicht wirklich oft mit ihr zu tun. Hören Sie, im Grunde wussten praktisch alle, dass was zwischen ihr und Mitch L. lief. Nur hat er seinen eigenen Stylisten, der zu anderen Zeiten kommt als ich, weshalb wir uns noch nie über den Weg gelaufen sind. Mitch L. und ich. Aber ich weiß, dass vorher etwas zwischen ihm und einer Praktikantin lief. Monicka Poole. Das war an sich schon alles andere als passend, aber dann hat er was mit Larinda angefangen, die Praktikantin wurde an die Luft gesetzt und hat sich an der Schulter einer Freundin ausgeweint, die Kundin bei mir ist und mir davon berichtet hat. Dadurch, dass ich es jetzt Ihnen weitergebe, bringe ich mich selbst in Schwierigkeiten, weil die Sachen, die die Leute mir in meinem Salon erzählen, im Salon verbleiben sollen.«

»Schon gut«, erklärte Peabody und rieb ihr aufmunternd den Arm. »Uns dürfen Sie so was erzählen, denn schließlich sind wir von der Polizei.«

»Aber es fühlt sich irgendwie nicht richtig an.«

»Sie ist verblutet, Trina.«

Gerne hätte Eve der Partnerin verboten, Trina irgendwelche Einzelheiten zu erzählen, doch schließlich hatte Trina extra ihr zuliebe ihren Hut des Schweigens abgesetzt.

»Wer sie auch immer war und was auch immer sie getan hat, irgendwer hat dafür gesorgt, dass sie bei dem Versuch, sich selbst zu retten, elendig verblutet ist. Vielleicht waren es nur ein paar Minuten, aber ihr kam es bestimmt wie Stunden vor.«

»Sie war ein blödes Weib«, murmelte Trina rau. »Aber … ach, verdammt, jetzt kommt es auch nicht mehr drauf an, weil es ihr schließlich nicht mehr schaden kann. Ich weiß nicht, ob Sie es schon wissen, aber an der Frau war kaum was echt.«

»Das hat sie Ihnen doch ganz sicher nicht erzählt.«

»Das musste sie auch nicht. Ich habe schließlich ihr Gesicht gemacht, und zwar ein Dutzend Mal. Sie denken doch wohl nicht, ich würde es nicht merken, wenn an dem Gesicht von einer Kundin nichts mehr ist, wie es mal war? Genauso merke ich, dass Sie das Serum und die Creme, die Sie von mir bekommen haben, nicht mal annähernd so häufig nehmen, wie Sie sollen. Wenn Sie so weitermachen, machen Sie am besten selbst schon mal einen Termin fürs Lifting aus. Sie gehen mit dem schönsten Mann der Welt ins Bett und schaffen es nicht einmal, dafür zu sorgen, dass Sie selbst zumindest halbwegs frisch aussehen? Was ist mit Ihnen los?«

»Reden Sie nicht so, und machen Sie sich wegen Ihrem Schweigen keine Gedanken. Wir wussten nämlich schon, dass kaum noch etwas an Larinda echt war.«

»Wirklich?« Trina atmete erleichtert auf.

»Ich bin in meinem Job genauso gut wie Sie in Ihrem«, meinte Eve, und Trina grinste breit.

»Das ist mir klar. Aber jetzt muss ich noch was anderes loswerden. Ich hatte nämlich überlegt, ob ich ihr Äußeres vermasseln soll. Das wäre kinderleicht gewesen, denn ich hätte nur die falschen Farben nehmen müssen oder so. Ich fand es einfach ätzend, dass das Weib versucht hat, über mich an Mavis und die Kleine ranzukommen, aber dann war ich doch zu stolz auf meinen Job und habe es nicht über mich gebracht, sie aussehen zu lassen wie eine Vampirin oder so. Ich wollte es, und jetzt hat irgendwer sie umgebracht.«

Als Peabody sie wieder trösten wollte, kam Eve ihr zuvor.
»Das kann ich gut verstehen. Ich finde es genauso ätzend, dass die Frau versucht hat, über Sie an Mavis und das Baby ranzukommen, aber trotzdem werde ich herausfinden, wer sie ermordet hat. Denn das ist nun einmal mein Job.«

In dem Moment kam Nadine Furst mit schnellen Schritten durch die Tür. »Okay, sie geben mir noch etwas Zeit und füllen die Pause bis zum Anfang meiner Sendung mit der Vorankündigung des Interviews. Das live gesendet wird.«

»Ich habe nicht …«

»Aus meinem Büro. Sie sehen super aus«, fügte Nadine hinzu. »Hi, Peabody. Auf geht's. Die Kameras sind schon bereit.«

»Aber ich habe nicht viel Zeit. Was mir als taffer Polizistin schließlich auch ganz deutlich anzusehen ist.«

Unter Trinas meckerndem Gelächter lief sie los. »Peabody, wir treffen uns in zehn Minuten im Büro von Mars. Bis dahin haben sich die Rechtsverdreher die Erlaubnis zur Beschlagnahmung der Sachen hoffentlich zu Ende angesehen.«

»In zehn Minuten kriegen Sie mich hin, oder?«, hakte die Partnerin bei der Stylistin nach.

»In dieser Zeit mache ich dich zu einem echten Star, Baby.«

»Ich brauche dieses Interview auf alle Fälle vor der Pressekonferenz.« Eilig lief Nadine auf ihren schwarzen Stöckelschuhen den Flur hinab.

»Ich werde Ihnen geben, was ich Ihnen geben kann, aber ein paar der Infos müssen Sie mit anderen teilen.«

Die Journalistin machte abrupt Halt. »Moment mal …«

»Das hat Kyung bestimmt«, erklärte Eve. »Ich vermute, dass es funktionieren wird. Sie kontrollieren, wie viel Sie teilen wollen, und können vor allem noch vor allen anderen auf Sendung gehen. Dadurch gewinne ich etwas Zeit vor der verdammten Pressekonferenz am Nachmittag. Sie kriegen einen Vorsprung und bestimmen, was Sie teilen. Den Rest besprechen Sie mit Kyung.«

»Das wird nicht einfach werden.«

»Das bekommen Sie sicher hin«, tat Eve den Einwand ab und

fügte noch hinzu: »Vor allem bekommen Sie nach dem Interview noch mehr von mir, das dann alleine Ihnen gehört. Am besten fangen Sie sofort an zu graben und drücken dazu noch ein paar Leuten, denen Sie vertrauen, Schaufeln in die Hand.«

»Okay.« Nadine hielt einen Finger hoch und überlegte kurz. »Ich rede erst mit Kyung und frage, was ich alles weitergeben soll. Wahrscheinlich werden Sie mir sagen, dass Larinda irgendwen zu weit getrieben hat. Oder dass sie vielleicht auch den falschen Bären aufgescheucht hat, als sie an den Honig kommen wollte.«

»Oder eine ganze Bärenschar.«

»Ich glaube nicht, dass Bären in Scharen auftreten. Wie nennt man es noch mal, wenn Bären sich zusammentun? Aber im Grunde ist das vollkommen egal.«

Mit diesen Worten trat sie durch die Tür ihres Büros, wo ein Beleuchter unter einer Art von Sonnenschirm mit einer Lampe stand. »Sie sitzen da.« Sie wies auf einen Stuhl, steckte sich einen Knopf ins Ohr, und der Kameramann stellte die Kamera auf ein Stativ.

»Sie wollten dieses Interview im Studio drehen«, meinte Nadine und blickte auf die zweite Kamera. »Aber ich wollte mich deswegen nicht mit Ihnen streiten. Auf jede von uns zweien wird eine Kamera gerichtet sein, Sie können einfach mit mir reden wie sonst auch.«

»Ich will, dass alles scharf ist, ohne Filter«, wandte sie sich einem von den Männern zu. »Dies ist ein Interview, keine Gedenkveranstaltung für Mars. Ich werde fragen, was in dem Lokal passiert ist und was Sie gesehen und unternommen haben, Eve, denn schließlich sind Sie in dem Fall auch eine Zeugin, nicht nur die Ermittlungsleiterin. Natürlich werde ich auch die normalen Fragen nach Verdächtigen, nach Spuren und den Fortschritten bei Ihrer Arbeit stellen, aber zuerst sind Sie als Augenzeugin dran.«

»Ich werde Ihnen nur die Einzelheiten nennen, die die Ermittlungen nicht gefährden.«

»Klar.« Die Journalistin tippte an den Knopf in ihrem Ohr. »Wir werden jetzt auf Sendung gehen … Fünf, vier …« Sie hielt die Hand nach unten, zählte mit den Fingern drei, zwei, eins und meinte: »Hier ist Nadine Furst. Bei mir ist Lieutenant Dallas, mit der ich in dieser Sendung über die schockierende und tragische Ermordung unserer Kollegin sprechen will. Lieutenant Dallas, als Larinda Mars ermordet wurde, waren Sie selbst im *Du Vin,* einer beliebten Weinbar in der Innenstadt.«

»Das stimmt. Ich war nach Dienstschluss mit einer Kollegin dort.«

»Können Sie uns als erfahrene Ermittlerin und Augenzeugin sagen, was geschehen ist?«

Eve erzählte, was die Medien wissen sollten. Ja, sie hatten mit dem Individuum gesprochen, mit dem Mars auf einen Drink verabredet gewesen war, doch nein, das Individuum stand nicht unter Verdacht. Dann folgte das gewohnte Frage-Antwort-Spiel zu Einzelheiten, und am Ende räumte Eve – anscheinend widerstrebend, doch mit voller Absicht – ein, dass ihrer Meinung nach der Killer Mars in das Lokal gefolgt und dass es bei dem Angriff ganz speziell um sie gegangen sei.

»Es ist für uns ein Vorteil, dass ein Mitglied der New Yorker Polizei bei diesem Mord zugegen war. So konnten die Ermittlungen sofort beginnen, wir gehen auch weiter allen Spuren nach. Mehr kann ich Ihnen im Augenblick nicht sagen.«

Nadine Furst nickte ihr zu. »Danke, Lieutenant, und auch vielen Dank von allen hier beim Channel 75 dafür, dass Sie die Person verfolgen, die ein Mitglied unserer Familie auf brutale Art ermordet hat.«

»Das war's.« Sie lehnte sich auf ihrem Stuhl zurück und stellte fest: »Sie haben ganz schön herumgeeiert.«

»Schließlich laufen die Ermittlungen noch. Und jetzt schicken Sie Ihre Leute raus.«

»Würden Sie uns wohl alleine lassen?«, wandte sich Nadine den anderen zu.

Eve tippte sich ans Ohr, und lächelnd zog Nadine auch den Knopf aus ihrem eigenen Ohr.

Erst als die anderen gegangen waren, meinte Eve: »Sie können mit den anderen teilen, dass wir mit allen im Lokal gesprochen haben und zwei Angestellte heute Morgen bei uns auf der Wache waren. Außerdem, dass Mars dort Stammgast war und dass der Kellner, der sie bedient hat, schon zweimal von uns vernommen worden ist. Aber bisher haben wir keinen von den Angestellten des *Du Vin* unter Verdacht.«

»Okay, das ist schon mal nicht schlecht.«

»Was ich Ihnen jetzt erzähle, bleibt erst einmal unter uns.«

Die Journalistin nickte knapp.

»Vielleicht war sie nicht die, als die sie sich uns allen gegenüber ausgegeben hat.«

»Was soll das heißen?«

»Dass sie alles Mögliche an ihrem Gesicht und ihrem Körper hat machen lassen.«

Nadine lehnte sich amüsiert auf ihrem Stuhl zurück. »Also bitte, Dallas, das kommt gerade bei den Leuten unserer Branche öfter vor.«

»Ich meine, dass sie ihr Gesicht und ihren Körper *vollkommen* hat verändern lassen.«

Nadine sah sie aus schmalen grünen Augen an. »Wollen Sie mir damit sagen, dass sie früher völlig anders ausgesehen hat und nicht mehr wiederzuerkennen war?«

»DeWinter arbeitet an der Rekonstruktion ihres ursprünglichen Gesichts. Falls sie das hinkriegt, wissen wir, wie Mars mal ausgesehen hat, und finden vielleicht heraus, wer sie einmal war.«

»Interessant, auch wenn sie nicht die Erste wäre, die sich vollkommen verändert hat. Obwohl …«

»Genau, obwohl. Außerdem hatte sie in einem Safe bei sich zu Hause eine Million in bar.«

»Eine Million? In bar?« Jetzt richtete Nadine sich kerzengerade auf.

»Und Schmuck in mindestens demselben Wert. Die Bilder, die in ihrer Wohnung hängen, sind alle echt. Dazu haben wir noch zwei versteckte Konten ausfindig gemacht, auf denen jeweils mehrere Millionen liegen.«

»Wie zum Teufel hat sie das …« Nadine brach ab und hob die Hand. »Sie hat nicht nur versucht, ihrer Karriere wegen an Kontakte und an Infos heranzukommen, stimmt's? Dann war sie also eine ganz gewöhnliche Erpresserin, nicht wahr?«

Es war ausnehmend praktisch, dachte Eve, dass Nadine Furst auch alles, was sie nicht sagte, verstand. »Sie hatte sicher eine ellenlange Feindesliste, auf der ganz bestimmt auch jede Menge Leute hier beim Sender stehen. Wenn ich also sage, dass Sie Leuten, denen Sie vertrauen, Schaufeln in die Hände drücken sollen, meine ich das so. Wir gehen davon aus, dass sie von einem Mann ermordet worden ist, doch das bedeutet nicht, dass nicht vielleicht auch eine Frau in diesen Fall verwickelt ist. Ich vertraue darauf, dass Sie mir sofort erzählen, wenn Sie auf einen Namen hier beim Sender stoßen.«

»Damit bringen Sie mich in die Bredouille.«

»Wenn jemand einen Mord derart sorgfältig plant und dann an einem öffentlichen Ort begeht, hat er wahrscheinlich kein Problem damit, das noch einmal zu tun. Falls Sie also etwas finden, kommen Sie damit am besten gleich zu mir, wenn Sie nicht Ihre eigene Sicherheit riskieren wollen.«

»Verdammt!« Nadine stand auf, trat vor den kleinen Kühlschrank, der in einer Ecke stand, und zerrte eine Flasche Wasser aus dem Fach. »Verdammt! Ich weiß, Sie haben recht, aber das ist nicht leicht für mich, Dallas. Larinda war mir vollkommen egal, aber als ich vorhin von unserer Familie sprach … Das hat gestimmt. Ich sehe wirklich viele Leute hier beim Sender als Familie an.«

»Falls einer dieser Leute Mars ermordet hat, muss er dafür bezahlen. Er hatte eine Wahl.« Auch Eve stand auf. »Auch Sie selbst haben die Wahl, und falls Sie denken, dass Sie hier nicht graben und auch niemanden hier bitten können, das zu tun, ist das für mich okay.«

»Sie haben selbst gegen Cops ermittelt, die nicht sauber waren.«

»Aber ich habe auch selbst entschieden, das zu tun.«

Nickend hob Nadine die Flasche an den Mund, lief auf und ab, trank einen weiteren Schluck und wägte sorgsam ab.

»Ich bin dabei«, erklärte sie am Schluss. »Ich bin dabei, weil ich nicht anders kann. Auch wenn mir dabei etwas unbehaglich ist, bin ich auf jeden Fall dabei. Und ja, falls ich etwas finde, was auf einen unserer Leute weist, bekommen Sie sofort von mir Bescheid.«

Sie ließ die Flasche sinken und stieß einen abgrundtiefen Seufzer aus. »Ich kann nicht sagen, dass ich sie gehasst habe. Dafür war sie mir zu egal. Das ist vielleicht noch härter, doch ich liebe meinen Job und das, was daran richtig ist, genug, um mitzuhelfen herauszufinden, ob jemand von hier sie auf dem Gewissen hat.«

»Das hatte ich mir schon gedacht. Passen Sie auf sich auf.«

Jetzt lächelte Nadine. »Das mache ich.«

»Okay. Jetzt muss ich allmählich los, denn schließlich habe ich noch alle Hände voll zu tun.«

»Genauso geht's mir auch.«

10

Als Erstes wollte Eve in Mars' Büro, und als sie um die Ecke bog, stand ihre Partnerin mit einem kleinen Handspiegel im Flur und bewunderte ihr neues Aussehen.

»Packen Sie das blöde Ding weg.«

Peabody klapperte kokett mit ihren neuen, dichten, dunklen Wimpern und erklärte strahlend: »Die gute Trina hat mich wieder einmal super hingekriegt.«

»Wir werden sehen, was davon übrig ist, wenn Sie von mir eine gewischt bekommen«, drohte Eve ihr knurrend an.

Noch einmal klimperte die Partnerin mit ihren Wimpern und riskierte einen letzten Blick, bevor sie den Spiegel in die Tasche schob. »Wir wollten es nicht übertreiben, deshalb haben wir für die Lider das Rehbraun und für die Falten einen Hauch von Mokka ausgewählt. Aber vor allem der dunkelgrüne Eyeliner ist wirklich toll. Ich habe übrigens die Zeit bei Trina auf dem Stuhl genutzt und sie gebeten, die Kollegin, die bei *Knight at Night* die Maske macht, zu fragen, wann man Annie Knight im Studio erwischen kann. Jetzt wissen wir, dass sie den ganzen Tag beim Sender ist.«

»Setzen Sie sie mit auf unsere Liste«, meinte Eve und trat vor die verschlossene Tür von Mars' Büro. »Und spüren Sie auch Wylee Stamford auf.«

»Wer soll das sein?«

Eve starrte sie entgeistert an. »Ich bitte Sie! Den kennt doch jedes Kind. Der dritte Mal-Spieler der Mets und Gott des Double Play.«

»Ja, richtig. Er hat einen wirklich schönen Hintern, stimmt's? Auch wenn das vielleicht nur an seinem Outfit liegt, denn schließlich haben jede Menge Baseballspieler tolle Hintern, oder nicht?«

»Wollen Sie mich in den Wahnsinn treiben?«, brummte Eve und öffnete die Tür.

»Moment. Da vorn kommt Mitch L. Day.«

Eve drehte den Kopf und stellte fest, dass ihr der Mann schon öfter auf den Werbeflächen irgendwelcher Maxibusse oder Ähnlichem begegnet war.

Er war ein echter Sunnyboy mit einem strahlenden Lächeln, das er aber dämpfte, als er vor sie trat.

»Guten Tag, die Damen. Es tut mir leid. Falls Sie Larinda sprechen wollen ...«

Wortlos wies sich Eve mit ihrer Marke aus, und sofort wurde seine Miene ernst.

»Verstehe. Na, dann werde ich Sie erst mal Ihre Arbeit machen lassen.«

»Das ist nett. Am besten fangen wir dabei mit Ihnen an. Wir hätten nämlich ein paar Fragen.«

»Tut mir leid, aber ich habe gerade alle Hände voll zu tun.«

»Ich auch«, erklärte Eve und setzte ihrerseits ein kaltes Lächeln auf. »Wir finden sicher einen Termin, an dem Sie auf die Wache kommen können, wenn Ihnen das lieber ist.«

»Ich wüsste wirklich nicht, wie ich ...«

»Ich schon, und da ich hier die Polizistin bin, kann ich entscheiden, ob ich Sie gleich hier oder vielleicht doch lieber auf der Wache zu Ihrer ehebrecherischen Beziehung zu der jüngst Verstorbenen befragen will.«

Der Blick der blauen Augen wurde hart, entweder aus Scham oder aus Ärger stieg ihm eine leichte Röte ins Gesicht. »Wenn Sie darauf bestehen.«

»Das tue ich.«

Er machte kehrt und öffnete die Tür des gegenüberliegenden Büros.

Sein sanft gewelltes goldenes Haar fiel locker um sein fein gemeißeltes Gesicht. Als er vorhin lächelnd auf die beiden Frauen zugekommen war, waren Eve die beiden hübschen Grübchen in den Wangen aufgefallen, denen außer Mars wahrscheinlich auch schon jede Menge anderer Frauen verfallen waren. Mit seinen 1,80 m, der athletischen Figur, der dunkelgrauen Lederjacke und dem Seiden-T-Shirt, das ein paar Schattierungen dunkler als die Augen war, sah er tatsächlich äußerst telegen aus.

Die Größe und Statur waren die des Mannes, der zusammen mit der Vierergruppe das Lokal verlassen hatte, nachdem Mars zusammengebrochen war. Seine goldenen Haare hatte Cesca vielleicht einfach der Mütze wegen nicht gesehen.

Eve folgte ihm in sein Büro, das eher wie ein Wohnzimmer erschien. Statt eines Schreibtischs gab es dort ein großes schwarzes Ledersofa, einen langen Tisch mit Zebrastreifen, eine gut bestückte Bar, einen überdimensionalen Fernseher und eine Ecke, die mit einer Reihe Kleiderständer und mit einem bodentiefen, dreiteiligen Spiegel ausgestattet war.

»Ich habe gerade erst die Werbung für die Sendung heute abgedreht und muss, so schnell es geht, zurück ans Set, ich hoffe also, dass es schnell gehen wird. Wie Sie sich sicher denken können, haben wir hier heute alle einen schweren Tag.«

»Das kann ich nachvollziehen. Wobei der Tag für Mars gestern bestimmt noch schwerer war.«

Er wandte sich verlegen ab und blickte auf das Poster von sich selbst, das seine feinen Züge und sein breites Lächeln vorteilhaft zur Geltung brachte. »Ich kann es einfach nicht begreifen, aber das ist sicherlich kein Grund, um unhöflich zu sein. Bitte, nehmen Sie doch Platz. Was kann ich für Sie tun?«

Er selbst drapierte sich mit dem einen Fuß auf seinem anderen Knie auf der bequemen Couch und beugte sich ein wenig vor.

»Wie lange ging Ihre Affäre mit Miss Mars?«

»Das klingt so klinisch und so … lieblos.« Sein Gesicht schien sich zu öffnen, aber Eve nahm ihm die Trauer und den übertrieben ernsten Ton, in dem er sprach, nicht ab.

»Wir beide waren jahrelang befreundet«, fuhr er fort und breitete die manikürten Finger auf den Oberschenkeln aus. »Wir hatten viel gemeinsam und wir kamen sehr gut miteinander aus. Dann wurde aus der Freundschaft langsam mehr. Wir stellten fest, dass wir Gefühle füreinander hatten, die wir eigentlich nicht hätten haben sollen.«

»Wo die Liebe hinfällt, muss man eben automatisch miteinander in die Kiste gehen, oder was?«

Er fuhr zurück, als hätte Eve ihm einen Schlag versetzt. »Also bitte, Officer …«

»Lieutenant. Lieutenant Dallas.«

»Was ich für sie empfunden habe und sie ihrerseits für mich …« Er riss die Augen auf. »Die Dallas aus dem *Icove*-Film? Die Dallas, die von Marlo Durn verkörpert wurde?«

»Die Dallas, die den Fall damals gelöst hat«, klärte sie ihn tonlos auf.

Jetzt lächelte er wieder und war ehrlich fasziniert. »Ich würde Sie und Marlo gern in meiner Sendung interviewen. Eine ganze Stunde nur mit Ihnen beiden.«

»Das ist doch wohl nicht Ihr Ernst.«

»Sicher könnte ich Nadine dazu bewegen, dass sie ebenfalls in meine Sendung kommt. Die Einschaltquoten würden garantiert durch die Decke gehen.«

»Vielleicht kann ja auch Mars noch aus dem Grab Bericht erstatten oder so.«

»Ich …« Er schüttelte den Kopf. »Es tut mir leid. Das war gedankenlos von mir. Aber ich lebe nun einmal für die *zweite Tasse* und bin immer glücklich, wenn ich meinen Zuschauern etwas Besonderes bieten kann.«

»Okay. Was hielt Ihre Frau von Ihrer Liebelei mit Mars?«

»Sashay und ich …« Schon wieder brach er einfach ab, stieß einen abgrundtiefen Seufzer aus und fügte dann hinzu: »Wir beide sind beruflich derart eingespannt, dass kaum noch Zeit für irgendetwas anderes bleibt. Wir wollten trotzdem, dass es funktioniert, aber wir hatten immer öfter Streit, es ist niemals leicht, wenn eine Ehe in die Brüche geht. Am Ende war uns klar, dass, was so hoffnungsvoll begonnen hatte, keine Zukunft hat. Ich gebe zu, dass mich Larinda während dieser schweren Zeit getröstet hat. Natürlich können Sie sagen, dass ich hätte Stärke zeigen und ihr widerstehen müssen, aber hat nicht jeder Anspruch auf ein kleines bisschen Glück?«

Wenn jemand so viel Mist erzählte, musste man sich vorsehen, dass man nicht mit seinen Stiefeln in der Jauche stecken blieb. Vor allem, wenn man so teures Schuhwerk trug wie sie, deswegen fragte Eve im Plauderton: »Dieses kleine bisschen Glück haben Sie also bei Mars gefunden statt bei Ihrer Ehefrau?«

Sein wehmütiges Lächeln schwand. »Ersparen Sie mir bitte Ihren Zynismus, ja? Das zwischen uns war sehr viel mehr als bloßer Sex.«

»Zwischen Ihnen und dieser Praktikantin Poole? Ging's dabei auch um mehr als bloßen Sex?«

Zum ersten Mal sah er sie ängstlich an, diesmal stieg ihm eine heiße Röte ins Gesicht. »Ich fürchte, Monicka hat meine Zuneigung und Unterstützung falsch interpretiert.«

Eve sagte nichts, schließlich räusperte sich Mitch und fuhr mit rauer Stimme fort: »Sie ist noch jung, unbedarft und leicht zu beeindrucken. Sie hat es einfach falsch verstanden, als ich nett zu ihr war. Zum Teil war das wahrscheinlich meine Schuld. Ich hätte sehen sollen, dass sie … es tut mir leid, doch offenbar hat sie sich völlig falsche Hoffnungen gemacht, denn plötzlich hat sie sich mir einfach an den Hals geworfen, und ich hatte keine andere Wahl, als auf Distanz zu ihr zu gehen.«

»Sie streiten also ab, dass etwas zwischen Ihnen beiden lief?«

»Auf jeden Fall.« Er riss die Augen auf, und Eve kam zu dem Schluss, dass er ein jämmerlicher Lügner war. »Wir haben klare Richtlinien beim Sender, doch vor allem würde ich von mir aus nie etwas mit einer Frau anfangen, die vielleicht nur mitmacht, weil sie sich karrieremäßig etwas davon verspricht. In meiner Welt gibt's dauernd irgendwelche bösartigen Unterstellungen und Gerüchte, Lieutenant, aber mein Verhalten und mein Ruf waren bisher immer tadellos.«

Er mochte den Empörten spielen, dachte Eve, doch diese Rolle stand ihm einfach nicht. »Aha. Wo waren Sie gestern Abend zwischen sechs und sieben?«

Er blickte wieder auf und schüttelte sich seine goldene Mähne aus der Stirn. »Sie wagen doch nicht *ernsthaft* anzudeuten, ich hätte Larinda umgebracht?«

»Würde ich das wagen, Peabody?«

»Auf jeden Fall.«

»Davon abgesehen habe ich nichts angedeutet, sondern Sie etwas gefragt. Soll ich meine Frage noch einmal wiederholen?«

»Ich nehme an, ich sollte meinen Anwalt kontaktieren.«

»Meinetwegen gern. Dann richten Sie ihm bitte aus, dass er Sie auf der Wache treffen soll. Reservieren Sie schon einmal einen Verhörraum, Peabody«, bat Eve und wandte sich zum Gehen.

Betroffen griff sich Day ans Herz. »Ich trauere um eine *Freundin*, die brutal ermordet worden ist.«

»Dann helfen Sie uns herauszufinden, wer Larinda Mars getötet hat.«

»Ich war zu Hause.« Mitchell lehnte sich zurück und verschränkte trotzig seine Arme vor der Brust.

»Kann das irgendwer bezeugen?«

»Falls Sie wissen wollen, ob ich allein war – das geht Sie ja wohl nichts an.«

»Warum zum Teufel machen Sie sich selbst das Leben derart schwer?« Sie zückte ihre Marke und hielt sie ihm vors Gesicht. »Es geht um Mord, und wenn Sie sich weiter so zieren, sind Sie bald mein Hauptverdächtiger. Sie haben mich schon in Zusammenhang mit Poole belogen, was nicht gerade für Sie spricht, wenn Sie jetzt so weitermachen, schleife ich Sie wegen allgemeiner Blödheit und Behinderung von polizeilichen Ermittlungen aufs Revier.«

»Ich habe nie im Leben einem Menschen etwas angetan! Ich war von fünf bis kurz nach acht zu Hause, dann wollte ich Larinda treffen. Wir hatten eine Reservierung im *Divine*, und zwar für neun«, brach es aus ihm heraus. »Dann kam die Nachricht von ihrem Tod auf mein Handy, und ich war total geschockt. Mein Fahrer kann bezeugen, dass ich völlig fertig war.

Ich hatte einen Zusammenbruch und bin direkt hierhergekommen, weil ich hoffte, dass das alles nur ein grauenhafter Irrtum wäre oder dass mich jemand auf den Arm nehmen wollte.«

»Dann wissen wir also, wo Sie ab kurz nach acht gewesen sind. Doch was war zwischen sechs und sieben? Waren Sie da allein?«

»Ich … hatte einen Gast.«

»Und wen?«

»Jemand, den ich vielleicht in meine Sendungen holen will.«

»Name?«

»Nun, wenn Ihnen mein Wort nicht reicht …«

»Das tut es nicht. Wenn Sie mir keinen Namen geben, rufen Sie am besten Ihren Anwalt aufs Revier.«

Jetzt wurde er noch röter als zuvor. »Eine junge Schauspielerin, die ich in meiner Sendung bringen wollte, um ihrer Kariere Auftrieb zu verleihen.«

»Name«, wiederholte Eve.

Er zupfte unsichtbare Flusen von den Ärmeln seiner Jacke und erklärte leise: »Scarlet Silk.«

»Kontaktdaten.«

»Da müsste ich erst nachsehen.«

»Dann tun Sie das. Sie waren also mit Miss Silk zusammen«, meinte Eve, als er ein kleines Büchlein aus der Tasche zog. »Von sechs bis sieben?«

»Ja.« Er rasselte die Anschrift und die Telefonnummer herunter und stand auf. »Die Unterhaltung hat mir ziemlich zugesetzt, ich muss mich jetzt dringend sammeln, wenn ich mich noch auf meine Sendung vorbereiten will.«

»Okay. Miss Mars hat ihren Lebensunterhalt mit den Geheimnissen von anderen, mit Gerüchten und mit bösartigen Unterstellungen verdient. Hat sie jemals von irgendwem erzählt, der ihr deshalb womöglich schaden wollte?«

»Sie war vollkommen furchtlos.« Wieder griff er sich ans Herz und ballte seine Faust wie zum Salut für die verstorbene Frau.

»Haben Sie vielleicht selbst Geheimnisse, Gerüchte oder Unterstellungen in Bezug auf Gäste Ihrer Sendung mit Mars geteilt?«

Er blickte eilig fort. »Ich moderiere eine unterhaltsame Sendung, und ich gehe immer freundlich und respektvoll mit den Gästen um.«

»Ja oder nein?«

»Natürlich nicht.«

»In Ordnung. Vielen Dank für das Gespräch.«

Mit diesen Worten trat sie wieder in den Flur und vor die Tür von Mars' Büro. »Peabody, Sie überprüfen diese junge Frau mit diesem Pornonamen.«

»Schon dabei.«

Sie öffneten die Tür und machten erst einmal Licht.

Genau wie in der Wohnung hatte Mars auch hier die Fenster hinter dicken, bodenlangen Vorhängen versteckt. Der blasse Goldton passte gut zum dunklen Gold und Blau der schicken Sitzecke, der Bar und der Garderobe, die in einer Ecke eingerichtet war. Doch anders als in Days Büro gab es hier auch einen eleganten, kleinen Schreibtisch, auf dem ein moderner Laptop stand.

Bevor Eve etwas sagen konnte, erschien Nadine Furst und schaute sich mit interessierter Miene um.

»Kann ich etwas für Sie tun?«, erkundigte sich Eve.

»Sie machen Ihre Arbeit, und ich mache meine, aber falls Sie etwas machen wollen, wovon die Öffentlichkeit nichts erfahren soll, kann ich auch reinkommen, die Tür hinter mir schließen und für mich behalten, was ich noch nicht bringen darf. Ansonsten teile ich die Sachen eben mit den anderen.«

»Mein Gott!« Eve wandte sich an ihre Partnerin. »Bestellen Sie die elektronischen Ermittler ein, damit sie die Geräte auf die Wache holen.«

»Die sind schon unterwegs. Scarlet Silk – Sie hatten recht, Dallas. Sie ist auf jeden Fall noch jung und hat auch schon in irgendwelchen Filmen mitgespielt. Wobei ihr Name wirklich passt. Der letzte Film heißt *Heiße Huren, die auf harte Hämmer stehen.*«

»So etwas in der Richtung hatte ich mir schon gedacht. Rufen Sie sie an und fragen Sie, ob sie von sechs bis sieben bei ihm war.«

»Bei Mitch?«

»Sie haben Ihr Interview gekriegt, Nadine«, rief Eve ihr in Erinnerung und zog die erste Schublade des Schreibtischs auf.

Unbenutzte Memowürfel, ein paar Stifte, ein paar Post-it-Blöcke und ein Tablet, das natürlich, wie nicht anders zu erwarten, sorgfältig gesichert war. »Hat sie so etwas benutzt?«, erkundigte sich Eve und hielt der Journalistin einen von den Blöcken hin.

»Sie haben mich schon vernommen, Dallas«, gab Nadine in gleichmütigem Ton zurück.

Nach all dem Mist, den sie bei Day ertragen hatte, hatte Eve jetzt endgültig die Nase voll. »Sie sollten sich nicht mit mir anlegen, Nadine.«

»Dann springen Sie nicht mit mir um, als würde ich das tun.« Nadine trat ein und drückte die Tür hinter sich zu. »Mit all den blöden Post-its hat Larinda uns verrückt gemacht. Sie hat sie auf die Türen, die Bildschirme und sogar auf die Stirnen ihrer Untergebenen geklebt.«

»Wo sind diese Untergebenen?«

»Nebenan. Sie wollte sie nicht hier in ihrem eigenen Büro haben. Genau wie Mitch. Ich schätze, er will einfach seine Ruhe haben, aber sie hat es geliebt, die Leute hin und her zu scheuchen, wie es ihr gefiel. Auch wenn die Leute alle hier an ihrer Tafel hängen wie bei Ihnen im Büro, wenn es um einen Ihrer Fälle geht.«

»An was für einer Tafel?«

»Der hier.« Peabody zog eine weiße Tafel voller bunter Klebezettel aus dem Schrank. »Ich finde, dass sie wirklich Ähnlichkeit mit Ihren Tafeln hat.«

Auf einigen der Zettel standen Namen, und auf anderen waren Motive oder Taten aufgeführt. Sex, Dollarzeichen, Drogen, Missbrauch, Vergewaltigung. Auf anderen standen positive Dinge wie Verlobung, schwanger, Hochzeitsreise oder Spenden, die von irgendwem geleistet worden waren. Auf einigen der Zettel standen Initialen, und die Verbindung zwischen den verschiedenen Notizen hatte Mars mit aufgemalten Pfeilen hergestellt.

»Die Tafel hätte jeder sehen können, also kann ich mir nicht vorstellen, dass das ihre Zielpersonen waren. Das heißt, wahrscheinlich doch, wobei es dabei sicher eher um ihre offizielle Arbeit ging. Wahrscheinlich sind das alles Leute, über die sie irgendetwas herausgefunden hat. Das ist nicht illegal. Das war ihr Job. Aber trotzdem listen wir auch diese Namen alle auf und gleichen sie mit denen von den Leuten, die sie unserer Meinung nach erpresst hat, ab. Vielleicht hat jemand Wind davon bekommen, was sie treibt, und wollte mit dem Mord verhindern, dass sie ihn noch an den Pranger stellen kann.«

Eve schaute sich die Sachen an den Kleiderständern an. »War das ihr Outfit für die Sendungen?«

Die Journalistin nickte knapp. »Wobei sie niemals etwas zweimal angezogen hat. Außerdem hat sie oft die Sachen nach der Sendung einfach mitgenommen, obwohl das eigentlich verboten ist. Man kann sie kaufen, wenn man will. Sonst hängt man sie zurück, damit noch jemand anderes sie tragen oder damit der Verkäufer sie nach einer Weile wieder abholen und in seinem Laden mit Rabatt verkaufen kann.«

Doch Mars war nun mal eine Horterin gewesen, dachte Eve. Von Infos und Geheimnissen, von Menschen, Geld, von Schmuck und Kunst, von Kleidern und von Schuhen.

Sie brauchte also ganz eindeutig irgendein Versteck für alle ihre Sammlungen – und ihre eigenen Geheimnisse.

Bevor Eve etwas sagen konnte, klingelte das Handy ihrer Partnerin. »Das ist die junge Scarlet Silk. Ich habe sie gebeten, mich zurückzurufen«, meinte sie und nahm den Anruf an.

»Was hat denn Peabody mit einem Pornostar zu tun?«, fragte Nadine.

Eve sagte sich, dass es für sie vielleicht von Vorteil wäre, wenn Nadine erführe, wer das Mädchen war. »Sie ist Days Alibi für gestern Abend.«

»Nun, das überrascht mich nicht. Er ist ein geiler Bock, das wissen alle hier. Ein harmloser und netter, aber geiler Bock. Ich hatte das Gefühl, als hätte Mars ihn annähernd gezähmt, aber ich glaube nicht, dass er sich jemals völlig ändern wird. Ich wäre trotzdem froh, wenn er ein Alibi für gestern Abend hätte, denn ich glaube nicht, dass er ein Mörder ist.«

»Sie mögen ihn? Das wundert mich, nachdem er mich die ganze Zeit belogen und versucht hat, jeweils das Gefühl zur Schau zu stellen, das er für passend hielt.«

»Was ebenfalls nicht wirklich überraschend ist. Trotzdem mag ich ihn. Er weiß genau, dass er sein Glück bei mir nicht zu versuchen braucht, deswegen kommen wir prima miteinander aus.«

»Mars hatte die Infos über ihre Opfer auch von ihm. Er meinte zwar, er hätte nie etwas erzählt, aber ich weiß, dass das gelogen war.«

»Das hatte ich befürchtet, und es tut mir leid. Das hätte er nicht machen dürfen.«

»Sie deckt den Kerl, haha«, erklärte Peabody in dem Moment. »Sie hat mir gleich erzählt, dass er sie eben völlig panisch angerufen und gebeten hat, nicht zu erzählen, dass sie dort war, um ein paar der denkwürdigen Szenen ihres letzten Films mit ihm zusammen noch einmal durchzuspielen. Das war für sie total okay, deswegen fand sie auch, dass sie mit mir darüber sprechen kann. Auf alle Fälle hat sie ausgesagt, dass Mitch nur in Handschellen und Passionsfruchtkörpergel auf seinem Bett lag, als Larinda im *Du Vin* verblutet ist.«

»Das Bild hätte ich wirklich nicht in meinem Kopf gebraucht«, meinte Nadine. »Das kriege ich wahrscheinlich nie mehr weg.«

»Er mag es, wenn man ihn versohlt.«

»Hören Sie auf«, flehte Nadine.

»Lassen Sie die elektronischen Geräte und die Tafel aufs Revier bringen«, bat Eve die Partnerin. »Dann durchsuchen Sie den ganzen Raum. Ich fange schon mal mit den Untergebenen an. Ich muss nachher für die verdammte Pressekonferenz zurück auf das Revier fahren, doch auf dem Weg dorthin schauen wir noch kurz bei diesem Ongar und bei seiner Freundin rein.«

Mars' Leute heulten sich die Augen aus den Köpfen, denn obwohl Larinda anspruchsvoll und manchmal hundsgemein gewesen war, waren sie ihr gegenüber durch und durch loyal.

»Sie war für sie so etwas wie ihre Königin«, bemerkte Peabody, als sie mit Eve zu deren Wagen zurücklief. »Vielleicht nicht immer gütig, aber trotzdem haben alle zu ihr aufgesehen. Sie wusste ganz genau, wie sie sie bei der Stange halten kann. Sie hat sie bis zum Umfallen für sich schuften lassen, aber das hat sie mit kleinen Geschenken – mit Parfüm, mit hübschen Seidentüchern oder anderen Sachen, die sie bei den Spendengalas oder so geschenkt gekriegt hat und nicht selbst behalten wollte – wieder wettgemacht. Ich glaube nicht, dass einer von den Angestellten wusste, was sie neben ihrem Job getrieben hat.«

»Ich auch nicht«, meinte Eve, während sie mit dem Wagen auf die Straße bog. »Den Nebenjob hat sie allein gemacht. Sie hat die Beute nicht geteilt. Dazu hatte sie keine Lust. Vielleicht, wenn sie was nicht mehr interessiert hat, aber sonst … Sie hat den Leuten etwas geschenkt, damit sie ihr loyal waren. Aber ihr Hobby hat sie ganz alleine ausgeübt.«

Sie dachte noch einmal kurz an Mitch L. Day. Sie wollte ihn, auch wenn Scarlett ihn deckte, noch nicht ganz von der Liste streichen, vielleicht war er wirklich nur ein geiler Bock und Lügner, der wahrscheinlich nicht den Mumm besessen hätte, diesen Überfall auf die Geliebte durchzuziehen.

Der nicht den Mumm besessen hätte, einen kaltblütigen Mord vor jeder Menge potenzieller Zeugen zu begehen.

Sie wollte sich noch einmal am Tatort umsehen, wissen, was auf Mars' Computern war, und ihre Tafel auf den neuesten Stand bringen, nur leider müsste sie nach dem Besuch bei Ongar, der sich heute bei der Arbeit krankgemeldet hatte, zu der blöden Pressekonferenz.

Sie hatte das Gefühl, als hätte sie es schon den ganzen Tag lang mit den gottverdammten Medien zu tun.

Sie wäre allzu gerne ins Labor gefahren, um zu sehen, wie weit DeWinter mit dem früheren Gesicht von ihrem Opfer war.

Warum zum Teufel hatte Mars sich ein vollkommen neues Äußeres zugelegt?

»Kämen Sie je auf die Idee, vollkommen anders aussehen zu wollen?«

»Ich?« Verwundert klappte Peabody die Sichtblende herunter und betrachtete ihr Spiegelbild. »Ich würde, wenn ich jede Menge Kohle hätte, vielleicht ein paar Kleinigkeiten ändern lassen, aber mehr auch nicht. Ich wollte immer noch wie ich, nur vielleicht etwas besser aussehen.«

»Wenn Sie Ihr Gesicht verändern wollten, um dann jemand anderes zu sein? Was würden Sie dann tun?«, erkundigte Eve und sah sie von der Seite an.

»Tja nun, ich würde meinen Kiefer vielleicht etwas weicher machen lassen.«

»Was stimmt denn nicht mit Ihrem Kiefer?«

»Er ist ziemlich kantig.«

»Er ist nicht kantig, sondern ausgeprägt und straff. Was für ein Cop wollte denn einen weichen Kiefer haben?«

»Ich wollte einfach etwas weichere Konturen haben. Außerdem ausgeprägte Wangenknochen und eine schmale Nase.«

»Tut mir leid, dass ich gefragt habe. Im Grunde ist das alles total lächerlich. Wenn Sie auch weiter aussehen wollen wie Sie selbst, verändern Sie am besten nichts.«

»Am liebsten wäre ich ein bisschen größer«, fuhr die Partnerin mit träumerischer Stimme fort. »Wenn ich fünf Zentimeter größer wäre, sähe dadurch sicherlich mein Hintern kleiner aus.«

Als Eve nur mit den Augen rollte, fragte Peabody: »Wollten Sie noch nie etwas an sich verändern?«

»Ich wollte immer Polizistin werden, das habe ich auch mit dem Kiefer, den ich habe, hingekriegt.«

Zu ihrer Überraschung fand Eve eine freie Lücke direkt vor dem Mehrfamilienhaus, in dessen Erdgeschoss die Wohnung ihres Zeugen lag, stieg aus und drückte auf die Klingel an der blau gestrichenen Eingangstür.

»Eine anständige Gegend, und man ist zu Fuß in zehn Minuten im *Du Vin.*«

Sie klingelte ein zweites Mal. »Er hat sich krankgemeldet, haben Sie gesagt?«

»Das haben sie in seinem Büro gesagt.«

Es gab kein Handlesegerät, doch anständige Schlösser sowie eine Standardüberwachungskamera. Eve überlegte, ob sie noch einmal klingeln sollte, doch dann schob irgendwer den Riegel innen auf und öffnete die Tür.

»Kann ich Ihnen helfen?«, fragte Ongar krächzend und sah sie aus müden, rot verquollenen Augen an.

Als Eve ihm ihre Marke zeigte, wich auch noch der letzte Rest von Farbe aus dem schon vorher kreidigen Gesicht. »Was ist … Cheyenne.«

Die Tür fiel zu, doch eilig löste er die Kette, die er bisher nicht geöffnet hatte, riss sie wieder auf und fragte panisch: »Geht's ihr gut?«

»Soweit ich weiß, ja. Aber wir sind nicht ihretwegen hier.«

Er atmete erleichtert auf. »Sie ist gerade erst … Um Himmels willen, wie viel Uhr ist es? Ich bin total daneben«, stieß er aus und fuhr sich mit den Händen durchs Gesicht. »Was wollen Sie von mir?«

»Dürfen wir vielleicht hereinkommen?«

»Sobald ich weiß, worum es geht.«

»Es geht um einen Vorfall gestern Abend im *Du Vin.*«

»In diesem Weinlokal? Wir waren gestern Abend dort. Aber … kann ich noch mal Ihre Marke sehen? Ich bin total groggy, ich habe mich bei Ihrem Klingeln nur mühsam an die Tür geschleppt.«

Sie hielt ihm noch einmal ihre Marke hin.

»Und Ihre?«, wandte Ongar sich an Peabody und schaute sich auch diese Marke gründlich an.

»Okay, kommen Sie rein. Mein Gott, es ist tatsächlich eisig

kalt draußen. Hören Sie, ich muss mich setzen, wenn es Sie nicht stört.«

Er ging durch einen kurzen Flur ins Wohnzimmer und ließ sich auf ein riesengroßes, elegant geschwungenes rotes Sofa fallen. »Verzeihung, bitte nehmen Sie doch Platz. Was ist mit dem Lokal?«

»Sie haben offenbar noch keine Nachrichten gesehen.«

»Ich bin schon froh, dass ich Sie sehen kann.«

»Sie sehen ziemlich blass aus, Mr. Ongar«, meinte Peabody.

»Sie hätten mich um zwei Uhr heute Morgen sehen sollen.« Er wollte lächeln, verzog aber elend das Gesicht. »Wir waren in diesem neuen Restaurant, *Jamaica Joy.* Falls Sie sich mal dorthin verirren, bestellen Sie bloß nicht die Meeresfrüchteplatte, denn die hätte mich fast umgebracht.«

»Kann ich Ihnen etwas holen? Ein Glas Wasser oder so?«, bot Peabody ihm an.

»Nein, danke, oder vielleicht doch. Im Kühlschrank steht noch eine Flasche Ginger Ale. Das hat mir ziemlich gut geholfen. Wenn Sie also nichts dagegen haben …«

»Kein Problem.«

Als Peabody den Raum verließ, sah Eve sich Ongar näher an. Er war noch immer kreidebleich, er hatte schwere Lider, und sein Haar stand wirr in alle Richtungen um seinen Kopf ab. Er trug ein langärmliges T-Shirt über einer Baumwollhose, dicke Socken und hatte sich obendrein in eine dicke rote Decke eingehüllt.

»Gestern Abend wurde eine Frau ermordet?«

»Im *Du Vin*?« Er wollte aufstehen, ließ sich aber wieder auf das Sofa fallen. »Mir ist noch immer etwas schwindlig. Das ist nicht die Art von Lokal, in der es gewohnheitsmäßig irgendwelchen Ärger gibt.«

»Das hat das Opfer sicher auch gedacht. Sie waren mit ein paar anderen Leuten dort?«

»Das waren wir, ohne dass es irgendwelchen Ärger gab.«

»Mit wem waren Sie dort?«

»Mit meiner Freundin Cheyenne Case, mit Nick Patelli, meinem besten Freund, der gleichzeitig auch mein Kollege ist, und dessen Date, Sylvie McGruder.«

»Das heißt, Sie waren zu viert?«

»Genau. Es war ein Doppeldate. Wir waren im *Du Vin,* und danach wollte Sylvie diesen neuen Laden ausprobieren. Wofür sie mir auf jeden Fall etwas schuldig ist.« Ein müdes Lächeln huschte über sein Gesicht, als Peabody mit einem Glas voll Ginger Ale und Eis aus seiner Küche kam. »Tausend Dank, das ist echt nett.«

Er schloss seine Augen und trank den ersten vorsichtigen Schluck. »Ich hoffe, dass mein Magen das verträgt. Alles war gut, als wir gegangen sind. Ich schätze, dass wir ungefähr um halb sieben aufgebrochen sind. Wir brauchten keine Reservierung im *Jamaica Joy.* Inzwischen weiß ich auch, warum.«

»Ist Ihnen jemand aufgefallen, der mit Ihnen zusammen das Lokal verlassen hat?«

»Ich habe nicht darauf geachtet, denn ich wollte eigentlich zum Italiener gehen, die anderen haben mich damit aufgezogen, dass ich jedes Mal zum Italiener will.«

»Ein Mann, der direkt hinter Ihnen ging.«

»Wie gesagt, ich habe nicht … das heißt, jetzt, da Sie es erwähnen … Ich glaube, da war dieser Typ, der direkt hinter uns gelaufen ist. Ich habe ihm versehentlich den Weg versperrt, deswegen musste er kurz warten, bis es weiterging.«

»Können Sie mir den Mann beschreiben?«

»Leider nein. Im Grunde habe ich ihn kaum gesehen. Ich habe eher gespürt, dass da noch jemand war, ohne Ihre Frage hätte ich bestimmt nicht mehr an ihn gedacht. Vielleicht habe ich ihn ganz kurz aus dem Augenwinkel wahrgenommen. Nicht wirklich das Gesicht, sondern im Grunde nur, dass er dort stand. Hat er jemanden umgebracht? In dem Lokal?«

»Wir würden gerne mit ihm reden, aber dazu müssten wir erst wissen, wer er ist.«

»Aber ich wüsste nicht, dass irgendwas passiert ist, während wir dort waren, und wenn er das Lokal zur selben Zeit wie wir verlassen hat …«

»Nur einen Augenblick bevor Sie selbst und der Mann aufgebrochen sind, wurde eine Frau auf der Toilette überfallen.«

»Verdammt, verdammt!« Er richtete sich kerzengerade auf und griff sich an den Bauch. »Cheyenne und Sylvie waren nur eine Viertelstunde vorher auf dem Klo. Oh Gott.«

»Wir werden auch mit ihnen und Mr. Patelli sprechen müssen«, meinte Eve.

»Na klar. Soll ich sie für Sie anrufen?«

»Wir werden uns mit ihnen in Verbindung setzen, aber falls Sie vorher miteinander reden und uns irgendetwas zu sagen haben, rufen Sie mich bitte an. Geben Sie Mr. Ongar eine Karte, Peabody.«

Die Partnerin zog eine Karte aus der Tasche, legte sie ihm auf den Tisch und sah ihn fragend an. »Können wir sonst noch irgendetwas für Sie tun?«

»Nein, danke, Chey ist nur zwei Stunden arbeiten und sicher bald zurück. Sie finden doch bestimmt allein den Weg nach draußen, oder? Ich bin wirklich noch zu schlapp, um aufzustehen.«

»Wo ist Ihr Handy?«, fragte Eve.

»Das weiß ich gerade nicht.«

»Es lag eins in der Küche«, sagte Peabody und bot ihm an: »Am besten hole ich es her, damit Sie Hilfe rufen können, falls es Ihnen wieder schlechter geht.«

»Okay. Obwohl ich denke, dass es langsam besser wird. Ich bin einfach total k.o., sonst nichts.«

Peabody legte ihm das Handy auf den Tisch und hüllte ihn noch etwas fester in die warme Decke ein.

»Danke«, wiederholte er. »Falls uns etwas einfällt, rufen wir Sie an, denn das *Du Vin* ist eine wirklich nette Bar.«

Die beiden Frauen ließen ihn allein, und draußen meinte Eve: »Tja nun, zumindest haben wir unser Glück versucht. Während ich gleich mit den Medienfuzzis rede, kontaktieren Sie auch noch die anderen drei, okay?«

»Zumindest werden Sie auf dieser Pressekonferenz echt toll aussehen«, stellte die Partnerin mit einem aufmunternden Lächeln fest.

»Was mir natürlich furchtbar wichtig ist. Und jetzt steigen Sie endlich in den blöden Wagen ein.«

11

Zuerst ging Eve in ihr Büro und runzelte die Stirn, als sie die Thermotasche auf dem Schreibtisch stehen sah. Argwöhnisch machte sie sie auf und … roch den wunderbaren Duft von Fleisch, ein wenig Fett und Salz.

Dann sah sie in der Tasche einen Teller, auf dem ein fetter Burger neben einer großen Portion Pommes lag. Auf den Rand des Tellers hatte Roarke in seiner seltsam künstlerischen Schrift ein Wort geschrieben.

Iss.

Erst fragte sie sich, wie zum Teufel diese Tüte hier bei ihr gelandet war, und während sie sich eine erste Fritte in den Mund schob, überlegte sie, wie dieses wunderbare Essen all den Geiern vor der Tür entgangen war.

Worauf es ihrer Meinung nach nur eine Antwort gab. Und zwar, dass für Roarke nichts unmöglich war.

Sie wollte eigentlich einen Kaffee trinken, aber eine Dose kalte Pepsi passte eher zu diesem wundervollen Mahl. Sicher hätte sie genügend Zeit, um alles in sich hineinzuschlingen, ihre Tafel auf den neuesten Stand zu bringen und fünf Minuten nachzudenken, bevor sie den Hintern schwingen müsste, um rechtzeitig bei der gottverdammten Pressekonferenz zu erscheinen.

Sie schob sich eine weitere Fritte in den Mund, zog ihren Mantel aus und trat vor den AutoChef.

»Hi, Dallas, ich …« Die Partnerin blieb stehen und schnupperte. »Ich rieche – oh mein Gott, ist das ein Hamburger? Es ist ein Hamburger. Und dazu gibt's Pommes frites.«

Statt sich instinktiv den ganzen Burger in den Mund zu stopfen, akzeptierte Eve das Unvermeidliche und öffnete das Taschenmesser, das sie immer bei sich trug.

Unter den hoffnungsvollen Blicken ihrer Partnerin schnitt sie den Burger in der Mitte durch und drückte ihr die Hälfte in die Hand. »Aber sabbern Sie mir ja nicht meinen Schreibtisch voll.«

»Ganz sicher nicht. Ich danke Ihnen.« Nach einem ersten großen Bissen summte Peabody wie eine Frau unter den sanften Händen ihres Liebhabers. »Der ist aus echtem Rindfleisch. Wahnsinn! Ich bin hin und weg.«

Jetzt biss auch Eve in ihre Burgerhälfte, dachte »fein« und hängte mit der freien Hand die ersten Bilder an der Tafel auf. »Weswegen sind Sie hier und essen mir den halben Burger weg, statt unsere Zeugen anzurufen?«

Da sie ihren Burgerteil genießen wollte, schob sich Peabody den nächsten, winzig kleinen Happen in den Mund und kaute eine halbe Ewigkeit darauf herum, doch schließlich meinte sie: »Das mache ich sofort. Aber eben hat McNab mich angerufen, deshalb bin ich ihr. Kann ich auch ein paar Pommes haben?«

»Meinetwegen nehmen Sie die Hälfte. Aber dabei bleibt's dann auch.«

»Damit meine Hose weiter schlabbert, werde ich nicht einmal die Hälfte essen, sondern nur ein Viertel.« Sorgsam wählte sie die erste Fritte, die sie essen wollte, biss davon ab und fing erneut zu summen an. »Er hat gesagt, sie sähen sich gerade die Geräte aus der Handtasche und aus der Wohnung an, die alle wirklich gut gesichert wären. Sie hätte jede Menge Kohle hingelegt, damit sämtliche Dateien verschlüsselt worden sind.«

»Sie hat das Zeug verschlüsseln lassen?«

»Zwar nicht alles, doch den größten Teil. McNab versucht, zuerst die Dateien zu entschlüsseln, in denen sie ihre Zielpersonen, was sie bezahlt haben, und vielleicht die Kontaktdaten der Leute aufgelistet hat. Auch Roarke ist da, und Ian hofft, dass er ihm helfen kann.«

»Das habe ich mir schon gedacht. Sonst hätte er mir sicher keinen Burger hingestellt.«

»Eines Tages schaffe ich es vielleicht auch, zum Essen eine derart ungezwungene Beziehung aufzubauen wie Sie.« Peabody seufzte, als sie auf die Reste ihres halben Burgers sah. »Wobei ich fürchte, dass es eher eine lebenslange, unerfüllte Liebe bleiben wird.«

Eve wandte sich erneut der Tafel zu. »Monicka Poole. Die Zeugen denken alle, dass ein Mann mit ihnen zusammen vor die Tür getreten ist, haben die Person aber im Grunde kaum gesehen. Vielleicht war's also eine Frau, die einfach wie ein Mann gekleidet war. Hören Sie sich um und finden Sie heraus, ob wir sie auf die Wache holen sollten oder nicht.«

»Das mache ich«, erklärte ihre Partnerin mit vollem Mund. »Aber vielleicht war es ja auch ein Auftragsmord, denn schließlich hat der Täter keinen Augenblick gezögert, auf Mars loszugehen, und ihr dann einen schnellen, sauberen Schnitt verpasst. Ich könnte nachsehen, ob sich Poole es hätte leisten können, für diesen Mord zu zahlen.«

»Ich glaube nicht, dass es ein Auftragsmord war. Ein Profi hätte Mars ganz sicher nicht dort unten überfallen, wo es nur einen Ein- und Ausgang gibt. Aber Sie sollten trotzdem checken, ob vielleicht die Praktikantin hinter dieser Sache steckt. Sprechen Sie auch noch einmal mit den Zeugen, sehen sich noch einmal den Grundriss des Lokals genauer an, gehen noch einmal die Rechnungen von gestern Abend durch und suchen alle Gäste heraus, die in Sichtweite des Tischs waren, an dem Mars gesessen hat. Vielleicht haben wir ja Glück und eine dieser Personen war's.«

»Okay. Noch mal danke für den Burger. Es war wirklich nett von Ihnen, ihn mit mir zu teilen.«

Eve nickte nur, und als die Partnerin den Raum verließ, setzte sie sich auf die Kante ihres Schreibtischs, knabberte an den Pommes frites und schaute sich die Bilder an der Tafel an.

Wie stand es um die Alibis der Leute, überlegte sie. Selbst die, die auf den ersten Blick solide waren, wie das von Day, hielten der genauen Überprüfung oft nicht stand. Sie glaubte jedoch nicht, dass es in seinem Fall so war. Um sich abzusichern, hätte er sicher nichts gebracht, was auch nur annähernd so peinlich war, wie sich von einer Pornokönigin den Arsch versohlen zu lassen.

Vor allem kam ihr Day nicht wie ein Killer vor. Dafür war er nicht kaltblütig genug. Er war vielleicht ein Lügner und ein geiler Bock, aber er hatte gleichzeitig nicht den geringsten Mumm.

Und Fabio Bellami, der noch ein Stückchen unter Day auf ihrer Liste stand? Sie hatte das Gefühl, dass seine Reaktion und sein Verhalten nicht gespielt gewesen waren. Vor allem konnte er Larinda nicht ermordet haben, wenn er schon um sieben Uhr daheim gewesen war.

Wenn Trinas Infos stimmten – wovon auszugehen war –, waren ihnen jetzt auch noch zwei andere Zielpersonen des Mordopfers bekannt.

Annie Knight, die mit Erfolg seit Jahren eine Talkshow moderierte, sowie Wylee Stamford, ein erfolgreicher Athlet und Baseballstar.

Was hatte Mars gegen die beiden in der Hand gehabt?

Während Eve noch überlegte, ob sie beide überprüfen sollte, gingen Nachrichten von Kyung auf ihrem Handy und dem Link auf ihrem Schreibtisch ein.

Wir brauchen Sie im Pressezentrum, Lieutenant. K

»Ja, ja.«

Stirnrunzelnd stand sie auf und wandte sich zum Gehen.

Kyung und Whitney warteten bereits, als sie zum Pressezentrum kam. Der Pressesprecher unterzog sie einer kurzen Musterung, zog seine Brauen hoch und nickte anerkennend.

»Ersparen Sie mir einen Kommentar.«

»Sie sehen … gut vorbereitet aus, Lieutenant. Bei dem Interview mit Nadine Furst haben Sie genau den richtigen Ton getroffen. Das ist gut. Ich habe schon die Pressemitteilung herausgegeben, und Commander Whitney wird zu Anfang ein paar Worte sagen, damit Sie sich darauf konzentrieren können, was die Leute wissen wollen. Haben Sie selbst noch irgendwelche Fragen?«

»Nein. Am besten bringen wir es einfach hinter uns.«

Sie ließ den Blick über die Kameras und Journalisten wandern, während Whitney auf das Podium stieg und dort das offizielle Statement zu dem Fall abgab.

»Jetzt können Sie Lieutenant Dallas, die in diesem Fall ermittelt, Fragen stellen.«

Sie nahm den Platz von ihrem Vorgesetzten ein, und sofort feuerten die Journalisten ihre Fragen ab.

Sie ignorierte ihre Rufe wie sonst auch und fragte sich, warum die Leute nicht begriffen, dass es so nicht lief.

Als jemand eine Hand hob, nickte sie ihm zu.

»Sie waren selber im *Du Vin,* einem bekannten Weinlokal, das Ihrem Ehemann gehört, als jemand Larinda Mars ermordet hat. Haben Sie dort mit ihr gesprochen oder hatten sonst mit ihr zu tun?«

»Zusammen mit zwei Ärzten habe ich versucht, die Frau zu retten, was mir leider nicht gelungen ist. Das heißt, natürlich hatte ich mit ihr zu tun.«

»Es tut mir leid, ich meinte, bevor sie dort angegriffen worden ist.«

»Nein.«

»Aber Sie kannten sie. Persönlich.«

»Ich bin ihr vor drei Jahren im Zusammenhang mit polizeilichen Ermittlungen begegnet«, antwortete Eve, und da sie wusste, dass die Frage kommen würde, fügte sie hinzu: »Damals hat sie mich um eine Einladung zu einem Fest im Haus von Roarke gebeten, die sie auch bekommen hat. Aber danach hatte ich bis zu dem Vorfall gestern Abend nicht wieder mit ihr zu tun.«

Die nächste Hand schoss hoch – womöglich lernten sie ja doch.

»Steht es nicht in Konflikt mit Ihrer Arbeit als Ermittlungsleiterin, dass Sie selber Zeugin des Verbrechens sind?«

»Ich habe nur die Folge des Verbrechens mitbekommen, nicht das Verbrechen selbst.« Das war zwar nur ein feiner, aber doch ein wesentlicher Unterschied. »Wenn ich etwas von dem Verbrechen mitbekommen hätte, würde unser Täter bereits hinter Gittern sitzen. Die Tatsache, dass ich vor Ort war, als Larinda Mars ermordet wurde, und den Tatort sofort sichern konnte, ist auf jeden Fall von Vorteil für die laufenden Ermittlungen zu diesem

Fall. Ich nehme an, das Individuum, das sie ermordet hat, ist alles andere als froh, dass ich zur selben Zeit wie er und Mars dort im Lokal war.«

»Da Sie vor Ort waren, haben Sie den Killer ja vielleicht gesehen.«

Die Frage hatte sie sich ebenfalls schon ein ums andere Mal gestellt. »Das weiß ich nicht genau, denn das Lokal ist ziemlich groß und war zur Tatzeit sehr gut besucht.«

Die Fragerei ging weiter, und natürlich fragten die Reporter so wie immer auch nach Spuren, die sie bereits hatten, einem möglichen Motiv des Täters und nach anderen Details. Worauf sie ebenfalls wie immer keine oder höchstens eine nichtssagende, ausweichende Antwort gab.

Bevor sie die Geduld verlor, schloss sie die Pressekonferenz mit einem Statement ab. »Wir müssen als Ermittler objektiv sein, wie immer treten ich und meine Leute mit vereinten Kräften für das Opfer ein. In diesem Fall kam ich nicht erst zum Tatort, nachdem jemand einen Mord gemeldet hat. Ich war zugegen, als Larinda Mars gestorben ist. Auch die beiden Ärzte, die sie retten wollten, konnten nichts mehr für sie tun. Genau wie ich, wie alle anderen Menschen im Lokal, die dort nach einem langen Arbeitstag mit Freunden etwas trinken wollten, und wie alle Angestellten mussten sie mit ansehen, wie die Frau verblutet ist. Wie alle anderen aus meinem Team werde auch ich mein Bestes geben, damit sie Gerechtigkeit erfährt.«

Noch einmal feuerten die Journalisten Fragen auf sie ab, sie aber trat vom Podium, blickte auf Kyung, und als er nickte, machte sie sich auf den Weg, um weiterhin ihr Bestes für die Frau zu geben, die brutal ermordet worden war.

In der Hoffnung, dass die elektronischen Ermittler schon etwas herausgefunden hätten, ging sie auf direktem Weg zu ihnen ins Labor.

McNab rutschte nervös auf seinem Hocker hin und her, Roarke trug das Haar zu einem Pferdeschwanz gebunden und hatte sich die Ärmel seines Hemdes hochgerollt, und Feeney raufte sich die auch schon vorher wild zerzausten Haare.

Obwohl sie offenbar mit ihrer Arbeit noch nicht fertig waren, zog sie die Tür auf und trat ein.

»Wenn wir die *Katzenpfote* wegbekommen«, meinte Roarke und gab etwas in einen Touchscreen ein, »dann kommt danach vielleicht ja die *bewaffnete Verteidigung*.«

»Kann sein.« Der arme Feeney raufte sich erneut die Haare. »Gewieftes Miststück«, fluchte er. »Aber ich arbeite bereits daran.«

»Wahnsinn!«, schrie McNab und ließ derart begeistert seine schmalen Schultern kreisen, dass sein langer blonder Pferdeschwanz auf dem Rücken schwang. »Ich bin tatsächlich drin.«

»Super, Ian«, lobte Roarke und wandte sich an Eve.

»Du kommst genau im rechten Augenblick. Unser Junge hat sich gerade einen Weg ins Tablet, das im Nachttisch eures Opfers lag, gebahnt.«

»Man sollte meinen, dass sie bei der gottverdammten NASA war, so gut, wie sie das Ding gesichert hat.« McNab trank einen Schluck aus einem riesengroßen Limobecher, der an seiner Seite stand. »Zusätzlich hat sie die Dateien verschlüsselt und auf jedem der Geräte einen anderen Code benutzt.«

»Können Sie die Daten von dem Tablet auf den Bildschirm bringen?«

»Jetzt schon.«

Er rief die Daten auf, und Eve sah einen Haufen farbiger Symbole auf dem plötzlich leuchtend blauen Bildschirmhintergrund.

»Ich konnte bisher nur den ersten Schutzschild knacken«, räumte der elektronische Ermittler widerstrebend ein. »He, die Frau hat *Killerbienen* gespielt. Ein wirklich cooles Spiel. Aber wie dem auch sei, kriegen wir auch den Rest noch hin, und erst mal …«

Er tat etwas mit dem Tablet, und urplötzlich tauchten eine Reihe anderer Symbole, die nur Elektroniknerds wie er verstanden, auf dem Bildschirm auf.

»Okay, dann vielleicht so.«

Er gab etwas anderes ein, und plötzlich sah Eve ganz normale Wörter auf dem Monitor.

»Okay, das ist nur ihr Kalender. Lassen Sie mich …«

»Augenblick. Moment.« Eve packte seinen Arm und sah sich die Kalenderseite an.

»Im Oktober letzten Jahres war sie für fünf Tage im *Majestic Spa* auf den Kanaren. Weiß jemand, wo die liegen?«

»Vor der Nordwestküste von Afrika«, erklärte Roarke.

»Okay. Und hier, am Tag des Abflugs, steht Durante mit zwei Sternen. Ist das ein Mensch, ein Ort oder ein Ding? Und dann, am 27., hat sie noch mal Durante eingetragen, mit drei Sternen, um achtzehn Uhr bei *Gino's* – einem anderen Menschen, einer Bar oder vielleicht auch einem Restaurant. Dann noch einmal am 23., halb sechs unter DV, das heißt bestimmt *Du Vin.* Daneben stehen zwei Dollarzeichen und ein blöder Smiley.«

»Also ist Durante offenbar ein Mensch, den sie erpresst hat.«

»Genau. Sie ist in dieses Spa, um abzuhängen, sich aufmotzen zu lassen und zu gucken, was Durante treibt. Vielleicht hat sie mit den Sternen ja bewertet, was ihr dieser Typ einbringen kann. Beim nächsten Treffen gibt's noch einen Stern dazu, und zusätzlich tauchen die Dollarzeichen auf. Das heißt, er hat bezahlt. Jetzt will ich auch noch den November sehen, McNab. Genau. Sie hat ihn weiter zahlen lassen.«

»Und zwar jeden Monat«, meinte er. »Weil jeden Monat Dollarzeichen neben seinem Namen stehen. Außer seinem hat sie auch noch andere Namen hier vermerkt, wobei Durante sie bis Januar jede dritte oder vierte Woche jedes Monats irgendwo getroffen hat.«

Die Fäuste in den Hüften, baute sie sich vor dem Bildschirm auf. »Sie hatte Bellami für gestern Abend vorgemerkt. Hier stehen der Ort und auch die Sterne, aber keine Dollarzeichen, also hat er bisher nichts bezahlt. Sie hatte für den Monat auch andere Treffen ausgemacht, im *Gino's* und auch im *Du Vin.* Schicken Sie mir die Datei, damit ich diese Namen überprüfen kann.«

Sie nickte knapp. »Das haben Sie sauber hingekriegt, McNab.«

»Wobei das erst der Anfang ist.«

»Halten Sie mich auf dem Laufenden, okay? Ich bin jetzt erst mal unterwegs.«

Sie sah Roarke an, und als sie sich zum Gehen wandte, folgte er ihr in den Flur.

»Da du gestärkt aussiehst, gehe ich davon aus, dass du den Hamburger gefunden hast.«

»Oh ja, das war echt nett von dir. Außerdem hat Trina mir was über Mars erzählt. Ich habe sie dafür an meinen Haaren rumschnippeln und mir das Gesicht anmalen lassen, das war es mir wert.«

»Wobei mir dein Gesicht auch vorher schon viel wert gewesen ist.«

»Schleimer«, meinte sie und stieß ihn mit dem Ellenbogen an. »Aber wie dem auch sei, ich habe was getan, worüber ich wahrscheinlich vorher mit dir hätte sprechen sollen. Und zwar wegen McNab und Peabody.«

»Solange du den beiden keinen flotten Vierer vorgeschlagen hast, ist es für mich bestimmt in Ordnung.«

»Ich hasse es, wenn du so grauenhafte Bilder malst. Es geht um einen deiner Shuttles und das Haus in Mexiko. Sie hat gesagt, er wäre völlig ausgebrannt – und ich finde auch, dass er ein bisschen blass aussieht.«

»Das stimmt. Er sieht ein bisschen müde aus und ist nicht mehr derselbe gut gelaunte Spring-ins-Feld wie sonst.«

Eve blickte durch das Fensters des Labors und sah, dass Ians Schultern, Hüften, Füße wackelten wie sonst.

»Er ist noch immer ziemlich hibbelig, aber egal, auf jeden Fall will Peabody nach Abschluss unseres Falls ein bisschen Urlaub mit ihm machen, damit er sich erholen kann, deswegen habe ich ihr, ohne groß zu überlegen, angeboten, dass sie für fünf Tage in die Villa fliegen können, wenn sie wollen.«

»Da hättest du auch gar nicht überlegen sollen. Das Haus steht leer, und sicher täten ein paar Tage fern der Arbeit in der Sonne den beiden wirklich gut.«

»Das stimmt, aber …« Sie wollte ihm erklären, dass es *seine* Villa und sein Shuttle waren, aber das hätte ihn wahrscheinlich nur erbost. »Wahrscheinlich ist es eine dieser blöden Eheregeln, dass man vorher über so was spricht.«

»Ich hatte schon befürchtet, dass du etwas anderes sagen willst.« Er berührte sanft das kleine Grübchen in der Mitte ihres Kinns. »Du hättest höchstens vorher mit mir sprechen sollen, um mich zu fragen, ob die Villa während dieses Zeitraums zur Verfügung steht. Aber das tut sie, denn ich habe gerade niemand anderen dort einquartiert.«

»Okay. Jetzt muss ich mich auf die Socken machen.« Sie ging los, blieb dann aber noch einmal stehen. »Wusstest du …« Sie vergewisserte sich schnell, dass niemand in der Nähe war, und fing noch einmal von vorne an. »Wusstest du im Übrigen, dass in den Schmierblättern einmal die Rede davon war, dass du auf flotte Dreier stehst? Und zwar mit mir und Nadine Furst?«

»Ich liebe es, wenn du so hübsche Bilder für mich malst.« Er lächelte und tat die Angelegenheit mit einem gleichmütigen Achselzucken ab. »Das ist das Wesen dieser Blätter, und es sollte dich nicht weiter kratzen, Schatz. Wenn sie zu weit gehen, kriegen sie's mit meinen Anwälten zu tun, aber wenn du Probleme damit hast, kann ich natürlich auch noch weiter gehen.«

»Mir sind diese Artikel völlig schnurz. Ich finde es nur seltsam, was für Zeug die Blätter bringen und dass andere Leute ganz begeistert davon sind.«

»Tja nun, ich glaube nicht, dass dieser Dreck die Leute wirklich interessiert, aber anzügliche Schlagzeilen gehen nun mal immer gut.«

»Anzüglicher Schwachsinn, der für mich nur eine Rolle spielt, weil's in Mars' Sendung um genau dieselben Sachen ging. Vielleicht ein bisschen sauberer verpackt, doch davon abgesehen … Auch wenn sie sich nichts aus den Fingern saugen konnte, weil ihre Sendung sonst verloren hätte, und sie auch niemanden mit irgendwelchem Zeug hätte erpressen können, das sich nicht beweisen ließ.«

»Wobei sie sicher auch gelegentlich einmal danebenlag«, sinnierte Eve. »Am besten denke ich darüber noch genauer nach. Bis dann.«

»Gib mir Bescheid, wenn du nicht noch einmal auf die Wache kommst. Sonst fahre ich nachher mit dir zusammen heim.«

»Ich komme noch einmal wieder«, meinte sie, bevor sie auf das nächste Gleitband stieg.

In ihrem Dezernat saß Peabody, das Telefon am Ohr, an ihrem Arbeitsplatz. Sie nickte ihr kurz zu, marschierte weiter bis in ihr Büro und holte ihren Mantel, doch bevor sie wieder gehen konnte, trat Santiago durch die Tür.

»Ich müsste Sie kurz sprechen.«

»Alles klar.«

»Carmichael sitzt im Krankenhaus bei einer Frau und ihrer Tochter. Wir bekamen einen Anruf, dass in einer Wohnung im East Village eine Leiche liegt. Und zwar der Exfreund von der Frau. Er lag mit einem halben Dutzend Stichwunden im Rücken in der Küche, sie hat uns selbst informiert.«

»Wer hat ihm die Stiche zugefügt?«

»Das Mädchen ist sediert, aber die Frau hat uns erzählt, sie wäre früher von der Arbeit heimgekommen, um nach dem Kind zu sehen, das krank zu Hause lag. Sie hatte sie tatsächlich morgens in der Schule krankgemeldet, nur lag ihre Tochter nicht im Bett, als sie nach Hause kam. Stattdessen traf sie ihren Exfreund und die Kleine in der Küche an, wo er das Mädchen vergewaltigt haben soll. Das hat die Untersuchung durch den Arzt bestätigt, außerdem sagt der Arzt, dass der Ex die Kleine wirklich übel zugerichtet hat. Die Mutter hat ausgesagt, sie hätte sich ein Messer aus dem Messerblock geschnappt, worauf ihr Exfreund auf sie losgegangen wäre und gedroht hätte, er brächte sie und ihre Tochter um. Sie meint, sie hätte es geschafft, sich loszureißen, und bevor er sich noch einmal auf das fast besinnungslose Mädchen hätte stürzen können, wäre sie vor lauter Panik mit dem Messer auf ihn losgegangen. Sie sagt, sie hätte immer wieder zugestochen, bis er schließlich reglos neben ihrer Tochter auf dem Boden lag.«

»Was kommt Ihnen daran nicht ganz sauber vor?«

»Der Winkel, in dem sie angeblich zugestochen hat. Das Mädchen, sie ist fünfzehn, wurde ganz eindeutig vergewaltigt, und die Mutter hat Verletzungen im Gesicht, am Hals und an der Brust. Der Tote war gut fünfundzwanzig Kilo schwerer, hatte ein paar Kratzer im Gesicht und im Genick, doch beide Frauen hatten Hautpartikel von ihm unter ihren Fingernägeln, und vor allem sind die Stichwunden in seinem Rücken, obwohl er in dem Moment angeblich auf die Mutter losgegangen ist.«

Sie konnte sehen, worum es dem Detective ging, hörte ihm aber erst einmal weiter zu.

»Dem Einstichwinkel, der Platzierung und der Tiefe seiner Wunden nach war's nicht die Mutter, die den Kerl erstochen hat. Sie rückt nicht davon ab, dass sie es war, aber die Blutspritzer an ihrer und der Kleidung der Tochter zeigen ganz eindeutig, dass das Mädchen mit dem Messer auf ihn losgegangen ist.«

»Das heißt, dass sie den Mann erstochen hat.«

»Es kann nur so gewesen sein. Er stürzt sich auf die Mutter, die versucht, ihn von dem Kind zu zerren und ihm dabei den Hals verkratzt. Er lässt das Mädchen los, dreht sich um und haut der Mutter eine rein. Das Kind springt auf, schnappt sich das Messer und sticht wahllos auf ihn ein, weil es der Mutter helfen will.«

»Haben Sie der Mutter das gesagt?«

»Das haben wir, doch sie besteht darauf, dass sie den Kerl erstochen hat, und will uns erst mit ihrer Tochter reden lassen, wenn sie selbst mit ihr gesprochen hat. Sie besteht darauf, bei unserem Gespräch mit ihrem Kind dabei zu sein.«

Er massierte sich das Kinn und atmete tief durch. »Was ich ihr nicht verdenken kann, denn schließlich hat der Kerl das Mädchen windelweich geprügelt, vergewaltigt und ihr selber eine reingehauen und sie gewürgt. Wir haben die Familie überprüft. Die Mutter ist solide. Keine Vorstrafen und obendrein seit achtzehn Jahren bei derselben Werbefirma angestellt. Das Kind ist eine gute Schülerin und macht nicht die geringsten Scherereien. Der Vater, der woanders lebt, ist Anwalt, ich gehe jede Wette ein, dass sie ihn bereits angerufen hat. Er ist im Augenblick in Charlotte, aber garantiert schon auf dem Weg hierher.«

Wer könnte ihnen verdenken, dass sie die traumatisierte Tochter schützen wollen?

»Nur ist es eben so, dass es für alle nur noch schwerer wird, wenn wir beweisen, dass es anders war. Trotzdem weicht die Mutter nicht von der Behauptung ab, dass sie es war. Carmichael hat versucht, mit ihr von Frau zu Frau zu reden, als ich rausgegangen bin. Sie hat gesagt, dass es eindeutig Notwehr war, aber sie bleibt dabei, dass sie den Kerl erstochen hat.«

»Was ist mit dem Opfer? War das vielleicht vorbestraft?«

»Zweimal. In beiden Fällen ging's um Vergewaltigung, auch wenn die Opfer beide Male nicht bei ihren ursprünglichen Aussagen geblieben sind. Die Frau hat ausgesagt, sie wären seit letztem Herbst ein Paar gewesen, aber vor zwei Wochen hätte sie Schluss gemacht. Sie wusste nichts von seinen Vorstrafen, behauptet aber, dass er sehr besitzergreifend war und dass die Tochter ihr erzählt hätte, er hätte sie andauernd angeblich zufällig am Hintern oder an der Brust berührt. Er hat sich furchtbar aufgeregt, als die Mutter ihn deshalb rausgeschmissen hat, aber sie dachte, dass die Angelegenheit damit erledigt sei.«

»Kontaktieren Sie den Vater – nicht Carmichael, sondern Sie«, bat Eve. »Von Mann zu Mann oder von Cop zu Vater, dem es um das Wohlergehen seines Kindes geht. Der Mann ist Anwalt, also reden Sie nicht lange um den heißen Brei herum. Wenn die Leichenschau bestätigt, dass das Mädchen auf ihn eingestochen hat, gehen Sie zu Reo, die als Frau wahrscheinlich besser mit der Mutter und als Staatsanwältin auch problemlos mit dem Anwalt reden und den beiden deutlich machen kann, dass nicht nur keine Anklage erhoben, sondern die Geschichte auch nicht an die Medien gehen wird. Vor allem redet niemand mit dem Kind, ohne dass die Eltern in der Nähe sind.«

»Ich werde mit dem Vater reden. Ja, das könnte funktionieren. Am besten rufe ich ihn sofort an.«

»Santiago? Lassen Sie die Eltern sehen, dass Ihnen das Schicksal ihrer Tochter wichtig ist. Nehmen Sie die Polizistenmaske ab und zeigen sich als Mensch. Falls Sie diesen Mann nicht überzeugen können, geben Sie Bescheid.«

»In Ordnung. Vielen Dank.« Er wandte sich zum Gehen, blieb dann aber noch einmal stehen. »Er hat dem Kind den Schlafanzug vom Leib gerissen und zerfetzt. Einen Schlafanzug mit Häschen. *Häschen«,* wiederholte er und schüttelte den Kopf.

Seufzend schloss Eve die Augen. Sie wusste ganz genau, was diesem Mädchen noch bevorstand, aber da sie es nicht ändern konnte, zog sie ihren Mantel an und machte sich entschlossen wieder auf den Weg.

»Peabody, Sie kommen mit.«

»Ich habe die drei Leute, die gestern mit Ongar unterwegs waren, angerufen. Nick und Cheyenne haben gar nicht mitbekommen, dass noch jemand anderes zur selben Zeit wie sie gegangen ist, doch Sylvie denkt, dass die Person, die hinter ihnen das Lokal verlassen hat, wahrscheinlich um die 1,80 m groß ist. Sie ist ein bisschen größer als Patelli, und der ist 1,75 m groß. Zumindest kam es ihr so vor. Sie hat den Typ im Grunde nur ganz kurz gesehen und denkt, er wäre weiß gewesen, nicht mehr ganz jung, aber beschwören würde sie das alles nicht.«

»Sie denkt, es war ein Mann?«

»Ich habe sie gefragt, ob jemand hinter ihnen das Lokal verlassen hat, und sie hat mir erzählt, dass jemand ein paar Schritte hinter ihr gegangen ist. Aus ihrer Sicht ein Mann.«

»Was uns nicht wirklich weiterbringt. Am besten sehen wir, ob uns DeWinter weiterhelfen kann«, erklärte sie und fasste auf dem Weg zum Wagen kurz zusammen, was bei der Überprüfung von Mars' Tablet aus dem Schlafzimmer herausgekommen war.

»Freut mich, dass Ian etwas gefunden hat. Kanaren, haben Sie gesagt?«

»Genau.«

»Durante?«, fragte Peabody, bevor sie in den Wagen stieg. »Dieser Name sagt mir was. Ja richtig, Missy Lee Durante, die in *City Girl* die Elsie spielt. Ich habe etwas davon gelesen, dass sie in den Herbstferien auf den Kanaren war. Haben Sie *City Girl* schon mal gesehen? Das ist eine wirklich nette Serie über einen süßen, wenn auch recht naiven Teenager aus Iowa, der nach New York zieht, als sein Vater dort eine neue Arbeit bekommt.«

»Ein Teenager?«

»Zumindest spielt sie einen. Ich glaube, dass sie in der Serie sechzehn ist, in Wirklichkeit aber schon achtzehn oder neunzehn ist. Sie spielt ein nettes, junges Mädchen, und sie hat den Ruf, tatsächlich echt nett zu sein.«

»Vielleicht hat Mars ja etwas über sie herausgefunden, was nicht unbedingt zum Ruf des netten, jungen Mädchens passt. Wo wohnt diese Missy Lee Durante?«

»Sicher in New York, denn schließlich wird die Serie hier gedreht. Ich kann gern nachsehen, wenn Sie wollen. Auch wenn man sie ganz sicher nicht mit einem 1,80 m großen Mann verwechseln kann, weil sie eher winzig ist.«

»Wir werden trotzdem mit ihr reden, denn bestimmt ist nicht ein anderer Mensch mit diesem Namen zufällig zur selben Zeit wie Mars in den Lokalen aufgetaucht. Sie hatte es ausschließlich auf die Reichen und Berühmten abgesehen.«

»Deshalb klappern auch wir selbst jetzt die Reichen und Berühmten ab. Missy Lee Durante, Wylee Stamford, Annie Knight. Und ja, Durante lebt tatsächlich in New York«, erklärte Peabody nach einem kurzen Check. »Ich könnte auch noch gucken, wo sie gerade steckt, falls wir sie sprechen wollen.«

»Erst fahren wir ins Labor«, erklärte Eve. »Am besten überlegen Sie, wann wir mit den potenziellen Zielpersonen sprechen und wo wir sie finden, oder lassen sie für die Gespräche auf die Wache holen.«

Sie lenkte ihren Wagen auf die Straße und trat ordentlich aufs Gas. »Überprüfen Sie, ob unsere junge Serienheldin vielleicht doch noch minderjährig ist.«

»Moment. Sie ist schon neunzehn«, meinte Peabody und gurtete sich eilig an. »Das heißt, wir brauchen niemanden vom Jugendamt hinzuzuziehen.«

Eve kämpfte sich durch den Verkehr, und ihre Partnerin versuchte herauszufinden, wo die Leute, die sie sprechen wollten, anzutreffen wären.

»Hier steht, dass Stamford heute Nachmittag von drei bis fünf bei *Sports World* Autogramme gibt. Ein Sportgeschäft in Brooklyn, in dem ich schon einmal war. Knight ist bis halb sechs im Studio.«

»Hatten Sie nicht gesagt, dass ihre Talkshow erst am späten Abend kommt? Halb sechs ist doch nicht spät.«

»Sie nehmen die Sendung zwischen vier und halb sechs auf und senden sie dann nachts.«

»Warum?«

»Tja nun, das weiß ich auch nicht so genau.«

»Egal.«

»Durante habe ich bisher nicht aufgespürt.«

»Dann nehmen wir uns erst Stamford, danach Knight und dann Durante vor. Es sei denn, wir kämen auf dem Weg zu einem von den anderen bei ihr vorbei.«

Inzwischen waren sie im Labor, in dem ein Treiben herrschte wie in einem Bienenstock. Eve nahm die Treppe und marschierte an den Tischen, Nischen, Glasräumen vorbei, in denen die Techniker bizarre Dinge taten, die sie nicht verstand.

Auch DeWinter stand an einem Tisch, hielt einen Schädel in der Hand und sah sich ihn durch eine Mikrobrille an.

»Ist das der Kopf von Mars?«

Sie nickte, während sie den dünnen Strahl von einer kleinen Taschenlampe an dem Kopf herunterwandern ließ. »Tja nun.«

»Was soll das heißen?«, fragte Eve.

»Dass, wer auch immer ihr Gesicht gemacht hat, wirklich talentiert und obendrein ein echter Künstler ist. Ich habe mir den Rest von ihr bisher nur flüchtig angesehen, schätze aber, dass sie auch an ihren Körper niemand anderen als einen echten Künstler rangelassen hat.«

»Können Sie mir zeigen, wie sie früher ausgesehen hat?«

»Wir arbeiten daran.« Jetzt sah DeWinter sich Mars' Kiefer aus der Nähe an. »Ich kenne diese Art Rekonstruktion von Unfallopfern, deren Gesichter übel zugerichtet worden sind. Wobei man dann nicht nur die vorgenommenen Änderungen, sondern auch die Schäden sehen kann.«

»Aber in diesem Fall?«

»Weist nichts auf derartige Schäden hin.«

Sie trat vor einen Bildschirm und vergrößerte das Bild des Kopfs. »Wenn jemand sein Gesicht derart verändern lässt, geht's meiner Meinung nach um mehr als bloße Eitelkeit, obwohl es Menschen gibt, die süchtig nach kosmetischen Veränderungen sind. Doch das, was wir hier sehen, weist darauf hin, dass sie die Eingriffe zur selben Zeit hat vornehmen lassen. Die kleinen Arbeiten danach haben nur dafür gesorgt, dass alles so geblieben ist. Die ursprünglichen Arbeiten am Kinn, den Wangen, an der Nase, an den Augen und der Stirn sind schätzungsweise alle zwanzig oder fünfundzwanzig Jahre her. Wobei ich diesen Zeitraum sicher noch begrenzen kann.«

Sie nahm die Mikrobrille ab. »Ich hatte schon den einen oder anderen Fall, bei dem ein Mensch sein Aussehen so verändert hatte, dass nur noch die DNA verraten hat, wer er einmal war. Das waren dann meistens Kriminelle auf der Flucht vor ihren Rivalen oder dem Gesetz. Dafür haben sie Beziehungen und jede Menge Geld gebraucht.«

»Der DNA nach ist das hier eindeutig Mars?«, erkundigte sich Eve.

»Auf jeden Fall.«

»Was heißt, dass sie entweder ihr Gesicht verändert und den alten Namen beibehalten oder auch den Namen und den ganzen Rest verändert hat. Ich tippe eher auf Zweiteres, und wenn ich ihr Gesicht von Ihnen kriege, kümmere ich mich selbst um den Rest.«

»Das wird ein wenig dauern, aber früher oder später haben Sie Ihr Gesicht.« Sie winkte Eve hinter sich her und lief auf Stöckelschuhen in den Nebenraum.

»Sie wissen noch, wer Elsie ist?«

»Ja sicher«, meinte Eve und blickte auf die Frau, die ihr in einem weißen Kittel und in einer schwarzen Hose gegenüberstand.

»Ich habe etwas abgenommen«, stellte Elsie Kendrick grinsend fest und tätschelte sich ihren zwischenzeitlich wieder schlanken, aber damals kugelrunden Monsterbabybauch.

»Sie haben Zwillinge bekommen, stimmt's?«, erkundigte sich Peabody.

»Das stimmt. Eins von jeder Sorte, Amber Grace und Austen Dean.«

»Das sind sehr schöne Namen«, gratulierte Peabody und lächelte sie an. »Wie geht es Ihnen allen?«

»Hervorragend. Und da die beiden gleich im Doppelpack gekommen sind, teilen ich und Daddy uns die Elternzeit und arbeiten jeweils den halben Tag. Da wir einen Teil der Arbeit auch zu Hause machen können, haut das abgesehen davon, dass wir kaum ein Auge zubekommen, wirklich super hin.«

Mit einem neuerlichen Lachen wies sie auf zwei Staffeleien. »Weil ich meine Babys und die Arbeit einfach liebe, nehme ich die Müdigkeit bereitwillig in Kauf.«

Eve blickte auf die Skizzen auf der ersten Staffelei. Sie zeigten Mars' Gesicht von vorn, von rechts, von links und selbst den Hinterkopf.

Dann sah sie auf die Blätter auf der zweiten Staffelei, auf der bisher nur Linien, Rundungen, Pfeile, Zahlen abgebildet waren.

»So erarbeite ich mir die Maße und die Winkel.« Elsie zeigte auf die Monitore an der Wand. »Bei der Statur gibt's kein Problem. Es reicht, wenn Dr. Morris ihre Brust- und Wadenimplantate herausnimmt und mir sagt, wie groß und schwer sie sind. Dann kann ich ausrechnen, wie sie ursprünglich ausgesehen haben muss. Auch den Hintern kriege ich wahrscheinlich wieder hin. Sie hat sich dort das Fett absaugen und ihn straffen lassen, also kann ich mir problemlos vorstellen, wie er vorher ausgesehen hat.«

Auf dem Bildschirm tauchten Pfeile sowie jede Menge Zahlen, daneben aber zusätzlich ein Frauenkörper auf.

»Ich nehme an, der Hintern war eher schwer.«

»Aua«, entfuhr es Peabody, und eilig überprüfte sie, ob ihre Hose immer noch so locker wie am Morgen saß.

»Ihre Brüste waren eher klein«, fuhr Elsie fort. »Die Schenkel waren anscheinend ziemlich kräftig, weil sie sich dort hat Fett absaugen lassen, und ihre Arm- und Wadenmuskeln waren nicht so ausgeprägt. Dr. Morris hat noch mit unserem Fleisch-und-Muskelmann gesprochen, deshalb haben wir gerade erst begonnen, doch die beiden sind sich darin einig, dass die Frau ursprünglich weniger muskulös und stattdessen schwerer war.«

»Außerdem hat sie ein paar von ihren Zähnen gegen Implantate ausgetauscht«, fügte DeWinter noch hinzu. »Alle anderen Zähne wurden überkront. Von einem Zahnarzt, der etwas davon versteht. Natürlich wird auch Harvo sie sich ansehen, aber ich und Morris gehen davon aus, dass sie sich auch die Haarwurzeln hat behandeln und auf diese Weise dauerhaft die Haarfarbe hat verändern lassen, auch wenn das furchtbar teuer und sehr schmerzhaft ist.«

Natürlich könnte Harvo, die Königin von Haar und Fasern, sagen, ob es so war.

»Wie lange wird es dauern, bis wir das Gesicht bekommen, das zu ihrem alten Körper passt?«

»Eine geraume Zeit. Denn wir brauchen jede Menge ganz genauer Maße und müssen viel herumprobieren.« DeWinter legte eine Hand auf Elsies Schulter. »Aber wenn irgendwer das hinbekommt, dann unsere Elsie hier.«

»Am besten stellen Sie sich das wie ein riesengroßes Puzzle vor. Ich liebe Puzzles und bin mir fast sicher, dass das Kinn ein bisschen runder und die Nase und die Stirn ein bisschen breiter waren. Ihre Augen waren braun, bevor sie sie hat verändern lassen, wahrscheinlich hatte sie deshalb auch braunes Haar. Wobei es Harvo ja vielleicht mit irgendeinem Zaubertrick gelingt herauszufinden, ob das stimmt.«

»Wahrscheinlich war sie nicht besonders hübsch.«

Als Peabody DeWinters hochgezogene Brauen sah, erklärte sie: »Es ist nur, wenn sie wirklich hübsch gewesen wäre, wäre es ihr sicher nicht leichtgefallen, plötzlich völlig anders auszusehen. Obwohl ihr doch wahrscheinlich irgendetwas an ihrem alten Aussehen gefallen hat. Der Mund oder die Augen oder etwas anderes.«

»Das ist nicht gerade wissenschaftlich, aber ergibt durchaus einen Sinn«, stimmte DeWinter ihr nach kurzem Überlegen zu.

»Mir ist egal, ob sie fantastisch oder furchtbar ausgesehen hat«, bemerkte Eve. »Ich brauche einfach ein Gesicht. Danke für die Details, die Sie bereits herausgefunden haben«, wandte sie sich Elsie zu. »So habe ich zumindest einen Eindruck davon, wie sie vielleicht ausgesehen hat.«

Sie wandte sich zum Gehen, doch ihre Partnerin blieb stehen und fragte Elsie: »Haben Sie vielleicht ein Bild von ihren Zwillingen dabei?«

»Machen Sie Witze?«

Strahlend hielt Elsie ihr eine Aufnahme der beiden hin, und während Peabody begeistert juchzte, verließ Eve den Raum.

»Sie ist die Beste«, fing DeWinter an.

»Das weiß ich. Die Mädchen aus dem *Zufluchtsort* hätten wir ohne ihre Hilfe niemals identifiziert.«

»Ich hätte diesen Auftrag jemand anderem geben können, der schneller damit fertig wird. Wahrscheinlich hätte das Ergebnis dieser Arbeit völlig ausgereicht, doch auch wenn Elsie vielleicht etwas länger braucht, sehen ihre Bilder nachher fast wie Fotos aus.«

»Ich werde warten, bis sie etwas für mich hat. Was, glauben Sie, hat Mars für all die Eingriffe bezahlt?«

»Ich habe keine Ahnung, aber allein für das Gesicht hat sie wahrscheinlich ein paar Hunderttausend auf den Tisch gelegt.«

»Es ging also bestimmt nicht nur um Eitelkeit. So eitel ist kein Mensch.«

DeWinter schüttelte den Kopf. »Mit Eitelkeit und Egos kennt sich Dr. Mira besser aus als ich, aber ich habe mir schon öfter Knochen irgendwelcher Leute angesehen, die sich ihre Eitelkeit viel haben kosten lassen.«

»Ihr ging's auf jeden Fall auch noch um etwas anderes. Weswegen hätte sie wohl sonst so ein Geheimnis um ihr ursprüngliches Aussehen machen sollen? Das heißt, sie hatte selbst Geheimnisse.« Sie blickte durch die offene Tür des Raums, in dem die Partnerin noch immer mit den Babyfotos stand. »Jetzt kommen Sie endlich, Peabody, wenn ich Sie nicht nach Brooklyn laufen lassen soll!«

12

Da Peabody noch schnell genug gewesen war, um nicht laufen zu müssen, nutzte sie die Fahrtzeit bis nach Brooklyn, um sich über den von Eve geliebten Baseballstar zu informieren.

»Stamford stammt aus Brooklyn, die Eltern leben immer noch in Brooklyn Heights. Sie sind seit fünfunddreißig Jahren verheiratet. Die Mutter stammt aus San Juan und kam mit einem Arbeitsvisum als Au Pair hierher. Der Vater war damals als Techniker bei der Stadt. Inzwischen hat die Mutter eine eigene Kindertagesstätte, die anscheinend zu den besten in der Gegend zählt, der Vater hat vor ein paar Jahren ein eigenes Wartungsunternehmen aufgemacht, Wylees Bruder und die Schwester sind bei ihren Eltern angestellt.«

Auf der Fahrt über die Brooklyn Bridge rief Peabody noch andere Infos auf. »Dazu gibt's eine Unmenge Statistiken zum Baseball, aber die haben Sie wahrscheinlich alle auswendig gelernt. Zum Beispiel, dass er '55 Jungstar des Jahres war und mehr als einmal als wertvollster Spieler und mit einem goldenen Handschuh ausgezeichnet worden ist. Bla, bla. Er war noch nie verheiratet und hatte bisher auch noch keine eingetragene Partnerschaft. Er lebt immer noch in Brooklyn, in derselben Straße wie die Eltern, sein bester Freund aus der Kindheit ist sein Manager. Seit vier Jahren gibt's eine Stiftung der Familie Stamford, die sich der sportlichen Förderung von Kindern und von Jugendlichen aus prekären Verhältnissen verschrieben hat. Sie vergibt Stipendien, hat ein Sportcamp, bietet Trainingsstunden an und finanziert die Ausrüstung und den Transport zum Training und zu Spielen.«

Peabody fuhr fort: »Ah, und jedes Jahr lädt Stamford eine Gruppe Kinder erst zu einem Heimspiel seiner Mannschaft und danach zu einem Treffen mit den anderen Spielern ein. Das ist echt nett. Er scheint ein wirklich netter Mensch zu sein.«

»Menschen können nett wirken und göttlich Baseball spielen, aber trotzdem Mörder sein. Er hat eine innige Verbindung zur Familie und er hat sich seine alten Freundschaften bewahrt, aber irgendetwas hatte Mars anscheinend trotzdem gegen diesen Typ in der Hand.«

»Es gibt jede Menge Infos und Artikel über ihn. Er gilt als Ausnahmeathlet mit einem soliden Mittelklassehintergrund, der seine Wurzeln nie verleugnet hat. Er hat sich immer gut benommen, und es gab nie auch nur den winzigsten Skandal. Er war mit einem Stipendium auf der NYU und hat zuerst für die Violets gespielt. Die *Veilchen?* Ist das nicht ein etwas lächerlicher Name für ein Baseballteam?«

»Das sind die Teamfarben.«

Mit einem innerlichen Augenrollen meinte Peabody: »Na dann« und wandte sich wieder ihrer eigentlichen Zielperson zu. »Er hatte ziemlich gute Noten und hat seinen Abschluss mit 3,3 gemacht. Auch auf der Highschool war er immer Dreierkandidat … Das heißt, im siebten und im achten Schuljahr hatte er ein echtes Tief und wurde gerade mal so versetzt. Ich nehme an, die Pubertät kann manchmal ganz schön ätzend sein.«

Vielleicht war ja in dieser Zeit etwas passiert, was sich noch heute gegen ihn verwenden ließ, sagte sich Eve und bat die Partnerin: »Schauen Sie nach, ob Stamford eine Akte hat und wie es damals gesundheitlich um ihn gestanden hat.«

»Ist das Ihr Ernst? Wie alt war er damals? Zwölf?«

»Was machen Sie, wenn Sie als Mars im Dreck wühlen und sehen, dass zu der Zeit irgendwas bei ihm im Argen lag?«

»Dann grabe ich noch tiefer.«

Genau das tat sie, während Eve nach einer freien Lücke suchte und schließlich auf einen Parkplatz fuhr.

Auch als sie ausstieg, grub sie weiter und vermerkte kopfschüttelnd: »Ich finde nichts … das heißt, Moment. Er war einmal im Krankenhaus, aber die Krankenakte ist nicht einsehbar.«

»Nur einmal?«

»Zumindest ist das alles, was ich finden kann. Natürlich war er öfter einmal verletzt und wurde wegen irgendwelcher Sportunfälle behandelt, aber diese Akte ist die Einzige, an die ich nicht herankomme.«

»Dann suchen Sie die Rechnungen des Krankenhauses und sehen nach, ob er danach noch einmal untersucht oder weiterbehandelt worden ist«, bat Eve und schaute sich das lang gezogene Gebäude von *Sports World* von außen an, bevor sie durch die breite Glastür trat.

Für Sportler oder Leute, die sich dafür hielten, war der Laden sicherlich das reinste Paradies. Die helle, offene Verkaufsfläche war in verschiedene Bereiche unterteilt. Für Fußball, Baseball, Basketball, für Hockey, für Lacrosse und vieles mehr. Auf Dutzenden von Bildschirmen wurden aktuelle Spiele aus der ganzen Welt oder die Highlights von vergangenen Spielen gezeigt, und unter dem gläsernen Kuppeldach kam man sich wie in einem Stadion vor.

Die Angestellten trugen Sportklamotten und schossen auf Inlinern zwischen den Gängen hin und her.

Entschlossen hielt Eve einen der Leute an der Jacke seines Trainingsanzugs fest.

»Ich will zu Wylee Stamford.«

»Zweiter Stock. Falls Sie ihn spielen sehen wollen, brauchen Sie ein Ticket und müssen statt in den zweiten in den dritten Stock. Die Tickets gibt es kostenlos, aber Sie müssen sich am Eingang dafür eintragen, und ich weiß nicht, ob es noch welche gibt.«

»Okay.«

Sie ließ den jungen Burschen weiterrollen und wandte sich der breiten, offenen Treppe zu.

Im ersten Stock gab es die passende Garderobe zu den Sachen aus dem Erdgeschoss. Lauf- und Yoga-Hosen, Regale voller Jacken, T-Shirts, Schuhe, Stollen und Rollen jeder Art.

Dann hatten sie den zweiten Stock erreicht. Auf einem kleinen Indoor-Green übten die Leute Putts und Schwünge, ein Stück weiter droschen sie auf Boxsäcke und -birnen ein, vier Leute spielten Federball, und hinter einer Glaswand führten ein paar Kampfsportler ein durchaus anständiges Kata durch.

An einem Tisch saß Stamford und signierte Karten, Bälle, Poster, Baseballkappen für die Traube Fans, die ihn umgab.

Er trug sein wild gelocktes schwarzes Haar zu einem kurzen Pferdeschwanz gebunden, hatte ein gut gelauntes Lächeln in dem fein gemeißelten Gesicht und einen durchtrainierten Körper, der in seiner schwarzen Schlabberhose und dem dünnen weißen Sweatshirt vorteilhaft zur Geltung kam.

Vor allem war er ein echter Künstler und ein Zauberer am Mal. Eve hätte deshalb selber gern ein Autogramm von ihm gehabt, doch leider war sie eben nicht als Fan, sondern der Arbeit wegen hier.

Sie sah sich suchend um und wandte sich dann an den Mann mit bulliger Statur und argwöhnischem Blick, der für die Sicherheit zuständig war.

»Lieutenant Dallas«, meinte sie und hielt ihm ihre Marke hin. »Ich muss mit Mr. Stamford reden.«

»Worüber?«

»Es genügt, wenn er das selbst von mir hört.«

Er runzelte die Stirn und winkte eine Frau, die auf der anderen Seite des Gedränges stand, herbei. Sie bahnte sich den Weg zu ihm, erfuhr, worum es ging, bedachte Eve mit einem bösen Blick und ging zu einem anderen Mann, der viel zu schmal und gut gekleidet war, um ebenfalls ein Aufpasser zu sein.

Auch er runzelte erst die Stirn, dann aber hellte sein Gesicht sich auf, und lächelnd trat er auf sie zu.

»Officers. Was kann ich für Sie tun?«

»Lieutenant und Detective«, korrigierte Eve. »Wir müssen Mr. Stamford sprechen.«

»Ich bin Brian O'Keefe.« Noch immer freundlich lächelnd gab er ihr die Hand. »Ich bin sein Manager, und wie Sie selbst sehen können, hat er gerade alle Hände voll zu tun.«

»Wir werden warten.«

»Falls Sie mir verraten würden, was Sie von ihm wollen, kann ich Ihnen vielleicht behilflich sein, weil Wylee heute nämlich auch noch jede Menge anderer Termine hat.«

»Entweder er nimmt sich die Zeit, um hier mit uns zu reden, oder wir bestellen ihn aufs Revier. Vielleicht sollten Sie ihn fragen, was ihm lieber ist.«

Das Lächeln schwand. »Falls es ein Problem gibt …«

»Wären wir sonst wohl hier? Entweder hier oder bei uns auf dem Revier. Das ist nicht wirklich kompliziert. Entscheiden Sie, wie's laufen soll.«

»Er hat gleich zehn Minuten Pause.«

»Gut.«

»Warum bringen Sie die Damen nicht in die Garderobe, Jed? Die ist während der Autogrammstunde gesperrt«, wandte er sich an Eve. »Das heißt, Sie wären dort völlig ungestört. Falls Sie hier draußen mit ihm sprechen, wird er sicher gleich wieder von Fans umringt.«

»Ja sicher, Bri.« Der Mann von der Security lief los.

»Wie lange arbeiten Sie schon für Wylee?«, fragte Eve.

»Schon eine ganze Weile«, meinte er und öffnete mit einer Schlüsselkarte die Garderobentür. »Ich verstehe wirklich nicht, weswegen Sie ihn sprechen wollen.«

»Das ist nun mal mein Job. Was haben Sie selbst vorher gemacht. Linebacker?«

Ein Lächeln huschte über sein Gesicht. »Als Halbprofi. Dann hab ich mir das Knie verrammelt, und das war's. Zum Glück hat Wylee mich dann engagiert.«

»Sie beide kommen aus derselben Gegend, stimmt's?«

Nur wer es an den Ohren hatte, hörte nicht, dass er aus Brooklyn kam.

Er nickte. »Ich, Bri und Wylee kennen uns schon eine Ewigkeit. Sie können hier in der Garderobe auf ihn warten.«

Er selbst wandte sich zum Gehen und zog die Tür wieder von außen zu.

Im Raum gab es zwei Reihen Spinde, zwei niedrige Bänke, zwei Toiletten und drei Waschbecken.

»Die Daten aus dem Krankenhaus«, erinnerte Eve ihre Partnerin und gab den Namen O'Keefe in ihren eigenen Handcomputer ein.

Unverheiratet und keine eingetragene Partnerschaft, genau wie Stamford kinderlos. Studium an der Carnegie Mellon, zwei Abschlüsse in Buchhaltung und in Computerwissenschaft.

Ein Nerd, sagte sich Eve.

Dieser Nerd hatte gleich nach dem College einen sicher gut bezahlten Job in der IT-Branche bekommen und dann wieder sausen lassen, als er Manager von seinem Freund geworden war.

Eve stocherte in seinem Leben, bis Peabody ihren Handcomputer fluchend sinken ließ.

»Ich finde auf dem Ding nichts raus, Dallas. Die Daten sind zu alt. Wahrscheinlich würde ich auch sonst nichts finden, ohne dass McNab mir dabei hilft. Ich kann ihm ja die Sachen schicken, wenn Sie wollen.«

Eve wollte zustimmen, als ihr wieder einfiel, dass der arme Kerl auch so schon kurz vor einem Burnout stand. »Schicken Sie sie an Roarke.«

»Echt? Ist das okay?«

»Es gibt nichts Schöneres für ihn, als wenn er im Privatleben von anderen Leuten schnüffeln kann.«

Dann sah sie auf, als Wylee Stamford in der Garderobe erschien.

Er lächelte sie freundlich an und reichte ihr die Hand. »Es tut mir leid, dass ich Sie habe warten lassen.«

Als sie die Hand ergriff, die einen Ball mit Lichtgeschwindigkeit vom dritten bis zum ersten Mal befördern konnte, wurden ihre Knie weich.

»Danke, dass Sie sich die Zeit nehmen, um mit uns zu sprechen, Mr. Stamford.«

»Nennen Sie mich bitte Wylee, Lieutenant … tut mir leid.«

»Dallas und Detective Peabody.«

»Tja nun.« Er setzte sich auf eine Bank. »Wie kann ich unseren Freundinnen und Helferinnen behilflich sein?«

»Larinda Mars.«

»Ich … wer?«

Eve sah zwei Dinge gleichzeitig. Er hatte nicht damit gerechnet, diesen Namen zu hören, und er wollte lügen und behaupten, dass er keine Ahnung hätte, wer das war.

»Was hatten Sie mit ihr zu tun?«

»Ich weiß nicht, wer das ist«, setzte er an und atmete erleichtert auf, als sein Freund und Manager den Raum betrat.

»Tut mir leid. Ich wurde noch kurz aufgehalten«, meinte Brian und nahm ihm gegenüber Platz.

Eve erwog, ihn rauszuwerfen, aber dann beschloss sie, dass es vielleicht besser wäre, wenn sie auch gleichzeitig mit ihm spräche.

»Larinda Mars«, erklärte sie noch einmal. »Klatschreporterin vom Channel 75. Vielleicht haben Sie ja mitbekommen, dass sie gestern ermordet worden ist.«

»Ich schon«, meinte O'Keefe, ehe Wylee die Gelegenheit zu einer Reaktion bekam. »In einer Bar oder in einem Restaurant, nicht wahr?«

»Genau. Warum erzählen Sie mir nicht, wo Sie beide gestern Abend zwischen sechs und sieben waren?«

»Entschuldigung?« O'Keefe lachte auf. »Ist das Ihr Ernst?«

»Ein Mord ist immer eine ernste Angelegenheit. Sie zuerst«, wandte sie sich dem Sportler zu. »Wo waren Sie gestern Abend zwischen sechs und sieben?«

»Vielleicht sollte ich erst einmal Gretchen kontaktieren«, fiel O'Keefe ihr ins Wort. »Sie ist Wylees Anwältin.«

»Nur zu. Wir können solange warten.«

»Nein. Oh nein.« Der Baseballspieler winkte ab. »Das ist ganz leicht. Ich war bei meinen Eltern. Oder auf dem Weg dorthin, weil es um sieben Essen gab. Nach dem Essen habe ich ein Bier mit meinem Dad gezischt, bevor ich gegen zehn Uhr wieder aufgebrochen bin. Das heißt, Moment, ich kam ein bisschen später als geplant bei meinen Eltern an. Mr. Aaron ging mit seinem Hund spazieren, und wenn er mal ins Reden kommt, hört er so schnell nicht wieder auf. Das heißt, wahrscheinlich war ich erst gegen halb sieben dort. Ich weiß es nicht genau.«

»Mr. Aaron ist ein Nachbar?«

»Ja, der lebt zwei Häuser neben meinem Dad.«

»Okay. Das werden wir natürlich überprüfen, aber trotzdem schon einmal vielen Dank. Mr. O'Keefe?«

»Gegen sechs war ich daheim. Ich arbeite zu Hause, wenn wir nicht bei einem Event wie heute sind und es auch keine anderen Termine gibt. Aber ich hatte noch eine Verabredung und bin um kurz vor sieben losgegangen.«

»Mit wem?«

O'Keefe atmete geräuschvoll aus und blickte Stamford an. »Mit Gretchen Johannsen.«

»Mit Gretchen? Du und Gret? Das ist mir ja ganz neu.«

Obwohl er leicht errötete, tat er das Grinsen seines Freundes achselzuckend ab. »Wir … sondieren noch das Terrain.«

»Und das, obwohl ihr euch jetzt schon seit eurer Kindheit kennt? Gretchen gehört zu unserer alten Clique aus der Nachbarschaft«, fuhr Stamford fort, doch plötzlich wurde seine Miene ernst. »Es tut mir leid. Ich glaube nicht, dass Sie das interessiert.«

»Das weiß man nie«, gab Eve zurück. »Wann hat Larinda Mars Sie erstmals kontaktiert?«

»Ich habe wirklich keine Ahnung, wer das ist oder wovon Sie reden«, brauste Wylee auf.

Eve sah ihn einfach reglos an. »Mr. Stamford – Wylee – ich bewundere, wie Sie Ihre Bälle fangen, als hätten Sie einen Radar in Ihren Handschuh eingebaut, und wie gewieft und kraftvoll Ihre Schläge sind. Sie sind aus meiner Sicht ein wirklich anständiger Spieler, deshalb denke ich, dass Sie mich aus demselben Grund belügen, aus dem Larinda Mars Sie erpressen konnte.«

»Sie können doch nicht einfach …«

»Ruhe«, schnauzte Eve O'Keefe an. »Sonst bin ich vielleicht doch nicht mehr so nachsichtig mit Ihrem Freund. Wir haben Mars' elektronische Geräte und wir wissen, dass Ihr Name auf der Liste ihrer Opfer steht. Sie wusste etwas über Sie, wofür sie sich hat bezahlen lassen. Vielleicht waren Sie es leid zu blechen, vielleicht hat sie irgendwann zu viel verlangt oder vielleicht sind Sie ja auch einfach durchgedreht und haben beschlossen, sie aus dem Verkehr zu ziehen, statt immer weiter zu bezahlen.«

»Aber ich war bei meinen Eltern.«

»Sie haben zahlreiche Fans, einige von ihnen würden vielleicht sogar einen Mord für Sie begehen. So wie Ihr alter Freund hier oder Jed. Oder vielleicht auch Gretchen Johannsen.«

Stamford bedachte sie mit einem kalten Blick. »Halten Sie meine Freunde aus der Sache raus.«

Er war ein durch und durch loyaler Mensch, erkannte Eve. »Dann hören Sie auf, mich anzulügen, und erzählen mir die Wahrheit. Je schneller und je detaillierter Sie erzählen, umso geringer ist die Chance, dass ich Ihre Familie oder Ihre Freunde in die Sache reinziehen muss.«

»Ich will auf keinen Fall, dass meine Eltern etwas von dieser Angelegenheit erfahren.«

»Wylee …«

»Nein, Bri, es reicht. Es reicht jetzt ein für alle Mal.« Er stützte sich mit seinen Ellenbogen auf den Oberschenkeln ab und fuhr sich mit den Händen durchs Gesicht. »Ich will nicht, dass sie hören, dass ich auf dieser Liste stand oder was in ihren gottverdammten Unterlagen stand.«

»Dann packen Sie jetzt endlich aus, weil ich nur so Ihre Privatsphäre auch weiter schützen kann. Solange das, was Sie erzählen, die Wahrheit ist.«

»Es tut mir ganz bestimmt nicht leid, dass dieses Weibsbild nicht mehr lebt. Das ist die Wahrheit«, stieß er aus, sprang auf und lief zwischen den beiden Bänken auf und ab. »Sie hat sich vor zwei Jahren auf einer Sportgala an mich herangemacht. Hat mir ihre Visitenkarte in die Hand gedrückt, auf deren Rückseite ein Name stand. Sie hatte dort auch ihre Nummer aufgeschrieben und dass ich mich bei ihr melden soll.«

»Was war das für ein Name?«

Er kniff unglücklich die Augen zu. »Big Rod. Ich musste kurz danach aufs Podium und eine Rede halten. Mir war schlecht, aber ich musste auf das gottverdammte Podium. All diese Kids … und ich war damals selber noch ein Kind. Ein Kind!«

Sie sah ihm ins Gesicht und sah das Kind, das er einmal gewesen war.

»Ich brauche seinen vollen Namen.«

»Rod C. Keith. Mein Mentor und mein Held«, stieß er verächtlich aus. »Die gute Seele unserer Nachbarschaft – so haben die Leute ihn damals genannt. Wenn man jemanden zum Fangen oder Körbewerfen brauchte, war er immer da. Man konnte stundenlang im Jugendzentrum abhängen, und er hat sich unsere Träume angehört, uns dazu angetrieben, dass wir in der Schule gute Noten schrieben, unsere Schlaghaltung verbessert oder was auch immer.«

»Wie alt waren Sie, als es angefangen hat?«

Er blickte sie aus unglücklichen Augen an. »Zwölf. Wobei es vielleicht auch schon vorher angefangen hat, mit lauter Kleinigkeiten, die nicht weiter aufgefallen sind. Ich habe ihn geliebt und ihm vertraut. Auch meine Familie hat ihn geliebt und ihm vertraut.«

Er legte eine Pause ein und atmete vorsichtig aus.

»Natürlich kannst du zu Big Rod gehen, um dir bei ihm das Spiel im Fernsehen anzusehen. ›Kein Problem, wenn du noch mit Big Rod ein bisschen Fangen üben willst.‹ Ich fühlte mich, als ob ich jemand ganz Besonderes wäre, wenn ich ganz allein bei ihm zu Hause eingeladen war.«

Er schloss die Augen, und als er sie wieder aufschlug, starrte er die Spinde an, nahm sie aber im Grunde gar nicht wahr.

»Ich fühlte mich erwachsen, als er mir erlaubt hat, Bier zu trinken, und gesagt hat, dass er niemandem etwas davon verraten wird. Er hat mir vor dem ersten Mal ein halbes Bier gegeben. Danach war mir schwindlig, und ich hatte keine Ahnung, was da vor sich ging, er war Big Rod und hat gesagt, das wäre so was wie ein Ritual, das zeigt, dass ich jetzt fast erwachsen bin. Als mir danach übel war, hat er gesagt, ich wäre seine Nummer Eins. Ich wäre seine Nummer Eins, aber wenn ich irgendwem etwas verraten würde, wäre ich ein Nichts. Vor allem würden mir die anderen sowieso nicht glauben, und wenn ich den Mund aufmachen würde, könnte meiner Schwester was passieren. Und …«

Jetzt setzte er sich wieder auf die Bank, ließ die Hände zwischen seinen Knien baumeln und fuhr mit gepresster Stimme fort: »Ich will nicht darüber reden, was der Kerl getan hat und was ich ihn fast ein Jahr lang habe machen lassen, bis er eine andere Nummer Eins gefunden hat.«

»Sie haben auch Ihren Eltern nichts davon erzählt.«

»Nein, ich habe mich zu sehr geschämt und hatte viel zu große Angst. Ich habe nie ein Wort zu ihnen gesagt. Und das will ich noch immer nicht.« Er ballte seine Fäuste, hob den Kopf und sah Eve reglos ins Gesicht.

»Es ist vorbei. Er lebt nicht mehr. Jemand hat ihn in einer Gasse ein paar Blocks hinter dem Jugendzentrum totgeschlagen, und auf der Beerdigung haben sie den Hurensohn als großen Helden hingestellt. Ich war damals bereits in Therapie, doch vorher hat meine Familie die Hölle mit mir durchgemacht. Ich habe Bier geklaut und Drogen eingeworfen, habe mich am Abend heimlich aus dem Haus geschlichen, um mir irgendwelche Pillen zu besorgen, aber trotzdem wurde ich das schreckliche Gefühl von seinen Händen überall an meinem Körper nicht los, weshalb ich irgendwann bei Mr. Aaron eingebrochen bin.«

Als seine Stimme brach, ließ Eve ihm einen Augenblick Zeit, dann aber fragte sie: »Bei Ihrem Nachbarn?«

»Ja, genau. Er hatte Whiskey, also habe ich die Pillen in dem Whiskey aufgelöst und ihn dann in mich reingekippt. Ich wollte einfach Schluss machen. Ich wollte einfach nichts mehr spüren.«

Erneut kniff er die Augen zu und atmete behutsam aus.

»Ich war damals dreizehn Jahre alt und wollte, dass das alles aufhört, aber leider habe ich mich ziemlich dämlich dabei angestellt und derart viel getrunken, dass mir schlecht geworden ist und ich das ganze Zeug am Ende wieder rausgekotzt habe.«

Er presste sich die Finger vor die Augen und ließ seine Hände wieder fallen. »Meine Eltern haben mich gehört, als sie realisierten, was ich machen wollte, haben sie mich ins Krankenhaus gebracht. Ich kann das Gesicht von meiner Mutter auch nach all den Jahren noch vor mir sehen und hören, wie sie für mich gebetet hat. Dann haben sie mich gezwungen, in Therapie zu gehen. Ich wollte erst nicht hin und habe mich gewehrt, aber sie haben mich trotzdem hingebracht.«

»Sie waren immer für dich da«, beruhigte O'Keefe ihn. »Waren immer für dich da.«

»Das stimmt, auch wenn mir das zu der Zeit furchtbar auf den Keks gegangen ist. Aber … Dr. Preston. Er hat mich gerettet, und indem sie mich gezwungen haben, zu den Therapiestunden zu gehen, haben auch sie mich gerettet. Er hat ihnen niemals etwas von Big Rod erzählt, denn als ich irgendwann davon gesprochen habe, was passiert ist, musste er mir versprechen, meinen Eltern nicht zu sagen, was geschehen ist. Er hat gesagt, er würde mein Vertrauen niemals missbrauchen, das hat er wirklich nicht getan.«

Er räusperte sich leise und fuhr dann mit rauer Stimme fort: »Es ging mir langsam besser. Nachdem ich die Sache losgeworden war und Dr. Preston mich deswegen nicht verurteilt hat, haben wie jede Woche über diese Angelegenheit geredet, das hat mir gutgetan.«

»Ich weiß nicht, wie Mars es herausgefunden hat, weil Dr. Preston niemals mit ihr geredet hätte. Als ich deswegen bei ihm war, hat er gesagt, dass ich zur Polizei gehen soll.«

»Das war ein guter Rat«, bemerkte Eve.

»Ich wusste, dass er recht hat, aber trotzdem habe ich das irgendwie nicht fertiggebracht. Ich weiß nicht, wie sie es herausgefunden hat, aber sie wusste es, und sie hat sogar angedeutet, dass die Leute denken könnten, ich hätte den Typ umgebracht. Wenn ich keine Schande über meine eigene Familie bringen und meine Karriere und die Arbeit unserer Stiftung nicht gefährden wollte, sollte ich dafür bezahlen, dass sie mein Geheimnis wahrt.«

»Wie viel?«

»Die Summen waren unterschiedlich und nicht wirklich hoch. Sechs- bis achttausend jeden Monat. Was sich zu den ganz normalen Geschäftsausgaben zählen lässt. Ich habe sie bezahlt und den Gedanken an die Sache dann verdrängt.«

»In bar.«

»Wie sonst? Sie wollte, dass ich ihr das Geld persönlich bringe, wenn ich in der Stadt bin, aber davon wollte ich nichts hören. Ich habe ihr gesagt, dass sie die Kohle nehmen oder es lassen soll – zumindest das habe ich noch geschafft. Ich habe ihr das Geld per Boten bringen lassen, oder Brian hat es ihr gebracht.«

Eve wandte sich an seinen Manager und Freund. »Sie wussten über diese Absprache Bescheid und kannten auch den Grund dafür?«

Er nickte knapp. »Wylee hat mir schon vor Jahren von Big Rod erzählt. Nach seinem Tod ging es ihm langsam besser, und am Ende hat er mir erzählt, was für ein Schwein er war.«

»Aber Sie hat er nie missbraucht?«

»Ich war ganz offensichtlich nicht sein Typ. Ich bin ein Denker, klapperdürr und völlig unsportlich. Ich habe all die anderen Kids, um die er sich gekümmert hat, total beneidet, doch am Ende ist mir aufgegangen, dass ich wirklich Glück hatte, dass ich ihm niemals aufgefallen bin. Ich habe es gehasst, dass dieses Weibsbild Wylee mit den Dingen, die ihm zugestoßen sind, erpresst hat, aber sie deswegen umzubringen, hätte sich trotz allem nicht gelohnt. Weil du dich irrst«, wandte er sich an seinen Freund. »Du hast dich immer schon geirrt, und leider konnte Dr. Preston dich nicht dazu bringen, das einzusehen. Wenn diese Sachen herausgekommen wären, hätte niemand sich für dich geschämt oder dir irgendwelche Vorwürfe gemacht. Sie würden genauso reagieren wie ich selbst.«

Er packte Wylee bei den Schultern und erklärte ihm in eindringlichem Ton: »Sie würden auf das gottverdammte Schild mit Rods Namen spucken, das im Jugendzentrum hängt. Und diese Hexe wäre in den Knast gewandert, dort hätte sie auf alle Fälle hingehört. Es tut mir ganz bestimmt nicht leid, dass sie nicht mehr am Leben ist, aber ich würde sie mir trotzdem lieber hinter Gittern vorstellen, denn so bin ich nun einmal.«

»Sie sind ein guter Freund«, erklärte Peabody.

»Ich werde Ihre Alibis noch überprüfen«, meinte Eve und blickte Wylee fragend an. »Haben Sie oder Ihr Freund ein Auto?«

»Ja, ich habe einen Truck, der aber fast die ganze Zeit in der Garage steht, Brian hat einen SUV.«

»Dann kümmern wir uns erst mal um den Truck. Geben Sie Detective Peabody die Marke, Farbe und das Baujahr, und wir gucken, ob ein Fahrzeug dieses Typs gestern bei dem Lokal gesehen worden ist.«

»Wohl kaum, weil ich schließlich bei meinen Eltern war. Aber trotzdem vielen Dank.« Er beschrieb den Wagen und gab Eve die Hand. »Ich sollte sicher sagen, dass ich hoffe, dass Sie ihren Mörder finden, aber es wird mir bestimmt nicht leidtun, wenn er nicht gefunden wird.«

»Hören Sie auf Ihren Freund. Sie hätte, statt zu sterben, ins Gefängnis kommen sollen. Sie hätte die besondere Schmach erleiden sollen, dass sie für ihr Treiben ins Gefängnis kommt. Sie haben ein Recht auf Ihre Privatsphäre«, klärte sie Wylee auf. »Ich kann gut nachvollziehen, dass ein Junge von zwölf Jahren total verschreckt ist und sich furchtbar schämt, wenn ein Erwachsener, dem er vertraut, so egoistisch ist und derart kranke Dinge mit ihm macht. Aber ein erwachsener Mann und Baseballgott, der gute Freunde und dazu noch starke Eltern und Geschwister hat, hätte so schlau sein sollen, zur Polizei zu gehen.«

»Ja, ja. Ich nehme an, dass ich das Kind in meinem Innern immer noch nicht völlig losgeworden bin.«

»Das kann ich ebenfalls gut nachvollziehen.«

Auf ihrem Weg zurück zum Wagen fragte Eve die Partnerin: »Was denken Sie?«

»Ich könnte ihn mir vorstellen, wie er die Geduld verliert und Mars eins auf die Nase gibt, aber als kaltblütigen Mörder sehe ich ihn nicht.«

»So geht's mir auch. Er hat bezahlt, weil sich ein Teil von ihm noch immer für die Dinge, die Big Rod ihm angetan hat, schämt und er noch immer Schuldgefühle hat. Soweit wir wissen, war Mars schlau genug, nie mehr von ihren Opfern zu verlangen, als sie sich leisten konnten, und zumindest Wylee hat es vorgezogen zu bezahlen, statt sich zu wehren und zu riskieren, dass alle Welt von seinen traumatischen Erlebnissen erfährt.«

»Wie hätten Sie reagiert?«, fragte Peabody. »Entschuldigung. Das hätte ich nicht fragen sollen.«

Eve wartete, bis sie am Wagen waren, und wandte sich über das Dach hinweg an ihre Partnerin. »Oh doch, das hätten Sie. Weil es bei mir schließlich ganz ähnlich war. Ich habe eine halbe Ewigkeit gebraucht, um stark genug zu werden und den Schutzwall, den ich um mein Innerstes errichtet hatte, zu durchdringen und mich daran zu erinnern, wie es damals für mich war. Noch länger hat es gedauert, bis ich mit den Schuldgefühlen und der Scham wegen der Dinge, die mir zugestoßen waren, und dem, was ich getan habe, damit es aufhört, klargekommen bin.«

Dann stieg sie ein und überlegte einen Augenblick. »Ich hätte niemals zugelassen, dass sie mich erneut zum Opfer macht. Ganz egal, wie sehr Roarke mich hätte beschützen wollen, hätte er ihr meinetwegen nichts getan. Es ist die Dienstmarke, die meinen Überlebenswillen wachgerufen hat – der Wille, sie zu kriegen, und die Arbeit, die ich leiste, damit sie mir niemals wieder abgenommen wird. Ich habe ihretwegen überlebt und mich weit genug geöffnet, dass jemand wie Roarke sich in mein Leben drängen konnte. Die Marke, ihn und Sie und alle anderen, die mich immer unterstützen, und mich selbst verraten?«

Käme einfach nicht infrage, wusste Eve.

»Das könnte ich niemals. Selbst wenn mich das den Job gekostet hätte, hätte ich das Weibsbild in den Knast gebracht.«

»Niemand würde Ihnen für das, was dieser Kerl mit Ihnen gemacht hat, oder dafür, dass Sie es am Schluss nicht mehr ertragen haben, Ihre Marke abnehmen wollen.«

Kopfschüttelnd ließ Eve den Motor ihres Wagens an. »Ich habe Richard Troy getötet. Und als Vatermörderin ist man bei der New Yorker Polizei bestimmt nicht gern gesehen.«

»Vatermord, dass ich nicht lache! Sie waren damals noch ein kleines Mädchen und Sie haben sich nach jahrelangem Missbrauch gegen eine pädophile, inzestuöse Bestie gewehrt«, verbesserte Peabody sie. »Sie sollten wissen, dass Ihnen deswegen niemand jemals an den Karren fahren oder Ihnen Ihre Marke streitig machen wird. Sie sollten wissen, dass Sie alles Recht der Welt hatten, sich gegen diesen Schweinehund zu wehren.«

Eve zahlte an der Ausfahrt und warf einen Blick auf Peabodys verkniffenes Gesicht.

»Wahrscheinlich haben Sie recht. Auch wenn ich vielleicht noch ein bisschen brauche, bis ich selbst das akzeptieren kann.« Sie lenkte ihren Wagen auf die Straße. »Aber trotzdem gibt es Parallelen zu diesem Fall. Denn irgendwer hat Wylee Stamfords Monster und vielleicht danach auch die Person, die ihn mit seinem Leid erpresst hat, umgebracht. Also holen wir uns erst einmal die Akte von Big Rod.«

Noch immer wütend hätte Peabody die Partnerin am liebsten angeschnauzt, dann aber legte sie die Stirn in Falten und stellte mit dumpfer Stimme fest: »Sie denken also, dass irgendjemand ihn immer noch beschützt. Auf die Idee bin ich bisher noch gar nicht gekommen.«

»Weshalb auf meiner Marke *Lieutenant* und auf Ihrer nur *Detective* steht.«

Jetzt lächelte die Partnerin. »Bisher«, erklärte sie und brachte Eve dadurch wie erhofft zum Lachen. »Wie wäre es mit einem Kaffee für die Fahrt?«

»Oh ja.« Auch Eve entspannte sich. »Danach überprüfen wir O'Keefe und sein Alibi. Die beiden Männer scheinen einander gegenüber sehr loyal zu sein. Er hat gesagt, er hätte sie am liebsten in den Knast gebracht, was durchaus ehrlich für mich klang. Trotzdem sehen wir ihn uns auch noch genauer an. Vorher geben Sie ins Navi ein, zu welcher von Mars' anderen Zielpersonen es von Brooklyn aus am nächsten ist.«

»Okay.«

13

Im West Village wurden gerade ein paar Außenszenen für *City Girl* gedreht, und außerhalb der abgesperrten Fläche harrten Gaffer, Fans und Paparazzi für ein Foto oder für ein kurzes Filmchen in der Eiseskälte aus.

Von irgendwoher wurden Statisten auf den Bürgersteig gescheucht, während Missy Lee Durante mit einem weiß getupften, pinkfarbenen Rucksack über ihrer hippen violetten Jacke und in pinkfarbenen Airboots völlig aufgelöst an ihnen vorüberlief.

Ihr bunter Wollschal flatterte im Wind, und der Bommel ihrer Pudelmütze wippte auf und ab. Sie nestelte am Riegel eines Gartentörchens, riss es auf und rannte auf die Eingangstür eines gepflegten roten Backsteinhauses zu.

»Ich wette, Tad, das Arschloch, hat sie abserviert«, murmelte Peabody.

»Was?«

»Ich habe mich gefragt, warum sie weint. Tad ist der Quarterback der Footballmannschaft ihrer Highschool und ihr großer Schwarm, obwohl er eigentlich ein Blödmann ist. Er nutzt sie einfach aus, damit sie seine Hausaufgaben für ihn macht, aber ...«

Als sie Eves kalten Blick bemerkte, brach Peabody ab.

»Egal.«

Jemand schrie »Cut«, und plötzlich liefen jede Menge Leute auf dem Set herum. Zwei von ihnen stürzten sich auf Missy Lee und kümmerten sich um das unter ihrer Mütze vorlugende blonde Haar, die Jacke und um ihr Gesicht.

Die Absperrung des Sets erstreckte sich über den ganzen Häuserblock, und neben den verdammten Flatterbändern waren Eve die Crew, die Ausrüstung und die Security im Weg. Während also irgendwelche Leute Missy Lee so schminkten, dass sie noch einmal aufs Stichwort heulen könnte, wies sich Eve bei einem Kerl mit einer Ohrenklappenmütze aus.

»New Yorker Polizei. Ich muss mit Missy Lee Durante sprechen.«

Er lächelte sie fröhlich an. »Nach dieser Szene hat sie Zeit, um Ihnen kurz Hallo zu sagen. Schließlich lieben wir von *City Girl* die Polizei.«

»Es geht um offizielle polizeiliche Ermittlungen und nicht darum, dass sie mir Hallo sagt.«

Er rollte mit den Augen. »Diese Masche haben auch schon andere probiert. Hören Sie, wir drehen gleich weiter, also treten Sie bitte zurück, bis wir …«

»Ich kann Sie auch wegen Behinderung von polizeilichen Ermittlungen verhaften, wenn Sie wollen.«

»Ich versuche einfach, kooperativ zu sein. Also …«

Jetzt rief jemand »Action!«, und der Grinser kehrte Eve einfach den Rücken zu. Bevor sie aber etwas unternehmen konnte, legte Peabody die Hand auf ihren Arm und schüttelte den Kopf

»Es kommt doch sicher nicht auf die Minute an«, wisperte sie, als abermals dieselbe Horde Fußgänger erschien und Missy Lee mit tränenüberströmten Wangen den Bürgersteig hinunterlief. Nur dass sie dieses Mal noch leise schluchzte, als sie mit dem Riegel kämpfte, bis das Gartentor aufging.

Eve zwang sich mühsam zu Geduld, als wieder Leute durch die Gegend rannten und sie anfingen, dieselbe Szene noch einmal von der Seite statt von vorne zu drehen.

Danach besprach der Star sich kurz mit einer drallen Frau in Kampfstiefeln, und jemand anderes hielt ihm einen Becher Kaffee oder sonst was hin.

»Jetzt«, wandte Eve sich abermals dem Grinser zu. »Wenn ich die Absperrungen nicht entfernen lassen soll.«

»Das können Sie nicht machen!«

»Können Sie lesen?«, fragte sie und hielt ihm noch einmal ihre Marke vors Gesicht.

Er wirkte mehr verärgert als verschreckt und pikste sie erbost mit seinem Zeigefinger an. »Sie warten hier!«

Ganz sicher nicht, sagte sich Eve, und während er mit zornbebenden Schritten an der Crew und den Gerätschaften vorbei zu Missy Lee und zu der Frau in Knobelbechern stapfte, lief sie einfach hinterher.

»Clarice, dahinten ist ein Cop, der …«

»Hallo«, grüßte Eve die beiden Frauen. »Lieutenant Dallas. Meine Partnerin und ich müssen mit Miss Durante sprechen. Und zwar jetzt.«

»Clarice Jenner. Ich bin hier die Regisseurin, wir drehen gerade eine sehr emotionale Schlüsselszene, bei der sie ganz sicher keine Ablenkung gebrauchen kann.«

»Schon gut, Clarice. Könnte ich vielleicht fünf Minuten Pause machen?«, fragte Missy Lee und lächelte sie aus noch immer tränenfeuchten Augen an. »Nur fünf Minuten, ja?«

Clarice bedachte Eve mit einem kalten Blick. »Na gut.«

Noch immer lächelnd nippte Missy Lee an ihrem Heißgetränk, bis sie mit Eve und Peabody alleine war. »Ich habe Sie bereits erwartet oder jemand anderen von der Polizei. Ich kann hier nicht darüber reden, und es wäre wirklich nett, wenn Sie so tun könnten, als wären Sie Fans, denn viele Leute und die Serie hängen von mir ab.«

»Dann bringen wir's doch am besten einfach hinter uns.«

»Haben Sie was zum Schreiben?«

Dallas zog einen kleinen Kugelschreiber aus der Jackentasche, während Peabody nach einer der Visitenkarten, die sie immer bei sich hatte, grub. »Ich schreibe Ihnen eine Adresse und die Uhrzeit auf, zu der ich Sie dort treffen kann«, erklärte sie und lächelte die beiden Frauen weiter an. »Ich werde meinen Anwalt bitten, während des Gesprächs dabei zu sein. Ich weiß, dass ich das darf.«

»Meinetwegen, aber wenn Sie uns verschaukeln wollen, hört die Rücksicht auf. Dann werde ich bestimmt nicht mehr so tun, als wäre ich ein Fan.«

»Ich werde dort sein, weil mir selbst etwas daran liegt, die Sache aufzuklären. Und zwar in aller Stille aufzuklären.« Sie blickte Eve aus ihren sommerhimmelblauen Augen an. »Ich kenne Sie, und zwar Sie beide. Wenn in dem Buch über den *Icove*-Fall nicht lauter Schwachsinn steht, gehe ich davon aus, dass ich Ihnen vertrauen kann. Aber wenn ich jetzt nicht langsam weitermache, wird die Drehzeit überschritten und die Produzenten kriegen einen Herzinfarkt.«

Sie gab erst Eve und danach Peabody die Hand.

»Es geht um Tad, nicht wahr?«

Missy Lee fing schallend an zu lachen. »Ja, genau. Er hat mich abserviert und mich dabei auch noch vor allen lächerlich gemacht.«

»Er war immer schon ein blöder Arsch.«

»Da haben Sie recht. Aber jetzt muss ich wirklich los.«

Eve ließ sie wieder zu den Leuten gehen, die ihr Gesicht und ihre Haare machten, und als sie und Peabody zurück zu ihrem Wagen gingen, sahen ihnen Clarice und der Grinser böse hinterher.

»Checken Sie diese Adresse, die sie uns gegeben hat«, bat Eve ihre Partnerin. »Ich möchte wissen, wo das ist und wer da wohnt oder vielleicht auch arbeitet.«

Kurz vor der Absperrung blieb Peabody wie angewurzelt stehen und riss schockiert die Augen auf. »Die Wohnung gehört Tad.«

»Dem fiktionalen Arschloch?«

»Ja, genau. Oder eher Marshall Poster, der ihn spielt. Es ist seine Wohnung in der Upper West Side.«

Eve nahm ihr die Karte aus der Hand. »Wir beide fahren jetzt erst einmal zu Knight, Missy Lee nehme ich mir dann auf dem Weg nach Hause vor. Sie können diesen Tad – ich meine, diesen Poster – überprüfen, während wir zum Sender fahren.«

»Warum sollte sie uns in seiner Wohnung treffen wollen, obwohl er ein totaler Blödmann ist?«

»Im Film«, rief Eve ihr in Erinnerung. »Und für den Fall, dass er das auch im wahren Leben ist, überprüfen Sie den Kerl.«

»Die arme Elsie bleibt bis in die Puppen auf und macht für ihn die Hausaufgaben, zum Dank fängt er was mit Jade Potts, der Oberziege, an, und macht sich hinter ihrem Rücken über sie lustig.«

»Peabody«, mahnte Eve, während sie in den Wagen stieg. »Sie müssen das verwinden, auch wenn das bestimmt nicht einfach für Sie wird.«

»Ich habe selbst mit fünfzehn für so einen Kerl geschwärmt.« Sie zerrte ihren Handcomputer aus der Tasche und gab wütend Posters Namen darin ein. »So was verwindet man bis an sein Lebensende nicht.«

Eve ließ sie weiterbrodeln, während sie in Richtung Midtown und dort weiter zu Knights Studio fuhr.

Nach einer albtraumhaften Parkplatzsuche mischten sie sich unter das Gedränge auf dem Bürgersteig. Touristen schleppten tütenweise Souvenirs mit sich herum, machten Bilder von der Gegend oder standen bei der Eisbahn und sahen den Schlittschuhläufern zu.

Sie boten sich den Straßendieben quasi freiwillig als Opfer an.

Obwohl sie keine Zeit verlieren wollte, stellte Eve einem der Langfinger ein Bein. Er hatte seine Hand nach einer Tasche ausgestreckt, die völlig ungeschützt an einem Kinderwagen hing, seine Spießgesellin fischte gleichzeitig nach dem Portemonnaie des Vaters, der in dem Moment mit seiner Kamera beschäftigt war.

»Halten Sie ihn fest und rufen eine Streife«, befahl Eve der Partnerin, und während Peabody den Stiefel auf den Rücken des gestürzten Diebes stellte, nahm Eve die Verfolgung der Komplizin auf.

Sie schlenderte zwei Armlängen von ihr entfernt durch die Menge, doch als sie Eve bemerkte, fing sie an zu rennen und warf die anderen Passanten während ihrer Flucht wie Kegel um.

Sie war erstaunlich schnell, erkannte Eve und machte einen Satz über den Mann, der vor ihr wie ein Käfer auf dem Rücken lag, hinweg.

Doch Eve war schneller, überlegte, ob sie sich von hinten auf sie stürzen sollte, packte dann aber den Kragen ihrer Jacke und riss sie zu sich herum.

Das Mädchen war wahrscheinlich höchstens sechzehn und bedachte sie mit einem hasserfüllten Blick. Dann aber füllten ihre Augen sich spontan mit Tränen, und sie rief mit angsterfüllter Stimme aus: »Hilfe! Hilfe! Sie tut mir weh.«

»He, Lady«, drängte sich bereits der erste barmherzige Samariter zu den beiden durch.

»Polizei!«

»Sie lügt! Sie will mich kidnappen!«

Der Mann bedachte Eve mit einem bösen Blick. »Sie sollten dieses Mädchen besser loslassen.«

Während sich auch andere Passanten um sie scharrten, packte er Eves Arm.

»Entschuldigung«, bat sie und trat ihm derart kräftig in den Unterleib, dass er hintüberfiel. »Aber dies ist ein Polizeieinsatz.«

»Hilfe! Bitte, hilf mir jemand!«, schrie die junge Diebin und versuchte, sich ihr zu entwinden, doch Eve hielt sie weiter fest.

»Du bist echt gut, nur leider bin ich besser«, meinte sie, zog ihre Dienstmarke hervor und hielt sie hoch. Wahrscheinlich machte sie sich keine Freunde durch den Kampf mit diesem hübschen, kleinen Ding, zumindest aber traten jetzt die meisten Zuschauer den Rückzug an.

Sie zwang das Mädchen auf die Knie, zerrte ihm die Hände auf den Rücken und schlug ihre Jacke auf, die mit diversen Innentaschen voller Brieftaschen und Armbanduhren ausgestattet war.

Noch immer keuchend setzte sich der Samariter auf und starrte eine der von Eve gefundenen Uhren an.

»Ich … das ist meine!« Er sah auf sein nacktes Handgelenk, dann auf die Uhr und schließlich auf das Mädchen, das mit einem frechen Grinsen auf den Lippen auf dem Boden lag.

»Sie müssen auf die Wache kommen, wenn Sie die wiederhaben wollen, Sir. Es tut mir leid, falls Ihnen das Unannehmlichkeiten macht. Und auch den Tritt hätte ich Ihnen gern erspart.«

Er starrte sie weiterhin mit großen Augen an. »Sie hat mir meine Uhr geklaut.«

Das Mädchen zuckte mit den Achseln. »Schließlich muss ich etwas essen oder nicht?«

»Dann such dir einen Job«, fuhr er sie ungehalten an.

Als die Droiden von der Streife kamen, zerrte Eve das Mädchen hoch und wies die beiden an, mit ihr auf das Revier zu fahren. Dann kehrte sie zu ihrer Partnerin zurück und rieb sich den Kiefer, wo der Kopf des Mädchens ihn getroffen hatte, als sie auf die Kleine losgegangen war.

»Erinnern Sie mich daran, diese Gegend zukünftig zu meiden«, bat sie Peabody.

»Das Mädchen habe ich gar nicht gesehen. Den Jungen habe ich entdeckt, aber das Mädchen erst, als Sie ihm hinterhergelaufen sind. Weshalb auf Ihrer Marke *Lieutenant* und auf meiner nur *Detective* steht. Sie haben über Knöpfe in den Ohren kommuniziert.«

»Sieht ganz so aus. Echt schlau. Aber nicht schlau genug.«

»Das war zumindest eine nette Abwechslung«, bemerkte Peabody. »Ich habe schon mal Knights Büro verständigt, dass wir auf dem Weg zu ihnen sind. Es hieß, dass Knight jetzt gerade nicht zu sprechen wäre, weil sie angeblich in irgendeinem Meeting ist.«

»Das werden wir ja sehen.«

»Es war ein bisschen seltsam, denn es war dieselbe Frau am Telefon wie letztes Mal, nur diesmal wirkte sie nervös und ist mir ausgewichen, als hätte jemand ihr gesagt, dass Knight nicht mit uns sprechen will.«

»Jetzt haben Sie mich aber neugierig gemacht.«

»Das heißt, dass es auch gleich im Studio sicher lustig wird.«

Sie wiesen sich an mehreren Stationen mit ihren Marken aus, doch schließlich hatten sie das Stockwerk, in dem *Knight Productions* lag, erreicht.

Die Firma lag in der einundfünfzigsten Etage, und der Stil, in dem die Räumlichkeiten eingerichtet waren, wirkte zwar behaglich, aber gleichzeitig auch effizient.

Die zentrale Lobby war mit Sofas und mit Sesseln in gedeckten, warmen Farben eingerichtet, an den Wänden standen Getränkeautomaten und verschiedene große Monitore aufgereiht, auf den Tischen waren Vasen voller bunter Blumen und Töpfe voller Grünpflanzen verteilt.

Die Leute hinter dem geschwungenen Empfangstisch trugen ebenfalls gedeckte, warme Farben, was das riesige Porträt von Annie Knight mit ihrem offenen Mit-mir-kann-man-über-alles-reden-Lächeln ganz besonders gut zur Geltung kommen ließ.

»Die in der Mitte«, meinte Peabody. Eve trat auf das Mädchen zu und wies sich so diskret mit ihrer Marke aus, dass niemand von den Leuten, die in ihrem Rücken auf den Sofas und den Sesseln saßen, etwas davon mitbekam.

»Lieutenant Dallas und Detective Peabody von der New Yorker Polizei.«

Die junge Frau warf einen Blick auf Peabody und schaute eilig wieder fort. »Die Security hat uns schon informiert.«

»Aha. Hat man Ihnen auch gesagt, dass Sie versuchen sollen, uns abzuwimmeln?«

»Nein! Oh nein. Ich … aber wie ich bereits sagte, hat Miss Knight jetzt keine Zeit. Ich gebe Ihnen gern einen Termin … in ein paar Tagen.«

»Warum mache ich nicht andersrum einen Termin für Miss Knight auf dem Revier?«

Das Mädchen warf die Hände in die Luft und verzog traurig das Gesicht. »Sie ist wirklich in einem Meeting und danach muss sie ans Set.«

»Dann geben Sie Miss Knight doch einfach kurz Bescheid, dass wir sie sprechen wollen und sie bestimmt noch rechtzeitig ans Set kommt, wenn sie uns sofort empfängt. Wenn nicht …«

»Hören Sie zu.« Die Frau beugte sich vor und senkte ihre Stimme auf ein leises Flüstern ab. »Ihr Assistent hat mich schon angeraunzt, weil ich Detective Peabody gesagt habe, dass sie im Studio ist, er hat mir gesagt, dass Annie – dass Miss Knight – erst einmal nicht zu sprechen ist. Ich versuche einfach, meinen Job zu machen, weiter nichts.«

»Genauso geht's mir auch. Diesen Assistenten überlassen Sie am besten uns und informieren jetzt Miss Knight, dass wir sie sprechen wollen.«

»Ich … hören Sie«, wiederholte sie. »Lassen Sie mich ihren Assistenten kontaktieren und ihm sagen, dass Sie hier sind und darauf bestehen, dass sie mit Ihnen spricht, damit ich auf der sicheren Seite bin. Dann kann ich Sie mit ihm verbinden, und den Rest klären Sie selbst. Okay?«

»Okay. Wie heißen Sie?«

»Melissa Forenski.«

»Also gut, Melissa, rufen Sie den Assistenten an und sagen ihm, dass ich auf alle Fälle heute noch mit seiner Chefin sprechen werde. Hier oder wenn nötig auch auf dem Revier. Er kann es einfach haben oder kompliziert, das liegt bei ihm.«

»Moment.« Melissa wandte ihr den Rücken zu, tippte gegen den Knopf an ihrem Ohr, sagte irgendetwas mit Flüsterstimme, wandte sich ihr wieder zu und stieß mit rauer Stimme aus: »Dann bringe ich Sie jetzt zu Mr. Hyatt ins Büro.«

»Das reicht. Sie haben Ihren Job gemacht, Melissa, am Schluss wird er so sauer auf mich sein, dass er nicht mehr dran denken wird, Sie anzufahren.«

»Das hoffe ich.«

Sie führte sie durch eine Glastür und vorbei an einer Reihe großer, wichtig aussehender Büros um eine Ecke in ein weiteres, noch pompöseres Büro.

Hyatt hatte einen dunkelblauen Wollpullover über einer dunkelbraunen Hose an, und seine Haare lagen wie ein dunkler Helm um sein Gesicht. Trotz seines warmen Lächelns blieb der Blick aus den blauen Augen kalt, als er Melissa und die beiden anderen Frauen ansah.

»Vielen Dank, Melissa, gehen Sie ruhig an Ihren Arbeitsplatz zurück.«

Sie trat, so schnell es ging, den Rückzug an. Ohne den Besucherinnen zwei der hochlehnigen Stühle vor dem Schreibtisch anzubieten, fragte Hyatt: »Was kann ich für Sie tun?«

»Sie wissen doch, dass wir mit Ihrer Chefin sprechen wollen. Das heißt, am besten sagen Sie Miss Knight, dass sie uns nicht unnötig warten lassen soll.«

»Wie Ihnen, wie ich glaube, bereits wiederholt erklärt wurde, ist sie in einem Meeting, bevor sie sich auf die Aufzeichnung von ihrer Sendung vorbereiten muss. Da darf sie nicht gestört werden, aber ich stehe Ihnen gerne zur Verfügung.«

Eve bedachte ihn mit einem ausdruckslosen Blick. »Peabody, besorgen Sie mir eine Vorladung. Dann kommt Miss Knight eben zu uns auf das Revier, damit ich sie befragen kann, denn schließlich geht es hier um einen Mord.«

»Moment.«

»Den hatten Sie bereits und haben ihn nicht genutzt.«

»Ich werde unsere Anwälte und Ihren Vorgesetzten kontaktieren.«

»Meinetwegen. Peabody.«

»Bin schon dabei.«

Hyatt lief zu seinem Schreibtisch, schnappte sich das Link und bellte: »Ich muss umgehend mit Turnbill sprechen, und danach verbinden Sie mich mit dem Bürgermeister.«

»Oh, der Bürgermeister«, meinte Eve und grinste breit. »Ich schlottere vor Angst. He, Peabody, vielleicht hat Channel 75 ja Interesse daran, dass wir Annie Knight verhaften, weil sie unsere Ermittlungen behindern will.«

»Das würden Sie nicht wagen … Bob? Hier sind zwei Polizistinnen in meinem Büro, die drohen, Annie festzunehmen. Genau das habe ich gesagt.«

Als es klopfte, blitzten Hyatts Augen zornig auf. Er legte auf, bevor er jedoch etwas sagen konnte, erschien eine Frau mit einem gelockten Knoten auf dem Kopf, in ausgelatschten Turnschuhen, Leggins und darüber einem schlabberigen Sweatshirt und fuhr mit dem Finger durch die Luft.

»Tut mir leid zu stören, aber ich bräuchte Sie mal kurz.«

»Miss Knight?«, erkundigte sich Eve.

»Ja, tut mir leid.« Sie schob sich eine Strähne aus der Stirn.

»Direkt nach meinem Workout hatte ich ein Meeting und noch keine Zeit, mich umzuziehen.«

»Kein Problem.« Eve wies sich bei ihr aus. »Lieutenant Dallas und Detective Peabody von der New Yorker Polizei. Wir müssen Sie kurz sprechen.«

»Bob weiß schon Bescheid«, fing Hyatt an.

»Beruhig dich, Bill«, bat Annie ihn und wandte sich erneut an Eve. »In welcher Angelegenheit?« Dann griff sie sich ans Herz. »Oh, verstehe. Alles klar. Es ist in Ordnung, Bill.«

»Sie müssen das mir überlassen, Annie.«

»Keine Angst, ich komme schon zurecht. Warum gehen wir nicht in mein Büro?«

»Bob kann in einer Viertelstunde hier sein, Sie müssen nicht mit diesen Leuten reden, wenn Sie das nicht wollen.«

»Ich habe doch gesagt, dass es in Ordnung ist.« Sie wandte sich zum Gehen. »Er will mich nur beschützen«, fügte sie hinzu. »Er wird darauf bestehen, dass ich mit meinem Anwalt spreche. Tut mir leid.«

Sie zog ihr Handy aus der Tasche, hörte erst einmal kurz zu und meinte dann: »Schon gut, Bob. Bill hat überreagiert. Oh nein, schon gut, das wird nicht nötig sein. Ich melde mich nachher noch einmal.«

Sie legte wieder auf. »Ich fürchte, Bill hat meinem Anwalt gegenüber so getan, als würde ich im nächsten Augenblick in Handschellen abgeführt.«

»Waren Sie über unser Kommen informiert, Miss Knight?«

Sie seufzte. »Nein.«

»Wir hatten Ihr Büro verständigt«, klärte Peabody sie auf. »Damit Sie auf unser Erscheinen vorbereitet sind.«

»Wie gesagt, Bill will mich nur beschützen«, wiederholte sie und ging voran in ein geräumiges Büro, in dem ein Mann von Mitte sechzig und mit einer Haut wie Milchkaffee und grau meliertem Bart in einem Knicks-Sweatshirt in einem leuchtend roten Clubsessel bei einer Tasse Kaffee über einem aufgeklappten Handcomputer saß.

»Na, das ging aber schnell.« Er blickte auf, bemerkte Eve und Peabody und setzte ein charmantes Lächeln auf. »Hallo.«

»Bic, das hier sind Lieutenant Dallas und Detective Peabody. Mein Partner, Terrance Bicford«, stellte Annie sie einander vor.

»Bitte nennen Sie mich einfach Bic.« Er stand auf, gab Eve und ihrer Partnerin die Hand, blickte auf Knight und sagte: »Nun.«

»Am besten nehmen wir alle erst einmal Platz.« Statt hinter ihren großen schwarz lackierten Schreibtisch zwischen den zwei großen Fenstern setzte sie sich neben Bic.

»Kann ich den Damen einen Kaffee oder Tee anbieten?«, fragte er.

Da Knight im Gegensatz zu ihrem kämpferischen Assistenten offenbar nervös war und Bic sich bemühte, sie zu unterstützen und die Atmosphäre etwas aufzulockern, entschied Eve, den beiden etwas Zeit zu geben und nicht direkt mit der Tür ins Haus zu fallen. »Vielen Dank. Ein schwarzer Kaffee käme mir jetzt gerade recht. Meine Partnerin trinkt ihren mit Milch und Zucker.«

»Annie?«

»Vielleicht täte mir einer von meinen Proteindrinks gut. Ich lebe von dem Zeug«, erklärte sie und räumte unumwunden ein: »Ich bin ein bisschen aufgeregt. Das bin ich für gewöhnlich nie, aber jetzt bin ich es.«

Auf seinem Weg zum AutoChef ging Bic an ihr vorbei und legte kurz beruhigend die Hand auf ihre Schulter.

»Gibt's dafür einen Grund?«

Knight schaute Eve direkt aus ihren dunkelbraunen Augen an. »Oh ja, den gibt's. Ich muss zugeben, dass ich mich schon mit meinem Anwalt abgesprochen habe für den Fall, dass Sie etwas von mir wissen wollen. Ich kann ihn entweder direkt per Holo zuschalten oder ihn bitten, spätestens in einer halben Stunde hier zu sein.«

»Brauchen Sie denn einen Anwalt?«

»Keine Ahnung. Aber Bic ist ebenfalls Jurist.«

»Der schon seit ein paar Jahren nicht mehr als Anwalt tätig ist«, erklärte er, als er mit den Getränken kam.

»Trotzdem bin ich froh, dass er dabei ist und mir gute Ratschläge erteilen kann.«

»Nachdem Sie einen Anwalt zum Gespräch hinzugezogen haben, werde ich die Unterhaltung aufnehmen«, meinte Eve und klärte sie erst einmal über ihre Rechte auf. »Haben Sie verstanden, was für Rechte und Verpflichtungen Sie haben, Miss Knight?«

»Das habe ich und bin bereit zu sprechen«, fügte sie hinzu. »Da Sie hier sind, wissen Sie anscheinend, dass Larinda Mars mich in den letzten achtzehn Monaten erpresst hat.«

»In den letzten einundzwanzig Monaten«, verbesserte Bic sie.

»Okay, seit einundzwanzig Monaten«, verbesserte sich Annie ebenfalls. »Obwohl mein Anwalt davon abgeraten hat, will ich mit Ihnen kooperieren. Nicht Bic«, erklärte sie und griff nach seiner Hand. »Bic ist in dieser Angelegenheit auf meiner Seite.«

»Wie sonst auch.«

»Ich kenne Ihren Ruf. Ich habe ganz hervorragende Rechercheure und ich halte mich auch selbst auf dem Laufenden. Wenn ich mit Ihnen kooperiere, könnten die Informationen, die ich Ihnen gebe, meinen eigenen Ruf beschädigen und mich im schlimmsten Fall beruflich ruinieren.«

»Das wird nicht passieren«, versicherte Bic ihr und drückte ihr die Hand.

»Bic sieht die menschliche Natur in einem sonnigeren Licht als ich. Deswegen bitte ich Sie zu versprechen, alles, was Sie von mir erfahren, vertraulich zu behandeln und mir, falls Sie mich strafrechtlich verfolgen müssen, vierundzwanzig Stunden Zeit zu geben.«

»Haben Sie Larinda Mars ermordet oder umbringen lassen?«

»Nein. Oh nein.«

»Wie sieht es mit irgendwelchen anderen Verbrechen aus?«

Knights Lippen zitterten, dann aber presste sie sie aufeinander und bedachte Eve mit einem ausdruckslosen Blick. »Das müssen Sie entscheiden, wenn Sie zu dem Ergebnis kommen, dass ich etwas verbrochen habe und Sie mich verhaften müssen, geben Sie mir bitte vierundzwanzig Stunden Zeit. Ich habe nicht die Absicht wegzulaufen, Lieutenant, denn ich laufe jetzt schon viel zu lange weg. Sind Sie bereit, mir diese Zeit zu geben?«

»Sie bekommen die vierundzwanzig Stunden unter der Bedingung, dass Sie Ihren Pass abgeben, Ihre Konten während der Zeit eingefroren werden und Sie damit einverstanden sind, dass man Sie überwacht.«

Knight lachte leise auf und wandte sich an Bic. »Du hast vorausgesagt, dass sie das sagen wird.«

»Entspann dich, Baby. Es wird alles gut.«

»Jetzt gibt es kein Zurück mehr«, meinte sie und wandte sich erneut an Eve. »Ich bin dabei.«

»Am besten sagen Sie mir erst einmal, wo Sie gestern Abend zwischen sechs und sieben Uhr waren.«

»Die Dreharbeiten dauerten bis halb fünf. Dann habe ich noch ein paar Autogrammkarten signiert und für die Kameras posiert, danach habe ich mich umgezogen und bin heimgefahren. Zusammen mit Bic. Ich nehme an, dass wir so gegen sechs zu Hause waren. Wir haben uns einen Drink genehmigt, weil ich mich erst einmal etwas entspannen wollte, schließlich sind wir noch ein paar Ideen für ein Special durchgegangen, das wir im Frühjahr bringen wollen. Wir wollen im Mai für eine Woche mit der Sendung nach Europa, aber dann haben Bic und ich statt über diese Reise ziemlich hitzig über dieses Weibsbild diskutiert. Über Larinda Mars«, erklärte sie und stieß ein lautes Schnauben aus.

»Das nennt man einen Streit, Annie. Den gab es jedes Mal, wenn es ans Bezahlen ging«, griff er den Faden auf. »Ich war der Ansicht, dass das endlich aufhören muss.«

»Sie wussten, dass Mars sie erpresst hat?«, fragte Eve.

»Natürlich, und ich war mit der Entscheidung zu bezahlen, nicht einverstanden, habe aber schließlich nachgegeben, weil die arme Annie den Gedanken, dass die Sache herauskommt, nicht ertragen hat. Aber wie hätte diese Sache jemals aufhören sollen, ohne dass sie endlich selbst einen Schlussstrich zieht? Es hätte nur noch schlimmer werden können … und darüber haben wir eine ganze Weile diskutiert.«

»Wir haben wirklich fürchterlich gestritten, denn das Geld war mir egal. Doch sie wollte mehr, sie wollte auch noch Infos über andere Leute, aber dabei habe ich nicht mitgemacht. Das Geld allein war mir egal. Das habe ich mir jedes Mal gesagt. Jeden Monat wieder, doch im Grunde war mir klar, dass es auch ihr nicht nur ums Geld gegangen ist. Bic hatte recht, und das hat mich noch wütender gemacht.«

Sie blickte ihn bedauernd an. »Ich habe dir bei unserer Auseinandersetzung schlimme Dinge an den Kopf geworfen. Habe eine Grenze überschritten«, meinte sie, als er abwehren wollte, fügte sie hinzu: »Oh doch, das habe ich. Aber ich bin froh, dass ich zu weit gegangen bin, denn dabei ist mir klar geworden, wie weit sie mich schon getrieben hat und dass ich mich nicht mehr von ihr erpressen lassen darf.«

Sie legte eine kurze Pause ein und nippte vorsichtig an ihrem goldfarbenen Drink.

»Ich habe endlich aufgehört, mich gegen Bic und auch gegen mich selber aufzulehnen«, fuhr sie fort. »Ich bin niemand, der sich von anderen einfach unterbuttern lässt, Lieutenant, aber Mars hat es geschafft. Doch gestern bin ich zu dem Schluss gekommen, dass das aufhören muss. Statt wieder zu bezahlen, habe ich ihr eine Textnachricht geschickt. Sonst nichts. Ich wollte dadurch eine Woche Zeit gewinnen, um zu tun, was nötig ist. Ich habe meinen Anwalt Bob gebeten hierherzukommen und ihm alles erzählt. Er hat gesagt, wir sollten erst einmal einen Tag lang warten, um das alles zu verdauen, aber dann fing er sofort mit seiner Arbeit an.«

»Dann haben ich und Annie uns beruhigt und in den Nachrichten von diesem Mord gehört.«

»Weshalb wir unsere Pläne noch einmal geändert haben und jetzt hier mit Ihnen sitzen«, fügte Annie noch hinzu.

»Wann hatten Sie und Mars zum letzten Mal Kontakt?«

»Vor circa einer Woche. Sie hat mir immer vierzehn Tage vor

dem jeweiligen Zahltag eine E-Mail oder Textnachricht geschickt. Oder sie kam hierher und ist dann einfach in mein Studio marschiert«, erklärte Knight, und ihre Augen blitzten zornig auf. »Wenn sie mich angerufen hat, bin ich nicht drangegangen, trotzdem hat sie ständig irgendwelche gut gelaunten Sprachnachrichten auf meinen Link geschickt, als wären wir die besten Freundinnen. In diesen Nachrichten kamen immer irgendwelche Zahlen vor. Sie hat zum Beispiel gesagt: Ich habe das Gefühl, als ob ich in den Schuhen schon siebentausend Meilen gelaufen wäre. Oder: Auf der Party waren bestimmt achttausend Leute. Oder etwas anderes in der Art. Sie wollte immer zwischen sieben und neun Riesen von mir haben, weil man die problemlos auf ein Konto einzahlen kann. Diesen Monat wollte sie neuntausend haben.«

»Wie ist sie an das Geld herangekommen?«

»Sie hätte gern gehabt, dass wir uns treffen, aber dabei habe ich nicht mitgespielt. Sie wollte, dass die Leute sehen, wie wir etwas zusammen trinken, als wären wir die dicksten Freundinnen. Aber ohne mich. In ihren Nachrichten hat sie mir regelmäßig vorgeschlagen, sie an einem bestimmten Ort zu einer ganz bestimmten Zeit zu treffen, wie bei *Gino's* oder im *Du Vin,* wo sie ermordet worden ist. Und ein-, zweimal im *Russischen Teesalon*. Ich habe ihr das Geld dann immer per Kurier geschickt. Ich habe jedes Mal ein anderes Unternehmen dafür ausgesucht.«

»Gibt es dafür Belege?«

»Allerdings. Ich habe alles gespeichert, ihre Nachrichten und E-Mails und wenn sie mir etwas auf meinen privaten Link gesprochen hat. Ich habe, seit das angefangen hat, dreimal die Telefonnummer gewechselt, aber irgendwie hat sie die neue Nummer immer innerhalb von kurzer Zeit gehabt.«

Sie legte eine neuerliche Pause ein und nahm den nächsten Schluck von ihrem Drink. »Sie war echt gut in ihrem Job und hat bestimmt nicht schlecht verdient. Sie hatte es nicht nötig, andere zu erpressen, deshalb kann es ihr dabei nicht allein ums Geld gegangen sein. Verstehen Sie, was das heißt? Es hat ihr *Spaß* gemacht, mich auszuquetschen.«

»Das ist mir bewusst.«

»Ich habe eine Akte angelegt und werde sie für Sie kopieren. Ich wusste immer, dass es eines Tages dazu kommen würde. Nicht dass jemand sie ermorden würde, aber dass ich irgendwann beschließen würde, wegen der Erpressungen zur Polizei zu gehen. Obwohl ich es die ganze Zeit geleugnet habe, wusste ich, Bic hatte recht.«

»Womit wurden Sie erpresst?«

»Okay.« Sie schloss kurz die Augen. »Okay. Die Frau, die mich geboren hat, hat sich prostituiert. Sie hieß Carly, sie war die Schwester der Frau, die mich großgezogen hat und die für mich in Wahrheit meine Mutter ist. Meine Mutter hat mich aufgenommen, als Carly mich bei ihr zurückgelassen hat. Ich war erst seit zwei Wochen auf der Welt, und sie war damals selbst erst zweiundzwanzig Jahre alt. Sie hatte sich das Geld fürs College selbst verdient und gerade einen Job in einem Kindergarten angenommen. In ihrer Heimatstadt, die in Missouri liegt. Ich habe das alles erst Jahre später herausgefunden, wissen Sie? Sie hat mich großgezogen wie ein eigenes Kind und mir alles gegeben, was im Leben wichtig ist. Um mich zu beschützen, ist sie nach St. Louis umgezogen und hat sich dort einen neuen Job gesucht. Weg von ihren Freunden und von der Familie. Auch meine Großeltern waren und sind noch immer anständige Leute. Während Carly war … was sie nun einmal war.«

Erneut nahm sie Bics Hand. »Kurz nach meinem dreizehnten Geburtstag tauchte Carly bei uns auf. Dabei kam alles heraus, und dieser Junkie, diese Nutte, die mich nur geboren hatte, weil sie zu viel Schiss hatte, um abzutreiben, als sie irgendwann gemerkt hat, dass sie schwanger war, hat Geld für mich verlangt, denn ihr war klar, dass meine Großeltern dafür bezahlen würden, dass sie mich in Ruhe lässt. Sie hat damit gedroht, mich mitzunehmen und dann einfach irgendwo in einem Straßengraben auszusetzen, wenn sie nicht zehntausend Dollar kriegt. Wie nicht anders zu erwarten, haben sie bezahlt.«

»Ich war damals dreizehn und erfuhr, dass mein gesamtes, bisheriges Leben eine Lüge war. Ich war so wütend, so geschockt, so *jung* und konnte gar nichts anderes mehr sehen. Statt meine wahre Mutter zu umarmen, habe ich sie brüsk zurückgewiesen und bin mit den Fäusten auf sie losgegangen, als sie mir die Sache erklären wollte und das Geld zusammengesucht hat, das sie Carly für mich geben wollte, bin ich in mein Zimmer gestürmt, habe mich dort eingesperrt und bin später heimlich aus dem Haus geschlichen, um die Frau zu suchen, die ich in dem Augenblick für meine Mutter hielt. Sie hatte einen Zettel auf den Tisch gelegt, auf dem ihre Adresse stand, in einem Teil der Stadt, in den mich meine Mutter nie hätte gehen lassen, weil es dort viel zu gefährlich für mich war. Carly stand dort auf der Straße und hat sich den Männern angeboten, die herumgelaufen sind. Natürlich hatte sie keine Lizenz, aber das hat die Freier dort nicht interessiert. Junkies, Huren, Dealer und ich dann plötzlich mittendrin.«

Sie schüttelte sich ungeduldig eine Strähne ihrer Haare aus der Stirn.

»Sie war voll drauf. Wobei ich so behütet aufgewachsen war, dass mir das erst einmal gar nicht klar war. Ich wollte Antworten von ihr, ich wollte, dass sie mir die *Wahrheit* sagt. Ich wollte diese Antworten nicht von der Frau, die mich seit dreizehn Jahren angelogen hatte, sondern von ihr selbst. Oh Gott, mit dreizehn ist man echt naiv.«

Sie trank den nächsten Schluck und überlegte kurz. »Trotzdem bildet man sich in dem Alter natürlich ein, dass man alles weiß. Man ist zerbrechlich, aber gleichzeitig auch voller Leidenschaft. Sie hat mich angelacht, den Arm um mich gelegt und mir erklärt, ich hätte wirklich Mumm, genau wie sie. Dann kam dieser Mann – auch er war high – und meinte, dass er hundert Dollar für uns beide zahlt. Ich wusste nicht einmal, was er damit meint. Sie hat gesagt: ›Zweihundert, Süßer.‹ Diese Worte haben sich mir eingeprägt. Dann hat sie den Arm so fest um mich gelegt, dass ich mich nicht befreien konnte, doch im Grunde wollte ich das auch gar nicht. Ich wollte immer noch die Wahrheit wissen und war viel zu sehr in meiner eigenen Welt, um zu begreifen, was um mich herum in dieser fremden Welt geschah. Dann zerrten mich die beiden in eine dunkle Gasse, ich habe nicht einmal geschrien. Ich hatte keine Ahnung, was da vor sich ging, bis mich der Kerl gegen die Wand gedrückt und sich an mir gerieben hat. Da habe ich versucht, mich loszureißen. Ich kann sie noch immer lachen hören. ›Mach langsam, Süßer, lass mich sie erst vorwärmen. Gott, lass mich sie erst vorwärmen.‹«

Jetzt tastete sie blind nach Bic, und er packte mit beiden Händen ihre Hand.

»Schon gut. Dir kann nichts mehr passieren.«

»Dann hat er sie geschlagen«, fuhr Knight fort. »Er hat ihr eine mit dem Handrücken verpasst. Sie blutete aus der Nase und ist auf ihn losgestürmt. Dann hatte er mit einem Mal ein Messer in der Hand, hat damit vor ihr herumgefuchtelt, und die beiden haben sich angeschrien. Sie waren beide völlig high. Schließlich hat er mich mit dem Messer an der Hand erwischt, und voller Angst, Wut und Schock habe ich das verdammte Ding gepackt und es ihm in den Hals gerammt. Ich weiß, ich habe ihn am Hals erwischt. Das Blut fing an zu spritzen, als Carly das gesehen hat, hat sie laut gelacht. Dann habe ich das Messer fallen lassen und bin weggerannt. Danach ist alles irgendwie verschwommen. Ich bin gerannt, in einen Bus gestiegen, heimgefahren, und zu Hause habe ich dann alles meiner Mum erzählt. Ich war nur eine knappe Stunde weg, aber nichts war mehr, wie es zuvor gewesen war.«

Sie atmete tief durch. »Mum hat meine Kleider eingepackt, um sie zur Polizei zu bringen, sie hat erst einmal nachgesehen, ob ich selbst verwundet war. Ich hatte ein paar Kratzer, ein paar blaue Flecken und die kleine Schnittwunde an meiner Hand. Dann hat sie mich die ganze Nacht im Arm gehalten und mich wie ein Baby hin- und hergewiegt. Sie hat gesagt, wir würden mit der Angelegenheit zur Polizei gehen und es würde alles gut. Aber morgens kam dann in den Nachrichten, dass man in dieser Gasse einen toten Mann und eine tote Frau gefunden hat. Sie hatten beide jede Menge Stichwunden, und sie haben die Passfotos der beiden gezeigt. Es waren Carly und der Kerl.«

In ihren Augen stiegen Tränen auf. »Ich habe wirklich keine Ahnung, ob ich diesen Kerl erstochen habe oder sie. Ich weiß nicht, ob er sie vielleicht getötet hat, bevor er selbst wegen der Stichwunde am Hals verblutet ist. Sie haben in den Nachrichten gesagt, anscheinend wären die beiden high gewesen, hätten sich gefetzt und sich bei dieser Auseinandersetzung gegenseitig umgebracht. Darauf hat meine Mutter die Klamotten, die ich an dem Abend anhatte, verbrannt. Sie hat gesagt, dass wir die Toten ruhen lassen sollen und es nicht nötig wäre, dass die Polizei mich wegen dieser Sache in die Mangel nimmt. Das würde schließlich nichts mehr ändern, und ich hätte nichts dafür gekonnt. Sie hat gesagt, sie hätte mich von Anfang an geliebt, mir aber trotzdem irgendwann die Wahrheit sagen sollen, deswegen wäre es alleine ihre Schuld.«

Sie blickte Eve aus dunklen, feuchten Augen an.

»Aber es war nicht ihre Schuld und auch nicht die von einem zornigen, verschreckten Kind. Es war alleine Carlys Schuld. Die Schuld von Carly Ellison und diesem widerlichen Kerl. Dann zogen wir zurück in unsere alte Heimatstadt und zogen einen Schlussstrich unter diese Angelegenheit. Als ich sechzehn war, hat Mum Abe Knight geheiratet, und wir nahmen beide seinen Namen an. Sie hat ihm vor der Hochzeit alles, was geschehen war, erzählt, aber sie haben sich ein gutes Leben aufgebaut, und auch ich selbst hatte es bei ihnen gut. Ich habe zwei Geschwister – einen Bruder, eine Schwester –, beides anständige Leute, die inzwischen gute, eigene Familien haben. Deswegen habe ich bezahlt, als Mars gedroht hat, alles zu enthüllen. Ich habe ihnen nichts davon erzählt, genau wie meine Mutter mir die Dinge damals vorenthalten hat. Aber ich wollte dieses Wochenende endlich heimfahren, ihnen alles sagen und zur Polizei gehen. Ich wollte Mars die Waffe, die sie gegen mich geschwungen hat, entwinden.«

Eve blieb stumm, doch als auch Annie nichts mehr sagte, fragte sie: »Wie hat sie es herausgefunden?«

»Das hat sie nie gesagt. Sie meinte nur, sie hätte jede Menge Vögelchen, die ihr mit Freuden alles vorzwitschern, was für sie vielleicht von Interesse ist. Meine Mutter hatte sich auch offiziell als meine Mutter ausgegeben, hat gesagt, es wäre eine Hausgeburt gewesen und der Vater wäre unbekannt. Zwar hat sie obendrein den Mädchennamen ihrer Mutter angenommen, als wir nach St. Louis zogen, trotzdem wäre es nicht weiter schwer gewesen herauszufinden, dass sie eine Schwester hatte und auf welche Art die Schwester umgekommen ist.«

»In Ordnung.« Eve stand auf.

»Werden Sie mich jetzt verhaften?«

»Erst einmal werde ich mit den Kollegen in St. Louis sprechen und sie bitten, mir die Akten zu den beiden Todesfällen zu schicken, danach will ich auch Ihre eigenen Unterlagen und die Aufnahmen Ihrer Überwachungskameras daheim von gestern Abend haben. Falls wir Sie danach verhaften müssen, kriegen Sie auf alle Fälle vierundzwanzig Stunden Zeit.«

»Okay.«

»Wer weiß sonst noch etwas von der Sache?«

»Niemand. Außer meinem Anwalt, denn den habe ich bei meinem Anruf gestern Abend eingeweiht. Davon abgesehen nur noch meine Mum, mein Dad und meine Großeltern.«

»Und wer weiß, dass Mars Sie erpresst hat?«

»Davon habe ich nicht mal meiner Familie etwas erzählt. Nur Bic sowie seit gestern Bob.«

»Wie sieht es mit Ihrem Assistenten aus?«

»Mit Bill? Oh nein. Er will mich schützen, ist loyal und ein echt feiner Bursche, aber nein. Dies ist eine private Angelegenheit.«

»Okay. Dann brauchen wir die Unterlagen und die Bilder Ihrer Überwachungskameras.«

»Die sind bei mir zu Hause, aber … Gott … in einer Viertelstunde muss ich schon ans Set.«

»Ich kann die Sachen holen«, bot Bic ihr an.

»Auf dich ist einfach stets Verlass.« Sie küsste ihm die Hand.

»Das hoffe ich doch wohl.«

»Wir schicken einen Beamten mit, dem Sie die Sachen übergeben können«, meinte Eve. »Ich danke Ihnen für Ihre Offenheit. Rekorder aus.«

Sie wandte sich zum Gehen, blieb dann aber noch einmal stehen. »Falls Sie mir gegenüber ehrlich waren, nichts ausgelassen und auch nichts verändert haben, wird niemand Sie verhaften, denn dann haben Sie sich damals schließlich nur gewehrt. Genauso werden wir auch Ihre Mutter nicht verhaften, weil sie Ihnen ein zusätzliches Trauma ersparen wollte und deshalb damals nicht mit Ihnen zur Polizei gegangen ist.«

Knight stand zitternd auf, gab ihr die Hand und blickte sie mit frischen Tränen in den Augen an. »Ich danke Ihnen.«

»Falls Sie etwas ausgelassen haben, wäre jetzt die Zeit, um noch damit herauszurücken.«

»Sie wissen alles, was es zu der Angelegenheit zu sagen gibt. Wahrscheinlich wird mir Bic bis an mein Lebensende vorhalten, dass ich nicht schon vor einundzwanzig Monaten zu Ihnen gegangen bin.«

»Am besten hören Sie nächstes Mal sofort auf ihn«, schlug Eve ihr lächelnd vor.

14

Nur damit sie auch noch etwas Spaß am Sender hätten, sah Eve auf dem Weg nach draußen noch einmal bei Hyatt rein.

Er sprang empört aus seinem Schreibtischsessel auf und schlug gegen den Knopf in seinem Ohr.

»Ich werde mich im Namen von Miss Knight über Ihr Vorgehen beschweren.«

»Okay, hängen Sie ruhig noch eine eigene Beschwerde dran, nachdem Sie mir gesagt haben, wo Sie gestern Abend zwischen sechs und sieben Uhr waren.«

Er schaffte es nicht einmal, halb so arrogant auf sie herabzusehen wie Summerset. »Ich bin nicht verpflichtet, Ihnen irgendetwas zu sagen.«

»Am besten rufen Sie noch einmal diesen Anwalt an und fragen ihn, was er dazu zu sagen hat.« Um ihn zu ködern, trat sie auf ihn zu.

Und freute sich, als er erschrocken einen Schritt nach hinten tat. »Ich werde die Security verständigen, damit sie Sie aus dem Gebäude führt.«

Sie bleckte ihre Zähne. »Ja? Versuchen Sie's. Peabody, notieren Sie, dass Mr. Hyatt uns nicht sagen kann, wo er in der fraglichen Zeit war.«

»Das habe ich bereits getan.«

»Fahren Sie zur Hölle«, fauchte er. »Ich war hier in meinem Büro, und zwar bis kurz nach sieben. Wenn Sie sich auf Ihren Job, für den ich immerhin mit meinen Steuern zahle, auch nur annähernd verstehen würden, wäre Ihnen klar, dass Sie nur überprüfen müssen, wann der Raum zum letzten Mal mit meiner Schlüsselkarte abgeschlossen worden ist. Und jetzt verschwinden Sie.«

»Ist es normal, dass Sie noch hier sind, nachdem Ihre Chefin längst schon heimgefahren ist?«

»Ich mache meine Arbeit eben ordentlich. Ich tue, was zu tun ist, und ich glaube, dass ich Ihnen keine Rechenschaft schuldig bin.«

»Wenn Sie mich belügen, schon«, erklärte sie leichthin, und als sie sich zum Gehen wandte, hörte sie, wie er nach einer Telefonverbindung mit dem Anwalt rief.

Was wirklich ziemlich lustig war.

Dann fuhren sie zurück ins Erdgeschoss und machten auf dem Weg zum Wagen extra einen Umweg, um nicht noch einmal mitzukriegen, wie sich irgendein Tourist von einem der New Yorker Taschendiebe ausnehmen ließ.

»Am besten sehen wir uns diesen Hyatt noch genauer an. Ich kann den Kerl nicht ausstehen.«

»Ich auch nicht. Aber sie und diesen Bic fand ich echt nett.«

»Sie können nett und trotzdem Mörder sein.«

»Aber Sie glauben nicht, dass sie das sind.«

»Ich glaube nicht, dass sie das sind«, bestätigte Eve ihrer Partnerin. »Aber ich werde die Geschichte trotzdem überprüfen. Wie viel ist über Knights Herkunft öffentlich bekannt?«

»Tja nun, dass sie vom Land kommt, aus Missouri, und dass ihre Mutter, eine Lehrerin, sie ganz alleine großgezogen hat. Ich habe außerdem schon mal gehört, dass sie erst nach St. Louis und danach zurück in ihre alte Heimatstadt gezogen waren. Wenn man ihre Sendung sieht, bekommt man automatisch mit, wie sehr sie an ihrer Familie hängt und dass sie ihren Stiefvater als ihren Dad ansieht. Sie hat beim Fernsehen in St. Louis angefangen und sich dort hochgearbeitet. Mit dreißig war sie bereits eine große Nummer, hat hier in New York zusammen mit anderen eine morgendliche Talkshow moderiert, sie war dann so beliebt, dass man ihr eine eigene Sendung angeboten hat. Ich weiß, dass sie der Star des Senders und schon eine halbe Ewigkeit mit Bic zusammen ist. Wie lange ganz genau, kann ich nicht sagen, doch das finde ich bestimmt heraus.«

»Auch diesen Bic sehen wir uns noch genauer an. Man sieht, dass er sie liebt, aber vielleicht hat er ja gerade deshalb irgendwelche Dummheiten gemacht. Ich glaube nicht, dass es so ist, aber wir gehen besser allen Spuren nach.«

Wobei es jede Menge Spuren gab und sie nur hoffen konnte, dass sie sich auf ihrer Suche nicht verlief.

Zurück auf dem Revier, ging Eve in ihr Büro, brachte dort die Tafel auf den neuesten Stand und rief auf dem Computer Terrance Bicfords Daten auf.

Geboren in New York und Jurastudium an der Columbia University. Erstklassiger Jurist und schließlich Partner einer ebenfalls erstklassigen Kanzlei. Auf Erb- und auf Finanzrecht spezialisiert. Eine Ehe, eine Scheidung, ehe er mit Knight zusammengekommen war. Aus dieser Ehe eine Tochter, ebenfalls Juristin und genauso gut wie er.

Seit – hu! – neunzehn Jahren mit Knight zusammen und im Vorstand ihrer Stiftung sowie ihres Unternehmens, bei denen es bestimmt um mehr als Peanuts ging.

Anscheinend ging es in Knights Welt um sehr viel Geld. Aber auch er selbst war durchaus schon vermögend, als sie zusammengekommen waren.

Doch schließlich ging es hier auch um Geheimnisse und nicht um Geld.

Sie ging sich einen Kaffee holen, nahm wieder Platz, legte die Füße auf der Schreibtischplatte ab und ließ ihren Gedanken freien Lauf.

Auch Mars war es nicht allein ums Geld gegangen, sondern darum, es den Zielpersonen abzunehmen und zu graben, bis sie neue Quellen fand.

Sie hatte das besondere Talent oder auch einfach einen ganz besonderen Instinkt dafür gehabt, die Schwächen anderer aufzudecken und es auszunutzen, dass die Menschen dafür zahlten, dass sie die Geheimnisse, die sie bewahren wollten, ebenfalls für sich behielt.

Wer würde lieber zahlen, als bloßgestellt zu werden?

Reiche und sehr reiche Leute, dachte Eve. Die es sich ganz

problemlos leisten konnten, jeden Monat ein paar Tausend Dollar zu verlieren. Weil's dabei um ihr Image ging, das unbezahlbar war.

Nur hatte Mars sich irgendwann verrechnet. Hatte entweder ein Opfer allzu sehr oder zu lange ausgesaugt oder sich irgendwann an jemanden herangemacht, der lieber einen Mord beging, als die Enthüllungen der Journalistin zu riskieren. Oder an jemanden, der es sich nicht leisten konnte zu bezahlen oder jemand anderen schützen wollte.

Ein Kind, das sich gewehrt hat, und eine Mutter, die es schützen wollte, ein Mann, der die Erpressung deckte, um die Frau zu schützen, die sein Ein und Alles war.

So könnte es gewesen sein. Dass eine Zielperson nicht nur sich selbst, sondern Menschen, die sie liebte, schützen wollte. Und ihrerseits unter dem Schutz der Menschen, die sie liebten, stand.

Hatte Larinda Mars bei Roarke nicht ebenfalls ihr Glück auf diese Art versucht? Doch damals hatte sie die Rechnung ohne ihn gemacht. Was vielleicht ja noch öfter vorgekommen war. Vielleicht wollte eine dieser Zielpersonen sie nicht nur wie Roarke zurückweisen, sondern sie für alle Zeit zum Schweigen bringen.

Eve stellte ihre Stiefel wieder auf den Boden und rief bei den Kollegen in St. Louis an.

Sie wurde immer wieder neu verbunden, bis sie bei der richtigen Abteilung war, und als der Lieutenant aus St. Louis hörte, was sie von ihm wollte, schüttelte er ungläubig den Kopf.

»Wir sollen eine Akte von vor über vierzig Jahren ausgraben? Zum Tod von einer Bordsteinschwalbe und von einem Junkie, die im Vollrausch aufeinander losgegangen sind?«

»Ich weiß, wie lange diese Todesfälle her sind, aber vielleicht haben Sie was mit einem aktuellen Fall von uns zu tun.«

Der Mann verzog verächtlich das Gesicht. »Und was genau?«

»Das weiß ich erst, wenn ich die Akte sehe. Falls ich noch mit den Beamten sprechen könnte, die in diesem Fall ermittelt haben …«

»Vor über vierzig Jahren«, wiederholte er. »Mein Gott, ich weiß nicht mal, ob die Kollegen noch am Leben sind.«

»Es wäre wirklich nett, wenn Sie versuchen könnten, das herauszufinden.« Faules Arschloch, dachte sie. »Sie können mich jederzeit erreichen.« Da sie keine Lust auf irgendwelche dummen Spielchen hatte, zog sie noch die Whitney-Karte, auch wenn sie das eigentlich nicht gerne tat. »Ich kann auch meinen Commander bitten, Ihren Vorgesetzten anzurufen, falls das hilft.«

»Wir haben hier selber jede Menge offener Fälle. Auch wenn wir hier nicht in New York sind, machen wir genauso unseren Job.«

»Deswegen reden wir ja auch von Cop zu Cop, damit ich diese Akte einsehen und, wenn möglich, auch mit den ermittelnden Beamten sprechen kann. Noch mal, es geht um einen Wayne Sarvino und um eine Carly Ellison.«

»Das haben Sie schon gesagt. Wir werden nach der Akte suchen, wenn wir dazu kommen.«

»Haben Sie mit der New Yorker Polizei im Allgemeinen oder mit mir persönlich ein Problem?«

»Ich habe ein Problem damit, dass eine Polizistin aus New York mir sagt, ich soll springen, und erwartet, dass sie nur noch wissen will, wie hoch.«

»Dann wundert es Sie sicher nicht, dass ich mich offiziell bei Ihrem Vorgesetzten und bei der Dienstaufsicht über Sie beschweren werde, wenn die Akte nicht in spätestens zwei Stunden bei mir eingegangen ist.«

»Jetzt hören Sie mir mal zu …«

»Es wird Ihnen bestimmt kein Zacken aus der Krone fallen, wenn Sie mir die Akte schicken, aber wenn Sie sich jetzt weiter querstellen, werden Sie das garantiert bereuen. Und eins noch: Dieser Anruf wurde von mir aufgezeichnet, wie es während laufender Ermittlungen üblich ist. Bis dann.«

Sie legte auf. »Was für ein blöder Arsch.«

»Er wirkte überraschend unkooperativ.«

Sie drehte sich mit ihrem Stuhl herum und sah, dass Roarke

hereingekommen war. »Er ist einfach ein fauler Hund, hat keinen Bock auf den Papierkram und er hasst New York.«

»Und er hasst Frauen, die es genauso weit gebracht haben wie er.«

»Ich bitte dich!«

»So kam es mir auf alle Fälle vor.« Mit einem gleichmütigen Achselzucken nahm er auf der Kante ihres Schreibtischs Platz. »Vor allem, wenn sie noch jünger sind und dazu aus New York. Das setzt für einen Typ wie ihn dem Fass die Krone auf.«

»Das macht ihn einfach nur zu einem noch größeren Arsch.«

»Da hast du recht.«

»Mir ist egal, was für ein Riesenarsch er ist, solange er mir die verdammte Akte schickt. Wie seid ihr vorangekommen?«

»Überraschend gut, Feeney schickt dir gleich noch die Dateien und den Bericht. Wir haben weitere Namen und Konten, auch wenn sie bestimmt noch andere Unterlagen hat. Was sie in ihrem Büro und in der Wohnung hatte, ist nur bruchstückhaft. Eine Zusammenfassung oder etwas in der Art.«

»Wir denken schließlich schon die ganze Zeit, dass sie ein Lager oder sonst was für die ganzen Sachen und vielleicht auch für die Unterlagen angemietet hat, die sie im Lauf der Jahre gesammelt hat.«

»Ich habe unter den von ihr benutzten Namen bisher leider nichts entdeckt.«

Sie sah ihm forschend ins Gesicht. »Das Ganze macht dir Spaß.«

»Warum auch nicht? Das ist ein nettes Puzzle, findest du nicht auch? Und da wir nicht befürchten müssen, dass sich bald die Leichen stapeln werden, haben wir's vor allem nicht wirklich eilig, oder was meinst du?«

Sie wandte sich der Tafel zu. »Das weiß man nie.«

»Hast du Grund zu der Vermutung, dass dein Killer noch einmal töten wird? Weswegen sollte er das tun?«

»Das weiß ich nicht, doch vielleicht braucht er ja gar keinen echten Grund mehr, nachdem er zum ersten Mal gemordet hat.

Vielleicht denkt er einfach, das lief wirklich gut, und eigentlich geht mir auch mein Vermieter, Nachbar, Bruder, meine Exfrau oder sonst wer ziemlich auf den Keks.«

»Ich kenne niemanden, der auch nur annähernd so zynisch ist wie du, Lieutenant. Auch deshalb liebe ich dich so. Und jetzt …«

Er ging zur Tür und schob sie zu. »Was ist?«

»Was soll denn sein?«

»Ich sehe, dass dir etwas auf der Seele liegt.«

»Inzwischen sind fast vierundzwanzig Stunden herum, seit irgendwer direkt vor meiner Nase eine Frau ermordet hat, und trotzdem komme ich ganz einfach nicht voran.«

»Das ist es nicht.« Er legte eine Hand unter ihr Kinn und zwang sie sanft, ihn anzusehen.

Er sah ihr einfach immer an, wie es ihr ging, erkannte sie, und baute sich vor ihrem schmalen Fenster auf. »*Böse* ist ein Wort, das meiner Meinung nach von vielen Leuten allzu leichtfertig verwendet wird. Wobei es selbstverständlich Menschen gibt, die schlicht und einfach böse sind. Das sehen wir Polizisten praktisch jeden Tag. Wir legen ihnen das Handwerk, wenn es geht, doch meistens nehmen wir einfach irgendwelche kleinen Fische wie die beiden Straßendiebe heute Mittag fest.«

»Deshalb der kleine blaue Fleck an deinem Kinn.«

»Sie hat mir ihren Schädel unters Kinn gerammt.« Eve rieb daran herum. »Ihr Stil war echt bewundernswert. Sie war nicht wirklich böse, doch das Potenzial, es irgendwann zu werden, ist natürlich immer da. Es kommt auf die Umstände an, wie's mit ihr weitergehen wird. Du hättest dich zu einem bösen Mann entwickeln können und ich selbst mich zu einer bösen Frau. Das Potenzial war da.« Sie wandte sich ihm wieder zu.

»Kann sein. Ich war in meinem Leben oft sehr kaltblütig und habe viel getan, was du als Cop wahrscheinlich nie verstehen und nie gutheißen würdest. Aber wenn ich den Mann, der ich früher war, mit dem vergleiche, der ich heute bin, wird mir bewusst, dass es trotz allem immer Grenzen für mich gab, die ich nie überschreiten konnte oder wollte. Und wie steht es mit dir, Lieutenant?«

Er sah ihr forschend ins Gesicht. »Für dich waren die Grenzen immer schon viel unverrückbarer und enger als für mich. Du kannst durchaus gemein sein, auch deshalb bete ich dich an. Aber das Potenzial, ein böser Mensch zu werden – das wir zugegebenermaßen alle in uns tragen –, ist bei Weitem nicht so ausgeprägt wie dein Verlangen, die Menschen zu beschützen und mit deiner Arbeit der Gerechtigkeit zu dienen.«

»Genau wie du durch mich bin ich durch dich ein anderer Mensch geworden, als ich früher war. Aber ich mache meinen Job und unterdrücke dabei meine Emotionen. Ich gestehe die Gefühle, die ich habe, nicht einmal mir selbst gegenüber ein.«

Das war's, erkannte Roarke. »Was empfindest du?«

»Dass auch Larinda Mars ein böser Mensch war. Sie hat niemanden umgebracht, niemanden vergewaltigt, keine kleinen Kinder grün und blau geschlagen und nicht einfach zum Vergnügen irgendwelche Menschen ausgeweidet oder so. Ich habe schon viel Schlimmeres erlebt als sie. Wir beide haben schon viel Schlimmeres erlebt.«

Er musste sie berühren und legte kurz die Hand an ihren Rücken.

»Du bist auch schon für Tote eingetreten, die viel schlimmer waren als Mars. Weswegen also setzt dir diese Sache derart zu?«

»Wegen ihrer Opfer, wegen jedes Einzelnen. Wir nennen sie Zielpersonen, denn das ist einfacher für uns und gibt ihnen eine Mitschuld an den Dingen, die geschehen sind. Die haben sie tatsächlich auch, weil sie sich entschieden haben mitzuspielen. Aber trotzdem sind sie ihre Opfer, und obwohl mir einige der Fälle ganz besonders nahe gehen, geht's mir auch noch um etwas anderes.«

»Wie nah?«

Sie fuhr sich mit den Händen durchs Gesicht. »Zum Beispiel Annie Knight. Du weißt wahrscheinlich, wer das ist.«

»Natürlich weiß ich das.«

»Mit dreizehn hat sie herausgefunden, dass die herzensgute, anständige Frau, die sie für ihre Mutter hielt, in Wahrheit ihre

Tante ist, dass ihre leibliche Mutter hingegen eine Hure und ein Junkie war. Dann war sie so dämlich wegzulaufen, weil sie dieses Weib zur Rede stellen wollte, am Ende hat sie dann mit einem Messer auf den Freier eingestochen, der genauso high wie dieses Weibsbild war und sie mit deren Unterstützung auf brutale Art missbrauchen wollte.«

Wortlos trat er auf sie zu, rahmte ihr Gesicht mit seinen Händen ein und küsste sie zärtlich auf den Mund.

»Es war nicht wie bei mir. Sie hat nur einmal zugestochen, dann ist sie weggerannt. Sie hat eine Mutter – weil die Tante eine *echte* Mutter für sie ist –, zu der sie sich geflüchtet hat. Wenn in dieser Akte, die mir dieses Arschloch aus St. Louis schicken soll, nichts anderes steht, hat sie den Kerl, obwohl sie das anscheinend denkt, nicht umgebracht. Ich nehme an, der Typ und diese Nutte haben sich am Ende gegenseitig abgemurkst. Aber sie schleppt die Last seit vielen Jahren mit sich herum, und das kann ich verstehen. Außerdem haben wir im Augenblick noch eine andere Mutter, dessen kranker Exfreund ihre Tochter vergewaltigt hat, worauf das Kind mit einem Messer auf ihn losgegangen ist. Den Fall haben Santiago und Carmichael reingekriegt. Bisher haben wir lauter Leute, die vor allem versucht haben, Menschen, die sie lieben, zu beschützen. Und genau auf solche Leute hatte Mars es abgesehen.«

»Sie hat herumgeschnüffelt und die düsteren Geheimnisse von Leuten ausgegraben, die sich leisten konnten, für ihr Schweigen zu bezahlen.«

»Das hat, so wie bei dir, bestimmt nicht jedes Mal geklappt, aber sie war wirklich eine elendige Schnüfflerin und hatte ein Gefühl dafür, wo etwas zu finden ist. Sie hatte ein besonderes Gespür für solche Dinge, vielleicht hilft es uns ja weiter, wenn wir erst einmal wissen, wer sie ursprünglich war. Sie hat den Leuten hinterhergeschnüffelt und sie dann erpresst. Mindestens einmal hat jemand einer ihrer potenziellen Zielpersonen auf ihr Geheiß hin etwas in den Drink gekippt und ihn in eine Falle tappen lassen, damit sie ihn dann damit erpressen kann. Es war wahrscheinlich nicht das erste Mal, dass sie ein bisschen nachgeholfen hat. Ging's dabei um den Spaß, um das Geschäft oder um beides?«, überlegte Eve. »Am besten höre ich mir endlich an, was Mira dazu sagt.«

»Weil du den Killer eher verstehst, wenn du das Vorgehen seines Opfers nachvollziehen kannst.«

»Normalerweise ist das so.« Das Piepsen des Computers wies auf eine eingehende Nachricht hin, und sie sah auf den Monitor. »Feeneys Bericht. Hervorragend.«

»Dann lasse ich dich weiter deine Arbeit machen«, meinte Roarke.

»Um sieben habe ich noch ein Gespräch mit einer anderen Zielperson von Mars. Ich dachte mir, ich fahre nach der Arbeit dort vorbei, weil unser Treffpunkt auf dem Weg nach Hause liegt.«

»Dann warte ich auf dich und komme mit. Bis dahin finde ich hier sicher einen Platz, an dem ich meine Arbeit machen kann.«

»Wo setzt du dich hin?«

»Mal hier, mal da.« Er küsste sie aufs Haar, weil sie inzwischen wieder hinter ihrem Schreibtisch saß. »Gib mir einfach Bescheid, wenn du hier fertig bist.«

»Das mache ich. Das heißt, verdammt! Ich bringe dich noch raus und sage Peabody, dass sie McNab abholen und Feierabend machen soll.«

»Du bist ja eine echte Glucke.«

Sie verzog beleidigt das Gesicht. »Ich bin ihr Lieutenant, wenn meine Leute einen Burn-out kriegen, nützen sie mir nichts.«

Entschlossen trat sie an den Schreibtisch ihrer Partnerin. »Haben Sie Hyatt überprüft?«

»Ich bin damit fast durch. Hallo«, wandte sich Peabody an Roarke. »Hat Ihre Suche etwas gebracht?«

»Auf jeden Fall.«

»Schicken Sie mir alles, was Sie herausgefunden haben«, meinte Eve, »danach holen Sie McNab und machen Schluss für heute, ja? Ich kriege gleich wahrscheinlich noch die Akte aus St.

Louis rein.« Falls nicht, wäre der Teufel los. »Wenn es irgendetwas gibt, was wir uns noch genauer ansehen müssen, kriegen Sie von mir Bescheid.«

»Okay. Ich habe schon mal – haben Sie kurz Zeit?«

»Ich stehe schließlich gerade hier.«

»Dann überlasse ich euch eurem Cop-Gespräch«, erklärte Roarke und ging zu Jenkinson, um sich die neueste, furchtbare Krawatte seiner Sammlung anzusehen.

»Ich habe die Familie Knight kurz überprüft. Sie alle wirken sauber und total normal. Nur ein paar Strafzettel für falsches Parken oder schnelles Fahren, weiter nichts. Ich könnte sie mir noch genauer ansehen, glaube aber nicht, dass uns das weiterbringen wird. Auch nach Reisen habe ich gesucht, denn manchmal denkt man, die Familie wüsste irgendetwas nicht und trotzdem weiß sie längst Bescheid. Nur war von ihnen niemand gestern oder in den letzten Monaten hier in New York.«

»Gute Idee. Das heißt, fürs Erste streichen wir die Knights, aber wir sehen uns auch noch die Familien von den anderen Zielpersonen an. Vielleicht hat ja jemand irgendwen beschützt, der entweder sich selbst oder jemand anderen schützen wollte. Schicken Sie mir Hyatts Daten und dann fahren Sie heim.«

Sie machte kehrt, und auf dem Weg zurück in ihr Büro sah sie, dass Jenkinson, sein grauenhafter Schlips und Roarke verschwunden waren.

An ihrem Schreibtisch ging sie Feeneys Daten durch. Er hatte fünfzehn weitere Namen ausgegraben, ein paar von ihnen hatte sie tatsächlich schon einmal gehört. Ein Strafverteidiger, der sie ein paarmal vor Gericht als Zeugin in die Mangel nehmen wollte, zwei weitere Sportler und ein Schauspieler.

Sie ging die Summen, die sich Mars von ihnen hatte zahlen lassen, durch.

»Du hattest auch noch andere auf deiner Liste stehen«, murmelte sie. »Bei einer lockeren Million in deinem Safe, bei den versteckten Konten, all den Kunstwerken und all dem Schmuck hast du auf jeden Fall auch noch andere erpresst.«

Während sie die Namen, die sie hatte, durchging, klingelte ihr Link. Am liebsten hätte sie das Läuten einfach ignoriert, aber vielleicht hatte Nadine ja irgendetwas herausgefunden, was ihr weiterhalf.

»Reden Sie nur, wenn Sie etwas für mich haben.«

»Mir geht es gut. Wie geht es Ihnen?«

»Schlecht genug, um aufzulegen, wenn Sie mich nur angerufen haben, um mir auf den Keks zu gehen.«

»Warum besuchen Sie mich nicht? Ich könnte auch zu Ihnen auf die Wache kommen, aber ich komme gerade erst vom Sender und ich habe keine Lust, noch einmal aus dem Haus zu gehen. Wogegen Sie ja sowieso noch bei der Arbeit sind.«

»Haben Sie was, weshalb sich der Besuch bei Ihnen lohnt?«

»Vielleicht.«

»Dann spucken Sie es einfach aus.«

»Ich möchte nicht am Link darüber reden und vor allem hätte ich jetzt gerne erst mal ein Glas Wein.«

»Okay. Dann mache ich mich sofort auf den Weg.«

Sie legte auf und tippte eine kurze Textnachricht an Roarke.

Ich muss noch zu Nadine. Sorry, dass ich dich doch nicht mit nach Hause nehmen kann.

Noch während sie sich den Mantel schnappte, ging die Antwort ihres Mannes ein.

Treffe dich in der Garage.

Sie schickte sämtliche Dateien zu dem Fall an ihren heimischen Computer, packte ein paar Unterlagen ein, warf einen letzten Blick auf ihre Tafel und lief los.

Dann blieb sie wieder stehen, als sie auf einen ungewöhnlich finster dreinblickenden Trueheart traf.

»Gibt's ein Problem, Detective?«

»Der Arsch hat wegen einem Videospiel die eigene Schwester umgebracht. Hat ihr mit einem Golfschläger von seinem alten Herrn den Schädel eingeschlagen, weil er gegen sie verloren hat.

Die Eltern sind auf Kreuzfahrt und haben ihm gesagt, er sollte auf sie aufpassen. Zehn Tage lang. Mit siebzehn Jahren sollte er sich ganz allein um seine zwei Jahre jüngere Schwester kümmern. Jetzt ist sie wegen einer Runde *Marodeure* tot.«

»Sitzt er im Verhörraum?«

»Ja, mit Baxter, einem Staatsanwalt und jemandem vom Jugendamt. Ich musste kurz da raus.«

Seine geballten Fäuste spiegelten die Abscheu und den Zorn, mit dem er weitersprach.

»Er sagt immer wieder, dass sie eine blöde Ziege war, um ihn herumgetanzt ist und ihn ausgelacht hat, weil er sich von ihr hat beschummeln lassen. Deshalb hat er dafür gesorgt, dass sie endlich die Klappe hält.«

»Was ist mit den Eltern?«

»Die sind auf dem Rückweg von der blöden Insel, wo sie gerade waren. Wer lässt zwei Teenager für zehn Tage allein, Lieutenant? Wer tut so was?«

Sie sprach nicht von den unzähligen Kids, die ganz alleine auf der Straße lebten, denn das wusste er von seiner Zeit als Streifenpolizist selbst. Stattdessen fragte sie nur: »Welcher Staatsanwalt?«

»Fruinski.«

»Er wird darauf drängen, dass der Kerl wie ein Erwachsener behandelt wird. Sie holen erst einmal tief Luft, bevor Sie wieder reingehen. Dann schließen Sie die Sache ab, schreiben Ihren Bericht und trinken irgendwo mit Baxter noch ein Bier.«

»Ich habe noch ein Date.«

Doch manchmal brauchten Cops ganz einfach andere Cops. »Trinken Sie trotzdem vorher noch ein Bier mit Baxter, ja?«

Er seufzte, aber schließlich nickte er. »Gute Idee. Das mache ich. Danke, Lieutenant.«

Sie nahm ein Gleitband, weil es dort nicht so beengt wie in den Fahrstühlen war. Der junge Trueheart würde sich beruhigen und die Angelegenheit verwinden, wusste sie. Er würde noch einmal mit Baxter über alles reden und dann morgen wiederkommen, um mit der Arbeit fortzufahren.

Er war ein viel zu guter Polizist, um etwas anderes zu tun.

Am Ende quetschte sie sich doch in einen Lift; weil es kein Gleitband bis in die Garage gab, als sie dort zu ihrem Wagen lief, stand Roarke bereits in dem von ihr zu Weihnachten geschenkten Zaubermantel da und gab etwas in seinen Handcomputer ein.

»Ich wurde noch aufgehalten.«

»Kein Problem. Du fährst, weil ich noch kurz etwas fertig machen muss.«

Schweigend manövrierte sie den DSL durch den wie immer furchtbaren Verkehr, doch als Roarke seinen Handcomputer in die Tasche schob, sah sie ihn von der Seite an.

»Hast du etwas gekauft?«

»Im Gegenteil. Ich habe eine Immobilie in Nevada mit erklecklichem Gewinn weiterverkauft.«

»Das heißt, du hast sie erst gekauft, obwohl du sie im Grunde gar nicht haben wolltest?«

»Weil sie deutlich unter Marktwert angeboten wurde und sich mit ein bisschen Fantasie und Geld sehr viel draus machen lässt«, ging er auf ihren Wunsch nach Small Talk ein. »Mit dieser Fantasie und diesem Geld haben wir einen ansehnlichen Profit gemacht und suchen jetzt nach einer neuen Immobilie, die erheblich unter Marktwert angeboten wird.«

»Woher weißt du, dass es in Nevada solche Immobilien gibt?«

»Das finde ich genauso heraus, wie wenn es die woanders gibt.« Er lächelte sie an. »Ich habe einfach einen Riecher für so was.«

»Was wäre, wenn ich dich fragen würde, ob du nicht so eine Immobilie in Nebraska kaufen willst?«

»Warum gerade in Nebraska?«

»Weil da ja wohl eindeutig der Hund begraben und es einfach seltsam ist.«

»Okay. Dann also in Nebraska. Und wo dort genau? Im städtischen oder im ländlichen Bereich?«

»Bist du dir sicher, dass es in Nebraska Städte gibt?«

»Oh ja.«

»Ich meine, echte Städte, nicht nur eine Handvoll von Gebäuden, die an ein paar Straßen kauern.«

»Echte Städte, Schatz. Die gibt es auch noch, wenn man den Mississippi überquert.«

Sie dachte kurz darüber nach. »Im ländlichen Bereich. Das ist wahrscheinlich schwieriger als in der Stadt.«

»Im ländlichen Nebraska«, stimmte er ihr zu. »Wenn ich dort etwas finde, trage ich's auf deinen Namen ein.«

»Moment.«

»Du hast mich herausgefordert, also trage ich das Grundstück oder Haus auf deinen Namen ein. Auch wenn du bei dem Deal vielleicht dein letztes Hemd verlierst.«

»Das macht mir nichts aus, weil du mir schließlich immer wieder neue Hemden kaufst.«

Sie bog in die Garage des Gebäudes, in dem Nadines schicke, neue Wohnung lag. Der Scanner las das Nummernschild von ihrem Wagen ein, und als ihr ohne Federlesen eine freie Lücke zugewiesen wurde, meinte sie: »Anscheinend hat Nadine schon einen Parkplatz für mich reserviert.«

Sie stiegen aus und gingen zum Lift.

»Dallas und Roarke für Nadine Furst.«

Bitte fahren Sie direkt ins Penthouse hinauf. Ich wünsche Ihnen einen schönen Aufenthalt.

»Weswegen interessiert der Fahrstuhl sich dafür, ob wir den Aufenthalt genießen?«, wunderte sich Eve.

»Das ist normale Höflichkeit«, erklärte Roarke und lächelte sie an.

»Computer sollen effizient, nicht höflich sein. Das ist alles, was ich von so einer Kiste will.«

Genauso effizient wie höflich trug der Fahrstuhl sie hinauf.

»Hast du dieses Haus hier auch gekauft, als es besonders günstig war?«

Er nickte, und ein selbstzufriedenes Grinsen huschte über sein Gesicht.

»Aber statt es weiterzuverkaufen hast du es behalten.«

»Manche Dinge kauft man eben, weil man sie behalten will.« Sie traten in den stillen, breiten Flur, und er nahm ihre Hand. »Ich mag das Haus und freue mich, dass sich Nadine für eine Wohnung hier entschieden hat.«

»Die passt schließlich auch ganz hervorragend zu ihr.«

Mit diesen Worten trat sie vor die Tür des Penthouses und drückte auf den Klingelknopf.

In schlabberigem schwarzem Sweatshirt und in schwarzen Leggins machte die Journalistin ihnen auf.

»Wie schön, dass Eve Sie mitgebracht hat.« Lächelnd trat sie auf Roarke zu und gab ihm einen Wangenkuss. »So kann ich wenigstens ein bisschen damit angeben, was sich hier in der Zwischenzeit alles verändert hat.«

»Der Flur ist wunderschön«, erklärte er, als er die bunten Flaschen in den Nischen, die blühenden Pflanzen und die beiden, hübschen Zweiersofas sah.

»Ich lebe wirklich gerne hier.« Sie nahm Roarkes Hand und führte ihn ins Wohnzimmer. »Ich finde zwar noch immer ständig irgendwelche Sachen, die ich hier noch gerne hätte, aber trotzdem fühlt es sich schon wie zu Hause an.«

»Eve hat recht. Die Wohnung passt zu Ihnen.«

Auch Eve sah sich die kühnen Farben, ausdrucksstarken Kunstwerke und die Milliarde künstlich drapierter Kissen auf den Sofas an und fragte: »Was ist das?«

»Ein Tisch. Ein Drachentisch. Ein Drachentisch aus blauem Glas. Ich weiß zwar nicht, warum, aber ich war sofort in dieses Teil verliebt.«

»Reizend.« Roarke betrachtete die sinnlichen, geschwungenen Linien und das sanft schimmernde Blau und fragte: »Daum?«

»Genau!«

»Sie finden diesen Drachen dumm? Warum haben Sie ihn dann gekauft?«

»Daum«, verbesserte Eves Mann. »Ein Handwerker, wie es sie inzwischen nur noch selten gibt.«

»Ich halte meine Augen einfach gern nach interessanter Kunst und interessanten Möbeln auf. Ich hätte nie gedacht, dass mir das solchen Spaß macht, doch so ist es nun einmal. Wobei die Hauptsache auch weiterhin die Aussicht ist, die man von hier hat.«

Sie zeigte auf die Glaswand, durch die man die Großstadtlichter sah.

»Um sieben muss ich noch woandershin, am besten sagen Sie mir also gleich, worum es geht.«

»Dann haben Sie ja auf jeden Fall noch Zeit für ein Glas Wein.«

»Ich bin im Dienst.«

»Ich nicht«, erklärte Roarke. »Das heißt, ich trinke gern ein Gläschen mit.«

»Nehmen Sie doch Platz. Bin sofort wieder da.«

Sie lief mit schnellen Schritten durch den Essbereich mit seinem riesengroßen roten Tisch bis in die elegante Küche, die mit allem, was das Herz begehrte, ausgestattet war.

Roarke setzte sich, doch Eve marschierte vor dem Sofa auf und ab.

»Bestimmt weiht sie die Wohnung bald mit einer Riesenparty ein«, bemerkte er. »Jetzt, da ich die Einrichtung gesehen habe, weiß ich schon das passende Geschenk.«

Eve rollte mit den Augen, weil das Hin und Her aus Einladungen und Geschenken offenbar kein Ende nahm.

Dann kam Nadine zurück, und Eve stellte das Augenrollen ein, als sie den großen Becher Kaffee neben den zwei Rotweingläsern stehen sah.

Roarke prostete der Journalistin zu, und als er etwas auf Gälisch sagte, meinte sie: »Ich nehme an, dass das etwas Nettes war.«

»Es heißt *Willkommen daheim.*«

»Danke.« Sie nahm Platz und gönnte sich den ersten vorsichtigen Schluck von ihrem Wein. »Das ist bereits mein zweites Glas, aber ich habe heute schließlich auch den halben Tag im

Studio mit elenden Gesprächen über Mars und die Ermittlungen verbracht. Außerdem habe ich noch meine besten Rechercheure auf sie angesetzt und selbst gegraben, wenn ich nicht gerade auf Sendung war.«

»Und?«

»Sie haben sich bestimmt schon selbst mit ihrem Hintergrund befasst. Damit, dass sie als junge Journalistin geradewegs vom College im Mittleren Westen nach New York gekommen ist und hier als Praktikantin bei *Hinter den Sternen* angefangen hat. Sie hat sich zur Assistentin hochgearbeitet, danach kam sie zum Channel 75, wo sie vor der Kamera gelandet ist und am Ende ihre eigene Sendung zugeteilt bekam.«

»Was meiner Meinung nach totaler Unsinn ist«, erklärte Eve. »Zumindest, bis sie nach New York gekommen ist.«

»Das würde mich nicht überraschen«, stimmte ihr die Journalistin zu. »Ihr Name steht zwar in den Collegeunterlagen, aber niemand dort kann sich an sie erinnern. Wir haben mit früheren Studenten, mit Dozenten und mit Angestellten dort gesprochen, doch obwohl ein paar von ihnen gern ins Fernsehen gekommen wären und deshalb etwas anderes behauptet haben, konnte niemand etwas Konkretes über sie erzählen. Wahrscheinlich hat sie also niemals dort studiert.«

Sie schüttelte den Kopf und trank den nächsten Schluck von ihrem Wein. »Trotzdem hat sie dann beim Channel 75 ihren Job wirklich gut gemacht. Ihrem Lebenslauf zufolge sind die Eltern häufig mit ihr umgezogen und bei einem Unfall umgekommen, als sie achtzehn war. Wobei sich niemand an die Eltern oder an sie selbst genau erinnern kann. Das alles klingt für mich ein bisschen zu perfekt, um wahr zu sein.«

»Genau«, pflichtete Eve ihr bei. »Eine Kindheit als Nomadin, die als Einzelkind von ihren Eltern unterrichtet worden ist, bevor das College sie dank ihrer super Noten nach dem Tod der Eltern sofort angenommen hat. Andere Verwandte hatte sie angeblich nicht. Ein makelloser, rundherum perfekter Lebenslauf. Dazu war sie anscheinend immer kerngesund und ist auch nicht mit den Gesetzen in Konflikt geraten, bis sie nach New York kam. Hier wurde sie dann in Zusammenhang mit ihrer Sendung öfter mal verklagt, wobei dann aber nie etwas herausgekommen ist. Keine feste Partnerschaft und keine anderen engeren Beziehungen. Ein sauberes, nettes Mädchen, das nach Abschluss seines Studiums nach New York gekommen ist.«

»Wobei sich an dem College niemand mehr an sie erinnern kann.«

»So weit bin ich noch nicht gekommen«, meinte Eve. »Das heißt, ich danke Ihnen, weil mir das sicher ein paar Stunden Arbeit erspart. Auch wenn mir das bei den Ermittlungen nicht wirklich weiterhilft.«

»Ich habe noch etwas anderes für Sie.« Die Journalistin zog die Beine an und machte es sich auf der Couch bequem. »Ich habe eine weitere Zielperson von Mars.«

»Name?«

»Phoebe Michaelson.«

»Muss man die kennen?«

»Eher nicht. Sie arbeitet als Assistentin von Larindas Assistenten.«

»Hat die Familie Geld?«

»Ich glaube, nicht.«

»Dann ging es Mars bei ihr also um Infos, die sie ihr besorgen konnte.«

»Genau. Ich werde Ihnen sagen, wie es abgelaufen ist. Ich habe meinen Leuten vorhin nur das Nötigste erklärt und ihnen gesagt, dass niemand etwas von ihren Recherchen mitbekommen soll. Danach kam eine meiner Frauen noch einmal zu mir ins Büro. Sie hat gesagt, sie hätte Phoebe und Larinda zwei-, dreimal zusammen in einer Bar gesehen. Sie hätten dort zusammen an einem Tisch gesessen, und die arme Phoebe hätte furchtbar unglücklich gewirkt. Einmal wäre sie aufs Klo gegangen, als Larinda ihr entgegenkam. Und Phoebe war noch dort und heulte sich die Augen aus dem Kopf. Sie hat aus Phoebe nichts herausbekommen, aber sie war schlau und neugierig genug, dass sie die

Augen und die Ohren weiter aufgehalten hat. Am Anfang dachte sie, dass Mars und Phoebe etwas miteinander hätten, weil sich Phoebe öfter noch nach Dienstschluss zu Larinda ins Büro geschlichen hat. Aber jetzt kommt's: Mars wollte Phoebe haben, obwohl sie eigentlich bei den ITlern war. Die Frau ist nämlich ein Computerfreak.«

»Und wenn man graben will, bietet sich so jemand als Schaufel an.«

»Ich habe Phoebe zu mir ins Büro bestellt, und innerhalb von zwei Minuten hat sie ausgepackt. Ich bin zwar gut, doch davon war ich selber überrascht. Wahrscheinlich wollte sie sich längst schon einmal alles von der Seele reden. Sie hatte die totale Panik, Dallas, und die hat sie immer noch.«

»Was hatte Mars denn gegen dieses Mädchen in der Hand?«

»Das fragen Sie sie besser selbst, wenn sie gleich kommt. Ich denke, es ist besser, wenn sie Ihnen das selbst erzählt, und zähle darauf, dass sie nicht verhaftet wird. Auch wenn sie den Sender umgehend verlassen wird, wenn ich mit dieser Sache nicht zu Bebe gehen soll. Das tue ich bestimmt nicht gern, doch wenn sie nicht von sich aus kündigt, bleibt mir leider keine andere Wahl. Auch wenn sie keine Kriminelle, sondern selbst ein Opfer ist.«

Der Hauscomputer piepste, und die junge Dame von der Rezeption erklärte: »Hier ist eine Phoebe Michaelson für Sie, Miss Furst.«

»Sie kommt ein bisschen früher als erwartet, aber schicken Sie sie herauf.«

15

Zitternd folgte Phoebe Michaelson Nadine in deren Wohnzimmer. Sie war erschreckend bleich und blickte Eve so ängstlich an, als würfe die routinemäßig kleine Hunde von der Brücke in den Hudson River.

»Phoebe, dies sind Roarke und Lieutenant Dallas. Bitte wiederholen Sie, worum's bei unserem Gespräch vorhin gegangen ist. Und seien Sie bitte völlig ehrlich, ja?«

»Okay«, stieß sie mit leiser Stimme aus.

»Ein Gläschen Wein?«

»Ich … ich … ist das in Ordnung?«

»Klar. Ich hole Ihnen schnell ein …«

Ehe sich Nadine zum Gehen wenden konnte, packte Phoebe ihre Hand, als wollte Eve sie selbst von einer Brücke in die Fluten werfen, und starrte sie aus ängstlich aufgerissenen Augen an.

»Das kann ich doch übernehmen«, erbot sich Roarke, stand auf und wandte sich dem Mädchen zu. »Niemand wird Ihnen hier etwas tun, Phoebe.«

Sie brach in Tränen aus, sachte führte Nadine sie zu einer Couch und setzte sich mit ihr zusammen hin.

»Ich werde unsere Unterhaltung aufnehmen und Sie über Ihre Rechte aufklären«, sagte Eve, und Phoebe rang nach Luft.

»Das ist die vorgeschriebene Verfahrensweise, sie dient vor allem Ihrem Schutz. Nadine hat recht. Sie sollten uns die Wahrheit sagen, weil das uns und Ihnen hilft. Sie haben das Recht zu schweigen«, fing sie an und endete, als Roarke mit einem Glas Rotwein für Phoebe aus der Küche kam.

»Haben Sie verstanden?«, fragte sie. Hastig trank die junge Frau den ersten Schluck von ihrem Wein.

»Ja«, erklärte sie, wobei ihr die Verzweiflung überdeutlich anzuhören war. »Aber ich habe keinen Rechtsbeistand verdient.«

»Es geht nicht darum, ob Sie ihn verdienen, sondern darum, dass Sie einen Anspruch darauf haben, einen Rechtsbeistand hinzuzuziehen.«

»Das will ich nicht. Am besten bringen wir es einfach hinter uns. Ich wusste, dass es falsch war. Wusste, dass ich das nicht hätte machen sollen, trotzdem habe ich am Ende mitgemacht. Das tut mir leid. Es tut mir furchtbar leid.«

»Wobei haben Sie mitgemacht?«

»Ich habe mich in die Computer anderer Leute eingeklinkt und Sachen rausgefunden, die mich eigentlich nichts angehen. Das heißt, ich habe sie gestalkt, obwohl ich weiß, dass Cyberstalking ein Verbrechen ist.«

»Warum haben Sie das getan?«

»Sie hat gesagt, dass ich das machen muss. Miss Mars.«

»Hat sie Ihnen dabei eine Waffe an den Kopf gehalten?«, fragte Eve in ruhigem Ton.

»In etwa«, meinte Phoebe, und Nadine bedachte Eve mit einem bösen Blick.

»Was für eine Waffe war das?«

»Hm.« Sie trank den nächsten Schluck von ihrem Wein und atmete tief durch. »Mein Vater ist Larson K. Derick.«

Diesen Namen hatte Eve noch nie gehört, doch Roarke sah Phoebe fragend an. »Der Derick mit dem schwarzen Hut?«

Phoebe nickte, starrte in ihr Glas, und eine dicke Träne tropfte in ihren Wein.

»Der beste Hacker, den es jemals gab«, erklärte Roarke. »Vor vielleicht fünfundzwanzig Jahren hat er mit seinen unglaublichen Fähigkeiten kurzfristig die ganze Wall Street auf den Kopf gestellt. Er hatte derart viele, dicke Konten leergeräumt, dass er sich ganz problemlos eine eigene Insel hätte kaufen können, um dann dort in Ruhestand zu gehen, doch er ging lieber in die Politik. Es tut mir leid«, fügte er an die junge Frau gewandt hinzu. »Das ist bestimmt nicht leicht für Sie.«

»Wenn Sie es ihr erzählen, ist es einfacher für mich.«

»Okay. Er wurde irgendwann zu einer Art Fanatiker.«

»Er ist vollkommen durchgedreht«, gab Phoebe flüsternd zu. »Er wurde Terrorist.«

»Das stimmt. Er hat sich in Computer von verschiedenen Behörden eingeklinkt und sie mit den sensiblen Daten, die er dort gefunden hat, erpresst oder die Daten frei zugänglich gemacht. Dazu hat er East Washington vorübergehend dichtgemacht, indem er alle Kommunikationskanäle und die Wasser- und die Stromversorgung abgeschaltet hat. Und zwar mitten im Winter«, fügte Roarke hinzu.

»Dabei sind Menschen umgekommen«, stieß Phoebe heiser aus. »Bei Verkehrsunfällen und weil es keine Heizung mehr in den Gebäuden gab. Bei Plünderungen, als die Leute entweder aus Wut oder aus Panik aufeinander losgegangen sind.«

»Davon habe ich gehört«, erklärte Eve.

»Er hat die Hinrichtung des Präsidenten, Vizepräsidenten und ihrer Familien verlangt, denn seiner Meinung nach war die Regierung durch und durch korrupt und gehörte deshalb ausgelöscht«, erklärte Roarke. »Er dachte, dass die Menschen sich erheben und dann eine neue, reinere Gesellschaft schaffen würden. Ein Utopia ohne Anführer, weil die dann nicht mehr nötig wären.«

»Am Ende haben sie ihn erwischt und ihn gestoppt, aber das hat den Menschen auch nicht mehr geholfen, die infolge seiner Machenschaften umgekommen sind. Er war mein Vater.«

»Ihnen als seiner Tochter hätte niemand je einen Job in der Computerbranche gegeben«, schloss Eve.

»Wahrscheinlich hätte ich auch keinen anderen Job gekriegt. Ich war erst zwei, als er verhaftet wurde, und weil er schon vorher angefangen hatte, seine schrägen Theorien zu verbreiten, hatte meine Mutter ihn bereits verlassen, kurz nachdem ich auf die Welt gekommen war. Trotzdem haben sie uns eingesperrt, als er die Daten aus dem Pentagon geklaut und ihnen gesagt hat, wer er ist. Sie haben uns eingesperrt und meine Mutter tagelang verhört. Obwohl sie ihn schon zwei Jahre zuvor verlassen hatte, hat sie ihnen das Wenige erzählt, was sie über ihn wusste, und mithilfe dieser Infos haben sie ihn schließlich ausfindig gemacht und weggesperrt. Danach kamen wir ins Zeugenschutzprogramm. An einen anderen Ort, mit neuen Namen und allem Drum und Dran. Meiner Mutter haben sie jede Arbeit mit Computern untersagt, aber ich selber war erst zwei, deswegen durfte ich dann später in die Branche gehen. Ich bin wirklich gut, aber gehackt habe ich nie. Das schwöre ich.«

»Okay. Larinda hat herausgefunden, wer Ihr Vater war.«

Entschlossen wischte Phoebe sich die Tränen aus dem Gesicht. »Sie hat es herausgefunden, obwohl nichts davon in meinen Unterlagen stand. Ich hatte mich beim Sender mit dem Namen beworben, den man mir im Zeugenschutzprogramm gegeben hatte, aber trotzdem hat sie es herausgefunden und mich zu sich ins Büro bestellt. Ich dachte, dass sie Hilfe mit ihrem Computer braucht, aber dann hat sie gesagt, sie wüsste, wer ich bin und dass sie mich und meine Mutter ruinieren kann. Dass sie uns bloßstellen könnte und dass niemand mehr etwas von uns wissen wollte, wenn die Leute erst erführen, wer wir sind. Wir waren ganz normale Leute, Lieutenant Dallas, doch wir hatten immer Angst, dass irgendwer dahinterkommt, wer wir früher waren. Und Mars wusste Bescheid.«

»Was wollte sie von Ihnen?«

»Erst ging es nur um Kleinigkeiten wie die Mails von Valerie Race. Ich sollte ihr die Namen ihrer Kontaktpersonen geben und ihr sagen, was sie vorhat und ob sie verreisen will. Ich habe ihr gesagt, ich wäre keine Hackerin, aber dann hat sie mir ein Bild von meiner Mum gezeigt. In New Jersey, wo sie einen Job bei einem Landschaftsgärtner hat. Das hat mir Angst gemacht, deswegen habe ich's am Ende doch getan. Ich hatte mich noch nie in einen anderen Computer reingehackt, das schwöre ich. Aber ich habe es getan und danach immer wieder, wenn Mars mich dazu gezwungen hat. Ich habe sie auf Knien angefleht, mir das nicht anzutun, aber dann hat sie mich als Assistentin eingestellt und mir gezeigt, dass sie Beweise dafür hat, was ich für sie schon alles getan habe. Sie meinte, wenn Miss Hewitt die Beweise sähe, würde sie auf alle Fälle denken, dass das alles ganz allein auf meinem Mist gewachsen wäre, weil ich nun einmal die Tochter meines Vater wäre …«

Sie trank den nächsten Schluck von ihrem Wein. »Sie hat gesagt, dass ich mich auch in Ihr System einklinken soll.«

Roarke lächelte sie freundlich an. »In meins?«

»Ich sollte ihr alles besorgen, was ich kriegen kann, wobei es ihr vor allem um private Daten ging. Sie hat gesagt, sie würde mich vielleicht vom Haken lassen, wenn sie diese Infos kriegen würde, aber das war aussichtslos. Ich habe es versucht. Natürlich habe ich's versucht, aber ich hatte keine Chance. Als ich ihr erklären musste, dass ich es nicht schaffe, irgendetwas über Sie herauszufinden, ist sie ausgeflippt und hat mir eine Ohrfeige verpasst.«

»Das tut mir leid.«

»Wusste sonst noch irgendjemand, was Sie tun?«, erkundigte sich Eve.

»Nein. Das heißt, Miss Furst hat sich so etwas gedacht. Ich bin wirklich froh, dass Sie es herausgefunden haben«, wandte sie sich an Nadine. »Ich bin echt froh, dass es herausgekommen ist. Ich weiß, dass ich den Sender jetzt verlassen muss. Die Arbeit dort hat mir vor der Geschichte mit Miss Mars echt Spaß gemacht, doch dann war sie im Grunde nur noch grauenhaft. Wenn ich nicht ins Gefängnis muss, fahre ich nach Hause und versuche, einen Job bei diesem Landschaftsgärtner zu bekommen, bei dem auch meine Mutter ist.«

»Haben Sie sie umgebracht?«

»Oh Gott – natürlich nicht.« Sie wurde kreidebleich. »Nein, nein. Das schwöre ich.«

»Ist Ihnen bekannt, wer sie ermordet hat?«

»Nein. Ich habe keine Ahnung, wer das war. Aber … als ich hörte, dass sie tot ist, war ich froh. Ich war erleichtert und dann habe ich mich schlecht gefühlt, weil ich erleichtert war.«

»Wo waren Sie gestern Abend zwischen sechs und sieben?«

»Hm. Bis sechs musste ich arbeiten, und als ich dann nach Hause wollte, bekam Dory eine SMS von ihrem neuen Freund.

Er hat geschrieben, dass er keine Lust mehr auf sie hätte, das fand ich gemein. Sie war total am Ende, deshalb blieb ich noch ein bisschen da. Sie ist echt nett, und dann sind wir zusammen losgezogen. Ich schätze, dass es da vielleicht halb sieben war. Sie wollte nur noch nach Hause, und ich bin mit der U-Bahn heimgefahren und habe mir etwas vom Chinesen zwei Blocks unterhalb von meinem Haus geholt. Ich habe Mars nicht umgebracht und hätte auch gar nicht gewusst, wie ich das machen soll.«

»Dann werden Sie nicht ins Gefängnis müssen«, erklärte Eve ihr brüsk. »Haben Sie die Namen der Leute, in deren Computer Sie auf Mars' Betreiben eingedrungen sind?«

»Die werde ich wahrscheinlich nie vergessen, denn ich habe diesen Leuten schließlich wirklich übel mitgespielt.«

»Ich brauche die Namen.«

Nachdem Eve sie bekommen hatte, legte Nadine Furst die Hand auf Phoebes Arm. »Jetzt haben Sie's geschafft. Ab jetzt kümmert sich Lieutenant Dallas um die Angelegenheit. Ich habe unten einen Wagen stehen, der Sie nach Hause bringen wird.«

»Oh, nein, Miss Furst, das müssen Sie nicht tun. Ich kann auch mit der U-Bahn fahren.«

»Sie fahren jetzt nach unten ins Foyer und nennen dem Pförtner Ihren Namen, damit er den Wagen vorfahren lassen kann. Wenn Sie morgen kündigen und danach ein Empfehlungsschreiben brauchen, rufen Sie mich an.«

»Ich schäme mich für das, was ich getan habe.«

»Die Frau hat Ihnen eine Waffe an den Kopf gehalten«, meinte Eve. »Wenn Ihnen so etwas noch einmal passiert, gehen Sie am besten gleich zur Polizei.«

»Ich wünschte mir, das hätte ich getan. Die Polizei war trotz der Dinge, die mein Vater angestellt hat, immer korrekt zu uns, das heißt, mir hätte klar sein sollen, dass ich zur Polizei gehen muss.«

Nadine begleitete sie bis zur Tür und seufzte abgrundtief, als sie sich wieder auf das Sofa fallen ließ. »Am liebsten würde ich sie übernehmen, weil sie echt fleißig und aus meiner Sicht grundehrlich ist. Aber das kann ich nicht. Wahrscheinlich ist sie besser dran, wenn sie zu Hause Büsche pflanzt. Also sollte ich mir vielleicht einen Praktikanten oder eine Praktikantin holen.« Sie griff nach ihrem Glas und leerte es in einem Zug. »Eine junge, schlaue Person, die sich freut, wenn sie etwas lernen kann. Jemanden, dem ich etwas beibringen und den ich fördern kann.«

»Ist das Ihr Ernst?«

Sie zuckte mit den Achseln. »Allerdings. Ich hätte wirklich gerne einen Protegé.«

»Sie sind echt gut in Ihrem Job.«

Die Journalistin prostete ihr zu. »Das sind Sie auch.«

»Ich kenne vielleicht jemanden, der für Sie geeignet ist. Jung und schlau und ziemlich kess, was aber meiner Meinung nach nicht unbedingt ein Nachteil ist. Sicher wäre sie auch durchaus lernbereit.«

»Echt? Wer?«

»Das werden Sie noch früh genug erfahren.«

»Der gute, alte Derick«, meinte Roarke, als er mit Eve zurück in die Garage fuhr.

»Du willst mir doch wohl nicht erzählen, dass du ihn bewundert hast.«

»Tja nun, in meiner Jugend haben ihn einige als Helden angesehen. Er hat die reichen Säcke von der Wall Street nur durch Tastendrücken ausgenommen wie die Weihnachtsgänse und wollte eine völlig andere Welt erschaffen, aber dann ist er vollkommen abgedreht, was wirklich tragisch war.«

Eve runzelte die Stirn. »Dann warst du also doch ein Fan von ihm?«

»Oh nein. Er war brillant, doch gleichzeitig total verrückt und hat durch sein Treiben eine furchtbare Tragödie heraufbeschworen.«

»Okay.«

»Die Tochter tut dir leid. Mir auch. Erst war sie das Opfer eines Vaters, der ihr nie ein echter Vater war, und dann das Opfer dieses elenden, durchtriebenen Weibs.«

»Mars musste ganz schön graben, um herauszufinden, wer sie war. Ich kann mir vorstellen, dass sie Phoebe als ideales Opfer angesehen hat. Bestimmt hat sie ihr hinterhergeschnüffelt, weil sie geradezu erschreckend weich und ängstlich wirkt und offensichtlich sehr gut mit Computern umgehen kann.«

»Als sie dann herausgefunden hat, dass ihre Mutter sie alleine großgezogen hat, wollte sie wissen, wer ihr Vater ist.« Diesmal nahm Roarke hinter dem Lenkrad Platz. »Wobei es sicher alles andere als einfach war herauszufinden, dass sie Dericks Tochter ist.«

»Das stimmt. Doch jetzt zu dieser Missy Lee Durante«, meinte Eve und tippte die Adresse in das Navi ein. »Wenn Mars sich selber einen falschen Lebenslauf und Namen zugelegt hat, wusste sie wahrscheinlich, worauf sie achten musste.«

»Sie hätte sich bestimmt auch selbst in die Computer von den Leuten hacken können.«

»Wahrscheinlich hat es ihr mehr Spaß gemacht, die arme Phoebe unter Druck zu setzen, damit sie das für sie macht. Außerdem war das Mädchen der perfekte Sündenbock. Sie holt sie in ihr Team, setzt sie mit ihrem Wissen unter Druck, und falls etwas schiefläuft, wirft sie sie den Adlern vor.«

»Den Geiern«, korrigierte Roarke in beiläufigem Ton. »Wenn das Mädchen dann behauptet, dass sie es mit seinem alten Herrn erpresst hat, hat es sowieso verzockt. Das hat sie wirklich clever eingefädelt.«

»Schwingt da etwa so etwas wie Bewunderung in deiner Stimme mit?«

»Ganz sicher nicht. Ich finde, dass das alles furchtbar traurig ist. Du hast dir schon den ganzen Tag lang traurige Geschichten angehört, kein Wunder, dass du derart müde wirkst.«

»Keiner dieser Leute ist zur Polizei gegangen oder hat sich wegen dieser Sache irgendjemand anderem, der ihm hätte helfen können, anvertraut. Wie groß ist deiner Meinung nach die Chance, dass alle einfach brav getan haben, was sie will?«

Er konnte deutlich hören, wie frustriert sie war, und stellte fest: »Ich nehme an, sie kannte ihre Zielpersonen wirklich gut, bevor sie ihre ersten Giftpfeile verschossen hat.«

»Auch dich hatte sie ins Visier genommen.«

»Nicht wirklich, nein. Sie hat mir den Pfeil vielleicht gezeigt, war aber schlau genug, nicht anzulegen, als sie merkte, dass sie keinen Treffer landen kann.«

»Sie hat doch sicher auch noch andere Rückzieher gemacht oder vielleicht einfach nicht getroffen, wenn sie einen Pfeil verschossen hat. Sicher gibt es auch noch irgendwelche Leute, über die sie etwas wusste und die sie jetzt nicht mehr in die Zange nehmen kann.«

»Auch deshalb lege ich meine Hand dafür ins Feuer, dass sie irgendwo noch andere Unterlagen hatte, auf die wir bisher noch nicht gestoßen sind.«

Eve brauchte, so schnell es ging, Mars' wirkliches Gesicht, um weiterzukommen.

»Wahrscheinlich hat sie ein paar wahre Dinge in ihr falsches Leben eingeflochten«, überlegte sie. »Vielleicht ist sie als Kind ja wirklich ständig mit den Eltern umgezogen oder war auf einem College irgendwo im Mittleren Westen, auch wenn sich dort niemand mehr an sie erinnern kann. Für die versteckten Konten hat sie Namen von Planeten angegeben, vielleicht weist das ja auf den Namen hin, den sie einmal hatte. Was gibt es alles für Planeten? Venus, Mars und Jupiter ...«

»Uranus«, schlug Roarke vor.

»Ich weiß nicht, was ihr Männer alle damit habt.«

»Tja nun ... Wie wäre es dann mit Saturn, Neptun oder Pluto?«, fragte er. »Wobei es bei den ganzen Monden, Sternen und Planeten, die es gibt, natürlich ewig dauern kann herauszufinden, ob ein Mädchen ihres Alters und mit einem solchen Namen damals irgendwo an einem College war.«

»Dann stelle ich am besten dich zum Graben ab.«

Er lachte fröhlich auf. »Ich wühle schließlich gern im Dreck.«

»Da habe ich ja Glück«, schloss sie das Thema ab, als er vor einem würdevollen Backsteinhaus mit hohen, sichtgeschützten Fenstern und mit einer breiten Glastür hielt.

Kaum hatte er den DSL geparkt, kam der Portier mit schwarzer Uniform und schwarzer Kappe auf dem Vierkantschädel angestürzt.

»Wie kann ich Ihnen helfen, Sir?«

Bevor Eve ihre Marke ziehen konnte, meinte Roarke in ruhigem Ton: »Wir wollen zu Missy Lee Durante. Sie erwartet uns.«

»Natürlich.«

Höflich lief er vor und öffnete die Tür, wobei er gleichzeitig diskret ein kleines Büchlein aus der Tasche zog.

Die Eingangshalle mit den grauen Wänden und dem weißen Marmorboden war genauso würdevoll und elegant wie die Fassade, und die Frau von der Security trug keine Kappe, aber davon abgesehen dieselbe schwarze Uniform wie der Portier.

»Mr. Roarke und Lieutenant Dallas für die Drei-fünf-drei.«

»Natürlich.« Sofort führte die Frau sie zum Lift, schob ihre Schlüsselkarte durch den dafür vorgesehenen Schlitz und sagte: »Drei-fünf-drei. Ich wünsche Ihnen einen angenehmen Aufenthalt.«

Die Tür glitt lautlos zu.

»Du hast gar nicht erwähnt, dass das Haus dir gehört«, bemerkte Eve.

»Das wurde mir erst klar, als wir hier vorgefahren sind. Ich habe die Adressen meiner Immobilien schließlich nicht alle im Kopf.«

»Es ist ganz anders als das Haus, in dem wir eben waren.«

»Ich finde, einer Stadt wird durch Abwechslung erst echtes Leben eingehaucht. Dieses Gebäude stammt noch aus dem frühen zwanzigsten Jahrhundert, obwohl es bei den Innerstädtischen Revolten ganz schön etwas abbekommen hat, haben die Strukturen überlebt. Hier drinnen ist noch sehr viel original, und was wir nicht retten oder restaurieren konnten, haben wir ersetzt.«

»Seit wann gehört dir dieses Haus?«

»Seit ungefähr sechs Jahren, schätze ich. Vielleicht auch schon seit sieben.« Lächelnd sah er sich in dem gepflegten Fahrstuhl um. »Wie es aussieht, halten die Angestellten es gut in Schuss.«

Sie stiegen wieder aus und gingen nach links vorbei an einem langen, chromglänzenden Tisch, auf dem ein weißer Rosenstrauß in einer durchsichtigen Vase stand, bis zu der Eckwohnung und drückten auf den Klingelknopf.

Natürlich hatte Eve die Daten des Bewohners bereits überprüft und wusste, dass er nicht mehr minderjährig war, auch wenn sein jungenhaftes Grinsen und sein strubbeliges blondes Haar ihn bestenfalls wie sechzehn aussehen ließen.

»Hallo.« Er reichte ihr die Hand. »Ich bin Marshall, und es freut mich, dass ich Sie persönlich kennenlernen darf. Ich habe zwar das Buch noch nicht gelesen, aber dafür habe ich mir Ihren Film schon dreimal angesehen. Kommen Sie doch herein.«

Er öffnete die Tür des Wohnbereichs, der mit verschiedenen Farben und Dekoren eingerichtet war, und abgesehen von der Aussicht und der Quadratmeterzahl kam Eve sich dort beinahe wie in ihrer ersten eigenen New Yorker Wohnung vor.

Missy Lee saß in geblümten Leggins unter einem langen blauen Pulli auf dem durchgesessenen Sofa neben einem Mann mit grau meliertem, schwarzem Haar.

Dem Anzug nach ihr Anwalt, dachte Eve, Missy selbst und der junge Bursche sahen wie ein attraktives Teenie-Pärchen aus.

»Wie wäre es mit einem Glas Wein?«, bot Marshall an.

»Das ist doch der totale Fusel, Marsh.«

Er grinste breit. »So schrecklich ist der gar nicht, und wenn ich mich recht entsinne, kippst du den normalerweise durchaus gerne in dich rein. Vor allem, fühlt euch einfach wie zu Hause, ja?« Er zerrte eine Jacke von der Rückenlehne eines ziemlich wackeligen Stuhls, schlang einen meterlangen Schal um seinen Hals und setzte eine Wollmütze mit Ohrenklappen auf.

»Bis dann.«

»Noch einmal danke, Marsh.«

»Schon gut.« Er gab dem Mädchen einen Kuss, bat: »Ruf mich an«, und schlenderte hinaus.

»Der Wein ist wirklich ungenießbar, doch das Bier ist gar nicht mal so schlecht«, fing Missy an.

»Wir möchten nichts«, erklärte Eve.

»Das hier ist Marshs Wohnung.«

»Marshall Poster?«, vergewisserte sich Eve. »Er spielt in Ihrer Serie den Tad, nicht wahr?«

»Genau, den Oberarsch, obwohl er eigentlich ein echtes Schätzchen ist. Die Serie ist sein großer Durchbruch, und obwohl er dachte, dass er deshalb eine schicke Wohnung irgendwo in einem ordentlichen, sicheren Gebäude brauchte, hat er sie wie früher seine anderen Buden hauptsächlich mit Zeug vom Sperrmüll und vom Flohmarkt vollgestellt.«

Sie blickte Richtung Tür. »Als ich wissen wollte, ob ich Sie hier treffen könnte, hat er nicht einmal gefragt, warum, sondern sofort Ja gesagt, denn er ist ein echt netter Kerl.«

Mit einem leisen Seufzer fügte sie hinzu: »Ich wohne sowieso die halbe Zeit bei ihm, wobei das niemand wissen soll. Nicht mal die Filmcrew weiß Bescheid.«

»Wusste Larinda Mars etwas davon?«

»Das weiß ich nicht. Wahrscheinlich nicht, sonst hätte sie bestimmt die Sprache drauf gebracht. Oder vielleicht hat sie es noch zurückgehalten, auch wenn es die Welt bestimmt nicht aus den Angeln heben wird, wenn unsere Fans erfahren, dass Marsh und ich zusammen sind.«

»Sie wusste sicher nichts davon. Sonst hätte sie auf jeden Fall etwas gesagt. Sie hätte der Versuchung niemals widerstehen können«, meinte Eve.

»Wahrscheinlich haben Sie recht. Aber schließlich hatte sie bekommen, was sie wollte, deshalb hat sie sich vielleicht nicht weiter für mich interessiert. Wie dem auch sei, vertraue ich Marsh blind, vielleicht werde ich ihm sogar irgendwann erzählen, worüber ich mit Ihnen sprechen will. Es geht dabei um eine rein private Angelegenheit, trotzdem dachte ich, ich ziehe vorsichtshalber meinen Anwalt Anson Gregory hinzu.«

Der Mann stand auf und gab erst Eve und danach Roarke die Hand. »Miss Durante hat mir schon erklärt, worum es geht, ich vertrete sie in dieser Angelegenheit.«

»Es tut mir leid.« Die junge Frau sprang auf. »Geben Sie mir erst einmal Ihre Mäntel und dann nehmen Sie doch bitte Platz. Ich habe leider keinen Kaffee, weil wir beide keinen trinken, aber sicher finde ich etwas anderes, falls Sie etwas trinken wollen.«

»Wir möchten nichts«, erklärte Eve noch einmal und ließ dann einfach ihren Mantel auf den Stuhl fallen, auf dem Marshalls Jacke eben noch gelegen hatte. »Ich nehme unsere Unterhaltung auf und kläre Sie jetzt zuerst über Ihre Rechte auf.«

Der Anwalt nickte und nahm gleichzeitig mit Missy wieder Platz.

»Haben Sie verstanden?«, fragte Eve am Ende der Belehrung.

»Ja. Als Erstes muss ich Ihnen sagen, dass ich Sie verklagen werde, falls die Medien irgendetwas von den Dingen erfahren, um die es jetzt gleich gehen wird. Das wird mir zwar nicht wirklich etwas bringen, aber Sie bekommen dann zumindest jede Menge Scherereien.«

Ihr Anwalt bückte sich nach seiner Aktentasche, stellte sie sich auf den Schoß und zog ein Dokument daraus hervor. »Ich habe bereits die Verschwiegenheitserklärung, die Sie bitte unterzeichnen, aufgesetzt.«

Eve schüttelte den Kopf. »Auf keinen Fall. Weder ich selbst noch mein Berater unterschreiben so ein Dokument. Wir können Ihre Mandantin gerne aufs Revier holen und dort offiziell befragen, oder führen die Unterhaltung hier und jetzt und geben unser Wort, dass nichts davon nach außen dringen wird, solange es nicht von Belang für die Ermittlungen oder von strafrechtlichem Interesse ist.«

»Einen Versuch war's wert«, bemerkte Missy Lee, bevor ihr Anwalt die Gelegenheit zu einer Reaktion bekam. »Genau wie ich bereit bin, Ihnen im Notfall vor Gericht die Ärsche aufzureißen, bin ich auch bereit zu reden. Also.«

»Vielleicht fangen wir damit an, dass Sie uns sagen, wo Sie gestern Abend zwischen sechs und sieben Uhr waren.«

»Wir haben bis sechs, Viertel nach sechs im Studio gedreht. Dann bin ich abgehauen und hierhergefahren. Am besten schauen Sie sich die Aufnahmen der Überwachungskameras, die in der Lobby hängen, an. Dann sehen Sie, wann ich ins Haus gekommen bin. Ich hatte einen schwarzen Mantel an und eine hässliche Perücke auf dem Kopf. Wir halten unsere Beziehung noch geheim«, erklärte sie erneut. »Die Türsteher und Leute am Empfang wissen Bescheid, aber sie würden für ein bisschen Tratsch bestimmt nicht ihre Jobs riskieren. Vor allem gehen sie echt cool mit uns als Pärchen um. Trotzdem kommen wir nie gleichzeitig ins Haus und gehen auch nie zusammen weg. Deshalb kam Marshall vielleicht eine Viertelstunde nach mir heim. Er hatte Pizza mitgebracht, also haben wir erst einmal gegessen, noch ein bisschen unseren Text geprobt und ... anderes Zeug gemacht«, wich sie mit einem Lächeln aus. »Gegen halb elf bin ich dann wieder abgehauen. Normalerweise bleibe ich nicht über Nacht, wenn wir am nächsten Morgen drehen. Also bin ich auch gestern Abend heimgefahren.«

»Wie sind Sie vom Studio hergekommen?«

»Mit dem Chauffeur, den mir die Produktionsgesellschaft zur Verfügung stellt. Ich habe ihm erzählt, dass ich meine Familie noch zum Abendessen treffen will, und ihm gesagt, dass er mich vor dem Eingang eines Restaurants zwei Blocks von hier entfernt absetzen soll. Dann habe ich mich kurz in einen Hauseingang gestellt, meine Perücke aufgesetzt und bin den Rest des Wegs gelaufen wie sonst auch.«

Sie lachte gurgelnd auf. »Wenn ich mich so höre, komme ich mir deshalb ziemlich dämlich vor. Am besten rede ich mit Marsh und sage ihm, dass das Versteckspiel langsam mal ein Ende haben muss.«

»Sie waren auf den Kanaren?«

Das Mädchen riss die Augen auf. »Aber hallo, offenbar sind Sie so gut wie allgemein behauptet wird. Genau, wir haben dort einen Familienurlaub gemacht. Da hat mich das Weib erwischt. Erst dachte ich, verdammt, jetzt geht die Königin des Klatschs und Tratschs mir auf den Keks, während ich einfach einen netten Urlaub haben will. Dann dachte ich, am besten spiele ich ein bisschen mit und werfe ihr ein bisschen Futter hin, damit sie mich danach in Ruhe lässt. Nur hat sie eben nicht nach irgendeiner Kleinigkeit gesucht.«

»Was hatte sie gegen Sie in der Hand?«

»Gegen mich persönlich? Nichts. Gegen meine Familie? Viel zu viel. Verdammt, verdammt, verdammt! Jetzt brauche ich wahrscheinlich doch erst mal ein Glas von diesem grauenhaften Wein. Moment.«

Als Missy Lee den Raum verließ, sah der Anwalt ihr hinterher. »Sie ist eine anständige, junge Frau und arbeitet sehr hart. Sie haben sie doch bestimmt schon überprüft und wissen deshalb, dass sie nie in Schwierigkeiten war und ihren Fans und allen, die sie liebt, viel mehr zurückgibt, als sie je von ihnen bekommen hat.«

»Hat sie Sie informiert, als Mars sie angesprochen hat?«

Er zögerte. »Das hat sie nicht getan. Und das tut mir sehr leid, denn schließlich säßen wir sonst nicht hier.«

In diesem Augenblick kam Missy Lee zurück und hielt ein Glas mit eitergelbem Fusel in der Hand.

Sie trank den ersten kleinen Schluck, erschauderte und meinte: »Wirklich widerlich. Aber okay. Ich mache diesen Job bereits mein Leben lang. Den ersten Auftritt hatte ich als Baby einer leidgeprüften Frau in einer Serie, die im Frühstücksfernsehen kam. Dann kamen Auftritte als kleines Mädchen, Kindermodel und verschiedener anderer Kram. Meine Eltern haben mich immer unterstützt, und mein Dad hat mich gemanagt, bis wir darin übereingekommen sind, dass es am besten ist, wenn mich ein Profi, der keine so enge Bindung zu mir hat, vertritt. Trotzdem hat mein Dad bis heute großen Anteil an meiner Karriere, während meine Mutter sich schon immer eher aus allem herausgehalten hat.«

Sie nippte abermals an ihrem Wein, zuckte zusammen und fuhr fort: »Meine Mutter hat – Wie soll ich sagen? – ein Problem mit einer illegalen Substanz. Sie war deshalb schon öfter in der Reha, danach geht's immer eine Zeit lang gut, bevor sie wieder einen Rückfall hat. Jetzt ist sie schon seit zwei Jahren clean, aber ich weiß, dass es auf Dauer nicht so bleiben wird. Das habe ich inzwischen akzeptiert. Ich akzeptiere und ich liebe sie genauso, wie sie ist, denn schließlich ist sie meine Mum.«

Sie trank den nächsten Schluck, und dieses Mal verzog sie das Gesicht. »Immer, wenn sie aus der Reha kommt, bildet mein Dad sich ein, sie hätte es geschafft und ein für alle Mal Schluss mit diesem Zeug gemacht. Vielleicht glaubt sie das auch, doch darum geht es nicht. Es geht darum, dass er sie mehr als alles andere liebt und für ihre Schwächen blind ist. Er nennt uns seine Mädels, und ich weiß, dass er uns alle liebt. Egal zu welchem Preis – und der ist wirklich hoch –, wir haben dafür gesorgt, dass niemand etwas von ihren Problemen erfahren hat. Und mit dem Preis meine ich mehr als nur das Geld, das die Geheimhaltung uns im Verlauf der Zeit gekostet hat.«

»Mars hat herausgefunden, wie es um sie steht, und Ihnen damit gedroht, dass sie die Angelegenheit in ihrer Sendung bringt.«

»Wobei es auch noch um etwas anderes ging. Wenn's einzig um die Drogensucht von meiner Mum gegangen wäre, hätte es uns allen vielleicht gutgetan, wenn dieser Kreislauf endlich auf die eine oder andere Art durchbrochen worden wäre, und ich war nicht sicher, ob ich einzig meinem Dad zuliebe zahlen wollte.«

»Wem zuliebe haben Sie es dann getan?«

Sie schloss kurz die Augen, schlug sie dann wieder auf und sah Eve ins Gesicht. »Vor vierzehn Jahren ist meine Mutter derart aus dem Gleichgewicht geraten, dass es kurzfristig zu einer Trennung zwischen ihr und meinem Vater kam. Ich war damals noch nicht berühmt genug, als dass das in den Medien hohe Wellen geschlagen hätte, was ein echter Segen für uns alle war. Wir lebten damals an der Westküste in New L.A, und meine Mutter ist mit diesem Dreckskerl, der ihr den Stoff besorgt hat, abgehauen. Sie war so übel drauf, dass sie sogar ein Konto, das mein Dad mit ihr zusammen hatte, leergeräumt hat und dazu auch noch an das von mir verdiente Geld gegangen ist, von dem wir einmal meine Ausbildung bezahlen wollten. Als sie dann eines Tages wieder auf der Matte stand, hat sie erzählt, sie hätten ein paar Inseln in der Südsee abgeklappert und dabei die ganze Kohle auf den Kopf gehauen. Bis dann das Geld zur Neige ging und dieser Mistkerl angefangen hat, sie zu misshandeln, als bei ihr nichts mehr zu holen war. Da kam sie heimgerannt, und Dad hat sie natürlich wieder aufgenommen«, erklärte sie mit einem Achselzucken, das Eve zeigte, dass es so wahrscheinlich öfter abgelaufen war.

»Zwei Wochen später, in der nächsten Reha, wurde festgestellt, dass meine Mutter schwanger war.«

»Von diesem Dealer?«, fragte Eve, als nichts mehr kam.

Mit einem neuerlichen Achselzucken trank sie einen weiteren, kleinen Schluck von ihrem Wein. »Vielleicht, das heißt wahrscheinlich, aber sicher ist das nicht, weil schließlich längst auch wieder etwas zwischen ihr und meinem Vater lief. Mein Dad bestand darauf, dass er der Vater wäre, und für meine Mum war das okay. Ich wusste damals nichts davon, doch Kinder sind nicht dumm und finden Dinge raus.«

Stirnrunzelnd sah sie in ihr Glas, und während eines Augenblickes hatte ihre Stimme einen jungen, wehmütigen Klang.

»Danach lief's eine Zeit lang wirklich gut. Die ganze Schwangerschaft hindurch blieb meine Mutter clean, ernährte sich gesund, und wir alle waren glücklicher als je zuvor. Ich liebte meine Arbeit, hatte jede Menge Jobs, und mein Dad hat mich gemanagt, während meine Mum den Haushalt schmiss und Partys gab. So lief es, bis Jenny drei war und es wieder einen kleinen Rückfall gab. Zwar hat sich meine Mutter schnell davon erholt, doch dann geriet sie abermals ins Stolpern, und das Drama ging von vorne los.«

Mit kalter, ausdrucksloser Stimme fuhr sie fort: »Zumindest war sie fast drei Jahre clean, und wir waren überglücklich, weil es Jenny gab, denn sie ist unser Ein und Alles, unser Augenstern. Ich liebe meine Mum, so gut ich kann, aber ich würde sie sofort ans Messer liefern, wenn es darum ginge, Jenny auch nur einen Augenblick der Scham oder der Trauer zu ersparen, denn sie ist meine Schwester und mein großes Glück, sie bedeutet mir die Welt.«

»Dann haben Sie Mars also bezahlt, um Ihre Schwester zu beschützen.«

»Jenny ist mein Ein und Alles, obwohl ich meinen Vater ebenfalls sehr liebe, ist er tief in seinem Innern immer noch ein großer Junge, und auch wenn ich Skrupel hätte, würde ich ihn notfalls ebenfalls ans Messer liefern, wenn ich Jenny damit beschützen müsste. Ich würde alles tun, damit sie sicher und vor allem glücklich ist. Sie ist ein wundervoller, kluger, lustiger und warmherziger Mensch.«

Ein Lächeln huschte über Missy Lees Gesicht. »Selbst in der Pubertät, in der die meisten Mädchen wirklich schwierig sind, heult sie vielleicht mal fünf Minuten rum, aber das ist es dann auch schon. Ich liebe Jenny mehr als alles und als jeden anderen auf der Welt.«

Jetzt atmete sie zitternd ein. »Im Notfall kann ich eine echte Zicke sein und weiß, wie ich mich selbst und meine Leute vor den Parasiten, vor den Trittbrettfahrern und den Blutsaugern beschützen kann. Ich weiß, wie man das macht. Aber trotzdem wäre ich niemals auf die Idee gekommen, Mars zu töten, weil sie eine elende Vampirin ist. So ticke ich ganz einfach nicht. Aber wenn ich auf die Idee gekommen wäre, hätte ich mir vielleicht überlegt, wie ich das anstellen soll.«

»Missy Lee.«

Sie tätschelte dem Anwalt beinah nachsichtig den Arm. »Ich bin nur ehrlich, und das fühlt sich völlig richtig an. Ich weiß, dass ich mit dieser Frau ganz offen sprechen kann, weil sie die Dinge, die ich sage, nachvollziehen kann.«

»Das stimmt«, erklärte Eve mit ehrlichem Respekt.

»Ich hätte vielleicht überlegt, wie ich es anstellen soll, aber das habe ich nun einmal nicht getan. Stattdessen habe ich bezahlt. Es war nur Geld, von dem ich ganz problemlos mehr verdienen kann. Ich habe, seit ich auf der Welt bin, Geld verdient, und so wird es auch weitergehen. Solange diese Sumpfkuh Geld von mir bekam, hatte sie keinen Grund, mich selbst oder Jenny bloßzustellen. Ich habe sie gehasst – und das ist noch sehr milde ausgedrückt –, aber ich bin nicht dumm. Verdammt!«

Sie schwenkte kurz ihr Glas, in dem ein Rest des gelben Weißweins schwamm. »Ich will ganz ehrlich sein – ich bin tatsächlich alles andere als dumm. Wenn ich also auf die Idee gekommen wäre, dieses Weibsbild umzubringen, wäre mir bewusst gewesen, dass ihr Tod mir wahrscheinlich am Ende gar nichts nützt. Denn schließlich sind Sie hier und kriegen alles von mir zu hören, was ich verschweigen wollte, weil jemand sie ermordet hat.«

Eve dachte, du bist wirklich schlau und hast vollkommen recht.

»Sie wurde umgebracht, und jetzt kommt all der Dreck, den sie gesammelt hat, ans Tageslicht.«

Sie beugte sich ein wenig vor und fuhr mit rauer Stimme fort: »Jenny ist auf jede vorstellbare Art die Tochter meines Vaters und liebt ihn genauso wie er sie. Es bräche ihr das Herz, wenn sie erfahren würde, dass sie eigentlich die Tochter dieses Arschlochs ist, mit dem meine Mutter damals durchgebrannt ist. Deswegen hat es mir nicht wirklich wehgetan, dafür zu zahlen, dass sie das nie erfahren muss.«

»Wie haben Sie Mars bezahlt?«

»In bar. Die Summe hat sie jeden Monat neu bestimmt. Sieben-, acht-, neuntausend, je nachdem. Vielleicht hing das von ihrer Stimmung ab. Sie hat mich entweder in ein Bistro unweit des Studios bestellt oder sich irgendwo bei einem Event von mir bezahlen lassen, wo wir beide waren. In dem Lokal, in dem man sie ermordet hat, war ich noch nie, denn dafür muss man schließlich einundzwanzig sein.« Sie prostete Eve lächelnd mit dem Weinglas zu. »In Kneipen kriege ich noch keinen Alkohol und weiß vor allem, dass Trinken schlecht fürs Image ist. Aber im Grunde bin ich sowieso ein geradezu erschreckend braves Mädchen, arbeite sehr hart und werde dafür sorgen, dass es auch so bleibt.«

Mit diesen Worten stellte sie ihr Weinglas fort und sah Eve direkt ins Gesicht. »Machen Sie meiner Schwester nicht das Leben schwer.«

»Das habe ich nicht vor. Wusste Ihr Vater, dass Sie Mars bezahlen?«

Das Mädchen stieß ein nachsichtiges Lachen aus, als wäre es erwachsen und als hätte Eve als Kind sich einen dummen Scherz erlaubt. »Ist das Ihr Ernst? Ganz sicher nicht. Ich kümmere mich selbst um mein Leben und mein Geld. Ich liebe meinen Dad, aber ich weiß auch, dass er seine Schwächen hat. Und wenn man Schwächen hat, hat man nicht die geringste Chance gegen jemanden wie Mars. Er hätte meiner Mutter von der Angelegenheit erzählt, weil er ihr immer alles sagt, und das wäre für sie bestimmt ein guter Grund gewesen, sich nach einem neuen Dealer umzusehen.«

Sie fuhr mit einem Finger durch die Luft. »Damit hätten wir das Karussell wieder in Gang gesetzt.«

»Das heißt, Sie haben niemandem davon erzählt.«

»Ich bin inzwischen fast ein Jahr mit Marsh zusammen. Was hinlänglich beweisen dürfte, dass ich ein Geheimnis wahren kann.«

»Hat sie Sie je gebeten, sie privat zu treffen? Entweder in ihrer Wohnung oder irgendwo an einem anderen Ort?«

»Nein.« Das Mädchen spitzte nachdenklich die Lippen. »Seltsam, oder nicht? Sie hat mich immer irgendwo getroffen, wo noch jede Menge anderer Leute waren. Vielleicht hat sie genossen, dass mir diese Treffen immer etwas peinlich waren. Oder vielleicht dachte sie, ich würde mich nicht trauen, ihr vor allen anderen eine runterzuhauen. Ich war nicht die Einzige«, stellte sie plötzlich fest. »Das Weib hat außer mir noch andere erpresst, nicht wahr?«

»Auch ich kann ein Geheimnis wahren.«

Eve stand auf, Missy Lee erhob sich ebenfalls und reichte ihr die Hand. »Das ist die perfekte Antwort. Ich bin ziemlich gut darin zu wissen, wem ich trauen kann, und Ihnen traue ich.« Sie gab auch Roarke die Hand. »Genau wie Ihnen.«

»Ich nehme an, dass Ihre Schwester Sie sehr liebt«, bemerkte er.

»Das tut sie. Und sie weiß, dass sie sich stets auf mich verlassen kann.«

16

Als Eve auf dem Weg nach unten ihren Handcomputer aus der Tasche zerrte, meinte Roarke: »Du glaubst nicht, dass sie Mars ermordet hat.«

»Ich glaube, dass das Geld ihr wie den meisten anderen Zielpersonen eigentlich egal war. Die Drohung und die Angst, dass ihr Geheimnis auffliegt, waren das viel größere Problem. Doch früher oder später hätte sie sich wahrscheinlich mit ihrer Schwester hingesetzt und ihr alles erzählt. Wenn sie und Jenny nicht so jung wären, hätte Mars wahrscheinlich keine Chance bei ihr gehabt.«

Eve ging die Daten auf dem Bildschirm ihres Handcomputers durch. »Ich glaube, dass sie eben völlig ehrlich war. Oder zumindest das gesagt hat, was sie für die Wahrheit hält.«

»Aha.«

»Genau.« Sie stiegen aus dem Lift, traten vors Haus und stiegen dort erneut in ihren Wagen ein. »Sie glaubt, dass ihre Eltern und ihr Freund nichts von der Sache wissen. Aber das heißt nicht, dass es auch tatsächlich so ist.«

»Wen nimmst du dir als Erstes vor?«

»Den Vater, denn wenn er so ist, wie sie ihn uns beschrieben hat, ist er ein Schwächling, der die Frauen, die er liebt, beschützen will.«

»Das schließt sich doch wohl gegenseitig aus.«

»Denkst du als Mann. Er nimmt die Ehefrau trotz allem immer wieder auf und nimmt dabei in Kauf, dass es den beiden Töchtern, die er ebenfalls von ganzem Herzen liebt, deswegen dreckig geht. Er will die Frau und setzt das Wohlergehen der Töchter deswegen aufs Spiel. Das zeigt, dass er ein Schwächling ist.«

»Was zeigt, dass Liebe jeden Mann zum Schwächling machen kann.«

Eve schüttelte den Kopf und stellte zynisch fest: »Er liebt die Illusion und stützt sich auf ein Trugbild, statt ein Fundament zu schaffen, das die Töchter trägt. Um das Trugbild zu bewahren, redet er sich ein, dass er nur die Familie schützt, indem er die Person aus dem Verkehr zieht, die die Illusion endgültig zu zerstören droht.«

»Ein Schwächling kann genauso gut zum Mörder werden wie ein starker Mensch.«

»Vielleicht sogar noch eher. Auch wenn Missy Lee ihn liebt, hat sie, weil er sich an ein Trugbild klammert, keinen wirklichen Respekt vor ihm. Sie glaubt nicht, dass er etwas von der Erpressung weiß, und vielleicht hat sie recht, aber vor allem glaubt sie das, weil sie ihm keinen Respekt entgegenbringt. Er hätte nicht besonders tief zu graben brauchen, um zu sehen, dass etwas nicht in Ordnung ist. Und hätte dann nur noch ein bisschen tiefer buddeln müssen, um herauszufinden, *was* nicht stimmt.«

»Du denkst, dass nicht eins von Mars' Opfern selbst, sondern jemand, der mit einem ihrer Opfer in Verbindung steht, die Frau ermordet hat.«

»Wir kennen noch nicht alle ihre Zielpersonen, und ich bin mir sicher, dass es welche gab, denen das Zahlen nicht so leichtgefallen ist oder die nicht riskieren wollten, dass jemand von ihren Geheimnissen erfährt. Aber bisher sieht es für mich tatsächlich eher so aus, als ob der Mörder jemand wäre, der eine Verbindung zu einem der Opfer hat.«

»Wie sieht's mit der Mutter aus?«

»Was denkst denn du?«, erkundigte sie sich und sah ihn fragend von der Seite an.

»Ich glaube, dass die Frau Verbindungen zu Dealern hat und dass für manche Dealer Morden einfach zum Geschäft gehört. Nur hätte so ein Typ wahrscheinlich eine andere Methode angewandt. Ein Profi hätte Mars nicht an einem öffentlichen Ort und dazu noch in einem Raum mit nur einem Ein- und Ausgang umgebracht.«

Eve dachte kurz darüber nach. »Wahrscheinlich würdest du dich freuen, wenn ich behaupten würde, dass du wie ein Krimineller denkst. Aber in Wahrheit denkst du wie ein Cop.«

»Da gibt es schließlich jede Menge Überschneidungen.«

»Das stimmt.« Sie trommelte mit ihrem Finger auf dem Knie herum, als er in ihre Einfahrt fuhr. »Sie ist ein Junkie, und sie hat schon jede Menge Rückfälle gehabt. Wenn sie Wind von dieser Angelegenheit bekommen hätte, hätte sie sich vermutlich erst einmal neuen Stoff besorgt. Ich werde sie mir ansehen, auch wenn meiner Meinung nach der Vater eher infrage kommt. Dann ist da auch noch der Freund von Missy Lee.«

»Im Ernst?«

»Sie arbeiten zusammen, und sie hat mir selbst erzählt, dass sie die halbe Zeit mit ihm zusammenlebt. Es könnte als durchaus sein, dass er viel mehr weiß, als sie denkt. Wobei ...«

»Genau, wobei ...«, pflichtete Roarke ihr bei und stellte ihren Wagen direkt vor der Haustür ab. »... er sicher mit ihr über diese Sache geredet hätte, denn schließlich sind sie jung und sehr verliebt oder fahren zumindest ziemlich aufeinander ab. Das heißt, er hätte ihr bestimmt erzählt, wenn er es herausgefunden hätte, und da sie bei dem Gespräch mit uns gesagt hat, was sie für die Wahrheit hält, hätte sie ihn dann sicher nicht gebeten, uns allein zu lassen, und uns ebenfalls erzählt, dass er etwas von der Sache weiß.«

»So sehe ich das auch.« Sie stieg mit ihrer Aktentasche aus. »Ich werde ihn zwar überprüfen, aber trotzdem gibt's andere, die vor ihm auf der Liste stehen.«

»Warum nehmen wir uns nicht erst einmal ein bisschen Zeit für uns?« Er legte einen Arm um sie und ging mit ihr zur Tür. »Wir könnten etwas essen, bevor du dich wieder an die Arbeit machst, und dabei kannst du mir von diesen anderen erzählen.«

Wie immer standen Summerset und Galahad – der eine lang und rappeldürr, der andere kurzbeinig und kugelrund – im Flur Spalier, denn trotz der unzähligen Fehler, die sie beide hatten, waren sie ein eingespieltes Team und würden das auch immer sein.

»Sie haben es noch vor dem Sturm geschafft.«

Eve blieb wie angewurzelt stehen, denn übermorgen sollte Summerset in Urlaub fahren, und dann hätten sie drei wunderbare Wochen lang ein Butler-freies Haus.

»Was für ein Sturm?«

»Der Sturm, der gerade aus New England zu uns runterzieht.« Als Galahad sich erst an ihre und dann an Roarkes Beine schmiegte, huschte tatsächlich so etwas wie ein Lächeln über sein Gesicht. »Wobei für heute Nacht erst einmal nur mit Schneeschauern und starken Windböen zu rechnen ist. Es heißt, dass es erst morgen oder übermorgen richtig heftig werden soll. Auf alle Fälle ist es gut, dass Sie zu Hause sind. Am besten machen Sie es sich vor dem Kamin gemütlich.«

»Das machen wir.« Roarke hielt ihm seinen Mantel hin.

»Wie wäre es mit einem *Cocido?*«, fragte Summerset.

»Der wäre jetzt genau das Richtige. Wahrscheinlich sind Sie froh, dass Sie dem Winter bald entfliehen.«

»Das bin ich, auch wenn ich mich vorher noch um ein paar Kleinigkeiten kümmern muss. Aber das können wir auch morgen klären.«

»Vorsicht«, warnte Eve, bevor sie ihren Mantel über das Geländer warf. »Fallen Sie so kurz vor Ihrem Urlaub bloß nicht über Galahad.«

Auf ihrem Weg nach oben stieß ihr Mann sie mit dem Ellenbogen an.

»Das ist schließlich schon einmal passiert«, rief sie ihm in Erinnerung. »Was zum Teufel ist *Cocido* und weshalb ist das genau das Richtige für uns?«

»Ein wirklich feiner Eintopf, den er sicher selbst zubereitet hat, obwohl das ewig dauert und vor allem jede Menge Arbeit macht. Es würde also sicherlich nicht schaden, wenn du etwas netter zu ihm wärst.«

»Zumindest habe ich ihn nicht beleidigt und gesagt, dass er

sich vorsehen soll, dass keine dieser Windböen ihn packt, oder er als Vampir die Kälte doch wahrscheinlich sowieso nicht spürt und sich den Flug ins Warme deshalb sparen kann.«

»Das heißt, dass du dich heldenhaft zurückgehalten hast.«

»Genau.« Sie schlug den Weg zu ihrem Arbeitszimmer ein, doch Roarke nahm ihren Arm und zog sie Richtung Schlafzimmer. »Was sollen wir hier?«

»Wir sollen es uns gemütlich machen, also ziehen wir uns besser etwas anderes an.«

Als von Natur aus argwöhnischer Mensch hakte sie nach: »Ich hoffe, dass das keine Masche ist, um mich aus den Klamotten herauszukriegen und ins Bett zu zerren.«

»Das könnte es natürlich sein, aber ich hatte eher an diesen Eintopf und an ein Glas Wein in etwas anderem als einem Maßanzug gedacht.«

»Ich dachte, dass du diese Dinger liebst, denn schließlich hängen Tausende davon in deinem Schrank.«

»Ich mag sie wirklich, aber Eintopf und ein Gläschen Wein vor dem Kamin mit meiner Frau sind nun einmal etwas anderes als ein Geschäftstermin.«

Mit diesen Worten rief er leichte Schuldgefühle in ihr wach. »Wir müssen nicht in meinem Arbeitszimmer essen.«

»Stimmt.« Er lockerte gemächlich seinen Schlips. »Nur dass es seit der Renovierung nicht mehr einfach praktisch, sondern obendrein auch sehr behaglich ist.«

Was ganz allein sein Werk war. Zum Dank zog sie ihm den Schlips vom Hals, umfasste sein Gesicht und gab ihm einen Kuss.

»Ist das vielleicht nur eine Masche, um mich aus dem Anzug herauszukriegen und ins Bett zu zerren?«

»Das könnte natürlich sein.« Sie strich mit einer Hand über sein Haar, bevor sie wieder einen Schritt nach hinten tat. »Zumindest hoffe ich, dass ich dir schon einmal Appetit gemacht habe.«

»Dann freue ich mich bereits jetzt auf das Hauptgericht.«

Sie tauschte ihre Kleider gegen eine warme, herrlich weiche Baumwollhose, ein uraltes Sweatshirt der New Yorker Polizei und Turnschuhe, Roarke entschied sich für ein schwarzes Hemd und eine schwarze Jeans und sah darin zwar lässig, aber gleichzeitig auch elegant und brandgefährlich aus.

»Jetzt lass uns etwas essen, ehe du mit deiner Arbeit weitermachst.«

Das könnte sie ihm zugestehen, dachte sie, als sie zurück in Richtung ihres Arbeitszimmers lief. Wobei …

»Ich will nur kurz etwas überprüfen. Der Gedanke kam mir während unserer Unterhaltung auf dem Weg hierher. Du schaffst es besser als die meisten anderen, dein Privatleben zu schützen, doch wenn deine Sekretärin oder Summerset beschließen würden nachzuforschen, was du so treibst, was bekämen sie dann alles heraus?«

»Ich glaube nicht, dass Summerset nach irgendetwas graben müsste, und obwohl ich Caro blind vertraue, würde sie es garantiert nicht schaffen, irgendetwas herauszufinden, was sie nicht erfahren soll.«

»So geht's den meisten anderen sicher nicht.«

»Du hast schließlich mich gefragt«, erklärte er und holte eine Flasche Wein aus dem Regal.

»Das stimmt. Ich hätte meine Frage etwas allgemeiner formulieren sollen, denn mir ist klar, dass Summerset sich immer schützend vor dich werfen würde, wenn jemand versuchen würde, dir was anzutun.«

»Aber hallo«, meinte Roarke. »Und das aus deinem Mund.«

»Ich weiß, dass er dir gegenüber durch und durch loyal ist und dass du dich blind auf ihn verlassen kannst. Was meiner Meinung nach für Caro ganz genauso gilt. Und Miras Sekretärin würde nicht einmal Gott durchlassen, während sie in einer Sitzung ist. Das ist loyal, auch wenn es gleichzeitig irgendwie besitzergreifend ist. Ich hatte Gott sei Dank bisher nie eine Assistentin, aber sicher würde auch Peabody mich beschützen, wenn es nötig ist.«

»Und?«, fragte er und hielt ihr ein gefülltes Weinglas hin.

»Auch Annie Knight hat einen Assistenten oder Sekretär oder wie sich der Kerl auch immer nennt. Den ich nicht leiden kann. Er wollte uns nicht mit ihr sprechen lassen, dabei hatte Annie selbst kein Problem mit unserem Besuch. Er hat sein Territorium auf aggressive Art verteidigt und hat alles darangesetzt, sie abzuschirmen, obwohl das gar nicht nötig war. Selbst als wir sie dann gesprochen haben, hat er sich noch einmal ins Gespräch gedrängt.«

»Ich schätze, das gehört nun einmal zu seinem Job.«

»Vielleicht und vielleicht ist das ja der Grund, aus dem ich Assistenten generell nicht leiden kann. Caro ist die Ausnahme, wenn ich jemand anderes wäre, der versuchen würde, dich zu sprechen, würde ich sie sicher ebenfalls verabscheuen. Aber dieser Kerl war wirklich angefressen, hat dazu noch eine Untergebene zu einer Lüge angestiftet und sofort Knights Anwalt kontaktiert. Knight selbst war vorher schon bereit, mit uns zu reden, aber wusste nicht, dass wir kommen, weil er ihr unseren angekündigten Besuch verschwiegen hat. Aus welchem Grund auch immer wollte er um jeden Preis verhindern, dass sie mit uns spricht.«

Roarke überlegte kurz. »Ich treffe mich grundsätzlich nicht mit Leuten, die mich einfach nur mal kennenlernen wollen. Aber einen offiziellen, wichtigen Besucher würde Caro mir auf alle Fälle melden und auch nie versuchen, ihn zurückzuweisen, ohne dass sie ausdrücklich von mir darum gebeten wird.«

»Genau. Und Caro kennt die Leute, die du triffst, darum geht's. Genau wie Missy Lee glaubt offenbar auch Annie Knight, dass niemand etwas von ihren Problemen mit Larinda wusste, aber vielleicht wusste dieses Arschloch ja Bescheid. Auch ihr Partner wusste etwas von dieser Sache, aber der kam mir total solide vor und hätte anders als das Arschloch sicher keine Dummheiten gemacht.«

»Du magst ihn wirklich nicht, nicht wahr?«

»Oh nein, deshalb bin ich auch nach dem Gespräch mit ihr noch einmal in sein Büro zurückgekehrt. Er hatte diese selbstzufriedene, arrogante Art und hat uns unnötig das Leben schwergemacht. Was würde Caro machen, wenn zwei Polizistinnen bei ihr auf der Matte stehen und sagen würden, dass sie mit dir sprechen wollen?«

»Sie würde erst einmal mit mir sprechen und dann tun, was sie von mir gesagt bekommt.«

»Das hatte ich mir schon gedacht. Aber der Kerl hat gar nicht erst mit Knight gesprochen und ihr nicht gesagt, dass wir etwas von ihr wollen. Es sei denn, sie hätte uns belogen, aber warum hätte sie das machen sollen, nachdem sie derart offen zu uns war? Dann hat er, ohne zu fragen, auch noch ihren Anwalt kontaktiert. Wie dem auch sei, will ich jetzt sehen, ob er wirklich gestern um die Zeit, die er uns genannt hat, das Büro verlassen hat, oder ob er nicht doch ein bisschen eher aufgebrochen und vielleicht ins *Du Vin* gegangen ist.«

»Um Mars zu töten, weil sie seine Chefin ausgenommen hat? Das zeigt mir, dass du diesen Typen echt nicht leiden kannst.«

»Kann sein. Vielleicht kommt er mir ja auch einfach nur verdächtig vor. Ich weiß es nicht genau.«

»Glaubst du, er hat etwas mit Knight oder hätte gerne was mit ihr?«

Sie dachte kurz darüber nach und schüttelte den Kopf. »Nein, denn die Beziehung zwischen ihr und ihrem Partner ist solide, und vor allem kam es mir so vor, als würde dieses Arschloch eher auf Männer stehen. Ich glaube also nicht, dass er in dieser Hinsicht etwas von seiner Chefin will. Aber wie dem auch sei, wird es bestimmt ein paar Minuten dauern, bis ich weiß, wie lange dieser Blödmann gestern im Büro war.«

»Dann kann ich ja in der Zeit schon einmal den Eintopf holen.«

Am Ende ging es schneller als gedacht. Wahrscheinlich half es, dass der Mann vom Wachschutz des Gebäudes früher selber Polizist und obendrein vor Feeneys Wechsel zu den elektronischen Ermittlern Mitglied seines Teams war.

Sobald sie hatte, was sie brauchte, wandte sie sich stirnrunzelnd der Tafel zu.

»So, wie du guckst, kann er es nicht gewesen sein«, bemerkte Roarke.

»Er hat sich kurz nach sieben ausgeloggt, genau wie er behauptet hat. Mars war bereits eine halbe Stunde vorher tot. Das heißt, das Arschloch hat ein Alibi.«

»Ich hoffe, dass dich der *Cocido* etwas trösten wird.«

»Auf alle Fälle riecht er schon mal gut.« Sie stand hinter ihrem Schreibtisch auf, trat an den Tisch und schaute sich den Eintopf in den dickwandigen blauen Schalen an. »Sieht aus, als hätte Summerset vor allem Gemüse reingepackt.«

»Und dazu jede Menge Fleisch. Das macht die Vitamine sicher mehr als wett.«

Sie setzte sich, und während Roarke das kleine, runde, ofenwarme Brot in Scheiben schnitt, schob sie sich argwöhnisch den ersten Löffel in den Mund. Noch während sie sich überlegte, warum sie nicht einfach einen ganz normalen Eintopf essen konnten, nahm sie eine Reihe köstlicher Geschmacksnuancen wahr.

»Okay, es ist echt lecker.«

Lächelnd reichte er ihr ein Stück Brot. »Jetzt kannst du dich entspannen und genießen.«

»Hast du jemals irgendetwas selbst gekocht? Ich meine, irgendwas, wobei man eine Sache mit der anderen und dann mit noch anderen Sachen mischt?«

»Das habe ich. Als Summerset mich bei sich aufgenommen hat, hat er darauf bestanden, mich zumindest in die Grundlagen des Kochens einzuführen. Das heißt, er hat's versucht. Ich habe jeden gottverdammten Augenblick am Herd gehasst und es geschafft, dafür zu sorgen, dass sogar die einfachsten Gerichte, die ich zubereitet habe, ungenießbar waren.«

Grinsend schob er sich jetzt einen Löffel feurigen *Cocidos* in den Mund. »Was allerdings im Grunde auch nicht wirklich schwierig war. Das war der einzige Bereich, in dem er schließlich aufgegeben hat. Worüber er wahrscheinlich ebenso erleichtert war wie ich. Wie steht's mit dir?«

»In einer von den Schulen, auf denen ich mal war, gab's einen Kurs in Lebenswissenschaft, in dem es auch ums Kochen ging. Ich sollte ein Omelette aus Ei-Ersatz wie Leinsamen oder so etwas machen, aber entweder wurde es hart und trocken oder es blieb wässrig und halb roh. Am Ende hat die Lehrerin mir entweder aus Mitleid oder aus Verzweiflung einen Punkt gegeben, da ich den Kurs nicht wiederholen musste, war die Sache damit für mich abgehakt.«

»Das heißt, dass es der armen Frau mit dir nicht besser ging als Summerset mit mir.«

Eve schaufelte den nächsten Löffel Eintopf in sich hinein. Gemüse schmeckte nicht mehr nur gesund, wenn es inmitten all der anderen, wunderbar gewürzten, wirklich leckeren Brocken schwamm.

»Lebenswissenschaft, was für ein Scheiß«, bemerkte sie mit vollem Mund. »Ich wusste damals schon, dass ich einmal in der Großstadt leben würde, wo man immer Pizza essen kann. Deshalb war Kochen für mich ungefähr so wichtig, wie zu wissen, wann der Typ mit den Elefanten über das Gebirge gezogen ist. Die Strategie zu kennen ist nicht schlecht. Aber was interessiert mich das verdammte Jahr? Geschichte ist Geschichte, und wir leben nun einmal im Hier und Jetzt.«

Amüsiert hob Roarke sein Weinglas an den Mund. »Bei unseren Kochstunden ging es Summerset darum, dass ich vielleicht einmal in einer Lage bin, in der ich selbst etwas kochen muss, wenn ich nicht elendig verhungern will. Mit Hunger aber kannte ich mich aus, und mir war klar, dass ich mir immer irgendwo etwas zu Essen klauen kann.«

»Ihm macht das Kochen wirklich Spaß.« Obwohl sie ziemlich sicher war, dass Kohl in ihrem Eintopf schwamm, haute sie weiter rein. »Ich wusste schließlich immer schon, dass er ein bisschen seltsam ist.«

»Selbst als ich bei ihm wohnte und nicht einen Tag mehr hungern musste, habe ich weiter Lebensmittel mitgehen lassen und sie für den Notfall unter meinem Bett versteckt. Doch irgendwann hat er sich mit mir hingesetzt und mir erklärt, dass dieses Essen anderen fehlen würde, die jetzt vielleicht meinetwegen hungrig wären. Und dass ich Rücksicht auf die Menschen nehmen sollte, denen es noch schlechter ging als mir.«

Eve drückte ihm die Hand, auch wenn sie eine Sache nicht verstand. »Aber dass du weiter anderes Zeug geklaut hast, hat ihn nicht gestört.«

»Es war ein Lernprozess, der nicht in ein paar Tagen abgeschlossen war«, erklärte Roarke und schob sich achselzuckend einen Löffel Eintopf in den Mund. »Doch durch sein Vorbild habe ich gelernt, dass man sich auch um andere Menschen kümmern muss. Das klingt vielleicht pervers, aber nachdem ich das beherzigt hatte, nahm ich nur noch Leute, die's verschmerzen konnten, ins Visier und wurde dadurch ein noch besserer Dieb.«

»Das *ist* pervers«, stimmte sie zu.

»Trotzdem war es so. Es wäre schließlich einfacher gewesen, in die wackeligen Hütten irgendwelcher armen Leute einzubrechen und das bisschen Kleingeld einzusacken, dass sie in der Kaffeedose aufbewahren, aber ich dachte, diese Leute haben noch weniger als ich und brauchen jede noch so kleine Münze, die in dieser Kaffeedose steckt. Aber die Leute in den schicken, mehrstöckigen Häusern, deren Türen und Fenster gut gesichert sind? Die können es verschmerzen, wenn dort etwas fehlt.«

Mit einem neuerlichen, gleichmütigen Achselzucken fügte er hinzu: »Er musste damals gleichzeitig zwei junge Mäuler stopfen, musste uns ernähren, kleiden und versorgen, und wenn ich ihn dabei etwas unterstützen konnte, hat mich das gefreut.«

Er lächelte sie an. »Du wolltest immer schon zur Polizei, ich wollte und sollte aber immer schon was völlig anderes werden. Wenn wir beide uns nicht begegnet wären, wäre ich zum Teil bestimmt noch immer der, als der mich Summerset vor Jahren auf der Straße aufgelesen hat. Doch du hast den Prozess vollendet, den er angefangen hat, und mich zu dem gemacht, der ich jetzt bin.«

»Das hast du andersherum auch.«

»Und jetzt sitzen wir hier.«

»Falls wir je in Not geraten sollten, mache ich ein, wenn auch ungenießbares Omelette aus Ei-Ersatz für uns.«

»Ich könnte sicher noch genug zusammenstehlen, damit du das nicht musst.«

»Dann kann ich dich verhaften, und wir kriegen hinter Gittern jeden Tag dreimal etwas zu essen vorgesetzt.«

»Ach, Eve, ich liebe dich.«

»Und ich dich.« Mit diesen Worten schob sie ihre leere Schale fort. »Erzähl mir bloß nicht, was alles in diesem Eintopf drin war.«

»Versprochen«, sagte er ihr zu. »Jetzt willst du wahrscheinlich deine Unterlagen aktualisieren.«

»Genau, außerdem gehe ich noch die Akte durch, die dieses Arschloch aus St. Louis endlich ausgegraben hat.«

»Was kann ich für meine Polizistin tun?«

»Falls du gerade nichts anderes zu tun hast, kannst du ja versuchen herauszufinden, was für Aliasnamen Mars vielleicht verwendet hat, um irgendwo ein Lager oder eine andere Wohnung anzumieten. Natürlich weiß ich nicht, ob sie das überhaupt getan hat, aber ich gehe davon aus.«

»Das kann ich gerne tun, wenn ich die Suche in den Computer eingegeben habe, läuft sie automatisch weiter. In der Zeit kann ich meine eigene Arbeit machen, aber dafür verziehe ich mich wahrscheinlich besser in mein eigenes Arbeitszimmer.«

Sie räumte noch die Schalen fort, denn schließlich hatte er das Essen auf den Tisch gebracht, dann aber wandte sie sich ihrer Tafel zu und brachte die Unterlagen auf den neuesten Stand.

Als Nächstes nahm sie sich die Akte aus St. Louis vor und stellte fest, dass die Kollegen damals zwar nicht schlampig, aber auch nicht gerade übertrieben diensteifrig vorgegangen waren. Eine der Bordsteinschwalben hatte ausgesagt, ein junges Mädchen wäre aus der Gasse direkt auf sie zugerannt, das aber hatte die ermittelnden Beamten nur am Rande interessiert.

Wahrscheinlich lag es an den damaligen Zeiten, an der Gegend und vor allem daran, dass die beiden Toten Abschaum und den Cops, die in dem Fall ermittelt hatten, vollkommen egal gewesen waren.

Vor dem Gesetz und für die Polizei jedoch waren alle Menschen gleich, und wenn ein Cop die Menschen, die am Rande der Gesellschaft lebten, einfach ignorierte, sollte man ihm seine Dienstmarke entziehen.

Der Pathologe hatte anders als die Polizisten seine Arbeit mehr als ordentlich gemacht. Der tote Freier hatte eine Stichwunde am Hals, eine am Arm, zwei in der Brust und eine, die tödliche, im Unterleib gehabt. Er war verblutet, während er auf allen vieren aus der Gasse kriechen wollte, in der bereits die tote Nutte lag. Sie hatte Schnitte im Gesicht sowie im Oberkörper aufgewiesen, aber erst ein Stich ins Herz hatte sie umgebracht.

Eve las sich alles zweimal durch und griff nach kurzem Überlegen nach dem Hörer ihres Links.

Eine Frau mit freundlichem Gesicht und angenehmer Stimme meinte: »Guten Abend, Haushalt Knight.«

»Lieutenant Dallas«, stellte Eve sich vor. »Verbinden Sie mich bitte mit Miss Knight.«

»Es tut mir leid. Miss Knight hat sich bereits zurückgezogen und darum gebeten, nicht gestört zu werden.«

»Sagen Sie ihr bitte trotzdem, wer Sie sprechen will.«

»Einen Augenblick bitte.«

Es dauerte kaum mehr als diesen Augenblick, bis Annie an den Hörer kam, und wieder dachte Eve an Hyatt, der darauf bestanden hatte, dass sie nicht zu sprechen war.

»Lieutenant.«

»Ich dachte mir, Sie wollten vielleicht wissen, dass ich die Akte aus St. Louis durchgegangen bin.«

»Oh. Verstehe.«

»Sie haben niemanden umgebracht.«

»Ich … was?« Knight presste eine Hand vor ihren Mund. »Verzeihung, was?«

»Sarvino hätte an der Halsverletzung sterben können, wenn er nicht zum Arzt gegangen wäre, aber dann starb er an einer Stichwunde im Bauch. Die beiden waren high und angepisst und haben sich aus reiner Dummheit gegenseitig umgebracht. Carly ist gestorben, weil sie sich dafür bezahlen lassen wollte, dass ihr Freier sie missbraucht. Sie haben niemanden getötet, also ziehen Sie endlich einen Schlussstrich unter diese Angelegenheit. Und sagen Sie auch Ihrer Mutter, dass sie einen Schlussstrich ziehen soll.«

»Ich …«

»Ich mache einfach meinen Job, Miss Knight, ich sage Ihnen, Sie sind nicht verantwortlich für das, was an dem Abend dort geschehen ist. Das sage ich als Polizistin, die die Akte durchgegangen ist. Auch Mars wusste auf jeden Fall, dass Sie nicht schuld am Tod von diesem Junkie sind. Wenn sie von dieser Sache wusste, kannte sie auch den Tathergang, trotzdem hat sie Sie damit erpresst.«

In Annies Augen stiegen Tränen auf. »Ich hätte gleich zur Polizei gehen sollen.«

»Ich bin die Polizei«, rief Eve ihr in Erinnerung. »Als ich wissen wollte, womit Larinda Mars Sie erpresst hat, haben Sie sofort reinen Tisch gemacht.«

»Ich weiß nicht, wie ich Ihnen danken soll.«

»Das können Sie, indem Sie endlich einen Schlussstrich unter diese Angelegenheit ziehen.«

»Vielleicht gelingt mir das ja jetzt. Das heißt, ich bin mir sicher, dass das endlich möglich ist. Ich danke Ihnen. Gute Nacht, Lieutenant.«

Eve legte auf und überprüfte ein paar Namen, die ihrer Meinung nach eher nicht infrage kamen, um sie abzuhaken und danach das zweite Drittel ihrer Liste durchzugehen. Auch diese Kandidaten waren wahrscheinlich nicht die Täter, auch wenn sie noch nicht zur Gänze auszuschließen waren.

Sie programmierte ihren AutoChef auf Kaffee, machte sich ein paar Notizen und nahm sich dann Missy Lee Durantes Eltern vor. Ihr Vater Guy war momentan der Hauptverdächtige, doch auch die Mutter Iris hätte durchaus ein Motiv gehabt. Genau wie Wylee Stamfords Manager und seine beiden anderen alten Freunde aus der Nachbarschaft, die vielleicht selbst Opfer von Big Rod gewesen waren.

Wenn Stamfords Missbrauch herausgekommen wäre, wäre vielleicht auch herausgekommen, was den beiden anderen damals zugestoßen war.

Als Roarke aus seinem Arbeitszimmer kam und sie nach ihrem Kaffeebecher greifen wollte, schüttelte er unmerklich den Kopf. Sie öffnete den Mund, doch ehe sie erklären konnte, dass sie ja wohl so viel Kaffee trinken könnte, wie sie wollte, fiel ihr Blick auf ihre Uhr.

Okay, er hatte recht.

»Die Suche wird jetzt automatisch fortgesetzt«, erklärte er. »Bisher ist nicht viel herausgekommen. Ich habe eine Venus Starr gefunden – mit zwei *r* –, die eine Wohnung in der City hat. Aber sie heißt mit bürgerlichem Namen Karen Leibowitz, liest einem per Videoschalte aus der Hand und ist wegen Betruges vorbestraft. Was ist mit dir?«

»Inzwischen konnte ich die meisten Namen von meiner Liste streichen. Die Wahrscheinlichkeit, dass sie es waren, beträgt nicht einmal zehn Prozent. Das heißt, dass nur noch Guy Durante und zwei alte Freunde meines Baseballspielers, die wahrscheinlich damals von demselben pädophilen Dreckskerl vergewaltigt wurden, übrig sind. Im Grunde will ich mir die beiden gar nicht genauer ansehen, weil ich nicht wissen möchte, wer den pädophilen Arsch getötet hat. Ich nehme an, dass es der Vater eines dieser beiden Freunde war.«

»Gehst du der Sache trotzdem weiter nach?«

Stirnrunzelnd stand sie auf und stapfte durch den Raum. »Natürlich könnte ich mir sagen, dass mich dieser alte Fall nichts angeht, aber ich muss eben allen Spuren nachgehen, wenn ich meine Arbeit richtig machen will. Nur führt mich diese Spur vielleicht zu einem Mann, der noch zwei andere Kinder hat, seit dreißig Jahren bei derselben Firma arbeitet, in seiner Freizeit Trainer einer Kinderfußballmannschaft ist und sich nebenher auch noch ehrenamtlich in einem Jugendhilfezentrum engagiert. Womit er ungefähr ein halbes Jahr nach dem Tod von diesem Schwein begonnen hat.«

»Falls stimmt, was du vermutest, hat er damals seinen Sohn beschützt.«

»Er hätte diesen Kerl nicht umbringen, sondern Anzeige erstatten sollen.«

»Und billigend in Kauf nehmen, dass die Polizei seinen Jungen in die Mangel nimmt? Hätte man ihm überhaupt geglaubt? Wem würde es nach all den Jahren noch etwas bringen, wenn herauskäme, wer diesen Kerl aus dem Verkehr gezogen hat? Wir beide wissen, wie es ist, wenn man als Kind missbraucht oder misshandelt wird. Ich selbst wurde vernachlässigt und habe Prügel eingesteckt, während es dir so wie dem armen Jungen damals erging. Wobei mir selbst wie diesem Jungen das Glück zuteilgeworden ist, dass irgendjemand Patrick Roarke erstochen hat, weshalb er mich nicht mehr finden und mich töten konnte, nachdem ich von Summerset gerettet worden war.«

Eve schob ihre Hände in die Taschen, trat ans Fenster und sah in die Dunkelheit hinaus.

»Du hast dich selbst gerettet«, fuhr Roarke fort. »Wir wissen zwar nicht, wie es ist, ein Kind zu haben, doch wir wissen, wie es ist, ein Kind zu sein. Würden du und ich nicht alles tun, um zu beschützen, was uns lieb und teuer ist?«

»Ich muss der Sache nachgehen. Für mich selbst, für meinen eigenen Fall. Falls sich herausstellt, dass der Vater oder Sohn etwas von der Erpressung wusste und Mars stoppen wollte, kommt auch alles andere heraus. Falls nicht … ich weiß es nicht. Ich muss darüber nachdenken.«

Er trat zu ihr ans Fenster und nahm ihre Hand. »Tu das, aber vielleicht sollten wir jetzt erst einmal schlafen gehen.«

Sie hatte ihn enttäuscht, das war ihm deutlich anzusehen. Trotzdem war sie hin- und hergerissen, denn sie musste ihre Pflicht erfüllen, doch zugleich …

Sie bildete sich ein zu wissen, wer den Mann – das Monster in Gestalt von Rod – damals getötet hatte.

Sie wusste auch, von wem der alte Roarke damals erstochen worden war.

Das hieß, sie wusste, wie weit Menschen gingen, um ihre Söhne zu beschützen. Auch wenn diese Söhne vielleicht erst als Teenager von ihnen angenommen worden waren.

17

In Roarkes Arm und den zusammengerollten Galahad im Rücken träumte Eve von dunklen Gassen, von verfallenen, vernarbten und mit Schmierereien verunzierten Gebäuden und dem beißenden Gestank von Müll und alkoholgeschwängertem Urin.

Auf dem mit Unrat übersäten Boden wechselten tiefe Dunkelheit und Flecken trüben Lichts, das die noch halbwegs funktionierenden Laternen auf die Straße warfen.

Ihr war bewusst, dass es in jeder Großstadt derart hoffnungslose Ecken gab.

In einer solchen Ecke hatte sie als kleines Mädchen selbst einmal gekauert, doch obwohl der Mann, der sie gebrochen hatte, tot zu ihren Füßen lag, war ihr bewusst, dass dies nicht Dallas war.

Denn solche Gassen gab es überall.

Ein Stückchen weiter lag ein zweiter toter Mann. Aus seinem Hals ragte ein Messer, und er starrte sie aus leuchtend blauen Augen an.

Noch ein Stückchen weiter lag der tote Hüne, dessen Züge Wylee Stamford sicher immer noch in seinen Träumen sah.

Drei Monster, die getan hatten, als ob sie Menschen wären. Drei schreckliche Geheimnisse von Schmerzen, von Gewalt und grenzenloser Angst.

Sie kannte die Geheimnisse der drei. Sie wusste, wie, warum und durch wessen Hand sie umgekommen waren.

Weshalb sie ihre Marke – ihren ganzen Stolz – mit einem Mal als Last empfand.

»Was ist mit mir?«

Mit weich um ihr von Künstlerhand geschaffenes Gesicht fallendem goldenem Haar kam Mars in ihren hochhackigen grünen Stiefeln und dem pinkfarbenen Catsuit, in dem ihre Rundungen vorteilhaft zur Geltung kamen, auf sie zugeschlendert und blieb direkt vor ihr stehen.

»Was machen Sie, nachdem man mich ermordet hat?«

»Meine Arbeit«, antwortete Eve.

Verächtlich schnaubend fragte Mars: »Sie machen Ihren Job, indem Sie von drei Männern träumen, die schon ewig tot sind, während man mich gerade erst in das verdammte Leichenschauhaus eingeliefert hat?«

»Das ist ein Teil von meinem Job. Und was haben Sie gemacht?«

Mars fuhr mit einer ihrer Hände durch die Luft. »Ich habe ausgegraben, was mein Publikum wissen wollte, es aufgehübscht und dann auf einem silbernen Tablett serviert. Das konnte niemand auch nur halb so gut wie ich.«

Selbst in Eves Traum verströmte Mars die reine, mitleidlose Arroganz der Frau, die sich für unangreifbar hielt.

»Vielleicht, weil niemand anderes so tief gesunken ist, andere mit Dingen zu erpressen, die er herausgefunden hat.«

Larinda warf den Kopf zurück und brach in schallendes Gelächter aus. »Ach, seien Sie doch nicht naiv. Vor allem haben die Leute schließlich selbst entschieden zu bezahlen, damit ihr Geheimnis nicht gelüftet wird. Sie hätten auch zur Polizei gehen können«, griff sie Eves eigene Worte auf. »Wenn sie das nicht wollten, kann ich schließlich nichts dafür.«

»Natürlich ist das alles Ihre Schuld, denn schließlich haben Sie sie erpresst.«

»Und deshalb habe ich verdient zu sterben?«

»Nein. Dafür muss Ihr Mörder sich verantworten.«

Jetzt stemmte Mars die Hände in die Hüften und schaute sich übertrieben suchend in der Gasse um. »Aber ich kann ihn nirgends sehen. Was wollen Sie also hier?«

»Mitunter geht's bei einem neuen Fall auch gleichzeitig um alte Fälle«, meinte Eve und sah sich die drei Leichen an.

»Schwachsinn!«, stieß die Journalistin plötzlich wütend aus. »Sie aalen sich einfach in Selbstmitleid, nicht wahr? Sie würden ihn noch einmal umbringen, stimmt's? Um sich selbst zu retten, würden Sie dem Kerl das Messer immer wieder in die Brust rammen, oder nicht? Sie haben damals ebenfalls entschieden, nicht zur Polizei zu gehen.«

»Er hat mich vergewaltigt!«

»Uh hu-hu! Und dieser tote Ire? Auf den wären Sie doch genauso losgegangen. Sie hatten keine Chance, ihn aus dem Verkehr zu ziehen, aber jetzt schützen Sie den Mann, der ihn getötet hat. Denn diese Angelegenheit geht Sie persönlich etwas an. Er hat den Kerl ermordet, aber trotzdem nehmen Sie ihn nicht fest. Und dieser Letzte, der etwas mit kleinen Jungen hatte? Wurde ebenfalls ermordet, aber Sie haben Mitleid mit dem Mann, der ihm den Schädel eingeschlagen hat. Obwohl er damals nicht zur Polizei gegangen ist.«

Als plötzlich Blut an ihrem Arm herunterlief, verzog Larinda Mars verächtlich das Gesicht.

»Sie waren dort, Sie waren direkt vor Ort und haben mich einfach sterben lassen, haben mir also nicht das Mindeste genützt.«

Das stimmte, dachte Eve. Sie hätte es zwar gern geleugnet, aber das stimmte zweifellos.

Deshalb war sie es ihrem jüngsten Opfer schuldig, dass sie völlig ehrlich war.

»Zumindest bin ich gut genug, um Sie mir anzusehen und mir, obwohl Sie eine widerliche Hexe waren, den Hintern aufzureißen, damit ich am Ende Ihren Mörder hinter Gitter bringen kann. Auch Sie selbst hätte ich für das, was Sie getrieben haben, liebend gerne vor Gericht und in den Knast gebracht.«

»Spielen Sie doch nicht das Unschuldslamm. Drei tote Männer liegen hier zu Ihren Füßen, und ich weiß, dass zwei von ihnen auf Ihr Konto oder auf das Konto eines Menschen, den Sie schützen wollen, gehen. Ich habe die Geheimnisse von anderen gewahrt. Ich habe mich dafür bezahlen lassen, doch ich habe sie gewahrt. Das kann und würde ganz bestimmt nicht jeder tun. Denken Sie mal darüber nach. Denn früher oder später finden die Geheimnisse der Menschen einen Weg ans Licht, egal, wie tief man sie auch vergraben hat.«

»Ich werde nicht hier in der Gosse sterben, nicht einmal in Ihrem Traum. Und ich kann Ihnen versprechen, dass die Toten nicht für immer Ruhe geben werden«, meinte Mars, bevor sie wieder in der Dunkelheit verschwand.

Wie aufs Stichwort krabbelten mit einem Mal die Finger von Big Rod über den Boden auf sie zu, der alte Roarke starrte sie an, und Richard Troy drehte den Kopf und grinste breit.

Trotz der in ihrem Innern aufsteigenden Panik zog sie ihre Waffe und erklärte kalt: »Ich rufe jetzt die Polizei.«

»Es reicht«, murmelte Roarke und zog sie eng an seine Brust, während der Kater seinen Kopf an ihrem Rücken rieb. »Es reicht.«

»Es geht mir gut.« Sie schmiegte ihr Gesicht an seine Schulter. »Ich bin okay.«

Der Kater kletterte auf ihre Hüfte und bedachte sie mit einem ausdruckslosen Blick.

»Ich bin okay«, erklärte sie noch einmal. »Es war kein Albtraum, sondern einfach … seltsam.«

»Inwiefern?« Roarke zwang sie sanft, ihn anzuschauen, und sah ihr forschend ins Gesicht.

»Ich hatte ein Gespräch mit Mars«, wich Eve ihm aus. »Sie ist ein bisschen angepisst von mir.« Seufzend schloss sie die Augen. »Aber damit kann ich leben, auch wenn mich ein Streit mit einer Toten nicht weiterbringt. Es tut mir leid. Ich wollte dich nicht wecken.«

Sie hatte nicht gelogen, dachte Eve, als Galahad sich wieder neben ihr zusammenrollte und ihr Mann mit seinen Händen über ihren Rücken glitt. Sie hatte einfach ein paar Sachen ausgelassen, weiter nichts.

Am besten dächte sie nicht mehr darüber nach und konzentrierte sich auf Roarkes Geruch, das leise Schnarchen ihres Katers und das Feuer im Kamin.

Bevor sie traumlos weiterschlief.

Im Gegensatz zu ihr lag Roarke noch länger wach. Er hatte seinen Arm um sie gelegt und sagte sich, dass er sie während des

Gesprächs in ihrem Arbeitszimmer nicht belogen, aber ein paar Dinge ausgelassen hatte, auch wenn er ihr gegenüber für gewöhnlich völlig ehrlich war.

Er fragte sich, warum, und ging den Abend noch einmal in Gedanken durch.

Obwohl er kaum ein Auge zubekommen hatte, stand er früh am nächsten Morgen auf, duschte, zog sich an und brachte schon vor Sonnenaufgang eine Videokonferenz und ein paar Telefongespräche hinter sich. Genau wie Schlaf verliehen ihm seine Arbeit und der Wunsch, sich selbst um sämtliche Details der unzähligen Zweige des von ihm geschaffenen Konzerns zu kümmern, neue Energie.

Er hatte sich mit List und Tücke, Schweiß und Schläue und mit der ihm eigenen, eisernen Entschlossenheit ein eigenes Imperium aufgebaut.

Am Anfang war es ihm dabei vor allem um Geld gegangen, weil Geld die Grundvoraussetzung fürs Überleben war. Später hatten ihm die Macht und der Respekt gefallen, den plötzlich alle Welt vor ihm empfand. Er hatte sich mit Geld und Macht das Leben so zurechtgerückt, wie er es haben wollte, und zumindest äußerlich das Elend und die Grausamkeiten seines alten Lebens abgelegt.

Er hatte sich aus eigener Kraft etwas aufgebaut, und dabei war ihm aufgegangen, dass er kein Zerstörer, sondern ein Erschaffer war.

Kauf und Verkauf, Aufbau und Besitz, Innovation und Expansion. Der Lohn des Risikos. Die Rettung von vernachlässigten Häusern, Firmen, Menschen und die Schaffung neuer Dinge, wo zuvor ein Vakuum gewesen war. Der Lohn des Risikos. Und ja, er hatte die Gesetze weiterhin umgangen, auch als sein Überleben längst gesichert war.

Aus alter, liebgewonnener Gewohnheit und weil es ihm möglich war.

Dann aber war er Eve begegnet. Einer Polizistin, die zwar kompliziert und geradezu erschreckend zynisch, doch vor allem rundum faszinierend war. Sie hatte ihn verändert, ihn gerettet und sein Leben vollständig gemacht. Plötzlich hatte er die liebgewonnene Gewohnheit, seine Ziele notfalls auch mit unlauteren Mitteln zu verfolgen, mühelos und mit nur ein bisschen Wehmut abgelegt.

Am Anfang hätte er sich niemals vorstellen können, dass er ihr einmal bei ihrer Arbeit helfen würde. Geschweige denn, dass es ihm eine Freude wäre, einem Cop bei seinem Job zu assistieren.

Jetzt ging er die Ergebnisse der Namenssuche, um die seine Polizistin ihn gebeten hatte, durch, und da sie selbst noch schlief und Galahad in dem Bewusstsein, dass er sie alleine lassen konnte, aufgestanden war, stand auch er selbst auf und ging ins Erdgeschoss.

Auf seinem Weg zur Küche hörte er die Stimme seines Butlers und im Hintergrund die Sendung, die im Frühstücksfernsehen lief.

Er unterhielt sich mit dem Kater, merkte Roarke. Im selben Plauderton, wie er selbst es manchmal tat, als würde er erwarten, dass das Tier ihm eine Antwort gab.

»Ich hoffe, du benimmst dich, während ich im Urlaub bin. Und passt gut auf die Kinder auf.«

Der Butler stand in Schürze und in Hemdsärmeln am Tisch, knetete Teig, und Galahad saß neben ihm und sah ihm bei der Arbeit zu.

Die langen, dünnen Finger kneteten die zähe Masse weiter durch. »Und sorg dafür, dass sie vernünftig essen, ja?«

»Normalerweise geht es ihm vor allem darum, dass er selbst genug zu fressen kriegt.«

Der Butler hob den Kopf und zog die Brauen hoch. »Trotzdem wird er euch im Blick behalten, während ich im Urlaub bin. Ist alles okay?«

Er wirkte leicht besorgt, weil Roarke nur selten in die Küche kam. Die war ein Teil von seinem Reich, und damit kamen sie beide gut zurecht.

Roarke nickte knapp. »Dann geht es also morgen los.«

»Ich koche und ich backe genug vor, dass ihr in den drei Wochen nicht verhungern müsst. Kaffee?«

Roarke schüttelte den Kopf und stapfte unruhig in der Küche auf und ab. »Sie und ich, wir haben uns nie direkt belogen, aber ab und zu sind wir uns ausgewichen, wenn der andere etwas wissen wollte, ich nehme an, das ist total normal.«

Jetzt deckte Summerset den Teig mit einem Geschirrtuch ab. »Was geht dir durch den Kopf, Junge?«

»Am Anfang habe ich Sie öfter angelogen, denn das war mein Naturell. Aber auch wenn ich vielleicht ab und zu mit einer kleinen Lüge durchgekommen bin, haben Sie mich fast immer sofort durchschaut.«

»Ich glaube nicht, dass du auch nur mit einer Lüge durchgekommen bist.«

Lächelnd lehnte Roarke sich an die Arbeitsplatte. »Das waren noch Zeiten. Auch wenn es am Anfang vielleicht etwas holprig lief, vertrauen und respektieren wir uns inzwischen so, dass wir uns sicher nicht belügen würden, falls der andere eine direkte Frage stellt.«

»Was willst du wissen?«

»Haben Sie Patrick Roarke getötet?«

»Ja.«

Roarke sah ihm ins Gesicht. »Trotzdem haben Sie in all den Jahren nie ein Wort gesagt.«

»Weswegen hätte ich etwas sagen sollen?«

»Glauben Sie nicht, dass ich das vielleicht wissen wollte? Oder dachten Sie etwa, ich wäre deshalb auch nur einen Fingerbreit von Ihnen abgerückt?«

»Das war nicht der Grund.« Jetzt setzte Summerset sich an den Frühstückstich und wartete, bis Roarke ihm gegenübersaß. »Du warst damals noch ein Kind. Dein Vater hatte dich misshandelt, und du fingst erst mühsam an zu glauben, dass ein Leben ohne Schläge möglich ist. Weswegen hätte ich dich mit der Angelegenheit belasten sollen? Und was hätte es später noch für einen Sinn gemacht, dir zu erzählen, wie es damals abgelaufen ist? Ich hatte mich bereits gefragt, wann sie es dir sagen würde.

Sie misst diesen Dingen eine andere Bedeutung bei als ich. Wobei ihre Perspektive meiner Meinung nach nicht besser oder schlechter, sondern einfach anders ist.«

»Sie hat's mir nicht gesagt. Aber warum haben Sie es ihr gesagt? Und wann?«

Dem Butler war die Überraschung deutlich anzusehen. »Ich werde deine Frau wahrscheinlich nie wirklich verstehen. Ich habe es ihr nicht gesagt, jedenfalls nicht direkt. Sie hat eine ganz eigene Art, Dinge herauszufinden und sie dann zu interpretieren. Ich habe es zwar nicht bestätigt oder abgestritten, aber trotzdem weiß sie es. Sie weiß es seit meinem Treppensturz, nach dem ich noch etwas angeschlagen war. Ich nehme an, ich war in dem Moment nicht wirklich auf der Hut.«

Roarke dachte an den Unfall und die Zeit danach und fragte sich, warum ihm das nicht aufgefallen war. »Danach hat sie das Geheimnis selbst noch eine halbe Ewigkeit gewahrt.«

Der Butler wurde starr. »Ich kann nur hoffen, dass du ihr das nicht zum Vorwurf machst.«

Auch wenn sie es wahrscheinlich vehement bestreiten würden, standen die beiden Menschen, die Roarke mehr als alles andere liebte, eben immer füreinander ein.

»Ich werde weder ihr noch Ihnen einen Vorwurf machen, auch wenn Sie die Last bestimmt nicht meinetwegen ganz alleine tragen sollten. Erzählen Sie mir auch, weswegen Sie beschlossen haben, ihn aus dem Verkehr zu ziehen?«

Roarkes Majordomus seufzte abgrundtief. »Ich brauche erst mal einen Kaffee.«

»Den kann ich doch holen.«

»Nein, bleib sitzen. Schließlich kennst du dich in deiner eigenen Küche nicht mal annähernd so gut aus wie ich.«

Er ging zu einem der drei AutoChefs und programmierte ihn auf zwei Becher Kaffee. »Du weißt, wie gut vernetzt er war, selbst bei der Polizei. Wobei die Typen trotz der Marken, die sie hatten, keine echten Polizisten waren. Inzwischen weiß ich, dass es nicht dasselbe ist, ob jemand einfach eine Marke hat oder ihr obendrein auch Ehre macht.«

Er kam mit den Bechern zurück an den Tisch. »Er wusste, wo du warst, und hat einfach auf Zeit gespielt. Es wäre ihm egal gewesen, wenn du nach der letzten Tracht Prügel, die er dir verabreicht hat, gestorben wärst, aber das bist du nicht, deshalb wollte er dich als sein Eigentum zurückhaben. Er wusste, wie geschickt und clever du dich immer angestellt hast, und er wollte weiter Geld mit dir verdienen.«

Summerset trank den ersten Schluck von seinem Kaffee mit einem Tropfen Milch. »Wir haben damals in einem anständigen Haus gelebt.«

»Das mir wie ein Palast erschienen ist.«

»Für ihn war es zwar kein Palast, doch er ging davon aus, dass dort etwas zu holen war. Deswegen wollte er dich mir verkaufen.«

Roarke nickte wenig überrascht. »Wie viel war ich wert?«

»Für mich? Viel mehr als das, was ich ihm zahlen sollte. Aber wir beide wussten, dass es damit nicht vorbei gewesen wäre. Denn er wäre garantiert wiedergekommen und hätte dann noch mehr verlangt.«

»Er war eben ein echter Blutsauger«, bemerkte Roarke in der Erinnerung an Missy Lees Bezeichnung für Larinda Mars. »Er hätte nie genug gekriegt.«

»Deshalb hätte es auch nichts genützt, ihn zu bezahlen. Ich habe kurz darüber nachgedacht, ob ich mit euch verschwinden soll. Denn zwar hatte Patrick Roarke auch außerhalb von Dublin zahlreiche Kontakte, doch die hatte ich auch. Und zwar noch bessere als er, deswegen wollte ich mit dir und mit Marlena abhauen.«

Er trank den nächsten Schluck Kaffee. »Aber das hatte Patrick Roarke sich schon gedacht und hat gesagt, bevor ich auch nur eine Tasche packen könnte, stünden die verdammten Bullen, die er im Sack hätte, bei mir vor der Tür und würden es so drehen, als hätte ich euch beide – dich und meine Tochter – sexuell missbraucht …«

»Mein Gott!« Überrascht und angewidert schob Roarke seinen eigenen Kaffeebecher fort.

»… und euch zu diesem Zweck auch noch an andere verkauft«, fuhr Summerset mit geradezu erschreckend ruhiger, kalter Stimme fort. »Er hat gesagt, er könnte garantieren, dass sie die entsprechenden Beweise fabrizieren würden, und ich habe ihm geglaubt. Ich hatte keinen Zweifel, dass er dafür sorgen würde, dass ihr beide vergewaltigt und geschlagen werdet, damit er sein Ziel erreicht. Wahrscheinlich hätte ich genügend Zeit gewonnen, um euch beide in Sicherheit zu bringen, wenn ich auf die Forderungen eingegangen wäre, doch ich habe mich dafür entschieden, diese Sache ein für alle Mal zu beenden, ehe sie begonnen hat. Ich hätte nie riskiert, dass einem von euch beiden etwas passiert.«

Bevor er einen Jungen von der Straße bei sich aufgenommen hatte, hatte Summerset bereits ein eigenes Kind gehabt. Marlena, die sein Ein und Alles und sein großes Glück gewesen war.

»Sie hätten mich ihm doch auch einfach übergeben und mit Marlena verschwinden können. Dann hätte er mit leeren Händen dagestanden.«

»Nein, denn schließlich hätte er dann dich gehabt«, erklärte Summerset ihm schlicht. »Das war keine Option. Das hätte ich niemals getan. Er hat nie damit gerechnet, dass ich ihm gefährlich werden könnte, weil er mich für einen Schwächling hielt. Er dachte, dass ich vor ihm kuschen würde, aber dann bin ich mit dem Messer auf ihn losgegangen und habe diesen Schritt nicht einen Augenblick bereut.«

»Sie waren niemals schwach.«

»Er hatte eben keine Ahnung, wer ich war.«

Das alles musste Roarke erst einmal verdauen, doch schließlich meinte er: »Ich war noch einmal in dieser Gasse, wo sie ihn gefunden haben, und habe mir gewünscht, ich hätte ihm das Messer selbst in den Bauch gerammt.« Er hob den Kopf und sah dem Mann, der ihn gerettet hatte, reglos ins Gesicht. »Dass Sie es waren, ist fast genauso gut.«

»Es hat mir keinen Spaß gemacht.«

»Ich weiß. Im Gegensatz zu Ihnen wäre ich mit Freuden mit

dem Messer auf ihn losgestürmt.« Roarke drückte ihm die Hand. »Aber ich bin nicht mehr der Junge, der ich damals war.«

»Du warst nie der, zu dem der Kerl dich machen wollte. Aber dass einmal der aus dir werden würde, der du heute bist, hätte nicht einmal ich gedacht. In schwachen Augenblicken denke ich, dass du das auch dem Lieutenant zu verdanken hast.«

Ein Lächeln huschte über Roarkes Gesicht. »Und andersrum denkt sie in ihren schwachen Augenblicken, dass das Ihr Werk ist. Wobei es meiner Meinung nach die Summe all der Arbeit, die Sie beide investiert haben, macht.«

»Wirst du ihr all das sagen?«

»Ja, ich werde es ihr sagen, weil es dann leichter für sie wird.« Mit diesen Worten stand er auf. »Wir werden uns vor Ihrer Abreise auf jeden Fall noch einmal sehen.«

»Natürlich.«

»Es ist gut, dass Sie mir nicht schon eher etwas verraten haben, denn wahrscheinlich hätte ich vor ein paar Jahren noch gefeiert, dass Sie damals mit dem Messer auf ihn losgegangen sind.«

»Und jetzt?«

»Jetzt bin ich Ihnen einfach dankbar, ich finde, dass das reicht und angemessen ist.«

Als er sich zum Gehen wandte, sprang der Kater auf und trottete ihm hinterher.

»Er hat schon etwas gefressen«, rief der Butler ihnen nach.

»Das heißt bestimmt nicht, dass er nicht schon wieder etwas vertragen kann.«

Eve schlug die Augen auf und runzelte die Stirn, als Roarke nicht auf dem Sofa saß. Normalerweise trank er dort um diese Zeit Kaffee, sah die Berichte von der Börse und gab irgendwelches Zeug in seinen Handcomputer ein.

Wahrscheinlich saß er noch in irgendeinem Meeting, überlegte sie, stand auf und brachte ihr Gehirn mit einer ersten Dosis Koffein in Schwung.

Sie müsste gucken, ob die Suche des Computers etwas ergeben

hatte, müsste mit DeWinter sprechen und noch eine Reihe von Gesprächen führen, nahm sie sich auf dem Weg ins Badezimmer vor.

Vielleicht brachten die Ergebnisse der Suche eine neue Spur, die sie verfolgen könnte, und wenn sie persönlich zu DeWinter führe, brächte das womöglich mehr als eine nörgelige Textnachricht. Außerdem war da noch Guy Durante, am besten machte sie dem Mann ein bisschen Druck.

Sie duschte, ließ danach genüsslich warme Luft um ihren Körper wehen und überlegte, dass es etwas anderes als Hafergrütze gäbe, wenn es ihr gelänge, mit dem Frühstück schneller als ihr Mann zu sein.

Eilig schnappte sie sich einen weißen Morgenmantel, lief ins Schlafzimmer zurück und dachte *so ein Mist,* als Roarke schon ein Tablett belud.

»Hat Uruguay sich noch geziert?«

Er sah sie fragend an. »Ich dachte mir, das klingt wie etwas, das man kaufen kann und dass du eben vielleicht über einen Kauf verhandelt hast. Wo liegt das überhaupt?«

»In Südamerika, doch auch wenn ich dort ein paar Grundstücke und Immobilien habe, interessiert mich nicht das ganze Land. Das Essen steht bereits auf dem Tablett, doch wenn du schon mal auf bist, könntest du uns auch noch eine Kanne Kaffee holen.«

Während sie den Kaffee holte, stellte er ihr Essen auf dem Couchtisch ab.

»Worum ging's dann?«

»Um dies und das.«

Er hob die Glocken von den Schüsseln voller – wie nicht anders zu erwarten – Haferschleim. Der aber wurde durch die Beeren, den braunen Zucker und den Speck zumindest ansatzweise wieder wettgemacht.

»Summerset backt gerade Brot.«

Sie sah Roarke fragend an.

»Er hat unten in der Küche Teig geknetet, also backt er offenkundig Brot.« Er schenkte ihnen beiden Kaffee ein. »Ich habe ihn besucht und ihn gefragt, warum er Patrick Roarke getötet hat.«

Sie hatte die Hand nach ihrem Becher ausgestreckt, zog sie jetzt aber noch einmal zurück. »Du hast ihn *was* gefragt?«

»Ich hätte es bereits viel früher wissen müssen. Schließlich wusstest du es auch. Aber als Junge war ich nur erleichtert und habe nicht einen Augenblick an Summerset gedacht. Er hatte bei den Innerstädtischen Revolten zwar Gewalt erlebt und selbst verübt, doch davon hatte er sich weitestgehend erholt. Er ist ein ruhiger, friedliebender Mensch, ich wäre also nie auf den Gedanken gekommen, dass er diesen Kerl getötet hat. Wenn ich ehrlich bin, habe ich kaum jemals darüber nachgedacht. Du solltest etwas essen«, fügte er hinzu.

Sie schüttelte den Kopf, und kurz entschlossen deckte er die Schüsseln wieder zu.

»Es geht darum, dass du dich wegen deines momentanen Falls mit Geheimnissen befasst. Vielleicht ist das der Grund, aus dem ich plötzlich auch für diese Sache offen war. Nach deinem Traum, der angeblich kein Albtraum, aber einem Albtraum ziemlich ähnlich war, bist du mir ausgewichen. Plötzlich ging mir auf, dass es in deinem Büro genauso war, als du davon gesprochen hast, dass vielleicht irgendwer ein Kind beschützen wollte und deswegen Mars ermordet hat. Wir kamen dabei auch auf Patrick Roarke, und plötzlich hast du mich so komisch angesehen. Ich habe mir in dem Moment nicht wirklich etwas dabei gedacht, doch später ging mir die Bedeutung dieses Blickes auf. Also bin ich hinunter in die Küche gegangen, habe Summerset gefragt, und er hat offen zugegeben, dass er ihn damals aus dem Verkehr gezogen hat. Er dachte eigentlich, du hättest mir schon längst davon erzählt.«

Bevor sie aufstehen konnte, nahm Roarke ihre Hand und hielt sie fest.

»Ich habe etwas in der Art vermutet, aber sicher war ich nicht und hätte ihn vor allem nicht dazu drängen wollen, dass er ...«

»... es gesteht?«

Ihr wurde kalt. »Ich hatte es niemals auf ein Geständnis abgesehen.«

»Das weiß ich, Eve. Ich weiß auch, dass es bestimmt nicht einfach für dich war, von diesem Mord zu wissen, aber weder etwas zu sagen noch etwas zu tun.«

»Ich hatte keinerlei Beweise und die habe ich immer noch nicht.«

»Hör auf. Hör sofort auf.«

»Ich hätte es dir sagen sollen, aber ...«

»Nein, du hast genau das Richtige getan.«

»Wie das? Wie kann das richtig sein? Du solltest mir vertrauen können, denn es gehört doch sicher zu den Regeln einer Ehe, dass ...«

Mit einem halben Lachen meinte er: »Zur Hölle mit den Eheregeln. Die haben damit nichts zu tun.«

»Wenn du die Regeln einmal brichst, brichst du sie immer öfter«, gab sie unglücklich zurück.

Er wurde sofort wieder ernst und schüttelte den Kopf. »Die Welt ist mehr als nur schwarz-weiß. Das wissen wir beide, denn schließlich haben wir beide schon in einer Grauzone gelebt. Obwohl es dich erleichtert hätte, hast du nichts gesagt. Ich kann verstehen, dass du ihn nicht verraten wolltest, aber falls du dachtest, dass mich die Enthüllungen belasten würden, hast du dich geirrt. Das tun sie nicht und täten es auch nicht, wenn ich nicht die ganze Wahrheit wüsste. Und weißt du, warum?«

»Natürlich weiß ich das. Er wollte dich und seine Tochter schützen, was denn sonst? Ich würde trotzdem gerne sagen, dass er Anzeige erstatten sollte, nur war die Polizei in Dublin damals grausam, gleichgültig und durch und durch korrupt.«

»Zusätzlich hatte Patrick Roarke noch eine Reihe Bullen in der Tasche, trotzdem ist das hart für jemanden wie dich, der für Tote eintritt, selbst wenn sie schlechte Menschen waren. Ich hoffe, dass ich es dir vielleicht etwas leichter machen kann, wenn ich dir sage, wie es damals war. Er hatte mich gefunden«, begann

Roarke, erzählte alles ganz genau und ließ sie los, als es sie nicht mehr auf dem Sofa hielt.

»Hätten die Cops bei dieser Sache wirklich mitgespielt?«, erkundigte sie sich. »Hätten sie wirklich weggesehen, während zwei Kinder sexuell missbraucht und körperlich misshandelt worden wären?«

»Es gab damals in der Gegend sicherlich auch ein paar gute oder halbwegs anständige Cops, aber die Kerle, die er in der Tasche hatte, hätten nicht nur weggesehen, sondern auch noch mitgemacht.«

»Bei der Misshandlung unschuldiger Kinder?«

»Was hat denn der Heimatschutz bei dir gemacht? Sie haben genauso zugesehen, als ein Kind von seinem Vater vergewaltigt und misshandelt wurde, weil es ihnen bei der Observierung um etwas völlig anderes ging«, rief Roarke ihr in Erinnerung. »In meiner Welt damals waren die Bullen selbst Verbrecher und haben sich die Taschen vollgestopft.«

Obwohl ihr bei den Worten übel wurde, brachten sie sie gleichzeitig wieder ins Gleichgewicht. »Während ich auf Richard Troy in Notwehr eingestochen habe, hat Summerset damals nur getan, was ihr Kinder nicht konntet, weil ihr beide wehrlos wart.«

»Kannst du jetzt also loslassen? Ich meine, nicht als Polizistin, sondern innerlich. Kannst du jetzt endlich aufatmen?«

»Patrick Roarke hat deine Mutter umgebracht, weil sie ihm lästig wurde. Er hat dich fast totgeschlagen und danach gedroht, dir und einem unschuldigen Mädchen fürchterliche Dinge anzutun. Auch wenn ich nicht sagen kann, dass es richtig war, was Summerset getan hat, war es eine Form der Nothilfe, und die war meiner Meinung nach durchaus gerechtfertigt.«

Jetzt nahm sie wieder auf dem Sofa Platz. »Ich habe ihn in meinem Traum gesehen. Er lag tot in dieser Gasse. Genau wie Big Rod und Richard Troy.«

Jetzt hatte sie ihm doch alles erzählt.

»Ich nehme an, ich weiß, wer Rod C. Keith getötet hat.«

Roarke wusste, dass auch dieses Wissen sie belastete, und sah sie fragend an. »Was wirst du jetzt tun?«

»Ich bin keine Richterin. Ich glaube zwar, dass ich weiß, wer ihn aus welchem Grund getötet hat, und könnte es wahrscheinlich auch beweisen, aber das ist nicht mein Fall, und wenn er nicht für meine eigenen Ermittlungen wichtig wird, werde ich der Angelegenheit nicht weiter nachgehen. Das ist der Graubereich, von dem du eben sprachst. Ich fühle mich darin nicht wirklich wohl, aber ich kann damit leben und bin mir nicht sicher, ob ich damit leben könnte, vorsätzlich das Leben anständiger Menschen zu zerstören.«

Sie griff nach ihrem Kaffeebecher, starrte in die schwarze Flüssigkeit und fügte noch hinzu: »Wenn diese Sache etwas mit meinem Fall zu tun hat, werde ich ihr nachgehen und aufdecken, wer diesen Kerl getötet hat. Dann bleibt mir gar nichts anderes übrig, denn Larinda Mars ist meine Tote, und wenn ich nicht alles für sie gebe, habe ich die Marke, die ich trage, nicht verdient.«

»Du hast vollkommen recht. Schwarz, weiß oder grau, du hast auf alle Fälle recht.« Er strich ihr sanft mit einer Hand über das Haar. »Ich bin für dich da.«

Wie nachts im Bett vergrub sie ihr Gesicht an seiner Schulter, während er sie in die Arme nahm.

»Jetzt geht's uns wieder gut, nicht wahr?«

Sie klammerte sich an ihm fest und atmete erleichtert auf. »Jetzt geht's uns wieder gut.«

Sie blickte auf und suchte mit den Lippen seinen Mund.

Dann machte sie sich wieder von ihm los, und er glitt abermals mit einer Hand über ihr Haar, doch plötzlich stellte er mit dumpfer Stimme fest: »Das ist ja wohl der Gipfel.«

Sie fuhr leicht zusammen, drehte aber rechtzeitig den Kopf, um Galahad vom Tisch springen zu sehen. Dann hüpfte er aufs Bett und streckte sich gespielt erschöpft auf der Matratze aus.

»Was ist?«

»Er hat versucht, mit einer Pfote eine von den Wärmeglocken anzuheben.«

»Frisst er etwa Haferbrei? Im Ernst?«

Der Kater wandte ihnen den Rücken zu und wedelte empört mit seinem Schwanz.

»Darunter liegt auch Speck.« Jetzt hob Roarke selbst die Wärmeglocken wieder an. »Also greif zu.«

Sie hätte Galahad den Haferbrei durchaus gegönnt, auch wenn er dank der Beeren und des Zuckers wenigstens nicht völlig ungenießbar war.

Vor allem gab es auch noch Speck, und der war ihr ein echter Trost.

»Ich fahre heute etwas früher los«, erklärte sie. »Ich will noch ins Labor, um DeWinter und den anderen etwas Druck zu machen, denn ich brauche das Gesicht. Ich denke, dass es wichtig ist, wer Mars vor ihrer völligen Verwandlung war. Aber vorher muss ich noch schnell wissen, ob die Suche nach den Namen und dem Lager oder einer zweiten Wohnung etwas ergeben hat.«

»Ein paar Namen haben wir.«

»Heißt das, du hast schon nachgeschaut?«

»Nachdem ich kein Interesse daran hatte, Uruguay zu kaufen, hatte ich ein bisschen Zeit.«

»Hast du eine Liste, damit ich die Namen überprüfen kann? Ich muss …«

»Es ist nur eine Handvoll, und die habe ich dir schon geschickt. Wobei du sie dir gerne auch hier auf dem Bildschirm ansehen kannst.«

»Warum hast du das nicht schon eher gesagt?«

»Weil's gerade um andere Dinge ging.«

Sie atmete geräuschvoll aus, dann aber ging ihr auf, dass es tatsächlich so war. »Aber jetzt geht's uns wieder gut, nicht wahr? Also zeig mir, was du hast.«

»Das mache ich. Iss du in der Zeit deinen Haferbrei.«

Obwohl sie mit den Augen rollte, schob sie sich den nächsten Löffel der verhassten Pampe in den Mund.

18

Roarke rief ein halbes Dutzend Namen und Fotos auf dem Bildschirm auf, von denen Eve zwei sofort verwarf.

»Die beiden oben links und unten rechts können weg.«

»Warum?«

»Weil diese Frauen deutlich älter sind und ich nicht glaube, dass sie sich, so eitel, wie sie war, freiwillig hätte älter machen lassen, als sie war.«

Obwohl er das ein bisschen anders sah – weil eine clevere Tarnung doch wahrscheinlich wichtiger als dauerhafte Jugend und ein makelloses Aussehen war –, entfernte er die beiden Aufnahmen und vergrößerte die anderen.

Eve schaute sich die Bilder an und schob sich, ohne groß darüber nachzudenken, weitere Löffel Hafergrütze in den Mund. »Die oben rechts kann auch weg.«

»Weil?«

»… sie eher ein durchschnittliches Aussehen hat.«

»Du gehst die Sache wirklich wissenschaftlich an«, bemerkte er, entfernte dann aber auch dieses Bild.

»Und die Frau unten rechts. Angela Terra. Ist das ein Planet?«

»Das ist die Erde.«

»Ach.« Sie griff nach einer Scheibe Speck. »Dann lassen wir das Foto erst einmal, wo es ist. Und was ist Juno?«

»Ein Asteroid zwischen Mars und Jupiter.«

»Hm. Er hat also was mit dem Mars zu tun. Aber er ist nicht wichtig und nicht groß genug.«

»Man kann es auch aus einer anderen Perspektive sehen, und zwar aus der, dass Juno gleichzeitig auch eine Göttin und die Frau von Zeus war.«

Nicht übel, dachte Eve und ging die Daten auf dem Bildschirm durch. »Eine Verkäuferin im Supermarkt? Damit hätte sich Mars niemals begnügt. Und diese andere, Brite Luna? Bringt als Therapeutin Menschen bei, das Leben zu umarmen? Das ist ja wohl voll peinlich, findest du nicht auch?«

»Was heißt, dass nur noch diese Terra übrig bleibt. Ich bin kein Polizist«, bemerkte Roarke, »aber mit falschen Namen und Identitäten kenne ich mich halbwegs aus.«

»Wirklich?«, fragte Eve ihn trocken, während sie nach ihrem Kaffeebecher griff.

»Mitunter ist es eine gute Strategie, etwas zu schaffen, das der Wirklichkeit recht ähnlich ist, und manchmal ist es besser, wenn man in die andere Richtung geht, vor allem, wenn man dadurch zu einem Durchschnittsmenschen wird, den jeder gleich wieder vergisst. Mit einem banalen Durchschnittsjob und einem Allerweltsgesicht.«

Sie fragte sich, wie viele Aliase er wohl schon verwendet hatte und wie oft er seinen Feinden, Konkurrenten oder auch der Polizei durchs Netz gegangen war.

»Kann sein, aber ich glaube nicht, dass sie den Namen für etwas anderes als den Kauf oder die Miete dieses Lagers oder einer zweiten Wohnung und vielleicht für ein paar finanzielle Transaktionen verwendet hat. Für Reisen und im Alltag hat sie ihn wahrscheinlich nie benutzt«, gab sie zurück. »Vor allem hat diese Terra eine eigene Unternehmensberatung, wo sie Präsidentin und zugleich im Vorstand ist. Das heißt, sie ist ein hohes Tier. Das passt zu Mars. Auch das Alter, sechsunddreißig Jahre, Größe und Gewicht hauen hin. Geschminkt und mit Perücke hätte Mars so aussehen können wie sie. Siehst du die Adresse? Nur ein paar Blocks vom *Du Vin* entfernt, in dem sie regelmäßig war.«

»Das sind ein paar durchaus beachtenswerte Punkte«, stimmte Roarke ihr zu.

»Am besten überprüfen wir sie trotzdem alle. Das ist schließlich kein Problem. Wir überprüfen diese Frauen und hören uns bei den Nachbarn um. Mit Angela Terra fangen wir an.«

»Wen hast du als Zweite auf der Liste stehen?«

»Die Göttin, denn das hätte gut zu ihr gepasst. Vielleicht fand sie es ja witzig, so zu tun, als wäre sie Verkäuferin in einem Supermarkt. Ich fange auf dem Weg zur Wache schon einmal mit den Überprüfungen der Frauen an und sage Peabody, dass sie zum Haus von dieser Terra kommen soll.«

»Du könntest diese Frauen doch auch einfach anrufen.«

»Es ist besser, wenn ich ihnen direkt gegenüberstehe. Wobei eine dieser Frauen, falls wir einen Treffer landen, jetzt im Leichenschauhaus liegt und mir nicht mehr zur Befragung zur Verfügung steht. Warum ist so viel Zeug in diesem Schrank? Das macht mich irgendwann noch einmal klamottenblind.«

Er stand auf und ging in den Schrank, in dem sie frustriert in einer schiefergrauen Hose und in einem Tanktop stand, und griff nach einem auberginefarbenen Kaschmiroberteil mit einem kleinen V-Ausschnitt.

»Wie wäre es mit dem?«

»Ich hatte eigentlich an schwarz gedacht.«

»Schockier die Welt, indem du etwas Farbe zeigst.«

»Sagt der, der niemals irgendwelche bunten Sachen trägt.«

»Vielleicht trage ich ja gerade rote Boxershorts.«

»Ach ja? Zeig her«, verlangte sie und zog den Pulli über ihren Kopf.

Lächelnd und mit hochgezogenen Brauen griff er nach seiner Gürtelschnalle. »Warum nicht? Wir haben hier drin auf jeden Fall genügend Platz.«

»Egal.« Um Zeit zu sparen, wies sie auf die Reihe grauer Jacken, und ihr Gatte wählte eine aus. Die schmalen Lederstreifen an den Ärmeln hatten haargenau denselben Ton wie ihr Pullover, aber da sie Leder einfach liebte, nahm sie diesen übertriebenen Schnickschnack hin.

Dann ging er zu den Stiefeln, suchte ein Paar aus und lachte, als sie mit entsetzter Miene einen Schritt nach hinten tat.

»Das war es wert. Selbst wenn du diese Stiefel niemals anziehst, hat es sich allein für deinen Blick gelohnt, dass ich sie habe machen lassen«, stellte er zufrieden fest.

»Sie sind lila.«

»Aubergine«, verbesserte er sie.

»Auber-was-auch-immer, ich ziehe ganz sicher keine lila Stiefel an.«

»Sie stehen dir sehr gut, aber …« Grinsend tauschte er die Treter gegen ein Paar akzeptabler, grauer Stiefel aus.

Sie zerrte sie ihm aus der Hand, trug sie zusammen mit der Jacke Richtung Bett, legte ihr Waffenholster an und füllte ihre Taschen mit den Dingen, die für ihre Arbeit unerlässlich waren.

Dann zog sie sich die Stiefel an und wandte sich an ihren Mann. »Du hast sie machen lassen? Du hast meine Stiefel extra machen lassen?«

»Jemand muss sie schließlich herstellen.«

»Ich meine, ganz speziell für mich?«

»Warum denn nicht? Als Polizistin bist du schließlich ständig auf den Beinen und rennst regelmäßig irgendwelchen Schurken hinterher. Wie ich schon gesagt habe, sind deine Füße mir etwas wert.«

»Du bist verrückt«, erklärte sie, stand auf und wippte probeweise in den handgemachten Stiefeln auf und ab. »Ich muss jetzt los.« Bevor sie ging, schlang sie ihm noch spontan die Arme um den Hals und gab ihm einen Kuss. »Bis dann.«

Er hielt sie noch kurz fest. »Pass gut auf meine Polizistin auf.«

»In diesen Stiefeln kriege ich das sicher hin.«

Sie joggte bis ins Erdgeschoss, schnappte sich ihren Mantel, die Mütze und den Schal und trat in den eiskalten Februartag hinaus.

Sie müssten diesen Monat dringend aus dem Kalender streichen, überlegte sie, als sie zu ihrem schon vorgeheizten Wagen lief. Es gäbe doch ganz sicher einen Weg.

Sie kontaktierte Peabody vom Wagen aus und gab ihr die Adresse durch. Am besten klapperten sie die sechs Frauen nacheinander ab, vorher suchte sie schon einmal alles heraus, was es über Miss Terra gab.

»Blitzsauber«, überlegte sie. »Wobei – was ist an Blitzen sauber? Und was heißt das überhaupt?«

Sie hatte laut gesprochen, weshalb der Computer ihr zu ihrer Überraschung eine Antwort gab.

Es geht bei diesem Adjektiv um das Verb blitzen, das ein Synonym für glänzen ist.

»Ein Syno-was?«, erkundigte sich Eve und war erleichtert, als der Computer ihr nicht noch einmal eine Antwort gab.

Die blitzsaubere Terra, die die Wohnung in der City jetzt seit sieben Jahren besaß, war angeblich aus Ohio, Einzelkind, ihre Eltern waren verstorben. Nicht verheiratet und keine eingetragene Partnerschaft. Das passte, dachte Eve.

Ihr Studium hatte sie an einer Fernuni gemacht und dann gleich nach dem Abschluss vor zwölf Jahren die Unternehmensberatung gegründet. Auch das war interessant.

Eve suchte nach dem Unternehmen, ohne dass sie irgendwelche Daten, eine Webseite, Beurteilungen oder eine Kundenliste fand. Das war noch mehr als interessant.

Es zeigte ihr, dass diese Terra gar nicht wirklich existierte und so gut wie sicher nur ein Alias für Larinda Mars war.

»Mitunter hat man eben Glück«, bemerkte Eve und kämpfte sich durch den Verkehr bis in die Innenstadt.

Die Wohnung lag in einem ruhigen, würdevollen Doppelhaus, und da die Nachbarn ihre Autos offenkundig alle an der Straße parkten, stellte Eve den DSL in zweiter Reihe ab und schaltete, bevor sie ausstieg, noch das Blaulicht ein.

Eine gediegene Gegend, dachte sie. Gediegen und vor allem alles andere als arm. Die Art von Nachbarschaft, in der die Leute Nannys für die Kinder hatten und von anderen ihre Hunde ausführen ließen, wenn sie selbst in einen von den schicken Läden oder eines der teuren Restaurants gingen, die zu Fuß erreichbar waren.

Sie nahm die kurze Treppe bis zur Tür der linken Wohnung, die dem Aussehen nach aus altem, edlem Holz, dem kurzen Klopfen mit den Fingerknöcheln nach aber aus Stahl und mit der Kamera, dem Hand- und Kartenleser und drei Polizeischlössern hervorragend gesichert war.

Nur eine Klingel gab es nicht, deswegen klopfte sie vernehmlich an.

Doch wie erwartet machte niemand auf.

Entschlossen trat sie vor die Nachbartür, die ganz normal gesichert war und wo sie eine Klingel fand.

Sie drückte auf den Knopf.

»Bonjour! S'il vous plait – qui êtes-vous et qu'est-ce que vous voulez?«

»Was?« Eve hielt ihre Marke vor den Scanner, klingelte ein zweites Mal und sagte: »Polizei.«

»Un moment, s'il vous plait.«

»Um Himmels willen!« Noch einmal drückte Eve den Klingelknopf, und endlich ging die Tür zumindest einen Spalt weit auf.

»Ja, bitte?«, fragte eine Frau in rotem Morgenmantel und mit wild zerzaustem rötlich braunem Haar.

Eve hielt ihr die Marke hin.

»Die Polizei. Ist etwas passiert?«

Zumindest sprach sie Englisch, dachte Eve, auch wenn es nur mit Mühe zu verstehen war.

»Es geht um Ihre Nachbarin, Angela Terra.«

»Tut mir leid. Wir kennen die Nachbarn nicht.«

»Könnte ich wohl Ihren Namen haben?«, fragte Eve, als Peabody mit roten Wangen auf der Bildfläche erschien. »Das hier ist meine Partnerin. Peabody, zeigen Sie der Frau kurz Ihre Marke, ja?«

»Sicher. Morgen«, wandte ihre Partnerin sich an die Frau und wies sich aus.

Im Haus rief eine Jungenstimme: *»Dépêche-toi, Maman!«*

»C'est la police!«

Es ging ein wenig zwischen beiden hin und her, ohne dass Eve auch nur ein Wort ihres Schlagabtauschs verstand.

»Vielleicht könnten wir kurz reinkommen, Ma'am. Wir haben ein paar Fragen über die Person, die in der Nachbarwohnung lebt.«

»Kommen Sie rein. Es ist sehr kalt. Wir kennen die Person, die nebenan wohnt, nicht.«

Sie führte sie in einen schmalen Flur mit einem Kleiderständer voller bunter Jacken, Mützen, Handschuhe und Schals. Die Jungenstimme hatte offenbar dem Teenager gehört, der aus der oberen Etage kam und sie begeistert fragte: »Sie sind von der Polizei? Dann wurde sicher jemand umgebracht!«

Die Frau bedachte ihn mit einem Blick, den man problemlos auf der ganzen Welt verstand.

Er sagte, halt den Mund.

Dann tauchte noch ein etwas jüngeres blondes Mädchen, dessen Füße in pinkfarbenen Hasenhausschuhen steckten, auf und direkt hinter ihm ein Mann, der aussah wie sein Sohn und ebenso wie er eine Pyjamahose zu einem Sweatshirt trug. Anscheinend fingen sie alle ihren Tag gerade erst an.

»Gibt's ein Problem?«, erkundigte er sich in fehlerlosem Englisch, doch mit einem reizenden französischen Akzent.

»Lieutenant Dallas und Detective Peabody von der New Yorker Polizei. Es geht um Ihre Nachbarin, Angela Terra.«

»Tut mir leid, aber wir wohnen erst seit einer Woche hier.«

»Sie haben tolle Mäntel an«, mischte sich jetzt das Mädchen ein. »Ich hätte gerne einen, der so lang und so pink wie Ihrer ist.«

Die Mutter machte einen Schritt zurück, strich ihr über das Haar und flüsterte ihr etwas zu.

»Ich glaube also nicht, dass wir Ihnen helfen können«, meinte der Mann.

»Würden Sie uns trotzdem Ihre Namen nennen?«

»Ja, natürlich, tut mir leid. Ich bin Jean-Paul Laroche. Meine Frau Marie-Claire und unsere Kinder Julian und Claudette.«

»Möchten Sie sich setzen?«, fragte Marie-Claire.

»Das wäre nett.«

Die ganze Truppe zog ins Wohnzimmer, in dem Eve ein paar hübsche Schalen, Vasen voller Blumen und gerahmte Fotos auf den eher neutralen Tischen und Regalen stehen und ein buntes Chaos aus verschiedenen Stofftieren, einem weggeworfenen Sweatshirt und gestreiften Hausschuhen auf dem Boden liegen sah.

»Wir haben uns noch nicht richtig eingerichtet.« Marie-Claire bot ihnen zwei Stühle an. »Kaffee?«

»Nein, danke. Es wird sicherlich nicht lange dauern.«

Alle vier Laroches nahmen auf dem Sofa Platz und warteten gespannt darauf, wie es jetzt weiterging.

»Sie sind gerade nach New York gezogen?«

»Für drei Monate«, erwiderte Jean-Paul. »Ich selber habe beruflich hier zu tun, und Marie-Claire hat hier Familie.«

»Meine Tante und meine Cousinen«, fügte sie hinzu. »Die Erfahrung im Ausland tut den Kindern sicher gut. Sie fangen am Montag mit der Schule an.«

Der Junge rollte mit den Augen, doch das Mädchen grinste breit.

»Wir haben diese Wohnung für ein Vierteljahr gemietet«, fuhr der Vater fort. »Und machen einen kurzen Urlaub, bevor unsere Kinder in die Schule müssen und ich mit der Arbeit anfange.«

»Haben Sie seit Ihrer Ankunft schon einmal jemanden nebenan gesehen?«

»Nein.« Er sah die anderen an, und sie verneinten ebenfalls.

»Da ist es immer dunkel«, fügte seine Tochter noch hinzu.

»Okay.« Sie würde hier nicht weiterkommen, dachte Eve. »Dann hat Ihnen Ihr Arbeitgeber also diese Unterkunft besorgt?«

»Ich arbeite für Travel Home. Wir bieten Wohnungen und Häuser auf der ganzen Welt für Leute an, die nicht in ein Hotel ziehen wollen, während sie auf Reisen sind.«

»Dank des Unternehmens können die Leute reisen und für eine Nacht oder ein Jahr in Wohnungen oder Häusern wohnen. Wie sie wollen. Die Assistentin meines Mannes hat uns extra etwas in dieser Gegend hier gesucht. Ich wollte in der Nähe der Familie wohnen, und von hier aus können wir zu Fuß zum Haus meiner Cousine gehen. Das ist sehr schön, weil unsere Kinder fast im selben Alter sind.«

»Praktisch«, meinte Eve und handelte sich ein verwirrtes Lächeln ein.

»Diese Häuser oder Wohnungen gehören alle Travel Home?«

»Wir listen sie nur auf. Die Eigentümer können sich bei uns bewerben, dann sehen wir uns die Leute und die Unterkünfte an, damit wir wissen, ob die Angaben, die sie gemacht haben, richtig sind.«

»Okay. Dann wissen Sie wahrscheinlich auch, wem dieses Haus gehört.«

»Den Namen habe ich zwar nicht im Kopf, kann ihn aber gerne herausfinden.«

»Das wäre nett.«

»Einen Moment.«

Er wandte sich zum Gehen, und mit hoffnungsvoller Stimme stellte Julian fest: »Vielleicht liegt ja ein Toter nebenan.«

»Ich glaube nicht«, gab Eve zurück.

»Vielleicht ja doch.«

Seufzend tätschelte die Mutter Julians Knie.

»Ich mag auch Ihre Stiefel«, wandte sich Claudette an Peabody.

»Das freut mich«, meinte die, weil auch sie selbst total verliebt in ihre pinkfarbenen Cowboystiefel war.

»Und Ihre auch«, fügte das Kind an Eve gewandt hinzu.

»Sie sind bequem und halten meine Füße warm.«

Der Vater kam ins Wohnzimmer zurück und las die Daten der Vermieterin von einem Handcomputer ab. »Das Haus gehört Terra Consultants, und die Eigentümerin wohnt nebenan. Wir haben die Wohnung hier genommen, weil sie von den Kunden ganz hervorragend bewertet wurde. Müssen wir uns Sorgen machen?«

»Nein. Sie waren sehr hilfsbereit. Ich wünsche Ihnen noch viel Spaß hier in New York.«

Sobald sie wieder auf der Straße standen, meinte Eve: »Wir brauchen die Erlaubnis, uns die linke Wohnung anzusehen. Über diese Terra und das Unternehmen habe ich bisher kaum etwas herausgefunden, gehe aber ziemlich sicher davon aus, dass das ein Aliasname von Larinda Mars ist. Am besten stellen Sie erst einmal meinen Wagen richtig ab, bevor es Probleme gibt, und bringen mir dann meinen Untersuchungsbeutel mit. Ich höre mich solange schon einmal bei den Leuten aus den Häusern gegenüber um.«

»Sie hat das ganze Haus gekauft und dann die eine Hälfte über eine Agentur als Ferienwohnung angeboten, weil die Leute, die hier in New York nur Urlaub machen wollen, sich wahrscheinlich kaum für ihre Nachbarn interessieren. Das war echt schlau.«

»Wir wissen schließlich schon, dass sie nicht dumm war.«

Bis Peabody zurückkam, hatte Eve ergebnislos vier Häuser abgeklappert, bis der Beschluss kam, nahmen sie sich ebenfalls erfolglos noch zwei weitere Häuser vor. Dann kehrten sie zurück zu Terras Haus, und Eve zog ihren Generalschlüssel hervor.

Die ersten beiden Schlösser gingen auf, das dritte aber sperrte sich.

»Das Ding ist polizeisicher«, bemerkte Eve und stellte tadelnd fest: »Das zeigt, dass sie ein wirklich böses Mädchen war. Wollen wir doch mal sehen, wie viel ich in der Zwischenzeit gelernt habe.«

Peabody runzelte die Stirn, als Eve den Dietrich aus der Tasche zog. »Wir können auch die elektronischen Ermittler oder einen Rammbock kommen lassen.«

»Nein. Ich kriege das schon alleine hin«, erklärte Eve und hoffte, dass sie es tatsächlich hinbekam.

Zehn Minuten später, während Peabody sich warme Luft in ihre blau gefrorenen Hände blies und mit den kalten Füßen stampfte, tat sich endlich etwas.

»Gleich habe ich's.«

»Dem Herrn sei Dank.«

Das Schloss sprang auf, und Eve vollführte einen innerlichen Freudentanz.

»Ich hoffe nur, sie hat geheizt«, bemerkte Peabody.

»Rekorder an.« Eve zückte ihre Waffe und rief laut: »Hier ist die Polizei. Lieutenant Eve Dallas und Detective Delia Peabody betreten jetzt das Haus von Angela Terra, um sich mit Erlaubnis eines Richters darin umzusehen.«

Sie stieß die Tür mit ihrem Stiefel auf, lenkte die Partnerin nach rechts und schwenkte ihre Waffe nach links.

»Hier ist die Polizei«, rief sie noch einmal. »Wir haben das Haus betreten, und wir sind bewaffnet«, fügte sie hinzu und sah sich um.

Der schmale Flur war voll mit Tischen, Lampen, Vasen und Gemälden, doch ein Lebenszeichen gab es nicht.

Sie bahnte sich den Weg bis in die Küche, in der eine dicke Staubschicht auf den Arbeitsplatten und Geräten lag. »Sauber!«, rief sie, kehrte in den Flur zurück und nahm die Treppe in den ersten Stock.

»Ich glaube nicht, dass irgendwer hier wohnt«, bemerkte ihre Partnerin. »Dafür ist zwischen all dem Zeug einfach kein Platz.«

»Ich schätze, dass das hier ihr Lager ist.«

In einem Schrank hingen lauter Pelze, ein Zimmer war mit Schuhen, Stiefeln, Hand- und Umhängetaschen vollgestopft.

Dann hatten sie das Schlafzimmer erreicht.

»Hier war anscheinend ihr Arbeitsplatz.«

Zufrieden steckte Eve die Waffe wieder ein. »Auch hier ist jede Menge Zeug, aber es wirkt zumindest aufgeräumt. Ein Sofa voll mit Kissen und mit einem Überwurf, ein Schreibtisch, Laptop, Link.«

»Die Handtücher im Bad sind ziemlich frisch«, erklärte Peabody. »Mit den ganzen Seifen, Badeölen und Lotionen könnte man wahrscheinlich ein Geschäft aufmachen, einen Teil davon hat sie schon einmal benutzt.«

Die Seifen und die Öle waren Eve egal. Sie wollte sehen, was auf dem Computer abgespeichert war, doch ohne Passwort käme sie dort nicht hinein.

»Das habe ich mir schon gedacht. Bestellen Sie die elektronischen Ermittler, gucken, wer aus unserer Abteilung helfen kann, und sagen, dass sie noch zwei Leute von der Trachtengruppe mitbringen sollen. Wahrscheinlich wird es trotzdem ewig dauern, sich hier umzusehen und eine Liste von den ganzen Sachen zu erstellen.«

»Wollen Sie auch die SpuSi haben?«

»Am besten sehen wir uns erst einmal selbst etwas genauer um.«

Mit einem zustimmenden Nicken zog die Partnerin die Schranktür auf. »Aber hallo. Hier, das müssen Sie sich ansehen, Dallas«, meinte sie und trat einen Schritt zurück. »Hier steht ein riesiger Tresor.«

Auch Eve trat vor den Schrank, betrachtete die Wand aus Stahl, zog ihr Handy aus der Tasche, und als das Gesicht von ihrem Mann auf dem kleinen Monitor erschien, fragte sie nur: »Kriegst du den auf?«, und zeigte ihm den Safe.

»Wow! Das ist ein Podark, und zwar einer von den großen, wirklich guten. Bist du zufällig in Terras Haus?«

»Es gibt keine Terra, aber ja.«

»Ich denke schon, dass ich ihn aufbekomme. Ich muss hier noch ein, zwei Kleinigkeiten erledigen, aber spätestens in einer halben bis Dreiviertelstunde bin ich da.«

»Das reicht.«

»Ein Podark«, wiederholte er beglückt. »Mit diesen Schätzchen hatte ich schon eine halbe Ewigkeit nichts mehr zu tun.«

Eve ging zurück zum Tisch und zog die erste Lade auf, in der ein dickes Buch mit Ledereinband lag.

»Ich habe nicht erwartet, dass es so einfach wird.«

»Was haben Sie da?«

»Sieht nach Rechercheunterlagen aus. Die Namen einer Reihe von Zielpersonen oder potenziellen Zielpersonen, Fotos, Zeitungsausschnitte und irgendwelches ausgedrucktes Zeug. Wahrscheinlich hat sie einen Teil der Fotos selbst mit einem Teleobjektiv gemacht. Dann konnte sie sich hier aufs Sofa setzen, sich an ihrem sicher gut bestückten AutoChef bedienen und ihre Netze spinnen. Die Liste der Verdächtigen wird sicher …«

Peabody trat einen Schritt zurück, als sie den Zorn in ihren Augen blitzen sah.

»Was ist?«

»Hier steht auch etwas über Mavis. Über Mavis, Leonardo

und die Kleine. Gottverdammt! Nur ein paar grundlegende Informationen, die wahrscheinlich jeder weiß, und ein paar Zahlen und Fragezeichen, doch im Grunde nur das Zeug aus Interviews oder was in der Zeitung stand.«

Sie schlug auf den Computer, denn sie wollte endlich in das verfluchte Ding hinein.

Dann rief sie Mavis an.

»Hallo.« Die Freundin sah verschlafen aus, und ihre leuchtend blauen Haare waren zerzaust.

»Wo steckst du gerade?«

»Was? Oh, auf Aruba, weißt du das nicht mehr? Wir sind für zwei Wochen in die Karibik abgehauen. Ich habe einen Riesengig, und es ist einfach super hier. Warum kommst du nicht her? Wir könnten …«

»Mavis, hattest entweder du selbst oder Leonardo je etwas mit Larinda Mars zu tun?«

»Larinda Mars?« Sie streckte sich und riss den Mund zu einem Gähnen auf. »Na klar. Sie hat verschiedene Interviews mit mir gemacht und manchmal irgendetwas in ihrer Sendung über uns gebracht. So was gehört in ihrer Branche und in unserer Branche nun einmal dazu. Warum?«

»Sie wurde umgebracht und hatte eine Akte über dich.«

»Was heißt, sie wurde umgebracht? Warum, wie und wann?«

»Vorgestern Abend, und sie hatte eine Akte über dich«, erklärte Eve noch einmal.

»Das überrascht mich nicht. Ich meine, schließlich war sie Klatschreporterin. Verdammt! Ich meine, sie war echt ein blödes Aas, und trotzdem …«

Irgendwo im Hintergrund rief Bella fröhlich: »Blödes Aas!«

»Mist! Ich hatte ganz vergessen, dass mein kleiner Schatz mich hören kann. Das hast du falsch verstanden, Bellamina«, rief sie ihrer kleinen Tochter zu. »Ich habe das gesagt, weil deine Tante Das jetzt gerade mit mir spricht.«

»Was für ein Aas?«

»Einfach kein netter Mensch«, erklärte Mavis, denn die kleine

Bella hörte schließlich weiter mit. »Sie hatte immer dieses kalte Lächeln im Gesicht, wenn irgendetwas nicht nach ihrer Mütze ging. Doch das war mir egal. Wir kamen trotzdem prima miteinander aus.«

»Sie war eine Erpresserin.«

»Oje. Mich hat sie niemals unter Druck gesetzt. Sie konnte ziemlich nervig sein und hat mich andauernd nach dir gefragt, aber ich wusste, was sie wollte, und da habe ich nicht mitgespielt.«

»Frag Leonardo, ob sie ihn erpressen wollte.«

»Nie im Leben. Davon hätte er mir garantiert erzählt.«

»Frag ihn trotzdem. Ohne Scheiß. Frag ihn direkt und sag ihm, dass er auch eine direkte Antwort geben soll.«

»Okay, okay. Lass mich … ich gebe dir kurz Bella, ja? Willst du mit Dallas sprechen, Schatz?«

»Das!«

Das hübsche, strahlende Gesicht des kleinen Blondschopfs tauchte auf dem Bildschirm auf. Sie plapperte vergnügt und brach am Schluss in haltloses Gelächter aus.

Eve wusste nicht, worum es ging, und sagte einfach: »Ja, genau.«

»Uck, uck!« Das Bild fing an zu wackeln, und als Eve den goldenen Strand, das blaue Meer und grüne Palmen sah, stieß ihre Patentochter juchzend aus: »st schön.«

»Das ist es«, stimmte Eve ihr lachend zu.

»iebe Das. Das komm. st schön.«

»Vielleicht später.«

»He, mein Schatz, sag Dallas Tschüss und geh zu Daddy. Er hat deine Beeren.«

»Mhm. Üss, Das, üss.« Sie presste ihre Lippen auf den Bildschirm, weil die Wange ihrer Patentante nicht erreichbar war.

»Bella, Küsschen«, meinte Eve, bevor sie wieder das Gesicht von ihrer Freundin sah.

Die wischte kurz den Bildschirm ab und schüttelte den Kopf. »Sie hat ihr Glück bei ihm versucht und wollte, dass er ihr etwas über mich, dich und Roarke erzählt, aber das hätte er niemals getan. Er hat gesagt, er hätte so getan, als ob er nicht besonders helle wäre und nicht wüsste, was sie von ihm will, bis sie am Ende aufgegeben hat.«

»Was zeigt, dass er besonders helle ist und sofort wusste, was das Weib im Schilde führt.«

»So ist mein Honigbär nun einmal. Sollte ich mir Sorgen machen?«

»Nein, ich glaube, nicht. Falls sich das ändert, kriegst du gleich von mir Bescheid.«

»Dann hoffe ich, ich höre erst einmal nichts von dir. In vier Tagen kommen wir zurück. Gib mir Bescheid, wenn es etwas Neues gibt, okay?«

»Das mache ich. Und noch viel Spaß am *öhnen* Strand.«

»Irgendwann kriegt sie die Buchstaben am Wortanfang schon noch hin. Bis dann, Das.« Mavis lachte, und Eve legte wieder auf.

Zufrieden, aber immer noch verärgert nahm sie wieder vor dem Schreibtisch Platz und wandte sich an ihre Partnerin. »Sie nehmen sich am besten dieses Buch hier vor. Soweit ich sehe, geht's darin um irgendwelche Stars. Wahrscheinlich hat sie auch eins über reiche Leute, eins über Politiker und so weiter.«

Peabody nahm mit zwei Büchern auf dem Sofa Platz. »Hier drin sind wirklich lauter Filmstars«, meinte sie und öffnete den anderen Band. »Und hier drin geht's um Regisseure, Produzenten und die ganzen anderen Leute, die in der Branche tätig sind. Es gibt jede Menge Ausrufe- und Fragezeichen, Unterstreichungen und Zahlen. Vielleicht stehen die Zahlen ja dafür, wie dicht das Weib davor war zu kassieren. Sie wissen schon, die Eins für Phase eins und so weiter.«

»Das könnte sein. Bei Leonardo steht die Eins, bei Mavis eine Zwei. Bei ein paar anderen steht eine Fünf, diese Namen sind zusätzlich noch rot markiert.«

Eve nahm sich ein anderes Buch und stieß gleich auf der ersten Seite auf ihr eigenes Gesicht. »Hier stehe ich. Ich habe eine Eins.

Es gibt jede Menge Seiten über mich. Und jede Menge Fragezeichen. Oh, ich habe sogar einen Kommentar verdient. *Schwachsinn. Zicke* und hier – also bitte – *Schlampe.* Wie in aller Welt kommt sie auf die Idee, ich könnte eine Schlampe sein? Dazu gibt's ein paar Fotos und verschiedene Artikel über mich. Auch ein Bild von Summerset beim Einkaufen. Dann ein paar von Ihnen und von mir, während wir unsere Arbeit tun. Schließlich das ganze Zeug über die Filmpremiere.«

Peabody trat neben sie und schaute über ihre Schulter in das Buch.

Eve schlug die nächste Seite auf. »Hier ist Roarke. Von dem es jede Menge toller Bilder gibt. Wie's aussieht, haben wir unser eigenes Buch verdient.«

»Er hat eine Eins, genau wie Sie.«

Neugierig blätterte die Partnerin ein paar Seiten zurück, doch als sie eilig eine Seite überspringen wollte, schlug Eve selbst diese Seite wieder auf.

Und sah ein Bild von Roarke und einer Frau, die weit vor Eves Zeit mit ihm zusammen gewesen war. Doch Jahre später war sie wieder aufgetaucht, um seine Ehe zu zerstören.

»Magdalena«, stieß sie tonlos aus. »Sie hat das Foto damals inszeniert.«

Sie hatte Roarke die Arme um den Hals geschlungen, sich an ihn geschmiegt und ihr Gesicht absichtlich so gedreht, dass ihre Schönheit voll zur Geltung kam.

Mars hatte sich Notizen zu der Frau und ihren Exmännern gemacht und ein paar Daten aufgeschrieben, die bestimmt genauso falsch waren wie ihr eigener Lebenslauf.

Sie hätte als Betrügerin erkennen sollen, dass auch an der anderen Frau nichts echt war.

Eve schlug die nächste Seite auf und las sich kurz die Fragen, die dort standen, durch.

Wo zur Hölle steckt sie jetzt?
War Roarke mit ihr im Bett?
Ist das sein schwacher Punkt?

Kann ich ihn vielleicht selbst verführen?

Weiß sie etwas über ihn und Dallas, was sie mir erzählen kann?

»Es klingelt an der Tür«, bemerkte Peabody. »Das ist bestimmt McNab.«

»Mm-hm.«

»Sie dürfen nichts von diesem Schwachsinn an sich heranlassen, Dallas.«

»Hu? Nein.« Eve blickte auf. »Das tue ich ganz sicher nicht.« Um es zu beweisen, klappte sie das Buch entschlossen zu und schlug ein anderes auf.

Doch als die Partnerin den Raum verließ, schlug sie die Seite mit dem Foto wieder auf, um sich die schöne Frau im roten Kleid noch einmal genauer anzusehen.

19

Als McNab die Treppe hochkam, übergab Eve ihm den Laptop und nahm selbst mit zwei weiteren Büchern wieder auf dem Sofa Platz.

»Zielpersonen und potenzielle Zielpersonen von ihrem Sender. Einige mit einer Fünf. Die Assistentin, der sie derart übel mitgespielt hat – Phoebe Michaelson –, hat statt des Dollarzeichens einen Stern. Hier ist jemand mit drei Sternen und einem Bezug zu Bellami, der Sexdrogen verwendet und Kontakt zu fragwürdigen Sexarbeiterinnen haben soll.«

»Das war bestimmt der Typ, der ihm in dieser Bar etwas in den Drink geschüttet hat.«

»Genau. Bei dem fahren wir auf alle Fälle noch vorbei. Dann sind hier noch ein paar andere Namen vom Channel 75«, fuhr sie fort. »Und hier vier volle Seiten über Annie Knight. Mit Dollarzeichen und mit einer Fünf. Ah, sie hatte jemanden aus Annies Team am Haken. Irene Riff aus der Garderobe. Deren Infos waren ihr zwei Sterne wert.«

»Womit hat sie sie unter Druck gesetzt?«, erkundigte sich Peabody.

»Mit ihrer Tochter, die anscheinend psychische Probleme und dazu noch ein Problem mit Drogen hat. Hier steht, sie hätte eine Essstörung und eine Vorliebe für *Punch,* würde sich ritzen und wäre schon zweimal eingefahren. Wegen Prostitution ohne Lizenz, Diebstahls und tätlichen Angriffs, als der Kaufhausdetektiv sie angesprochen hat. Sie hat schon eine Reha hinter sich, macht gerade eine zweite, ist im Augenblick angeblich clean und arbeitet als Kellnerin, damit sie diese Reha finanzieren kann.«

»Wir werden mit ihr reden«, meinte Eve und schlug die nächste Seite auf. »Hier haben wir Nadine.«

Peabody atmete geräuschvoll aus. »Ich schätze, dass das zu erwarten war.«

»Aber sie hat nur eine Eins, und wie ich sie kenne, wird sie sich unglaublich freuen, wenn sie erfährt, wie sehr Mars sie verabscheut hat.«

»Ich bin jetzt drin«, verkündete McNab. »Soll ich anfangen, herauszuholen, was hier abgespeichert ist?«

»Das übernehme ich.« Eve folgte seinem sehnsüchtigen Blick in Richtung des Tresors und fragte: »Haben Sie so ein Ding schon einmal geknackt?«

»Nein, aber ich würde mein Glück wirklich gerne einmal versuchen.«

»Roarke ist bereits auf dem Weg.«

Jetzt stieß er einen wehmütigen Seufzer aus. »Er kommt damit wahrscheinlich besser klar als ich.«

»Am besten kümmern Sie sich erst einmal um die Security und finden heraus, wann Mars zuletzt hier in der Wohnung war. In der Küche steht ein Hausdroide, der wahrscheinlich sauber machen sollte oder etwas Ähnliches. Holen Sie aus ihm heraus, was herauszuholen ist.«

»Okay. Übrigens vielen Dank für Mexiko und für den Flug. Das ist echt supernett von Ihnen.«

»Am besten schließen wir den Fall so schnell wie möglich ab, damit aus Ihrem Urlaub etwas wird.«

»Das machen wir.«

»Sie gehen mit und helfen ihm«, wandte sich Eve an ihre Partnerin, und während sie zum Schreibtisch zurückging, hüpften und trotteten die beiden los.

Wenig überraschend hatte Mars auf dem Computer auch nichts anders abgespeichert, als in ihren Büchern stand. Es ging um Zielpersonen oder potenzielle Zielpersonen aus Film und Fernsehen, Business und Politik. Natürlich müsste Eve sich vergewissern, dass es keine Unterschiede zwischen diesen und den Aufzeichnungen in den Büchern gab, fürs Erste aber sähe sie sich hauptsächlich die Männer genauer an, die Larinda ins Visier genommen hatte oder nehmen wollte.

Mars hatte ihre Zielpersonen alphabetisch aufgelistet, und als Eve bei *B* war, betrat Roarke den Raum.

»Ich habe dich nicht klopfen hören.«

»Hätte ich denn klopfen sollen?« Wie kurz zuvor McNab lenkte auch er den Blick auf den Tresor, und ein beglücktes Lächeln huschte über sein Gesicht.

»Da ist ja unser Schätzchen.« Er trat vor den Podark und berührte sanft den glatten Stahl. »Eine echte Schönheit, findest du nicht auch?«

»Soll ich euch beide alleine lassen?«

Grinsend stellte er die Tasche mit dem mitgebrachten Werkzeug ab. »Wie würdest du an meiner Stelle sagen? Dafür bin ich dir was schuldig«, meinte er und zog sich seinen Mantel aus. »Deswegen werde ich nichts zu den vielen Spuren sagen, die du an der Haustür hinterlassen hast.«

»Ich habe die Erlaubnis, hereinzukommen und mich umzusehen. Da sind irgendwelche Spuren mir egal.«

Zunge schnalzend legte er auch noch die Anzugjacke ab. »Deine Arbeit sollte dich mit Stolz erfüllen, Schatz.«

»Das tut sie auch. Ich hätte schließlich auch problemlos einen Rammbock nutzen können.«

Lächelnd lockerte er den Schlips und krempelte die Ärmel seines Hemdes hoch. »Es ist ein ganz hervorragendes Schloss mit einem Schutz vor Generalschlüsseln der Polizei. Wie lange hat's gedauert, bis es offen war?«

Als sie nur mit den Schultern zuckte, band er sich das Haar mit einem dünnen Lederband zu einem Pferdeschwanz zusammen. »So lange? Na, dann legen wir am besten bald einmal wieder eine Übungsstunde ein.«

»Ich dachte, dass du mir etwas schuldig bist. Dann nerv mich jetzt gefälligst nicht.«

Er wandte sich ihr zu und küsste sie aufs Haar. »Okay. Ein Amateur oder ein drittklassiger Einbrecher hätte die Tür wahrscheinlich nur mit einem Bohrer oder Rammbock aufgekriegt.«

Sie war fast besänftigt, doch dann machte sie sich von ihm los und sah ihn aus zusammengekniffenen Augen an. »Dann bin ich also zweitklassig?«

»Du bist eine ganz hervorragende Schülerin mit großem Potenzial.«

Er griff nach seiner Werkzeugtasche und trat abermals vor den Tresor. »Jetzt zeig mir, was du mir zu bieten hast, Schätzchen.«

Mit diesen Worten nahm er auf dem Boden Platz, bevor er eine Reihe von Geräten – die Eve größtenteils noch nie gesehen hatte – aus der Tasche zog.

»Was ist das alles?«

Er warf einen vielsagenden Blick auf den Rekorder, und sie schaltete ihn aus.

»Erinnerungen an mein altes Leben«, klärte er sie auf und machte sich ans Werk. »Meinen ersten Podark habe ich mit zwanzig in einer ausnehmend schicken Villa in Italien geknackt. Es war ein wunderbarer Abend, ich rieche auch nach all den Jahren noch den Duft von den Zitronenblüten, der durch das offene Fenster wehte, während ich dort bei der Arbeit war. Meinen letzten Podark habe ich mir vorgenommen … bevor ich dir begegnet bin.«

»Wie lange vorher?«

»Lange genug.«

»Hm. Rekorder an.«

Er wählte ein Gerät so lang und breit wie seine Hand und hielt es summend gegen den Tresor.

Sie sah ihm noch ein paar Minuten bei der Arbeit zu, und da ihm das, was das Gerät ihm sagte, zuzusagen schien, brachte er noch ein zweites, kleineres Gerät daneben an und schob sich einen Knopf ins Ohr.

Am Ende wandte Eve sich wieder ihrer eigenen Arbeit zu, da ihr die Codes, die auf dem Bildschirm des Geräts erschienen, mindestens genauso unverständlich wie die morgendlichen Zahlen von der Börse waren.

Roarke murmelte auf Gälisch vor sich hin, und sie nahm sich die *Bs* und *Cs* der Marsschen Zielpersonen vor. Dann kam McNab zurück. Sie sah auf und stellte fest, dass er gebannt verfolgte, was Roarke tat.

»Die Leute, die das Haus durchsuchen sollen, sind da«, raunte McNab ihr leise zu. »She-Body teilt sie gerade für die Arbeit ein. Wie lange sitzt er schon vor dem Tresor?«

»Keine Ahnung. Eine Viertelstunde?«

»Darf ich ihm ein bisschen zusehen … Das kann nicht sein!«, rief er aus. »Sie haben diesen Podark – einen TXR-2000 – doch ganz sicher nicht in einer Viertelstunde aufbekommen. Ich habe nachgesehen. Das schafft kein Mensch.«

»Das stimmt. Es waren auch achtzehn Minuten, zweiunddreißig Sekunden«, klärte Roarke ihn auf und zog den Knopf aus seinem Ohr. »Die Dinger zieren sich eben gern ein bisschen.«

»Das Ding hat achtundzwanzig Riegel, mindestens sechs Passwörter und dazu zwei Fail-Safes. Treten Sie mir in den Arsch und nennen Sie mich Sally, aber zeigen Sie mir unbedingt, wie man so einen Podark aufbekommt. Mit einem Bohrer hätte man wahrscheinlich eine Ewigkeit gebraucht.«

»Der hätte nichts gebracht, denn diese Dinger brechen jeden Bohrer durch wie einen trockenen Zweig. Wenn Sie diese Kisten sprengen wollen, lachen sie Sie aus. Man kann so einen Podark weder zwingen noch bedrohen«, erklärte er und glitt mit seinen Fingern sanft über den kalten Stahl. »Man muss sie dazu überreden aufzugehen.«

»Braucht ihr einen Augenblick für euch?«, erkundigte sich Eve. »Oder können wir jetzt endlich die verdammte Tür aufmachen, um herauszufinden, was sie dort gelagert hat?«

»Bitte, Lieutenant.« Roarke stand auf und packte die Geräte wieder ein.

Auch Eve stand auf, trat vor den Safe, packte das Rad, versuchte es zu drehen, und als es sich nicht rührte, drehte sie noch einmal mit ganzer Kraft.

»Aber hallo!«

Ian hatte recht. Der Safe war zwar nicht voll, denn offenkundig wollte Mars noch Platz für andere Schätze haben, aber die Sachen, die dort lagen, waren nicht schlecht.

In zwei Regalen lagen aufgerollte Dollarnoten mitsamt Banderolen, auf dem schwarzen Samt, mit dem die Laden ausgekleidet waren, lag reihenweise Schmuck. Das Gold, das Silber und die Juwelen des Schmucks glitzerten genauso wie die Bronze und das Porzellan der kleinen Kunstwerke, die ebenfalls von Mars gehortet worden waren.

Eve sah sich alles an und konzentrierte sich dann auf das letzte Fach. »Hier liegen eine ganze Reihe falscher Ausweise und anderer Kram.«

»Ich hätte mir denken können, dass die dich mehr als diese wirklich herrlichen Smaragde interessieren«, bemerkte Roarke

Sie stemmte ihre Hände in die Hüften, als sie ihren Blick über die dämlichen Smaragde und den ganzen anderen Glitzerkram wandern ließ. »Wir brauchen einen Werttransporter für das ganze Zeug. Welche unserer Detectives machen bei dem Einsatz mit?«

Der elektronische Ermittler blinzelte verwirrt. »Ah, Jenkinson und Reineke.«

»Okay. Sie sollen Listen von dem ganzen Zeug erstellen.« Sie trat in den Tresor und klappte eine kleine Schachtel auf. »Das Ding ist voller Wanzen. Auf die Art kommt man problemlos an Informationen heran. Die Liste der Verdächtigen mit einem möglichen Motiv wird sicher kilometerlang. Nur gut, dass sie all die CDs mit Daten und mit Namen beschriftet hat. Das sind bestimmt Kopien von dem Zeug, das sie mithilfe dieser Wanzen aufgenommen hat. Also.«

Wieder stemmte sie die Hände in die Hüften, wandte sich an Roarke und fragte ihn: »Wie viel ist all das wert?«

Er schüttelte den Kopf. »Es ist ein bisschen schwer, das auf den ersten Blick zu schätzen.«

»Ungefähr.«

»Tja nun, hier liegen außer Dollars auch noch andere Währungen herum. Ich kann mir vorstellen, dass das gut sechzig Millionen sind.«

»Damit meinen Sie nur das Geld?«, hakte McNab mit ungläubiger Stimme nach.

»Dieser Schmuck ist grob geschätzt wahrscheinlich dreimal so viel wert. All die anderen Sachen vielleicht hundert, hundertzwanzig.«

»Damit meinen Sie ebenfalls Millionen Dollar?«

»Was denn sonst?«

»Und all das Zeug zusammen?«, fragte Eve.

»Dreihundertsechzig bis vierhundert«, meinte Roarke.

»Nicht schlecht.«

»Was ist mit dem Haus? Wie viel ist das Gebäude wert?«

Bei dieser Frage verzog Roarke unglücklich das Gesicht. »Die zweite Wohnung habe ich bisher noch nicht gesehen. Auch von dieser Wohnung kenne ich nur diesen einen Raum.«

»Trotzdem«, meinte Eve auch dieses Mal.

»Der Lage und der Größe nach, egal, wie gut oder wie schlecht man es instand gehalten hat, wahrscheinlich zwischen fünf und zehn. Frag mich bloß nicht nach den ganzen Möbeln, die hier herumstehen.«

Zumindest hatte sie jetzt eine ungefähre Vorstellung, sagte sich Eve.

»Mit all den Sachen hier im Tresor, dem Zeug in ihrer Wohnung und dem Geld auf ihren Konten hat sie die Milliarde doch bestimmt erreicht. Statt sich davon ein verdammtes Land zu kaufen und den ganzen Tag Mai Tais zu schlürfen, hat sie weiter ihren Job gemacht, weiter erpresst und weiter Dinge gehortet, denn egal, wie viel sie auch gescheffelt hat, war es ihr nie genug. Es wäre auch nie genug gewesen, und wahrscheinlich hat ihr Killer genau das erkannt.«

Als Peabody erschien, befahl sie ihr: »Rufen Sie Jenkinson und Reineke herauf.«

»In Ordnung, aber …« Peabody sah in den offenen Safe und riss die Augen auf. »Oh, wie das funkelt!«

»Hören Sie auf.« Eve schob sie Richtung Tür, und während sie sich selbst zum Gehen wandte, hörte sie McNab.

»Er hat das Ding in etwas mehr als einer Viertelstunde aufgekriegt.«

Kopfschüttelnd setzte sie den Weg nach unten fort und während sie ein weiteres Team und einen Werttransporter für den Inhalt des Safes bestellte, tauchte Roarke im Mantel und mit seiner Werkzeugtasche auf.

»Der Commander kümmert sich zum Glück um den Transport«, erklärte sie. »Danke für die Hilfe.«

»War mir ein Vergnügen«, antwortete er und bot ihr lächelnd an: »Soll ich noch meine Taschen umkrempeln?«

»So einfach würdest du dich sicher nicht erwischen lassen«, meinte sie und fuhr sich mit der Hand durchs Haar. »Vor allem hast du mit diesen Dingen aufgehört. Du konntest damit aufhören. Sie nicht. Sie musste immer weitergraben, Infos sammeln, andere damit erpressen, Geld erpressen und davon irgendwelche Sachen kaufen. Das ist einfach krank. Aber trotzdem …«

»… bist du angefressen.«

»Allerdings. Sie hat dort oben Bücher über ihre Zielpersonen und ihre potenziellen Zielpersonen angelegt. In einem dieser Bücher geht's um dich und mich. Ich muss mit dir darüber reden, aber dies ist nicht der rechte Ort dafür. Auch über Mavis, Leonardo und die Kleine hat sie einen Ordner angelegt.«

»Dann kann ich nachvollziehen, dass du angefressen bist. Weil sie schließlich Familie sind.«

Sie nickte zustimmend. »Auch über Nadine. Mit Mavis habe ich bereits telefoniert, um zu fragen, ob das Weib sie selbst oder Leonardo erpressen wollte.«

»Das hätte sie dir doch auf jeden Fall erzählt.«

»Stimmt, das hätte sie. Ich drehe mich im Kreis. Bin angefressen, drehe mich im Kreis, und auch wenn das total bescheuert ist, tut Mars mir fast ein bisschen leid. Andere auszunehmen, um dann zwanghaft irgendwelches Zeug zu horten, ist nicht böse, sondern einfach krank.«

»Wahrscheinlich hast du recht.«

»Nur dass mich das nicht weiterbringt. Genauso wenig wie die Tatsache, dass ich jetzt sauer bin. Ich sollte meine Arbeit machen, damit sie Gerechtigkeit erfährt, sonst nichts.«

»Das machst du schließlich auch.« Er presste ihr die Lippen auf die Stirn, und da sie ganz alleine waren, ließ sie es geschehen.

»Um weiter meinen Job machen zu können, muss ich wissen, wie Larinda früher ausgesehen hat, und herausfinden, wer sie einmal war.«

»Da wünsche ich dir viel Glück. Wir sehen uns dann zu Hause. Außer es gäbe vorher noch einmal einen Tresor für mich zu knacken.«

Sie ging wieder nach oben, wo die anderen Fotos von den Dingen machten, auf die sie in dem Tresor gestoßen waren, und hörte sich mit einem Ohr die Unterhaltung ihrer Leute an.

»Mein Gott, so einen Riesenklunker habe ich noch nie gesehen.«

»Ist so was Hässliches tatsächlich etwas wert?«

McNab packte den Laptop und die anderen elektronischen Geräte ein, doch ehe sie ihn fragen konnte, wo er Peabody gelassen hatte, erklang deren Stimme aus dem Innern des Safes.

»Oh, eine Tiara!«

»Wenn Sie die aufsetzen, begrabe ich Sie mit dem Ding«, rief Eve ihr zu. »Und zwar jetzt gleich.«

»Das wäre es wahrscheinlich wert! War nur ein Witz!«

Grinsend lud McNab das letzte Gerät ein. »Ich habe Ihnen schon Kopien von allem geschickt, auf die Wache und zu Ihnen daheim, Lieutenant, auf der Wache gehe ich selbst noch einmal alles durch.«

»Beginnen Sie bei *Z* und arbeiten sich dann von dort zurück. Feeney wird Ihnen helfen.« Das wusste sie nach einem kurzen Telefongespräch mit seinem Boss. »Sie kennen die Parameter und erstellen bitte eine Liste derer, die aus Ihrer Sicht am ehesten infrage kommen.«

»Kein Problem. Was ist mit den CDs und mit den Wanzen? Sollen die auch mit aufs Revier?«

»Die übernehme ich.«

Er klopfte auf den Beutel, der noch auf dem Schreibtisch lag. »Sie gehören Ihnen. He, She-Body, ich mache mich jetzt langsam wieder auf den Weg.«

Als sie den Kopf durch die Tresortür streckte, funkelten zwar ihre Augen, doch zumindest trug sie keinen Glitzerschmuck auf ihrem Kopf. »Bis dann. Das Aufnehmen von dem ganzen Zeug macht wirklich Spaß.«

Grinsend nahm er seine vollgepackte Kiste und lief los. »Bis dann, Leute. Achtzehn Minuten«, wiederholte er und tänzelte hinaus. »Der Mann ist einfach ein Genie.«

»Peabody, Sie kommen mit.«

»Och nö.« Dann aber kam sie aus dem Safe und zog sich ihren Mantel an. »Ich fasse es noch immer nicht. Sie hat das ganze Zeug in einem Safe verwahrt.«

»Es ging ihr eben nur um den Besitz.« Eve nahm den Beutel mit den Wanzen und CDs, denn all die Bücher würden von den anderen direkt aufs Revier gebracht. »Wir fahren jetzt erst einmal ins Labor und hören, ob DeWinter uns schon etwas sagen kann.«

»Vielleicht war sie ja früher einmal arm«, sinnierte Peabody. »Oder womöglich sogar obdachlos. Sie wissen doch, dass Obdachlose häufig alles horten. Das ist eine Überlebensstrategie und gibt ihnen ein Gefühl von Sicherheit. Vielleicht hat sie diesen Zwang zum Horten einfach niemals abgelegt.«

»Vielleicht. Wo haben Sie meinen Wagen abgestellt?«

»Zwei Blocks von hier entfernt.«

Eve setzte ihre Glitzerschneeflockenmütze auf und stapfte los.

»Wissen Sie«, fuhr Peabody mit beiläufiger Stimme fort. »Es ist ein echter Vorteil, dass Roarke Schlösser, Safes, Tresore selbst entwirft und herstellen lässt. Die Jungs und ich haben uns darüber unterhalten, dass wir sonst wahrscheinlich extra einen Spezialisten kommen lassen müssten, und der hätte für das Öffnen eines Podark sicher eine halbe Ewigkeit gebraucht.«

Eve sah sie von der Seite an. »Die Jungs und Sie waren also froh, dass Roarke zur Stelle war?«

»Oh ja. Das waren wir auf jeden Fall. Es ist ein echter Vorteil für die Polizei, und dass wir uns von ihm bei unserer Arbeit helfen lassen, passt sehr gut zu unserem Slogan, dass wir jedem Toten dienen, selbst wenn er zu seinen Lebzeiten ein Arschloch war, was Mars auf jeden Fall war.«

»Da haben Sie recht.« Gerührt, weil ihre Leute das genauso sahen wie sie, ließ Eve das Thema fallen.

Sie fuhren ins Labor und liefen dort schnurstracks in den Bereich, in dem DeWinter für gewöhnlich anzutreffen war. Eve freute sich darauf, der Frau ans Bein zu pinkeln, falls sie noch nichts Neues für sie hätte, aber statt DeWinter trafen sie nur die Überreste ihres Opfers an. Jemand – offenbar DeWinter selbst – hatte die verschiedenen Bereiche von Mars' Schädel sorgfältig markiert und die Markierungen neben einer Reihe komplizierter Gleichungen auf den Wandbildschirm kopiert.

Eve machte auf dem Absatz kehrt und stapfte weiter in den Nebenraum.

DeWinter, die dieses Mal in einem leuchtend blauen Kittel über einem leuchtend grünen Kleid steckte, las irgendetwas von ihrem Tablet ab, und Elsie Kendrick, die mit zum Zopf geflochtenem Haar und einer schmalen weißen Bluse zu schwarzen Leggings arbeitete, tippte etwas in ihr eigenes Tablet ein.

»Ich brauche das Gesicht«, erklärte Eve, und beide Frauen wandten sich ihr zu.

»Wir arbeiten daran. Nur brauchen wir noch jede Menge Maße, denn so etwas berechnet sich nun mal nicht von allein.«

»Wir kommen gut voran«, fügte die junge Elsie gut gelaunt hinzu.

»Ich will etwas sehen.«

DeWinter verzog grimmig das Gesicht, und Elsie sah ein wenig traurig aus. »Ich könnte noch zwei Stunden brauchen, bevor …«

»Zeigen Sie mir einfach, was Sie bisher haben.«

Auf DeWinters Nicken übertrug die Zeichnerin ein Bild von ihrem Tablet auf den Wandbildschirm.

»Gesicht und Nase sind ein bisschen breiter«, konstatierte Eve. »Die Stirn ist etwas höher, stimmt's? Die Augen sehen runder und die Lippen etwas schmaler aus.«

»Wir haben uns an den Messungen orientiert, die Dr. Morris von den Muskeln und vom Fleisch und Dr. DeWinter an den Knochen vorgenommen hat.«

»Zusätzlich haben wir noch die Ergebnisse der DNA und das genommen, was Harvo herausgefunden hat, und gehen ziemlich sicher davon aus, dass ihre Haut und ihre Haare diese Farben hatten«, fügte Elsie noch hinzu. »Wobei die mittellangen Haare künstlerische Freiheit sind, weil man über die Frisur, die sie einmal hatte, ganz unmöglich etwas sagen kann.«

»Wie sieht's mit Skizzen aus? Haben Sie schon welche angefertigt?«

»Ja, wobei wir bisher eher geraten haben, wie sie vielleicht einmal ausgesehen hat. Das sollte ich nicht sagen«, schränkte Elsie grinsend ein. »Obwohl es tatsächlich kaum mehr als Schätzungen und Projektionen auf der Grundlage meines persönlichen Geschmacks sind.«

»Zeigen Sie trotzdem her.«

»Wir leben hier nun einmal nicht für Schätzungen und Projektionen, sondern für die Wissenschaft«, rief DeWinter ihr in Erinnerung.

»Und die hat Ihnen dieses Bild beschert«, bemerkte Eve und zeigte auf den Wandbildschirm. »Das ist ein guter Anfang, auch wenn es für die Gesichtserkennung noch nicht reicht. Deshalb werden wir jetzt erst einmal raten, wie sie vielleicht ausgesehen hat, und sehen, ob uns das weiterbringt.«

»Nur zu«, bot DeWinter ihr an. »Auch wenn sich das dann vor Gericht ganz sicher nicht verwenden lässt.«

»Wir sind ja noch nicht bei Gericht.«

Eve schaute sich die Skizzen an, auf denen das Gesicht lebendiger als auf dem Wandbildschirm erschien. Die Haare waren gelockt, die Augenbrauen ziemlich dick und gerade, und der etwas kantigere Kiefer passte gut zu dem ein wenig breiteren Gesicht.

»Damit könnten wir vielleicht etwas anfangen, aber … kriegen Sie noch eine Skizze hin, auf der sie ein bisschen jünger ist? Ich wüsste gern, wie sie vielleicht als zehn- oder als zwölfjähriges

Mädchen ausgesehen hat. Sie hat zwar ihre Spuren sorgfältig verwischt, doch weshalb hätte sie dabei so weit zurückgehen sollen?«

»Moment. Ich gebe schnell die Skizze in mein Tablet ein, dann kriegt der Apparat das wahrscheinlich hin.«

»Wenn Sie bis morgen warten könnten …«, fing DeWinter an.

»Wenn das nicht funktioniert, bekommen Sie noch einen Tag«, erklärte Eve. »Aber ich habe eine ellenlange Liste ihrer Zielpersonen und eine von den Leuten, die sie ins Visier nehmen wollte, ich wüsste also wirklich gerne, wer sie früher einmal war.«

»Falls diese Skizze auch nur ansatzweise stimmt, hat sie mit zehn wahrscheinlich so oder so ähnlich ausgesehen«, stellte Elsie fest.

Dann hatte sie als Kind also ein runderes, erheblich weicheres, unschuldiges Gesicht gehabt.

»Berechnen Sie das Datum und geben das Bild in die Gesichtserkennung ein.«

»Danach trinken Sie erst einmal etwas«, befahl DeWinter ihrer Untergebenen.

»Ich kann wirklich etwas zu trinken gebrauchen. Möchte sonst noch jemand etwas?«

»Ich auch. Wie schmeckt denn der Kaffee hier?«, fragte Peabody.

»Beschissen«, gab DeWinter unumwunden zu.

»Dann vielleicht eine Dose Pepsi?«

Eve nickte und sah sich die Skizzen auf dem Bildschirm an.

»Wir arbeiten genauso engagiert wie Sie«, begann DeWinter, als die beiden anderen auf dem Weg in Richtung des Getränkeautomaten waren.

»Ich habe nie etwas anderes behauptet. Wir gehen unsere Arbeit einfach unterschiedlich an.«

»Ich zocke nie, doch wenn ich zocken würde, würde ich behaupten, dass die Chancen eines Treffers mit dem bisschen, was wir bisher haben, eins zu ein paar Hunderttausend stünden.«

Eve lächelte, als sie den Namen neben ihrer Skizze sah. »Dann hätten Sie verloren.«

»Sie können sich nicht sicher sein …«

»Lari Jane Mercury – Larinda Mars. Sie fuhr anscheinend ziemlich auf Planeten ab. Geboren in Lawrence, Kansas, was ja wohl auf jeden Fall im Mittleren Westen liegt. Ihre Eltern und die Schwester leben noch.«

»Woher wollen Sie wissen, dass sie es ist?«

Eve gab den Namen und das aktuelle Jahr in ihren Handcomputer ein. »Nichts. Als hätte sie nie existiert.« Sie wählte das Jahr 2045, ohne etwas zu finden. »Am besten suchen wir nach ihr als Kind. Genau, da haben wir sie. Normalerweise gibt's von Kindern bis zu ihrem achtzehnten Geburtstag jedes Jahr ein neues Passbild, aber hier ist nur noch einmal eins mit zwölf, danach hört sie auf zu existieren.«

DeWinter zog die Brauen hoch. »Vielleicht ist dieses Kind ja auch gestorben.«

»Himmel, sind Sie stur! Normalerweise sagt man mir das nach. Sie hat die späteren Bilder löschen lassen, auch wenn das bestimmt nicht billig war. Die ersten hat sie stehen lassen, weil sie dachte, dass es reicht, bis zwölf zurückzugehen. Wer wäre schon so weit zurückgegangen, vor allem, nachdem sie in den letzten Jahren völlig anders ausgesehen und ihren Lebenslauf und familiären Hintergrund total verändert hat? Wer wüsste schon, dass er so weit zurückgehen muss, und weshalb hätte irgendjemand das tun sollen?«

»Wir machen es doch gerade, oder nicht?«

»Nur weil sie tot ist, wenn Morris nicht all die Veränderungen an ihrem Gesicht und Körper aufgefallen wären, wären nicht einmal wir auf die Idee gekommen, das zu tun.«

»Larinda Mars hieß früher einmal Lari Jane Mercury.« Eve zeigte auf den Monitor. »Sie haben sich geirrt. Warum geben Sie das nicht einfach zu?«

»Ich hasse es, wenn ich mich irre. Außerdem habe ich mich nicht geirrt. In diesem einen Fall lagen Sie einfach richtiger als ich.«

Eve lachte auf. »Okay, das reicht.«

Als Peabody und Elsie mit der Pepsi und den Softdrinks wiederkamen, rang Elsie kurz nach Luft, vollführte einen kleinen Freudentanz und stellte fest: »Sie haben es geschafft.«

»*Sie* haben es geschafft«, gab Eve zurück. »Denn Ihr persönlicher Geschmack ist offenkundig wirklich gut.«

»Ungeachtet dieses Treffers fahren wir mit der Analyse und dem Wiederaufbau des Gesichtes fort«, bestimmte DeWinter entschieden.

»Das können Sie halten, wie Sie wollen«, bot Eve ihr achselzuckend an.

»Wir sind es den Ermittlungen und auch der Familie schuldig, möglichst gründlich und genau bei unserer Arbeit vorzugehen.«

Jetzt nickte Eve. »Da haben Sie völlig recht. Rufen Sie an, wenn Sie mit Ihrem Werk zufrieden sind. Das ist wirklich gute Arbeit«, lobte Eve und sah sich noch einmal die Bilder an. »Das haben Sie wirklich sauber hingekriegt.«

»Mithilfe der Wissenschaft«, insistierte DeWinter abermals, dann aber grinste sie die junge Elsie an und stellte fröhlich fest: »Und dazu noch mit ausgezeichnetem Geschmack.«

»Okay. Können Sie mir ein paar Ausdrucke der Bilder machen und sie mir auf meinen Handcomputer schicken?«

»Sicher«, sagte Elsie händereibend zu.

Eve trank den ersten Schluck von ihrer Pepsi und sah sich das Bild des zehnjährigen Mädchens an. »In Ordnung, Lari Jane, jetzt finden wir erst einmal heraus, warum du keine Lust mehr hattest, Lari Jane zu sein, und ob das irgendetwas damit zu tun hat, dass man dich ermordet hat. Danke.« Sie nahm Elsie die Kopien der Bilder ab. »Na los, Peabody. Es ist sicher seltsam, wenn wir diesen Leuten sagen müssen, dass ihre Tochter, die angeblich eine Waise war, vor ihnen gestorben ist.«

Mit schnellen Schritten lief sie durch das Labyrinth der KTU und bat die Partnerin: »Sie überprüfen erst einmal die Eltern und die Schwester, ja?«

»Bin schon dabei. Das wäre es dann wohl mit meiner Theorie,

dass sie einmal ein armes Straßenkind war. Dr. James Mercury«, las Peabody von ihrem Handcomputer ab. »Der Mann ist Kinderarzt und praktiziert seit über fünfzig Jahren. Seine Frau hat seit inzwischen siebenunddreißig Jahren ein Unternehmen für Landschaftsgärtnerei, das sie gemeinsam mit ihrer anderen Tochter führt.«

Im Wagen gönnte Peabody sich einen großen Schluck von ihrer zuckerfreien Kirschlimo und fuhr dann fort: »Sie haben ein eigenes Haus, in dem sie schon seit fünfundvierzig Jahren wohnen, ihre andere Tochter Clara, neunundddreißig, betreibt neben dieser Landschaftsgärtnerei seit elf Jahren noch eine ziemlich große Farm mit ihrem Ehemann. Die beiden haben einen Sohn und eine Tochter, sie alle wirken wie solide Mittelklasse, stehen finanziell gut da und engagieren sich für die Gemeinde, in der sie anscheinend sehr verwurzelt sind.«

»Suchen Sie nach irgendwelchen Flecken auf den weißen Westen, denn wenn Leute übertrieben sauber wirken, stimmt oft irgendetwas nicht.«

»Ich habe schon danach gesucht, aber ich finde nichts. Die Eltern sind in ihren Berufen wirklich angesehen, beide haben sich über Jahre ehrenamtlich in der Jugendarbeit engagiert.«

»Wie steht es mit Lari Jane?«, erkundigte sich Eve und lenkte ihren Wagen in die Tiefgarage des Reviers. »Haben sie sie irgendwann einmal als vermisst gemeldet oder gibt es eine Meldung über ihren Tod?«

Peabody schüttelte den Kopf.

»Okay, dann rufe ich jetzt bei den Eltern an, und Sie fragen bei Mira, ob ich sie kurz sprechen kann. Wir wissen, wer und was sie war, als sie ermordet worden ist, vielleicht hilft es uns herauszufinden, wer sie vorher war. Vor allem hoffe ich, dass ich dann schon einmal jede Menge Leute von der Liste der Verdächtigen, die wir inzwischen haben, streichen kann.«

20

Nach einem endlosen Gespräch mit Mars' Familie dachte Eve auf ihrem Weg zu Mira noch einmal über alles nach.

Zumindest winkte der Drache, der das Vorzimmer bewachte, sie sofort durch, obwohl die Psychologin noch beschäftigt war.

Sie saß an ihrem Schreibtisch über einem Bericht und hob zum Zeichen, dass sie noch kurz bräuchte, eine Hand. Ihr fein geschnittenes Gesicht wurde durch die seidenweichen Haare, die es rahmten, vorteilhaft betont, und sie trug ein Kostüm aus dunkelblauem Stoff mit goldenen Knöpfen bis zum Hals, das ihre schlanke, sportliche Figur und ihre etwas helleren blauen Augen vorteilhaft zur Geltung kommen ließ, dazu hochhackige blaue Schuhe, dank derer ihrer wohlgeformten Beine noch ein bisschen länger wirkten, als sie ohnehin schon waren.

Sie sah so feminin und modisch wie die Frauen aus, die sich zum Lunch in irgendwelchen schicken Bistros in Manhattan trafen, aber Eve bewunderte sie hauptsächlich für ihren ausgeprägten Scharfsinn und das Rückgrat, das sie ein ums andere Mal bewies.

»Entschuldigung.« Sie drehte sich mit ihrem Stuhl zu Eve herum. »Ich habe heute alle Hände voll zu tun.«

»Da bin ich doppelt froh, dass Sie mich kurzfristig dazwischen nehmen.«

»Gern geschehen. Wie wäre es mit einem Tee?«

»Nein, danke. Ich will Sie nicht lange aufhalten.«

Mira wechselte aus ihrem Schreibtischstuhl in einen der zwei blauen Clubsessel und bot Eve kopfnickend den anderen an. »Larinda Mars.«

»Oder Lari Jane Mercury. Inzwischen haben wir ihren Geburtsnamen, ihre Familie und ihren Hintergrund.«

»Das sollte Ihnen eine Hilfe sein.«

»Ich glaube, das ist es.« Eve nahm ihr gegenüber Platz. »DeWinter und ihr Team haben rekonstruiert, wie sie einmal ausgesehen hat, dann haben wir sie über die Gesichtserkennung ausfindig gemacht. Als zwölfjähriges Mädchen, weil sie alle späteren Fotos von sich hat löschen lassen. So etwas ist sehr teuer, wahrscheinlich dachte sie, dass es sie schon genug gekostet hat. Mit Roarkes Hilfe haben wir ein Haus gefunden, dessen Eigentümerin Angela Terra hieß.«

»Dann hatte sie also als Alias wieder einen Planetennamen ausgewählt.«

»Genau. Ein Doppelhaus in einer ziemlich teuren Gegend. Eine Hälfte hat sie über eine Agentur an Urlauber oder Geschäftsleute vermietet, und die andere Hälfte hatte sie mit Möbeln, Staubfängern und unzähligen noch nicht ausgepackten Kisten vollgestopft. Wir werden Wochen brauchen, um das ganze Zeug zu katalogisieren. Sie hatte auch ein Arbeitszimmer in dem Haus und hat dort Bücher voller Fotos, Infos und persönlicher Notizen über ihre Zielpersonen oder potenzieller Zielpersonen angelegt. Im Gegensatz zu all dem anderen Kram in ihrem Haus hat sie die Bücher und auch die entsprechenden Dateien auf ihrem Laptop sorgfältig gepflegt.«

»Weil's dabei um die Arbeit und nicht nur um das Besitzen ging.«

»Genau. Ich denke, die Arbeit war ihr Leben, und zwar nicht nur die beim Sender, sondern auch der Nebenjob, der ihr das Anhäufen von all dem Zeug ermöglicht hat. Auch wenn die Sachen, sobald sie sie besaß, nicht mehr von Interesse für sie waren. In ihren Büchern ging es auch um Mavis, Leonardo, Nadine Furst, mich selbst und Roarke.«

Die Psychologin nickte. »Alles andere hätte mich auch überrascht. Sie alle sind erfolgreich und/oder berühmt. Und Nadine Furst? Obwohl die beiden in verschiedenen Bereichen tätig waren, hat Mars sie trotzdem als Rivalin angesehen, die sie um die Beziehungen, die sie zu Ihnen und zu Roarke, zu Mavis und zu Leonardo unterhält, beneidet hat.«

»Sie hatte eine Rangliste, auf der wir alle recht weit unten standen, aber einige der Infos sind durchaus aktuell, das heißt, dass sie nicht aufgegeben hat.«

»Haben Sie irgendetwas über ihren familiären Hintergrund herausgefunden, was zu diesem Vorgehen passt?«

»Die Eltern und die jüngere Schwester sind solide Mittelklasse. Vater Kinderarzt und Mutter Unternehmerin. Alles, was ich bisher herausgefunden habe, und auch die Gespräche deuten auf ein grundsolides, finanziell sehr gut gestelltes und stabiles Heim in ihrer Kindheit hin.«

Es machte Eve nervös zu sitzen, also stand sie wieder auf und stapfte durch den Raum.

»Was ebenfalls herauskam, ist, dass sie der Liebling ihrer Großmutter war. Das erste Enkelkind, das obendrein noch ihren Namen trug. Die Mutter ihrer Mutter hieß Larinda. Sie war eine reiche Witwe, sie verkehrte in den besten Kreisen und hat Lari immer mit dem neuesten Klatsch versorgt.«

Mira machte ein zustimmendes Geräusch und hörte weiter zu.

»Auch sie hat Alben in der Art, wie wir sie in dem Haus gefunden haben, angelegt. Mit Zeitungsausschnitten und Fotos, eigenen Notizen und Beobachtungen. Sie hat Lari oft zu irgendwelchen Partys oder anderen Events mitgeschleppt.«

»Also hat Mars bereits in jungen Jahren Spaß an schönen Dingen, an der sogenannten besseren Gesellschaft und an Klatsch und Tratsch entwickelt. Aber den haben viele andere auch.«

»Da haben Sie wahrscheinlich recht. Die Eltern fanden das nicht weiter bedenklich. Sie dachten, die Erfahrung wäre vielleicht interessant für sie und ihre Noten in der Schule blieben weiter gut. Mit der Schwester gab es öfter Streit, aber die hat sich nie für diese Partys und den Glamour, der dort herrschte, interessiert. Sie hat stattdessen lieber Sport getrieben und sich wie die Mutter eher für die Natur und für das Gärtnern interessiert.«

»Wann wurde es anders? Gab es einen ausschlaggebenden Moment?«

»Als Lari neunzehn war, ertrank die Großmutter in ihrem eigenen Pool. Nichts deutete dabei auf Fremdverschulden hin. Sie hatte die Gewohnheit, nachts zu schwimmen, auch wenn sie vorher schon etwas getrunken hatte. Das hatte sie auch in dieser Nacht. Bei der Testamentseröffnung kam heraus, dass sie fast alles Lari hinterlassen hat.«

»Nur Lari?«, hakte Mira nach.

»Ein bisschen etwas haben auch die Tochter und die andere Enkelin bekommen, aber das große Ganze ging an Lari Jane. Das Haus, das Inventar, der Schmuck, den sie wie andere Menschen Briefmarken gesammelt hat, und all ihr Geld. Das waren gut fünf Millionen, die Lari dann durch den Verkauf des Hauses und des anderen Zeugs verdreifacht hat.«

»Mit neunzehn ist man noch zu jung, um ohne Hilfe mit einem so großen Erbe umzugehen.«

»Sie hat das Haus und einen Teil des Inventars verkauft, doch Einzelheiten wusste die Familie nicht.«

»Weil sie sie damals schon aus ihrem Leben ausgeschlossen hat.«

»So klang's auf jeden Fall. Und es klang auch, als hätte sie schon eine andere Unterkunft gehabt, zu der sie dann die größeren Sachen, die sie nicht verkaufen wollte, hat bringen lassen. Als sie alles geregelt hatte, ist sie abgehauen. Sie hat sich ohne Abschied aus dem Staub gemacht und niemandem gesagt, wo man sie zukünftig erreichen kann. Sie hat einfach die Sachen, die sie haben wollte, eingepackt, das Geld genommen und war weg. Danach hat die Familie nie wieder etwas von ihr gehört.«

»Und es gibt keinen Hinweis darauf, dass die Eltern sie misshandelt haben?«

»Nicht den geringsten«, meinte Eve. »Die Schwester meinte, Lari hätte allen etwas vorgemacht. Sie hätte zugesehen, dass sie in der Schule weiter halbwegs gute Noten hätte, sich dort aber davon abgesehen für nichts und niemanden interessiert, der ihr nicht nützlich war. Und auch in der Familie hätte sie es so gehalten. Sie hätte sich aus jedem Ärger herausgehalten und getan, was man von ihr erwartete, doch mehr auch nicht. Nur bei der

Mutter hätte sie sich eingeschmeichelt, weil sie wusste, dass dort etwas zu holen war.«

»Das klingt, als hätte sie keine Gefühle und auch keine Bindung an ihre Familie gehabt. Sie hat sich also ohne Grund und ohne irgendetwas zu erklären, von den Eltern und der Schwester losgesagt.«

»Bis dahin war sie einundzwanzig, die Familie konnte nichts dagegen tun. Die Sache hat sie fürchterlich verletzt, aber da Mars weder über Mail noch telefonisch zu erreichen war, hatten sie nie wieder Kontakt zu ihr.«

»Mithilfe ihres Erbes hat sie also sämtliche Verbindungen zur Familie, ihren Wurzeln, ihren Freunden, ihrem sozialen Umfeld vorsätzlich gekappt.«

»Sie hatte damals einen Freund, ihren Eltern nach war es anscheinend ziemlich ernst. Sie mochten ihn und dachten, dass er einen guten Einfluss auf sie hätte, denn sie hatten selbst erkannt, wie oberflächlich, egoistisch und berechnend Mars geworden war. Sie hat nicht einmal mit ihm Schluss gemacht, bevor sie abgehauen ist. Das Wochenende vorher hat sie noch mit ihm im Ferienhaus von seinen Eltern irgendwo am Fluss verbracht, denn dort fand irgendeine große Feier stand. Als er Sonntagmorgen wach wurde, war Lari nicht mehr da. Sie war in aller Herrgottsfrühe aufgestanden, hatte jemandem vom Personal gesagt, er sollte ihren Wagen holen, und ihm ihre Reisetasche in die Hand gedrückt. Der Mann hat damals ausgesagt, sie hätte auch noch anderes Gepäck im Kofferraum gehabt, und zwei Kollegen haben gesehen, dass sie eingestiegen und dann einfach weggefahren ist. Der Freund, seine Familie, die anderen Gäste und das Personal haben alle ausgesagt, sie hätte gut gelaunt gewirkt.«

Mira dachte kurz darüber nach. »Vielleicht hat sie etwas für die Großmutter empfunden, die sie so verhätschelt hat. Aber nicht einmal die Gefühle wären wirklich echt gewesen, weil sie gar nicht in der Lage war, emotionale Bindungen einzugehen. Ohne diese Großmutter, die sie mit Dingen überschüttet und ihr alles, was ihr wichtig war, ermöglicht hatte, gab es keinen

Grund mehr, dort zu bleiben, auch wenn sie so schlau und so berechnend war, die Illusion des netten Mädchens aufrechtzuerhalten, bis sie alles hatte, was ihr wichtig war.«

»Ich nehme an, sie hat die zwei Jahre genutzt, um zu entscheiden, wer sie werden wollte und wie sie das hinbekommt. Sie wollte sich auch äußerlich total verändern, wahrscheinlich könnte ich von Kansas aus den Arzt aufspüren, der an ihrem Gesicht und ihrem Körper herumgeschnippelt hat, aber ich glaube nicht, dass mich das weiterbringen wird.«

»Ich könnte Ihnen bei der Suche helfen, aber Sie haben recht. Der Arzt oder die Ärzte, die sie körperlich verändert haben, waren nur ein Schritt auf ihrem Weg. Mit der Wahl des neuen Namens hat sie sich einen kleinen, ganz privaten Scherz erlaubt. Die Frau, in die sie sich verwandelt hat, hat sich als Waise ausgegeben und die Schwester völlig aus dem Lebenslauf gelöscht. Das zeigt, dass die Familie ihr wirklich nie etwas bedeutet hat und es ihr immer einzig und allein um ihren eigenen Vorteil ging, weil sie narzisstisch und zu wirklichen Gefühlen gar nicht fähig war. Wobei ihr die Arbeit wirklich wichtig war. In ihrem Job hat sie sich tatsächlich engagiert.«

»Weil der ihr die Erpressungen ermöglicht hat.«

»Das stimmt, und trotzdem hat sie ihre Arbeit gern und gut gemacht. Sie war wirklich ehrgeizig, weil die Arbeit ihr etwas gegeben hat. Sie konnte Geheimnisse enthüllen oder sie bewahren, je nachdem, was profitabler für sie selbst war.«

»Sie hat ein riesiges Vermögen angehäuft, es aber nicht geschafft, mit den Erpressungen aufzuhören. Aber meinetwegen«, gestand Eve der Psychologin widerstrebend zu. »Sie war sehr engagiert und sie hat ihre Arbeit wirklich gut gemacht.«

»Sie war süchtig«, fügte Mira noch hinzu. »Nach dieser Arbeit und vor allem nach dem Lohn, den es für diese Arbeit gab.«

Stirnrunzelnd nahm Eve wieder Platz. »Je mehr ich weiß, je mehr Informationen ich bekomme und je abgerundeter mein Bild von ihr und ihrem … Vorgehen wird, umso weniger kann ich mir vorstellen, dass eine ihrer Zielpersonen sie ermordet haben soll, denn sie hat ihre Opfer sorgfältig gewählt. Sie hat ihre Chancen bei den Leuten sorgfältig berechnet, das hat sie wirklich gut gemacht. Okay, sie hatte Infos über Roarke und wusste, dass bei ihm viel mehr als bei den meisten anderen zu holen war. Aber trotzdem hat sie nur einmal ihr Glück bei ihm versucht, bis er dieser Angelegenheit auf die ihm eigene Art und Weise sofort einen Riegel vorgeschoben hat.«

Ein Lächeln huschte über das Gesicht der Psychologin, und mit einem vergnügten Blitzen in den blauen Augen meinte sie: »Das kann ich mir gut vorstellen.«

»Sie hat trotzdem weiter Infos über ihn gesammelt, aber nichts, was niemand wissen durfte. So tief konnte sie nicht graben, weshalb er am Ende recht weit unten auf der Liste ihrer potenziellen Zielpersonen stand. Ich denke, dass sie die Infos über ihn vor allem für ihren offiziellen Job gesammelt hat. Obwohl ich mit den meisten Leuten, die sie ausgenommen hat, noch nicht gesprochen habe, scheint sie immer nach demselben Muster vorgegangen zu sein.«

Mira nickte zustimmend. »Bei den Geheimnissen ging's meist um jemand anderen, nicht um die Zielperson selbst, außerdem hatten die Zielpersonen die finanziellen Möglichkeiten, problemlos zu bezahlen.«

»Genau. Und die, die für sie graben sollten, statt sie zu bezahlen, waren leicht einzuschüchtern und hätten niemals gewagt, sich gegen sie zu wehren. Aber sie hätten sie deshalb bestimmt nicht umgebracht. Natürlich könnte jeder Mensch im Notfall einen Mord begehen, doch sie hat immer Typen ausgewählt, die nachgegeben haben und bereit waren zu tun, was sie verlangte. Sie konnte in Menschen lesen, und zwar sehr gut.«

»Sie hatte offensichtlich ein besonderes Gespür.«

Da Eve dasselbe dachte, fuhr sie achselzuckend fort: »Nur einmal hat sie sich anscheinend in jemandem geirrt. Wen hat sie ins Visier genommen, der willens und in der Lage war, sie umzubringen? Oder war der Täter vielleicht keine ihrer Zielpersonen, sondern jemand, der mit einer ihrer Zielpersonen in Verbindung stand? Jemand, der es sich zur Aufgabe gemacht hat, sie aus dem Verkehr zu ziehen?«

Rastlos stand sie wieder auf. »Nicht einer dieser Leute hat sich an die Polizei gewandt. Nicht einer. Nicht einmal Roarke. Er hat mir nicht erzählt, dass sie ihn damals angesprochen hat.«

»Erzählen Sie ihm immer, wenn ein Verdächtiger Sie bedroht?«

Eve atmete geräuschvoll aus. »Das ist ja wohl was anderes. Wenn jemand zur Polizei gegangen wäre, könnte sie jetzt noch am Leben sein. Ich hoffe zwar, dass sie dann hinter Gittern sitzen würde, doch zumindest wäre sie nicht tot.«

Sie tigerte vor Miras Schreibtisch auf und ab. »Es ist auf alle Fälle keine von den Zielpersonen, mit denen ich bisher gesprochen habe. Vielleicht jemand, der mit einer dieser Personen in Verbindung steht. Das könnte sein. Ich habe jetzt noch ein paar Dutzend anderer Zielpersonen, die ich überprüfen muss, doch wenn sie immer nach demselben Muster vorgegangen ist …«

Sie wandte sich der Psychologin zu. »Was denken Sie?«

»Vielleicht hat jemand den Druck nicht mehr ertragen und ist durchgedreht. Vielleicht hat sich ein Opfer am Schluss zur Wehr gesetzt, weil es die Opferrolle nicht mehr ausgehalten hat.«

»Wenn jemand durchdreht, haut er ja wohl eher dem anderen eine rein, schubst ihn aus dem Fenster oder schnappt sich einen schweren Gegenstand und schlägt ihm dann damit den Schädel ein. Der Mord an Mars war aber sorgfältig geplant. Andererseits haben Sie recht. Vielleicht ist jemand durchgedreht und hat sich überlegt, wie er die Sache ein für alle Mal beenden kann. Aber dazu hätte er Larinda Mars beschatten müssen, um zu wissen, wo er sie erwischen kann. Die Zielpersonen, die sie im *Du Vin* getroffen haben, wussten natürlich, dass sie dort verkehrt und kannten sich auch selbst dort aus. Doch woher hätte einer dieser Leute wissen sollen, dass sie an diesem Tag um diese Zeit dort anzutreffen wäre, ohne sie erst auszuspionieren?«

Sie drehte sich im Kreis.

»Der Täter hat auf jeden Fall die Räumlichkeiten dort sondiert und wusste, dass er außer an der Tür nicht aufgenommen wird.

Was, wenn sie gar nicht aufs Klo gegangen wäre? Hätte er sie dann auf der Straße abgepasst? Oder hätte er die Tat womöglich sogar lieber auf der Straße ausgeführt? Wäre dort an ihr vorbeigegangen, hätte ihr die Schlagader durchtrennt und seinen Weg dann einfach fortgesetzt?«

Dallas ließ sich wieder in den Sessel fallen. »Vielleicht ist er ihr ja spontan aufs Klo gefolgt. So könnte es gewesen sein. Sie geht nach unten, und er denkt: Warum nicht jetzt? Er sitzt dort im Lokal, und der Adrenalinlevel steigt immer weiter an – oder vielleicht ebbt er auch langsam wieder ab. Er wird nervös, und als sie runtergeht, nimmt er all seinen Mut zusammen und geht ihr hinterher.«

»Der Killer war beherrscht genug, um diese Tat zu planen. Er hat sie nicht aus einem Impuls heraus da unten attackiert«, warf Mira ein. »Auch wenn es durchaus möglich wäre, dass er zufällig zur selben Zeit am selben Ort wie sie war, hatte er auf jeden Fall die Tatwaffe dabei. Ich weiß von Morris, dass es ein Skalpell war. Auch wenn Ärzte vielleicht ein Skalpell in einer Notfalltasche mit sich führen, haben Ihre Zeugen eine solche Tasche nicht erwähnt. Auf den Bildern von der Überwachungskamera hat man niemanden mit einer solchen Tasche hereinkommen oder das Lokal verlassen sehen. Das heißt, der Täter hatte das Skalpell absichtlich mitgebracht.«

»Er wusste, wo er sie erwischen muss, und hat den todbringenden Schnitt sehr akkurat gesetzt. Aber man muss wenig intensiv suchen, um zu wissen, dass diese Verletzung tödlich ist, und nur ein bisschen üben, bis man den Schnitt problemlos hinbekommt. Falls der Täter also keine Ausbildung im medizinischen Bereich hat, war er schlau und kontrolliert genug zu recherchieren und den Schnitt dann zu trainieren«, fügte Mira noch hinzu.

»Sie hatte keine Angst vor ihm. Er kam zu ihr in einen Raum, in dem ein Mann normalerweise nichts verloren hat. Sie hatte trotzdem keine Angst, denn sie hat nicht versucht, ihr Pfefferspray oder den Panikknopf aus ihrer Handtasche zu ziehen, obwohl die direkt vor ihr stand. Sie kannte ihn, und das führt mich zurück zu einer Zielperson oder zu jemandem, der ihr bekannt war und mit einer ihrer Zielpersonen in Verbindung stand. Sie hatte einen Exgeliebten, aber ich kann mir nicht vorstellen, dass er es war. Trotzdem sehe ich ihn mir vielleicht noch einmal genauer an.«

»Sie war sehr selbstbewusst«, warf Mira ein. »Sie hatte stets die Oberhand, und das hat sie gebraucht. Als sie an jemanden wie Roarke, Nadine oder Sie selbst geraten ist und nicht die Oberhand gewinnen konnte, hat sie einen Rückzieher gemacht. Ich gehe deshalb davon aus, dass sie aus ihrer Sicht dem Killer überlegen war.«

»Genau. Vielleicht war es also jemand aus einem ihrer Bücher oder jemand, der bei ihr am Sender oder sonst wo in der Branche tätig war. Vielleicht ein anderer Liebhaber, jemand, den sie einmal abserviert hat oder so. Auf alle Fälle hat sie sich getäuscht und diesen Typ unterschätzt. Er ist bestimmt nicht einfach plötzlich durchgedreht. Er hat diese Tat von langer Hand geplant.«

»Vielleicht hat sie ja wirklich einen Typ abserviert, der ihr das nicht verziehen hat. Erst hat er vor sich hin geköchelt, und am Ende wurde aus dem Köcheln heiße Wut.«

»Vom Kochen habe ich zwar keine Ahnung, aber ja.« Eve nickte zustimmend. »Vielleicht hat sie ihm selbst ein bisschen Feuer unterm Arsch gemacht und dachte, dass sie es unter Kontrolle hätte, aber dann hat irgendwer den Regler hochgedreht, als sie einmal nicht hingesehen hat. Die Zeit der Planung, der Recherche und des Trainings haben seinen Zorn wahrscheinlich noch verstärkt. Dann kommt er rein, und sie bildet sich ein, dass sie die Angelegenheit auch weiterhin unter Kontrolle hat. Vielleicht beleidigt sie ihn sogar noch. Darauf kocht er vollends über, rastet vollends aus. Trotzdem ist er schlau genug, direkt an mir vorbei zum Ausgang zu marschieren.«

»Ich habe mich bereits gefragt, ob Ihnen das zu schaffen macht.«

»Es kotzt mich an«, gestand Eve ihr. »Vor allem, weil ich keine Ahnung habe, wer er ist. Ich hätte vor dem Zwischenfall mit Mars mindestens ein Dutzend Leute dort beschreiben können und weiß ganz genau, wie alle, die danach noch da waren, ausgesehen haben, aber trotzdem kann ich ihn nicht sehen.«

»Sie werden ihn noch sehen. Auch wenn Sie Ihrem Opfer aus sehr guten Gründen keinerlei Respekt entgegenbringen, werden Sie so lange suchen, bis Sie wissen, wer er ist. Auch wenn er Ihnen im *Du Vin* nicht aufgefallen ist.«

»Genau das ist es«, meinte Eve. »Er hat total normal gewirkt. Das Einzige, was der Bedienung auffiel, war, dass er noch eine Mütze trug, doch davon abgesehen, war er zu unwichtig, um ihn sich noch genauer anzusehen. Das heißt, dass er auf jeden Fall keine Berühmtheit ist.«

Sie lief erneut vor Miras Schreibtisch auf und ab. »Jemand Bekanntes würde eine solche Tat ganz sicher nicht an einem öffentlichen Ort begehen. Er würde sich ganz sicher nicht in eine Weinbar setzen, wo ihn vielleicht irgendwer erkennt. Zum Beispiel die vier Zeugen, denen er sich beim Verlassen des Lokals angeschlossen hat. Zwar hat sich eine von den Frauen kurz nach ihm umgesehen, ihn aber nicht erkannt. Ich gehe also erst einmal davon aus, dass er keine Berühmtheit ist, auch wenn er vielleicht eine kennt. Oder es war einer von den unwichtigen Typen, die sie eingeschüchtert hat. Das könnte sein. Dann hätte sie sich sehr in ihm getäuscht, aber man kann schließlich nicht immer richtigliegen, stimmt's? Vielleicht war es also jemand, der jemand anderen kennt, oder jemand, in dem sie sich getäuscht hat und der ausgerastet ist.«

Jetzt wandte sie sich wieder Mira zu. »Es tut mir leid. Jetzt habe ich Sie doch viel länger von der Arbeit abgehalten als geplant. Ich habe einfach laut gedacht.«

»Das ist wirklich interessant. Vor allem stimme ich mit Ihnen in allen Dingen überein. Es kann natürlich sein, dass wir uns beide irren, aber ich glaube nicht, dass es so ist. Der Täter war auf alle Fälle alt genug, um sich so lange zu beherrschen, bis sich die

Gelegenheit zu diesem Mord ergab, und schlau genug, um Medizin studiert zu haben oder herauszufinden, wie man jemanden umbringen kann. Er hatte die notwendige Geduld, um Mars zu stalken, bis er wusste, wo er sie erwischen kann, und fällt in einer angesagten Bar nicht weiter auf. Ich sollte vielleicht noch hinzufügen, dass er auch andere Wege hätte recherchieren können, sie zu töten, ohne dass ihr noch die Zeit geblieben wäre, ins Lokal zurückzukehren.«

»Sie hat andere Leute bluten lassen, deshalb fand er es wahrscheinlich passend, dass sie selbst am Schluss verblutet.«

»Da haben Sie recht. Das hat er absichtlich gemacht. Er hat nichts dem Zufall überlassen.«

»Nein. Und jetzt muss ich mir überlegen, wie ich diesem Typ auf die Schliche kommen kann. Danke, dass Sie sich die Zeit genommen haben.«

»Schicken Sie mir alles, was Sie haben. Vielleicht fällt mir ja noch etwas zum Profil des Täters ein.«

»Das mache ich. Nochmals vielen Dank.« Eve wandte sich zum Gehen, blieb dann aber noch einmal stehen. »Sie und Mr. Mira waren nicht in ihren Büchern.«

»Weshalb hätten wir dort stehen sollen?«

»Weil Sie abgesehen von der Verbindung zu Nadine, Mavis und mir eine berühmte Psychologin, sozial engagiert, sehr gut vernetzt und relativ vermögend sind.«

»Weswegen hätte mein Beruf sie interessieren sollen?«

»Es ging ihr darum, die Geheimnisse von anderen zu enthüllen, und Ihnen vertrauen sich die Menschen an. Auch über mich wissen Sie vielleicht mehr als jeder andere.«

»Ich würde Ihr Vertrauen nie missbrauchen, Eve.«

»Das ist mir klar. Mars hat das nicht gewusst, trotzdem taucht Ihr Name nicht in ihren Büchern auch. Wissen Sie, warum? Sie hat sich Sie und Mr. Mira angesehen und wusste, dass Sie unangreifbar sind. Die Zeit und Mühe, die sie hätte investieren müssen, um vielleicht etwas zu finden, hätte sich ganz sicher nicht gelohnt. Das ist es, was Sie selbst zu einer derart guten Psychologin und was Sie und ihren Mann zu ganz besonderen Menschen macht.«

Zutiefst gerührt stand Mira auf. »Ich möchte, dass Sie wissen, dass wir Ihnen gleich Bescheid gegeben hätten, wenn die Frau versucht hätte, uns anzugehen.«

»Das ist mir klar. Okay, noch einmal vielen Dank.«

Als Eve den Raum verließ, nahm Mira lächelnd wieder Platz. Mitunter brauchten Menschen ewig, bis sie jemandem Vertrauen schenken konnten, aber wenn sie es dann taten, gingen sie mit einem durch Dick und Dünn.

Eve ging zurück in ihr Büro, aus dem Santiago ihr entgegenkam.

»Was haben Sie hier verloren?«

»Ah, ich habe Peabody geholfen. Mit den Kisten, die auf Ihrem Schreibtisch stehen.«

Sie sah ihn aus zusammengekniffenen Augen an. »Ach ja?«

»Ach ja. Es sind zwei, und sie sind ziemlich schwer.«

»Haben Sie nichts anderes zu tun?«

»Carmichael sitzt im Augenblick an dem Bericht zu unserem letzten Fall.«

Da Eve ihn immer noch mit einem bösen Blick bedachte, fasste er zusammen, worum es bei dem Fall gegangen war.

»Der Typ bricht in der Mittagszeit in ein Loft in SoHo ein. Normalerweise ist die Frau, die es bewohnt, um diese Zeit nicht zu Hause, nur liegt sie heute ausnahmsweise krank im Bett und wird davon geweckt, dass er die elektronischen Geräte in die mitgebrachte Tasche packt. Sie denkt, es ist ihr Mitbewohner, also steht sie nur in ihrem riesigen Schlaf-Shirt auf und will nach unten gehen. Der Dieb kommt rauf, geht auf sie los und haut ihr ein paar rein. Sie ist von ihren Grippepillen leicht benommen, aber dann berappelt sie sich und drischt mit ihren Fäusten auf ihn ein.« In seiner Stimme schwang so etwas wie Bewunderung für dieses Vorgehen mit. »Wie sich herausstellt, ist sie Boxerin und Trainerin in einem Fitnessstudio, als sie diesem Typ einen Kinnhaken verpasst, verliert der Kerl das Gleichgewicht, fällt kopfüber die Treppe hinunter und bricht sich beim Aufprall das Genick. Danach hat sie uns angerufen.«

»Wann genau?«

»Der Notruf ging nur zwei Minuten nach dem Tod des Typen bei uns ein, drei Minuten später waren die Kollegen von der Trachtengruppe dort. Was sie erzählt hat, klingt plausibel, und wir glauben, dass sie sich tatsächlich nur verteidigt hat. Der Tote war schon mehrfach wegen Einbruchs, meistens bei alleinstehenden Frauen, und tätlichen Angriffs, ebenfalls auf Frauen, vorbestraft. Die Türschlösser waren aufgebrochen, und die tragbaren, elektronischen Geräte und die anderen Wertsachen steckten in einem Sack. Den hat er fallen lassen, als er auf sie losgegangen ist, es sieht so aus, als wäre er gestolpert, als er plötzlich selbst eine reingehauen bekommen hat.«

Beinah ehrfürchtig fügte er hinzu: »Sie hat in der ersten Runde ein paar ziemlich üble Treffer eingesteckt, aber sie hat sich trotzdem gegen ihn gewehrt. Sie hat ausgesagt, er wollte abhauen, wäre dann gestolpert und die Treppe hinunter auf den Kopf gefallen. So sah es auch aus.«

Eve kreuzte ihre Arme vor der Brust. »Das klingt, als ob es Notwehr war.«

»Auf jeden Fall.«

»Okay. Was ist mit dem Kind? Der Vergewaltigung, die mit dem Tod des Vergewaltigers geendet hat?«

»Sie hatten recht. Wir haben Reo informiert, ich habe mit dem Dad gesprochen, und dann haben wir zusammen mit Carmichael ihre Mum dazu gebracht, dass sie die Wahrheit sagt. Zwar musste Reo vorher schwören, dass dem Mädchen nichts passieren würde, aber schließlich hat sie ausgepackt.«

»Wie geht es dem Kind?«

»Die Ärzte haben gesagt, es würde wieder ganz gesund, sie haben dort eine Psychologin, die mit ihr und ihrer Mutter spricht. Die Eltern kümmern sich sehr gut um sie, deshalb wird sie es sicher überstehen.«

»Okay. Und jetzt verschwinden Sie.«

Sie ging in ihr Büro, betrachtete die Kisten, die auf ihrem Schreibtisch standen, war sich aber immer noch nicht sicher, dass Santiago nur aus diesem Grund in ihrem Allerheiligsten gewesen war.

Sie schloss die Tür von innen ab, trat vor den Auto-Chef, ließ ihre Schultern kreisen, wuchtete ihn hoch und suchte nach dem Schokoriegel, der mit schwarzem Klebeband daran befestigt war. Sie hatte ihn zuvor im Innern des AutoChefs versteckt und so getan, als ob er etwas Gesundes wäre, das nicht schmeckt, aber damit hatte sie den widerlichen Schokoriegeldieb auf Dauer nicht getäuscht.

Zu ihrer Freude aber hatte er den neuen Schokoriegel bisher nicht gefunden, und zufrieden stellte sie die Kiste wieder ab, bevor sie wegen ihres bleiernen Gewichts erneut die Schultern kreisen ließ.

Wahrscheinlich hatte der gemeine Schokoriegeldieb die Süßigkeit noch nicht entdeckt, weil das Gerät geschätzt hundert Kilo wog.

Ein Punkt für Dallas, dachte sie und holte sich einen Kaffee.

Dann schloss sie die Bürotür wieder auf, bevor jemand etwas merkte, nahm in ihrem Schreibtischsessel Platz und blickte abermals die Kisten mit Mars' Büchern an. Wahrscheinlich hatte es mit einem dieser Alben angefangen, und zu irgendeinem Zeitpunkt hatte jemand eine Fünf bei Mars bekommen, dem es irgendwann zu viel geworden war.

Es sei denn, der Killer hätte nur Kontakt zu einer ihrer Zielpersonen, ohne dass er jemals selber ins Visier geraten war. Eve stellte die zwei Kisten auf den Boden, schnappte sich das erste Buch und rief die passenden Dateien auf dem Computer auf.

Noch ehe sie sich an die Arbeit machen konnte, hörte sie das laute Klackern hoher Absätze, und kurz darauf trat Nadine Furst durch ihre Tür.

»Womit haben Sie meine Leute dieses Mal bestochen?«

»Mit dem Klassiker.«

»Was für Donuts haben Sie dabei?«

»Ich habe eine Auswahl mitgebracht.«

Als Eve sie einfach ansah, zog sie eine kleine Tüte aus der riesengroßen Ledertasche, in der problemlos Platz für einen großen Karton voll Donuts war. »Ich habe die für Sie separat verpackt.«

»Das haben Sie gut gemacht.« Eve schnupperte, und der verführerische Duft von Hefe und von Zucker weckte ihren über dem Job vergessenen Appetit. Genüsslich biss sie in den Teig und schmeckte … süße Sahne.

Die ein leckerer Zusatz war.

»Sie haben es verdient zu sitzen.«

Die Reporterin sah zweifelnd auf den klappigen Besucherstuhl, der vor dem Schreibtisch stand. »Auf diesem Ding?«

Achselzuckend stand Eve auf und überließ der Journalistin ihren Schreibtischstuhl.

»Ich wusste nicht, dass Mars beim Sender so verhasst und so gefürchtet war«, begann Nadine. »Die meisten Mitarbeiter haben versucht, ihr möglichst aus dem Weg zu gehen, doch ihre Angst und Abscheu waren meiner Meinung nach nicht groß genug, um Mars aus dem Verkehr zu ziehen.«

»Die Leute haben die Angewohnheit, gegenüber Cops und Leuten, die mit Cops verkehren, vorsichtig zu sein.«

»Das ist natürlich richtig, aber gute Cops und gute Journalistinnen durchschauen das. Die meisten Leute kenne ich persönlich und bin deshalb hin- und hergerissen, aber trotzdem kriegen Sie von mir die Namen von ein paar Leuten, die Mars vielleicht hat bluten lassen.«

»Okay.«

»Außerdem kenne ich noch jemanden von unserem Sender, der mit jemandem bei *Knight at Night* zusammen ist. Er hat erzählt, dass Mars dort nach Belieben ein und aus gegangen ist, zum Teil, wenn Annie gerade irgendwelche Interviews gegeben oder irgendwelche Stars getroffen hat. Auf diese Weise hat Mars häufig selbst ein paar Brocken aufgeschnappt. Ich kenne Annie, und ich kann sie sehr gut leiden, ebenso wie ihren Partner Bic. Schwer vorstellbar, dass Mars dort einfach nach Belieben Zutritt hatte, aber vielleicht hat sie Annie ja mit irgendetwas unter Druck gesetzt.«

»Okay.«

Die Journalistin sah sie aus zusammengekniffenen Augen an. »Das alles wussten Sie bereits. In unserer Welt ist allgemein bekannt, dass Mars und Mitch L. Day etwas miteinander hatten, und natürlich wissen Sie auch schon, dass seine Frau ihn rausgeworfen und Mars ihn dann hat fallen lassen – und sind bestimmt schon zu dem Schluss gekommen, dass Mitch niemals in der Lage wäre, einen solchen Mord zu planen, weil er schließlich bereits mit der Planung eines Autokorsos mit nur zwei Gefährten völlig überfordert ist. Aber vielleicht interessiert Sie ja, ob unsere Recherche etwas ergeben hat.«

Nadine wies auf den AutoChef, und als Eve mit den Achseln zuckte, holte sie sich einen Kaffee und nahm wieder Platz. »Ich selbst und meine Leute graben wie die Wilden und haben herausgefunden, dass der Lebenslauf von Mars eine Erfindung ist. Man braucht nur tief genug zu buddeln, und schon lösen sich der angebliche familiäre Hintergrund und ihre angebliche Ausbildung in Wohlgefallen auf. Ich muss zwar noch ein bisschen weiter recherchieren, aber spätestens in ein, zwei Tagen muss ich diese Sache bringen, wenn mir nicht irgendwer zuvorkommen soll. Ich glaube zwar nicht unbedingt, dass das passieren wird, weil niemand anderes einen Grund hat, derart tief zu graben, aber falls der Konkurrenz etwas davon zu Ohren kommt, gehen sie der Sache wahrscheinlich nach. Und wenn wir nicht wie Trottel dastehen wollen, muss es unser eigener Sender sein, der diese Dinge veröffentlicht.«

Das war nur logisch, dachte Eve. Sie könnte also schwerlich widersprechen, und vor allem wollte Nadine Furst nur bringen, worauf sie selbst mit ihrem Team gestoßen war. »Dann weiß die Chefetage Ihres Senders also ebenfalls Bescheid?«

»Ich hatte keine andere Wahl. Ich musste sie darüber informieren. Wir trauern schließlich offiziell um eine Frau, die einen unserer Quotenbringer moderiert hat, und jetzt müssen wir erkennen, dass an ihr nichts echt war. Was sicher noch nicht alles ist. Ehe es zum Schlimmsten kommt, muss ich diese Fakten bringen und kann nur hoffen, dass Sie damit einverstanden sind.«

»Noch nicht«, erklärte Eve, und als die Journalistin explodieren wollte, bat sie: »Sehen Sie es doch einmal so. Am besten warten Sie noch kurz und bringen die Sache dann ganz groß heraus. Dann haben wir Mars' Mörder festgenommen, und Ihre eigenen Recherchen haben mit zu dieser Festnahme geführt.«

Nadine bedachte sie erneut mit einem durchdringenden Blick. »Wäre das denn zutreffend?«

»Gelogen wäre es jedenfalls nicht. Sie haben das bestätigt, was bei unseren Ermittlungen bisher herausgekommen ist. Zum Dank dafür erfahren Sie als Erste, wer die Frau in Wahrheit war und wie wir bei der Suche, Identifizierung und Ergreifung ihres Mörders vorgegangen sind.«

»Das heißt, Sie sprechen erst mal nur mit mir und geben mir dann noch ein ausführliches Interview in *Now.*«

»In Ordnung.« Mit DeWinter oder Elsie Kendrick, dachte Eve, sprach den Gedanken aber nicht laut aus.

»Das war zu einfach.«

»Vielleicht liegt es an dem Donut. Oder daran, dass es diesmal anders ist als sonst. Schalten Sie Ihren Rekorder aus, Nadine.«

Die Journalistin raufte sich frustriert die für gewöhnlich tadellos frisierten Haare. »Warum bringen Sie mir eigentlich nie Donuts mit? Aber okay, Rekorder aus.«

»Sie besaß außer ihrer Wohnung noch ein Haus, dort hat sie Listen, Bücher, Aufnahmen aufbewahrt. Von ihren Zielpersonen und den Geldern, die geflossen sind. Sie hat auch die Daten und die Orte aller Treffen dort notiert. Auch potenzielle Zielpersonen sind aufgeführt, mit Fotos und Artikeln, Interviews und den Beziehungen zu anderen. Eine dieser potenziellen Zielpersonen sind übrigens Sie.«

»Was?« Nadine sprang auf und stapfte zwischen Schreibtischstuhl und Fenster auf und ab. *»Ist das Ihr Ernst?«*

»Sie hat Sie gründlich überprüft und wusste, welches Ihre Lieblingsrestaurants und -läden sind, wo Sie ins Fitnessstudio gehen, wo Sie die Donuts kaufen, um uns zu bestechen, wenn Sie etwas wissen wollen. Sie hat auch aufgeführt, mit wem sie über die Zielpersonen geredet hat und wen sie vielleicht dazu bringen kann, ihr etwas zu erzählen, was sich gegen Sie verwenden lässt.«

»Das geht zu weit. Das hätte ich nicht einmal dieser blöden Kuh zugetraut.«

»Wahrscheinlich hatte sie es meinetwegen auf Sie abgesehen.«

»Was?« Die Journalistin blieb wie angewurzelt stehen.

»Mars' hat Sie als das blöde Weib von Dallas tituliert. Ich glaube nicht, dass es dabei um Sex gegangen ist.«

Obwohl sie leuchtend rote, sündhaft teure Stöckelschuhe trug, trat Nadine wütend gegen den Besucherstuhl. »Ich wünschte mir, sie wäre noch am Leben, denn dann würde ich ihr eine Ohrfeige verpassen, dass ihr Hören und Sehen vergeht.«

»Ohrfeigen sind was für kleine Mädchen. Solchen blöden Weibern haut man besser richtig eine rein.«

»Es ist viel peinlicher, wenn man geohrfeigt wird, außerdem reißt sich die Ohrfeigende dabei nicht die Knöchel auf.« Vor lauter Zorn vergaß Nadine, dass sie den Schreibtischsessel nehmen wollte, und setzte sich auf den von ihr verabscheuten Besucherstuhl. »Sie hat nur dieses eine Mal versucht, mich unter Druck zu setzen. Das schwöre ich. Damals habe ich zu ihr gesagt, dass sie zur Hölle fahren soll, denn schließlich hatte ich die Aufnahme von dem Gespräch und dachte, dass die Sache damit abgeschlossen ist.«

»Das ist mir klar. Das wäre mir auch klar gewesen, wenn Sie nicht nur eine Eins von ihr bekommen hätten, die für die im Grunde aussichtslosen Fälle vorgesehen war. Aber obwohl Sie ihr bei dem Gespräch bereits im übertragenen Sinne eine Ohrfeige gegeben hatten, hat sie weiterhin ihr Glück versucht. Zum Beispiel hat sie einen Typ kontaktiert, mit dem Sie während Ihrer Collegezeit zusammen waren. Scotty Soundso. Wie konnten Sie mit einem Typ zusammen sein, der Scotty heißt und Sportausrüstungen in einer Shopping Mall in Poughkeepsie verkauft?«

»Weil er echt süß aussah und ich im Grunde nur mit ihm …« Noch einmal raufte sich Nadine die bereits nicht mehr ganz so tadellosen Haare. »Sie wollen mich verarschen, stimmt's?«

»Er hat gesagt, Sie wären eine blöde Kuh. Krankhaft ehrgeizig und geradezu erschreckend neugierig.«

»Das sieht ihm ähnlich.«

»Außer diesem Scotty gab es auch noch ein paar andere, denen Sie mit Ihrer Arbeit auf den Schlips getreten sind und die anscheinend keine großen Fans von Ihnen sind.«

Statt grimmig sah Nadine mit einem Mal durchaus zufrieden aus. »Das heißt, ich habe meinen Job gemacht, wie ich ihn machen soll.«

»Sie hat ihr Netz weit ausgeworfen, aber echten Dreck hat sie bei ihrem Fischzug nicht erwischt.«

»Wie viele solcher Bücher hatte sie?«

Eve zeigte auf die Kisten neben ihrem Tisch, und die Reporterin sprang wieder auf.

»Die müssen Sie mich sehen lassen.«

»Nein.«

»Verdammt! Dann zeigen Sie mir wenigstens die Sachen, die sie über mich gesammelt hat.«

»Sie wissen selbst, dass ich das nicht kann. Was ich Ihnen jetzt erzähle, sage ich als Freundin, deshalb bleibt das bitte unter uns. Sie hat auch über Mavis, Leonardo und sogar die kleine Bella recherchiert. Sie wusste, wo sie spielt und wo sie in der Krabbelgruppe ist.«

»Alleine dafür hätte ich ihr vielleicht doch eher richtig eine reinhauen sollen.«

»So geht's mir auch, und trotzdem ist in diesen Büchern oder in den anderen Unterlagen über ihre Zielpersonen und die potenziellen Zielpersonen etwas, was mich auf die Spur von ihrem Mörder bringen wird. Es ist mein Job, den Kerl zu finden und dafür zu sorgen, dass er für die Tat verurteilt wird. Sie hat auf jeden Fall ein paar Schläge und vor allem ein paar Jahre Knast verdient, aber sie hätte nicht in dem Lokal verbluten sollen.«

Die Journalistin atmete tief durch. »Sie stehen auch in einem dieser Bücher, stimmt's?«

Eve nickte knapp.

»Und Roarke. Natürlich hatte sie auch irgendwelche Sachen über Roarke.« Noch einmal holte sie tief Luft. »Sie brauchen nur zu sagen, falls ich selbst oder meine Leute auch noch andere Sachen recherchieren sollen. Das kriegen wir auf alle Fälle hin. Dabei geht es uns dann weder um die Story noch um sie. Sie müssen für sie eintreten. Ich nicht. Aber für Sie und alle anderen, deren Namen in den Büchern stehen, werde ich tun, was möglich ist.«

Vor allem deshalb waren sie beide gut befreundet, dachte Eve.

»Zapfen Sie noch einmal Ihre Quellen beim Sender an. Es könnte interessant sein, *Knight Productions* noch aus einem anderen Blickwinkel zu betrachten. Ich gehe erst einmal alle Infos, die wir haben, durch und finde vielleicht auch noch andere bei Ihrem Sender, die sie ins Visier genommen hat. Und Sie finden bitte so viel wie möglich über Missy Lee Durante heraus.«

»Den Serienstar?«

»Sie selbst ist sauber, doch in ihrem Dunstkreis schwirren jede Menge anderer Leute herum. Familie, Manager und Fans. Vielleicht hat Mars ja jemanden aus ihrem Umfeld unter Druck gesetzt, der am Schluss die Nase voll hatte.«

»Ich setze meine Leute sofort darauf an.«

»Fahren Sie hinunter in die Tiefgarage?«

»So sieht's aus.«

»Okay.« Eve zog sich ihren Mantel an, schnappte sich eine Aktentasche und nahm eine der zwei schweren Kisten auf den Arm. »Ich arbeite zu Hause weiter, weil's da ruhiger ist. Nehmen Sie die zweite Kiste mit.«

Die Journalistin bückte sich und hob die Kiste eine Handbreit an. »Die ist echt schwer.«

»Sie müssen aus dem Rücken heraus heben.«

Schwankend richtete Nadine sich wieder auf und schleppte die verdammte Kiste bis dorthin, wo Baxter saß. Sie klimperte zwar nicht mit ihren Wimpern, aber das war auch nicht nötig, denn er sprang auch so schon hinter seinem Schreibtisch auf. »Geben Sie her.«

»Oh, vielen Dank. Ich wollte dieses Ding für Dallas bis zu ihrem Wagen schleppen.«

»Das ist doch viel zu schwer für Sie.«

Auch wenn Eve nicht mit ihren Augen rollte, war ihr deutlich anzuhören, was sie von der Unterhaltung hielt. »Moment.«

Sie schleppte ihre eigene, offenkundig nicht zu schwere Kiste bis zum Schreibtisch ihrer Partnerin. »Ich nehme diese Sachen mit nach Hause. Gehen Sie weiter die Dateien auf dem Laptop durch und melden sich, wenn sich etwas ergibt. Und dann machen Sie pünktlich Feierabend, ja?«

»Bis dahin komme ich bestimmt nicht weit.«

»Egal. Sie machen pünktlich Schluss und können ja zu Hause noch ein bisschen weitermachen, wenn Sie wollen.« Sie verlagerte den Schwerpunkt ihrer Kiste, denn das gottverdammte Ding war *wirklich* schwer. »Was ist, Baxter, Sie machen doch wohl nicht schon schlapp?«

21

Eve trug die erste Kiste durch den kalten Wind zum Haus. Sie hatte eine bissige Bemerkung auf den Lippen und war sauer, als sie durch die Tür trat und der Spielverderber Summerset nicht in der Eingangshalle stand.

Zumindest aber fühlte sie sich, da er sie nicht sehen konnte, nicht verpflichtet, die verdammte Kiste in den ersten Stock zu schleppen, sondern ging weiter bis zum Lift. Sie hielt die Tür des Fahrstuhls mit der Kiste auf, ging noch die zweite Kiste holen, schob beide hinein und fuhr hinauf. Wahrscheinlich packte der Mann gerade, denn er bräuchte sicher mindestens ein Dutzend von den schwarzen Anzügen, auf die er stand. Wahrscheinlich trug er selbst am Strand ein solches Ding.

Zumindest wagte sie es nicht, ihn sich in einem anderen Aufzug oder – Gott bewahre – spärlicher bekleidet vorzustellen.

Die Tür des Lifts glitt auf, sie schob die Kisten hinaus, und während sie sich nach der ersten Kiste bückte, hörte sie Roarkes Stimme, die aus seinem Arbeitszimmer kam.

Sie ließ die Kisten, wo sie waren, und trat durch die Verbindungstür.

»Ich sehe es mir gerade an, genau«, erklärte er am Link und sah sich irgendeinen Schaltplan auf dem Bildschirm des Computers an. »Moment.« Er drückte auf die Pausetaste seines Telefons. »Ich habe nicht erwartet, dass du so früh nach Hause kommst.«

»Ich andersherum auch nicht«, antwortete Eve.

»Ich bin selbst noch nicht lange hier.«

Auf alle Fälle hatte ihm die Zeit gereicht, um das Jackett und die Krawatte abzulegen, die Ärmel hochzukrempeln und sein Haar zu einem Pferdeschwanz zu binden, wie er es zu Hause bei der Arbeit tat.

Galahad lag mitten auf dem Schreibtisch und riss sein verfressenes Maul zu einem Gähnen auf.

»Ich wollte nur noch schnell in Ruhe ein paar Sachen durchgehen.«

»Ich auch.«

»Ich nehme an, dass ich in einer guten Viertelstunde fertig bin.«

»Okay.« Sie wandte sich zum Gehen. »Ist Summerset dabei zu packen?«

»Hoffentlich packt er die Sachen jetzt schon wieder aus. Wegen des Sturms, der heute Nacht aufziehen soll, habe ich ihm gesagt, dass er schon heute fliegen soll.«

»Dann ist er also nicht mehr da?«

»Ich wollte nicht, dass er bei schlechtem Wetter fliegt, und habe ihn deswegen überredet, seine Abreise ein wenig vorzuziehen.«

Bevor er weitersprechen konnte, hob Eve abwehrend die Hand. »Habe ich dich recht verstanden und wir sind ihn jetzt schon los?«

»Er und Ivanna dürften schon den blauen Himmel und die Sonne in Australien genießen, also ja.«

»Okay. Dann will ich dich nicht länger stören.«

Jetzt zog sie sich, gefolgt von Galahad, zurück, und während Roarke wieder am Link mit wem auch immer sprach, vollführte sie auf ihrem Weg zurück zum Fahrstuhl einen kleinen Freudentanz. Sie bückte sich nach einer Kiste, aber dann ließ sie sie einfach stehen und ging spontan ins Schlafzimmer.

Roarke brauchte etwas länger als erwartet, aber die Veränderungen, die er mit seinem Ingenieur besprochen hatte, waren die Verzögerung auf alle Fälle wert.

Obwohl er auch noch ein paar andere Dinge erledigen könnte, nahm er sich jetzt erst einmal Zeit, um nachzusehen, was Eve in ihrem Arbeitszimmer trieb.

Er trat durch die Verbindungstür, sah sich die neuen Bilder an der Tafel an und wandte sich dem Schreibtisch zu.

An dem sie, nur in einem Hauch von Spitze und mit den violetten Stiefeln, auf der Schreibtischplatte saß. Und lächelte, als er den Blick an ihren langen, nackten Beinen, ihrem schlanken Torso und den festen Brüsten in dem dünnen Spitzenhemd herauf in Richtung ihrer Augen wandern ließ.

»Ich dachte mir, wenn ich diese lila Stiefel schon habe, ziehe ich sie auch mal an.«

Wieder einmal war er völlig fasziniert von seiner Frau, von seinem Cop, die ein Gewohnheitstier und eigentlich für Überraschungen nicht zu haben war.

»Sie stehen dir … ausgezeichnet.«

»Und sie sind total bequem. Bist du mit deiner Arbeit fertig?«

»Allerdings. Und wie steht es mir dir?« Er glitt mit einer Hand an ihrem Bein herauf.

»Wie's aussieht, habe ich noch stundenlang zu tun. Deswegen lege ich jetzt erst einmal eine kurze Pause ein.«

»Das freut mich, denn ich habe schließlich etwas mit dir vor.«

»Willst du dich nicht auf meinen Schoß setzen?«, bot sie ihm lächelnd an.

Lachend zog er sie aus ihrem Sessel, worauf sie ihm die langen Beine um die Hüften schlang.

»Ich habe einen Donut von Nadine bekommen und dann erfahren, dass ich Summerset schon einen Tag früher als erwartet losgeworden bin. Wenn das kein Grund zum Feiern ist …«

»Dann lassen wir es jetzt so richtig krachen«, stimmte er zu und presste ihr die Lippen auf den Mund.

Sie zerrte an dem Lederband, mit dem er seinen Pferdeschwanz zusammenhielt, vergrub die linke Hand in seinem dichten schwarzen Haar und zerrte mit der rechten an den Knöpfen seines Hemds.

Sie liebte das Gefühl von seinem Mund auf ihrem Mund, von seiner Haut an ihrer Haut und den langen, starken Fingern, die er unter dem Spitzenhemdchen über ihren Körper wandern ließ.

Sie waren ganz allein in ihrem großen Haus, der gesamte Rest der Welt war ausgesperrt.

Als er sie auf den Schreibtisch setzte, schlang sie ihm die Beine noch ein wenig fester um die Hüften, schälte ihn aus dem Hemd und knabberte an seinem Hals.

»Das schmeckt noch besser als der Donut, den es vorhin auf der Wache gab.«

Er zog mit seinen Händen ihre weichen Rundungen und harten Kanten nach, küsste sie wieder auf den Mund, und ihr Geschmack rief ein fast animalisches Verlangen in ihm wach.

Er hatte eigentlich ein Mahl bei Kerzenschein für sie geplant, mit einem Feuer im Kamin und mit romantischer Musik. Er wollte mit ihr tanzen und sie dabei verführen.

Er wollte einen Augenblick der Ruhe und der Nähe haben, bevor es wieder um die Pflicht und irgendwelche ungeklärten Todesfälle ging.

Stattdessen hatte sie ihn andersrum im Handumdrehen mit Humor und Sinnlichkeit verführt – die beide ebenfalls Bestandteil ihrer einzigartigen Beziehung waren.

Er wünschte sich, er könnte diesen Augenblick für alle Zeit bewahren, doch ihm war klar, es gäbe zwischen ihnen auch noch jede Menge anderer Augenblicke, die genauso herrlich und erinnerungswürdig wären.

Augenblicke, die nur ihnen beiden ganz alleine vorbehalten wären.

Wieder glitt er mit den Fingern über den zarten Spitzenstoff und ihre festen Brüste, öffnete den kleinen Haken in der Mitte ihres Dekolletés und spürte mit den Lippen ihrem schnellen Herzschlag nach.

Ihr Atem stockte so wie jedes Mal. Wie immer war sie überwältigt von dem Ansturm der Gefühle, weil sie keinem Menschen je so nah gewesen war und nie so nah wäre wie ihm.

Kein anderer wusste immer, was sie dachte, kannte ihren Körper besser als sie selbst, war derart vertraut mit ihrem häufig komplizierten Seelenleben, und trotz allem liebte er sie ohne Vorbehalt.

Was das mit Abstand größte Wunder ihres Lebens war.

Als er mit seinen Händen und mit dem Mund Besitz von ihr ergriff, gab sie sich seinem und ihrem eigenen Verlangen willig hin.

Er erforschte mit den Fingern jeden Winkel ihres Körpers, glitt mit seinen Daumen über den Rand der weißen Spitze und ließ seine Zunge über ihrem Venushügel kreisen, während sie sich vor Begehren wand.

Die sanfte, träumerische, langsame Liebkosung machte sie auf wundervolle Weise hilflos, und sie rang erstickt nach Luft.

Er liebte dieses leise Stöhnen, wenn sie sich ihm vollständig hingab. Und liebte, wie sie explodierte, wenn er seine Finger oder seine Zunge oder beides in die nasse Hitze ihres Zentrums schob.

Sie bäumte sich unter ihm auf und klammerte sich an den Kanten ihres Schreibtischs fest, als er sie immer weiter antrieb, bis sie schreiend kam.

Sie nahm nichts anderes mehr wahr als ihn. Sie schlang ihm keuchend die Arme um den Hals, und während er ihr seine Lippen auf die schweißglänzende Kehle presste, zerrte sie an seinem Gürtel, warf den Kopf zurück und blickte in die wilden blauen Augen, denen sie bereits am ersten Tag verfallen war. »Ich will dich.«

»Und ich dich.«

Wobei sie sowieso längst eine Einheit waren.

Jetzt zerrte sie an seinem Reißverschluss und fuhr, während er sich auszog, mit den Händen über seine Hüften, den Rücken, die Brust.

Genauso gierig und verzweifelt drang er endlich in sie ein und stieß, verloren in seinem Verlangen und in ihren whiskeybraunen Augen, immer wieder zu.

Sie beide waren wie im Rausch, doch schließlich wich er einem heißen Glücksgefühl, und als Eve unter ihm erschlaffte, kam es auch Roarke selbst so vor, als hätte er nicht einen Muskel mehr im Leib, und er ließ sich ermattet auf sie fallen.

»Schreibtischsex«, stieß sie mit rauer, selbstzufriedener Stimme aus. »Den habe ich mir extra aufgehoben.«

»Bis?«

»Bis Summerset endlich in Urlaub fährt. Wie es aussieht, hat das Warten sich durchaus gelohnt.«

»Da widerspreche ich dir nicht«, stieß er mit einem halben Lachen aus.

»Wir könnten uns ja einfach auf den Boden fallen lassen und versuchen, morgen oder übermorgen wieder aufzustehen.« Sie schlang ihm kurz die Arme um den Leib. »Nur leider habe ich jetzt noch zu tun.«

»Das ist mir klar.« Er hob den Kopf und sah auf sie herab. »Ab jetzt erwarte ich natürlich immer Schreibtischsex, wenn Summerset in Urlaub fährt.«

»Warum probieren wir nicht verschiedene Räume aus? Dann bist du immer wieder überrascht.« Sie pikste ihm mit dem Zeigefinger auf die Brust und stellte seufzend fest: »Jetzt muss ich mich erst einmal anziehen, damit ich mit meiner Arbeit weitermachen kann.«

Er streckte seine Hand nach einem Stückchen Spitze aus.

»Ich bitte dich. In diesem Ding und in den lila Stiefeln kann ich doch nicht arbeiten.«

»Inzwischen habe ich die lila Stiefel wirklich gern. Aber am besten duschen wir erst mal, ziehen uns bequeme Sachen an und essen etwas, während du erzählst, wie ihr bei den Ermittlungen vorangekommen seid.«

»Ich will Spaghetti Bolognese.«

»Die wären jetzt nicht schlecht.«

Er brachte sie zum Lachen, als er sie vom Schreibtisch zog und über seine Schulter warf.

»Sieht aus, als wolltest du jetzt auch noch Badezimmersex.«

»Was sonst?«

Beim Essen und bei einem Gläschen Wein klärte sie Roarke über die nächsten Arbeitsschritte auf.

»Ich brauche alle Zielpersonen mit einer Fünf und muss in ihrer Buchhaltung nachsehen, ob sie schon von allen Geld bekommen hat. Vielleicht haben ja ein paar von ihnen noch gar nicht angefangen zu bezahlen und wollten das auch nicht. Nicht alle Zielpersonen sind aus New York, New Jersey oder sonst wo in der Nähe. Ein paar Leute leben weiter weg oder sogar im Ausland, also muss ich sehen, ob Mars sie dort besucht hat oder diese Leute hier waren.«

Nachdem sie aufgegessen hatten, räumten sie zusammen ab.

»Dabei kann ich dir helfen«, bot Roarke an.

»Das habe ich bereits gehofft, denn ganz alleine schaffe ich das nicht. Ich suche außerdem nach jemandem, den ich vielleicht mit Mars als Lari in Verbindung bringen kann. Ich kann mir zwar nicht vorstellen, dass sie sich heute noch von jemandem von früher Schweigegeld hat bezahlen lassen, aber ich bin mir sicher, dass sie schon vor Jahren mit den Erpressungen begonnen hat. Weswegen hätte sie sich sonst derart verändern sollen? Sie war volljährig, als sie verschwunden ist, die Eltern hätten sie also nicht zwingen können, nach Kansas heimzukehren.«

»Bei jemandem wie ihr kann ich mir durchaus vorstellen, dass sie sich einfach nur verändern und ihr Aussehen verbessern wollte.«

»Sie sah auch vorher schon nicht übel aus, aber wahrscheinlich hast du recht. Vielleicht hat sie das nur aus Eitelkeit getan. Denn schließlich sah sie wirklich super aus, als sie gestorben ist.«

Eve räumte schnell die Spülmaschine ein und ging dann wieder in ihr Arbeitszimmer, wo der Kater am Kamin lag und so tat, als wären sie nicht da.

»Inzwischen kann ich seine Körpersprache recht gut lesen und kann sehen, dass er sauer auf uns ist.«

Mit einem nachdenklichen Blick in seine Richtung meinte Roarke: »Wahrscheinlich nimmt er es uns übel, dass wir eben nur auf uns alleine konzentriert waren.«

»Aber er hat mit dir gearbeitet, als ich nach Hause kam.«

»Nicht wahr? Und wie haben wir ihm das gedankt? Wir hatten Schreibtisch- und danach noch Badezimmersex und dann

Spaghetti Bolognese, während er an seinem kalorienreduzierten Trockenfutter herumgeknabbert hat.«

Das hieß, dass Galahad zu Recht beleidigt war.

»Es schadet doch bestimmt nicht, wenn er noch ein kleines Stückchen Thunfisch von uns kriegt. Ich hasse es, wenn er mich kleinkriegt, aber ...«

»Wir hängen eben einfach davon ab, dass er uns wohlgesonnen ist«, pflichtete Roarke ihr bei und machte sich schon auf den Weg. »Ich hole ihm den Fisch, und du kannst schon einmal alles vorbereiten und uns eine Kanne Kaffee holen.«

»Okay.« Sie ging zu Galahad und sah auf ihn hinunter, doch er wandte ihr auch weiterhin den Rücken zu. »Willst du den Thunfisch oder nicht, Dicker?«

Bei diesen Worten rollte er sich auf den Rücken, blickte erst auf sie und dann auf Roarke und trottete ihm schließlich erhobenen Hauptes hinterher, als würden nicht sie ihm, sondern er ihnen einen Gefallen tun.

»Arroganter Blödmann«, schimpfte Eve, bestellte den Kaffee und nahm mit einem Seufzer hinter ihrem Schreibtisch Platz.

Sie fingen mit der Arbeit an, und wieder einmal überraschte sie, wie leicht ihm die zwar wichtige, doch alles andere als spannende Routinearbeit fiel, die die Polizei zu leisten hatte – die Lektüre, Analyse, Überprüfung und erneute Überprüfung irgendwelcher Informationen, die bei den Ermittlungen zu einem Mordfall unerlässlich waren.

Er saß an ihrem Zweitgerät, während der Kater nach Verspeisen seines Thunfischs in einem Sessel schlief. Sie gingen fast eine Stunde lang die Namen und die Leben irgendwelcher Leute durch, die Mars erpresst hatte oder erpressen wollte.

»Ich schicke dir die Namen von den Leuten aus den Vororten und die von denen, die eine Fünf haben, der Buchhaltung zufolge aber nicht bezahlt haben.«

Sie lehnte sich zurück und schenkte ihnen beiden frischen Kaffee ein. »Okay. Jetzt noch eine Frage für ein Unternehmerhirn.«

»Ein Glück, dass ich mit so was dienen kann.«

»Ein paar der Leute haben seit vier, fünf Jahren regelmäßig Geld an sie bezahlt, eine Handvoll sogar schon seit sechs Jahren. Doch einige der Namen fallen plötzlich weg. Zwei der Leute sind verstorben, doch die anderen leben noch. Die letzten Zahlungen dieser Leute hat sie immer rot markiert. Mars hat nicht nur jeden Monat, sondern insgesamt von den verschiedenen Zielpersonen verschiedene Summen eingesackt. Das heißt, dass es ihr nicht um eine ganz bestimmte Summe ging.«

»Das hätte mich auch überrascht.« Er streckte die Hand nach seinem Kaffeebecher aus. »Wahrscheinlich hat sie vorher ausgerechnet, wie viel jedes Individuum zahlen würde, bis es entweder verzweifelt oder wütend genug ist, um mit dieser Angelegenheit zur Polizei zu gehen.«

»Okay, so etwas hatte ich mir schon gedacht. Sie hat sich also diese Leute angesehen und überlegt, in welcher Höhe und wie lange sie sie ausnehmen kann, bevor es ihnen reicht. Dann hat sie die Forderungen eingestellt, sobald sie spürte, dass es so weit war.«

»So könnte es gewesen sein«, pflichtete Roarke ihr bei. »Aus unternehmerischer Sicht ergäbe das jedenfalls einen Sinn. Man sollte immer wissen, wann es reicht und man sich neue Ziele stecken muss. Nach allem, was ich sehe, war sie eine sehr geschäftstüchtige Frau. Sie hat genau berechnet, wie viel eine Zielperson ihr jeden Monat zahlen kann, wie lange sie bezahlen würde und wann sie an ihre Grenzen kommt.«

»Vielleicht hat sie sich ja bei einer Zielperson verrechnet und die Grenze war schon eher erreicht.«

»Das würde heißen, dass keiner, der sein Zahlungsziel erreicht hat, noch verdächtig wäre.«

Sie trank einen ersten Schluck frischen Kaffees und dachte nach. »Es wäre denn, dass eine dieser Zielpersonen, von denen sie am Ende abgelassen hat, mit einer anderen in Verbindung steht. Sie selber wäre zwar vom Haken, aber trotzdem würde es dann in ihr weiterbrodeln, oder nicht? Erst hat sie dem durchtriebenen Weibsbild Tausende von Dollar in den Rachen geworfen, und dann findet sie heraus, dass jemand anderes – ein Freund, Kollege oder ein Verwandter – immer noch von dieser blöden Ziege ausgenommen wird. Was dann für sie das Fass zum Überlaufen bringt. Sie denkt, es wird nie aufhören, solange niemand diese geldgierige Schlampe stoppt.«

»Interessant und durchaus logisch.« Roarke beugte sich vor und tippte ihr gegen die Stirn. »Du hast eben ein echtes Polizistinnengehirn.«

»Genau, und dieses Hirn sagt, dass es nicht einmal die Toten von der Liste streichen kann, denn vielleicht hat ja jemand, der Kontakt zu einem dieser Toten hatte, herausgefunden, was da lief, und sie aus Rache umgebracht. Ich bin mir sicher, dass sie ihren Mörder kannte, aber schließlich kannte sie die halbe Welt. Moment.«

Sie stapfte durch den Raum, und als sie vor die Tafel trat, stellte ihr Mann sich neben sie und trank seinen Kaffee.

»Es war kein Informant«, erklärte sie. »Es war niemand, den sie erpresst hat, damit er ihr irgendwelche Infos über andere gibt.«

»Und warum nicht?«

»Ein Informant spielt einfach nicht mehr mit, wenn er an seine Grenzen kommt. Dann lässt er sich versetzen oder feuern, damit er ihr nicht mehr nützlich sein kann. Natürlich könnte er es auch beenden, indem er sie ermordet, aber sie hat sich als Informanten immer irgendwelche kleinen Lichter ausgesucht, die nirgends weiter aufgefallen sind. Manchen Informanten hat es vielleicht sogar Spaß gemacht, für sie im Dreck zu wühlen. Was ist schon groß dabei, für jemand anderen den Spion zu spielen? Es würde mich nicht überraschen, wenn sie ihre Quellen immer wieder angefüttert hätte, damit sie ihr weiterhin zu Diensten sind. Vielleicht hat sie ihnen ja hin und wieder etwas Kohle oder sonst was zugesteckt.«

»Das hat sie dann als Geschäftsausgabe deklariert. Genauso wie die Kosten für die beiden Bordsteinschwalben, die mit

Bellami ins Bett gestiegen sind. Wahrscheinlich wussten sie, dass er nicht wirklich bei sich war. Das hat sie entweder nicht interessiert oder sie haben gedacht, er wollte es so.«

»Du wirst mit ihnen sprechen.«

»Ja, denn schließlich hat sie ihre Namen notiert. Diesen Typ, den sie erpresst hat, damit er ihm etwas in den Drink kippt, hole ich für die Vernehmung aufs Revier.«

»Die gute Nachricht für ihn ist, dass sie ihn jetzt nicht mehr erpressen kann. Die schlechte, dass er festgenommen wird«, bemerkte Roarke.

»Darauf freue ich mich schon.« Mit den Händen in den Hüften starrte sie die Bilder an der Tafel an. »Vielleicht hat Mars sich ja verrechnet, könnte ja sein. Obwohl sie sehr geschäftstüchtig war. Sie war echt gut in ihrem Nebenjob. Für die Leute, die sie hat bluten lassen, war das natürlich ätzend, aber ein paar Tausend Dollar jeden Monat waren für diese Leute im Grunde keine große Sache, auch wenn dabei im Verlauf der Jahre einiges zusammenkam. Sie mussten ihren Lebensstandard deshalb sicher nicht herunterschrauben.«

»Aber es kratzt an der Ehre, wenn man sich erpressen lässt.«

»Dann hätten sie ja aufhören können oder gar nicht erst damit anzufangen brauchen zu bezahlen. Denn schließlich hat sie auch bei dir ihr Glück versucht und sofort einen Rückzieher gemacht, als du nicht darauf angesprungen bist. Weil sie erkennen musste, dass du dich von ihr ganz sicher nicht erpressen lässt. Die anderen hätten ihr genauso gut erklären können, dass sie ruhig ihr Glück versuchen soll. Das ist ihr sicherlich auch ab und zu passiert, und wie bei dir war es das dann bestimmt für sie.«

Sie ließ sich wieder in den Schreibtischsessel fallen. »Verdammt!«

»Du sagst, du glaubst nicht, dass du ihren Killer in den Büchern finden wirst.«

»Aber er muss irgendwo sein. Nur hat es bei mir einfach noch nicht klick gemacht. Weswegen hätte irgendwer sie umbringen sollen? Es stimmt, was Missy Lee gesagt hat. Dass der Täter wissen musste, dass die Polizei nach diesem Mord ermitteln wird. Er hatte keine Ahnung, dass Mars unter einem anderen Namen noch eine andere Wohnung hatte, aber trotzdem hätte ihm bewusst sein müssen, dass die Cops Mars' Unterlagen finden würden und dass sein Geheimnis dann gelüftet wird. Er musste wissen, dass sein eigenes Geheimnis nach dem Mord nicht länger sicher ist.«

»Bei der Entscheidung, ob man fliehen oder kämpfen soll, geht's nicht um Logik, sondern um Instinkt. Vielleicht ist er ja einfach durchgedreht.«

»Aber das ist er nicht«, beharrte Eve auf ihrem Standpunkt. »Darüber habe ich vorhin bei Mira nachgedacht, als sie das gleiche Wort verwendet hat. Er hat sein Vorgehen sorgsam vorbereitet, hat es kaltblütig geplant. Er war ganz sicher keine ihrer Zielpersonen. Ich glaube einfach nicht, dass er das war. Aber er steht mit einer ihrer Zielpersonen in Verbindung, jemandem, der ihm am Herzen liegt und der ihm nah genug steht, dass er etwas von der Erpressung mitbekommen hat. Ein Ehepartner, ein Verwandter, ein guter Kollege oder Freund. Jemand, der dachte, dass die Zielperson auf Dauer besser damit leben könnte, wenn sie ihr Geheimnis nicht mehr wahren muss, als wenn Larinda Mars sie weiterhin erpresst. Er hat für diese Zielperson entschieden, einen Schlussstrich unter diese Angelegenheit zu ziehen.«

Eve trommelte mit ihren Fingern auf dem offenen Buch herum, das vor ihr lag. »Er hat sich dieser Sache angenommen und sie ein für alle Mal geklärt.«

»Weil er das immer macht?«, erkundigte sich Roarke. »Weil er sich um diesen Menschen kümmert und für ihn gewohnheitsmäßig die Kastanien aus dem Feuer holt?«

»Das tut er oder würde es zumindest gerne tun. Ich bin mir sicher, dass der Killer männlich ist. Die Zielperson ist meiner Meinung nach eher eine Frau oder ein Mann, der aus der Sicht des Killers zu verletzlich oder schwach ist, um alleine für sich einzustehen. Ich neige eher zu einer Frau, und meiner Meinung nach kommt sich der Killer wie der gute Ritter vor.«

»Es heißt der edle Ritter«, korrigierte Roarke.

»Ein edler Mensch ist ja wohl gleichzeitig auch gut. Und wenn ein edler Ritter nicht auch gut ist, spießen seine Gegner ihn beim nächsten Kampf bestimmt mit ihren Lanzen auf.«

Nach kurzem Zögern meine Roarke: »Da hast du völlig recht.«

»Versuchen wir's mal so: Wir nehmen uns erst die Frauen aus den Büchern vor und suchen dann nach Männern, die mit ihnen in Verbindung stehen. Ehemännern, Vätern, Brüdern, Partnern, Assistenten, Managern und so. Zum Beispiel gibt's bei Missy Lee den Vater, der aus meiner Sicht ein echter Schwächling ist, ihren Agenten und den Manager. Ich glaube nicht, dass sie etwas mit dem Fall zu tun hat, denn mit dem Bewahren von Geheimnissen kennt sie sich aus und weiß, dass man am besten niemandem davon erzählt.«

»In Ordnung. Warte.« Eilig gab er etwas in das Keyboard ein und meinte: »Fertig. Ich habe dir die Liste von den Frauen auch gleich auf dein Gerät geschickt.«

»Das hätte ich problemlos auch alleine hingekriegt.«

»Auf diese Weise habe ich dir einen Arbeitsschritt erspart.«

Sie runzelte die Stirn, dann aber wandte sie sich wieder ihrer Arbeit zu.

»Verbindungen«, wiederholte sie. »Von denen gibt es in ihren Büchern jede Menge – Firmeninhaber und ihre Angestellten, Stars mit ihrer Entourage. Wir beide haben ein eigenes Buch und selber zahlreiche Verbindungen. Zu Mavis und Nadine, zu Whitney, Caro und zu Summerset. Sogar die Frau im roten Kleid hat ein paar Seiten in dem Buch verdient.«

Er hob den Kopf. »Die Frau im roten Kleid?«

»Ich … habe einfach laut gedacht.«

Er sah ihr an, dass das geflunkert war, und fragte: »Redest du von Magdalena?«

»Das ist völlig unwichtig. Ich hätte es gar nicht erwähnen sollen.«

Er griff nach ihrer Hand. »Es tut mir leid.« Tatsächlich würde er den Zwischenfall für alle Zeit bereuen.

»Egal. Ich habe wirklich einfach laut gedacht.«

Er drehte ihre Hand herum und hielt sie weiter fest.

»Okay.« Am besten brächte sie es einfach hinter sich, erkannte sie, als sie in seine blauen Augen sah. Sie glaubte nicht, dass ihr die Sache allzu lange auf der Seele liegen würde, aber …

»Mars hat ein paar Nachforschungen über Magdalena angestellt und sich gefragt, was das zwischen euch beiden ist. Sieht aus, als wollte sie versuchen, mehr aus ihr herauszuholen, aber dann ist Magdalena abgehauen, und das war's.«

»Das war's«, erklärte sie noch einmal.

»Natürlich hätte Mars in dem Bemühen, mir Scherereien zu machen, bei Magdalena offene Türen eingerannt, das tut mir sehr leid.«

»Nur dass es dann nicht mehr dazu gekommen ist. Mars war nicht schnell genug, als sie mit ihr sprechen wollte, war Magdalena schon nicht mehr da.«

»Und sie kommt garantiert auch nicht noch einmal zurück.« Er zögerte nur einen kurzen Augenblick, doch Eve zog ihre Hand zurück.

»Es gibt da etwas, was du mir nicht sagst.«

»Ich hasse es, wenn sie auch nur für einen Augenblick in unsere Leben zurückkommt, aber du solltest vielleicht wissen, dass sie seit drei Tagen auf Haiti ist.«

»Du lässt sie überwachen?«, fragte Eve.

»Oh nein. Mir ist vollkommen schnuppe, was sie treibt und wo sie steckt, doch meine Immobilien und Unternehmen sind mir nicht egal. Wahrscheinlich wollte sie mich einfach auf die Probe stellen, denn sie wollte zusammen mit einem anderen Gast in einem meiner Hotels einchecken. Wo man sie dann auf meine Anweisung zurückgewiesen hat.«

Er atmete geräuschvoll aus. »Der Wachschutz hat sie vor die Tür gesetzt, und ich hoffe einfach, dass dich das genauso freut wie mich.«

»Das tut's auf jeden Fall. Gibt's eine Aufnahme davon? Es wäre sicher lustig, sich das anzusehen.«

Er lächelte, der Blick aus seinen wundervollen Augen aber blieb auch weiter ernst. »Sie wird uns nie wieder zu nahe treten, das verspreche ich.«

»Egal. Sie ist nicht wichtig«, sagte Eve und merkte, dass es tatsächlich so war. »Als ich sie in dem Buch gesehen habe, hat mir das ein bisschen zugesetzt, aber im Grunde ist sie längst kein Thema mehr für mich.«

»Sie ist nicht wichtig«, griff Roarke ihre Worte auf. »Die Einzige, die wichtig für mich ist, sitzt hier.«

Vielleicht belastete ihn der dunkle Schatten, den die andere Frau geworfen hatte, immer noch, deswegen meinte Eve: »Ich nehme an, das stimmt, bei all den Stiefeln, die du für mich machen lässt.«

Er murmelte etwas auf Gälisch, doch Eve hatte diesen Liebesschwur in der ihr fremden Sprache schon so oft gehört, dass sie ihn mühelos verstand.

Wie er sie dabei ansah, ließ sie sich vorbeugen, sie küsste ihn auf den Mund und richtete sich, um nicht übertrieben rührselig zu werden, eilig wieder auf.

»Okay, das reicht. Wir haben schließlich noch zu tun. Verbindungen«, wiederholte sie.

Bevor sie weitersprechen konnte, klingelte ihr Link.

»Verdammt!« Sie sah auf das Display und drückte stirnrunzelnd den grünen Knopf. »Was gibt es, Baxter?«

»Wir haben einen neuen Fall hereinbekommen, Boss. Sieht aus, als hätte er etwas mit Ihrem Fall zu tun.«

»Wer ist das Opfer?«

»Eine Kellie Lowry, die bei *Knight Productions* angestellt war. Wir sind vor dem Rockefeller Center und sperren gerade den Tatort ab.«

»Ich …« Als Roarke die Brauen hochzog, korrigierte sie sich schnell: »Wir fahren sofort los. Steht die Todesursache schon fest?«

»Ich nehme an, ihr Tod hat etwas mit der Schnittwunde zu tun, die sie im rechten Oberschenkel hat. Sie ist verblutet, was aus meiner Sicht bestimmt kein Zufall ist.«

»Halten Sie die Stellung«, befahl Eve und legte auf.

»Sie steht nicht auf der Liste«, meinte Roarke, bevor sie die Gelegenheit bekam, sich das Verzeichnis selbst anzusehen. »Wir könnten noch die Bücher durchgehen, doch ich nehme an, dass du so schnell wie möglich an den Tatort willst.«

»Auf geht's.«

Sie packte ihre Marke, die Waffe, tauschte die Sneaker gegen ein Paar Stiefel ein und lief zu Roarke, der bereits mit ihrem Wagen vor dem Haus stand. »Fahr du«, bat sie. »Dann hole ich schon einmal ein paar Infos über unser neues Opfer ein.«

Sie zerrte ihren Handcomputer aus der Tasche und gab Kellies Namen ein. »Kellie Lowry, vierundzwanzig Jahre, ledig, kinderlos. Seit knapp drei Jahren bei *Knight Productions* angestellt. Assistentin einer Assistentin der Regie. Wohnhaft Neunzigste West, geboren in Queens, Studium der Filmwissenschaften an der NYU. Nicht vorbestraft.«

Sie ließ den Handcomputer sinken. »Warum wurde Kellie umgebracht? War sie eine Informantin oder vielleicht auch Komplizin, die er ausgeschaltet hat? Hat sie etwas gesehen oder gehört? Knight war eine Zielperson, und ich weiß von Nadine, dass Mars in ihrem Studio nach Belieben ein und aus gegangen ist, vor allem, wenn gerade jemand anderes dort war, über den sie selbst etwas in ihrer Sendung bringen wollte. Jemand hat ihr die Infos zugesteckt, wann wer in Annies Studio war. Vielleicht ja Annie selbst, nur hat sie nichts davon erwähnt, dabei hat sie jede Menge Sachen, die sie selbst belasten, erzählt. Oder vielleicht hatte ja auch Lowry etwas gegen Annie in der Hand. Vielleicht hat der Killer, weil er Annie schützen wollte, beide Frauen umgebracht.«

»Wie sieht es mit Knights langjährigem Partner aus?«, erkundigte sich Roarke.

»Er liebt sie, ist ihr treu ergeben und will sie beschützen, doch vor allem respektiert er sie. Respektiert ein guter Ritter die Jungfrau, die er beschützen will?«

»Man kann auch einen Menschen respektieren, den man liebt und den man schützen will.«

»Das stimmt, doch meiner Meinung nach bringt man für einen Menschen, den man respektiert, nicht zwei Menschen um, ohne dass er etwas davon weiß.«

Inzwischen hatten sie das Rockefeller Center in der Neunundvierzigsten erreicht.

Dort war wie immer Hochbetrieb. Eve kämpfte sich durch das Gedränge der Touristen, die der Eiseskälte trotzten, um den Schlittschuhläufern zuzusehen, die dort angebotenen, noch ofenwarmen Brezeln zu verspeisen und auf Shoppingtour zu gehen.

Und jetzt kam noch ein aufregender Mord dazu, von dem sie ihren Freunden ausführlich erzählen könnten, wenn sie wieder irgendwo im Mittleren Westen oder sonst wo wären.

Sie duckte sich unter dem Flatterband hindurch und ging dorthin, wo Lowry rücklings auf dem Gehweg lag. Sie starrte Eve aus toten braunen Augen an, und ihre langen schwarzen Haare fielen wie ein Fächer um das hübsche, doch im Tod erschlaffte, von zwei blauen Flecken auf der rechten Wange und der Stirn verunzierte Gesicht. Die bunt geblümte Hose, die sie trug, war blutgetränkt. Eve nahm eine von den anderen Fußgängern verwischte Blutspur Richtung Osten auf dem Boden wahr.

»Todeszeitpunkt 19.18 Uhr«, erklärte Baxter ihr. »Wir haben zwei Zeugen im Foyer, die noch versucht haben, ihr zu helfen, als sie plötzlich umgefallen ist. Sie haben sie dafür umgedreht.«

»Ich habe schon gesehen, wo sie auf dem Gehweg aufgekommen ist.« Sie sprühte ihre Hände ein, ging in die Hocke, schnitt die blutgetränkte Hose auf und sah sich die Verletzung an. »Die Schnittwunde ist ganz schön tief. Er wollte nicht riskieren, dass sie überlebt.«

Sie blickte wieder auf und wandte sich der Blutspur zu. »Wie weit ist sie gekommen?«

»Die Blutspur fängt drei Meter vor dem Haupteingang des Centers an. Sie hat um acht nach sieben bei der Arbeit ausgeloggt.«

»Allein?«

»Der Mann von der Security sitzt drin an seinem Tisch. Er hat gesagt, dass sie alleine war. Zur Vorsicht war ich trotzdem schon im Studio und habe dort noch einmal nachgefragt. Dem Kartenleser zufolge hat sie sich alleine ausgeloggt. Ich habe trotzdem eine der Kolleginnen mit runter ins Foyer gebracht, wo jemand von der Trachtengruppe sie bewacht«, erklärte Trueheart ihr. »Die beiden waren Freundinnen und haben zusammengewohnt, sie hat mit dem Opfer noch gesprochen, als es aufgebrochen ist. Das heißt, dass sie jetzt völlig fertig ist.«

»Was ist mit den Aufnahmen der Kameras?«

»Die aus der Eingangshalle haben wir uns schon angesehen. Sie hat allein das Haus verlassen, und hier draußen – nichts. Sie war zu weit entfernt, als dass die Kameras hier draußen sie noch aufgenommen hätten.«

»Das wusste er.« Eve blickte auf und stellte es sich bildlich vor. »Er wusste, wann sie herunterkommen würde und dass sie allein wäre, hatte das Skalpell schon in der Hand, als sie nach draußen kam, ist auf sie zugegangen, hat sie angerempelt, sich entschuldigt, ihr zugleich den Schnitt verpasst und ist dann einfach weitergegangen, so als wäre nichts geschehen. Haben Ihre Zeugen irgendwas gesehen?«

»Zwei junge Bostoner, die hier den Junggesellenabschied eines Kumpels feiern wollen. Sie haben sie torkeln sehen und dachten erst, dass sie betrunken ist. Sie hat ein paar Passanten angerempelt, dann ist sie plötzlich umgefallen. Die beiden waren direkt hinter ihr, als sie zu Boden ging. Sie dachten immer noch, dass sie betrunken wäre, aber dann haben sie sie umgedreht, das Blut gesehen und gerufen, dass jemand die Polizei und einen Krankenwagen rufen soll. Bevor der hier war, war sie bereits tot.«

Ein kurzer Schnitt, und das war's, dachte Eve.

»Haben Sie sich schon den Inhalt ihrer Taschen angesehen?«

»In ihrer Sporttasche sind Yoga-Sachen, was zur Aussage der Freundin und Kollegin passt. Sie wollte nämlich um halb acht zu ihrer Yoga-Stunde gehen. Zwei Häuserblocks von hier entfernt«, erklärte Trueheart ihr. »Ihr Geldbeutel, ihr Link, ein Tablet, ihre

Schlüsselkarte für die Arbeit und die Schlüssel ihrer Wohnung sind noch da. Die Freundin hat bestätigt, dass es ihre Wohnungsschlüssel sind. Dazu kommen noch ein paar persönlichere Dinge wie Make-up, ein Kamm und Ähnliches.«

Eve sah auf ihre Uhr. Sie hatte eigentlich gehofft, dass Peabody erscheinen würde, ehe sie mit Kellies Mitbewohnerin und Freundin sprach.

»Sie haben recht.« Mit einem leisen Seufzer stand sie wieder auf. »Das hat auf jeden Fall etwas mit dem Mord an Mars zu tun. Ich fürchte, dass ich Ihnen jetzt ein bisschen Dampf machen muss, Baxter.«

Er hob resigniert die Schultern an und ließ sie wieder fallen. »Das hatte ich mir schon gedacht. Wie sollen wir Ihnen weiterhelfen?«

»Ich nehme an, dass Peabody gleich kommt, nachdem Sie aber mit der Freundin und Kollegin schon gesprochen haben, Trueheart, reden Sie und ich mit ihr. Sie können die Leiche abholen lassen, Baxter, und dann weisen Sie am besten noch die SpuSi ein.«

»Das mache ich.«

Sie sah sich um und war verwundert, dass Roarke nicht in ihrer Nähe war.

»Wann auch immer Roarke von wo auch immer wiederkommt, erklären Sie ihm …«

Bevor sie den Satz beenden konnte, duckte er sich, ein Tablett mit Kaffeebechern in der Hand, unter der Absperrung hindurch. »Es ist ein kalter Abend.«

»Allerdings«, stimmte ihm Baxter zu, bevor er sich den ersten Becher nahm.

»Du könntest Baxter helfen«, meinte Eve. »Ich selbst muss drinnen mit den Zeugen sprechen. Kommen Sie, Trueheart.«

Die Streifenpolizisten hatten einen Teil der Eingangshalle abgesperrt, und Eve sah die beiden jungen Männer und die junge Frau, die leise schluchzend ein paar Meter weiter saß.

»Wie heißt sie?«

»Terren Alta.«

Eve trat auf sie zu. »Miss Alta, ich bin Lieutenant Dallas, und es tut mir wirklich leid.«

»Okay.« Schon brachen sich die nächsten Tränen Bahn. »Sie haben gesagt, ich dürfte ihre Mum nicht anrufen. Dabei ist sie echt nett und lädt uns öfter mal zum Abendessen ein.«

Trueheart schickte den Kollegen, der sich um sie gekümmert hatte, fort und wandte sich ihr zu. »Keine Sorge, Terren. Das Gespräch mit ihrer Mutter übernehmen wir.«

»Kellie ist … Ich kann einfach nicht aufhören zu weinen, auch wenn ich noch immer nicht begreife, dass sie nicht mehr leben soll.«

»Sie haben mit ihr gesprochen, als sie vorhin aufgebrochen ist«, rief Eve ihr in Erinnerung.

»Das stimmt. Sie hat gesagt, sie würde jetzt zu ihrer Yoga-Stunde gehen, und ich habe geantwortet, bis dann. Ich arbeite für die *Stunde des Ruhms.* Normalerweise kommen wir jeden Tag zusammen auf die Arbeit und gehen auch zusammen wieder heim, nur dass ich jetzt eben bei dieser anderen Sendung bin. Es gibt sie erst seit diesem Winter, aber seither komme ich meistens ein bisschen später und bin immer mindestens bis halb zehn abends im Büro.« Sie schniefte.

»Kellie ist meine Mitbewohnerin. Als Kendra ausgezogen ist, weil sie mit ihrem Freund zusammenziehen wollte, brauchten ich und Haley jemanden, der sich die Miete für die Wohnung mit uns teilt. Ich kannte Kellie von der Arbeit, und ich wusste, dass sie jeden Tag von Queens zum Sender kam, weil eine eigene Wohnung in der Nähe unserer Studios zu teuer für sie war. Also habe ich gefragt, ob sie nicht zu uns ziehen will und sie … aber das spielt jetzt keine Rolle, stimmt's?«

»Sie waren Freundinnen. Das ist also bestimmt nicht leicht für Sie. Hatte sie einen Freund?«

»Nichts Festes, nein. Sie ist zwar ab und zu mit irgendwelchen Männern ausgegangen, aber unsere Arbeit lässt uns kaum für etwas anderes Zeit, und keine von uns beiden wollte etwas Festes haben. Haley hatte eine Zeit lang eine Freundin, aber das hat dann auf Dauer doch nicht funktioniert. Aber auch das tut nichts zur Sache. Tut mir leid.«

»Schon gut. Ist sie auch gelegentlich mit jemandem vom Sender ausgegangen, oder gab es jemanden, mit dem sie hier besonders häufig abgehangen hat?«

»Es ist nicht klug, mit Leuten von der Arbeit auszugehen, sie war alles andere als dumm und wusste, dass das früher oder später immer schwierig wird. Sie kannte auch noch andere Leute, sicher, aber seit sie bei uns eingezogen war – seit circa einem halben Jahr –, hingen wir die meiste Zeit zusammen ab. Wir drei.«

»Hat sie immer gegen sieben mit der Arbeit Schluss gemacht?«

»Es kam drauf an, was gerade anlag, aber wenn sie ihre Yoga-Stunden hatte, ist sie immer gegen sieben weggegangen. An diesen Tagen blieb sie immer etwas länger, weil das Studio ganz in der Nähe ist. Normalerweise ist sie immer gegen halb sechs, sechs oder vielleicht auch mal halb sieben losgegangen.«

»Aber am Donnerstag immer um sieben«, vergewisserte sich Eve.

»Am Dienstag und am Donnerstag. Weil sie ihr Yoga einfach liebt. Vor der *Stunde des Ruhms* war ich ein paarmal mit.«

»Wie war es diesen Dienstag?«, fragte Eve. Dem Abend, als Mars im *Du Vin* ermordet worden war. »Ist sie da auch um sieben weggegangen?«

»Ah.« Terren klappte seufzend ihre Augen zu. »Das weiß ich noch. Ja, sicher, kurz nach sieben. Daran kann ich mich so gut erinnern, weil ich selbst um halb acht ein Meeting hatte und deswegen auf die Uhr gesehen habe, als sie noch an meinen Schreibtisch kam. Sie hat gesagt, wir sähen uns dann im *Rush.* Das ist ein Club, in dem wir öfter noch nach meiner Arbeit und nach ihrem Yoga waren. Haley hat uns dort getroffen, und wir haben uns prächtig amüsiert.«

»Kurz nach sieben«, wiederholte Eve in nachdenklichem Ton. »Moment«, bat sie und wandte sich kurz Trueheart zu. »Finden Sie heraus, wann Lowry Dienstagabend ihren Arbeitsplatz verlassen hat. Und zwar genau.«

Als Peabody hereinkam, gab Eve ihr ein Zeichen, dass sie warten sollte, und sah Terren fragend an. »Hier wird doch sicher festgehalten, wann genau jemand ins Studio kommt und es verlässt.«

»Ja, sicher.« Schniefend wischte Terren sich die Tränen aus dem Gesicht. »Vor ein paar Jahren gab's ein Problem mit Fans, die einfach hereingekommen sind. Jetzt muss man sich hier unten melden oder man braucht eine Schlüsselkarte, wenn man in die Studios will.«

»Wo hat Kellie ihre Schlüsselkarte aufbewahrt?«

»In ihrem Geldbeutel.«

»Immer?«

»Nun, wir lassen unsere Karten öfter auch mal einfach auf dem Schreibtisch liegen.«

»Hat auch Kellie das getan?«

»Ich schätze, schon.«

»Die Karten sehen alle gleich aus. Woher weiß man also, welches die eigene Karte ist?«

»Indem man seinen Namen oder seine Initialen draufschreibt oder etwas auf die Karte malt. Auf meiner ist eine Libelle, weil ich die besonders mag.«

»Aber normalerweise gucken Sie doch sicher gar nicht hin, wenn Sie sich Ihre Karte schnappen, um zu gehen.«

»Das brauche ich auch nicht, weil ich sie entweder in meiner Tasche habe oder sie auf meinem Schreibtisch liegt.«

»Genau. Und diese Karte ist auf Ihren Namen programmiert.«

»Na klar. Mein Name, meine Ausweisnummer und dazu noch der Bereich, in dem ich tätig bin.«

»Haben Sie jemals aus Versehen die falsche Karte eingesteckt oder benutzt?«

»Ich nicht, aber Wally und Misha haben ihre mal vertauscht. Das weiß ich noch, denn das ist erst zwei Wochen her.«

In dem Moment kam Trueheart wieder, raunte Eve etwas ins Ohr, und nickend wandte sie sich wieder Terren zu. »Wir werden Sie jetzt erst einmal nach Hause fahren lassen. Sollen wir Haley kontaktieren und sie bitten, heimzukommen, falls sie noch nicht zu Hause ist?«

Sie brach erneut in Tränen aus. »Ich will zu Haley.«

»Der Detective wird Sie heimbringen lassen«, sagte Eve ihr noch einmal zu.

»Aber was ist mit ihrer Mum?«

»Die werden wir gleich kontaktieren. Vielen Dank für Ihre Hilfe. Und noch mal, es tut mir wirklich leid.«

Als Terren neben Trueheart Richtung Ausging lief, ging Eve zu ihrer Partnerin.

»Nehmen Sie schnell die Aussagen der beiden jungen Männer auf. Wir haben ihn.«

»Wen haben Sie?«

»Das Arschloch Hyatt – Annies Assistent. Genaueres erfahren Sie, wenn Sie hier fertig sind. Nehmen Sie die Aussagen der beiden auf und kommen dann zu mir heraus.«

Sie selbst ging schon einmal vor und sog die kalte Abendluft in ihre Lunge ein.

Sie würde Mars Gerechtigkeit verschaffen. Das war ihre Pflicht.

Vor allem aber ging es ihr darum, den Mörder einer unschuldigen, jungen Frau zur Rechenschaft zu ziehen.

22

Eve trat auf Baxter zu.

»Trueheart lässt die Freundin und Kollegin unseres Opfers jetzt nach Hause bringen, und wenn Sie beide hier mit Ihrer Arbeit fertig sind, müssen Sie Kellies Mutter informieren.«

Er nickte und bemerkte zutreffend: »Sie wissen, wer es war.«

»Es tut mir leid, dass Sie mit ihrer Mutter sprechen müssen, aber ich muss los.«

»Wer war's denn jetzt?«

»Knights Assistent, dieser Bill Hyatt. Irgendwas kam mir an diesem Kerl von Anfang an nicht koscher vor, nur hatte er bisher ein Alibi. Seiner Schlüsselkarte nach war er während des Überfalls auf Mars noch hier im Haus. Nur dass er offenbar die Schlüsselkarten vertauscht hat. Er hatte seine gegen die von Kellie ausgetauscht, die Dienstagabend tatsächlich bis kurz nach sieben hier war. Er hat sich kurz nach fünf mit ihrer Schlüsselkarte ausgeloggt und hatte dadurch jede Menge Zeit, um hinüber ins *Du Vin* zu fahren.«

»Dann hat er dieses Mädchen also wegen seiner Schlüsselkarte umgebracht?«

»Genau.«

»Schnappen Sie sich das Schwein.«

»Das werde ich.«

Sie wandte sich an Roarke und bekam einen Becher Kaffee von ihm in die Hand gedrückt. »Danke.«

»Der Ritter, der Miss Knight, das heißt Frau Ritter schützt. Das nenne ich einmal poetisch.«

»Bisher konnte ich den Kerl mit Mars nicht in Verbindung bringen. Er steht nicht auf ihrer Liste und in den Büchern taucht er auch nicht auf. Doch dann finde ich heute heraus, dass Mars in *Knight Productions* nach Belieben ein und aus gegangen ist.

Das heißt, dass er ihr auf jeden Fall des Öfteren begegnet ist. Irgendwann fand er heraus, was sie hier trieb, und das hat ihm missfallen. Es würde mich nicht überraschen, wenn er sie zur Rede stellen wollte und dabei ausfallend geworden wäre, wie vor ein paar Tagen, als ich mit Annie sprechen wollte. Wahrscheinlich hat sie ihn genau wie ich einfach ausgelacht. Denn schließlich ist er nur ein kleiner Assistent, nicht wahr? Ein kleiner Angestellter. Der hat ihr ganz sicher keine Angst gemacht.«

»Aber findest du es nicht ein bisschen übertrieben, dass der Mann als kleiner Angestellter einen Mord begeht, um seine Chefin zu schützen?«

»Manche Leute nehmen ihre Arbeit eben viel zu ernst. Du kannst schon mal nach Hause fahren, wenn du willst. Den Rest bekomme ich sicher auch alleine hin.«

»Egal, was Mars auch war, sie ist in meinem Lokal verblutet«, rief er ihr mit ausdrucksloser Stimme in Erinnerung. »Das heißt, ich ziehe diese Sache bis zum Ende durch.«

»In Ordnung. Baxter, Sie und Trueheart müssen hinauf ins Studio und mit den Leuten reden. Außerdem besorge ich noch die Erlaubnis eines Richters, mir Hyatts Büro und seine elektronischen Geräte anzusehen.«

»Wir wissen, was wir zu tun haben, Dallas. Wir kommen hier zurecht.«

Da ihr das klar war, zog sie ihren Handcomputer aus der Tasche und rief Hyatts Daten auf. »Wir haben Glück. Er wohnt nicht weit von hier entfernt.«

Zufrieden rief sie Staatsanwältin Reo an. »Ich brauche eine Reihe von Beschlüssen.«

Die bereits in Arbeit waren, bis Peabody zu ihnen auf die Straße trat.

»Kann mir vielleicht irgendjemand sagen, was hier läuft?«

»Das erfahren Sie unterwegs.«

Sie nannte ihr die Einzelheiten, während sie mit ihr und Roarke zum Wagen lief.

»Da ging es also nur um die Schlüsselkarte?«, fragte ihre Partnerin, während sie hinten in den Wagen stieg. »Dann hat er sie nur ihrer Schlüsselkarte wegen umgebracht? Aber … warum? Denn schließlich hatte sie die Karte längst zurückbekommen, und niemand wusste etwas von dem Tausch.«

Das nagte auch an Eve. »Ich habe ihn nach seinem Alibi gefragt und ihn absichtlich gereizt. Danach habe ihn noch gefragt, ob er beweisen kann, dass er zur Zeit des Mords an Mars im Studio war, und Nadine Furst hat eine ihrer Quellen bei *Knight Productions* angezapft. Vielleicht hat er ja Wind davon bekommen, und es hat ihm Angst gemacht.«

Sie runzelte die Stirn und dachte, dieser gottverdammte Hurensohn.

Dann dachte sie an eine blutgetränkte, bunt geblümte Hose, schwarzes Haar, das fächerförmig auf dem Gehweg ausgebreitet war, und an die nette, junge Frau aus Queens mit ihrer netten Mum.

»Er wollte seinen Arsch retten, indem er Lowry tötet, aber so, wie das Geheimnis der Frau, die er schützen wollte, erst durch den Mord an Mars herausgekommen ist, hat er sich durch den Mord an Lowry selbst an seinem feigen, bleichen Schwanz von Arsch gekriegt.«

»An seinem feigen, bleichen Schwanz von Arsch?«, erkundigte sich Roarke.

»Ich bin eben sauer, auch wenn mich das nicht weiterbringt. Mars war eine Meisterin darin, Profit aus den Geheimnissen von anderen zu schlagen, aber sie war keine Mörderin. Doch Hyatt war besessen von dem Wunsch, Knight zu beschützen, und hat Mars deswegen umgebracht. Du kannst deinen alles anderen als feigen Arsch darauf verwetten, dass er einen Hass auf Bicford hat, weil der mit Mars zusammen ist und ihr viel nähersteht als er selbst.«

»Und Lowry hat er umgebracht, bevor wir irgendwann auf den Gedanken kommen, uns genauer anzusehen, ob wirklich er es war, der vorgestern bis neunzehn Uhr im Studio war.«

»Sie konnten ihn von Anfang an nicht leiden«, meinte Peabody.

»Das stimmt. Aber ich kann auch andere nicht leiden, ohne dass sie deshalb automatisch Mörder sind. Die nicht beschließen, einem anderen Menschen die Arterie zu durchtrennen, damit er elendig verblutet. Und wissen Sie, was?«

Oh Gott, sie platzte fast vor Wut!

»Früher oder später hätte es den Nächsten erwischt. Jemanden, der seiner Meinung nach nicht nett genug zu seiner Chefin war oder der ihm aus seiner Sicht auf irgendeine Art im Weg gestanden hat. Er hätte wieder zugeschlagen, weil das jetzt für ihn eine Lösung ist, mit Problemen fertigzuwerden.«

Statt an der Straße stellte Roarke den DSL auf einem Parkplatz ab. Der kurze Fußweg gäbe seiner Frau, der angefressenen Polizistin, Zeit, sich etwas abzuregen, bevor sie bei Hyatt wären.

»Es gab für ihn nichts zu gewinnen, es ging nicht um Liebe oder Hass, und er hat diese Frauen auch nicht umgebracht, weil er vollkommen irre ist. Er hat sie kaltblütig ermordet, weil das seiner Meinung nach die beste Lösung für seine Probleme war.«

Bevor sie aus dem Wagen steigen konnte, gingen der Durchsuchungsbeschluss für die Wohnung und der Haftbefehl für Hyatt bei ihr ein. »Okay. Wir haben die Beschlüsse. Rufen Sie noch einen Streifenwagen, Peabody. Dann können die Kollegen ihn schon mal mit auf die Wache nehmen, und wir stellen seine Wohnung auf den Kopf. Ich wette, dass er das Skalpell nicht weggeworfen hat, und weiß genau, dass auf seinem Computer Infos zu der Mordmethode und den beiden Opfern abgespeichert sind.«

»Ich kann McNab anrufen, wenn Sie wollen.«

»Wir haben ja schon einen Elektronikfachmann hier. Aber rufen Sie ihn trotzdem an und sagen ihm, dass er schon einmal Ihre Koffer packen soll, denn heute Abend geht es los.«

»Ich … was?« Fast hätte Peabody ihr Handy fallen lassen. »Heute Abend? Heute Abend noch? Aber …«

»Hyatt ist ein Amateur, ein Feigling und ein Arschloch«, stieß Eve knurrend aus. »Glauben Sie etwa, ich komme beim Verhör nicht auch allein mit ihm zurecht?«

»Nein, Ma'am, das heißt, doch. Aber …«

»Sagen Sie McNab, dass er mit Feeney sprechen soll. Du hast doch heute Abend einen Shuttle für die beiden frei?«, wandte sich Eve an Roarke.

»Auf jeden Fall.«

Als sich die Augen ihrer Partnerin mit Tränen füllten, pikste Eve sie mit dem Zeigefinger an. »Jetzt nerven Sie mich nicht. Ich kriege meine schlechte Laune schließlich gerade wieder in den Griff.«

»Okay, aber ich muss einfach …« Sie schüttelte die Fäuste, wackelte mit ihren Hüften, tanzte auf der Stelle … dann schlang sie Roarke die Arme um den Hals. »Sie wird mir wehtun, wenn ich sie umarme, deshalb nehme ich Sie doppelt in den Arm. Danke, vielen, vielen Dank.«

»Es ist mir eine Freude«, antwortete er und küsste sie aufs Haar.

»Wenn ihr jetzt fertig seid, könnten Sie ja vielleicht den Streifenwagen rufen, Peabody, damit ich diesen mörderischen Schwanz von Arsch auf das Revier verfrachten lassen kann.«

»Ich rufe Ihnen die besten Streifenhörnchen, die es je gegeben hat.«

Sie rief bei der Zentrale an, und Eve wandte sich dem Gebäude, in dem Hyatt wohnte, zu. Ein sehr anständiges, zwölfstöckiges, absichtlich auf alt und ehrwürdig getrimmtes Haus, das mehr als gut gesichert war.

Mit ihrem Generalschlüssel bekam sie die verschiedenen Türschlösser jedoch problemlos auf.

Auf einem Bildschirm in der menschenleeren, stillen Eingangshalle stand, dass Gäste sich erst registrieren müssten und dass sich die Tür zum Treppenhaus genauso wie die Türen der Lifte nur mit einer Schlüsselkarte öffnen ließ.

Verdammte Schlüsselkarten, dachte Eve.

»Kannst du die Kamera hier am Empfang so stellen, dass er von unserem Auftauchen nichts mitbekommt?«, fragte sie Roarke, während die Partnerin mit ihrem Liebsten sprach.

»Wir bringen den Fall zum Abschluss … das erzähle ich dir später. Du sollst Feeney fragen, ob du in den nächsten Tagen deinen Urlaub nehmen kannst. Dallas meint, wir könnten heute Abend fliegen … Richtig. Heute Abend. Wahnsinn, oder? Ja, ich weiß.« Sie stieß ein mädchenhaftes Kichern aus, und auch wenn Eve darüber mit den Augen rollte, huschte gleichzeitig ein Lächeln über ihr Gesicht.

»Nein, nein, hör auf zu reden und fang schon mal an zu packen. Ja, genau. Das ist der Hit!« Die Unterhaltung endete mit einem langen, lauten Kussgeräusch.

»Entschuldigung«, bat sie mit einem Seitenblick auf Eve.

»Ich hoffe, damit ist das Thema ein für alle Mal abgehakt.«

Sie trat vor den Fahrstuhl, öffnete auch ihn mit ihrem Generalschlüssel und drückte auf die Acht. »Rekorder an. Er macht bestimmt nicht auf, wenn er mich sieht. Doch wenn er uns nicht reinlässt, kriegst du seine Wohnungstür doch sicher auf«, wandte sie sich fragend an ihren Mann.

»Ich helfe, wo ich kann.«

»Er wohnt in der Acht-Elf.« Die Fahrstuhltür ging auf, und als sie in den Flur trat, sah sie eine blonde Frau von Mitte dreißig, die in einem leuchtend roten Mantel aus der Wohnung gegenüber der von Hyatt kam.

»Entschuldigung«, rief Eve ihr leise zu und wies sich aus.

»Oh!« Die attraktiven Zügen zeigten das gewohnte Unbehagen, wenn man überraschend einer Polizistin gegenüberstand.

»Kennen Sie Bill Hyatt aus der Wohnung gegenüber, der Acht-Elf?«

»Ich … ja. Ein bisschen. Richtig *kennen* tue ich ihn nicht, aber wir …«

»Wären Sie vielleicht so nett, bei ihm zu klingeln?«

»Hm … okay.«

»Spielverderberin«, bemerkte Roarke, als sie den Flur hinuntergingen.

Die blonde Frau betätigte den Klingelknopf.

»Bleiben Sie einfach noch kurz stehen und lächeln. Vielen Dank.«

Das Lächeln wirkte leicht nervös, doch das fiel Hyatt offenbar nicht auf.

Er öffnete die Tür, und seine noch ein bisschen feuchten Haare und der maskuline Pinienduft, den er verströmte, zeigten, dass er gerade aus der Dusche kam. »Hi, Cynthia. Was kann ich ...«

»Danke«, sagte Eve, schob sich an Cynthia vorbei und stellte einen Fuß in seine Tür. »William Hyatt, wir haben die Erlaubnis, Ihre Wohnung zu betreten und sie zu durchsuchen.« Noch einmal wies sie sich mit ihrer Marke aus. »Erinnern Sie sich noch an mich? Lieutenant Eve Dallas von der Polizei.«

Bevor es ihm gelang, die Tür ins Schloss zu werfen, schob sie sich, gefolgt von Roarke und Peabody, an ihm vorbei.

»Das ist unglaublich!«

»Ja, das ist es, und es wird sogar noch besser. William Hyatt, ich nehme Sie fest, denn Sie stehen unter dem Verdacht, Larinda Mars und Kellie Lowry umgebracht zu haben. Sie wären mit dem Mord an Mars ohnehin nicht durchgekommen, aber es war der zweite Mord, der Ihnen jetzt das Genick gebrochen hat.«

Der blonden Frau im Flur entfuhr ein leiser Schrei, bevor Eves Partnerin die Tür vor ihrer Nase schloss.

Eve ließ sich Zeit, als sie die Handschellen aus ihrer Tasche zog, und zur Belohnung machte Hyatt auf dem Absatz kehrt und rannte los.

»Ist das Ihr Ernst?« Als sie das laute Knallen einer Zimmertür vernahm, stieß sie einen durchaus zufriedenen Seufzer aus. »Ich übernehme ihn.«

»Lassen Sie ihr diese Freude«, sagte Roarke zu Peabody und tätschelte ihr aufmunternd den Arm. »Vielleicht wird sie die schlechte Laune dann ja vollends los.«

Eve folgte ihm bis zu der Tür, die hinter ihm ins Schloss gefallen war, und trat sie ein.

»Bleiben Sie stehen«, bat sie mit ruhiger Stimme und schlenderte lässig auf ihn zu. »Ich wiederhole, Sie sind festgenommen.«

Er wirbelte zu ihr herum und holte derart amateurhaft aus, dass sie sich noch in Ruhe überlegen konnte, ob es besser wäre, auszuweichen oder einen Treffer zu kassieren. Da sie es ziemlich peinlich fände, wenn andere in den Aufnahmen vom Tatort sähen, dass sie sich von einem derart jämmerlichen Arschloch eine hatte reinhauen lassen, lehnte sie sich leicht nach links, sodass sein eigener Schwung ihn stolpern ließ. In Gedanken bei den Worten von Nadine, dass aufgerissene Knöchel hässlich waren, verpasste sie ihm keinen Fausthieb, sondern einen Tritt ins Hinterteil, der ihn vornüberfallen ließ.

»Okay, jetzt haben Sie auch noch versucht, mich anzugreifen und sich der Verhaftung zu entziehen.«

Während er versuchte auszutreten und davonzukriechen, riss sie seine Hände hinter seinen Rücken und legte ihm endlich Handschellen an.

»Ich verlange einen Anwalt!«

»Keine Sorge, Bill, den kriegen Sie. Das ist schließlich Ihr Recht«, gab sie zurück und klärte ihn fast fröhlich auch noch über seine anderen Rechte und Verpflichtungen auf. »Haben Sie Ihre Rechte und Pflichten verstanden?«

»Ich will sofort mit meinem Anwalt sprechen, blöde Fotze.«

»Na, das werte ich dann mal als Ja.«

Sie riss ihn hoch und drückte ihn auf einen Stuhl. »Sitzen bleiben!«, herrschte sie ihn an. »Wenn Sie versuchen aufzustehen, mich noch einmal anzugreifen oder noch mal abzuhauen, sehe ich mich gezwungen, Maßnahmen zu ergreifen, die Ihnen ganz sicher nicht gefallen werden, Bill. Denn wissen Sie, wir haben Sie am Arsch. Und wenn wir erst mit Ihrer Wohnung durch sind, haben wir Sie erst recht am Arsch, denn garantiert haben Sie die Mordwaffe hier irgendwo versteckt.«

Er blickte eilig auf die schwarze Lackkommode mit den hübschen Silberknöpfen, die in einer Ecke des fast zwanghaft aufgeräumten Zimmers stand.

»Im Ernst? Sie machen es uns viel zu leicht. Peabody, ich brauche jetzt ein Untersuchungsset und etwas, womit ich meine Hände einsprühen kann.«

Roarke hielt ihr eine kleine Dose hin. »Die lag im Handschuhfach von deinem Wagen.«

»Praktisch.«

»Dafür hole ich das Untersuchungsset, damit ich auf der Treppe weitere Kalorien verbrennen kann«, bot Peabody an. »Denn schließlich habe ich mir diesen echt süßen Bikini zugelegt.«

Bevor Eve die Gelegenheit bekam, sie anzuschnauzen, lief sie los, und grimmig sprühte Eve sich ihre Hände ein.

»Lassen Sie mich raten«, sagte sie zu Bill und blickte in sein steinernes Gesicht, als sie vor die Kommode trat.

»Die hier?« Sie wies auf eine Schublade, und er bemühte sich auch weiterhin um einen möglichst ausdruckslosen Blick.

»Oder die hier?«

Seine Lider flatterten nervös.

»Aha.« Sie zog die zweite Lade auf. »Sie treiben Sport? Vielleicht sogar im selben Studio, in dem auch Kellie Lowry war? Und Ihre Outfits haben Sie sorgsam aufeinander abgestimmt. Sehr schick«, bemerkte sie und wühlte alles durch.

»Nehmen Sie Ihre Dreckspfoten von meinem Zeug.«

»Also bitte, schließlich habe ich mir meine Hände gerade eingesprüht, und hallo? Ich bin offiziell befugt, in Ihren Sachen herumzuwühlen. Was haben wir denn da? Unter den ordentlich zusammengelegten Socken ordentlich in eine Plastiktüte eingepackt?«

Sie griff nach dem Skalpell und hielt es hoch. »Blitzsauber – wenigstens denken Sie, dass es blitzsauber ist. Wahrscheinlich denken Sie, Sie hätten alle Blutspuren abgewischt. Aber das ist nicht leicht. Und selbst wenn Ihnen das gelungen wäre, bleibt die Frage, was der Schoßhund einer mittelmäßig talentierten Talkshow-Moderatorin mit so einem Ding in einer Plastiktüte unter den Tennissocken macht.«

»Mittelmäßig talentiert? Annie ist eine *Ikone*! Unterstehen Sie sich!«

Genauso sollte er auf ihre Worte reagieren, lächelnd fragte sie: »Sind Sie etwa in sie verliebt?«

Als er aufspringen und sich auf sie stürzen wollte, legte Roarke blitzschnell die Hand auf seine Schulter, drückte ihn zurück auf den Stuhl und herrschte ihn mit barscher Stimme an: »Der Lieutenant hat gesagt, Sie sollen sitzen bleiben, oder etwa nicht?«

Dann klingelte es an der Tür. »Ich nehme an, dass das die von Peabody bestellte Streife ist. Wärst du so nett?«

»Na klar. Sie bleiben schön sitzen«, wiederholte Roarke und machte Eves Kollegen auf.

»Sie sind erledigt, Bill«, erklärte Eve und sah sich das Skalpell von allen Seiten an.

»Das beweist nicht das Geringste.«

»Nun, zumindest ist es ein Indiz. Dann sind da noch die vertauschten Schlüsselkarten und die Tatsache, dass Sie am Dienstag früher als behauptet von der Arbeit abgehauen sind. Dazu wird's eine Gegenüberstellung mit den Zeugen geben, die mit Ihnen zusammen das *Du Vin* verlassen haben, und das Zeug, das sich auf Ihrem Computer finden wird. Weil ein so gut organisierter und detailversessener Typ wie Sie, der alles sorgsam plant, doch sicher alles schriftlich festgehalten hat. Sie haben recherchiert, wie Sie die Frauen am besten umbringen können und wie lange sie nach Ihrem Angriff noch am Leben wären. Sie haben alles sorgfältig geplant und festgehalten, stimmt's?«

»Sie haben nicht das Recht, in meinen Computer einzudringen.«

»Da sagen meine Marke und auch der Beschluss der Richterin etwas anderes. Officers.« Sie nickte den Beamten zu. »Nehmen Sie diesen Arsch mit aufs Revier, lassen ihn mit einem Anwalt sprechen und sperren ihn dann in eine Zelle ein. Roarke, du übernimmst die elektronischen Geräte und besorgst mir, was ich brauche, ja?«

»Natürlich.«

»Sie wollen mich verhaften? *Mich?* Wissen Sie nicht, was diese Frau getan hat? Was sie war? Sie hätten *sie* verhaften sollen.«

Sie müsste ihn noch etwas mehr in Wallung bringen, dachte Eve.

»Sie wollen einen Anwalt, aber trotzdem reden Sie die ganze Zeit. Sie sollten wirklich besser Ihre dumme Fresse halten, Bill.«

»Wie reden Sie mit mir? Ich kann sagen, was ich will!«

Eve bedeutete den Streifenpolizisten noch zu warten und sah Hyatt fragend an. »Dann verzichten Sie also zunächst auf einen Rechtsbeistand? Wollen Sie jetzt einen Anwalt oder nicht? Entscheiden Sie sich, Bill.«

»Ich werde einen Anwalt kontaktieren, wenn ich einen Anwalt kontaktieren will. Aber jetzt hören Sie mir erst mal zu.«

»Dann wollen Sie also im Moment keinen Rechtsbeistand?«, vergewisserte sich Eve.

»Nein. Und Sie hören mir gefälligst zu!«

Eve nahm ihm gegenüber auf dem Rand des Bettes Platz. »Gern, denn schließlich zahlt die Stadt mir mein Gehalt auch so. Ich nehme alles auf, was Sie sagen, Bill.«

»Sie war eine Zecke, ein verdammter Blutegel.«

»Wer?«

»Verdammt, das wissen Sie genau. Larinda Mars. Sie hat Annie erpresst und ihr damit gedroht, dass alle Welt erfahren würde, dass sie vergewaltigt werden sollte, als sie ein junges Mädchen war, und dann mit einem Messer auf den Dreckskerl eingestochen hat. Sie hat sie dafür bluten lassen, und zwar jeden Monat aufs Neue, es hätte niemals aufgehört. Mars hat damit gedroht, es so zu drehen, als hätte Annie sich prostituiert und Drogen konsumiert, so wie die Frau, die sie zwar auf die Welt gebracht, sich dann aber nie mehr um sie gekümmert hat. Danach hat Annie sich in ihrem Büro verschanzt und sich die Augen aus dem Kopf geheult. Und was hat Bic in der Sache unternommen? *Nichts!* Er hat weder ihren Schmerz gelindert noch sie gegen dieses Weib beschützt.«

»Also haben Sie das übernommen.«

»Allerdings.«

»Hat Annie Ihnen all das erzählt? Hat sie gesagt, dass Sie ihr helfen sollen?«

Jetzt reckte er das Kinn. »Das hätte sie niemals getan. Das hätte der Stolz ihr niemals erlaubt. Aber die Sache hat ihr furchtbar zugesetzt. Sie hat nicht mehr geschlafen, wurde immer dünner, und sie hat sich oft mit Bic in ihr Büro zurückgezogen, wenn's um diese elende Geschichte ging.«

»In ihr Büro?«, erkundigte sich Eve. »Und dort haben Sie sie belauscht? Oh, Bill, haben Sie etwa ihr Büro verwanzt?«

»Ich bin ihr Assistent«, stieß er zwischen zusammengebissenen Zähnen aus. »Deswegen muss ich wissen, was sie braucht. Deswegen muss ich wissen, wie sie drauf ist und wenn sie Probleme hat. Ich habe das getan, was nötig war, um sie zu schützen. Ich, nicht Bic. Ich habe dieses Weib mit den Erpressungen konfrontiert, nicht Bic.«

»Wann haben Sie Mars mit diesen Dingen konfrontiert?«

»Vor ein paar Monaten, als sie mal wieder angeschlendert kam, um irgendetwas aufzuschnappen oder wieder mal kackdreist ein Interview mit jemandem zu machen, mit dem Annie selbst in ihrer Sendung sprechen wollte. Die Infos hatte sie von Ilene Riff. Sie war diejenige, die Namen und Termine an das Weibsbild durchgestochen hat. Sie sollten diese Riff verhaften und nicht mich.«

Noch während er sein Gift verspritzte, dachte Eve, wie glücklich diese Riff sich schätzen konnte, dass sie noch am Leben war.

Doch laut sagte sie nur: »Okay. Sie haben Mars also mit den Erpressungen konfrontiert.«

»Na klar. Ich habe ihr unmissverständlich zu verstehen gegeben, dass ich es nicht dulden würde, wenn sie Annie weiter quält. Aber sie hat mich ausgelacht und mir erklärt, wenn ich zur Polizei gehen würde, wäre Annie ruiniert und das wäre dann meine eigene Schuld.«

»Da ist Ihnen klar geworden, dass sie sich mit bloßen Worten niemals stoppen lassen würde.«

Ganz verloren in seiner eigenen Version der Dinge und in seinem Heldenmut, beugte sich Hyatt vor.

»Ihnen ist doch klar, dass man mit einer solchen Frau nicht reden kann. Sie hat Annie bluten lassen, und es ging dabei um sehr viel mehr als nur das Geld. Sie hat sie fürchterlich gestresst und immer wieder an die grauenhafte Nacht erinnert, als sie jung und wehrlos diesem Unhold ausgeliefert war.«

»Deshalb haben Sie beschlossen, dass Mars selber bluten muss. Und zwar nicht nur im übertragenen Sinn.«

»Ich nenne so etwas Gerechtigkeit. Darum geht es in Ihrem Job doch auch, nur dass Sie eben nicht für Annie und für deren Rechte eingetreten sind, nicht wahr? Ich habe einen Blutegel zerquetscht. Ich habe das getan, was nötig war.«

»Sie haben Ihr Vorgehen wirklich gut geplant. Sie sind geplant und sehr präzise vorgegangen und haben mit der Art, in der Sie sie ermordet haben, fast poetische Gerechtigkeit geschaffen. Mars hat Sie ausgelacht, und in den Monaten danach haben Sie sich ein Bild von ihr gemacht und gründlich überlegt, wie Sie am besten vorgehen können.«

»Ich habe einfach angefangen, ebenfalls im Dreck zu wühlen, und dabei herausgefunden, dass es neben Annie auch noch jede Menge anderer Erpressungsopfer gibt. Sie hat die Leute dafür zahlen lassen, dass sie über ganz bestimmte Dinge Stillschweigen bewahrt. Wahrscheinlich hatten einige der Leute das verdient«, tat er die anderen Opfer ab. »Aber sie war einfach ein widerliches Weib.«

»Noch einmal dazu, dass Sie Mars haben bluten lassen, wie sie vorher andere hat bluten lassen. Wie sind Sie darauf gekommen, ihr die Armschlagader aufzuritzen?«

»Nun, ich fand, dass ich sie bluten lassen sollte, und habe herausgefunden, wie ich das am besten machen kann.«

»Das war echt schlau. Und dann haben Sie sie beobachtet, um herauszufinden, wo sie sich am ehesten erwischen lässt.«

»Sie hat ihre Opfer gern in irgendwelche Bars bestellt, damit sie dort dann auch noch ihre Drinks bezahlen. Ich konnte sehen, dass ihr das gefallen hat.«

»Wie sind Sie darauf gekommen, Ihre Schlüsselkarte gegen die von Kellie Lowry auszutauschen?«

»Alle wussten, dass sie zweimal in der Woche bis um sieben blieb, und zwar dienstags und donnerstags. Mars war dienstags immer zwischen sechs und sieben im *Du Vin.* Deswegen habe ich mich vorgestern mit Kellies Karte ausgeloggt, denn dadurch hatte ich ein Alibi für diese Zeit. Am Ende dieser Treffen ist Mars immer noch aufs Klo gegangen und hat sich dort zurechtgemacht. Das hieß, ich brauchte nur zu warten, bis sie runter in den Keller geht.«

»Und sind ihr dann gefolgt.«

»Ich musste schnell sein, denn ich wusste, dass sie dort nicht lange bleibt. Aber ich hatte alles ganz genau getimt. Im Notfall hätte ich die Tür kurz zugehalten, doch ich musste innerhalb von drei Minuten verschwunden sein, auch wenn ich wusste, dass es vier bis fünf Minuten dauern würde, bis sie endgültig verblutet ist.«

Er atmete tief durch und fügte dann mit nachdenklicher Stimme noch hinzu: »Es musste sein. Sie hätte niemals aufgehört.«

»Das heißt, Sie sind zu ihr aufs Frauenklo gegangen.«

»Sie hat gefeixt, als sie mich sah. Sie hat gefeixt und mich beleidigt und gesagt, sie hätte sich bereits gedacht, dass ein schwanzloses Würstchen wie ich das Frauenklo benutzt. In meinen Ohren hat's gerauscht, aber ich bin dann direkt auf sie zugegangen und habe ihr so in den Arm geritzt, wie ich es vorher wochenlang geübt habe. Danach hat sie mich nicht mehr ausgelacht.«

In seinen Augen stiegen Tränen auf. »Das ist für Annie, habe ich gesagt, als sie nach ihrem Arm gegriffen hat und aus dem Gleichgewicht geriet. Für Annie. Obwohl ich gerne immer wieder zugestochen hätte, bin ich dann gegangen, habe vorsorglich die Tür ein paar Sekunden zugehalten und tief durchgeatmet, weil ich selbst etwas zittrig war. Dann bin ich wieder nach oben gegangen und habe mich den Leuten angeschlossen, die in dem Moment das Lokal verlassen haben. Schließlich war es geschafft und Annie endlich wieder frei.«

»Das haben Sie wirklich sauber durchgezogen«, meinte Eve, und obwohl Peabody mit ihrem Untersuchungsset zurückgekommen und dann lautlos wieder aus dem Raum geglitten war, blickte sie weiter Hyatt an.

»Nur war es nicht besonders schlau, als Sie am nächsten Tag

versucht haben, uns daran zu hindern, mit Miss Knight zu sprechen. Vielleicht hätten Sie sich wenigstens den Anruf bei dem Anwalt sparen und sich etwas freundlicher und hilfsbereiter geben sollen.«

Er sah betroffen aus. »Sie haben mich kurzfristig aus dem Gleichgewicht gebracht. Ich habe nicht damit gerechnet, dass die Polizei so schnell dahinterkommen würde, was Larinda Mars getrieben hat. Wenn Sie das so schnell herausgefunden haben, warum haben Sie sie dann nicht gestoppt?«

»Warum sind Sie nicht zur Polizei gegangen, als Sie es herausgefunden haben?«, fragte Eve zurück.

Er riss schockiert die Augen auf. »Um Annie zu verraten? Nein, das hätte ich niemals getan. Ich hätte nie ihr Wohlergehen aufs Spiel gesetzt.«

»Aber für sie zu morden, war anscheinend kein Problem für Sie.«

»Ich habe ihre Qual beendet. Habe sie beschützt. Das ist kein Verbrechen, sondern heldenhaft!«

»So kann man es natürlich auch sehen.« Als Arschloch ohne Schwanz. »Nur dass da auch noch Kellie ist, die nichts verbrochen hat und Annie nicht im Mindesten gefährlich war.«

»Das tut mir leid. Ich wollte sie nicht töten, nur blieb mir keine andere Wahl. So was kommt vor«, tat er den Tod der jungen Frau mit einem derart gleichmütigen Achselzucken ab, dass Eve sich zwingen musste, nicht mit ihren Fäusten auf ihn loszugehen. »Vor allem ist das Ihre Schuld. Ich konnte nichts dafür.«

»Inwiefern ist das bitte meine Schuld?«

»Es lag daran, wie Sie mich angesehen und mit mir gesprochen haben. Arrogant und hochnäsig. Meinen Sie, ich wüsste nicht, dass Sie versucht haben herauszufinden, wann genau ich an dem Abend das Büro verlassen habe, obwohl Sie mich das auch selbst schon gefragt hatten? Sie haben sich umgehört und wollten wissen, wann ich Dienstagabend mit der Arbeit fertig war. Und ich weiß ganz genau, dass jemand aus dem Team von Nadine Furst mit Junie über Mars gesprochen hat. Die Spur hätte auf jeden Fall zu Annie und vielleicht auch zu mir geführt, falls Sie erfahren hätten, wann ich an dem Abend wirklich aufgebrochen bin. Ich war gezwungen, mich zu schützen, ich habe nur getan, was nötig war.«

»Das heißt, Sie haben Kellie vorhin aufgelauert, als sie aus dem Studio kam.«

»Sie war spät dran und hat mich erst gesehen, als sie mit mir zusammenstieß.«

»Ihr haben Sie ins Bein statt in den Arm geritzt.«

»Sie hatte eine Jacke an, und man verblutet schneller, wenn man eine Schnittwunde im Oberschenkel hat. Ich bin kein schlechter Mensch und wollte Kellie unnötiges Leid ersparen.«

»Sie haben also Mars getötet, weil Sie Annie schützen wollten. Aber bei dem Mord an Kellie ging es nur um Ihren eigenen Schutz.«

»Ich habe Annie dadurch mitgeschützt. Ich habe mich, vor allem aber auch sie geschützt. Damit sollte es eigentlich vorbei sein. Sie hätten nicht zu mir nach Hause kommen sollen.«

»Aber jetzt bin ich nun mal hier. Und vorher stand ich über einer jungen Frau, die weder Ihnen noch irgendjemand anderem irgendetwas getan hat. Ich habe sie dort liegen sehen, wo sie an einem bitterkalten Winterabend elend auf dem Bürgersteig verblutet ist. Weil Sie beschlossen haben, sie zu benutzen, um ein Alibi für den Mord an einer anderen Frau zu haben. Weil Sie beschlossen haben, sie zu töten, damit niemand Ihnen auf die Schliche kommt. Aber Sie sind jetzt trotzdem aufgeflogen, Bill, das heißt, der zweite Mord hat Ihnen rein gar nichts genützt.«

»Was ist mit Annie und mit allem, was sie durchgemacht hat? Was wird jetzt aus ihr?«

»Sie denken doch wohl nicht, dass sie Ihnen jetzt dankbar ist. Ich habe nur zweimal mit ihr gesprochen, aber trotzdem weiß ich, dass sie Ihnen diese Morde niemals danken wird. Sie wird von Ihnen angewidert sein, wird trauern und darunter leiden, dass zwei Frauen mit der Begründung, dass Sie ihr auf diese Weise helfen wollten, ermordet worden sind.«

»Sie kennen Sie doch gar nicht und Sie haben keine Ahnung, wie sie tickt. Ich habe sie beschützt!«

»Sie sind kein Held und kein Beschützer, sondern einfach jämmerlich.« Jetzt stand Eve wieder auf. »William Hyatt, nachdem Sie gestanden haben, Mars und Lowry umgebracht zu haben, nehme ich Sie wegen Mordes in zwei Fällen und der anderen, bereits genannten gegen Sie erhobenen Vorwürfe fest. Kollegen, schaffen Sie den Hurensohn auf das Revier und buchten ihn dort ein.«

»Ich habe Annie nur verteidigt!« Als ihn die Beamten aus dem Zimmer führen wollten, setzte er sich abermals zur Wehr. »Ich habe sie beschützt. Ich bin ein Held und ich verlange einen Anwalt.«

»Meinetwegen. Lassen Sie den Kerl mit seinem Anwalt sprechen, wenn Sie auf der Wache sind. Wollen wir doch einmal sehen, ob er an dem Geständnis noch rütteln kann. Und jetzt schafft ihn mir aus den Augen.«

Während die Beamten ihn nach draußen zerrten, blieb sie stehen und betrachtete erneut das Skalpell. Ein kleiner Gegenstand, der Leben retten sollte. Aber immer wieder wurde das, was gut war, von dem einen oder anderen für einen bösen Zweck missbraucht.

Als sie das Schlafzimmer verließ, durchsuchte Peabody bereits das Wohnzimmer.

»Ich wollte Sie nicht unterbrechen, doch ich konnte alles hören. Sie haben ihn geknackt.«

»Jetzt gehört er Mira und dem Staatsanwalt.« Sie sah sich suchend um und fragte: »Wo ist Roarke?«

»Im Arbeitszimmer, in dem auch ein kleiner Schrein für Annie steht. Mit Postern und mit Fotos nur von ihr oder von ihr und anderen, auf denen auch er selbst zu sehen ist. Das wirkt zwar auf den ersten Blick nicht weiter ungewöhnlich, aber wenn man weiß, was daraus wurde, ist es ziemlich krank. Wie dem auch sei, hat Roarke alles im Griff.«

»Das habe ich mir schon gedacht. Sie fahren jetzt nach Hause, Peabody, und fliegen dann mit McNab nach Mexiko.«

»Er hat geschrieben, dass er auch für mich packt, und das macht mir etwas Angst. Aber egal. Wir treffen uns nachher direkt am Flughafen. Ich bin Ihnen echt dankbar, Dallas, weil er wirklich dringend eine kurze Auszeit braucht.«

»Dann nehmen Sie sich die.«

»Das machen wir.« Sie schnappte ihren Mantel, die Mütze, den Schal, fiel Eve in aller Eile um den Hals und stürzte los. *»Adios, Amiga!«*

»Hasta la was-auch-immer«, knurrte Eve und ging ins Arbeitszimmer, in dem Roarke an einem übertrieben aufgeräumten Schreibtisch über Hyatts Laptop saß.

»Vergiss es«, bat er sie.

»Was soll ich vergessen?«

»Dass die junge Frau noch leben würde, wenn du eher auf ihn gekommen oder, als du Annie sprechen wolltest, nicht so unsanft mit ihm umgesprungen wärst. Das ist genauso abwegig und egoistisch, wie wenn du dich schuldig fühlst, weil Mars gestorben ist, als du mit jemandem von der Arbeit etwas im *Du Vin* getrunken hast.«

»Ich weiß. Aber ich mag es nicht, wenn du mich egoistisch nennst.«

»Die Wahrheit ist nun einmal nicht immer schön. Er hat tatsächlich alles auf dem Ding hier abgespeichert«, wandte er sich einem anderen Thema zu. »Die Suche nach der passenden Methode und wie lange es im Durchschnitt dauert, bis jemand an einer solchen Schnittwunde verblutet. Das Skalpell hat er vor zwei Monaten im Internet bei einem Versand für Medizinbedarf bestellt.«

»Damit er noch genügend Zeit zum Üben hat.« Sie blickte über seine Schulter auf den Laptopbildschirm und las mit.

»Genau. Er war auf seine Art genauso gründlich wie Larinda Mars. Er hat sie tagelang verfolgt, sich ihre Stammlokale aufgeschrieben und die Zielpersonen aufgelistet, die sie während dieser Zeit getroffen hat. Geübt hat er an einem Droiden. Der steht da im Schrank.«

Eve zog die Schranktür auf und schaute sich die unzähligen Schnitte an den Armen und den Oberschenkeln des Droiden an.

»Auch über Kellie Lowry steht hier etwas. Du hattest recht, sie waren tatsächlich im selben Fitnessstudio. Er war sogar manchmal in ihrem Yoga-Kurs. Und es gibt zahlreiche Dateien über Annie Knight.«

»Das überrascht mich nicht.«

»Es ist schon fast ein bisschen unheimlich, wie sehr er sie vergöttert«, meinte Roarke. »Er denkt, sie wäre rundherum perfekt, und bildet sich tatsächlich ein, dass er ihr edler – oder, wie du selbst so treffend formuliert hast – guter Ritter ist. Bic hat er am Anfang zwar noch respektiert, inzwischen aber widert der ihn nur noch an. Das heißt, wahrscheinlich hätte er ihn früher oder später auch aus dem Verkehr gezogen.«

»Mit diesen Dingen kennt sich Mira besser aus als ich, aber wahrscheinlich hätte er sich dann auch noch total im Recht gefühlt, denn schließlich wurde seine Göttin über Monate von Mars gequält, ohne dass Bic als ihr Partner etwas unternommen hat, um ihr zu helfen.«

Roarke drückte Eve die Hand. »Das heißt, dass dir der Mann vielleicht sein Leben zu verdanken hat. Vielleicht hätte Hyatt sich am Ende gegen Annie selbst gewendet und erst sie und dann sich selbst umgebracht.«

»Auch das kann Mira eher beurteilen als ich, aber wahrscheinlich hast du recht«, erklärte sie, weil sie auf den Gedanken ebenfalls bereits gekommen war. »Ich werde Baxter sagen, dass er Trueheart mitbringen, sich hier noch einmal umsehen und die elektronischen Geräte auf die Wache schaffen soll. Ich fände es nicht fair, die beiden außen vor zu lassen, nachdem sie zuerst bei Lowry waren. Den Bericht kann ich zu Hause schreiben«, meinte sie und drückte seine Hand. »Lass uns nach Hause fahren, ja?«

»Mit Freuden«, stimmte er ihr zu.

Sie legte das Skalpell für die Kollegen auf den Tisch, ging ins Wohnzimmer und griff nach ihrem nicht benutzten Untersuchungsset. »Ich muss DeWinter informieren, dass wir ihn haben, denn das habe ich ihr zugesagt. Genauso wie Nadine. Auch wenn es mit Nadine wahrscheinlich etwas länger dauern wird.«

»Dann ruf sie an, wenn wir zu Hause sind.«

»Genau, das mache ich.« Sie trat mit ihm zusammen vor die Tür, versiegelte die Wohnung und rief auf dem Weg zum Fahrstuhl Baxter an.

Als sie zum Wagen gingen, fing es an zu schneien, und Eve betrachtete die dünnen weißen Flocken, die vom schwarzen Himmel fielen.

Nach Hause, dachte sie, wo alles Dunkle außen vor blieb und sie alles um sich hatte, was ihr wichtig war.

»Wie wäre es nach dem Bericht und meinen Telefongesprächen noch mit einer Flasche Wein und einem Film? Am besten einem lustigen und total lächerlichen Film.«

»Ich denke, dass ich damit dienen kann.«

»Du lässt mich wirklich nie im Stich.« Am Wagen angekommen, wandte sie sich ihm zu.

Und wenigstens für den Moment vergaß sie, was ihr auf der Seele lag.

Dankbar für diesen Moment schlang sie ihm ihre Arme um den Hals und küsste ihn, während der kalte Wind den weißen Schnee um ihre Köpfe wirbeln ließ.